U0128445

林 泉————著

晚唐风云 上

河南文艺出版社
·郑州·

图书在版编目(CIP)数据

晚唐风云 / 林泉著. --郑州:河南文艺出版社,
2021.10

ISBN 978-7-5559-1121-0

Ⅰ.①晚… Ⅱ.①林… Ⅲ.①长篇历史小说-中
国-当代 Ⅳ.①I247.5

中国版本图书馆 CIP 数据核字(2021)第 172971 号

选题策划　崔晓旭
责任编辑　崔晓旭
书籍设计　张　萌
责任校对　殷现堂
　　　　　梁　晓
书名题字　孙　苏

出版发行　河南文艺出版社
本社地址　郑州市郑东新区祥盛街 27 号 C 座 5 楼
承印单位　河南瑞之光印刷股份有限公司
经销单位　新华书店
开　　本　735 毫米×1040 毫米　1/16
总 印 张　50.25
总 字 数　782 000
版　　次　2021 年 10 月第 1 版
印　　次　2021 年 10 月第 1 次印刷
定　　价　98.00 元(上下册)

在历史夕阳或星空里点燃文字的烽烟

冯杰

在中国历史上,大唐盛世一直为古今中外作家、艺术家提供一方天地,让他们用不同体裁和形式尽情展示笔下艺术情怀。

历史高潮时足可饱蘸笔墨,妙笔生花,纵情驰骋,而文学震撼心灵之处还在于残山剩水,故国山河。《晚唐风云》恰恰写的是一个朝代历史低潮时期,大海退潮,历史喘息,选择一个盛世走向衰落的独特时期,填补这一领域长篇历史小说的歉收和荒疏。

记得鲁迅在《故事新编》一书说过,历史小说大致也有分类,一种是"博考文献,言必有据"的严格的历史小说,一种是"只取一点因由,随意点染"的较为自由的历史小说。我理解为中国历史小说有两个源头:"历史的"和"民间的",或者说"司马迁的"和"民间艺人的"。

作家林泉先生这部展现晚唐风云的长篇历史小说可谓两者兼顾,融合历史大纲和民间元素,归类上史多倾向于传统文人创作。这部历史小说有晚唐历史上主要人物和主要事件的依据,又具有真实与虚构相统一的特征,还满足了我当年在乡村民间艺人评书故事里游走的情趣。

作家不忘文学载道使命,笔下有政治风云人物的金戈铁马,有文人骚客的儿女情长,写出了历史画卷里各种人物的人性复杂性。在晚唐诗人星空图里,皮日休、郑畋都是诗人,演绎不同命运;罗隐、韦庄同是文人,人生归宿不同。

作者有意避开热闹的题材,特意选择这一段历史云烟,接近"冷题材",全书从晚唐残云到朱温(朱全忠)篡唐,史料丰富,笔力扎实,准备有余,不是草率应景之作。全篇含有"文武"双条线索,小人物拉开历史序幕,交织着政治家和文人武士的纠缠,上部黄巢和皮日休诸诗人,下部朱温和韦庄等,人物拿捏有度,无论皇帝、重臣、走卒,朝廷执政者或社会反叛者,唐僖宗、黄巢、林言、尚让、田令孜等等,性格多面,血肉丰满。小说覆盖面广阔,有民间文化、宫廷文化,且俗且雅,涉及时代风习、朝廷制度或民间生活,无不考证求实。作者可谓十年风云晚唐梦,十年夜雨十年灯,近十年笔耕,以皇皇六十万言,在唐末历史风云里梳理上百人物,他们在历史谢幕前的舞台上行走,或惨淡经营,织成一幅晚唐星空图。

林泉先生在把文字星空图重新梳理排列时,兼顾到了历史的厚重性、民间的趣味性、社会的警示性,这部书除了文学价值外,还有历史思考和启发,尤其面对现实,以镜观史,借古喻今,掩卷三思,也许这才是这部长篇历史小说烽烟后面想表达的另外一层意义。

最后说点题外话。中原文坛文脉昌盛,历来有兄弟作家、父子作家、母女作家,今天我第一次知道还有父女作家。其女是专门研究小说的著名评论家,让我评点林泉先生作品未免有露怯之嫌,可见给林泉先生写序要具备勇气和胆量,像你要评论蔡邕时,案边的蔡文姬会紧紧盯着你,看你在观望文学风云气象里有几丝破绽。

此时,大唐星空的星象图散落了,散成最后的五代十国的星空图,从晚唐到五代十国,更加璀璨斑斓,我作为一个小说外人,依然期待林泉先生的下一场星云布阵,去铸成这一独特时期的文学三星图,甚至七星图,因为这不但是一段历史凝固的空间,更是一段需要文学神游的空间。

2020.10.10 于河南省文学院

(作者冯杰系诗人、文人画家,现任河南省文学院院长、河南省作家协会副主席)

目 录

一 原来蚂蚱是蝗虫 …………………………………… 1

二 斜晖脉脉水悠悠 ……………………………………… 24

三 金色蛤蟆争努眼 ……………………………………… 38

四 憔悴长安何所为 ……………………………………… 54

五 郑堂老无须多言 ……………………………………… 75

六 美人醉起无次第 ……………………………………… 89

七 要做官,受招安 ……………………………………… 100

八 直似当时梦中听 ……………………………………… 120

九 本大将军将人头奉送与你 …………………………… 140

十 关山万里恨难销 ……………………………………… 158

十一 长舒罗袖不成舞 …………………………………… 172

十二 风吹芳兰折,日没鸟雀喧 ………………………… 189

十三 老了嫖娟从来不花钱 ……………………………… 208

十四 大齐皇帝登基 ……………………………………… 225

十五 给穷酸秀才一点儿颜色看看 ……………………… 244

十六 龙尾坡齐军溃退 …………………………………… 259

十七 "甥儿拜见舅公" …………………………………… 279

十八 "乌鸦军厉害,快跑吧!" ………………………… 294

十九　十二官街烟烘炯,百万人家无一户 …………… 316

二十　从"春磨寨"走向狼虎谷 …………………………… 330

二十一　此时除掉"独眼龙",乃天赐良机 …………… 348

二十二　世衰总为主昏多 ………………………………… 367

二十三　新君即位三把火 ………………………………… 385

二十四　升仙梦破灭 ……………………………………… 404

二十五　两只拳头同时出击 ……………………………… 422

二十六　一箭双雕 ………………………………………… 436

二十七　强藩与权臣 ……………………………………… 458

二十八　水向东流 ………………………………………… 479

二十九　大鱼小鱼和虾米 ………………………………… 499

三十　江淮河朔战未休 …………………………………… 523

三十一　关中三镇之乱 …………………………………… 543

三十二　兔子上金床 ……………………………………… 566

三十三　我是曲江临池柳 ………………………………… 591

三十四　却忧蚊响又成雷 ………………………………… 611

三十五　皇帝佬个个是色鬼 ……………………………… 631

三十六　万乘烟尘里,千官剑戟边 ……………………… 647

三十七　嗟尔远道之人,胡为乎来哉 …………………… 675

三十八　还乡夫子遇贤侯 ………………………………… 693

三十九　世间何事好,最好莫过诗 ……………………… 713

四十　大海波涛浅,小人方寸深 ………………………… 731

四十一　西望长安无归期 ………………………………… 748

四十二　不废江河万古流 ………………………………… 771

一　原来蚂蚱是蝗虫

唐僖宗乾符二年，公元 875 年，夏。

宋州平野，一望无际。

烈日炎炎当头照，农夫碌碌汗水浇。去年·场大旱，种上麦子出不了苗，今年夏粮几乎绝收。县官乡吏催收夏税，威逼勒索，毫不宽宥。农户大多生计无着，被迫逃亡，辗转沟壑，饿死道旁，以致饿殍遍地，白骨蔽野。

苍天总算有眼，六月里下了一场雨，禾苗蹿长，秋后可望获得七八成收成。果若如此，穷人交上所欠夏税和秋税，还能剩下些许谷米，再多挖些野菜，掺和谷糠充饥，庶几能度过明年春荒。

这日亭午时分，在汴水南岸一方豆田之中，一位头戴席帽、身穿短袖褐衫的中年汉子在挥汗如雨地锄草。他年约四十，方面宽额，浓眉大眼，两道眉毛向鬓角处扬起，眉宇间透出一股庄严神气。此人姓侯，单名一个禹字，宋州东南二十里侯家庄人士。侯禹自幼发奋读书，博览经史，诗文俱佳，于懿宗咸通初年进士及第，经吏部关试，释褐授官校书郎，眼下在朝中身居左补阙之职。

一个月前，侯禹接到家中书信，得知母亲病重，便向朝廷告假，回到家乡省亲。其母之病，实乃饥馁所致。侯禹回到家中，带回些许银钱，为母亲请医问药，又在宋州城内购得升斗食粮，让平日靠野菜充饥的母亲身体渐渐康复起来。

侯禹家有五六十亩良田，还有一百二十余亩薄田，算得中户人家。侯禹幼时，一边读书一边干些农活，虽算不上好庄稼把式，犁耧锄耙倒也拿得起放得下。母亲病情好转，侯禹便趁空到田地里干些活计。

看着满地庄稼，侯禹心中轻松不少。秋季若有个好收成，赋税之余，家中还能留有半年口粮，自己的俸银再补贴些许，来年春天的日子就能过得去。想想自己一个朝廷命官，七品官阶，却连老娘都养活不了，真是愧为人子啊！

侯禹正想着心事，忽觉天空阴暗下来，只见日头被乌云遮蔽，像是要下雨了。抬头细看，天空中又似乎不是云，一团团灰蒙蒙的东西正自东向西蔓延过来，隐约伴有沉闷的"呼呼"声，像风又不是风。

渐渐地，东南面大半个天空愈加昏暗，太阳整个不见了，天色完全暗淡下来。

蓦地，几只蝗虫接连落在侯禹身边的豆棵上。侯禹正要扑打，却见更多蝗虫铺天盖地而来，振翅飞翔之声有如千万辆战车隆隆开动。侯禹挥舞着手中锄头，向一团团蝗虫扑打过去，一锄头就打死几十只虫子。然而，蝗虫越打越多，转眼间，大田里铺满了蝗虫，有绿色的、黄色的、红色的、黑色的……一尺多高的豆棵子，全被各种颜色的蝗虫压倒。密密麻麻的蝗虫趴在豆棵上撕咬着、嚼啮着，那声音，像是有成千上万头牛在吃草，汇聚成闷雷般的轰鸣声，撼天动地。

侯禹头晕眼花，再也没有力气扑打虫子，跌坐在地上，眼泪流了出来。

眨眼工夫，大片豆棵叶子被吃光了，豆棵也被嚼光。十数亩庄稼，消失不见了，只有南面一片高粱地里，横七竖八地斜竖着一些半截高的高粱秆茬儿。

环顾四周，侯禹像遭了雷劈，痴痴呆呆，不知所从。

蝗虫却很精明，此处庄稼吃光了，便呼隆隆排山倒海般向西方飞去。

天空渐渐明朗起来，太阳又放射出耀眼的光芒，空旷的田野一片安静。

忽地传来一阵哭声。一个壮年农夫先是捶胸顿足大声号啕，慢慢没了力气，蹲下身子一声声啜泣。又过了一阵，他瘫倒在地，呆呆地仰望天空，时不时发出绝望的呻吟。

西边田中也传来一阵妇人的哭声，却是侯家邻居王二嫂。她丈夫三年前抽丁从军去打仗，至今音讯全无，死活不知。去年公爹饿死，婆婆至今病饿在床。王二嫂带着一子一女外出讨饭半年，侥幸活了下来。她本满心指望秋后多打几升粮食，一家人糊口度日，哪知这场蝗灾突如其来，眼睁睁要了全家人性命！

广袤原野上，响起此起彼伏的阵阵哭声。那哭声，有男的、女的、老的、少的，汇成一曲人间悲歌。

侯禹曾经见过蝗灾，但从未见过如此重祸，也从未听到过如此洪涛般的悲鸣。他失魂落魄地走到王二嫂跟前，却找不出一句安慰的话。

一夜无眠，侯禹决意以左补阙身份书写宋州蝗灾表状，上奏朝廷，请求当今圣上免去宋州灾民今秋税赋和所欠夏税，并尽快施以赈济。

清晨一起床，侯禹便埋头奋笔疾书奏状，忽闻东邻传来撕心裂肺的哭声。他走进邻家，方知王二嫂刚刚悬梁自尽了。侯禹心中一阵发紧：王二嫂一走，抛下一个六十多岁的病婆婆和两个幼子，如何过活？

侯禹从家中拿来两升谷子，交给二嫂十岁的女儿。他找来一张旧席子，和几位邻人草草掩埋了王二嫂，又急急地去书写蝗灾奏状。他深知，有无数像王二嫂这般的人家急需朝廷救济。

怀揣奏状，侯禹匆匆赶到宋州公廨衙门拜见刺史，欲请求刺史将本州灾情拟成公文，以驿传急递奏请朝廷救济灾民。侯禹虽是官员，但此次是私假回乡省亲，无权使用驿传，更无法动用驿传急递。按照朝廷规制，刺史遇紧急情况可用驿传急递报送公文。如用四百里急递，奏状三日内即可送抵西京长安。

在任宋州刺史张蒇，早就晓得本州名士侯禹在朝为官，听门吏报说侯禹求见，一迭连声说道："请，快请侯中谏到客厅叙话！"

中谏是补阙的别称，也是敬称。张蒇官阶正四品，侯禹不过是从七品官员，品秩相差悬殊。然而，张蒇深知左补阙乃朝廷清要之职，天子侍从官员，主掌讽谏，参与朝廷大事廷议，在朝中有直接向皇帝上封事奏报之权，因此对侯禹不敢怠慢。

待门吏导引侯禹进入衙内，张蒇早已在客厅门前迎候。侯禹向张蒇叉手行礼，张蒇赶忙还礼，将侯禹迎进客厅。二人落座寒暄完毕，侯禹便急切地向张蒇述说了乡下遭受蝗灾的惨象，将奏状呈给张蒇过目，请他向朝廷发送驿传急递，奏报灾情。

刺史张蒇看了奏状，苦笑着摇了摇头，说："急递只能有紧急军情时才能使用，奏报虫灾岂可滥用？再说，这场蝗灾可不是宋州一地所仅有。蝗灾从徐州、泗州起，向西蔓延至宿州、宋州、亳州、汴州、颍州，又遍及许、陈、郑、滑、怀、汝、陕、虢诸州，河南道、州、县几乎都遭了蝗灾。别个州郡皆不愿报灾，偏只有宋州奏报灾情，看来中谏阁下是不想让愚兄我坐在这把椅子上了。当今朝廷，神策军中尉田令孜秉政，他最忌讳州郡向朝廷奏报灾荒民乱，此等情形，中谏当比在下更清楚。"

侯禹正要答话，张蕊又接着说："中谏所写奏状，不惟请求朝廷免除夏秋两税，还要朝廷赈济灾民。众多受灾州县，需多少救灾钱粮，朝廷舍得割肉吗？再说，邻近州府皆不呈报灾情，单单宋州又是报灾又是求赈，若田军容怪罪下来，愚兄我实在是吃罪不起哟。"

侯禹语塞，一时无奈，便央求刺史借给他一匹驿传快马，自己赶赴京城向圣上面奏灾情。

张蕊冷笑着说："朝廷驿传制度，阁下岂能不知？官员一般公事不得乘驿马，私事更不许可。擅自批准乘驿马者，杖一百；诈乘驿马者，处流放罪。请问中谏阁下有紧急公事驿券吗？若有，阁下到馆驿便可凭券乘马，无须在下允准。若无紧急公文驿券，即便本官自身也无权乘驿马。此等朝廷定规，阁下不是比本官更清楚吗？"

侯禹明白刺史所说全是实情：朝廷文武百官不管因公因私出京，皆须到门下省领取公牒和驿券。因公出京者，按公事急缓由馆驿配给马匹或驴骡。紧急公事须乘驿马者，事毕要在当地交还驿马，换乘驴骡回京销差。无紧急公务者一概不得乘马。官员因私出行，只能颁给私券。凭私券可证明身份，馆驿可接待安排食宿，但不能借乘驿马或驴骡，只能自己花钱雇用民间骡子或驴子代步。即便是宰相或六部尚书，因私出行也要皇帝特批才能乘驿马。侯禹离京时领取的自然是私券，只能花钱雇用民间牲口代步了。

侯禹一时无语，起身告别，又想起身上银钱所剩无几，硬着头皮向刺史告借。张蕊看在他是天子近臣面上，勉强借给他三千钱。

侯禹匆忙到市上租来一头骡子，好不容易买到些麸糠做的炊饼，便顺着驿道向西京长安奔去。骡子脚力耐久，可做长途奔波之用；炊饼在路途上充饥，骑着牲口边走边吃，能节省不少时间。

经汴州、郑州、荥阳，过东都洛阳，侯禹起明搭夜地赶路。过了潼关，还未到华州,那头黑骡就累得再也爬不起来,终于倒毙。侯禹无钱再雇用牲口,只得赶往华州馆驿,看能不能借一头驴子乘骑。

华州位处东西两京交通要冲,往来官员众多,个个超额索要骑乘,故而驿乘十分紧缺。驿丞告诉侯禹,眼下马匹和骡子早已用尽,连毛驴也一只不剩了。侯禹无奈,只得徒步上路。

正值六月酷暑,烈日炎炎。侯禹昼夜不停,已是筋疲力尽。夜晚,他不敢睡觉,怕睡下去就再起不了身。一路上的蝗灾惨景,令他不忍卒睹:赤地千里,饿殍遍地,路旁死尸腐烂发臭,却无人掩埋。

这日傍晚时分,侯禹终于赶到长安城东门——通化门。

守门卫士见侯禹一副灰头土脸叫花子模样,不许他入城。侯禹又气又急,加之两天没进一口饭食,一阵头晕目眩,"扑通"一声昏倒在地。

大唐西京长安城,城郭南向正对终南山子午谷,北枕龙首山,东临灞水,西抵沣水。东西长十八里一百一十五步,南北长十五里一百七十五步,人口百万,乃华夏第一大都市。城内建有太极宫、大明宫、兴庆宫三大皇宫,人称"三大内",宏观壮丽,无与伦比。此外,尚有三大皇家苑林:西内苑、东内苑、北苑。

北苑亦称禁苑,范围广大:自外郭城以北,东至浐水,西包汉长安城,北达渭河南岸,东西长二十七里,南北长二十三里。北苑园林建造精巧瑰丽,谋划布局别具匠心。苑中宫亭二十四座,还有猎苑、球场、三处人工湖泊。另有梨园歌舞院、鸟兽驯养院及专司喂养御马的飞龙院。

在禁苑中部亭台楼阁和翁郁林木之间,有一宽大湖泊,名曰鱼藻池,开凿于唐德宗贞元十二年,穆宗时扩挖,增广三百步,加深四尺。掘出泥土堆积湖中央,筑成八丈高之上山,上建鱼藻宫,楼高二层,达五丈五尺。

鱼藻池东北角,九座殿阁雁序排列,环水呈西北东南走向,名曰"九曲宫"。池南有一台阁,挺拔瑰丽,名蚕坛亭,与鱼藻宫遥相对应。湖池四周,绿树成荫,花木葳蕤,楼阁亭台,红墙碧瓦,一同倒映在清澈碧透的湖水之中,恰似蓬莱仙境。

此刻,一艘龙船自池东岸向湖中心鱼藻宫迤逦而行。龙船上传来阵阵丝竹之声,内教坊的乐工们正在演奏乐曲《泛龙舟》。

船头之上，四位少女随着乐曲轻歌曼舞，歌声随风传来，清新悦耳：

　　昨夜星辰昨夜风，画楼西畔桂堂东。

　　身无彩凤双飞翼，心有灵犀一点通。

　　隔座送钩春酒暖，分曹射覆蜡灯红。

　　嗟余听鼓应官去，走马兰台类转蓬。

龙船渐近鱼藻宫，靠上湖心岛南侧码头，船上之人下船登岸。最前面是四名宫卫，随后是四位宫女。一个内侍宦官擎着曲柄红罗伞，伞下走着一位十三四岁少年。少年头戴平巾帻，身穿绛纱衣，稚嫩的脸上漾着笑意，口中低声哼唱着适才乐伎们演唱的曲子。

这少年便是当今大唐天子李儇（初名李俨），他是懿宗第五子。

李儇身后紧跟着一位三十来岁的宦官，名曰田令孜。这厮本姓陈，剑南西川人氏，早年流落中原，后入宫做了阉宦，随了宦官义父的田姓。幼年李俨被封为普王时，田令孜是普王府小宦者之一。他善解人意，在普王面前精心侍奉，甜蜜热情，周到细致。李俨出入寝卧，游戏玩耍，田令孜形影不离。天长日久，李俨便一刻也离不得田令孜这个伴当。后来，李俨竟亲昵地称呼田令孜为"阿父"，在登基伊始，便提升田令孜做了枢密使。

枢密使一职始设于唐代宗，由两名宦官担任。起初其职责为接受各道、州表奏，转呈皇帝批阅，同时向朝臣及地方官员传宣皇帝诏命、敕令。晚唐时皇帝往往猜忌大臣，宠信宦官，遂让枢密使与宰相一道参与商决军国大事，使之成为握有朝廷中枢决策大权的显要之职，与两名宦官担任的左、右神策军中尉一同号称"内四贵"。

田令孜当上枢密使之后，并不满足，遂利用当今天子第一宠宦和枢密使职权，在高层宦官中拉拢杨氏、西门氏两大集团，排挤掉拥立李儇继承皇位的左、右神策军中尉刘行深和韩文约，当上统领十万禁军的左神策军中尉，掌控了朝廷和京城禁卫大权，成为宦官集团最高首领。

神策军始建于唐玄宗天宝十三载，原为藩镇兵马，因参与平乱有功，奉诏入京，成为天子禁军。德宗朝扩建为左右神策军、左右神威军、左右羽林军、左右龙武军、左右神武军等十支禁军。这十支禁军中，神策军最为精锐，其常规兵员达十万之众，装备精良，粮饷充裕，担负皇宫及京师护卫重任，最受皇帝信任和倚重。

晚唐藩镇将帅割据一方，多次发生叛乱，对朝廷造成极大威胁，皇帝对武将心怀疑忌，便以亲信宦官担任左右神策军护军中尉，代天子监督、统领禁军，又以左军中尉为首，右军中尉为副。神策军最高统帅——大将军，反要听命于护军中尉。如此一来，皇帝和百官逐渐被宦官集团把持的神策军所挟制，宦官操控朝廷军政大权，成为左右朝政的特殊势力。朝廷大臣和方镇节帅任免，乃至皇帝废立和皇位继承，皆由宦官集团操持。穆宗、文宗、武宗、宣宗、懿宗和僖宗等晚唐皇帝，大多为宦官所扶立，宦官专权成为唐廷的致命痼疾。

田令孜陪侍僖宗登上鱼藻宫顶层，极目远眺，终南山群峰巍峨，渭水河浩浩东流；西望咸阳，古城一片；东览骊山，苍翠如黛。八百里秦川尽入眼底。

一阵清风吹过，传来阵阵击鼓和呐喊声。李儇扶着栏杆望去，却被重重树荫遮望眼。田令孜报称，那是神策军将士在湖西球场上比赛击鞠。

李儇兴致顿起，一迭连声地要去球场击鞠。一行人匆匆下了楼，从湖心岛码头乘上快船，驶向鱼藻池西岸。上岸后换乘白鹭车，向球场赶去。

唐代宫中盛行击鞠和蹴鞠。鞠者，球也，击鞠就是打球。唐代，球有两种打法，一种是蹴鞠，即徒步用脚踢球。蹴鞠可一人踢，亦可二人或多人踢。踢球者双手下垂，可用足、腿、肩、背触球，不可用手。三人轮流踢，称为"转花枝"；四人轮流踢，称为"流星赶月"；八人踢，则称为"八仙过海"。若两支球队比赛，在球场两端分设球门，以进球多少区分胜负。

另一种打法是以杖击球，称为击鞠，原是军中游戏。将士们在军营中有马匹，有操场，具备击鞠条件，是以禁军和藩镇牙兵相沿成习，常在军营中举行击鞠比赛，将士们既强健了身体，又获得娱乐，免除思乡之苦。击鞠又分两类：一类为乘牲畜击球，俗称打马球，有乘马击球者，亦有乘骡、驴击球者；另一类为徒步以杖击球，称为步击，俗称"步打"。

僖宗李儇喜好乘驴击球。他从七八岁即开始练习击鞠，其时个子矮小，自然以乘骑低矮的驴子为便，久而久之便养成习惯。

李儇在球场侧旁迎风阁内换上一身武弁服，更显身手利落，精神抖擞。武弁服并非普通军士之服，而是天子之服十四种之一，专供皇帝在出征、狩猎、讲武、大射之时穿着。

在一阵鼓乐和欢呼声中，李儇和田令孜带领两队装束停当的宫女，骑驴来到球场边。宫中有专乘驴子的击鞠队，亦有专门乘马的击鞠队，皆训练有素，技艺娴熟。

球场内东西各设一座球门，东球门两旁置二十四面红旗，西球门两旁置二十四面绿旗。球场北缘设有裁判席，席两侧分设一排空置的旗架，某方球队击进一球，便将其球门旁的旗帜取下一面，插入裁判席一侧旗架上。哪方球门旁旗帜率先全部取下，即算获胜，比赛结束。

球队称为"朋"，李儇为朋头的球队为左朋，称为御朋，穿紫衣；田令孜一队为右朋，穿绿衣。十名内苑打球供奉，在球场内外忙前忙后，为李儇和宫女队员牵驴、递送球杖。

随着数十面战鼓擂响，一个少年打球供奉将球摆放在球场中心，左右两朋人驴列队进入球场。

裁判官手执令旗，站在球场中央，高声宣呼：御朋打西门，右朋攻东门。

李儇挥杖开球，鼓乐齐奏，观战将士们一片欢呼。

御朋攻西球门，田令孜率右朋队员阻击。两朋队员乘坐一水儿黑灰色驴子，互相追逐，争相击球，煞是热闹。

田令孜曾多次侍奉李儇打马球，习于让李儇击进第一粒球而博得头彩。今日也不例外，李儇很快击进一球。

霎时间鼓乐齐鸣，四周围观将士齐声高呼万岁。

田令孜熟知李儇脾性，一心要哄小皇帝高兴。但他的右朋也不能老是输球，要审时度势进球，让比分紧紧咬住，方显得比赛精彩刺激，使小皇帝觉不出别人是在有意让着他。

球场上人喊驴叫，热气腾腾。宫女击鞠队员体态轻盈，风姿绰约，骑术精湛，确是别有一番景致。

当御朋击进第二十四粒球，旗架上插满红旗之时，田令孜的右朋也打进了二十一球,比御朋只差三球。

一时鼓乐大作,乐伎奏起《阿辽破》乐曲,神策军将士们又一次山呼万岁,庆贺御朋得胜。

田令孜脸上笑出一朵花,向李儇拜贺道:"大家球技妙绝,哪里是臣等所能企及的呢!"

宫中后妃和宦官宫女习称皇帝为"大家"或"官家",文武百官则常称皇帝为"圣人"。

李儇接过宫女奉上的巾子,擦去额上汗珠儿,十分自得地说:"朕若赴击鞠科考,必中状元。"

俳优石野猪常在宫中供奉,其名讳虽粗俗,心智却极乖巧,平日里诙谐幽默,妙语连珠,很得小皇帝欢心,有时说话不免会放肆起来。此刻石野猪见李儇高兴,便随口接道:"若是遇上尧帝或舜帝做礼部侍郎主考官,恐怕大家不免落第。"

这玩笑开得有点过大,李儇却不以为意,一笑作罢。

田令孜狠狠地剜了石野猪一眼,野猪识趣地退至一旁去了。

鱼藻宫西偏含光殿,李儇、田令孜沐浴更衣后,进入餐厅用午膳。

遵循主仆二人多年习惯,李儇与田令孜对面而坐,从容饮酒啖饭,很是亲昵融洽。

殿中省少监肃立于含光殿门内,向恭候在殿门外的尚食局奉御点头示意。奉御轻轻地击了一掌,便有尚食局书吏带领十几名主食吏,手捧食盘鱼贯而入,将一一试尝过的"茶食"糕点布列在食案上。

田令孜手持银箸,笑眯眯地招呼李儇:"大家请,请用茶点。"

李儇瞥了一眼排列整齐、晶莹剔透、青碧如玉的越窑海棠式瓷碗,见里面不过是常吃的水晶龙凤糕、乾坤夹心饼、象牙汤饼、玉露团、撮高巧装坛样饼之类,腻味地皱了皱眉头。

此时,主食吏又呈上一个偌大食盘,上有用面雕塑蒸成的五十名乐伎,男女杂坐,吹笛、掐筝、弹拨琵琶箜篌,另有歌唱舞蹈者,俨然在演奏乐舞。

田令孜兴高采烈地说:"素蒸音声人!请大家品尝一下味道如何。"李儇眉头舒展开来,用银箸夹起女伎正在吹奏的那支玉箫,慢慢地放入口中。

田令孜指点着食盘中的"素蒸音声人":"大家请看,这位弹琵琶者,是德宗朝长安庄严寺和尚段善本;吹笛者是梨园乐伎李模,吹奏法曲号称天下第一;掐筝人是元和年间的李青青;唱曲者为玄宗朝歌伎许永新,她曾在兴庆宫勤政务本楼演唱,歌声干云,摄人心魄,催人断肠,其时万众云集,广场之上寂然无声,人人屏息侧耳倾听,无不为之绝倒呢。"

李儇感慨道:"可惜呀,当今没有李龟年和许永新这等音声人了!"

主食吏呈上一个更大食盘,田令孜赶忙说道:"大家,这是'蓬莱仙人金粟平',面蒸蓬莱七十位仙人故事,蛮精细哩,快品尝品尝!"

李儇取下倒骑毛驴的张果老背上的葫芦,放入口中,却也没有品出特别滋味。

接着呈上来的菜肴有朱象髓、白猩唇、驼峰炙等,李儇胡乱用了一点,便停箸说道:"没什么好吃的,真腻歪! 漱口来!"

一旁侍立的宫女早已捧着琉璃托盏,侍奉李儇漱口、净手。小黄门服侍李儇走进东厢房,在锦榻上靠着空心藤枕歇息。

约莫过了一个时辰,田令孜轻轻走进来,询问道:"大家歇息得可好?"

李儇说:"睡了一阵子,已经够了。中尉阿父,后晌去哪里游玩呀?"

"桃园的果子该熟了,大家不如到桃园亭去品尝一下鲜桃,可好?"

李儇一听,忙说:"阿父想到朕心里去了! 朕自己爬上桃树摘果子吃,那才叫个鲜,才叫有滋味!"

二人乘上辎车,南行五里有余,来到桃园。

禁苑之中,有桃、杏、李、梨、樱桃、葡萄等各种果树园。单说这桃园,就占有三百多亩土地,栽满了十几种桃树。其中,有三四十年的老树,更有十年左右盛果期的桃树。

园子中央,有一座华美别致的建筑,名曰桃园亭,是禁苑二十四座宫亭之一。虽名曰亭,其实亭台楼阁俱有,且精巧玲珑,食宿玩乐之具毕备,只是不似宫中殿堂那般宏阔。

园中一阵阵果香扑鼻而来,李儇早已按捺不住,猴急地爬上一棵桃树,拣那又大又红的桃子摘着吃。偏凡果树都有一种特性,越是上面顶枝结的果子越熟得早。这棵桃树也是,李儇怎么看都觉得顶枝上几个桃子又红又大,就一个劲儿地往上攀爬。他双脚站在一根细枝条上,晃晃悠悠地努力向上攀摘,吓得站在树下的宫女们连声尖叫。

李儇愈发得意,摘下桃子,叫着"接好了",不断地往树下扔。树下宫女争抢着去接桃子,叽叽喳喳又叫又笑,闹个不停。

这株树上的熟桃摘得差不多了,他也折腾得尽兴了,正想从树上出溜下来,却见一群虫子从空中飞来,纷纷落在树上。有的虫子大口吞食叶子,也有虫子落地而死。李儇伸手捉了一只虫子仔细察看,觉着和田令孜给他弄来玩耍的蝈蝈差不多,兴奋地大叫起来:"中尉阿父,快来看呀,哪里飞来这么多蝈蝈,快捉一些带回宫中喂养起来,够玩耍许多日子呢!"

田令孜早已看出飞来的是蝗虫,不是什么蝈蝈。几天前他已接到潼关监军宦官密报,说是有漫天遍野的蝗虫从关东飞临潼关,又向西蜂拥而去,估计几月内便会飞至京畿。田令孜不愿向小皇帝禀报蝗灾消息,以免惹小皇帝不高兴。好在蝗虫精明得很,它们不往城里飞,因为城里找不到可食之物。这禁苑本在城外,与京郊农田接壤,又同样是绿油油一片青翠,蝗虫便兴致勃勃飞了进来。由于一些蝗虫生命期限已到,落地便一命呜呼了。尽管如此,还是有不少虫子将果园闹了个乱七八糟,花木叶子被咬得千疮百孔,地上许多掉落的残叶和死掉的虫子,令人无处下脚。不时有宫女踩踏到虫子,发出一声声惊叫。

田令孜亲切地笑着对李儇说:"大家,这些虫子不是蝈蝈,它们不会鸣叫,不好玩的,就不要捉了。"

李儇惊奇地睁大了眼睛:"那它们是甚物事?"

田令孜想了一阵子,拍了下脑袋说:"我想起来了,想起来了!关东人叫它蚂蚱!"

"蚂蚱?那它们会吃田禾吗?"

田令孜尴尬地笑了笑,说:"也许会的,有时候蚂蚱饿极了,也会吃一点儿庄稼叶子。"

李儇想了一阵子，说："宣京兆尹杨知至，朕要问一问他，蚂蚱会不会吃田禾。"

田令孜命一名宦官去京兆府宣京兆尹杨知至进苑面圣，转过身来，又笑容满面地提醒李儇道："大家还没有赏赐树下接桃子的宫女呢！"

李儇点点头："朕倒忘了，都是叫这些虫子给闹的。按每个宫女接住的桃子数目打赏，一个桃子一千钱，你去办吧。"

宫女意奴接桃最多，一个人就得了一万八千赏钱。

京兆尹杨知至汗流浃背赶到桃园门口，田令孜已经候在那里。

进北苑之前，杨知至用十两银子从宦官口中得知宣召他的缘由，不禁出了一身冷汗：原想蝗虫不会进城，哪料北苑园子偏偏飞进一群虫子。

杨知至心知，京畿数县虽没有关东蝗灾严重，但田禾也损毁了大半，今年秋粮能有三成收成就不错了。但要奏报实情，一怕年幼皇帝不高兴，二怕田中尉会怪罪，那就要吃不了兜着走了。他兀自忐忑着，一抬头看见田令孜，赶忙满脸堆笑拱手施礼，欲请教应对之策。

田令孜却半开玩笑半带讥讽地说："杨公怎么愁眉不展呢？您是有名的水晶琉璃心，几个飞虫还能让杨公为难吗？"

杨知至心有灵犀，稍有尴尬地"嘿嘿"笑起来。

杨知至拜见李儇，卖乖地禀报道："臣启奏陛下，近日有不多几只蝗虫飞至京畿各地。"

李儇一听"蝗虫"二字，不免有些吃惊。他虽不大认识蝗虫，可也听说过蝗虫会酿成灾荒，便问道："中尉阿父不是说蚂蚱吗，哪里又来了蝗虫？"

田令孜瞪了杨知至一眼，杨知至赶忙回道："对，对，是蚂蚱，就是蚂蚱！"

李儇锁起一双眉毛，问："到底是蚂蚱还是蝗虫？"

田令孜轻描淡写地说："蚂蚱者，蝗虫也，蚂蚱也叫蝗虫。"

李儇恍然大悟，问杨知至："蝗虫对京畿农田危害大吗？"

杨知至："危害极小、极小。蝗虫飞至京畿，不吃田中禾稼，皆抱着荆棘，自行饿死，真真称得上是义虫哩！"

李儇问："蝗虫还是义虫？"

杨知至接道:"是!是!我亲往京郊农田察看,蝗虫谁也不啃食禾稼,饿死的虫尸成堆。我亲眼所见,农夫们把饿死的蚂蚱填满了沟渠哩!"

田令孜插言说:"这都是托大家的洪福。皇恩浩荡,泽被天下,蝗虫也不愿为害百姓了呢!"

李儇连说:"好!这样甚好,朕也就放心了。"

杨知至拜辞而去。石野猪悄然上前,低声请示田令孜:"大家在园子里游逛大半天了,是不是该回宫去了?"

田令孜恨恨地低声骂道:"蠢猪!你真是一头再蠢不过的野猪!我等侍奉天子之人,万不可让大家闲下来,更不可让大家在朝堂上与大臣们商决朝政,那样日子久了,大家就会亲近大臣,疏远我等,我等就会被撇在一旁坐冷板凳。到那时,你就真的成了一头猪,只有任人宰杀的份儿了。要想方设法让大家尽情游戏玩乐,把大家侍奉得高高兴兴舒舒服服。只有大家天天在游乐,我等才能久享恩宠,你才能天天得到赏钱。明白了吗?"

石野猪连连点头:"田中尉说得极是,属下明白了。"

"明白了就好,要牢牢记下了。每日里我处置朝廷事务不在大家身边时,你等要细心侍奉,陪大家游戏玩乐,万万不可让大家闲着无聊,更不可让朝官面圣奏事!"

石野猪一迭连声地说:"是,是!中尉的话,小的记下了。"

恰在此时,禁苑总监前来向田令孜禀报:左补阙侯禹请求面圣,要呈报关东蝗灾情状,现在银台门候旨,是否允他入苑?

田令孜闻听气不打一处来。侯禹这厮,一个小小的从七品官,却软硬不吃一脖子死血。他曾几次面谏小太子,要圣上少游幸畋猎,少歌舞宴饮,要多与大臣谋划军国大政,尤其令人难以容忍者,是他竟然一再劝诫圣上,不要过于宠信宦官。他还以汉代宦官专权酿祸故事讽谏皇帝,不要天天与中官厮混在一起。田令孜早就对侯禹恨得牙痒,只是补阙虽官小阶低,却在言官之列,朝廷规制对言官不能以言治罪,所以一时无从下手。

田令孜遂对身边的田常侍道:"田常侍,你去告诉侯禹,大家日理万机,昨夜通宵未眠,方才睡下,叫他回去候旨好了。"

三日前,侯禹晕倒在通化门外,守门卫士以为又是一个饿毙的叫花子,便要将他拖开扔掉。在搜检侯禹行囊时,卫士发现他回乡探亲时领取的关津通行文书过所和驿券,上面清清楚楚地写着姓名和官职,方知他竟是朝廷官员,便急忙报给上司巡街使。巡街使命人将侯禹送至万年县衙,交由县令救治。

这万年县乃京县。西京城内共有一百零八坊和东西两市,以中轴线朱雀门大街为界,东半城五十四坊及东市划为万年县,西半城五十四坊及西市划为长安县,同归京兆府管辖。

侯禹在万年县客舍睡了两日两夜,醒来后只觉饿极,端起衙役送来的一大海碗羊肉汤饼,呼呼噜噜吞了下去。

刚放下饭碗,侯禹便急急离了客舍,直向大明宫奔去,连向万年县令辞谢都顾不得了。

大明宫是西京长安城三大内之一,因其位于宫城以东,又称"东内";宫城太极宫则称为"西内";兴庆宫位于大明宫之南,称"南内"。

大明宫始建于唐太宗贞观八年,原名永安宫,是高祖李渊避暑之所。李渊死后,改名为大明宫。高宗李治因患有风痹病,厌恶太极宫阴冷潮湿,就敛取雍州等十五州民款,又减发文武百官一个月薪俸,筹集巨款扩建大明宫。竣工后,李治住进大明宫,在此署理朝政。此后诸帝,除玄宗李隆基外,皆在此居住理朝,大明宫取代太极宫,成为天子居住和常朝之地。

大明宫东西长三里,南北长五里,四周有十三座宫门。南面正门为丹凤门,北行四百余步是含元殿,乃大明宫正殿,为大朝会之所。大殿台基东西长二十三丈,南北长十二丈七尺,规模宏伟,朝廷重大庆典在此举行。该殿建在龙首原南沿之上,高出宫南平地近四丈,远远望去,含元殿高大巍峨,耸入云霄,犹如天宫。

大朝会之日,天下方镇和万国贵宾来朝,文武百官群集大明宫,钟鼓齐鸣,金声玉振,香烟飘绕,山呼不绝,一派庄严恢宏气象。玄宗开元年间的大乐丞、后来官至尚书右丞的大诗人王维,有《和贾至舍人早朝大明宫之作》咏叹曰:

   绛帻鸡人报晓筹,尚衣方进翠云裘。

九天阊阖开宫殿，万国衣冠拜冕旒。

□色才临仙掌动，香烟欲傍衮龙浮。

朝罢须裁五色诏，佩声归到凤池头。

含元殿后是宣政殿和紫宸殿，为皇帝常朝和召见臣僚之地。门下省、中书省、御史台分设宣政殿左右，另有弘文馆、翰林院。左右神策军、左右龙武军、左右羽林军号称北司"六军"，分驻东西宫门外，共同守卫大明宫。

侯禹在门下省供职，熟悉大明宫路径，且持有出入宫门的腰牌，故方便在东内行走。他在门下省询问得知圣上没有上朝，正在禁苑游幸，便来到大明宫通往禁苑的右银台门，请监门校尉通报，求见圣人。

左、右监门卫主掌三大内和禁苑诸门守卫，九品以上文武官员皆有"门籍"，出入宫门时，由监门校尉验明正身后方可通行。监门校尉并不能面禀圣上，只能向内常侍宦官通禀。

此刻，田常侍奉田令孜之命来到银台门，对侯禹说圣人刚刚睡下，不能见驾。侯禹虽心有疑问，但也无可奈何。他想，圣人总要回宫去，我就在此候驾，一定要等到圣人。

田令孜引导李儇在禁苑游玩多时，唯恐小皇帝回宫，便禀报说，兴庆宫内苑小儿尹希复、王士成，近日从东市弄来两头斗鹅，高大威猛，矫健无比，且驯养得技艺绝伦，好玩极了。李儇一听，兴致勃发，即刻传命起驾，赶往兴庆宫。

原来，斗鹅是李儇一大喜好，比放马畋猎斗鸡走狗兴趣要大得多。

僖宗车驾从禁苑到兴庆宫，并不穿越大街，而是走夹城复道。何谓夹城复道？原来，这长安城除大内三苑即西内苑、东内苑和城北的禁苑之外，还有一处著名风景胜地芙蓉园，众多诗人反复吟咏的曲江池亦在其中。玄宗开元年间，为方便皇帝和嫔妃游览芙蓉园和曲江池，更为掩人耳目和安全起见，朝廷聚集工匠，在禁苑与大明宫之间，沿东城墙外侧秘密修建了一条夹城复道。实际就是另筑一道与旧城并行的城墙，两墙之间便是数丈宽的复道。复道外墙与城墙形制完全相同，人们不管从城内或城外看去，都不过是一道城墙，没有什么异样。

兴庆宫位于春明门内兴庆坊，后又扩建至永嘉、胜业两坊，东西长二里有余，南北长二里半。兴庆宫虽远不及大明宫阔大，但亦占地两千零一十六亩，相当于两个北京明清故宫。宫内楼台殿阁辉煌壮丽，假山湖池水碧柳青，画船笙歌宛若仙境。此宫号称南内，玄宗曾长居此地，与贵妃杨玉环演绎出许多风流韵事和人间悲喜剧。宫中的兴庆池、沉香亭、花萼相辉楼、勤政务本楼等名胜，无不烙印着玄宗与杨贵妃足迹，为无数诗人词客所吟咏。诗仙李太白曾以翰林供奉身份，在此与玄宗、贵妃以及李林甫、高力士们周旋，吟诵出传唱千古的华丽篇章，著名者如《清平调》之三：

　　　名花倾国两相欢，长得君王带笑看。

　　　解释春风无限恨，沉香亭北倚阑干。

另一诗人武甄，有咏兴庆宫天子宴游诗，曰：

　　　銮舆羽驾直城隈，帐殿旌门此地开。

　　　皎洁灵潭图日月，参差画舸结楼台。

　　　波摇岸影超桡转，风送荷香逐酒来。

　　　愿奉圣情欢不极，长游云汉几昭回。

两位诗人之作，皆含讽喻之意。

玄宗与杨贵妃在兴庆宫醉生梦死，骄奢淫逸，断送了大唐盛世。渔阳鼙鼓动地来，天子奔窜贵妃埋。安史之乱以后，众多藩镇拥兵自重，争相割据一方，与朝廷分庭抗礼。各藩镇属官自除，税赋自用，刑罚自专，节度使之位父死子继，俨然独立王国。藩镇之间，互相吞并，战乱频仍。唐朝廷对此无能为力，或忍辱默认，违心赐节；或逆来顺受，助纣为虐，一时威权尽失。朝廷之内，宦官掌控禁军，专制朝政，动辄逼宫，废立皇帝，擅杀大臣，大唐天子成了他们手中玩物。于是乎黄钟毁弃，瓦缶雷鸣，天下才俊之士避世归隐，奸邪庸碌之辈充塞朝堂。

兴庆宫冷落荒凉了一些时日之后，又渐渐热闹起来。玄宗与杨贵妃的故事成为古老而遥远的传说，而兴庆池照样画船载酒，沉香亭内外重新演出《霓裳羽衣曲》乐舞。开元年间的斗鸡台，又成为内苑小儿为帝后举行动物表演的热闹所在，不仅恢复了玄宗最喜欢的斗鸡，而且飞禽走兽犬羊鸭鹅，都被内苑小儿调教得身怀绝技，才艺惊人。

　　李儇与田令孜一行人马，从夹城复道进入兴庆宫，直奔斗鸡台而来。李儇原对斗鸡兴趣极浓，且他调弄斗鸡早已是行家里手。不过，各种斗鸡比赛他观赏得多了，总想看些新鲜玩意儿。近日他又喜欢上斗鹅，到了近乎痴迷的程度。

　　斗鸡台是一个三尺高的方形木台，长宽各三丈六尺。台子北端设有御座，乃皇帝和嫔妃专席；东西南三面各设三排席位，供宗室诸王、外戚显贵、公卿大臣以及入京觐见的藩镇帅臣坐观。

　　李儇在御座就位，内苑小儿们行过参拜大礼，便有一着黄衫一着白衫两个少年登上斗鸡台。

　　二人再拜过李儇，起身一挥手，只见一白一花两只大鹅扑棱棱飞至台上，一齐面向御座俯卧在地，引颈点头，"嘎""嘎""嘎"叫唤三声，算是行过参见天子大礼，惹得李儇和众人连声叫好。

　　接着，黄衣少年伸手向两鹅中间空地一指，两鹅遂引颈低头相视，准备搏斗。黄衣少年将手猛地向上一举，两鹅"唰"的一声抖开双翅，同时腾空跃起，而后轻轻落地。

　　两鹅初斗，显得彬彬有礼。它们一来一往，轮番攻击，从容不迫，进退有序，大有谦谦君子之风。李儇不禁有些失望，觉着两只鹅不过如此，技艺平平，了无新意。

　　田令孜早已看在眼里，嘴角上挂着一丝微笑，向黄衣少年轻轻举了举手。只见那少年将手指放入唇间，一声呼哨响过，两鹅同时腾跃而起，在空中相互对啄一口，又同时落地。如此三个回合后，大白鹅性起，连连追击杂色鹅，迫得它团团乱转。大白鹅兜着圈子连续攻击，杂色鹅成了一只陀螺，在原地不停旋转，似乎只有招架之功，毫无还手之力。

　　大白鹅胜券在握，不停地跃至杂色鹅头上凌空进击，啄掉了对手几根羽毛后，精神更加抖擞，在对手头顶狠狠啄了一口。杂色鹅"嘎"地大叫一声，头上便有血珠扑簌簌滚落下来。

　　白衣少年似乎来了精神，突然发出一声更加尖厉的哨音，杂色鹅陡地振作起来，像大鹏展翅，如泰山压顶，闪电般迅猛地向大白鹅连续发动攻击。人们看不清它们的动作，只见两鹅的翅膀时开时合，发出阵阵"噗""噗"的响声。转眼之间，大白鹅的羽毛雪片儿似的飘落下来，颈子也缩短了许多。

李儇兴奋得站起身来，高声大叫："快啄！快！快！"

杂色鹅乘胜发起致命一击，疾速往白鹅头上奋力一啄，只听一声惨叫，白鹅头顶鲜血涌流，两翅耷拉在地，趔趔趄趄转了一个圈，灰溜溜逃下台去。

李儇双脚跳上御座，面庞涨得通红，声嘶力竭地叫道："好！好！妙极了！朕要重重地赏！赏！"

田令孜笑眯眯地问："大家怎么个赏法？"

李儇脱口喊道："五十万！赏杂色鹅五十万钱！"

田令孜熟知，李儇平日封赏无度，赏宫女，赏宦官，赏侍卫，赏伶人歌伎，赏内苑小儿，赏嫔妃国戚，且赏额越来越大。国库已经空虚，可黄发天子丝毫不觉，只以为有偌大国库，便可取之不尽用之不竭。今日他竟然一开口就是五十万！五十万钱是多少，李儇不甚了了，可田令孜却清楚得很。一个七品县令，每月官俸不过一千七百五十钱，加上食料杂用三百五十，共计二千一百，一年俸料不足二万五千钱。也就是说，一只斗鹅赏钱超过二十个七品县令年俸总额。

田令孜正在思虑帑藏还能支撑多少日子，忽听李儇又大叫一声："阿父中尉，传朕口谕，赏杂色鹅五十万钱！"

两个少年跪地叩头，口中高呼："谢大家恩赏！"

李儇问起二人姓氏，白衣少年自称尹希复，黄衣少年名曰王士成。

李儇询问何来此等斗鹅尤物，二人俱言是用钱从东市买得。

田令孜乘机向李儇奏道："京城东西两市，每日里万国客商云集，各种奇珍异宝乃至域外良禽怪兽应有尽有，大家可命他二人常去两市弄些新鲜之物，以供观赏。"

李儇很是高兴，点头道："阿父中尉说得是，朕命尹希复为东市宫使，王士成为西市宫使，皆赐正七品上官秩。"

中唐以降，职官品秩一至九品皆有正品、从品之分。自四品至九品，正品和从品又分上、下两阶，如九品官，有正九品上、正九品下、从九品上、从九品下。像侯禹这左补阙官职，要经十年寒窗，经乡试、省试、科考进士及第，过吏部关试，方得释褐入仕为九品官，再经八年磨勘之后，才可升为从七品官。一个内苑小儿，只是斗了一场鹅，便赏给正七品上官阶，比左补阙高出两个阶级，可谓一步登天。

侯禹在大明宫苦苦守候，始终不得李儇消息。

到了常朝日，小皇帝仍是不上朝，只有黄门宦官传宣口谕：文武百官，一概免去朝参。几番周折，侯禹终于打听到圣上在兴庆宫游戏的消息，便决意闯宫。

侯禹先找到当朝宰相、吏部侍郎、同中书门下平章事郑畋禀报灾情，请他设法让自己面君。郑畋深知事关万千百姓生死，非同儿戏，可他同样多日见不着圣人，皇帝身在何处，每日在做甚，他也不得而知。他咬咬牙，给侯禹写了一纸手令，命他面圣奏事，请诸宫苑监门卫士放行。这本不合常例，可禁卫大权在田令孜手里，他只能如此行事，权且让侯禹去撞撞运气。

侯禹来到兴庆宫西北角偏门丽苑门，向监门卫士出示了郑畋手令。卫士却说，田中尉有令，未经宣召任谁也不许进宫。

侯禹气急难耐，当即和守门卫士争吵起来。卫士只得来到值守房，禀报监门校尉。监门校尉倒是与侯禹相识，听了卫士禀报，来到丽苑门外与侯禹见礼。他告诉侯禹，田中尉确有严令，不敢教人擅入。不过，他愿去请示田中尉允准侯禹晋见圣人。

京城及皇宫内苑禁卫十分严密，禁卫军系统庞大而且复杂，互相辅助又互相监督。除最强大、最精锐的神策军外，原有禁军分为六军十六卫。六军即：左、右神武军，左、右龙武军，左、右羽林军。所谓十六卫，即：左、右卫，左、右骁卫，左、右武卫，左、右威卫，左、右领军卫，左、右金吾卫，左、右监门卫，左、右千牛卫。左右监门卫掌宫苑诸门禁卫，文武官员出入宫苑，皆有门籍。台省寺监核实官员身份、人数，每月造册上报。进入宫门官员由左监门卫校尉核准身份，出宫门官员则由右监门卫校尉核查。

如今，田令孜不但职任神策军中尉，还兼左监门卫上将军，所有宫苑守门将校士卒都要听从其号令。

监门校尉向田令孜禀报说，左补阙侯禹在丽苑门外请求面圣。

田令孜一听，鼻子都气歪了：好你个侯禹，真是不知天高地厚。你擅闯北苑不得晋见，竟又追到兴庆宫来了。不准见！

监门校尉回到丽苑门，转告侯禹未获田中尉允准，请他回去，待上朝时再面圣为宜。

侯禹悲愤交加，在宫门大骂起来："田令孜，你个欺君阉竖误国奸佞，大唐江山迟早要断送在你手里！"

终于到了僖宗上朝的日子。

同文武百官一样，侯禹四更时分起床，五更天便到达大明宫南面横街等候。宫钟响过，文官们从正门丹凤门东侧望仙门入宫，经下马桥步行一里路，至东朝堂列班；武官从丹凤门西侧建福门入宫，经西下马桥至西朝堂列班。这东西朝堂，是朝会之日文武百官等候朝见之所。平日朝会谓之常朝，五品以上官员方得朝见，称为常朝官。补阙、拾遗品秩虽低，却因是天子侍从官员，故而列入常朝之班。

百官聚齐之后，文武两班按品秩列队，由监察御史带领，内侍省典直官导引入内门。监门校尉二人宣赞"唱籍"，手执门籍簿册逐一点名，被点到名字者答"在"。文官经东侧通乾门，武官入西侧观象门，再一次"唱籍"点名，而后进入宣政门，至宣政殿前列班。宰相和中书、门下两省官员对班于香案前，其余百官按班列于殿庭左右，由一品班至五品班，每班皆以尚书省官员为首。

侯禹排在香案之东、门下省官员班次末尾，与文武百官一同肃立恭候圣驾。

随着门下省侍中一声宣赞，少年天子李儇从西序门步入庭中，田令孜紧随其后。

李儇坐上御座，殿中省监、少监，尚衣、尚舍、尚辇奉御官分立左右，各竖三柄锦扇。

金吾将军奏道："左右厢内外平安。"

中书省通事舍人高声赞礼，宰相率百官向皇帝叩拜。而后，三品以上官员扈从李儇进入宣政殿。

左仆射兼门下侍郎、同平章事王铎为宰相之首，率百官向李儇再拜，文武分左右班立。

王铎启奏道："臣王铎恭贺陛下，近日有蝗虫飞至关中乃至京畿农田，但皆系义虫，不食田禾，自行饿死，故未造成灾害。此皆陛下英明盛德所至。"

京兆尹杨知至也赶忙上奏："微臣亲往畿县视察农田,见飞来的蝗虫皆落在草棵荆棘之上,拒食禾稼,全都饿毙。百姓收集虫尸,炒熟而食,美味可口,可充多日食粮哩!百姓交口称颂陛下盛德,感天动地!"

大臣们接二连三出班上奏,纷纷向李儇称贺。

兵部侍郎、同中书门下平章事郑畋奏道："臣郑畋启奏陛下,上个月徐州、泗州、宿州发生蝗灾,向西蔓延至关东、关中三十余州,就连京畿数县也受了蝗灾。左补阙侯禹回故乡宋州省亲,正遇蝗虫肆虐。他提早返京,一路经过众多州县,亲见蝗灾景况,请陛下恩准侯禹面奏详情。"

李儇点头,侯禹应召入殿,朗声奏道："陛下!蝗虫飞至宋州臣之家乡时,微臣正在田中锄草,眼见蝗虫遮天蔽日,天空一片黑暗。蝗虫落在禾稼之上,密密麻麻,咬食禾叶之声,如狂风暴雨,轰然如雷,转眼之间庄稼便被吃光。臣回京行程千余里,一路上看到蝗灾情景,与宋州大致相同。关中、京畿蝗灾虽稍轻些,禾稼被毁也有十之七八,秋粮至多能有三分收成。微臣以为最紧要者,一是须尽快颁诏受灾州县,开仓放赈,勿使灾民流离失所,造成大乱。二是受灾州县夏季欠税和秋税须一概停征,否则万千灾民便没有活路了!"

翰林学士承旨、同平章事卢携乃郑州人,他收到数封家书,得知家乡遭受蝗灾异常惨重,秋季庄稼绝收,百姓流离,饿殍遍野,遂接着奏道："臣亲见关东去年大旱,自虢州至海州,麦才半收,秋季又几乎绝收,百姓以树叶为食,不少人逃荒他乡,饿死沟壑。今年又遭蝗灾,庄稼被蝗虫噬尽,两税实已无物可征。臣恳请陛下颁敕诏受灾州县,停征两税,赈救灾民。"

李儇有些出乎意外："京兆尹杨知至到畿县察看灾情,不是说蚂蚱——呃——就是蝗虫,不吃田禾,都抱着荆棘饿死了吗?"

侯禹："陛下,哪有不吃庄稼的蝗虫,京兆尹这是欺君罔上!"

郑畋又奏道："臣到畿县察看过,确如侯补阙所言,田禾被蝗虫吃掉七八成,剩下两三成残禾收不了多少粮食。"

李儇："那日朕亲见蝗虫飞至北苑,数量不算多嘛!"

侯禹："陛下,京城内没有田地庄稼,蝗虫不会傻到涌进城里饿死。北苑没有田禾，自然也不会有许多蝗虫飞进去，望陛下明察！"

田令孜突然大喝一声："放肆！你是欺负大家年幼吗？大家亲眼所见，还能假得了吗？"

侯禹毫不示弱，朗声说道："陛下未曾营田务农，自然不明白蝗虫对庄稼为害之烈！"

田令孜更加气恼："反了！反了！侯禹，你这是蔑视君上！按律应治你欺君之罪！"

侯禹热血涌头，指着田令孜斥责道："你身为宦官，却把持朝政，欺圣上年幼，整日煽惑圣人游戏玩耍，不理朝政，连宰相不经你允准都不能面君，真是岂有此理！"

文武百官闻听此言，皆觉解气，但唯恐田令孜发怒降罪自身，故而无一人吱声，朝堂上一片寂静。

田令孜气得大叫："侯禹，你玷污君父，犯上作乱，罪不可赦！"

侯禹凛然怒斥田令孜："你一手遮天，贪赃卖官，蒙蔽圣聪，欺压群僚，败坏纲纪，真正是无君无父的乱臣贼子！大唐江山早晚要毁在你等阉人手里！"

田令孜转身对李儇一拱手，咬牙切齿道："大家！侯禹犯大不敬罪，罪该万死！"

李儇呆若木鸡，口中嗫嗫嚅嚅："阿父……阿父中尉……"

郑畋："陛下，侯补阙虽言语粗直，冒犯了田中尉，但他所言蝗灾却是实情，望圣上明察，救济灾民安抚百姓要紧！"

田令孜："不可！今日必须治侯禹死罪，其余事体以后再议！请大家传谕，即刻将侯禹推出殿去斩首！"

郑畋急忙再奏："陛下，万万使不得！侯补阙是朝廷言官，讽谏是其职责所在。祖宗立下规矩，言官不以言治罪！"

郑畋说罢，拉拉身边卢携的衣角，示意让他帮腔搭救侯禹。卢携刚要开口，却见田令孜射来恶狠狠的刺人目光，不禁打了一个冷战，话到嘴边又咽了回去。

田令孜催促李儇下旨处死侯禹，僖宗茫然地看看左右，又看看田令孜那张平日总是笑容可掬眼下却变得狰狞可怖的脸，不由自主说道："左补阙侯禹……赐死……"

郑畋"扑通"一声跪倒在地,朗声奏道:"陛下!我大唐自太宗立下规矩,言官不得因言获罪。即便侯禹说的全错了,也不应治罪,更没有死罪!若是追究侯禹言事之罪,有违大唐祖制,万万不可!"

田令孜冷笑一声,说:"郑堂老,言官不以言治罪,难道就可以目无至尊侮谩天子吗?莫非说言官弑君篡国也不能治罪?真是岂有此理!左右千牛卫,将侯禹推出去砍了!"

郑畋以头触地,嘶声喊道:"陛下!臣愿辞去相位,以保侯禹性命!"

王铎等大臣也纷纷跪地求情:"请陛下开恩!"

卢携也犹豫着跪了下来。

田令孜对侍卫在侧的千牛卫将军吼道:"还不给我动手!"

李儇看见田令孜凶神恶煞般模样,吓得连连挥手。

两名千牛卫架起侯禹,将其拖出殿门。

侯禹高声斥骂不止:"田令孜!你这个祸国殃民的阉贼,罪该万死!上天不会饶过你!"

二　斜晖脉脉水悠悠

唐建都长安，初名京城，后改称上都、西京。"长安"是沿用西汉、东晋、北朝旧称，也是习称。其外郭城，东西广十八里一百一十五步，南北长十五里一百七十五步。纵横二十五条大街，将城区分割为一百零八坊，坊又称为里。坊里规制不完全一致，街道宽窄亦有差别，分别为一百步、六十步、四十七步不等。朱雀门大街宽达百步，长九里一百七十五步，是长安城之中轴线。

西京有三座东城门，自北往南依次为通化门、春明门、延兴门。延兴门内大街之南，第一坊名曰升道坊，当朝宰相郑畋府第即在此坊。

升道坊西邻为升平坊，坊内有一著名游览胜地——乐游园，因此园建在原上，在城内最高处，故而又名乐游原。汉宣帝时始建乐游苑，后太平公主在原上置亭，常来游赏。每年三月上巳节、九月重阳节，长安士女争相到此登高游览，一时车马填塞，帷幕遍布，绮罗耀日，馨香满路，酒肆排列，乐舞铺张，煞是热闹。

此时乐游原不比盛唐时节，虽说已近中秋，却游人稀少，显得静寂而空旷。

这日正午时分，有四位游客步入园中。他们缓步登上高处凉亭，眺望远方。

自凉亭南望，芙蓉园花木葱茏，曲江池碧波荡漾，慈恩寺塔高入云端，崔嵬矗立，衬得远处终南山诸峰矮了下去。西望古城咸阳，好似一处村落。北望"三大内"，宫殿群鼎足而立，红墙黄瓦，闪耀着耀眼光芒。北苑外，渭水恰似一条飘带蜿蜒东去。东望骊山，一派青苍，如墨如黛，宫观寺庙，错落其间，云雾缭绕，恍若仙界。

四名游客似乎无心观赏风景，个个心事重重，不时发出一声长叹。

那位头戴黑色幞头、穿淡绿色袍子者，约莫四十岁光景，脸庞清癯，眼窝深陷，右眼炯炯有神，左眼却似乎睁不开，显得一只眼大，一只眼小，有些丑陋古怪。此人姓皮名日休，字袭美，又字逸少，自号醉吟先生，乃襄阳竟陵人士。他于咸通八年进士及第，但在吏部关试时落选，仕途无门。究其原因，是他对朝政多有讥刺，引起考官及权臣不满，故意不让其过关，使之不得铨注授官。皮日休只得离京东下，自华山出潼关，经洛阳、汴州，到淮南、江南一带游历。他应苏州刺史崔璞之邀，入幕府做布衣宾客。八年之后，皮日休被举荐为秘书省著作局校书郎，成为一名九品小官，每日里做些整理校勘典籍的勾当。

皮日休博览经史，学富五车，诗文精妙，名闻天下，宰相郑畋对其尤为赏识。前不久，由郑畋举荐，皮日休擢任太常博士，算是一个从七品芝麻官儿。

皮日休目睹朝政败坏，纪纲丧乱，皇帝昏庸，宦官专权，藩镇割据下战乱频仍，加之连年水旱蝗灾，官府横征暴敛，弄得民不聊生，饿殍遍地。近日，左补阙侯禹在朝中面折廷争，请求朝廷减免赋税救济灾民，却被田令孜和童昏天子治以死罪。此事令他痛彻心扉，悲愤莫名。今日，他特意邀约罗隐、聂夷中、杜荀鹤三位意气相投的诗友，同登乐游原，饮酒赋诗，一吐胸中块垒。

四人之中，河南中都（沁阳）人聂夷中最长，已过不惑之年。咸通十二年，他以"孤贫者"即穷苦寒士中榜及第，朝廷赐给他一个从九品官职——华阴县尉。另一位个子矮小、皮肤黝黑者，乃余杭新城人罗隐，年纪三十挂零。他长着两只小眼睛，几乎看不到眼珠。一张阔嘴巴，笑时似乎要把嘴角咧到耳朵后边去。其诗文多讥刺时政，蔑视权贵，得罪了考官和重臣，连续七场科考，却每每落第。今年同往昔一样，他仍是榜上无名。另一位年轻人，姓杜名荀鹤，字彦之，二十八九岁，池州石埭人士。他出身寒微，其父杜筠是一名乡正，乃不入流的乡间小吏，为官僚士大夫所不齿。然而，杜荀鹤才气纵横，少年时即有诗名，被誉为江南才子。由于其身贫才高，世上便传说他是大诗人、风流才子杜牧的微子，就是私生子。故此，杜荀鹤几番进京应考，皆不得中。今年春闱，他又与罗隐一同落榜。

荀鹤饱尝科场辛酸,看惯世人白眼,在诗中多次叙及屡试不第的困窘之状和悲愤心情:

> 一回落第一宁亲,多是途中过却春。
>
> 心火不销双鬓雪,眼泉难濯满衣尘。
>
> 苦吟风月唯添病,遍识公卿未免贫。
>
> 马壮金多有官者,荣归却笑读书人。

如今荀鹤又一次落第,不日就要回乡。皮日休邀集诸友相会,兼有为荀鹤饯行之意。

聂夷中从华阴县赶来赴会,特意带来两坛家乡美酒——杜康酒,为荀鹤壮行。

聂夷中问荀鹤:"彦之打算何日启程?"

杜荀鹤:"后天就走吧。在长安已经待得太久,山穷水尽,横竖没有指望了,徒然给袭美兄增添麻烦,不如归去!"

皮日休:"彦之如此说,叫愚兄汗颜!"

杜荀鹤:"袭美兄过于自责了。如今年少天子耽于游戏,宦官把持朝政,卖官鬻爵,贤愚颠倒。朝政如此不堪,连宰执大臣都无能为力,袭美兄一个从七品闲官,岂能扭转乾坤?"

罗隐问道:"坊间传闻,左补阙侯禹因奏报蝗灾,为民请命,在朝堂上被赐死了?"

皮日休缓缓地点点头,长长地叹了一口气,忍着眼泪沉沉说道:"当今圣上幼弱贪玩,不知治国理政为何物。田令孜大权独揽,朝纲独断,圣人被他引诱玩弄于股掌之上,宰相大臣想面君却不可得,宦官阉人把个朝廷祸害得不成样子。田令孜一句话,侯中谏就被宦官们弄到内侍省乱棒打死了!"

聂夷中:"上个月华阴县遭了蝗灾,庄稼几乎被蝗虫吃光。县令不敢上报灾情,看来报了也没用。今年秋税仍要全额征收,百姓怕是过不去这一关啊!"

罗隐:"穷人纳不起田税,就得抓到县衙打板子坐牢房,你这县尉大老爷可有用武之地喽!"

聂夷中痛苦地摇着头:"高适曾做过封丘县尉,后来不堪鞭挞百姓挂冠而去。

他的《封丘作》正道出了我今日心境,每每诵之,都不免锥心之痛啊!"说完吟道:

> 我本渔樵孟诸野,一生自是悠悠者。
>
> 乍可狂歌草泽中,宁堪作吏风尘下。
>
> 只言小邑无所为,公门百事皆有期。
>
> 拜迎长官心欲碎,鞭挞黎庶令人悲。
>
> …………

聂夷中吟罢,泪水潸然而下。

四位诗友一边饮酒,一边感慨:朝政腐败,宦官横行。国事日非,民不聊生。个人遭际,文章憎命。报国无门,前路迷蒙。酒入愁肠,愁思愈浓。今日一别,何日再逢!

众人轮番向荀鹤敬酒送别,一杯一杯复一杯,一切尽在不言中。此情此景,正可谓"抽刀断水水更流,举杯销愁愁更愁"!

皮日休起身咏道:

> 梦里忧身泣,觉来衣尚湿。
>
> 骨肉煎我心,不是谋生急。
>
> 如何欲佐主,功名未成立。
>
> 处世既孤特,传家无承袭。
>
> 明朝走梁楚,步步出门涩。
>
> 如何一寸心,千愁万愁入。

罗隐手持酒杯,且舞且吟:

> 长途已自穷,此去更西东。
>
> 树色荣衰里,人心往返中。
>
> 别情流水急,归梦故山空。
>
> 莫忘交游分,从来事一同。

杜荀鹤猛饮一杯,接着吟道:

> 年年名路谩辛勤,襟袖空多马上尘。
>
> 画戟门前难作客,钓鱼船上易安身。

> 冷烟粘柳蝉声老,寒渚澄星雁叫新。
>
> 自是侬家无住处,不关天地窄于人。

罗隐将杯中酒一饮而尽,脱口咏道:

> 得即高歌失即休,多愁多恨亦悠悠。
>
> 今朝有酒今朝醉,明日愁来明日愁!

两坛杜康老酒点滴不剩,酒杯也都空空如也,四位诗友早已各呈醉态。

日落月升时刻,四人终于依依惜别。

杜荀鹤离开长安,回故乡池州去了。聂夷中已回华阴,只有罗隐行止未定。

前不久,皮日休将罗隐诗文送呈当朝宰相郑畋。皮日休以为,如蒙郑畋荐举,罗隐或许能得朝廷任用,踏进仕途之门。郑畋读罢罗隐诗文,大加赞赏,尤其对其文集《谗书》赞叹不已,便对皮日休说,他想见一见罗隐,意思是要当面考察一下其才学品行。

眼下罗隐之所以没有离京,即是遵皮日休嘱咐,等候宰相郑畋召见。

滔滔黄河横穿大漠,咆哮壶口,飞越龙门,冲出晋陕峡谷之后,进入中下游平原,滚滚东流而去。

黄河经晋陕峡谷向南奔涌至潼关,迎面撞上华山高地,河水不得不来一个九十度大转弯,至荥泽县(今河南省荥阳市)再向东去,即是一望无际的下游平原。黄河至此再无拘束,像一匹脱缰野马,随心所欲地奔驰在广阔平坦的原野之上。

黄河在穿越西北黄土高原时,挟带大量泥沙。进入下游平原之后,河床变得宽广,流速变缓,泥沙沉淀,河床迅速增高,以至于高出地面,成为一条悬河。因而,黄河屡屡决口,造成河流多次改道。

唐代黄河中下游河道与今不同,其走向是:自荥泽县北十五里处折向东北,经卫州(今河南省卫辉市)城南至滑州(今河南省滑县)城北,又经濮阳县、范县入山东阳谷、聊城县境,再经德州(今山东省德州市陵城区)以南至棣州蒲台县(今山东省滨州市)境,流入渤海。

濮州濮阳县黄河南岸,有一个村庄名曰大王庄,庄内住有五百多户人家,两千余人口。这五百多户中,有近一半人家没有田地或田地甚少,长年以贩卖私盐为生。

　　庄内仕户本来都有田地,唐初实行均田制,由官府授给百姓土地。十六岁以上、六十岁以下男子,每人授给永业田二十亩、口分田八十亩。有封爵的贵族和五品以上官员,可依照品爵阶级请授永业田五顷至一百顷。有战功授勋者,可依照勋级请授勋田六十亩至三十顷。同时规定,永业田传给子孙,不再收回,永业田和口分田皆准许买卖。

　　自高宗以后,战争频繁,宫室园林兴建日多,奢靡之风日盛,百姓赋税劳役不断增加,农民负担越来越重。各地官吏和豪强大户相互勾结,将赋役科差转嫁到平民头上,迫使大量自耕农借债或出卖土地,以致破产。贪官污吏受请托纳贿赂,助豪强大户兼并土地,肆意掠夺财产,使大批农民典卖田地,只得佃种或佣耕豪强大户土地,成为佃农或雇农。如有战事发生,兵役全落到贫苦农户身上,官府逼迫他们服役当兵,还要他们自备衣粮。一旦抽丁充军,往往遥遥无期,家中无人耕种田地,还照旧要负担租庸调。安史之乱以后,百姓赋役更加沉重。德宗朝推行两税法,但夏秋两税之外,摊派捐税愈来愈多,百姓负担增加三倍以上。至僖宗朝,朝政更加腐烂,吏治败坏已极,加上战乱不断,各级官吏额外科派,随意加征,致使农民不堪重负。百姓破产逃亡,或流落外乡当佃户,或奔窜山林,以打劫富豪为生,以致世道混乱,动荡不安。

　　百姓失了土地,没有活路,许多人便不惜铤而走险,违反朝廷禁令贩卖私盐,以求生存。

　　食盐是不可或缺的紧要物资,且是历朝历代重要税源。周代始设盐政之官,汉武帝时立盐法,实行食盐专卖,禁止私人经营。唐肃宗朝制定榷盐法,因而盐利大增。至代宗大历年间,每年盐利高达六百余万缗(缗,用于成串的铜钱,每串一千文),占全国赋税总额半数以上,成为朝廷财税主要来源。宫廷耗费、军资兵饷乃至百官俸禄,都要靠盐税供给。故此,朝廷严刑峻法,禁止私人贩卖食盐。然而,百姓为活命,冒死贩盐者愈来愈多。

　　濮阳县大王庄有一百多个私盐贩子,长年贩运倒卖私盐。这些人和附近十几个村庄的盐贩结成一个盐帮,其头目称为帮主,姓王名仙芝。王仙芝手下有六个小头目，各自带领四五十人为一小帮，将贩运的私盐贩卖到划定的区域，谋利养家糊口。盐帮弟兄们，皆尊称帮主王仙芝为大哥。

王仙芝盐帮主要运输工具是驴、骡。有的人拥有多头骡子，有的则只有一头小毛驴，自然也是贫富不均。不过，帮内弟兄很抱团，"义"字当先，一人有难，众人救援。在运盐途中或卖盐之时，一人遇到麻烦，帮内兄弟都会奋力相助。若有人遭遇地痞恶霸欺负，众弟兄便一齐上阵，拼了性命也在所不惜。为防土匪抢劫和官府缉拿，帮内弟兄人人暗备兵器，刀棍矛箭，形形色色，优劣不等。遇上官府稽查，或行贿过关，或冲关而过。有时不得不与官兵拼斗厮杀，即便有伤亡，也强过让官府捉去杀头。

朝廷为控制财源，颁布了极其严酷的禁运私盐法令：走私海盐二石以上者，所犯人处死。

唐代所产食盐有三种。一为散盐，即海盐，产于沿海各地；二是池盐，国内有盐池十八处；三为井盐，共有盐井六百四十口。另有一种岩盐，为数寥寥。实行食盐专卖之前，盐价每斗十钱。唐肃宗乾元年间，"尽榷天下盐"，施行食盐专卖法，每斗盐价加至一百一十钱，一下子增加了十倍。到了德宗贞元年间，盐价每斗增至三百七十钱。此前全国盐税每年收入四十万缗，实行专卖后，宪宗朝盐利便高达七百万缗。朝廷为垄断盐利，在域内设有十三个巡院，专事巡查缉捕贩卖私盐者。

食盐专卖增加了朝廷税收，却大大加重了百姓负担，尤其贫苦农民买不起食盐，经常淡食。食野菜而无盐，很多人得浮肿病而死。这便促使私盐贩运队伍迅速扩大，同时也为私盐贩卖提供了广阔市场。贩卖私盐每斗成本不超过五十钱，其中还包括人畜食宿和向关卡吏卒行贿所用"买路钱"。若私盐按照官价之半卖出，每斗可净赚一百五十钱。一头驴骡可驮运四至六斗，如此则贩运一趟私盐即可赚得六百至九百钱，有两头以上牲口的盐贩当然赚得更多。

王仙芝盐帮，帮规甚严。为生计所迫，一同冒险违禁贩盐的汉子们，歃血盟誓，结为生死弟兄。多年来，盐帮弟兄们遭遇过种种困难和危险。有时碰上连天淫雨，有时被大雪滞留途中，更有遇上极其贪婪的巡查缉私官吏之时，通不了关，只得拼杀闯关而过。盐帮曾几次在途中遭遇当地恶霸土匪抢劫，王仙芝率领弟兄们大打出手,方得逃出虎口。王仙芝任侠仗义,无论遭遇多大艰险,都不愿丢弃一个盐帮弟兄。哪个有了难处,仙芝总是慷慨相助,故而他不但在帮内威信甚高,即便在濮州、曹州一带众多盐帮中,也是声望素著。

王仙芝盐帮贩运私盐多年,有大致固定的路径。距濮州较近的产盐地有三个:一是河中府解县、安邑两县,有五个盐池。第二个产盐地是沧州渤海盐场。第三个产盐地是楚州盐城县,产盐量最大,水陆道路四通八达,易与缉私巡卒周旋。而且,交通要道徐州未设缉私巡院,兖州和泗州两个巡院之间,南北相距五六百里之遥,中间空隙很大,回旋余地充裕。因此,仙芝盐帮一直选择楚州盐城为货源地。

王仙芝盐帮销售私盐地域较广,主要在黄河以南长江以北的宋、曹、亳、颍、汴、郑、卫、滑、许、汝、陈、蔡、唐、邓、申、光、随、安、蕲、黄等州。仙芝闯荡江湖多年,经验老到。他将这二十多个州划分为十个售卖片区,每贩运一批盐,在一个区两三个州内销售。大体一个月一个运销轮回,一年下来,这二十几个州地盘即可轮流销售一遍。年深日久,盐帮与各地大买主或坐地商贩多已相熟,加上盐帮恪守信用,送货及时,盐品纯正,价格低廉,自然很畅销。盐帮有了固定销售门径和市场,生意做得还算顺畅。

盐帮内弟兄称王仙芝为大哥,对外则称他为大帮主。帮内有一个读过几年书的破落户子弟,姓尚名君长。他家中原有五六百亩土地,且有一块百余亩号称"粮食囤"的良田,被本乡最大豪强户兼乡正看中,便耍弄毒计将"粮食囤"地强行霸占。尚君长之父与乡正打官司,家中田地赔了个精光。尚父气得悬梁自尽,尚母也投井身亡,尚君长便带着弟弟尚让投靠了王仙芝盐帮。尚君长不但识文断字,而且头脑灵活,点子多多,人送绰号活诸葛。后来,帮内弟兄视尚君长为军师,称其二哥,尚便坐了盐帮第二把交椅。其余小帮头目,则被弟兄们称作帮头。

第一帮帮头名唤柴存,四十来岁,老实巴交,木讷寡言,但为人很厚道。柴存和仙芝是同村邻居,与仙芝最早搭帮贩私盐,仙芝便让他做了第一帮帮头。第二帮帮头名毕师铎,三十来岁,被抽丁当过几年边兵,会骑马射箭,操刀弄枪,有一身好武艺。毕师铎胆大心细,身手矫健,骑头骡子奔驰如飞,故而人称"鹞子"。第三帮帮头柳彦璋,原是乡间塾师,即穷教书先生。近些年天灾加战乱,少有人读书,柳彦璋只好停馆,进了盐帮贩卖私盐过活。第四帮帮头李重霸,本是屠户,这年头没有猪羊可杀,失了生计,便找到王仙芝,投盐帮当了保镖。他带领的第四帮,兼作盐帮护卫队。第五帮帮头曹师雄,原是流浪江湖玩杂耍百戏的艺人。第六帮帮头是訾亮、訾信兄弟,二人都是二十多岁的庄稼汉,往年给大户人家佣耕,因不堪雇主百般役使盘剥,便投了王仙芝盐帮。

唐代州郡并称,濮阳县属河南道濮州濮阳郡管辖。起初全国分为十道,安史之乱后,藩镇割据,道这一级仅存名称,成为地理区划,不设官也无衙署。藩镇又称方镇,至宪宗元和年间,全国除京都京兆府外,共有四十八个方镇、二百九十五个府州、一千四百五十三个县。方镇长官集军、政、刑、财大权于一身,属官自除,财赋自用,牙兵自统,刑罚自专,简直就是一方诸侯或小朝廷。朝廷任命的方镇长官,有的称节度使,有的称观察使、防御使或团练使,南疆四镇则称为经略使。节度使本是武职,以军事长官兼任州府行政长官,且赐有军号,故藩镇又称为军镇。濮州属天平军,节度使治所在郓州(今山东省东平县),时任节度使兼郓州刺史名薛崇,管辖郓、曹、濮三州。濮州辖有鄄城、濮阳、范县等五县。濮阳县城在濮州西北,大王庄则位于濮阳县黄河南岸。

僖宗乾符二年春天,中原大旱,濮州旱情严重,夏粮大麦小麦几乎绝收。天平军节度使薛崇不仅不向朝廷报告灾情减免夏税,反而要各州县加征三成。百姓被搜刮一空,饿死过半,其余或逃往山林大泽,或流亡他方。有不少饥民来到大王庄乞讨,王仙芝带领盐帮弟兄开设粥棚,每日用大锅煮些粥汤,以维系饥民性命。饥民中有老弱妇幼,也有青壮年。其中那些壮年汉子,在帮里干些力气活。偶尔有人带来一头驴子,便跟随盐帮驮运私盐。

大王庄盐帮开设粥棚之后,十里八乡饥民络绎不绝前来就食。一个月之后,收容饥民即达五六百人之众,王仙芝盐帮积存的粮食很快消耗殆尽。

濮州刺史苟同希,为贿赂薛崇以求升官,巧立名目,大肆搜刮,天天催逼,日夜不停地抓人、打人,抄没家产。每日都有人被活活打死,被关进大牢者更是不计其数。

乡民百姓实在没有什么可搜刮了,刺史苟同希便打起了盐帮的主意。他算计着,眼下除去豪绅大户,也就是盐帮能榨出些油水。州辖五县境内,有大小三四十个盐帮,人数少者三五十人,多者一二百人,总计至少二千五百余众,若按人头每人缴纳五百钱盐捐,加起来就是一百二十多万钱,除去上缴州衙八十万定额之外,还有四十多万钱可中饱私囊,何乐而不为哉?

苟同希盘算已定,便派出官佐吏员分赴各县,张贴告示,督促县乡官吏到盐帮催交盐捐。王仙芝盐帮是濮州境内最大一帮,苟同希派往濮阳县的,是司法参军于游水。

于游水一行人来到濮阳,县令尤利不敢怠慢,赶忙设宴接风。尤利是正七品上阶县令,司法参军不过是正八品下官阶,但于游水是州衙差官,那就是上神,就得礼敬烧香贡献。这早已成为官场规矩,连平民百姓间都流传着"相府丫鬟七品官"的口头禅哩!

尤利嘱咐从长垣县雇来的厨师,一定要上大野泽所产鲜鲈鱼,要喝兰陵酒,美酒佳肴多多益善。县令和僚属们轮番向于游水敬酒,祝酒词五花八门,用尽心思。

于游水却是一个直性子酒鬼,只喜捧起酒坛一饮而尽。他是濮州有名的酒神,喝酒技艺臻于出神入化之境。他掌司法,无论穷人或豪强大户,都得请他喝酒。否则,"衙门口朝南开,有理无酒莫进来"。他天天饮酒,一天三喝,清早进衙门时便已醉意醺醺,夜晚常常要饮个通宵。早年间,他胡吃海喝,荣获酒鬼名号,后来在酒场修炼得多路武艺,譬如"一条龙""三棚楼""富贵不断头"之类,竟又夺得酒仙美称。这些花样玩够了,于游水返璞归真,就连酒杯都不用了,饮酒时口对酒坛,饮个五六坛也不见大醉,只是整日醉意微醺,既清醒又迷糊,却能照常按送酒赠银多少断案判官司处罚人众。由于长年累月嗜酒如命,他脸庞总是红通通的,鼻头通红奇大,弄成一副酒糟鼻了。他腰腹粗大,如同怀崽母猪一般,走起路来挺着大肚皮左右摆挪,活脱脱一尊瘟神,因此人送别号"酒瘟神"。到了夏天,于游水耐不得热,常脱去上衣,光着膀子在大街上横行,身上汩汩冒出的汗水油光发亮,于是又得了"于油水"的外号。

于游水一番豪饮,却是苦了县太爷尤利,喝得头痛欲裂,五内如焚。于游水连喝下四五坛酒,意犹未尽,还缠着尤利猜拳行令。尤利无奈,只好命衙役到街上去寻一个唱曲儿的，来为于游水助兴侑酒。

衙役很快从大街上找来祖孙两个行乞艺人。老翁须发皆白，双目失明，怀中抱着一架竖箜篌，让其孙女用一根竹竿牵引着走进客厅。孙女看上去十三四岁模样，一身麻布衣，分不清是灰还是绿，只是洗得还算干净。女孩子面目清秀，瘦弱矮小，少气无力，怕是多日没吃一顿饱饭的缘故。老翁虽是个盲者，可看来技艺不俗，瘦骨嶙峋的双手，弹拨弦索，发出一串串美妙乐音，恰赛空谷清泉，在乱石丛中奔流激荡，叮叮咚咚作响；又好似珠落玉盘，清脆圆润，令人如坐春风，如饮甘泉。

尤利为之精神一振，酒醒大半，不由得坐正身子，仔细聆听起来。尤利知道，这竖箜篌原是西域乐器，东汉时传入中原。箜篌分卧式、竖式两种，从五弦到二十五弦不等，民间所用箜篌，以五弦七弦居多。这老翁所持之箜篌为二十三弦，在京城勾栏曲院或宫中教坊梨园乃寻常乐器，但在濮阳这小小县城，却是稀罕之物。

此刻，女孩儿开口唱道：

梳洗罢，

独倚望江楼。

过尽千帆皆不是，

斜晖脉脉水悠悠，

肠断白蘋洲。

尤利大吃一惊，女孩儿唱的竟是懿宗朝大诗人温飞卿名篇《梦江南》！当年，他在京城科考，中榜及第后，曾到勾栏曲院听到过此曲。其时京都正流行落第才子温庭筠的新词，如今这濮阳小县里如何会有人演唱这等雅致曲词？

一阵深沉、低回、舒缓的乐曲奏过，女孩儿接着唱道：

箫声咽，

秦娥梦断秦楼月。

秦楼月，

年年柳色，

灞陵伤别。

这边于游水却不耐烦起来，大叫："你他娘的唱的都是什么破曲儿，老子听着浑身不舒服！换一支好听的、带味儿的、过瘾的曲子唱给老爷听！"

老翁轻声对孙女说道："《菩萨蛮》。"

箜篌奏出激越明亮顿挫有致的一串串乐音，女孩儿强打起精神唱道：

> 枕前发尽千般愿，
>
> 要休且待青山烂。
>
> 水面上秤锤浮，
>
> 直待黄河彻底枯。
>
> 白日参辰现，
>
> 北斗回南面。
>
> 休即未能休，
>
> 且待三更见日头。

于游水色眯眯地调戏女孩儿道："小心肝儿，本官跟你床上恩爱还不够呢，怎舍得休了你？"

尤利觉得有些不堪，忙说："赏饭！"

于游水哪里肯放过，急忙道："叫他们今晚就歇在客舍，明日还接着给老子唱曲儿！"

尤利连忙答应："好！明日还给于参军唱曲子。唱好了，有赏！"

老翁爷孙俩赶忙谢过，由一名衙役引着用饭去了。

于游水又顾自灌下一坛老酒，方被衙役搀扶着，似醉非醉地哼着淫曲去客舍歇息。

当年尤利三次赴西京科考，前后在长安滞留四五年之久。他与众进士出身的官员一样，熟稔诗词格律，吟诗作赋度曲填词是练就的看家功夫。文人士子们通音律，喜歌舞，省试前后总要挤出空闲到酒肆歌楼听曲观舞。殿试放榜之后，及第者按例要狂欢十天半月，有的新科进士甚而会沉醉在歌楼曲院数月之久。尤利入仕做官之后，忙于迎送上司上差，还要下乡催征赋税，平日里有审不完的案子、打不完的板子，赋诗填词的闲情逸致早就消磨光了，听曲观舞的雅兴也没有了。即便他有兴致，在这兵荒马乱的穷乡僻壤也无可听无所观，他一个堂堂七品县令，总不能和那些屠户贩夫一起蹲在大街上观看负鼓盲翁做道场吧？今年蝗旱大灾，百姓饿死无数，逃亡几尽，朝廷既不救济，又不减税。上司天天督催逼命，不是提前征税，便是额外抽捐，百姓真的没有可交之物了，甚而没了活路，尤利却不得不一边鞭挞百姓，一边巴结逢迎上司赔笑脸，被人骂作敲剥百姓的贪官狗官，真是老鼠钻进风箱里——两头受气。今日老翁爷孙俩席间演唱献艺，着实让尤利享受了一回久违了的文人雅士的乐趣，他估摸着，老翁定非平常民间艺人。

尤利亲自来到县衙客舍，一来要照看一下于游水，二来想问问老翁底细。

原来，老者是懿宗朝教坊五百乐工之一，当年凡有朝廷庆典，或懿宗出游之时，他作为首席箜篌乐师，与坐部伎同侪演奏乐曲，其间还曾几次得到懿宗皇帝赏赐呢！

尤利虽在京逗留多年，只有在进士及第后的曲江宴会上，与同年们一道晋见过天子，陪同懿宗观赏了一场教坊乐伎们演出的乐舞。

老翁说，他因年迈回到了家乡徐州萧县。咸通九年，庞勋兵变造反，朝廷派兵围剿，战乱之中，儿子被抓丁充军战死了。乱兵来到村子里抢劫杀人，家中被劫掠一空，房屋被一把火烧掉，他的儿媳竟被活活烧死。老翁双眼哭瞎了，只是因为还有一个六七岁的孙女，他才没有寻短见自尽。

老翁带着孙女，一边四处流浪乞讨，一边教孙女弹唱学艺。今年遭逢天灾，遍地饥馑，卖艺难以糊口，爷孙两个常常是整日不得一口汤饭，不得不挖野菜草根充饥。

尽管尤利几乎天天打老百姓的板子，干过不少坑害黎民之事，今日听老翁哭诉，也不禁伤心落泪。回想当年，自己成为新科进士，也曾满腔热血，豪情万丈，誓要为民造福，致君尧舜……可如今，朝政昏暗，藩镇割据，自己已经成了一个随波逐流欺压百姓行贿受贿的昏官贪官，早先的志向抱负，都无从说起了！

尤利命管家拿来五百钱送给老翁，嘱咐爷孙两个明日一早就离开此地，远走他乡，免被于游水纠缠。

深夜，于游水一觉醒来，只觉口渴难耐，便翻身下床，自己倒了碗凉茶喝。见天尚未亮，他复又躺下，却只觉浑身燥热，翻来滚去怎么也睡不着。忽地，他听到隔壁传来鼾声，于游水猛然记起，唱曲儿的爷孙俩就睡在邻屋。于游水一时兴起，随手提了刀，来到隔壁客房，用刀拨开门闩，踢开房门闯了进去。

老翁爷孙俩被惊醒，忙问何人。于游水也不答话，循声扑在女孩身上，闷头扯撕她的衣衫。女孩儿拼死抵抗，老翁摸索着拉住了于游水一条腿。于游水一脚蹬去，将老翁踢翻在地，再也动弹不得。

女孩儿情急之下，一口咬上于游水的胳膊，死死不放。于游水疼得"哇哇"直叫，顺手抄起腰刀，往女孩儿脖子上砍去。女孩儿脖子被豁开大半，一股热血喷涌而出，溅了于游水满头满脸。

于游水用手抹去糊在眼上的血浆，见老翁躺在地上还在哼哼喘气，便一不做二不休，照准他的肚腹一刀捅下去，老翁顿时毙命。

于游水在老翁衣襟上擦了两下刀上鲜血，回到自己住的客房，倒头睡去。

次日清早，一名衙役来招呼于游水洗漱用饭，见他躺在炕上还在呼呼大睡，头上脸上却糊了许多血浆，先自吓了一跳，急忙跑出屋子。又见隔壁老翁住的客舍房门大开，地上血水横流，大叫一声，飞奔去向尤利禀报。

尤利匆忙赶到客房门口，只觉血腥气扑鼻。他走进房门，见老翁躺在地上，污血横流。女孩儿身在炕上，血浆从炕上流到地面，与爷爷的血汇成一片。女孩儿身上衣衫被撕得稀烂，口中还含着一块血糊糊的东西。

尤利来到隔壁房间，见于游水仍在酣睡，头上和刀上血迹斑斑，心里便什么都明白了。他原也知道，于游水是一个杀人不眨眼的魔王，对他管押的囚犯随意宰杀，不知害死过多少人命。可今日之事，发生在濮阳县衙门里，怎么说传出去也不好听。毕竟是自己命人找来老翁祖孙俩来衙门唱曲儿，害得他们惨遭毒手。他一时怒起，真想拿起那把刀，捅死这个杀人不眨眼的畜生！可他恨是恨，心里也明白，自己一个七品芝麻官，对这种事情还真是奈何不得。

尤利冷静下来，知道自己今日无论如何也不能和于游水一道去大王庄催缴盐捐了。索性让县尉陪他去吧，自己装病躲在家里，也免得为虎作伥，与于游水同流合污。

三　金色蛤蟆争努眼

　　正午时分,于游水带领县尉、衙役一班人马来到大王庄,王仙芝和盐帮弟兄们热情地迎了上来。

　　多年来,王仙芝跟州县官吏打过无数次交道,早已熟谙应付他们的路数,无非是请吃请喝,送钱送礼。他更知道于游水是个横行无忌贪婪凶残杀人不眨眼的家伙,轻易不能得罪这个恶魔。

　　于游水拿出刺史衙门告示,要盐帮三日之内交出四十万钱盐捐。

　　王仙芝谦恭地说:"好说、好说,请于参军用过酒饭再公干不迟。"

　　王仙芝、尚君长派人买来几条黄河大鲤鱼,又好不容易弄来一头羊两只鸡,把帮里珍藏的杜康酒和兰陵酒拿出来,款待于游水等人。

　　于游水酒足饭饱之后,王仙芝又给他送上两万钱,其中一万请他转送刺史苟同希。

　　于游水笑眯眯地说:"人情我领了,可你的四十万钱盐捐还得缴,这是苟使君的严命,本官也不得不照办。"

　　所谓"使君",乃是时人对刺史的尊称。

　　王仙芝赔着笑脸说:"请于参军高抬贵手,我大王庄盐帮统共不足三百人,按照州衙告示纳捐,每人五百钱,也不过十五万钱,怎的要收四十万呢?"

　　于游水咧开大嘴笑道:"听说你的盐帮近日增添了五六百人嘛!"

王仙芝叫苦不迭："于参军！那都是些老病妇幼人等，饿得没法子来大王庄乞食，每日帮里弟兄给他们熬几锅稀汤，怎的都算成了帮里人呢？"

于游水哈哈大笑起来。大王庄开设粥棚容留饥民情形他心知肚明，便装作慷慨大度模样说道："好吧，待我回到州里，替你向使君求求情。不过，最多给你减免十万钱，三十万是一个子儿也不能少了！三日后，本官带人来取钱，到时候不缴齐盐捐，老子可就不客气了。"

不管王仙芝如何求情，于游水再不松口，带上两万钱打道回府了。

于游水走后，王仙芝与尚君长等人赶忙商议对策。

从去年至今，中原遭受旱灾蝗灾，百姓大多饿死或逃亡，贩卖私盐的生意自然大大受损，盐帮弟兄仅能养家糊口，几乎没有剩余。今春以来，盐帮救济乡亲，耗费巨大，帮里多年积蓄都快要用光了。于游水来收盐捐，仙芝与君长依照以前的老办法，以为送两万钱贿赂，再缴纳三两万钱捐也就过去了。没承想，于游水收了钱，居然还要三十万，帮里如今是连十万也拿不出的。

尚君长想来想去，觉得只剩下两条路：一是再行贿赂，倾尽所有送给刺史作大礼，以求过关；二是一文钱不交，软磨硬抗。

王仙芝斟酌再三，对尚君长说道："第一条道看来不可行。其一，咱们眼下已没有多少钱可送，若几年的积蓄用光，帮内弟兄和上千口眷属都得等着饿死，更不用说施粥救济乡亲了，这样做是死路一条。其二，刺史苟同希和于游水贪得无厌，此番非要三十万不可，我等倾尽所有也不能满足他。以此看来，只能走第二条路，软磨硬抗，走着说着。"

尚君长长叹一声，说："车到山前必有路，船行桥头自然直。我等就豁出去，听天由命便是！"

于游水回到濮州衙门，向刺史苟同希献上盐帮贿赂的一万钱，献媚说，盐帮富足得很，大有油水可捞，收缴三十万钱不在话下。只是，盐帮头目个个刁滑顽劣，不动真格怕是不会出大血拿出钱来。

苟同希收下贿赂，心中激起更大贪欲。他为自己能想出加派盐捐妙计洋洋自得，越发要大显身手，以图立功受奖。如此名利双收一举两得的好事，不大捞一把，那才是十足的傻瓜混球儿猪脑壳！他略一思虑，向于游水下令："你明日带两名佐官、四名衙役，再带上八名狱卒，去大王庄把三十万盐捐催缴回来。盐帮人如有半点违抗，就把帮主抓来关进大牢。盐帮交齐盐捐才能放人！"

于游水带着两名佐官和州里的衙役、狱卒，一行十多人，来到濮阳县，要会同县衙人马一道前往大王庄。

于游水在客厅等候了半天，就是不见县令尤利踪影，主簿也不曾露面。于游水命县尉前往县令家中寻找，却见其宅邸内空空荡荡，一个人影也没有。县尉见客厅几案上有县令留下的一封书信，打开来看，县令在信中说老母病危，匆忙之间不及告辞，回乡探视母病去了。

于游水气得跳脚大骂："这个老滑头，像泥鳅一样溜了，真他娘的不是个好鸟！"

原来，在于游水杀了卖艺老翁祖孙二人之后，尤利只得命衙役买来两口薄棺，悄悄埋葬了死者。他越想越觉着这官难以再做下去，上司一年到头乱加征派，不顾百姓死活，无异于火中取栗，以后不知会闹出多大乱子来。他以为只有全身远祸、退隐江湖才是上策，于是收拾细软，趁着暗夜携家出奔，挂冠而去。

主簿原是怯懦之士，他见县令不辞而别，情知日后必有无尽麻烦事，便也躲了起来。

濮阳县尉无计脱身，只得陪同于游水一行来到大王庄。

于游水一干人马跑了几十里路，又饥又渴。一进盐帮院子，于游水便高声叫嚷起来："王帮主，快上酒菜！累煞老子了！"

王仙芝笑脸相迎，将于游水和县尉让至客厅，亲手沏茶倒水，一迭连声吩咐厨房准备酒饭。

王仙芝悄声问于游水："上次奉送的礼金，苟使君可收下了？"

于游水把眼一翻，不屑地说："万儿八千的几个小钱，苟使君能看得上眼？不过，本官在使君面前为你讲了情，使君才恩准减免十万钱，三十万钱再也不能少一个子儿。使君命我今日务必把钱带回州里。王帮主，你不会叫本官交不了差吧？"

王仙芝："小民谢过于参军，可盐帮实在是拿不出那么多钱来。"

于游水牛蛋子眼睛一瞪，喝道："怎么，难道你想抗捐？"

王仙芝仍然赔笑:"于参军息怒,小民哪有那么大胆子!只是帮里实在没钱,连母鸡肚里的蛋掏出来,也至多再凑三两万钱。"

于游水跳起来:"胡说!今日不交出三十万钱,本官我就要抓人,你要放明白些,贩私盐本就是死罪!"

王仙芝更加低声下气:"还望于参军开恩,替小民向苟使君求个人情,再减免些个吧!"

于游水气不打一处来,吼道:"减免个屁!尔等刁民,不动粗的就不知道马王爷长三只眼。三十万一个子儿也不能少!如若违抗,州里立马发兵,踏平大王庄!"

王仙芝脸色一变,冷冷笑道:"要钱没有,要命一条,于参军你就看着办好了!"

于游水大怒:"来人!把王仙芝给我绑起来,押送濮州,关进大牢治罪!"

几名狱卒不由分说,将王仙芝捆绑起来,押出客厅。

毕师铎见势不妙,带上本帮十几个壮汉,手持刀矛冲了过来。

于游水大惊,叫道:"你等想做甚?"

毕师铎却笑道:"想看看你这猪肚子里有多少油水!"

于游水正要抽腰刀,毕师铎挺起长矛照准他的大肚皮一捅,只听"扑哧"一声,矛尖从于游水后腰露出半尺长。毕师铎又连捅两下,于游水"哼"了两声,便像死猪般倒在了地上,一股暗红色浓血汩汩流淌出来。

州县官吏吓得目瞪口呆,被毕师铎带领弟兄们一个个捆绑结实,押了下去。

在盐帮院子里待命的衙役和狱卒,早被李重霸带领弟兄们缴了械,押进一间屋子看管起来。

王仙芝召集各帮帮头,紧急商议善后。

尚君长说:"这下事情闹大了,州里不会善罢甘休。刺史苟同希一定会带兵来打咱们,必须尽快做好准备。"

王仙芝说道:"眼下天下大乱,老百姓活不下去了,许多地方像当年的陈胜吴广一样揭竿起义。濮州统共没有多少兵马,来个百儿八十的兵丁,咱们不难对付。"

毕师铎说:"兵来将挡,水来土掩,没啥可怕的!"

李重霸吼道:"苟刺史要是敢来大王庄,我一刀宰了他个狗东西!"

柴存、毕师铎、柳彦璋等人，纷纷赞同与官府对抗到底。

王仙芝想了一阵子，吩咐众人分头去办几件紧要之事：

甲、凡盐帮弟兄，须尽快每人准备一件兵器，今日起日夜守卫盐帮大院。没有兵器者，须备一根哨棒或铡刀斧头之类。帮内青壮年亲属，也要预备一根木棍或铁锤之类，充当兵器。

乙、帮内弟兄或亲属做过铁匠、木匠者，全都集合起来，日夜不停地盘炉打造大刀、长矛等兵器。

丙、由曹师雄带人畜前往各大村镇，向粮行富户高价购买粮食。柴存带领帮内眷属，烙饼做饭，每日向守卫村庄的兄弟们分送食物。

丁、由柳彦璋执笔书写文告，开列濮州刺史苟同希贪赃枉法、乱加捐税、搜刮百姓、草菅人命等等恶行罪状，抄录数十张，张贴四方，呼吁邻近县、乡盐帮和百姓对抗官府，拒不纳捐。

戊、由訾亮、訾信等人分别前往附近各大盐帮，拜会帮主，协商联手抵制盐捐、武力抗拒官府事宜。

众人分头行事。短短数日之内，十里八乡的盐帮和百姓都忙活起来。

濮州刺史苟同希得知于游水被杀，州县官吏被大王庄盐帮扣押，着实吃了一惊。派往各县的官吏也先后回到州衙，向苟同希禀报说，各处盐帮都说没钱，拒缴盐捐。有人呈上王仙芝盐帮张贴的文告，苟同希大怒，不日便和州将、佐官带领二百余名州兵，气势汹汹地开出濮州城西门，前往大王庄，进剿王仙芝盐帮。

大王庄村内没有一丝儿动静，只是偶尔传来几声鸡鸣犬吠，显得异常安宁祥和。

州将命两名衙役进村打探，正巧遇到一位手拄拐杖的白发老翁，便上前询问盐帮人在何处。老翁说，他刚从盐帮大院回来，看见众人正在那里聚宴喝酒哩。

苟同希听罢禀报，冷笑一声，心里骂道：这帮反贼，真是一群不知死活的愚民，死到临头了，还大吃二喝呢！他当即下令：直扑盐帮大院，端了盐帮老窝，来个一网打尽。

却说这大王庄盐帮大院，位于十字大街东北角，坐北朝南，是一座占地十来亩的四合院。院门是一座高大的门楼，两扇朱漆大木门，门板有三寸厚，上面铆有七十二枚铜钉。院内北首十几间正房，有会客厅、结拜堂和账房。东厢跨院十余间房舍，是盐帮外乡弟兄住所。西跨院二十间屋子是库房，储藏着不少食盐，以备雨季或大雪封门时节不致断货。院门东侧十数间房子，是盐帮护卫队住所和大厨房。大门西侧一溜牲口棚，喂养着二十多匹马、五六十头骡子。帮内还有一二百头毛驴，由盐帮弟兄在家中散养。

苟同希一行人马来到盐帮大门外，见大门洞开，院子里传出一阵阵吆五喝六划拳行令的喧嚷之声。

刺史苟同希和将佐们下了马，带领从吏士卒拥进盐帮院子。

此刻院中的十几个年轻汉子，顾自喝酒行令，就像是没有看见官兵进来一般。

苟同希大叫一声："统统拿下！"

衙役和州兵们正要扑上去捉人，只听一声呼哨，院中那些喝酒汉子呼啦啦蹿进房中。苟同希正要命人冲进屋子，却见四周房屋窗口和屋顶上射出无数支利箭，衙役州兵即刻中箭倒下一片。

州将大呼："有埋伏！快撤出去！"

苟同希赶忙向大门口奔逃，可大门早已从外面锁上了，怎么也打不开。官吏、衙役和士卒、马匹拥作一团，相互践踏，争相逃命。那些中箭士卒，在地上爬着呼喊"救命"。几匹受惊脱缰的马匹，乱跳乱奔，冲倒踏翻了几个官兵。

恰在此时，毕师铎、李重霸、曹师雄、眥亮等人，分别带领盐帮弟兄，从四面房中杀出，将州官州兵团团围住，刀砍、矛刺，好不痛快。眨眼工夫，官兵死伤三四十个，惨叫声如同鬼哭狼嚎。其余官兵和衙役眼看小命难保，纷纷扔下兵器跪地求饶。州将还想抵抗，被毕师铎一刀劈死。

苟同希吓得"扑通"一声跪倒在地，哀求道："好汉饶命！"

李重霸拿来一条麻绳，将苟同希五花大绑，捆了个结实。

尚君长命弟兄们将官吏和州兵捆绑了，押进房子里关押起来。苟同希受到特别优待，单独关进一间屋子。

傍晚，大王庄盐帮和乡亲们齐聚盐帮大院，欢庆胜利。

附近几个乡里盐帮的帮主，携带酒肉赶来大王庄，以表祝贺。

酒宴之后，王仙芝连夜和众帮头商议举事起义大计。

曹师雄说，开弓没有回头箭，反正咱已经杀了那么多州官州兵，干脆连刺史和州官州兵全都杀光算了。

李重霸喊道："这些王八蛋，一个也不能留。把这些杂碎都交给我，一刀一个结果了他们的狗命！"

柴存连忙劝阻说："不可妄杀，州兵放掉为好。刺史当然该杀，但要讲究个杀法，要让老百姓出口气，跟着咱盐帮造反。"

只有柳彦璋久久没有吭声，王仙芝知道他不仅有些学问，还有细心善思的长处，便催促他说道说道。

柳彦璋缓缓开口道："我还真没想出个章程，这种事谁都是头一回遇上。不过，有三件事情得紧着办。一是鸟无头不飞，仙芝是盐帮头领，要有个名号。日后少不了与官兵开战，仙芝没有个名号，如何领兵打仗？二是单靠大王庄盐帮几百个弟兄不行，要会同附近州县盐帮，一道起事造反，共推仙芝为大统领，听从仙芝将令，这样才能对抗官府。三是咱要打到濮州城去，张贴告示，宣布苟同希罪恶，让老百姓诉说他的罪行，再杀了他，以平民愤，以壮盐帮声威。同时，还要打开州县粮仓，救济穷苦百姓。"

尚君长接言道："我等到州里一闹腾，杀了刺史，砸开官仓放粮，事情就大了，朝廷和节度使一定会派兵来剿。咱得招兵买马，编练队伍，有兵有将，才能抵抗官兵。仙芝大哥就当个大元帅，好掌控千军万马。"

仙芝忙说："咱一个贩盐的，怎好称大元帅？"

柳彦璋说："咱们要兴义兵，替天行道，使天下赋税均平、贫富均平，仙芝大哥可称作天补平均大将军。"

尚君长说："大哥称大将军，日后还要统领各路义兵人马，就定称号叫天补平均大将军兼海内诸豪都统王，才显得有气势！"

这称号有些不伦不类，但众人皆表赞同，王仙芝也点了头，就算是定下来了。

王仙芝说："刺史被咱抓了，州将被咱俘了，濮州城里已没有主官，仅剩下几个幕宾从事和参军,州兵也不多。三日后,也就是六月十六日,咱们就聚集盐帮人马和饥民百姓,杀进濮州城去召集百姓,公审处死苟同希,而后开仓放粮,招兵买马,共举大事!"

随即,王仙芝请柳彦璋草写举义檄文,多加誊写,然后张贴四方。

六月十六日,尚君长带领三百多弟兄,手执各色兵器,开向濮州城。

州衙官兵闻风逃散,盐帮不费吹灰之力就占领了州城。

柳彦璋当即带领本帮弟兄,在大街小巷张贴檄文告示。

四乡百姓奔走相告:大王庄盐帮占了濮州城,要在城里公审刺史,杀贪官,除恶霸,开仓放粮!

对于饿得奄奄待毙的老百姓来说,再没有开仓放粮这条消息令他们欢欣和振奋了。次日大清早,各县各乡百姓,凡能走动者,或牵着毛驴,或挑着箩筐,或携着布袋,蚂蚁行雨一般,成群结队拥向州城。条条通往濮州的大道上,都是不见头尾的人群。一些半大孩子前后奔跑着,呼叫着,人们一张张菜青色的脸上,漾出多日难得一见的笑容。

盐帮队伍最前面是一支乐队,四面盘鼓,四面铜锣,八把牛角号,咚咚锵锵,呜呜哇哇,闹得人心头乱跳。乐队后面,四位精壮汉子骑马挎刀,像是尖兵前卫。紧接着,三匹枣红色马上,各有一名青年,身着舞龙舞狮时穿的彩衣,显得十分精神。一面蓝色大旗,上书"天补平均大将军兼海内诸豪都统王"十五个颜真卿体墨色大字。旗帜后面,王仙芝骑一匹棕色高头大马,身佩一柄长剑,英武豪迈,威风凛凛。他身后紧跟着八名壮汉,各佩腰刀,骑马护卫。再后面,依序是柴存、毕师铎、李重霸、訾亮、曹师雄等,皆骑马执刃,带领本帮弟兄列队行进。濮阳县另外十几个盐帮队伍随后跟进,加起来怕有两千多人马,前后排列迤逦五六里路。

盐帮队伍进了濮州城西门,人们欢呼跳跃,鼓掌呐喊,争相观看王仙芝是何等人物。

二十名盐帮弟兄手执明晃晃的大刀,押解着刺史苟同希和他的几个佐官。苟同希早已没了往日威风,佝偻着腰,被两个大汉搀架着才能行走。他身上穿着的紫色官袍,被绳子捆绑得像刚刚出锅的麻花。愤怒的百姓纷纷拥上前去,向苟同希脸上身上吐唾沫，甩鼻涕，"打死狗东西""杀了狗东西"的呐喊声一浪高过一浪。苟同希狼狈不堪，两眼紧闭着，脸色蜡黄蜡黄，身子几乎软成一摊泥，像一条死狗般被人拖拽着前行。

王仙芝和他的队伍来到州衙门前广场，被潮水般涌动的人群围了起来。王仙芝跳到大门外侧一尊石狮之上，向摩肩接踵挤得密不透风的百姓喊话：

"各位父老乡亲：在下就是大王庄盐帮的王仙芝！我这厢有礼了！"

王仙芝向乡亲们抱拳行礼，广场上欢声雷动：

"王仙芝，大将军！"

"大将军，王仙芝！"

王仙芝喊道："大王庄盐帮杀了狗官于游水，活捉了刺史苟同希，这是官逼民反，咱老百姓实在没有活路了！朝廷赋税不均，天下穷富不均，官府随意加税抽捐，勒逼穷苦百姓，乡亲们饿死了多少人？难道咱们只有等死吗？"

百姓们纷纷高呼：

"官逼民反，不得不反！"

"跟着大将军，大家一齐反！"

王仙芝又抱拳施礼道："谢谢乡亲们！今日大伙一齐反了，杀了刺史苟同希，打开官仓，按人口分粮！"

人群欢呼起来："杀死狗官，按人分粮！"

苟同希和几个州官，被盐帮弟兄拖进广场示众。王仙芝本想在宣布其罪状后，再拉出城到西门外砍头。谁承想，愤怒已极的百姓们纷纷争抢着拥上来，对苟同希们拳打脚踢，任谁也拦阻不住。

转眼工夫，苟同希和几个佐官一个个被打得七窍出血，赶赴阴曹地府见阎王去了。

接着，盐帮弟兄打开官仓，让乡亲们排队领取粮食。

王仙芝以大将军名义贴出告示，宣告成立义军，招募青壮年入伍。凡参加义军者，每人多发一斗粮食。

报名参加义军的人排成了长龙，三天之内，竟招收了一万三千多名青壮。

王仙芝便在州衙住下来,着手编练义军队伍。

义军士卒以五人为一伍,设一名伍长。五伍二十五人为一火(伙),设一名火长。五火一百二十五人为一队,设一名队长。十队一千二百五十人为一都,设一名都将做统领。

尚君长提议,义军名号应叫作草军,因为我们弟兄们都是草民百姓,索性就叫草军。王仙芝提名尚君长为将军,做草军的副统领。草军人马分为十都,分别以毕师铎、曹师雄、柳彦璋、李重霸、訾亮等为都将,另外几个盐帮的帮主蔡温球、楚彦威等也做了都将。柴存为中军都将,中军其实就是草军的统帅部,也是大将军王仙芝的扈从卫队。举凡将令传达、全军粮饷兵器马匹分配等等,皆由柴存总管。

濮州粮仓储存的粮食,大多分发给了饥民百姓,王仙芝义军一万多人马,每日消耗粮食、饲料二三万斤,库粮很快便吃光了。

军粮是头等大事,必须尽快筹集。由于连年灾荒,民间很难再筹到粮食。要弄到粮草,只有攻占附近州郡,夺取官仓存粮,既可供应军需,又可用来救济当地百姓,扩充义军人马。

尚君长提议南下攻打曹州。濮州西北面是黄河天险。濮州东面是郓州、兖州两大节镇,驻有较多牙兵,不易攻克。濮州东南方是烟波浩渺的大野泽,草军初创,尚无舟楫战船,自然无法经此地进兵。濮州与南面的曹州城,相距仅百余里,其间一马平川,毫无阻隔,且曹州城内没有藩镇牙兵驻守,仅有少量戍卒,极易攻占。

王仙芝命曹师雄率本都一千多人马留守濮州,其余一万多将士,依前军、中军、后军次序向曹州开进。

一路上,义军队伍绵延十几里,所到之处,向百姓宣告打下曹州后开仓放粮,百姓夹道迎送,无数青壮年汉子　直尾随义军,要到曹州城砸开官仓分粮。

曹州刺史得到消息,惧怕落得与濮州刺史苟同希一般下场,便连夜逃走了。曹州官佐吏员乃至衙役戍卒,几乎逃亡一空。

草军没有遇到任何抵抗,轻而易举占领了曹州城。随即,王仙芝、尚君长布置了三件大事:一是打开曹州官仓,用其中半数之粮救济穷苦百姓,另一半用作义军人马粮料。由柳彦璋带领本都将士,向百姓发放赈灾粮。二是由毕师铎率本都人马守卫曹州城，把守各城门；李重霸统领本都人马在城内巡逻，维持秩序。三是訾信、訾亮兄弟带领精干士卒，在城内四街分别设站招收兵丁，然后加紧训练。

毕师铎却另有想法，他向王仙芝提出，要回家乡冤句县黄集村一趟，游说一个人在冤句县举事，带领人马加入草军队伍，这个人，便是他的好友黄巢。

黄巢是曹州冤句县黄集大盐帮的帮主，祖上几代贩盐，积攒了不少家私。黄巢本人自幼读书，博通经史，能诗善文，出口成章，可他屡试不第，十几年间六次参加科考，回回落榜。后来，黄巢放弃科场功名，专意经营盐帮。他行侠仗义，乐善好施，常常救济穷困乡亲。近年山东灾荒频仍，黄巢用家中钱粮赈灾，救济了无数饥民百姓。冤句乃至曹州数县百姓皆知黄巢大名，投靠他的人越来越多。若是黄巢能挑头举义，曹州百姓会有成千上万人跟随，咱们草军人马就能成倍扩充。

王仙芝一听大喜，命毕师铎尽快前往黄集。领兵守卫城门之事，改由都将楚彦威担任。

冤句县城在曹州城南三十五里，黄集村在冤句县城西十五里处。黄集是一个大村庄，村里一半以上人口姓黄。黄巢家中男女一百多口，单是驮运私盐的骡马就有七八十头。黄集盐帮共有四百多名弟兄，一百五六十头骡马，另有毛驴二百多头。

黄家大院坐落在村东路北，占地二十多亩，院内一色儿楼堂瓦舍。黄巢排行老二，兄弟八人：长兄名存，三弟名邺，四弟名揆，五弟名钦，六弟名秉，七弟名万通，八弟名思厚。黄父五年前病逝，长兄黄存不识字，老实木讷，难以主事，聪明睿智处事果断的黄巢便成为一家人的主心骨，继老父之后成为黄集盐帮帮主。

黄家虽然富有，但私盐贩子地位低下。官府将贩运私盐者称为"盗贼"，为富豪和乡绅所不齿，一般读书人也不愿与盐贩子结交。按照朝廷规制，官民衣服颜色定为五种：三品以上官服紫色，四品、五品服绯，六品、七品服绿，八品、九品服青，平民包括无品秩不入流的土豪、士绅、读书人皆服褐，此即所谓"衣分五色"。其余下等之民，如农夫、奴仆皆穿白色衣。等外之民如商贾屠夫辈，最为低贱，只能服黑色，即便是富商大贾，也不得着绫罗，不得乘马。私盐贩子则是官府明令缉拿的盗贼罪犯，更无身份地位可言。

黄巢父亲深知盐贩受人藐视而永无出头之日,为了改变黄家的命运,将刚刚八九岁的儿子黄巢送至东都洛阳读书。黄父隐瞒身份,宣称自己是县衙门的吏人,黄巢方得入学。他天资聪颖,志向远大,心中牢记父亲嘱咐,背负家族期望,十年寒窗,铁砚磨穿,熟读经史,文章锦绣,诗赋灿烂,其中不乏惊人之笔。从他有名的《题菊花》诗中,便可见其胸怀抱负:

飒飒西风满院栽,蕊寒香冷蝶难来。

他年我若为青帝,报与桃花一处开。

然而,黄巢六次赴西京长安应进士科考试,皆因出身微贱没有背景靠山而落第。十几年过去,黄巢已近不惑之年,功名仕途变得渺不可寻,遂生难于上青天之慨叹。近年天灾人祸,朝政昏暗,方镇互相攻杀,官吏横征暴敛,民不堪命,黄巢开始秘密筹划举事造反,第一步就是在盐帮和百姓中制造舆论。陈胜、吴广大泽乡举义时,不是曾在鱼腹中塞进"陈胜王"帛书吗?如今编造几句顺口溜,好懂又好记,盐帮和百姓中口口相传,一传十,十传百,很快就能在曹州百姓中传遍,官府还抓不住把柄,其奈我何!届时人心思变,群情汹汹,登高一呼,万众响应,何愁大事不成!

时隔不久,曹州众多盐帮和百姓之中就流传开来两句民谣:"金色蛤蟆争努眼,翻却曹州天下反。"

在王仙芝盐帮占濮州、杀刺史开仓放粮广招义军的消息不断传来后,黄家大院也按捺不住地热闹起来,黄家兄弟开始分头行动,老三黄邺主掌兵器打造,在黄家大院内盘下十座烘炉,雇来一帮铁匠、木匠,日夜打造大刀、长矛等兵器。

老四黄揆牵头,秘密联络四乡盐帮。分派帮内各个小头领联络相熟的盐帮,准备共同起事。

黄巢一边给他的好友鄄城县葛从周、清河县张归霸二兄弟以及曲周县霍存、临濮县张言等人写信,邀约他们来冤句共同举义起事,一边鼓动百姓,动员盐帮家属、亲戚中的青壮年参加队伍,到县城、州城去杀贪官,开仓分粮。

不过数日,成武、济阴、考城等县大盐帮的帮主赵璋、孟楷、盖洪、张言、季达等人便来到了黄集。黄巢命管家盘了大灶,日夜不停造饭,招待前来聚义的兄弟,供应打造兵器的铁匠木匠师傅饭食。

　　毕师铎在这日傍晚时分赶到黄集,与黄巢不须多言,一拍即合。黄巢当下给王仙芝写了一封书信,请毕师铎带回曹州。信中黄巢说,他要到曹州亲自拜会大将军,共商举义大事。

　　次日,黄巢亲手起草檄文告示,派出上百个弟兄,分头到十里八乡广为张贴,号召各地盐帮和青壮年百姓参加义军,一同举义。檄文晓谕百姓,六月二十九日,黄巢义军要攻占冤句县城,到时一定开仓分粮,穷苦百姓人人有份!

　　接下来的日子里,黄集村人流如潮,喧声鼎沸。曹州数县大小盐帮和附近村寨的男女老幼,成群结队涌进黄集。许多年轻人携带着刀枪棍棒,前来投靠黄巢盐帮,还有不少人牵着自家毛驴,要到冤句县城去驮粮呢。

　　黄巢在黄家大院召开紧急会议,除本帮各帮头和黄氏兄弟外,众多外乡盐帮的帮主也都到会。

　　经过众人商议,定下两项大事:

　　一是成立义军。将各盐帮的弟兄和近日投奔而来的青壮编为六队,每队一百五十人上下。黄集盐帮人马最多,编成两队,其余各个盐帮自成一队,人数不足者,以青壮年补入。黄邺、黄揆、孟楷、盖洪、张言、季达分任各队队长。众人推举黄巢做冲天将军,赵璋任书记官。

　　二是六月二十九日攻打冤句县城。孟楷率领本队人马为先锋,主攻西门,黄揆、张言两队人马助攻。黄邺率本队兄弟主攻县城北门,盖洪、季达两队人马助攻。

　　六月二十九日清晨,黄巢义军人马从黄集出发,奔向冤句县城。

　　一路之上,跟随义军进城的百姓充塞道路,父老乡亲们蜂拥而来,老弱妇孺,凡能走动者,携带着箩筐、布袋,急切地盼望着到县城分些粮食活命。

　　黄巢看着大路上潮水般涌动的人群,眼睛不由得湿润起来。民,国之本也。民心,国之命也。孟子不是说民为贵,君为轻吗?太宗皇帝把民喻为水,朝廷喻为舟,告诫他的子孙要善待百姓,否则,水可载舟,亦可覆舟。可他的子孙们做得如何呢?安史之乱以来,历经肃、代、德、顺、宪、穆、敬、文、武、宣、懿宗十一帝,几乎是一帝不如一帝。他们或宠信宦官,或迷信佛道,大兴寺庙,炼丹求仙,结果是朝纲败坏,阉竖专权,方镇割据,民不聊生。一代一代李唐君主,或被宦官废掉,或服用金丹中毒而死,几乎没一个有好下场。尤其懿宗以降,朝政昏暗至极,黎民百姓流亡饿毙,白骨露于野,千里无鸡鸣,正可谓官逼民反,不得不反! 倘若我黄巢主宰天下,定然以民为本,轻徭薄赋,平均税亩,使百姓耕者有其田,居者有其屋,天下安定,四海升平。

黄巢率领人马刚刚来到冤句县城西门外,先锋孟楷飞马来报,说是县令和县尉、主簿等一班官吏已经逃走,守卫县城的士卒也跑光了。县衙门里只剩下两三个老衙役看门,先锋队弟兄们已经将那几个衙役和狱卒关押起来了。

黄巢一听大喜,没承想这些个朝廷命官如此草鸡,一有风吹草动,比兔子跑得还快。

义军顺利进城,黄巢当即发令:

一、黄揆率领本队人马驻守县衙;孟楷、张言率队守卫城门;黄邺率队巡逻,维护城内秩序。

二、由盖洪率队护卫粮仓;季达带领本队弟兄打开粮仓,向百姓分发粮食。

三、黄钦带人设立招兵站,招收青壮参加义军。

六队人马当即分头行事。

季达带领本队百余弟兄,打开粮仓,日夜轮班向百姓放粮。弟兄们个个累得腰酸胳膊疼,但没有一个有怨言。

招兵之事进行得尤其顺利,每天都有上千青壮报名参加义军。有些年纪偏大的,已经年近五十岁了,还要求从军,当伙夫马夫也行。一些十二三岁的孤儿,无家可归的流浪儿,也闹着当兵。黄巢命黄钦尽可能招收孤儿、流浪儿和鳏夫,实在不宜招收者,要多发给些钱粮,好让他们有个活路。

短短三天时间,黄巢义军就招收兵丁三千二百多人。

冤句通往曹州的官道上,一彪人马向东疾驰,荡起一溜烟尘。为首壮年汉子,年近四十模样,前额头发自然卷曲,浓眉下一双大眼炯炯有神,透出一股英迈俊逸之气。他身穿白中泛黄的绢袍,显得朴素大方,胯下一匹白马,只有头项间鬃毛和四蹄腕部间有黑灰颜色。

此人正是冤句县义军首领黄巢。

紧随黄巢身后的赵璋，头戴蓝色巾帻，身穿一领灰白色长袍，既显得沉稳干练，又透出些许书生气概。另一位二十七八岁的青年，一身黑色短打衣裤，手执一杆红缨长枪，骑一匹枣红色骏马，显得英气勃勃，威风逼人。此人乃黄巢义军第三队队长孟楷，黄巢最得力的助手。

黄巢与赵璋今日去曹州拜会草军首领、天补平均大将军王仙芝，孟楷带本队二十个精干弟兄扈从。一行人马一路奔驰，不消一个时辰，便来到曹州西门外。

王仙芝、尚君长带领草军众位都将，早已在城门口迎候。

黄巢和赵璋滚鞍下马，与王仙芝、尚君长等将领一一见礼，正可谓惺惺相惜，相见恨晚，一番热情寒暄，不须细述。

黄巢、赵璋稍事休息，便与王仙芝、尚君长对坐晤谈。双方一致同意将两部义军合并，统称草军，并肩携手对抗官府。

王仙芝请黄巢做大将军，他情愿做副将，并说自己无论文才武艺皆不及黄大哥，理应由黄大哥做头领。

黄巢急忙说道："仙芝大哥首义天下，创建草军，连克州郡，解民倒悬，百姓感戴，将士归心，这大将军非仙芝大哥莫属！我黄巢和冤句的义军弟兄们，唯仙芝大哥马首是瞻，一切听从大将军将令，谁若怀有二心，天诛地灭！"

赵璋、尚君长等人也劝王仙芝不必再推辞。

王仙芝说："既如此说，我就权且做这个头领。黄大哥自然坐第二把交椅，仍旧统领冤句义军。咱们兄弟携手，共创大业！"

黄巢向王仙芝提议：天平军辖有郓、曹、濮三州，眼下曹、濮二州都被义军占领，节度使薛崇无论如何也无法向朝廷交代，一定会带领牙兵来攻打咱们。草军各部须抓紧操练兵马，演习阵法，以备薛崇来攻时战而胜之。

草军占据的曹、濮二州，西、北两面是黄河天险，大批人马不易渡河，且河北藩镇兵强马壮，义军显然不宜向北发展。东面是大野泽，且有郓州、兖州两个军镇，故义军也不宜向东进兵。曹、濮以南，宋、亳、宿、泗、颍、寿、陈、蔡诸州，地域广阔，且南通江淮，西连光、申、唐、邓、荆、襄，周旋余地大，有不少富庶之地，利于义军就粮、扩军。于是，众人决议向南方进兵，首先攻占宋州、亳州，而后进击宿、颍、陈、蔡，纵横中原腹地。

次日一大早,留守濮州的都将曹师雄派人飞马来报:郓州天平军节度使薛崇,率领三千牙兵前来攻打濮州。薛崇人马昨日中午从郓州出发,明日傍晚即可抵达濮州城下。

王仙芝与黄巢计议一番,决计先击败薛崇,保住义军兄弟们的家园,然后挥兵南下。黄巢提议自带本部人马抄袭薛崇后路,与王仙芝主力草军前后夹击,一举消灭薛崇官军。王仙芝极表赞同,下令全军立即出动,分两路救援濮州,迎战薛崇。

黄巢与赵璋、孟楷一路飞驰奔回冤句,紧急召集各队队长,发布将令,命黄邺率本队人马留守冤句县城,其余各队迅速整装向北开进,务必于明晨天亮之前到达濮州城东箕山一带,隐蔽起来,待薛崇军进至濮州攻城时,从其背后突然杀出,与城内草军夹击之。

王仙芝、黄巢义军与官军的第一场大战,即将在濮州擂响战鼓。

四　憔悴长安何所为

　　西京长安城,延兴门内大街之南第一坊为升道坊,当朝宰相、兵部侍郎、同中书门下平章事郑畋府第即在此坊。

　　郑畋出身宦门,其父郑亚,曾任给事中、桂管观察使。郑畋进士及第后,仕途并不顺畅。郑亚任给事中时,与宰相李德裕交厚,卷入“牛李党争”,受牵连贬谪南荒。宣宗朝牛僧孺一党的白敏中、令狐绹相继执政,郑畋受到排挤,十几年间不得升迁。直到懿宗即位,令狐罢相,郑畋才被宰相刘瞻荐为户部郎中,入翰林院为学士,旋即又任知制诰,代天子起草制诏。郑畋文采飞扬,名噪天下,擢升翰林院学士承旨,号称内相,任此职者,往往晋位宰相。

　　然而,世事难料,君心难测。懿宗本是一个昏庸骄奢之君,晚年更是一心佞佛,为祈求自己长生不老,倾尽朝廷财力物力迎奉佛骨。说起来,迎佛骨在李唐朝廷是有传统的,自太宗皇帝恭迎扶风县法门寺佛骨即佛指舍利肇始,高宗、武则天、肃宗、德宗以至宪宗,皆曾以盛大仪式迎奉佛骨。懿宗于咸通十四年举办迎奉佛骨法会,规模宏大,耗资最巨。为迎佛骨进京入宫,懿宗不顾帑藏空虚,不惜“削军赋而饰伽蓝,困民财而修净业”,耗费巨资大造法器。以金银为宝刹,珠玉为宝帐,计用珍宝不啻百斛,剪彩为幡,约以万队。懿宗命百姓于京城内外筑土为刹,大小数以万计,并且规定必以金翠装饰。

　　懿宗迎佛骨入宫仪式盛大奢靡,自长安外郭城西门开远门,至皇城西门安福门,彩棚夹道,僧侣咸集,念佛之声震天动地。禁军仪仗排列,官民乐队齐奏,佛天烛地,绵延数十里。富豪之家,竞饰车服,观睹之众,拥塞道路。懿宗亲临安福门,顶礼膜拜,流涕沾衣,将佛骨迎入大内供奉,为之设金花帐、温清床,龙麟之席,凤毛之褥,焚玉髓之香,荐琼膏之乳。后又献供养物珍宝一百二十二件,特制宝函,送佛骨出宫,先后置于安国寺、崇化寺,命士庶朝奉,焚香礼拜。

上有好者,下必甚焉。时有一名军卒,为表敬佛诚心,竟然砍下自己的左臂,用右手托着,一步一拜入寺礼佛,血流百步,惨不忍睹。

郑畋对懿宗大肆铺张迎奉佛骨极表反对,几度面谏未果,又三次上表谏争,直言此举劳民伤财,贻害无穷。懿宗一怒之下,将郑畋贬至偏远荒僻的梧州做刺史。然而,懿宗最终并未如愿祈得百年长寿。他因长年沉湎酒色,纵欲过度,以致病魔缠身,当年三月迎佛骨,数日之后病情转危,至七月便不治身亡,终年不过四十一岁。

僖宗即位后,郑畋奉诏还朝,先是赐官正三品散骑常侍,又由大宦官左监门卫大将军西门思恭荐举,擢升兵部侍郎、同中书门下平章事,做了宰相。此时朝廷大权被宦官控制,没有宦官巨擘力挺,任谁也做不了宰相。然郑畋并非曲意巴结逢迎宦官,皆因西门思恭与郑畋之父郑亚交谊笃厚,故而对郑畋加意提携举荐。

当年,郑畋之父郑亚做桂管观察使,西门思恭任桂管监军,二人相处十分融洽。桂管地处南荒,乃朝廷官员贬谪之地。郑亚、西门思恭一同被贬至此,互生怜悯之意。平日里,二人酒棋丝竹,迭相往来,交谊日深,形同兄弟。后来,郑亚不幸染疾,临终之际,托付西门看顾尚在幼年的郑畋,西门慨然应诺。

西门思恭回京后,任右神策军中尉,权倾朝野。他果然不忘旧交,将郑畋接回长安,视同锲侄,为其选择良师,悉心教导培育,使之才学大进。

宦官集团左右晚唐朝政,势焰熏天。西门氏乃宦官集团中两大家族之一,另一权阉家族则是杨氏。

德宗朝,大宦官杨志廉当上了左神策军中尉,宦官开始掌控禁军,进而左右皇帝和朝政。杨志廉之子杨钦义,宣宗朝任左神策军中尉。杨钦义的儿子杨玄翼,在懿宗朝任枢密使,另一个儿子杨玄价任左神策军中尉。僖宗即位后,杨钦义第三子杨玄实任右神策军中尉，杨玄翼之子杨复恭为枢密使，杨玄价之子杨复光任监军使。杨氏家族盘根错节，权势煊赫，成为最大的宦官家族集团。

西门氏是仅次于杨氏的宦官家族。西门去奢、西门珍皆曾任凤翔监军使，西门季玄、西门思恭先后任右神策军中尉之职，西门氏在右神策军中具有庞大的传统势力。右神策军中尉与左神策军中尉同级同品，并驾齐驱，所统将士数额相等，同为权倾朝野的内四贵之一。只是国人历来尚左，左居右之上，左尊而右卑，故左比右优。由此，左神策军中尉乃禁军第一把交椅，右神策军中尉则屈居次席。

众所周知，宦官之所以被阉割，其目的就是根绝其性交和生育能力。那么，宦官又何来"家族"，又何至于父死子继地充任要职呢？

原来，宦官们虽然不能娶妻生子，却可以认养义子，尤其那些受皇帝宠信身居要职的大宦官头子，掌控朝政之后，为所欲为，乃至于随意废立天子诛杀大臣，文武百官大多上赶着巴结逢迎宦官巨擘。权阉认养义子好处多多，一则可满足为人父的欲望，年老时有人奉养；二则可扩大势力，网罗起忠于自己的庞大宦官队伍；三则其特权和职位有人继承，身后香火不断，可绵延不绝地长享荣华。以杨氏宦官家族来说，杨复恭一人的养子即达六百多人，其中出任监军使、节度使、刺史者，比比皆是，可见其势焰之盛。

田氏在宦官集团中的势力原本微不足道，田令孜不过借着李儇为王子时有侍奉之劳，投机中的，方才获取李儇宠信，施展权谋爬上了宦官最高权位。他先是联合杨氏、西门氏两大宦官集团，排斥掉拥立李儇为帝的权宦刘行深和韩文约，又反手联合西门氏打压杨氏，用西门匡范取代了杨玄实的右神策军中尉之职，为他独掌大权扫除了障碍。田令孜当上左神策军中尉，成了暴发户，对盘踞右神策军多年、助他飞黄腾达的西门氏集团，也不得不给一点儿面子。当西门家族竭力推举郑畋为相时，田令孜也就默认了。

郑畋虽由宦官举荐入相，但并非一切看宦官眼色行事，尤其对田令孜把持朝政愚弄天子的行径十分反感。即便在宦竖横行的晚唐时期，朝中文人士大夫依旧耻于与宦官为伍，他们与宦官集团你争我斗，几无宁日。由于朝廷行政机构尚书省及各寺、监均在皇城南部，所以号称"南衙"，而由宦官担任首领的禁卫六军则驻在皇城以北,故而号称"北司"。"南衙"与"北司"之争愈演愈烈,他们政见和利益不同,彼此对立,甚而不计是非,你赞成则我偏反对,你反对则我定赞成,形同水火,势不两立。自然,"南衙"百官之中也有势利之徒,卑躬屈膝向权贵宦官逢迎献媚,以为晋升之道。

田令孜把持朝政,没有他首肯,任何人要升官都只能是痴心妄想。于是,有不少朝廷官员巴结田令孜,摧眉折腰走他的门子以图升迁。但,此辈都是在暗中交结宦官,若有谁万一不慎走漏风声,便会遭到同侪唾弃,被千夫所指,在士林之中再也没有立足之地。究其实,在士大夫内心深处,十分鄙视乃至仇视宦官。在他们看来,宦官不过是皇室家奴,是被阉割而见不得人的刑余之人,通常冠以阉宦、阉竖、阉寺乃至阉狗的称号,对其轻蔑之至。

夜已经很深了,郑畋书房内仍是灯烛明亮。

郑畋的女儿灵珠见父亲仍在忙碌,从闺房披衣而出,提醒父亲回房歇息。

灵珠的母亲,在郑畋贬官梧州时病故。郑畋身处蛮荒之地,无意续弦,只尽力照料年幼的女儿灵珠,同时一心教导儿子凝绩读书。前年,凝绩进士及第,又应博学宏词科考试得中,经吏部铨选,到商州丰阳县任主簿去了。灵珠今年已十七岁,受父兄熏染,饱读诗书,尤善赋诗。她天资聪颖,貌美如玉,名斐京城。朝中高官巨宦子弟,追求灵珠者无数,郑畋无一中意者。灵珠对那些只知趋赶时髦鲜衣怒马斗鸡走狗的纨绔子弟,向来不屑一顾,再加上父亲一直独身鳏居,需人照料,灵珠的婚事也就耽搁下来。

灵珠来到书房门外,听见父亲意趣盎然地在诵诗:

　　莫把阿胶向此倾,此中天意固难明。

　　解诵银汉应须曲,才出昆仑便不清。

　　高祖誓功衣带小,仙人占斗客槎轻。

　　三千年后知谁在?何必劳君报太平!

只听郑畋自言自语道:"不平则鸣,忧愤何其深也!"

灵珠走进书房,见父亲手握诗卷,还在仰天长叹,便轻轻唤了一声:"父亲。"

郑畋看了看女儿,没说什么,似乎仍沉浸在深深的思绪之中。

灵珠问父亲："天这么晚了，父亲还不歇息，是在诵读何人诗篇呢？"

郑畋："余杭新登人罗隐，是难得的一位才子哩！"

灵珠："余杭才子罗隐？坊间正流传他的诗文呢！他名气不小，可不知为何总是落榜呀？"

郑畋摇摇头，叹道："罗隐诗文俱佳，可谓出类拔萃。只是他不知韬晦，在试卷中直斥时弊，褒贬朝政，试官们谁还敢录取他？"

灵珠："父亲为何不向朝廷荐举呀？"

郑畋："怎能不荐举呢！可卢堂老说，罗隐在试卷中公然抨击宦官擅权乱国，若举荐他入仕，田中尉必定不依。"

灵珠竟有些着急起来："如此说来，罗隐仕途无望了？"

郑畋摇摇头，慢慢说道："圣上年幼，田令孜把持朝政，大小官员任免都由他一人说了算，政事堂的堂老们也只能奉命行事。"

"太常博士皮日休几次向我举荐罗隐，我很难回复他。我想见一见罗隐，当面考察其才德，也好再次举荐他，试一试吧！"

灵珠心中一喜，对父亲说："我把罗隐诗卷拿去读一读，我也喜欢罗才子的诗文呢。"

郑畋微微点了点头。

灵珠拿起诗卷，一阵风似的走出书房，忙又回身说道："天已很晚了，父亲快去歇息才好！"

郑畋口中应了一声，身子却没有动弹。

灵珠急急返回闺房，在灯下读起罗隐的诗卷，《西京崇德里居》：

　　进乏梯媒退又难，强随豪贵殢长安。

　　风从昨夜吹银汉，泪拟何门落玉盘。

　　抛掷红尘应有恨，思量仙桂也无端。

　　锦鳞赪尾平生事，却被闲人把钓竿。

灵珠再看下一首，却是《投所思》：

　　憔悴长安何所为，旅魂穷命自相疑。

满川碧嶂无归日，一榻红尘有泪时。

雕琢只应劳郢匠，膏肓终恐误秦医。

浮生七十今三十，从此凄惶未可知。

灵珠眼睛湿润，心灵震颤了。她设身处地，设想罗隐千般困窘万端愁苦之状，不禁感叹唏嘘鼻酸心痛热泪长流。

这日，罗隐从崇德里旅舍出了坊门，眼前便是从西城延平门至东城延兴门的东西大街。他沿街东行十里，来到延兴门内升道坊，在郑畋府门通报了姓名，递上名刺。

门子禀报之后，引领罗隐到郑畋书房门口。郑畋府上本有一间客厅，那是接待来访官员之所。今日郑畋特意在书房会见罗隐，就是表明以诗友身份相见，一则可以免去许多繁文缛节，二则可使来者减少拘束，直抒胸臆，畅怀叙谈。

罗隐见郑畋宅第没有高楼华屋，远非想象中那般宏阔奢华，只与长安中户人家相似，不过两进小院，十几间平房；又见郑畋虽身居宰相高位，并无显官权贵骄矜之态，心中顿觉释然许多。原先只是听皮日休说郑畋器度宏博，学养深厚，以诚待士，不计穷达，今日一见，果然并非溢美之词。再看这书房，偌大三间屋子，四壁和东西两厢布满书架，架上一函函、一卷卷书籍，纤尘不染。书房正中有一书案、两方座席，显系郑畋平日读书之所。

书房东隔壁是郑畋卧室，壁上有门可通，门上挂着一张竹帘。

此刻，灵珠姑娘正藏身帘后，专注地窥视着书房内的罗隐。

灵珠对罗隐诗卷爱不释手，对于罗隐的遭遇和窘境，颇为同情和怜惜。她一遍又一遍地猜想罗隐是甚般人，观其诗文中溢出的盖世才情，定是位风流倜傥、俊逸潇洒的青年俊秀。她万万没有想到，面前的罗隐竟如此丑陋。他不但身材矮小，且颜面黑得出奇。两只小眼睛几乎不见眼珠，只是偶尔闪过一道睿智的光芒。他身上穿的那件苎布衫袍，破旧得已分不清是什么颜色，显出一副落魄寒酸气象。

灵珠心中一阵失望。

然而，罗隐并没有因穷困潦倒而自惭形秽。他在回答郑畋询问时，言简意赅，应对从容；在探讨治国安邦之策时，雄辩滔滔、神采飞扬；在指斥时弊时，鞭辟入里，真知灼见；在随意交谈时，诙谐幽默，妙趣横生。

灵珠听着二人对话，几次都忍不住要笑出声来，原来胸中那种说不清道不明的失落之感，不知不觉间消失殆尽。

郑畋心中已然认定，罗隐不仅文才诗才出众，且具有治国理民才干。他已决意再向朝廷举荐罗隐。

郑畋送走客人，回到书房，灵珠已在那里候着，郑畋便询问她对罗隐印象如何。

灵珠双颊飞红，羞涩地低下头说："真是一个丑八怪，我还没见过这么丑的人哩！"

郑畋笑起来，说道："人不可貌相，海水不可斗量。此人不仅学富五车，且有胆有识，忠诚耿直，是朝廷不可多得的人才。"

灵珠："此人看上去有四十多岁，怕早已是儿女成行了吧？"

郑畋："哪里话，罗隐刚刚三十出头。他多年来专心学问，忙于应试，因多次落榜，功不成名不就，也就没有婚娶。罗隐怀才不遇，天道不公啊！"

灵珠："父亲打算再次举荐他吗？"

郑畋点点头："为朝廷罗致人才，是大臣本分，我岂有不尽力举荐之理？"

灵珠："谢谢父亲。"

郑畋笑道："要你谢什么？"

灵珠撒娇地叫了一声："父亲！"便急忙跑出书房。

少年天子李儇极少临朝问政，可宰相们平日还是照常到中书省政事堂值守。眼下宦官田令孜当权，宰相们议过之事，写出堂帖上奏皇帝，小黄门总是直送田令孜，由他决断处置，并不经李儇御览。

这日一早，郑畋骑马来到大明宫建福门，下马前行，步入望仙门，踏过下马桥，高大巍峨的含元殿便遥遥在望了。

大明宫正殿含元殿后面是宣政门，宣政门以北正对着的宣政殿，乃天子常朝之所。宣政门内至宣政殿之间有东西两廊，相对各开一门，东曰日华门，向东通往门下省、弘文院、待制院、史馆；西曰月华门，向西通往中书省、御史台、殿中内省、集贤殿书院。中书省政事堂，乃宰相大臣日常议事之所，开元年间改称中书门下，但朝官们仍称其为政事堂。

眼下朝中有三位宰相署理政务：王铎、卢携、郑畋。

王铎字昭范，武宗朝进士及第，曾任集贤殿直学士、中书舍人、礼部侍郎；懿宗咸通十二年晋位同中书门下平章事，当上宰相。王铎资历较深，且有些声望。驸马韦保衡为相执政，恃宠专权，排斥异己，王铎自求解职外任，出为宣武军节度使。僖宗即位后，郑畋数次上表，请求任用王铎为相。僖宗命王铎为门下侍郎、同中书门下平章事，居首相之位。唐代宰相并无固定品级，皇帝可依凭自己所需，从四、五品官员中超拔宰相。郑畋就是以本官兵部侍郎擢为中书门下平章事。兵部侍郎品级是正四品下，而门下侍郎则为正三品，司徒、司空、太尉方为极品。

唐代朝廷中枢机构分为三省，即门下省、中书省、尚书省。三省长官为侍中、中书令、尚书令，位高权重，皇帝便以亲王任此三职，但只是挂名，实则以门下侍郎、中书侍郎和左、右仆射分掌三省，而以"同中书门下平章事"作为实任宰相的名号。所谓"同平章事"，乃是与中书、门下省长官共同商榷政事之意。朝廷官员袍服颜色有定制，三品以上服紫色，四、五品官员服绯色。按朝廷规制，文武百官列班上朝时，绯衣官员排在紫衣官员之后。那么，以四、五品官阶实任宰相者站位何处？同时，他们在政事堂办理公务与六部主官打交道时，也有诸多不便，有的六部主官品阶高于新任宰相。于是，皇帝佬又想出一个妙招儿：赐给以四、五品官阶任宰相者紫袍和金鱼袋，此即荣耀无比的所谓"赐金紫"。

鱼袋，是标明官员品级身份之物。鱼袋是盛放官员们须随身佩戴的鱼符所用，亲王佩金鱼袋，庶官佩铜鱼袋。鱼符上题刻官员姓名、职位等，以证身份。三品以上官员的鱼袋以金作装饰，四、五品官员的鱼袋以银作装饰。皇帝破格擢用官员的敕书上，在除授该员官职后面，往往还要标明赐紫金鱼袋或赐绯银鱼袋，前者即紫袍佩金鱼袋，后者即绯衣佩银鱼袋。晚唐皇帝常把赐紫或赐绯作为敛财和笼络官员的一种手段而滥用，以致许多方伎艺人或土豪劣绅，出钱助饷就能赐绯，许多中下级官员也被赐紫，弄得到处都是穿紫着绯的捐赀官员，招摇过市，炫耀富贵。

郑畋穿越曲曲折折的三里长廊，来到中书门下即政事堂。宰相卢携已经先一步到了。

卢携与郑畋不仅同属郑州人，而且都是一时知名文士。二人同为宪宗朝山南东道节度使李翱的外甥，也就是说，卢携与郑畋是姨表兄弟。李翱是韩愈的学生，诗文俱佳，进士及第后，历任校书郎、国子博士、史馆修撰，后迁礼部郎中、谏议大夫、中书舍人。李翱性情峭鲠，不畏权贵，曾当面指斥宰相李逢吉，弄得他哑口无言，因此被免官。卢携与郑畋皆受李翱熏染，具有直言敢谏的品性。去年，卢携还上书僖宗李儇，请求免去关东受灾十数州百姓夏秋两税，并吁请救济灾民，受到朝野有识之士一致赞誉。

卢携生得体貌丑陋，伛腰驼背，且天生一根大舌头，说话语音不正。但他文笔流畅，有干才，在朝中历任右拾遗、翰林学士、户部侍郎，后以翰林学士承旨进同中书门下平章事。卢携得以升任宰相，是暗中走了宦官头子田令孜的路子。如今，卢携为保相位，不得不顺随田令孜，一切看其眼色行事，原有的那点儿骨气和胆识，渐渐消磨殆尽，只剩下偏执和私欲了。宰相们在政事堂议事时，卢携总是秉持田令孜旨意行事，多次与郑畋争执不下，有时竟变得不可理喻。

尽管如此，郑畋对卢携还是要礼让三分。一则卢携年长，毕竟是表兄；再则，同朝为相，国事为重，总还要在一起担负治国理政重任。身为宰执大臣，理当率先垂范，表率百官，不能意气用事。

郑畋将举荐罗隐的想法如实告诉卢携，卢携脑袋摇得像拨浪鼓。他心中埋怨表弟不识大体，为了一个屡试不第之人，犯得着得罪田令孜吗？罗隐在省试试卷中，公然指斥宦官干政，祸乱朝纲，要求恢复太宗制定的宦官不得干涉朝政之祖制。其言论若被田令孜等权阉知晓，必会祸从天降，非但罗隐不能破格擢拔入仕为官，甚而荐举之人也会受牵连而获罪。

郑畋说："唯才是举乃宰执大臣之责，你我身居要津，岂能坐视宦官弄权、摧残人才而贻误天下？"

卢携以兄长口气教训郑畋说："识时务者为俊杰。罗隐虽熟读典籍，能诗善文，终不过是一介专发牢骚的偏执书生，不晓朝中大势，不明政局大体，一味指斥宦官，蔑视权贵。擢用此人，定会生出许多是非！"

郑畋分辩道："何谓朝中大势？孰为政局大体？就是宦官专权、北司包揽朝政？

圣人不上朝,宰相不见君,军国大事均由中官决断即是政治清明、国泰民安了?"

卢携气恼地说:"你不要咄咄逼人。中官掌军理政,已行之百年。当今圣人正在幼冲,中官辅政亦属常例。区区罗隐,不过一个白衣秀才,岂能扭转乾坤?"

郑畋:"一个罗隐是扭转不了乾坤,可朝廷需要罗隐这样才识卓越俊秀之士,治理州县也须用此等能员干才。若是像罗隐这样有德操、秉大义的仁人志士多了,便可端正朝野风气,重振大唐乾坤。"

卢携正要批驳,恰巧首相王铎来到,二人连忙起身相迎,施礼问候。

王铎拱手还礼,问道:"二位堂老好兴致呀,我在门外就听见你们在高谈阔论呢!"

唐代官职皆有别称,而且相沿成习,蔚然成风。堂老是宰相的别称、敬称,下级官员乃至宰相之间也互称堂老。所谓"堂"者,自然是指政事堂;而"老"者,并非年老之谓,犹如今日之称"老总""老板"。还有,节度使被尊称为连帅,又别称节帅、镇帅,带宰相衔的节度使称为"使相""府相"。"使君"是刺史的别称、敬称,县令则被称为"明府",宦官则称为"中官"。

郑畋将荐举罗隐一事禀告王铎,请他定夺。

王铎拈须沉吟,一时没有说话。他心里明镜儿似的,郑畋为朝廷选拔人才心切,罗隐也确是才俊之士。在郑畋首次荐举罗隐时,王铎便仔细审读了罗隐的诗卷和文集《谗书》,调阅了他的科场试卷。他为罗隐屡试不中而叹息,也深知考官不录取他的个中缘由。可这又有什么法子呢?设若破格擢用罗隐,势必证明试官录取不公,那就要把罗隐试卷调出复验,试官必会申明不取罗隐的理由。如此一来,便很难瞒得过田令孜。事情果若弄到田令孜那里,罗隐授不了官不说,反而会害了他。

王铎自然明了卢携的靠山是田令孜,有些话不便明说,只能是左右逢源,两面不得罪:

"郑堂老为朝廷荐才心切,老夫甚为钦佩。卢堂老思虑周全,用心良苦。老夫以为,罗隐确系才俊,下次应试必能高中。"

郑畋有些着急,道:"罗隐都考了七八回了,不可再误了!"

卢携插言道："王堂老说得是。罗隐既然学养深厚，文采出众，那就明年再考嘛。本朝七十岁进士及第者，屡见不鲜，罗隐刚刚三十出头，正当盛年哩！"

郑畋："我等三位宰执大臣，连为朝廷荐举一个人才都办不到，真真愧煞人也！"

王铎毕竟老到，慢条斯理地自我解嘲道："堂老者，堂中老人也，奉旨办差而已。郑堂老荐才心切，可向方镇举荐罗隐嘛。眼下方镇自除属官，罗隐可去做幕僚，不必非走科考这条道嘛。"

郑畋长长地叹了一口气，说："也只好如此了。"

郑畋刚回到升道坊府中，灵珠就来向父亲打探消息。

郑畋简要说了堂老们商议举荐罗隐一事的情形，不由连连摇头叹气。灵珠失望而又焦急，一再追问父亲："难道真的没有门道，罗隐非要被埋没一生不成？"

郑畋说："要举荐罗隐做京官，难。到州郡去做幕僚，还当有望。为父也识得几个州牧郡守，向方镇举荐罗隐尚可一试。"

灵珠催促父亲再约罗隐来府，面商一切。

郑畋见灵珠如此牵挂罗隐，知是女儿对他心生爱慕，便微笑着点头应允。于公于私，他都要尽力荐举罗隐，也要斟酌一下向何人举荐为宜，一切待与罗隐面商之后再行定夺吧。

郓州天平军节度使薛崇带领三千兵马，直向濮州城扑来。

王仙芝盐帮举事造反，先后占领濮州、曹州两座州城，濮州刺史苟同希被杀，曹州刺史弃城逃走，如许惊天大事，薛崇都没有敢向朝廷奏报。原因有二：一是连失两州，罪名甚大，若奏报朝廷，按律他便是死罪。多年来，藩镇节度使各据一方，军政事务自专，只向朝廷要钱粮要地盘，若非受了其他方镇侵夺，谁也不会向朝廷奏事请旨。二是他怀有侥幸之心。薛崇自认盐帮闹事无非为了抗拒盐捐，几个盐帮盗匪，加上一些饥民百姓，成不了什么大事。连王仙芝都自称"草军"，可见只要官兵一到，必会一哄而逃，官军不用吹灰之力，很快便可将这些草寇剿灭。因此，用不着奏报朝廷，免得自找麻烦。

薛崇进兵十分顺利，一路上没有遇到阻挡。他心中暗自得意：果然不出吾之所料，一群草寇，哪里懂得什么军事？他们连个游骑哨探都没有，何谈排兵布阵守城打仗?

傍午时分,薛崇率牙兵来到濮州城东门外,尚未安营扎寨,即命镇将攻城。

镇将见城门紧闭,城墙城楼上不见一个人影,便命人向城头喊话,说是薛大帅带领牙兵前来讨贼,尔等快打开城门,速速投降。否则,大军攻破城池,一定斩尽杀绝,孩娃不留。

牙兵们叫喊了半天,城上毫无动静。

薛崇等得不耐烦,命镇将即刻攻城。然而,牙兵却没带攻城器具。

镇将只得命副将带领一队牙兵,找来一根木头,去撞击城门。

副将率领百余名士卒,抬着木头向城门开进。眼看快到城门口时,忽听城头上战鼓雷动,城上箭如雨下。牙兵躲闪不及,纷纷中箭倒地。副将掉转马头要逃,无奈牙兵们拥挤一团,争相逃命,战马跑不开,副将被飞蝗似的利箭射下马来,登时毙命。他的坐骑身中十数箭,几声哀鸣之后,也倒地而亡。

薛崇好生气恼,喝令镇将带兵再去攻城。

镇将无奈,只得命牙兵各操弓箭,向城上齐射。箭镞飞蝗般射向城头,可守城草军躲在堞墙后面,一个也射不着,只是白白耗费了许多箭支。

薛崇声嘶力竭地逼使牙兵冲击城门。城头草军射来一阵箭雨,牙兵们呼啦啦又倒下一片。待镇将命牙兵与草军对射时,草军士兵又全躲身垛墙后面,一个也看不见了。

如此三五番互射,牙兵损伤三四百人,却没能靠近城门半步。

薛崇气得七窍生烟,却无计可施。镇将突然心生一计,向薛崇提议:用火攻!

薛崇一听大喜,即刻命一队牙兵去寻找柴草。牙兵问去哪里寻柴草,镇将不耐烦地说,老百姓住的房子都是茅草屋,把屋顶上的茅草扒下来不就行了?

牙兵们得令,到周围村子挨户扒房,老百姓哭爹叫娘,号啕不止。有些年轻人怒不可遏,与牙兵们对打起来。这一下牙兵们有了用武之地,刀砍矛刺,眨眼间杀死十几个村民。

村子里被搅闹得鸡飞狗跳,沸反盈天,牙兵们得胜而归,抢回来一百多捆茅草。

然而,如何把茅草运送到城门下,官军又犯了大难。

镇将终于想出一个办法，命一队士兵背运茅草，两旁各派一队士兵向城上射箭，强行向城门靠近。

牙兵们迫于将令，冒死向城门推进。

城门楼上，草军都将毕师铎见此情形，命守城士兵躲在女墙后，侧身向牙兵射箭。背运茅草和向城上射箭的牙兵大多中箭，非死即伤。其余牙兵见势不妙，扔下茅草，狼狈地逃了回去。

如此这般折腾了半天，官军寸步难进，只得后撤二里，在野地宿营。薛崇原以为攻打濮州会马到成功，压根儿就没有让牙兵携带营帐，将士们只得露天宿营。

牙兵们跑了两天路，又攻了几回城，早已又累又饿。携带的干粮已经吃光，眼下连口水也喝不上，牙兵们便到处寻找能吃的东西。有人侥幸挖到一些筷子般粗细的胡萝卜，牙兵相互争抢着吞下肚去，胡乱充饥。

挨到夜晚，牙兵们横七竖八地躺在田野中呼呼大睡。节度使薛崇和镇将没有帐篷可用，只好半靠在卫兵身上，迷迷糊糊地睡去。

夜幕降临，埋伏在箕山的黄巢义军悄悄向濮州开进。

义军将士接近牙兵野营地，薛崇和将士们仍在酣然大睡。

义军臂缠白巾，疾速向牙兵杀来。不少牙兵没有来得及叫喊一声，便做了义军刀下之鬼。有些机灵的牙兵被惊醒，翻身爬起，东突西撞胡乱逃命。

节度使薛崇和镇将弄不清为何有草军从背后杀来，吓得蹿上马背，急急慌慌夺路逃窜。刚刚跑至濮州城东一里处，正遇上王仙芝草军从城中杀来，为首一员战将，正是毕师铎。

毕师铎骑一匹乌骓马，手持长柄大刀，大吼一声，直向薛崇砍去。薛崇吓得掉头便跑，镇将只得举枪相迎。

镇将是正七品官，平日里并不习武，哪里见过战阵。毕师铎却武艺高强，尤善骑马射箭。往时，他在对阵打劫盐帮的强贼时，手中一把大刀上下翻飞，如同雄鹰追捕野兔一般，没一个贼人能从他面前逃脱，帮中弟兄们送他绰号"鹞子"。

二人战不多时，毕师铎一刀劈去，镇将手中那杆长枪，像根烧火棍一样被劈成两段。镇将吓得魂飞天外，死命奔逃。毕师铎纵马紧紧追赶，那乌骓马与毕师铎形同一体,好似空中疾飞的鹞鹰,向奔跑逃命的兔子猛扑过去。只见刀光一闪,镇将的头颅飞落一丈开外,身子随马跑出七八丈远,方才栽下马来。

毕师铎回头再寻找节度使薛崇,却怎么也不见踪影。

薛崇在两名骑兵护卫下乘夜色逃命,一口气跑了五百里,奔至平卢节度使宋威的治所青州。他怕草军追杀,不敢回郓州,舍近求远来到青州避难。

郓州天平军是青州平卢军的西邻,平卢节度使宋威往返京城,必经郓州。宋威每次过路,天平节度使兼郓州刺史薛崇都要尽地主之谊,热情款待,因此二人还算有些交情。

宋威命人收拾出一处宅院,将薛崇安顿下来。薛崇请求宋威派兵马攻打王仙芝草军,收复曹、濮二州。宋威连连摇头,断然拒绝,他知道,此时草军人马已达三万多人,以青州数千人马去攻打气势正盛的数万义军,简直就是飞蛾扑火,不惟必吃败仗丧师失地,弄不好就会身首异处性命难保。这种赔本生意,宋威无论如何也不会去做。

黄巢率义军追杀薛崇,直至郓州城外,却没有下令攻城。一则薛崇不知去向,再则黄巢与王仙芝事前议定,草军进兵方向是宋、宿、亳、颍诸州,向南游动发展。故而,黄巢收拢人马,退回曹州。

此时草军人马已达三四万之众,再加上随军民夫、家属,每日所需粮草达十数万斤。义军如今最紧迫之事,便是筹集粮草。

就地筹粮已无可能,只能向南攻占州县,夺取粮草。王仙芝与黄巢、尚君长等商议后,传令全军休整三日,增补兵器,赶做干粮,然后向南开进,围攻宋州城。

曹州距宋州只有二百多里路程,其间没有高山大河阻隔,三日之后,草军便进抵宋州城下。

宋州刺史闻风弃城而逃,州衙一干官吏作鸟兽散,各自逃命去了。

宋州睢阳郡辖有十县,民户十二万四千余,人口近九十万。近日宋州百姓口口相传,草军占领濮州、曹州后,开仓放粮,救济饥民。百姓盼望义军能够早日攻占宋州,也好分些救济粮糊口活命。

王仙芝、黄巢人马距城还有十里远,宋州城内外的百姓便成群结队前来迎接。

　　王仙芝、黄巢进驻宋州刺史衙署,当即按照在濮州、曹州的做法,传令开仓放粮,设站招兵。粮仓和招兵站成了最热闹之处,领取粮食的百姓人山人海,报名参加义军的青壮队伍排成了长龙。

　　短短三四天时间,义军就招收新兵三万多人,全军将士达七八万之众,加上随军民夫、眷属,号称十万大军。

　　黄巢部下队长赵璋、黄邺、黄揆、孟楷、盖洪、葛从周、张言、季达、霍存、张归霸等人,皆升任都将,各率一千多人马,黄巢统兵达一万余众。

　　草军在宋州并未久驻,王仙芝、黄巢率领义军挥戈南下,先后攻克亳州谯郡、徐州彭城郡、泗州临淮郡、陈州淮阳郡、颍州汝阴郡、濠州钟离郡、楚州淮阴郡、寿州寿春郡、庐州庐江郡等十五个州郡。义军所到之处,如秋风扫落叶一般,扫荡了河南道、淮南道广阔地域。这些方镇、州郡主官只知自保,互相观望,谁也不肯出兵救援他人。于是,众多州郡被草军各个击破。义军所向披靡,势如摧枯拉朽,锐不可当。方镇节度使、观察使、团练使和州郡刺史及其僚佐属官,或城破被杀,或弃城逃走。各地牙兵、州兵毫无战力,或望风而逃,或缴械投降,被补进义军队伍。

　　唐代军政区划名称和职官设置烦琐复杂,比如州郡名称并称,官员职衔爵位繁复叠加,节度使大多兼有三四个甚至七八个职衔名号,往往令人觉得茫然,故须交代明白。

　　秦灭六国,始行郡县制,经汉、晋、南北朝至隋,郡改为州,州又改郡。唐初,高祖改郡为州,太守改为刺史。西都、东都、北都等重要都市设府,置府尹。唐太宗时天下分为十道,至玄宗时增为十五道,各道仅派一名采访使观风纠察,不设官署,即是说道已非行政区划。安史之乱以后,叛军降将多被封为节度使,分别割据一方,道已完全成为一种地理区划。

　　唐玄宗天宝元年,改州为郡,肃宗乾元元年又改郡为州。而同一地方,称州称郡之名称又多不相同,于是在州名之后再加上其郡名,形成了州郡并称局面。如宋州原为睢阳郡,则并称为宋州睢阳郡;汴州原属陈留郡,则并称为汴州陈留郡;许州原属颍川郡,则并称为许州颍川郡。只是一些新设之州,原无郡名,则单称州名。如宿州,宪宗元和四年从徐州彭城郡分出符离县、蕲县、泗州之虹县建制为州,其原属之郡名彭城仍为徐州并用,于是宿州便只有州名而无郡称。

　　节度使本系戍守边疆的军队首领之职名,全称是"某某军节度使"。所谓"使"者,由朝廷派出并赐旌旗符节、代表皇帝统辖指挥军队者之谓也。后来,又以节度使兼管民政、营田、财赋,总揽一方军、政、民、财事权,屏藩一方,史称藩镇。还有些主掌一方军事而不授节者,称为观察使、防御使、经略使或团练使。这些"使"者,大的管领十余州,小则仅二或三州,称为一镇,与大藩统称方镇。节度使所领之镇亦称为节镇,凡节镇皆有军号,如汴州宣武军、郓州天平军、幽州卢龙军等等,故节镇又称军镇,节度使府亦称为军府。

　　晚唐时期,节度使常兼任观察使,有些观察使又兼任防御使或经略使。观察使、防御使皆各自为政,统揽一方数州军、政、民、财事务,成为方镇行政长官兼军队统帅。

　　节度使又常带有中央官衔,有高至同平章事衔者,亦即宰相衔,故节度使带同平章事衔者称为"使相"。有加检校三公即检校司徒、检校司空、检校太尉衔者。还有一些节度使,加检校尚书仆射、六部尚书等衔。再加上节度使必兼所在州刺史,则一个节度使之官衔勋阶爵位往往需用数十字乃至一百多字才能标明,如:"上柱国、某某国公、开府仪同三司、同平章事、某州刺史、某某军节度观察处置使某某某",有时还要加上更多兼职名称或临时授任之官衔,如"四面都统制""招讨使""排阵使"等,不胜其烦。

　　节度使在州城内皆筑有牙城(衙城)作为治所。牙城前有节堂,以安置皇帝所赐旌节,后有节度厅、观察厅、刺史厅,分别为署理军事、民政等不同公务的场所。牙城最后面是节度使宅邸,乃节度使及其家人、亲属、仆从居住之地。牙城又称使府或督府,卫护牙城之兵称为牙兵,系节度使自行招募之亲兵,实则是节度使之私人军队。

　　王仙芝、黄巢义军横扫十五州,南达庐州、和州,抵近长江北岸。义军尚无水军和战船,且将帅士卒皆无打到江南去的意愿,于是折而北返,经濠州、泗州到达徐州。这一带是草军曾经攻占过的地方,粮食、草料、兵员已近枯竭。故而,王仙芝与黄巢、尚君长等商定,继续挥军北上,包围攻占沂州,而后向青州、淄州、齐州等地进兵，扩充兵员，壮大队伍。

沂州琅邪郡辖有五县：临沂、费县、兰陵、沂水、新泰。沂州城东邻沂河，沂河之东相隔三十里又有沭水。这两条河流都是大河，水深流急，不可徒涉。

王仙芝、黄巢往年贩卖私盐时，多次路经沂、沭二河，盐帮人畜皆乘船而渡。对于沂州城地理形势，王仙芝、黄巢都较熟悉，以为不必再加侦察。

半年来，草军横扫十五州，几乎没有遇到抵抗，其间虽也曾横渡一些大河急流，但都是雇用船只从容摆渡。义军在平原上疾速流动作战，不可能随军携带船只。接连胜利进军，迭克重镇大州，义军将士自以为天下无敌，官军不堪一击，不免开始麻痹轻敌。

草军一到沂州城下，王仙芝便立即传令下去，将城池包围起来。

沂州刺史丁练成，原是泰宁节度使麾下一名都将，在平灭庞勋农民起义军的战场上屡建奇功，遂升迁为刺史。丁练成治军严明，与沂州都将石子长相互提携，交谊深厚。在草军连克州郡声势越来越大情势下，丁练成与石子长加紧训练部伍，演习守城战法，筹集粮食柴草，储备了大量弓箭和滚木礌石。沂州山地有的是石头，石子长带领将士在城头上堆满了大小石块，防备草军前来攻城。

沂州城墙用石头砌就，墙高二丈八尺，坚固异常。丁练成又雇来四乡民夫，加宽城壕，使之深达一丈有余，宽达十丈二尺。守军挖掘引水沟，引来沂河水灌入城壕，使护城河水满壕平。

草军逼近沂州时，丁练成与石子长派兵将沂河渡口船只统统隐藏起来，防备草军渡河。

这日，草军将士早早用饭，毕师铎部率先在辰时开始攻城。

草军刚刚接近城壕，城上守军箭如雨下，霎时间草军士卒死伤一片，不得不退回阵地。

毕师铎另派一队人马，再次进攻，同样伤亡惨重，败下阵来。

毕师铎虽绰号"鹞子"，可此时也飞不过城壕去，急得一个劲儿地跺脚骂娘。

尚君长等人来到西门外观战，觉得如此攻城难以奏效，便命毕师铎挑选一队弓箭手、一队水性好的盾牌手联手攻城。盾牌手居前列，遮挡城上射来的箭支，弓箭手居后,一边与守军对射,一边向城壕推进。

此战法果然奏效,盾牌手终于抵达城壕外缘,纷纷跳入水中泅渡,不少人很快泅过了城壕。然而,弓箭手由于失去盾牌掩护,一时纷纷中箭倒地,未中箭者也被迫退了回去。

泅渡过城壕的盾牌手,在向城门逼近途中不断有人中箭倒下,最终抵达墙边者仅有十几人。城头守军扔下一阵石头,义军盾牌手被砸得脑浆迸裂,腿断肢残。没被砸死的几个盾牌手反身逃窜,被城上弓箭手一一射死,没一个能活着回来。

毕师铎正要派兵再行攻城,被尚君长喝令止住。

尚君长命毕师铎原地待命,自己折回中军大营,与王仙芝会商破敌之策。

夜晚,王仙芝、尚君长召来黄巢、毕师铎等将领商议攻城之策。分领州城四门进攻重任的将领议论说,攻城要破除两大难题:一是如何越过护城壕,二是如何登上城头。显然,不闯过这两道难关,攻占沂州就是一句空话。

尚君长提出加紧赶造云梯,而且越多越好。草军兵力雄厚,城内守军兵力单薄,估计不会超过一千人。若四面同时攻城,可使守军应接不暇,所以云梯至少需百架,能造二三百架更好。

王仙芝说:"云梯是必须造,可造云梯需要木材,到哪里弄来这许多木材呢?"

黄巢提议派出一部人马,到山中砍伐木料。

王仙芝当即下令,由孟楷率领本都人马进山砍伐木材,并从各都抽调当过木匠的士卒,编成器械营,加紧打造云梯。

柳彦璋建议道,沂州城墙高二丈八尺,云梯长度以三丈为宜,因为云梯要靠城墙倾斜放置,长度须大于墙高。季达说,若是将四架云梯连接扎牢,刚好可以搭在城壕两岸之上,士卒便可踏着云梯越过城壕,这比泅水渡壕要快捷简便得多。

众人拾柴火焰高,办法越想越多。

赵璋说:"咱们十万人马,粮草耗费巨大。眼下将士们携带的干粮快要吃完了,而砍伐树木打造云梯尚需时日,三五天之内不可能攻占沂州城,粮草欠缺已成燃眉之急。请大将军派出几支人马,北上攻占费县、沂水、莒县、密州等地,以官仓之粮补充军需,如此才能保障大军攻占沂州。"

黄巢与尚君长等皆表赞同，王仙芝也觉粮草之事急迫，便当即发令，由赵璋率本都人马攻占费县、沂水县城；葛从周率人马攻占莒县、诸城等地。两部人马要尽快运回粮草，以应全军之需。

诸事商议已毕，众将分头依令而行。

沂州刺史丁练成见草军停止攻城，料想草军必定是要打造云梯，然后再行进攻。

沂州城内只有八百多名守军，而草军有十万人马，兵力众寡悬殊，要保城池不失，确非易事。丁、石二人谋划许久，议定以下守备之策：

甲、严密警戒。尤其夜间要加倍警惕，防备草军趁暗夜渡过城壕。城头守军夜间巡逻不得间断，带兵戍主、戍副夜间轮替值守巡查，有玩忽职守者，军法从事，决不宽贷。

乙、鼓动、组织城内丁壮参加守城。在全城张贴告示，晓谕百姓：草军杀戮成性，若让其攻占州城，必定肆意杀人抢掠。城中百姓，要保家保命先得保城，一旦城破则必定家破人亡。

丙、选拔城内青壮，加紧训练，协同守军登城作战者，除本人同守军一样每日三餐由官府供应外，每丁每天奖励二斤粮食补贴家用，可保家人不致饿死。

丁、征用民夫，在草军攻城期间帮助守军造饭，救护伤兵，往城头运送滚木礌石。民夫每人每日发给二斤粮食，作为奖励和补偿。

戊、派精干吏员化装为难民，想方设法混出城去，向近邻兖州、密州和青州节度使求援，请他们派兵增援沂州，内外夹击草军。

丁练成预料，草军人马虽众，但他们习惯于流动作战，以便到处就粮，士卒携带干粮十分有限。只要能坚守沂州城池半个月，草军无粮可食，势必自动撤围，转兵他向。

孟楷率领人马进入沂蒙山，很快就砍伐了一批木材，就地做成几十辆简易拖车，类似于大爬犁，没有车轮，木架平底两头翘，上面可放置许多木材，用马匹拖拉，也可以用士卒拖拽，数日内便将首批木材运至沂州城西草军营地。

草军挑选三百名会木工活的士卒，日夜赶造云梯。

赵璋、葛从周两部人马,分头北上,日夜兼程,很快攻占了费县和沂水城。将士们打开粮仓,将三十多万斤粮食运回沂州城外,解救大军燃眉之急。

王仙芝、黄巢命赵璋、葛从周继续向北进兵,多攻占几个州县,夺取更多粮食供应全军。

二百多架云梯打造齐备,时令已经进入严冬腊月,城壕里结了厚厚一层冰。王仙芝心中大喜:真是天助我也! 当即传令各部做好准备,定于十二月六日子时四面攻城,突然袭击,一举攻破沂州城池。

当夜亥时,草军将士饱餐一顿,在夜色掩护下悄悄向城壕逼近。

此时,城壕内冰层更加厚实,草军士卒如履平地,很快便靠近城墙。

城头守军发现后,急忙射箭。草军士卒虽有盾牌遮挡,仍有不少人中箭倒下。

草军人多势众,靠城墙竖起一架架云梯,开始攀登。

城上守军忙从城头抛下滚木礌石。登梯草军士卒接连被砸死砸伤,一个个从云梯摔落地面。在梯旁等待攀爬的士卒,也大部被滚木礌石砸中,非死即伤,一时血肉横飞,惨不忍睹。后面跟进的草军士兵见势不妙,转身逃回。

这次攻城,草军伤亡达四五千人,所造云梯大部被守军砸毁烧掉。

王仙芝好不气恼,命孟楷再次率领人马砍伐树木,重新打造三百架云梯,以供使用。

几日后,三百架云梯打造完毕。王仙芝传令全军,每百人小队携带一架云梯,于十日凌晨丑时同时攻城。

不料城中守军又早有防备,草军刚一接近城壕,守军便开始射箭。草军士卒手举盾牌,前仆后继,不断有人中箭倒下。各部草军挑选的上千名弓箭手,轮番向城头射箭,但仰射箭支飞至城头时,已是强弩之末,对守军没有太大杀伤力,更何况守军躲在女墙后面,很难射中。

草军好不容易攻至城墙根儿,竖起云梯开始攀登。守军故伎重演,滚木礌石凌空而下。即便是身强体壮武艺高超的将士,也抵挡不住斗大石块袭击,草军被砸得头破血流,脑浆迸裂,腿断肢残,须臾工夫,死伤累累,活着的慌忙后撤逃命。

一日之内,草军八次攻城,都是损兵折将,阵亡三千多人,伤者达六七千。

王仙芝不得不传令全军后撤三里以外，分散在附近几十个村落里屯扎待命。

时值隆冬季节，大雪不期而至，纷纷扬扬，日夜不息。草军将士粮食紧缺，又缺少御寒之衣，不少士卒被冻伤，士气渐渐低落下来。

王仙芝和黄巢、尚君长等人连番商议，一时无计可施。草军若撤围而去，不但前功尽弃，而且附近也没有更适宜攻占的州郡。何况，在风雪严寒之中，大军不宜移动。

王仙芝只得命赵璋、葛从周加紧向北进兵，尽快攻占密州、临朐等州县，筹集粮草布帛，运回沂州以应急需。

赵璋和葛从周迅即顶风冒雪挥军北上。赵璋率部攻打临朐县城，葛从周部则准备进击密州。

临朐是青州属县，北距青州城仅有五六十里路程。草军攻打临朐消息传来，青州刺史、平卢节度使宋威坐立不安。前些日子，宋威三次接到沂州刺史丁练成求援书信，都是推托敷衍一番作罢。如今情形不同了，草军人马已经打进青州地盘。若草军攻破临朐，再以十万人马北上攻打青州，后果将不堪设想。

宋威苦思冥想两日，决计奏报朝廷，请求允准自己率兵增援沂州。同时，请朝廷派大军前来救援沂州，会合青州、沂州兵马共同围剿草军。否则，以青州区区三千牙兵，与十万草军作战，定难取胜。

次日，宋威与行军司马王齐集合起三千牙兵，直扑临朐。临朐县令和县尉见宋威亲率牙兵来援，也从城内出兵，夹击赵璋草军。

赵璋带领一千多人马，顶风冒雪来到临朐城下，将士们冻饿交加，人饥马疲，抵挡不住数千官军的内外夹攻。赵璋无奈，只得退兵五十里，屯驻沂山之中，派人驰回沂州大本营请求增援。

天公似乎有意与草军为难，连日鹅毛大雪下个不停，整整下了五天四夜，平地积雪三尺有余，齐鲁大地白茫茫一片，整个儿笼罩在狂风暴雪之中。

王仙芝、黄巢率领的八九万将士和眷属，连人带马困于风雪和饥饿之中。

五 郑堂老无须多言

宋威的奏章送抵京师,旋即在朝中掀起轩然大波。

王仙芝、黄巢起事半年来,率领草军接连攻占十数州郡,纵横千里,席卷中原,可方镇帅臣和州县主官无一人奏报朝廷。究其原因,一则是丢城失地罪责重大,即便朝廷奈何不了方镇官员,名声须是不好听,故而以不奏报不声张为宜。再则,草军占了州县城,吃了粮招了兵就挥师而去,像是刮了一阵风而已。弃城而逃的官员们待这一阵风过去,回来各就各位,原官旧职,毫发未损,何必要奏报朝廷自揭疮疤自寻麻烦?不要说让他们如实禀报自己弃城逃跑之事,即便是上司查问起来,此辈也会指天发誓说,绝无草军破城之事,或者说压根儿没有草军到过本地。所以,义军人马已近十万,横行已十数州,少年天子李儇和朝中大臣竟完全不知有这么回事。田令孜仍旧整日价逗引李儇游幸畋猎,或骑马骑驴击鞠打球,或斗鸡走狗赌鹅耍猴,再不就是观梨园乐舞,听教坊优伶唱曲,优哉游哉,不亦乐乎!

当宋威奏章呈全田令孜手中时,他大吃一惊:这个王仙芝是什么人,一下了哪来十万人马?莫不是宋威为了向朝廷要兵要钱要粮,故意夸大其词?可宋威是我安插在青州的死党,向来忠诚,他竟有这个胆子糊弄我田令孜吗?

田令孜本想把奏章压下来,可他也知兹事体大,不宜隐瞒。况且,即便告知了李儇,这个黄发天子还不是要听从阿父的摆布?

尽管田令孜向李儇奏报时故意轻描淡写,李儇还是吓得大惊失色,一迭连声问田令孜:"阿父,这、这是怎么回事? 这可如何是好?"

田令孜笑了笑,安慰李儇道:"大家不必担心,王仙芝不过是个盐贩子,趁着濮州受了旱灾,煽惑鼓动一帮种田佬起哄闹事。朝廷派一支禁军,再命宋威带着牙兵一同进剿,用不了几天工夫,便会将草寇赶尽杀绝。"

李儇忙说:"既然如此,阿父就赶快派兵好了!"

田令孜又笑了笑,说:"派兵出征是朝廷大事。后天是新年元日,大家要驾临含元殿,受百官朝贺。到那时,再命大臣廷议平乱之事,也好让臣子们晓得大家是圣明之君。"

李儇连连点头:"谢谢阿父教导,一切听凭阿父处置。"

乾符三年元日,例行大朝会之日。

清晨四更正点,偌大的西京长安城笼罩在沉沉夜幕之下,市井百姓大多尚在睡梦之中,升道坊郑畋府内已是灯火通明。

郑畋洗漱梳头已毕,穿戴朝服纱帽,步出府门。当即有仆人牵马坠镫,请他上马。接着,一声锣响,威仪喝道,几名卫士扈从着郑畋,前往大明宫上朝。

长街之上一片幽暗,各坊坊门紧闭,路上不见一个行人。京城实行宵禁,已是多年定规。每日五更二点,以宫中鼓声为号,各条大街上官设街鼓闻声而动,由专职司鼓金吾卫士擂鼓三千声,城门、各坊和东西市门开启;日暮,擂鼓八百声,城门、坊门关闭,不许百姓出入城门或在街道走动。京城左右街使分掌街道巡查,其属下的金吾卫骑卒,分驻各城门和街道武侯铺,大城门百人,小城门二十人;大铺三十人,小铺五人。巡街骑卒在街鼓声中呼叫启门闭门,提醒市民防火防盗。官街鼓响过,城门关闭之后在街上走动者,称作"犯夜"。夜间骑卒巡查街道,遇有"犯夜"之人,即行拿问。

郑畋行至平康坊左街,见一彪人马迎面而来,却是左街使亲率佐官和骑卒巡查街道。今天是正月初一,元日正朔,例行大朝会之日,百官都要进宫拜贺新年,街使不敢大意,亲自带兵上街巡查。前朝宰相武元衡,就是在清晨上朝途中被刺身亡的。

郑畋来到大明宫建福门外的待漏院,刚刚下马,就有三两个先到的官员慌忙向郑畋行礼拜贺新年。百官陆续到来，纷纷互相恭贺新年，显得比平日喧闹了许多。

五更二点，大明宫鼓楼上的大鼓"咚咚"响起，宫门逐次开启。京城内数百面街鼓随即同时奏响，洪亮的鼓声在夜空中震荡，似有千军万马奔腾而来，让天地为之颤抖。

鼓声三千，戛然而止，入宫上朝的时刻到了。

郑畋等文官出待漏院，顺横街向东走，路经大明宫正门丹凤门，左右卫挟门队已于大门内外两侧站立。郑畋和文官们从丹凤门之东的望仙门入宫，门外左领军卫、门内左武卫挟门队在两侧分立，此谓之"立门仗"，宫内外诸门皆有排道侍卫带刀捉仗而立。郑畋诸人过了下马桥，步行至东朝堂，见御史中丞已率属官在东西朝堂之间肃然而立。

天色已然发亮，文武百官齐集。通事舍人按班点验一遍，内门缓缓开启。通事舍人在前导引，监察御史带领文武官员行至内门，监门校尉夹阶而立，开始"唱籍"。

文武官员分别再入一道内门，再由监门校尉"唱籍"传点一遍。文官到达东面的通乾门外，武官到达西侧观象门外，按班排序，而后分别进入通乾门、观象门，来到含元殿前广场。

含元殿是大明宫正殿，只有元日、冬至等大朝会之日，皇帝才驾临此殿，接受群臣拜贺。平日上朝称为常朝，一般在含元殿后面的宣政殿举行。

含元殿在三大内宫殿之中面积最大，建在长方形台基之上，台基顶端高出殿前广场四十多尺。台基东西两侧修筑有登殿坡道，坡道经七次折转方抵台基顶部的殿前平台，亦称露台。坡道由低至高，曲折盘旋，穿越三层台座，形似蛟龙甩尾，故名"龙尾道"。

太常博士皮日休虽为常朝官，却是初次参加元日大朝会。此刻，他列班于文官队伍后尾，随着前面的队伍缓缓走动，只见处处仪卫森严，确与常朝日不同，从宫门内外到殿庭，排满了禁军仪仗。

皮日休看着这许多仪仗，心中大不以为然：这十二卫禁军，也就摆摆样子充充门面罢了，要真是打仗，只怕都成了稻草人，派不上什么用场。如今灾荒连年，百姓涂炭，朝廷毫不怜恤，田令孜辈只晓得刮敛民脂，专权妄为，不知国运衰败已极，还在这里大肆显摆张扬，真是无可救药。

不知过了多久，程序繁复的大朝会礼仪终于结束，僖宗起身出殿，乘御舆入东厢而去。

文武官员按班退下，大朝会终告完结。

郑畋与王铎、卢携回到政事堂，各自端起一杯热茶啜着，忽有一名内谒者监前来宣谕：大家驾临宣政殿，请诸位堂老晋见。

王铎、卢携、郑畋来到宣政殿，见僖宗坐在御榻上，一副焦躁不安模样，田令孜若无其事坐在一旁。

宰相们一齐跪倒，重新向僖宗拜贺新年。

僖宗按捺不住，一摆手说道："朕有大事与诸位堂老相商，坐下说话吧。"

郑畋心中疑云顿生：这少年君主平日不上朝，今日元日大朝会，已经折腾了半天，此刻召见我等，会有什么大事呢？

僖宗转向田令孜说道："还是请阿父中尉说吧！"

田令孜慢条斯理拿出青州刺史、平卢节度使宋威的奏章，让王铎等人传看。

王铎、卢携、郑畋三人大为震惊。郑畋深知，内政不修，必然导致民乱。连年灾荒，赋税不减反增，百姓不堪重负，逃亡山林，相聚为盗，恰如遍地干柴一般，遇上星星之火，顷刻便成燎原之势。王仙芝盐帮起事半年，朝廷尚未闻知，转眼间竟有十万大军，横扫十数州，可见国事不堪到了何等地步！

卢携首先奏道："王仙芝草寇，不过是一些盐贩、盗贼，乃乌合之众。草贼靠着劫掠州县粮仓，散发给饥民粮食以蛊惑人心，故而便有无赖之徒跟着起哄抢粮而已，哪里就会一下子冒出十万大军？臣以为，可命宋威率本镇人马征讨草贼，再诏命兖、徐等军镇助剿，定会将王仙芝盐帮草寇一举荡平！"

郑畋接着奏道："陛下，草寇所谓十万之众，原不过是饥民百姓，遭遇灾荒，生计无着，才铤而走险，聚众起事。平贼根本之计，在于蠲免税赋，赈济灾民，召集流亡，奖励农耕。至于芸芸草贼，只要归顺朝廷，则可一概不予究治，为首者加以招抚，寇乱自可平息。"

田令孜不耐烦地打断郑畋："此乃书生之见。造反是夷灭九族的大罪，此罪不治,何以正国法? 反贼不除,天下岂能太平?!"

卢携忙道:"朝廷绝不能姑息养奸,遗祸天下。"

郑畋内心一阵火起:"关东连年遭旱灾、蝗灾,百姓未得抚恤,心生怨望,有人振臂一呼,便会群起响应。朝廷应尽快蠲免赋税,救济百姓,招抚草寇,使各安其业,此乃釜底抽薪之计。若不抚恤百姓,赈济灾民,反一再强征重敛,则无异于为渊驱鱼、为丛驱雀,又恰似抱薪救火、扬汤止沸,欲使祸乱平息而天下安定,岂可得乎?"

田令孜冷笑道:"关内外连年丰稔,何来灾荒? 今日大朝会,各方镇州郡贺表皆称夏秋大熟,众朝集使亦奏称百姓安居乐业,郑堂老岂非充耳不闻?"

郑畋不由提高了声音:"方镇、州郡欺瞒朝廷,报喜而不报忧,此风糜烂,已非一日。若果如中尉所言,连年丰稔,国泰民安,则何来草贼十万大军? 草贼又何以横行千里,荼毒十数州?"

僖宗有些着急了:"众卿不要争了,还是快些商讨平乱之事要紧!"

田令孜转向李儇,脸上又浮现了笑容:"请大家降敕,允准宋威所请,赐封宋威做诸道兵马招讨使,率本镇兵马并指挥扬州淮南军、许州忠武军、汴州宣武军、滑州义成军、郓州天平军五个军镇兵马,一同进剿草贼。"

卢携:"田军容所言极是。臣请圣上允准调拨三千禁军和五百甲骑,归宋威指挥,前往沂州协同剿除草寇。"

首相王铎不好再缄默,奏道:"臣启奏陛下,草寇不可不除,请陛下允准田中尉和卢堂老所请。至于郑堂老所言,也不无道理……"

田令孜摆摆手:"就这样吧。大家辛劳半日,该回宫歇息了。"

郑畋还欲再说,田令孜断然一挥手,道:"郑堂老无须多言,诸位退下去吧!"

王铎扯了扯郑畋衣襟,郑畋只得就此打住。

大年初七,皮日休和罗隐应邀来到升道坊郑府做客。

皮日休携来一坛老酒,算是新年贺礼。罗隐两手空空,但他并不以为意,依然谈笑风生。

郑畋一扫多日的苦闷,笑说:"新春佳节,诗友相聚,如同家宴,不必拘礼。小女久闻二位大名,今日有此机缘,就让她出来拜见二位吧。"

话音刚落,灵珠已袅袅婷婷进了客厅,向皮、罗二位深施一礼,道:"两位郎君新年好。"

皮日休、罗隐二人连忙还礼:"郑姑娘新年好!"

四人入座,互相敬酒贺年。三巡过后,四人随意聊天。

皮日休已然看出门道:灵珠姑娘对罗隐倾心爱慕,郑堂老有意为女择婿。皮日休有意促成这桩姻缘,便问道:"昭谏君近日可有新作? 让我等先睹为快嘛!"

罗隐哈哈一笑,道:"贫生终日街头卖字糊口,何来诗兴,哪有新作呢?"

皮日休:"我却不信。"

罗隐又是一笑,道:"阁下有所不知,鄙人一幅字,如今也值千金哩!"

皮日休笑道:"昭谏何时得闲,给愚兄写几幅字,在下也好换些银子,聊补无米之炊,如何?"

罗隐:"博士如不嫌弃,鄙人这里还有一幅卖剩下的,请指教。"

罗隐边说边从怀中取出一幅字来,徐徐展开,双手擎着。郑畋觉得眼前一亮,注目看去,却是一幅行书。其笔法师承"二王",既深得右军之灵气,又兼具智永、陆柬之的端庄典雅,隽永俊秀,从容潇洒,还有李北海的生动倔强,笔力遒劲,气势夺人,真是难得的佳品! 郑畋自己书艺精到,名播朝野,在翰林学士中亦属佼佼者,此刻对罗隐书法也不能不赞叹有加。

这边灵珠已经不由念出声来:

> 虽被风霜竞欲催,皎然颜色不低摧。
>
> 已疑素手能妆出,又似金钱未染来。
>
> 香散自宜飘渌酒,叶交仍得荫香苔。
>
> 寻思闭户中宵见,应认寒窗雪一堆。

皮日休赞道:"好诗! 这首《咏白菊》,甚有新意,不可多得。"

郑畋道:"诗意不错。颈联两句各有一个'香'字,后一'香'字改为'青',可否?"

皮日休:"好。昭谏原意是说,青苔沾满了菊花的香气。"

灵珠笑道:"今儿个正月初七,正逢立春节气,不可无诗呀!"

皮日休："昭谏诗思敏捷,就请效仿子建,七步为诗如何?"

罗隐："看来在下只得献丑了。"随即起身,边踱步边吟道:

一二三四五六七,万木生芽是今日。

远天归雁拂云飞,近水游鱼迸冰出。

罗隐刚刚走出五步,一首七绝已成,众人齐声叫好。

郑畋含笑对皮日休说:"请博士书房叙话。"

皮日休心有灵犀,当即起身,随郑畋到书房去了。

灵珠和罗隐一时无语,片刻之后,灵珠温声问罗隐:"罗郎孤身寓京,饮食起居无人照料,有不少难处吧?"

红颜殷殷关爱,饱尝艰辛的罗隐怎能不动情?他心中酸楚无以言表,缓缓起身,踱至窗前,沉声吟道:

西上青云未有期,东归沧海一何迟。

酒阑梦觉不称意,花落月明空所思。

⋯⋯⋯⋯

灵珠凝神听着,眼泪悄悄流了下来。

田令孜以僖宗名义,敕命杨复光任诸道兵马招讨副使兼监军使,即日前往沂州,监督宋威进剿草寇。

杨复光乃左神策军前中尉杨玄价义子,很有些谋略。他从左神策军挑选三千五百名禁军,跟随他前往沂州,多是杨玄价旧部,指挥调度起来会得心应手。

上元节一过,杨复光率军离京东进。这支神策军兵精粮足,一路顺利进兵,只用了十九日,便已抵达沂州西南古镇兰陵堡。杨复光传令就地屯扎,待与宋威及沂州刺史取得联络后再作计议。

宋威接到僖宗诏书,十分得意。成了指挥诸道方镇兵马的招讨使,可谓风光显要之职。更何况,朝廷还增兵助饷,宋威名利双收,自然比困守孤城被草军攻杀强百倍。

宋威庆幸老天眷顾,一连降下三场大雪,使王仙芝困于沂州城下,草军士卒冻饿交加,伤亡近半,其战力恐已损耗殆尽。宋威盘算着,待杨复光带领的神策军一到，与青州兵、沂州兵内外夹击，便可将王仙芝一举击败。此乃天大功劳，再加上有田令孜在朝中为自己运筹，说不定日后可一步登天，入阁拜相呢。

宋威立功心切，挥军疾速南下，不日进抵费县境内，遂在沂州以北排兵布阵，围堵草军。

恰在此时，宋威接到杨复光的文书，得知神策军已到兰陵，心中大喜。次日便亲自飞马驰往兰陵，面见杨复光。

杨复光虽是一个宦官，但他多年担任藩镇监军之职，参与运筹指挥打仗，颇有韬略，在众多宦官监军使中，可谓出类拔萃，在禁军和藩镇牙兵之中也甚有威望。他深知杨氏受田令孜忌惮和排挤，此次自己只有打下胜仗，方可获得僖宗信任和赏识，或能恢复杨氏家族在神策军和朝中的权势。因而他决心与宋威和丁练成通力合作，尽快击败草寇，以竟全功。

杨复光热情接待宋威，以招讨草军副使身份，曲意尊奉招讨使宋威。宋威心情舒畅，好不得意，主动提议青州兵与杨复光率领的神策军同心协力，南北夹击王仙芝，定要把困居沂州城下的草寇剿灭。杨复光对宋威大加称赞，并请教说，若是邀约沂州兵马杀出城来，三军同时出动，夹攻草寇，是否效果更佳？宋威投桃报李，连称妙计，对杨复光一番恭维。二人当即议定，派人潜入沂州城内，约定刺史丁练成、青州兵、神策军和城内守军三支人马于二月六日同时出动，三面围攻王仙芝草寇。

王仙芝草军困在沂州城下时近两月，连草根树皮都吃光了，马匹也所剩无几，士卒冻饿而死者十之二三，病弱不堪者近半。挨过年关，黄巢实在忍耐不下去，便向王仙芝提议，草军应转兵向南，攻占海州、沭阳、楚州，绝不可再株守此地，坐以待毙。

王仙芝沉吟道："我何尝不想转兵就粮？只是一则大军围城两月，若撤围而去，就会前功尽弃，白白死伤许多弟兄。再则，眼下冰雪开始融化，道路泥泞，义军弟兄大多身体病弱，行军困难。还有，宋威青州兵近在费县，我等若拔营退兵，宋威来攻，沂州兵再出城夹击，我军就危险了。"

黄巢急道："我军坐困城下，若青州兵和沂州兵内外夹攻，草军腹背受敌，岂不是等着挨打？那样不是更危险吗？"

王仙芝半晌不语,长叹一口气,说:"为今之计,是否与宋威讲和为好?"

黄巢一惊:"讲和? 如何讲和?"

王仙芝道:"咱们有十万大军,宋威不过几千人马,打起来他能捞到什么便宜? 我等与他讲和,双方可互不侵犯,井水不犯河水。"

黄巢摇头:"宋威此人野心勃勃,眼下做了招讨使,更加不可一世。与他讲和,恐非易事。"

王仙芝却说:"碰碰运气,试试看嘛。"

黄巢怏怏回到驻地,已然决定不再困守此地,遂命黄邺率本部人马作先锋,向南攻占东海县,筹集粮草,以解燃眉之急。

宋威收到王仙芝的求和信,哈哈大笑,当即写了回书,邀约王仙芝三日后即正月十七日在费县与沂州之间的义堂镇见面。

王仙芝大喜过望,与将领们议定,由尚君长前往义堂镇与宋威会面讲和,柳彦璋率领本部人马扈从尚君长以策安全。

正月十六日,宋威命所部人马五更用饭,平明出动,从沂州北面突袭草军,并约定杨复光率领人马从西、南两面包抄草军。

午后时分,宋威牙兵与杨复光人马均进至沂州城外,与草军营寨相距仅三里之遥。两军埋锅造饭,炊烟四起。

王仙芝站在高处望去,心中不免惊疑:宋威约定明日和谈,为何今日突然进兵抄我后路? 即刻命尚君长带一队士卒前去官军营地询问究竟。

尚君长来到官军营门外,见守门士卒皆身着禁军服装,询问得知是杨复光带领的神策军人马,不禁大吃一惊:神策军何时来到沂州了?

杨复光却和颜悦色,只说,圣上有诏,只要草军肯归顺朝廷,工仙芝和将领们都可以做官,士卒发给路费遣散回家。

尚君长回营向王仙芝禀报,王仙芝欣喜异常,如此一来,不但可解除草军眼前危机,而且将领们都有官可做,也算是有了一个好归宿。他当即决定亲自与杨复光会谈讲和。

喜悦还未平复,突然曹师雄派人来报:宋威率军从背后进攻北门外草军营寨。

王仙芝及众人惊疑不定：这是怎么回事？

自汉代以来，青州兵便以能征善战闻名天下。此番进剿王仙芝草军，宋威向将士们许诺，剿灭草寇后，每个士卒犒赏三千钱。青州兵士气大涨，气势汹汹杀进曹师雄草军营地，如同狼群扑进羊圈，草军几无还手之力。

常言道：兵败如山倒。草军死的死，伤的伤，逃的逃，一时间阵不成阵，伍不成伍，沂州城以北草军营地一并崩溃。曹师雄拼力死战，然而，一把刀抵挡不了潮水般涌来的青州兵，他只得随着溃兵向城西败退。

宋威率兵追到沂州城西，正遇毕师铎抢一把大刀来迎。一名副将敌住毕师铎，宋威赶忙退后避开。

毕师铎大吼一声，抢刀砍去，副将当即坠马身亡。

此时，曹师雄也回马舞刀杀来，二人合力冲杀，青州兵登时倒下一片，阵脚大乱。

沂州刺史丁练成站在城头瞭望，看见城外杀成一团，知是宋威带兵杀到，便大开西门，直向草军杀来。

草军腹背受敌，抵抗不过，纷纷溃退。

杨复光见青州兵与草军杀得天昏地暗，不好再观望下去，便率领神策军人马向草军杀来。

禁军骑兵加入战阵，本已溃败的草军雪上加霜，一时死伤累累，降者无数。

王仙芝、尚君长无计可施，只得向西溃逃。

李重霸率本都人马在沂州城东门外扎营，此刻被青州兵和沂州兵包围，士卒死伤殆尽。李重霸手执一柄八十斤铁棍，舞得呼呼生风，所到之处，青州兵纷纷倒地。李重霸杀开一条血路，徒步追赶王仙芝中军。

待李重霸杀至城西北，宋威见他身躯魁梧，肤黑如铁，浓眉豹眼，威风凛凛，以为他就是王仙芝，在马上大叫起来："活捉王仙芝！不要让王仙芝跑了！"

李重霸只身陷入重围，毫无惧色。他正杀得性起，听到宋威喊叫，灵机一动，嘶吼般大喊："爷爷我就是王仙芝！不怕死的快来吃我一棍！"

宋威一听，大叫："他就是王仙芝，快捉活的，有重赏！"

青州兵闻言,将李重霸层层围住,但谁也不敢狠下杀手。李重霸抡开铁棍,四面横扫,眨眼工夫撂倒十几名青州兵。青州兵见李重霸如同杀人魔王,个个心胆俱裂,纷纷后退。

宋威不由大怒,命一名镇将和两名副将一起上阵,来战李重霸。

三将骑在马上,居高临下,大有泰山压顶之势。李重霸瞅准时机,一棍砸断副将坐骑的一条马腿,副将被摔下马来。李重霸猛然跃前一步,抢起铁棍,照准副将夯了下去。可怜那副将脑袋稀里哗啦开了花,红红白白的浆水四射迸飞,身子成了一堆肉泥。李重霸抽棍正要回身,却被镇将的长矛刺中大腿,另一副将趁机举刀来砍。李重霸拼尽全力将手中铁棍甩出,正中副将头颅,只听"砰"的一声,那副将头颅粉碎开来,脑浆星星点点飞溅出去一丈多远。镇将乘机用长矛奋力向李重霸后背刺来,矛尖猛然贯通前胸,李重霸大叫一声,倒地身亡。

镇将把李重霸头颅割下来,呈给宋威。宋威命人装入木匣,好生保存,准备传首京师,向朝廷报捷请功。

在李重霸厮杀之时,王仙芝、尚君长等人飞马逃出二十里外。毕竟青州兵和禁军人马不多,百余里战场还有不少逃命的空隙。

王仙芝等人向西辗转奔跑一夜,到达上峪、石井一带山中,方停下来歇息。

随同王仙芝一起逃出来的只有三百多人,之后,被打散的将士慢慢聚拢过来,渐渐达到三千、五千,后来渐渐聚集起一万多人马,王仙芝这才慢慢打起了精神。

驻扎在沂州城南的黄巢并未受到重兵攻击。城南属杨复光进攻方向,神策军参战较晚,且注意力集中在围攻城西草军大营。趁官军向西追击溃逃草军,黄巢令本部人马急速向东海县撤退,前去与黄邺会合。

黄巢带领人马到达沂河岸边,却没有一只渡船。黄巢身先士卒,跳入冰冷的河水之中,奋力游了过去,将士们跟着纷纷下水泅渡。

过了沂河,就摆脱了官军的围堵。

黄巢的二弟黄邺刚刚攻占东海县城,正在装运官仓粮食,准备运往沂州,不料黄巢突然率部来到东海县。两部会合,将士们颇为欢喜,一则甩开了官军追剿,二则有了粮食,终于不再挨饿了。

黄巢心中却很沉重：草军这次败得太惨，损失太大了。

宋威以为杀了王仙芝，且斩俘草军士卒二万余众，残余草寇四散溃逃，自己已经大功告成。他急忙亲书表章，向朝廷奏报大捷，并派出专使将李重霸头颅当作王仙芝首级送往京师。为独占大功，宋威请朝廷召回五个方镇正在发往沂州的兵马，并请杨复光班师回京，他自己率领本镇牙兵凯旋。

僖宗和田令孜接到宋威捷报，直如喜从天降。朝中大臣王铎、卢携等，也纷纷上表向僖宗称贺。僖宗依照宋威所请，颁诏命驰援沂州的五镇兵马撤回本镇。还准备待王仙芝首级送抵京师后，登上承天门，举行隆重的献俘仪式，以昭示天下，宣告太平。

得知王仙芝、尚君长等草军残部已转入兖州东南凤凰山中隐蔽下来，黄巢心中的一块石头方才落地。为重振草军，他决计攻打下邳县城。一来黄部一万多人马，在沂州之战中损失较少，还有战斗力；二来一个小小的东海县城，没有多少粮草可供消耗，义军必须不断地攻占州县，以便就粮；三是攻占下邳县城，可以鼓舞草军将士，尽快恢复士气，重整人马，东山再起。

下邳县令刚刚得到宋威沂州大捷的消息，说是王仙芝被阵斩，数万草军已经覆灭，悬着的一颗心算是放进了肚子里。哪料到黄巢人马似神兵天降，突然包围下邳县城。县令吓得魂飞魄散，赶快打开城门，出城迎降。

黄巢在下邳休整部伍，征集士卒，短短几日，人马又增三千有余，还筹下了十多万斤粮食。数日之后黄巢便率领人马前往凤凰山，与王仙芝会合。

下一步草军该何去何从，是王仙芝和黄巢不得不解决的问题。沂州战后，各方镇兵马奉诏撤回，徐州、宋州官军已回归本镇，亦有藩镇牙兵尚在归途之中。此外，朝廷为保运河畅通，又在宋州增兵驻守，数目不明。显然草军不宜向这些地方进兵。商议之后，王仙芝等人决定向西南用兵，进入中原，攻占郑州、许州、汝州等地。如此，向西可威逼东都洛阳、潼关，震慑关中和西京；向南则可进军唐、邓、襄、郢诸州，占据江汉形胜之地、鱼米之乡。

在进兵中原之前，草军先回师曹州，一来回到老家稍作休整，二来补充兵员，筹集粮草，做好进军准备。

曹州县衙，从黄集探亲返回的黄巢有些疲累，胡乱吃了些汤饼，便早早睡下了。

深夜时分，卫士突然叫醒黄巢，禀报说，宋州砀山人朱温来访，且自称是将军的朋友。黄巢疑惑片刻，想起了萧县刘家庄的朱小三。当年，黄巢带领盐帮贩运海盐，途中曾多次在刘家庄客店投宿。朱小三常常在客店玩耍，帮里弟兄都喜欢逗他玩，争着让朱小三喊"干爹"。这朱小三的大号，便是朱温。

正思量间，两位年轻人走进门来。黄巢上前拉住个子矮小的那位，亲热地喊："朱三，你小子怎么来了？"

却听朱温说道："我把刘崇那老东西给宰了！"

原来，这朱温是宋州砀山县午沟里人。父亲去世后，遭遇灾荒之年，母亲王氏就带了他们弟兄三人逃荒到萧县刘家庄。哥哥朱全昱、朱存给庄主刘崇做长工，母亲给刘家当仆人。

朱温此时年方十一二岁，因排行老小，娇惯成性，终日里游荡戏耍，偷梨摸瓜，斗殴打架，闹得鸡飞狗跳，四邻不得安生。一日，他去给庄主刘崇放羊，在野地里睡了半天，丢掉七八只羊。刘崇大怒，抄起木棍劈头盖脸将他痛打一顿，逼迫朱母王氏赔偿损失，朱母苦苦哀求宽恕，刘崇故作不答应，朱母只得跪地求情。刘崇乘机上前抱起王氏，摁在床榻上。

刘崇得手后，便时常寻机玩弄王氏发泄淫欲。刘家上下人等，包括丫鬟仆妇、雇工伙计，人人皆知内情。刘崇的妻妾辱骂朱母王氏是淫妇，邻里们见到朱三，总是取笑他，说他应该认刘崇为后爹。朱三年纪虽幼，但已晓得这是异常耻辱见不得人之事，心里深深埋下了屈辱和仇恨的种子。

朱温长到十七岁，已经是五大三粗的小伙子，依然好吃懒做、不务正业，和母亲借住在刘崇家的一间破屋里。这日午间，朱温母亲正做午饭，刘崇又来找她泄欲。

朱温在外游荡半日，肚子饿了，跑回家来要吃饭，恰巧撞上刘崇把母亲衣服扒光。朱温羞愤交加，血气上涌，拿起一根扁担，照准刘崇脑袋夯了下去。只听"扑哧"一声闷响，刘崇头颅开花，脑浆迸流，顿时丧命。

惹出了人命，朱温和二哥朱存慌忙之中逃回了家乡砀山县午沟里。但静下心来一想，午沟里最不安全，官府一定会来这里追捕缉拿。逃往何处是好呢？二人正在犯难，村子里忽然传来黄巢在曹州起事的消息，弟兄二人便直奔曹州投靠黄巢，不想黄巢和王仙芝已带领草军南下亳州、颍州。朱温、朱存追随在草军之后，兜了一个大圈子，待他们追到沂州的时候，草军却溃败四散了。

正在朱温弟兄陷入绝境之时，忽然听到黄巢率领人马攻占下邳的消息。二人转悲为喜，急忙赶往下邳，哪料黄巢义军又刚刚离开此地。朱温、朱存费尽周折，追踪黄巢到凤凰山，又追到曹州，终于找到黄巢。

朱温向黄巢跪下来，恳求道："黄叔叔，你就收留我们兄弟二人吧，俺实在没有活路了！"

黄巢一把拉起朱温，拍着他的肩膀说："朱小三，从今日起，你们兄弟二人就跟着我黄某吧！"

朱温又跪下来，信誓旦旦地说："谢过黄叔叔！你是俺的救命恩人，朱小三一辈子不忘你的大恩大德！俺兄弟二人给你当牛做马，就是上刀山下火海，也决不变心！"

黄巢再次把他拉起来，说："你小子好好干，将来说不定会当个都将呢！"

王仙芝、黄巢草军在曹州休整，不断有沂州战败溃散的士卒归来，再加上新近征召入伍的青壮年，草军竟又聚拢起四五万人马。

准备停当，王仙芝、黄巢率军杀向中原大地。

草军一举攻克封丘县，第二天分别占领阳武、中牟县城。接着，草军又连续攻克尉氏、新郑、长葛三县。这些地方的官吏原以为王仙芝沂州战败被杀，草军已被剿灭，哪承想一夜之间数万草军如同从天而降，县城区区百十名守卒，哪里敢抗拒数万大军？官吏戍卒非逃即降。草军所向披靡，势如破竹，又接连攻占阳翟、郏城二县。十日之内，草军连破八座县城，陈兵汝州城下。

汝州地处许昌通往东都洛阳要道之上，乃兵家必争之地。

一场血战即将拉开序幕。

六　美人醉起无次第

　　汝州刺史王镣，是前朝宰相王播的侄儿、当朝宰相王铎的胞弟。王镣幼读诗书，颇有文才，精明智慧，并非全是凭着兄长王铎的权势才爬上正四品刺史之位。

　　草军攻占阳翟县城后，王镣内心惊恐，但又不能弃城逃跑，他得给当首相的兄长王铎撑点儿面子。

　　王镣与汝州守将董汉勋商议，汝州城内守军一千二百人，四座城门各派士卒二百人把守，其余四百人驻守州衙，作机动兵力，随时支援吃紧之处。同时多多准备滚木礌石，并征用壮丁民夫，搬运滚木礌石，协助士兵守城。

　　然而，听说要征用民夫去打仗，青壮年都跑到城外躲了起来。王镣也无计可施，只得硬着头皮待战。

　　王仙芝、黄巢早已命人连夜打造了几十辆用皮革和被褥做成的蒙车，蒙车就像是一个巨大盾牌，掩护士卒不被前方射来的利箭射伤。

　　攻城开始，草军推着蒙车前进，渐渐靠近城垣。城头守军箭支如同雨点般射来，却伤不到草军。

　　草军攻至护城河边，将无数支火焰箭射向城头，点燃了城楼和堆积在城头上的滚木，燃起熊熊大火。接着，城门也着火燃烧起来。守军士卒纷纷跑下城头躲避。

　　王镣本在南门坐镇督战，南门起火后，守军一哄而散，无论王镣如何斥骂、喝叫，也阻止不住守卒溃逃。眼看着草军攻进南门，王镣匆匆逃回州衙，躲进马厩。

毕师铎、訾亮打进衙门，搜出王镣。毕师铎提起大刀，眼见要一刀劈下来，王镣吓得"扑通"一声跪在地上，鸡啄米似的磕头求饶："草军老爷饶命，只要不杀我，叫我做甚都可！"

訾亮挡住毕师铎："这狗官是宰相王铎的弟弟，还是把他交给大将军处置为好。"

毕师铎觉得訾亮说得有理，或许大将军会像处置濮州刺史苟同希那样，先集会百姓宣告其罪状，而后再杀掉呢！便命人将王镣五花大绑看押起来。

汝州刺史王镣被囚禁在牢房里，胆战心惊，冥思苦想保命之策，终于想出一条妙计：招安王仙芝！若是能让兄长王铎说服当今圣上，降诏招安王仙芝，则不仅自己性命无虞，还可为朝廷立一大功！

主意已定，王镣冲外高声大叫道："来人哪，我要见王大将军！"

看押王镣的草卒厉声训斥道："你这个该死的狗官，就要上断头台了，还想见大将军？做你娘的春梦去吧！"

王镣急得在牢房直兜圈子，像一头关在笼子里的饿狼。忽然他灵机一动，对看押士卒说："我知道埋藏官银的地方，可我只能对王大将军一个人说。"

看押士卒不敢耽误，连忙禀报王仙芝。王仙芝当即命人把王镣带了来。

一见王镣，王仙芝劈头便追问藏银子的地方，王镣却微笑不答。

王仙芝火了，喝道："你敢耍弄本大将军？"

王镣故意卖关子："银子自然是有的，只是，难道大将军就只想要点儿银子？"

王仙芝疑惑地问道："莫非你还藏有珍宝？"

王镣微微一笑："我没藏什么珍宝，但我可让大将军入朝做官。"

王仙芝冷笑道："鬼话，你死到临头，还有何能耐让我做官？"

"我家兄长在朝中位居宰相之职，若是你能归顺朝廷，我保你高官得做，享不尽的荣华富贵。"王镣有些自得地说。

王仙芝迟疑了。王镣的兄长王铎，在朝中身居首相之职，若不杀王镣，王铎便不能不有所顾忌，多半会极力主张招安，以保住王镣性命。如此便对草军有利，任何时候都有回旋余地。

汝州是东都洛阳的重要门户,西距洛阳只有一百多里路。草军攻占汝州的消息传来,洛阳城内一片惊慌。官员和富豪之家纷纷逃往西京避难,长安城内流言四起,人心惶惶。人们传说,草军很快就会攻占洛阳,进逼长安。

朝廷得到东都留守的急报,田令孜知道纸包不住火,只得奏明僖宗。僖宗惊恐交加,急忙宣召王铎、卢携、郑畋。

僖宗年轻的脸上泛着愁容,有些气急败坏地问道:"宋威报说在沂州剿灭了草寇,怎的一下子又冒出这么多贼兵来? 十日内丢掉八座县城,如今汝州又被草贼攻占,那么多文官武将和官军都是吃白饭的呀?"

王铎和卢携都不说话,郑畋却忍不住:"臣启奏圣上,今日看来,宋威奏报沂州大捷,说是杀了王仙芝,灭了草寇,显系夸大其词,冒功请赏,按律应予惩戒。以微臣之见,当务之急是增兵洛阳和潼关,以保东都和京畿安全。同时,请陛下降诏,招安王仙芝。如此双管齐下,刚柔相济,剿抚并举,方可收事半功倍之效。"

卢携脸色微变,躬身奏道:"圣上,宋威主动请缨,率军出征,亲临战阵,剿杀数万草军,功不可没。其误认李重霸为贼首王仙芝,情有可原。微臣以为,增兵潼关和洛阳固然是当务之急,招安王仙芝则万万不可。"

郑畋沉声说:"请问卢堂老,招安王仙芝有何不可?"

卢携提高了音量:"当年庞勋兵变,从者数万,声势浩大,天下震动。然而官军一到,一朝覆亡。王仙芝区区草寇,哪里能跟庞勋相比? 倘若招安赦免其罪,再给他官做,岂不是更加助长啸聚山林的盗贼和不轨之徒气焰,令其群起仿效王仙芝吗?"

郑畋不禁冷笑一声,说道:"如今那些所谓草贼流寇,原不过是些穷苦百姓,只因连年灾荒,不堪重赋,生计无着,才铤而走险聚众为寇。若不加以招抚,一味剿杀,则无异于为丛驱雀、为渊驱鱼,那才是助长草贼气焰呢!"

卢携毫不退却:"你这是灭朝廷威风,长草贼志气。朝廷有十万禁军,方镇还有数十万牙兵,区区草寇,剿之何难?"

郑畋有些激动:"如今方镇拥兵自重,互不相援,且不服朝命。草贼一旦来袭,方镇大吏或互相观望,或望风而逃,此草贼之所以能够在十日内破八县之故也。更何况，如今朝廷帑藏匮乏，军饷难以为继，倘战事旷日持久，耗费巨大，如何应付？如再加征捐税，则无异于抱薪救火，逼使更多百姓谋反。而招安王仙芝，只需一纸诏书和一个官位，贼军立时解散，战乱即可弥平。朝廷粮草兵饷皆可省去，黎民百姓各安其业，天下倏然太平，何乐而不为呢？"

王铎之前一直没有说话，他心中自有难言之隐。其弟王镣身为汝州刺史，不仅丧师失地，且被草贼擒获，他这个做宰相的兄长实在是颜面扫地。他内心自然赞成郑畋主张，果若施行招安之策，王镣不仅可以保全性命，而且可为招安草军立功赎罪。但王铎又不愿得罪田令孜和卢携，故一直没有作声。郑畋一番话，说得不仅入情入理，而且高屋建瓴，精辟透彻，看样子就连小皇帝也动了心。王铎以为时机已到，便启奏道："陛下，卢堂老和郑堂老所言各有道理，派兵进剿确有必要，招安也不失为上策。罪臣以为，双管齐下，剿抚并举，方为万全之策。"

僖宗点头道："王爱卿说得好！可命义成、昭义两军增兵洛阳，共同守卫东都。关中各镇增兵潼关，护卫京畿。同时降诏，招安王仙芝。阿父以为如何？"

田令孜顺水推舟说道："大家圣明，堂老们下去草诏吧！"

即日，僖宗颁布《宣抚东都官吏敕》，除了安抚百姓，还宣告朝廷可赦免王仙芝、尚君长之罪，并授其官职，以安抚草寇，遣散其徒众。

随即，朝廷任左散骑常侍曾元裕为招讨副使，与潞州昭义军节度使曹祥同率五千兵马，开往东都洛阳，增强守备；许州忠武军节度使崔安潜率领本镇人马，进击汝州草寇；山南东道节度使率两千人马守卫邓州；邠宁节度使和凤翔节度使各率一千五百牙兵，增援陕州和潼关，阻遏草寇西进。

王仙芝、尚君长、黄巢等见朝廷调兵遣将，四面围堵草军，便转兵北上，攻破阳武县城，再佯攻郑州。

官军被吸引北调，王仙芝等却率领草军突然南下，长途奔袭隋州，一举克城，生擒隋州刺史。接着，草军占领安州，稍作休整，又出奇兵奔袭舒州，进击庐州、寿州，驰骋江淮河汉之间，纵横千里。

在朝廷严令催促下，宋威、曾元裕、崔安潜、李福等率领诸镇兵马追击堵截草军。为防备官军围剿，草军不能久驻一地，只能不停地攻城略地，不停地流徙转战，以摆脱官军,获得粮食、银钱,补充给养。由于频繁作战,草军得不到休整和兵员补充,士卒死伤越来越多。

天气日渐炎热,草军进入舒州、蕲州,这里水多湿重,将士多北方曹州、濮州人,不服南方水土,军中疫病流行,减员甚多,战力损耗甚大。

王仙芝军包围了蕲州,但不得不分兵阻击各路追击而来的官军:柳彦璋率领人马留守寿州,抵御招讨使宋威大军追击;黄巢屯驻申州,阻击崔安潜;葛从周部紧急调赴黄州,阻击招讨副使曾元裕部官军。如此一来,围攻蕲州的兵力只剩下两万人马。

蕲州刺史裴偓虽是进士出身的文官,却颇有些胆略。草军所到之处,一般州、县主官或望风而逃,或开门迎降,裴偓却没有这般草鸡。他效法沂州刺史丁练成,早早备下充足粮食和兵器,鼓动戍卒和城内居民坚守城池,在城头堆积许多滚木礌石,还扩挖了城壕,使蕲州成为一座坚城。

王仙芝、尚君长指挥草军三次攻城,皆无功而返,元气大伤。

这天晚上,王仙芝借酒浇愁,喝得晕晕乎乎,在营中游来荡去,竟不由得来到关押汝州刺史王镣的屋前。这些日子以来,王仙芝心中矛盾重重。自打濮州起事之后,自己带领草军南征北战,打了不少胜仗,攻占过不少州县,可结果又如何呢?如此打来打去,何时是个终了,又会有何结局呢?看来,自己和草军终归还是要走招安的路子。若是受了朝廷招安,不但自己可以弄个刺史之类的官儿做做,弟兄们也都回家安居乐业,孩子婆娘热炕头,岂不是最好的结局?眼下正有王镣这颗棋子,何不用来投石问路走一步妙棋呢?

王镣见王仙芝突然降临,先是吃了一惊,接着慌忙跪倒在地,诚惶诚恐地叩拜道:"在下恭迎大将军!"

王仙芝摆手道:"不必多礼。"

王镣试探地问:"大将军深夜到此,有何指教?在下愿洗耳恭听。"

王仙芝一时无从说起,言不由衷地问道:"使君近日还好吧?"

王镣见王仙芝称他"使君",苦笑了一下,同样言不由衷地答道:"谢大将军垂问,在下还好,还好。"

王仙芝不由笑了起来，安慰道："使君吃苦了。整日行军打仗，对使君照顾不周，还请体谅些个。"

"大将军日理万机，军务繁忙，还顾念在下，在下万分感激。"王镣马上悟到事情可能会有转机，显得更加谦恭谨慎。

王仙芝："使君跟随草军多日，想必已经明了，我大军纵横千里，所向无敌，攻无不克，战无不胜，牙兵不是草军对手。"

王镣："大将军满腹韬略，用兵如神，在下佩服，佩服！那些镇将和牙兵，哪里是大将军对手！"

"以使君之见，这样打下去，会是怎般结局呢？"王仙芝问道。

往昔巧舌如簧的王镣，一时无言可对，心中暗自揣测：这贼魁是什么意思？莫非他是想受朝廷招安了？果若如此，那就是想让我牵线搭桥了？

王镣不敢冒失，只好试探着问道："依大将军之见呢？"

王仙芝不想再与他兜圈子，便将心思和盘托出："这仗打下去，对朝廷对百姓都没好处，总得有个了时。其实，我和弟兄们压根儿就不想和朝廷作对，只不过州县官吏逼迫过甚，官逼民反，不得不反罢了。倘若使君能说服尊兄，让朝廷颁敕招安，妥善安置草军将士，战乱即可止息，天下立刻太平，岂不是朝廷和百姓之福吗？"

王镣心中一喜，对王仙芝大肆奉承起来："听君一席话，在下如饮甘露，如坐春风。大将军心系朝廷，感念百姓，深明大义，亮节高风，令在下感佩莫名。大将军诚心归顺朝廷，在下愿效犬马之劳。"

"好，真是英雄所见略同！那就有劳使君了。"

"在下愿为大将军肝脑涂地，万死不辞。"王镣信誓旦旦。

王仙芝并不放心，问道："此事从何做起呢？"

王镣似乎胸有成竹："蕲州刺史裴偓乃家兄门生，在下给裴偓修书一封，让他和大将军面商此事。在下亦可修书禀报家兄，让家兄请准圣上，降诏招安。大将军以为如何？"

王仙芝点头道："好，就请使君赶快修书吧！不过，此事万不可让外人得知，以免节外生枝。"

王镣:"这是自然,请大将军放心。"

裴渥收到王镣和王仙芝请求招安的书信,心中欣喜。当年工铎做礼部侍郎时,曾任"知贡举",即省试主考官。裴渥进京应试,赴考场之前向王铎投送"行卷",也就是自己的诗文,得到王铎赏识,结果名列鼎甲,进士及第,由此成了王铎门生。王铎为相后,裴渥常常得到王铎关顾,仕途亨通,一路顺风做到了蕲州刺史,他对"座主"王铎感激莫名,早就想找机会报答这位恩师。他心中思量:草军把王镣带来蕲州,真是天赐良机。倘若能招安草军,不但可保全王镣性命,着实报答了师恩,且使蕲州乃至天下百姓免受战祸,自己更是为朝廷立下大功。这是一箭三雕的美事,一定要竭尽全力把此事办妥。

裴渥亲笔写就给王仙芝和王镣的两封回书,约请二人来蕲州衙署晤谈招安之事。次日一早,裴渥派心腹之人秘密将书信送达王仙芝军营。

王仙芝接到裴渥书信,自然喜不自胜。对于招安大事,王仙芝只密告尚君长一人知晓。尚君长与王仙芝一样,对长年不停地东杀西战感到厌倦,对草军前途本就没有长远打算,心中一片懵懂茫然。往年,尚君长和王仙芝带盐帮弟兄贩运私盐,走南闯北,也见过不少世面,但终日盘算的是生意盈亏,斤斤计较的不过是秤头小利。如今二人做了千军万马的统帅,却不知要把数万草军带往何处。

这日傍晚,王仙芝秘密进城,同裴渥协商招安之事,双方很快达成了协议:一、即日起,草军和蕲州官军休战。二、由蕲州刺史裴渥向朝廷呈递招安草军状,其内容概要为:王仙芝及草军全体将士请求朝廷招安,诚心归顺朝廷,遵从朝命;朝廷颁发敕诏,招安王仙芝和草军将士,赦免其一切罪名;朝廷赐封王仙芝四品刺史官职,其余三十多位草军将领等差除官;草军所有士卒遣散回乡,官府酌情发给路费。三、蕲州官府慰劳草军将士二十万斤粮食、二十万钱。四、草军伤病士卒可到蕲州城内治伤疗病。

紫宸殿内,僖宗召见几位宰相和内四贵宦官,商议如何处置蕲州刺史裴渥请求招安草军的奏状。

卢携极力反对招安王仙芝和草军,他尤其不能容忍赐封草军三十多名将领为朝廷命官。

王铎已经接到了裴渥的密信，尽知招安事情原委，自然十分赞同招安草军。

卢携与王铎在朝堂上唇枪舌剑，争执不下。

卢携说，王仙芝请求招安，是因为草寇粮草匮乏，再加上疾疫流行，已陷入内外交困之窘境。若加紧围剿，势必顷刻瓦解，灰飞烟灭。若是招安草寇，等于养虎遗患。对王仙芝等将领"赦罪除官，益长奸宄"，恐纵容乱臣贼子群起仿效，必将招致天下大乱。

王铎反驳说，年来草寇横行天下，攻占数十州，而州县官吏非逃即降，方镇兵马或观望不前，或一触即溃，白白耗费了朝廷许多钱粮。想要一举剿灭草寇，谈何容易？如今国库空虚，宫中日常开销已是捉襟见肘，你卢堂老不是心知肚明吗？没有粮草和军饷，拿什么去剿寇？若招安王仙芝，朝廷不过是颁布一纸赦令，拿出几个无足轻重的官衔，即可瓦解草军，平息战乱，于国于民，利莫大焉。招安显系上上之策，请问卢堂老何以百般阻挠？难道你卢堂老能够挂帅出征，亲自领兵去剿灭草寇吗？

卢携说话本来就不利落，此时气得浑身乱颤，用手指着王铎，嘴里一个劲儿叫嚷："你、你……"

这一回倒是郑畋做了和事佬，劝二位堂老不要意气用事。他向僖宗奏道："草军请求招安，良机不可错过。王仙芝想做刺史，如若不妥，可命其在朝中做一名四品闲散官，他就再也不能兴风作浪。"

卢携却又插话："让草贼王仙芝做常朝官，在朝堂上着绯衣、佩银鱼袋，成何体统？卢某羞与此贼为伍！"

王铎微笑说道："卢堂老要以社稷为重，不可意气用事。"

田令孜一直没说话，心中却实实憎恨草寇搅了他的好梦。他和僖宗畋猎游乐，挥霍无度，弄得国库早已空虚。户部尚书难为无米之炊，故而三番五次恳求辞职。诸般景况，田令孜和宰相们心知肚明，只是瞒着僖宗一人而已。若朝廷再长年进剿草寇，不但粮饷难以为继，就连宫中费用也无法保障，他糊弄僖宗的把戏便会露底。再者，他作为十万禁军统帅，带兵进剿草寇责无旁贷。他心中很清楚，若要神策军将士出征，军饷粮秣等供给非有大笔银钱不可。万一打了败仗，他还要承担罪责。

而招安草军,对于他来说没有丝毫损失。眼下既然王铎和郑畋出头力主招安,他也乐得顺水推舟。

僖宗见田令孜点头应允,便说道:"既然阿父中尉首肯,那就招安王仙芝好了!"

卢携心有不甘,硬起脖颈,嘴里嘟囔:"绝不能赐予王仙芝四品官!赏给他一个九品小官就足够了。"

蕲州刺史裴偓陪同朝廷敕使来到草军营地,王仙芝、尚君长跪地拜迎。敕使宣读了天子诏书,将左神策军押牙兼监察御史的"诰身"一并授予王仙芝。

王仙芝满心欢喜,倾尽军中仅有的上好酒食,答谢敕使和裴偓、王镣。众人开怀畅饮,宴会气氛很是融洽。

尚君长虽没有得到什么官职,但他极力主张受招安,如今王仙芝被朝廷赐封为监察御史,他由衷地高兴。

宴饮甫毕,王镣说道:"如今草军已经招安,大将军已是朝廷命官,在下也应该向大将军告辞了。"

王仙芝热情挽留道:"朝廷招安草军,王使君功不可没,我王仙芝永世不忘使君功德。眼下招安之事刚刚有了眉目,许多事情还要仰仗使君。请使君暂留几日,待草军弟兄遣散之后,还要烦劳使君陪同在下入京面圣,以谢君恩。"

王仙芝有自己的如意算盘,他要让王镣陪自己进京,帮着牵线搭桥,与首相王铎联络,打通关节,也便于日后仕途腾达。

王镣同样有自己的打算。他心想,这样也好,自己可借机进京,向朝廷献上劝降王仙芝、招安草军的不世之功,不但可以洗刷被草军俘虏之耻,说不定还能加官晋爵,给兄长王铎挣足颜面。于是,他大包大揽地说:"此乃小事一桩,在下愿助王御史一臂之力!"

王镣当日便住进客室,从阶下囚变为座上宾。

次日,王仙芝召集草军将领,知会朝廷招安事宜。

众将领得知只有王仙芝一人被朝廷封官,而且仅仅是一个正八品下的监察御史,其余草军将领无一人得到一官半职,全军士卒马上就要被遣散,一下子便炸了锅。毕师铎、曹师雄、訾亮等人愤愤不平,大骂朝廷混蛋,皇帝小儿欺人太甚。众人纷纷叫嚷道："咱们弟兄不受招安,不受朝廷的鸟气!"

王仙芝好生劝解,说是木已成舟,不容更改。他命柴存分给每个将领一万钱,士卒每人发给五百盘缠钱,然后各奔前程,或回家乡,或投官军,听其自便。

草军将领们回到各自营中,仍叫骂不止。士卒们得知实情后,皆生怨望。军营之中群情汹汹,叫骂吵闹,沸反盈天,乱成一团。

三日之后,多数士卒只得领取一点点可怜的路费,恓恓惶惶离开了军营。

待黄巢、柳彦璋、葛从周分别从申州、寿州、黄州驻地赶到蕲州大营时,军营里已是空空荡荡,剩下的士卒不足两千人。好在各部主将尚未离去,将领们纷纷诉说委屈和不满。

黄巢、柳彦璋、葛从周既感惊讶,又觉气愤,想说服王仙芝改弦更张。

王仙芝哪里还听得进去,以毋庸置疑的口气说:朝廷已下诏招安,士卒也已遣散,事情无可更改。

柳彦璋是盐帮濮州起义主谋之一,也是王仙芝心腹将领。看到王仙芝已迷了心窍,他苦口劝说:"各部将领和士卒全都解散回乡,只有大哥一人到京城做官,而且是一个小小的八品官,足见朝廷缺乏诚意,可虑之处甚多。大将军如此受招安,对不起跟随你南征北战的兄弟们,我等回去也无法向家乡父老交代。这些且不说,即便是大哥你的前途,也十分可虑,随时都会遭遇不测。你孤身入京,身边没有一兵一卒,日后朝廷随便找个借口,即可像捏死一只蚂蚁那般处置你。到那时,悔之晚矣!"

王仙芝瞪了柳彦璋一眼,极不耐烦地说:"受招安是最好的结局,将士们皆可免除罪名,安居乐业,岂不甚好? 至于我个人前程,就不劳你费心了。"

柳彦璋见王仙芝如此绝情,气得骂道:"你真是鬼迷心窍!"

黄巢本来就憋着一肚子气,此时忍无可忍,高声斥责王仙芝:"当初在曹州聚义之时,你我共立大誓,要打遍天下贪官污吏,铲除人间不平,所以你号称'天补平均大将军'。如今只你一人得了官,却不顾万千将士死活,将当初同生共死的誓言抛至九霄云外,如此背信弃义,岂是男子汉大丈夫所为?"

王仙芝也变了脸,冷笑道:"难不成朝廷不曾封你做官,你便出来捣乱?"

黄巢气冲斗牛,大喝一声:"你混蛋!"挥拳便向王仙芝面门打去。

王仙芝立时血流满面。

草军将领们早已按捺不住,纷纷呼喊吼叫起来:

"我等不受招安!"

"大将军要做官,我等要造反!"

黄巢跳上桌案大呼:"王仙芝要做官,让他去做。愿意和我黄巢一道打天下的弟兄们,咱们不受招安!"

毕师铎、曹师雄、訾亮等呼叫道:"不受招安!我等愿追随黄大哥打天下!"

尚君长见群情汹汹,知道眼下此事无法善罢甘休,便拉着柳彦璋跪伏在王仙芝面前,恳求道:"大哥,众意难违,你还是带领弟兄们闯天下吧!"

王仙芝见尚君长也站在了众将领一边,觉得实在是众怒难犯,便仰天长叹道:"天不助我,功败垂成,奈何!奈何!"

七 要做官，受招安

刺史裴偓从草军营地回到蕲州，连日在州衙大宴宦官敕使，每日喝得醺醺大醉。

深夜，裴偓正在呼呼大睡，守卫东门的一名戍主慌慌张张前来报告：草军正在攻打东门！

"胡说！"裴偓几乎不相信自己的耳朵，疑惑地问道，"王仙芝刚刚被招安，此刻怎会进攻东门呢？"

戍主："王仙芝确实正率领草寇攻打东门！"

裴偓呆了：这个王仙芝怎么回事？怎么这么快就反悔了！

正在裴偓披衣起床的当儿，又有东门守卒跑来禀报：王仙芝率兵攻进东门，正向州衙杀来。

裴偓只得匆忙收拾细软，带着妻妾出西门逃命。

王仙芝虽被迫同意不受招安并攻打蕲州，但心里并没有真正打消受招安的念头。他盘算着，对裴偓要放一马，万万不可杀死。若是裴偓被杀，一则会激怒朝廷，二则其余州郡主官哪个还敢招安草军？那就等于断了此后受招安的门径！

王仙芝左思右想，终于想出一条打草惊蛇之计。本来他与众将领约定，当夜丑时突袭蕲州城，王仙芝却亲自率领一部人马，于子时攻打东门，且大张声势，意在促使裴偓和敕使闻风逃跑。

果不其然,草军搜遍蕲州城,也未见裴渥和敕使踪影,连裴渥眷属都跑得一个不剩。

黄巢察觉到,自己的将领们与王仙芝之间产生了难以弥补的裂痕。他责怪自己过于冲动,竟然挥拳打了仙芝,这自然会影响到部众对王仙芝的态度。但是黄邺、黄揆劝告黄巢说,王仙芝背着咱们暗自受招安之事是大教训,咱们再也不能不知不觉地被人卖了。我等即便不与王仙芝分道扬镳,也最好分兵作战,必要时可以互相策应,但自此以后,咱们的人马只能听从大哥一人的将令。

黄巢夜不能寐,苦苦思索分兵之事。眼下草军兵力薄弱,总共剩下五六千人马,分兵显然弊大于利。可若是不分开,两部相互提防,互相猜疑,再闹出什么乱子,甚至内讧,那就糟透了。

他反复斟酌,觉得分开一些时日也好,分兵作战还可互相呼应嘛!啥时候需要合兵作战,就再合起来。到时候,说不定将士们会请求合兵一处呢!

恰在此时,许州忠武军节度使崔安潜率领三千人马,从申州南下,与把守礼山关的黄巢所部发生激战。

军情紧急,黄巢向王仙芝请求返回礼山关,阻击崔安潜忠武军。

黄巢说:"如今招讨使宋威在宋州观望不前,招讨副使曾元裕率军屯驻黄州。许州节度使崔安潜率领人马从申州南下,这支官军对我等威胁最大。请大将军率领大队人马对付曾元裕,我率本部人马阻击崔安潜,使之不能南下威胁草军。不然,崔安潜若顺利进兵,与曾元裕南北夹击,则我等危矣。"

王仙芝觉着黄巢言之有理,点头表示赞同。

黄巢继续说道:"你我分兵作战,可以南北呼应,互相支援,防备官军合围。必要时,咱们两支人马就会合起来, 同作战。"

王仙芝口中连连说好,心里却想:你黄巢走了,便没有人能阻挡我受招安了。

于是,黄巢带领两千人马北上,王仙芝则统率三千多将士在江北与官军周旋,草军从此一分为二,各自为战。

黄巢回到申州南礼山关,率领本部人马,打败崔安潜,进占申州城,崔安潜带着残兵败将退回许州去了。黄巢则率部一路北上,千里行军,未遇大战,顺利进抵宋州境内,途经宋州西郊,到达曹州。

将士们回到家乡,精神都为之一振。王仙芝在蕲州受朝廷招安时,多数将士被遣散,留下来跟随黄巢北上的将士中,更是以曹州、濮州人居多。黄巢之所以率领人马返回曹、濮,就是要在家乡休整部伍,召集被遣散回乡的草军士卒,再图发展。

曹州、濮州刺史等一干官吏和守军,闻风而逃。那些豪强大户,大多携带细软逃往他乡。黄巢义军大摇大摆开进曹州城,再占濮州。义军将士给百姓分发官仓粮食,招兵买马,轰轰烈烈。四面八方前来投奔义军的青壮年,不绝于途。在蕲州被遣散回乡的草军士卒,也纷纷来归。短短几日内,义军增添了七八千人马。

孟楷、葛从周率部驻扎濮州,防备郓州天平军节度使薛崇来犯。

郓州天平军节度使薛崇得知黄巢义军再次占领曹州、濮州城,心中叫苦不迭:这草贼怎的非要跟我薛崇过不去!上次他们攻占濮州、曹州,闹得我险些丢掉镇帅之位,差点儿要了我老命。如今他们又杀回马枪,再占曹、濮二州,叫我如何向朝廷交代?若不能尽快驱走黄巢,收复曹、濮,就只有上表请罪、自辞镇帅之位了。

薛崇想来想去,苦无良策,最后横下心来,要与黄巢决一死战。

薛崇在心中盘算,与黄巢决战,单凭天平军两三千兵马远远不够。眼下黄巢贼军已超万人,兵力数倍于我。驻屯宋州的青州平卢军节度使宋威,不仅人马众多,而且他身为招讨草军使,围剿黄巢正是其职责所在。宋州距曹州只有一百多里路,若其出兵进攻黄巢,甚为近便。我若发兵曹州进剿草寇,请宋威相助,他理应出兵北上,夹击黄巢,如此便可稳操胜券。

于是,薛崇一面紧急奏报朝廷,一面派专使前往宋州,约请招讨使宋威从南面进击黄巢,与天平军人马形成南北夹击之势。

宋威对专使说,他定会出动兵马进攻曹州,让薛崇尽快攻打濮州。如此两军南北夹击,可将黄巢贼军一举歼灭。届时,他一定向朝廷保奏薛崇为首功。

打发走薛崇专使,宋威便严密封锁消息,以防备招讨副使、监军使杨复光督催他出兵。因为他已经打定主意按兵不动,等待观望,保存实力,拥兵自重。一旦薛崇进攻濮州,黄巢必定北上反击,薛崇那点人马根本不是黄巢对手。黄巢打败薛崇之后,若乘胜北上,攻占薛崇老巢郓州,便可将黄巢这股祸水引开,离宋州越远越好。待黄巢攻打郓州时，宋州只需派出一彪人马，远远地尾随草军，虚张声势，做做样子足矣。只要黄巢不来攻打宋州城，他便安坐不动。

当然，面子上的功夫还是要做一做的，宋威派出千儿八百人马北上，装作进攻草军模样。这些人马刚进至曹州边境，便驻扎下来，观望消息，不再前进一步。

薛崇听到宋州兵马北上进攻曹州消息，自以为得计，召来行军司马张思泰和镇将李承佑，商议进兵濮州。

镇将李承佑说，黄巢贼寇大部驻扎曹州，濮州只有黄邺统领的三千人马。我军攻打濮州时，要注重防备曹州援兵。天平军只能以一千兵马攻濮州北门，而其余两千人马要驻扎濮州南门以外，助攻南门，同时，阻击曹州派来的援军。

薛崇说道："宋威有七八千兵马攻打曹州，黄巢如何能派出援兵来濮州呢？"

李承佑："我等进攻濮州之日，若宋州兵同时攻打曹州，黄巢便派不出援兵。"

张思泰接着说："连帅可约请宋大使同日攻城。"

薛崇："这个不难，我写封信函，派专人送达宋大使。"

薛崇当即给宋威修书一封，约定二月十五日两军同时攻城。

宋威回书称：宋州兵马严遵约定，准时进攻曹州。

二月十五日巳时，薛崇按照与宋威的约定，亲自率领人马进击濮州，开始攻打濮州北门。

黄邺和盖洪、张归霸遵黄巢之命，带领三千兵马守卫濮州，就是防备郓州刺史、天平军节度使薛崇来犯，不想薛崇还真的打上门来了。

三人商议后，定下三条应敌之策：一、立即派人飞驰曹州，向黄巢报告军情并请求援兵；二、由张归霸镇守北门，统领大部兵力抵御薛崇；三、盖洪带领一千人马，出濮州西门，绕至薛崇背后，与城内守军里应外合，夹击薛崇军。

薛崇和张思泰、李承佑指挥人马攻打濮州北门，从巳时打到酉时，却未能接近城门。薛崇急得跳脚，苦无良策。镇将李承佑无奈，只得自告奋勇，亲率一队牙兵攻城。

牙兵们见镇将亲自带队攻城，只得随着前去卖命。李承佑率先跳进护城壕水中，只觉冷得钻心。他咬紧牙关，奋力泅渡。在他将要接近对岸时，忽地前胸和右肩分别中箭，顿时血流如注。几名亲兵见状，慌忙架着他返回阵中。

如此折腾到黄昏，牙兵三番五次攻城，死伤七百有余，却未能够接近城门半步。牙兵们又饥又渴，疲惫不堪，一个个躺在地上，再也不肯动弹。

薛崇无可奈何，只得命将士们就地宿营。

牙兵们砍伐树木，点起篝火，胡乱啃了些干粮，而后便一簇簇倒头睡去。

夜半子时，薛崇和将士们睡得正香，濮州城北门大开，一彪人马举着灯笼火把，呐喊着向天平军营地扑来。前面那位壮汉，骑着一头黑骡，手持偃月大刀，正是守卫北门义军主将张归霸。

张归霸挥舞着大刀，如同砍瓜切菜，杀得郓州牙兵头颅滚落一地。小卒子朱温杀性大起，抢起一把长斧，又砍又劈，接连砍翻了二十多个，活脱脱一个杀人魔王，无数牙兵稀里糊涂做了刀下之鬼。

节度使薛崇和行军司马张思泰，来不及寻找坐骑，在几个亲兵簇拥下，徒步向北逃窜。哪想兜头杀来一支人马，为首头领正是黄巢麾下大将盖洪。只见盖洪舞动手中方天画戟，刺、抹、钩、挑，秋风卷落叶般横扫过去，杀得郓州牙兵纷纷倒地毙命。

薛崇和牙兵们反身向南跑，被张归霸截住厮杀，顿时尸横遍野。

薛崇又转回身向北逃跑，张归霸追上来，一刀劈下去，薛崇闪身躲避，一只胳膊生生被劈了下来。恰在此时，朱温赶到，长斧一抡，薛崇人头呼地飞出去一丈开外。

镇将李承佑身负重伤，被盖洪俘获。其余牙兵丢下武器跪地投降，连声哀求饶命。只有行军司马张思泰趁着夜色，带着几名卫卒侥幸逃回郓州。

黄巢接到黄邺请求援兵的急报，命赵璋、黄揆率领三千将士留守曹州，自己亲率孟楷、季达、葛从周等部人马增援濮州。

黄巢赶到濮州，战事已经结束。

黄巢与众将议决，留下黄邺、盖洪守卫濮州，以孟楷和张归霸为先锋，乘胜进击郓州，黄巢和季达、葛从周率领大队人马随后跟进。

行军司马张思泰逃回郓州城，收拢残兵败将，陆续从濮州溃逃回来的牙兵不足百人，加上原来留守郓州的士卒，统共不过三百人马。这么点儿兵力，如何能守住郓州城呢? 张思泰左思右想,只有亡命江湖一途了。本来,他之所以逃回郓州,就是为了携带亲眷逃命。

张思泰收拾财货,正准备带着亲眷逃走,不料孟楷和张归霸已经杀到,带领人马围了郓州四门。

张思泰无计可施,只得打开城门投降。

义军没有动一刀一枪,进占郓州城。黄巢却没有下令休整,因为他已决计乘胜攻打沂州。

当年王仙芝率领十万草军围攻沂州,费时百日,不但没有攻下城池,反而损兵折将,死伤数万,使草军元气大伤。其时黄巢虽是偏将,也在冰天雪地之中苦苦坚持三个多月,令他刻骨铭心,永生难忘。此仇必报,沂州必破,这是埋在黄巢心中一个不可更改的念头。

黄巢毅然传令:以孟楷、张归霸为先锋,进兵沂州!

分兵之后,黄巢率本部人马北上,王仙芝则带领草军余部先后攻占鄂州、安州和隋州,活捉了隋州刺史。草军所到之处,饥民百姓云集响应,短短数月之内,便又扩展到三万多人马。

襄州刺史、山南东道节度使李福上奏朝廷,请求派援兵前来围剿王仙芝。朝廷命左武卫大将军李昌言率领凤翔骑兵,赶至隋州增援。王仙芝不愿与凤翔骑兵作战,转兵攻打郢州、复州。

草军转战了一个周遭,又回到蕲州、黄州一带。将士们不停地流动作战,十分疲惫,可若不攻城夺县,便得不到粮饷补充,如今只能继续作战,准备进攻黄州。

驻守黄州的招讨草军副使曾元裕,原本在朝中任散骑常侍,掌规谏过失,乃皇帝的侍从顾问,属于义官之列。曾元裕奉诏任招讨副使,带领所部经洛阳、汝州等地追击草军,抵达黄州、蕲州后,便长期驻扎下来,不再跟踪尾随草军。他仔细观察和揣摸王仙芝行军作战规律,清楚地看出,草军为了就粮和补充兵力,通常不会久驻一地,占领一座城池之后,补充粮草,招收新兵,停留七八日,多则十几日,便会离开,寻找并进攻下一个州县。官军若是一直尾随草军追击,无疑是被草军牵着鼻子走,把将士们拖累得精疲力竭。衡量之后,曾元裕选择黄州做驻地,取以逸待劳、守株待兔之策，等待草军前来攻城，而后伺机围歼。

黄州位于长江北岸，江水从西北至东南绕城半周，成为一道天堑，易守难攻。曾元裕带来的三千多兵马，加上黄州原有一千多守军，总兵力达到五千余众，防守一个小小黄州城，兵力算是够用了。况且，曾元裕经营黄州年余，将黄州城池修筑得铁桶一般，王仙芝要想攻克黄州城，殊非易事。

尽管如此，曾元裕却不敢疏忽大意，命将士们加固黄州北部和东部城防，储备滚木礌石，并动员城内外百姓助官兵守城。他还严令黄州城外百里之内豪富之家，全都携带钱粮搬入城内，使草军得不到粮饷补充。

草军没有战船，无法自长江江面进兵，只能从陆路进攻黄州北门和东门。守军早已加高了城墙，扩宽深挖护城壕，草军日夜轮番攻城，皆未得手。

曾元裕以逸待劳，命守军将士轮番守卫北门和东门。草军每次进攻之后，守城将士便撤换下去吃饭睡觉，原来休息待命的人马开上城头，应对草军新一轮进攻。如此一来，城头守军始终精力旺盛，而草军将士却疲惫不堪。如此连续攻城数日，草军伤亡竟达六七千人之多。

正值酷暑季节，天气炎热，蚊虫猖獗，草军在野外宿营，将士疾病增多，体力锐减。草军本大多是新兵，未经训练，少经战阵。士卒们见屡屡攻城无果，死伤惨重，再加上疾病流行，故而军心日益涣散。

王仙芝心中窝火，强令将士们继续攻城。然而事与愿违，全军出动接连强攻两日，又白白死伤了一千多人，依然未能攻进城去。

王仙芝气急，要下令再攻，被柳彦璋阻止。柳彦璋说，曹刿论战指出"再而衰，三而竭"的道理，如今的黄州城，攻守之势易矣。大将军不可徒逞血气之勇，以致损兵折将。眼下最好是撤兵，改图他处。

仙芝无奈，只得下令撤兵，全军北上，转攻麻城。

招讨使宋威屯兵宋州，坐守观望，一直不与草军交战，天长日久，引得朝廷大臣不满。郑畋等人交章弹劾宋威拥兵自保，观望不前，放纵草贼荼毒千里，糜烂数十州。他们主张罢免宋威，追究其罪责。田令孜和卢携则百般庇护宋威，与郑畋在朝堂上争执不休，但二人心中也明白，宋威一无建树，确有畏敌避战之嫌。于是，田令孜密令宋威尽快出兵进剿草军,否则,便不好再为他说话了。

宋威无奈,只得做做样子,从宋州向南移兵亳州,扬言进击王仙芝草寇,骨子里却仍是避战。此时,黄巢正在攻打沂州,宋州与沂州相距不远,而王仙芝草军却远在千里之外。宋威舍近求远,其意图就是不去救援沂州。

监军使兼招讨副使杨复光,早就看穿了宋威心思,却又无可奈何。宋威是田令孜心腹,宰相卢携的党羽,杨复光不便说什么,说了也没用,只会招来忌恨。他只是在心中揣摸:宋威这样一味避战,看他到头来如何向朝廷交代。

杨复光是一个富有眼光和韬略之人,他长年在外监军,深知方镇节度使和州郡刺史都在拥兵自保,只要草寇不打到自己头上,谁也不会去和草寇拼命。即便草寇真的打来了,能逃则逃,跑不了便降,真心为朝廷卖命出死力者,绝无仅有。朝廷委任的剿贼大使,像宋威、曾元裕等辈,一个个观望不前,消极避战,要指望他们剿灭草寇,近乎笑谈。

鉴于这般情势和军心民意,杨复光以为,只有招安王仙芝方为上策。他曾几度向宋威提议,应该派人与王仙芝、黄巢联络招安之事,然而皆被宋威一口回绝。宋威说辞冠冕堂皇,诸如"只可歼灭,不可姑息养奸、养虎遗患"等等,不容辩驳。杨复光心中暗自发笑,却也无可奈何。

眼看招安之事不能依赖宋威,杨复光便决定自己便宜行事。圣上诏书中不也明明有招安之语吗?我若招安了王仙芝,既是奉诏办事,又利国利民,有何不可?他命心腹判官吴彦宏做信使,秘密前往黄州,寻找王仙芝。

吴彦宏挑选了两名精明干练的士卒作为随从护卫,一个叫鲁平,另一个名胡恒。吴彦宏装扮为商人,鲁平、胡恒扮作仆从,半夜时分三人悄然上路,从亳州南下,经颍州到光州,翻越大别山,跋涉十余日,进入麻城县地界。

这日,吴彦宏三人投在一处乡村旅店宿夜,意外得知王仙芝进攻黄州受挫,眼下正在麻城县城休整兵马。

吴彦宏三人即刻动身,进入麻城,在北门内一家客店住了下来。

次日,吴彦宏在城内转悠了一天,不仅探听到王仙芝住在县衙后宅,且亲自察看了县衙大门和后门。他要找到一个不引人注目的办法,秘密会见王仙芝。

傍晚，麻城县衙内宅，王仙芝与两名小妾饮酒唱曲，以解多日苦闷。他心中不无幽怨，更有几丝惶然，此后草军往哪里去？数万兵马，每日要吃要喝，一天没有五六万斤粮草就过不去。可这么多粮草到哪儿弄去？要靠不停地攻城夺地，打、打、打，杀、杀、杀，可打到何时候是个终了？杀到何地算是个家？都怪黄巢，想当初，王铎、王镣兄弟二人和蕲州刺史裴偓，好不容易把招安的事弄得妥妥帖帖，却全让黄巢给搅黄了。不成！还是要想法子请求朝廷招安，只有受招安，才能做上官，才算是有了好归宿。常言道，要做官，受招安嘛！

王仙芝思虑已定，让小妾为他斟酒，一连干了三大碗，心中顿觉舒畅了许多。

忽然护卫队长前来禀报：县衙后门来了一位客商，说是大将军濮州老家的亲戚，到麻城做麻绢生意，得知大将军在此，特来探望。

王仙芝心下疑惑，却不知濮州老家有哪位做麻绢生意的亲戚。待吴彦宏出现在眼前，更加惑然不解。来人却哈哈笑了起来，道："在下是朝廷监军使杨复光麾下判官吴彦宏，奉杨大使之命，专程前来拜会大将军！"

王仙芝惊讶得张了张嘴，一时说不出话来。

吴彦宏兀自取出杨复光亲笔信函递上，王仙芝匆匆看罢，心中暗喜，问道："若是本大将军受了招安，朝廷会赐给甚般官职呢？"

吴彦宏笑道："这个在下说不好。不过，杨大使说了，只要大将军归顺朝廷，他一定尽力向朝廷保举大将军。"

"此事嘛，我还要和弟兄们商量一下，请吴判官耐心等候一时。"王仙芝沉吟道。

吴彦宏："这个自然，在下敬候佳音。"

吴彦宏前脚离去，王仙芝后脚就找来了尚君长。尚君长看到杨复光的来书中没有丝毫威胁恐吓之意，只是以商量的口吻，劝说王仙芝归顺朝廷。信中说，受朝廷招安乃利国利民之举，大将军和将士们也会有个好前程。若大将军仍旧和朝廷对抗下去，不惟天下战乱不休，百姓受苦遭殃，且大将军和万千将士也不会有好的归宿。尚君长心中早已认同了杨复光所说，他自己也和王仙芝一样，觉得前途渺茫，厌倦了流荡不安的征战生涯。早前他就赞同王仙芝受招安的主张，只是想着自己和将领们也要得到一官半职才好。这次，他索性明白地向王仙芝提出，受招安确为上策,但各位将领也须得有个安身立命之处。

王仙芝当即让尚君长代他写就给杨复光的回书,说他长久以来诚心盼望归顺朝廷,十分感谢杨复光招安草军的一番美意,并请杨大使费心斡旋,早日玉成招安之事。

次日夜晚,王仙芝和尚君长秘密会见吴彦宏。二人一再表明接受招安的诚意,并将给杨复光的回书交与吴彦宏,请他带回亳州面呈杨大使。

吴彦宏和鲁平、胡恒回到亳州,向杨复光禀报了与王仙芝见面晤谈情形,并将王仙芝回书呈上。杨复光阅毕大喜。他没料到王仙芝竟然这般热衷于受招安,如此急切地请求归顺朝廷。

为说服圣上和朝廷大臣,杨复光琢磨,最好由王仙芝向朝廷写一封请求招安的呈状,表明归顺朝廷的一片诚心,朝中那班反对招安之人便无话可说了。

于是,杨复光又给王仙芝写了一封书信,对他归顺朝廷的诚心大加赞赏,并要王仙芝写出呈状,以便早日促成招安之事。

吴彦宏与鲁平、胡恒又一次来到麻城,将杨复光的书信面交王仙芝。

王仙芝随即让尚君长写了一封《恳请朝廷招安草军书》。他在呈状中说,自己兴兵举事扰乱天下,犯了弥天大罪,如今已经幡然悔悟,诚心归顺朝廷。请求当今圣明君主,怜悯数万草军将士,早降隆恩,赦免自己和属下罪过,赐给一条生路,以求消弭战祸,致国太平云云。

看到王仙芝的《恳请朝廷招安草军书》,杨复光满心欢喜,但也知道,招安草军之事已不好再对招讨使宋威隐瞒下去,便亲自来到宋威的招讨使衙门,将王仙芝信函和《恳请朝廷招安草军书》交给宋威,请他联名奏请圣上颁发敕诏,招安草军。

宋威心中却另有一番滋味:你杨复光作为我的副使,居然背着我与王仙芝秘密勾连,又竟然说服王仙芝诚心诚意归顺朝廷。此事若是办成了,那就是不世之功。我宋某人身为招讨大使,几年来南征北战,亲冒矢石,辛苦备尝,尚且寸功未建,岂能让你杨复光动一动笔头子就占得头功?更何况,你杨复光与我宋威的恩主田令孜是势不两立的仇家,你就是说破大天去,我也不能让你占得便宜。

宋威不动声色,只对杨复光大加称赞,说他为朝廷立了大功,真是可喜可贺,自已定会将王仙芝《恳请朝廷招安草军书》驿传急递朝廷。转头却召来自己的亲信、掌书记苏立，嘱咐他将王仙芝书信和书状一并销毁。

杨复光以为大事将成，满怀信心地给王仙芝写信，通报宋威如何赞成招安等情形，让王仙芝做好接受招安一应准备。接下来，杨复光便专心等待朝廷颁布招安诏书，可左等右盼，就是不见有敕使前来宣诏。

王仙芝和尚君长更是等得心焦难耐，按捺不住急切之心，给宋威和杨复光分别写了信函，命楚彦威和蔡温球送往亳州，面呈杨复光和宋威，并探问招安之事的进展。

宋威仍然不动声色，只是热情款待楚彦威和蔡温球，摆设酒宴为二人接风洗尘，要他们回去禀告王仙芝，朝廷定会招安草军，让王仙芝再等待一时。

一心等待招安的王仙芝为表达归顺朝廷的诚心，又一连五次书写恳求招安书状，请宋威和杨复光转呈朝廷。他还多次给宋威和杨复光写信，催问招安事宜。

宋威每次回信都信誓旦旦地保证，已经催促朝廷颁诏招安。王仙芝和尚君长等来等去，一直得不到招安消息。

转眼四五个月过去，杨复光不能不心生疑窦：若朝廷接到王仙芝请求招安的呈状，还有他和宋威二人的奏章，不可能对招安之事没有回音，即便不允准招安，也早该有敕诏下来了。杨复光隐隐感到，一定是宋威在暗中做了手脚。思量一番，他决定再次瞒着宋威秘密联络王仙芝，让王仙芝直接派人赶赴京城，请求朝廷招安。

杨复光给王仙芝写了书信，命吴彦宏和鲁平、胡恒再往麻城一行。

王仙芝看了杨复光来信，心中十分着急。草军在麻城已滞留数月之久，粮草耗尽，却无法得到补充。因他已经七次给朝廷写了书状，一心等待招安，就不便再攻掠州县，以免坏了招安大事。

不及多做思量，王仙芝便决计依照杨复光吩咐，为表归顺诚意，由尚君长和楚彦威、蔡温球前往西京长安负荆请罪，请求朝廷招安。

尚君长却又提议，此事要与杨复光商议妥帖，最好是请杨复光写好表状，派人一同进京面圣，更为稳妥。

王仙芝遂命楚彦威和蔡温球随同吴彦宏再赴亳州，与杨复光商议进京之事。

　　杨复光深感王仙芝受招的诚心，精心写好奏状，召来吴彦宏和鲁平、胡恒，命他们携奏状秘密前往颖州，同尚君长等人会合之后，一同进京，并嘱咐三人严守秘密，千万不能走漏风声。

　　然而，无巧不成书。胡恒偏偏与宋威的掌书记苏立是同里乡亲，二人私下交往甚密，他不慎在苏立面前露了口风。苏立自然知道此事干系重大，便当即禀报了宋威。宋威倒也沉得住气，只是命苏立笼络住胡恒，让胡恒暗通消息，即时禀报行踪，如若不从，则要了他胡恒的狗命！

　　胡恒不敢得罪宋威，思量来思量去，心里拿定了主意：明里尽心竭力办好杨复光的差事，暗中事事禀报给掌书记苏立，以示他唯宋威之命是从。主意已定，他便将杨复光密令吴彦宏前往颖州，和尚君长等一道去京城请求招安之事原原本本告知了苏立。

　　宋威横下心来，召来镇将朱可，命他带领五百人马，秘密开往颖州以西，层层封锁通往京城的大小路口，务必截杀吴彦宏和鲁平、胡恒，而后将贼魁尚君长等押至京城长安，向朝廷献俘请功！

　　万里长江穿越险峻幽邃的瞿塘峡、巫峡、西陵峡，过了峡州，天地突然开阔起来，河床越来越宽，水流趋于平稳，十分有利于舟船航行和商贾往来。

　　江汉平原湖泊众多，水网遍布，气候温暖湿润，物产丰富，实乃鱼米之乡。长江北岸古城江陵，是江汉平原乃至荆湖一带最大都会城市，也是长江中游军事重镇。江陵北邻襄阳，连接洛阳和关中，南通湖湘、岭南，西控巴蜀，东达淮扬、江南。正因江陵连接南北，控扼东西，通江达海，朝廷特在此设置江陵府，荆南节度使亦驻节于此。江陵城内商贾云集，店铺林立，贸易繁盛，富庶无比。

　　江陵城渚宫东邻郭七郎家，是远近闻名的江陵首富。七郎者，乃是其家族中同辈男子排行，实则他只有一个同胞弟弟，一个妹妹。其父已亡故，母亲寡居。郭家虽富可敌国，但商贾乃是最低贱的等外之民，不准骑马，甚至不得穿着平民服色衣衫。商人似乎连名字也不配有，或称排行，或以甲乙丙丁为名，乃是司空见惯之事。

　　郭七郎自十岁起便随父亲在江湖上行走，除却练习些经商之道生意门径外，就是同艄公舟子厮混，故能当艄掌舵，捉桨划船，还练得一身好水性。

　　郭家原是绸缎商,购进西蜀、湖湘名闻天下的锦绣绫绢,销往京畿、中原、河朔乃至吐蕃和西域诸国。后来,七郎父亲见西域玉器和南诏珠宝有利可图,便又做起了玉石珠宝生意。

　　郭家生意越做越大,门路越来越广,一时财源茂盛,声名远播,天下富商大贾争相与江陵郭家交易往来。郭家生意通达三江四海,在江湖上特别讲求"信义"二字,广交朋友,诚信待人,各地商人便常在郭家商号存钱或借贷。

　　三年前,京城长安大珠宝商贺四向郭家借贷八千缗钱,贷期已过半年,至今尚未归还。贺四与七郎父亲是多年好友,郭父咽气前嘱咐七郎,到京城做生意时一定要去拜见贺四叔叔。

　　如今郭父去世已逾三载,七郎守孝期满。他记起父亲生前嘱咐,也想到京城开开眼界,长长见识,便打点行装,带着家童葛二,坐了一辆牛车,一路上骨骨碌碌迤逦向京城而来。

　　郭七郎主仆二人进了西京长安,一时看得眼花缭乱,头都晕了。京城街道笔直宽广,楼宇高大宏阔,人物斑杂众多,即便是号称富丽繁华的江陵,与之相比,依然不可同日而语。

　　郭七郎知晓贺四商铺在一个名叫东市的地方,便一路打问着寻找过来。

　　长安东、西二市,是繁华热闹去处。东市、西市有二百二十个行当,举凡一切财货物品交易,皆荟萃于此。

　　东市、西市各占两坊之地,大致为正方形,方围十里有余。两市内各有东西、南北向大街两条,呈井字形,将市区分割为九个相等方形区域。每个方形区域,四周皆为临街商铺,二百多个行当商品货物琳琅满目,应有尽有,甚而可说是无奇不有。

　　郭七郎主仆二人在东市边走边问,边看边叹,如同进了迷宫一般,弄得晕头转向,迷迷糊糊。二人跑了半天,终于在井字的中心区域找到了贺四商铺。

　　郭七郎抬头看去,不禁惊叹:贺家商铺好生气派!

　　商铺坐北朝南,一字排开二十间三层门面楼,飞檐斗拱,雕梁画栋,直如宫殿一般。正门上方,檐下悬挂着一块金字招牌,上书斗大四字:贺家珠宝。

　　郭七郎向门仆递上名刺,不一刻,门仆回转来,向七郎一揖道:"郭郎辛苦了,主人有请贵客客厅叙话。"

七郎主仆二人随门仆穿过门廊，进入庭中，但见四围皆楼舍，其宏阔奢丽，前所未见，连连赞叹不已。

三人来到北楼下，贺四已在客厅门外相迎。

往年贺四多次到过江陵，可说是郭家常客，与七郎厮混得透熟。贺四趋前几步，拉住七郎的手，将主仆二人请进客厅。

贺四殷切问道："尊翁近来可好？"

七郎以袖掩面，悲戚戚道："先父过世已然三年了。"

贺四惊问："如何有这等事，尊翁竟仙逝了呢？"

七郎遂将父亲得恶痢不治身亡的经过述说一遍，不觉间饮泣起来。

贺四不由落下眼泪，仰天长叹："贤尊正当盛年，不想竟先我而去，令人痛煞！"

贺四转而劝慰七郎："常言道，死生有命，富贵在天，七郎莫要过于悲伤。如今须照料好老夫人，打理好家业，方是正理。"

郭七郎谢道："四郎教训得是。"

"郎"是唐人对男子的敬称，无论长幼尊卑，相互之间皆可称郎，乃至于臣子亦称呼君主为"郎"。玄宗李隆基排行老三，朝臣、宦官、宫女皆呼其"三郎"。儿子同样称父亲为"郎"，晚辈称呼老年长者为"老郎"。"郎"之前加排行，更是唐人风习。

贺四又询问七郎完婚否，七郎叹气道："先父过世，愚侄守孝三年，婚事无从说起。再者，士绅之门无人肯将女子嫁于商家，乡野村姑又不相宜，此事高不成，低不就，也就耽搁下来了。"

贺四问郭七郎："贤侄这次来京城，可要做些生意？"

七郎回道："遵先父遗命，专程前来拜望你老人家，请教江湖经商之道。再则，侄儿也想到京城来开开眼界，历练历练，还请四郎不吝赐教。"

贺四心下已然明了，七郎来京城是为清理债务之事，遂抱歉道："三年前，我向尊府借贷八千缗钱，早该专程送还府上。只因俗事缠身，拖延至今，还望见谅。"

郭七郎忙道："四郎言重了。小侄家中虽不敢说富足，尚不缺银钱花销，请必挂怀。"

贺四:"常言说,亲兄弟,明算账。我与尊翁虽亲如兄弟,然借债还钱,诚信至上,这是江湖规矩。再说,我借贷尊府八千缗钱,派了大用场。我用这笔钱,从江南和巴蜀进了绸缎,运至西域诸国,赚了一大笔银子;又从西域购进玉石珠宝,贩卖内地,又赚了大笔银子。不瞒贤侄说,我赚进了四五倍利钱哩。"

郭七郎听得目瞪口呆,惊讶得说不出话来。

贺四接着说道:"贤侄先住下,明日我便将本息一千万钱的便换交给贤侄,也省却我跑一趟江陵了。"

所谓"便换",即是到"柜坊"即钱庄取钱的凭证,相当于今世的通存通兑票据,拿着它,便可异地取钱。

郭七郎:"哪里用得着这样张皇,小侄在京城会住些日子哩。"

贺四连说:"好,好,贤侄就在京里多住些时日!"

当日,贺四在京师闻名的紫云楼大摆宴席,为郭七郎接风洗尘。席上珍馐名肴,多是郭七郎闻所未闻,见所未见。乳酿凤凰胎、金丸玉叶脍、八盘鲜花等,一道菜就要数百钱乃至千钱。更有白猩唇、栈鹿等山珍野味,七郎更不知其价几何了。

贺四频频劝酒,二人开怀畅饮。渐渐地,七郎有些眩晕,便要告辞,说是去找旅店住下。

贺四不由哈哈大笑道:"贤侄说笑了。我在京城开有三家邸店、旅馆,平日有一半房间空闲,岂能让贤侄到别家旅店寄宿。"

七郎一边谢过,一边琢磨:好个贺四,他在京城到底有多大产业?

要说这贺四,确是京城知名人物,上自朝廷官员,下至细民百姓,可说是尽人皆知。贺四在长安经营着两处最大的珠宝店、四处绸缎庄和三座大邸店,还有一座闻名遐迩的钱庄。另外,他今年又在东都洛阳和淮南扬州新开设了钱庄和珠宝店。贺四虽不敢说是京城首富,却实实在在是最大的珠宝商和钱庄主。

常言道,人不得外财不富,马不得夜草不肥,贺四发迹自有其缘由。

三年前,贺四用借贷郭家的八千缗钱,购进一批和田玉,请来长安玉石雕刻名匠宫廷老玉工崔廷秀,雕出十数件堪称神品的玉器,另外还有不少上乘之作,引得豪门权贵之家趋之若鹜。贺四珠宝店很快闻名遐迩,四方富商巨贾争相前来高价求购。转眼之间，贺家玉器珠宝身价飞涨，抢购者络绎不绝，后来几乎到了一件难求的地步。贺家每日进账的银子，如潮水般滚滚而来，想堵也堵不了，想不收都不成。

此事自然惊动了田令孜的心腹——东市宫使尹希复和西市宫使王士成。

内苑小儿尹希复和王士成，因斗鹅有术，受宠于僖宗，田令孜即命二人分别做了东、西两市的宫使，命二人在东西两市搜罗金银珠宝、天下珍奇以至一应日用之物，奉送内库，供帝、后和田令孜享用。

尹希复和王士成，自以为有当今天子和田令孜撑腰，便在京城内外横行霸道起来。但凡两市所有财宝和珍奇之物，只要尹希复和王士成看上了，一句话就是圣旨，当即定为御用贡品，货主就得乖乖送到内库去。二人高兴时，随意给货主十之一二的物价，若其稍有不快，便分文不给，甚而还要向货主索取"门户钱"和"脚价钱"。

为搜罗更多珍奇珠宝，尹希复和王士成网罗了一帮市井无赖之徒，在东西两市敲诈勒索，巧取豪夺。一时间，闹得京城鸡飞狗跳，怨声载道。

贺四是一个十分精明的商人，他先前也遭过尹希复、王士成敲诈勒索，气愤痛心。但他看透了世情，认准一条铁律，那便是要想在京城站稳脚跟做生意，就必须巴结尹希复、王士成这两个强盗，否则便只能徒劳无果，任人宰割。

贺四主动向尹希复、王士成示好，送上价值不菲的珠宝玉器或金银饰品，时不时请二人宴饮，到娼馆狎妓，听曲观舞，寻花问柳。贺四出手大方，宴饮则美酒佳肴，狎妓则佳花名娟。天长日久，贺四与尹希复、王士成成了朋友。

尹希复、王士成搜刮的大量钱财，除贡献内库和田令孜外，中饱私囊数额甚巨。为了增值，洗白财产，他们就把珠宝珍奇拿来让贺四变卖。贺四是珠宝行家，二人何时拿来珠宝，便立即照价付钱，毫不拖延。尹希复、王士成再把银钱借贷给贺四，贺四则总是付给二人高额利息。王士成、尹希复心满意足，也便投桃报李，不仅不再勒索贺四财物，而且公然维护贺四，依仗权势支持贺四垄断贸易，使贺家生意越做越大。

随着商业贸易日益繁盛，四方巨商大贾相互交易越来越需要异地存钱取钱，尤其像长安这样的大都会，开始有商家经营"柜坊"这一行当。所谓柜坊，类似后世钱庄。贺四独具大商人眼光，看出经营柜坊利润丰厚，稳赚不赔，且商机巨大，前景广阔，便决然投入大笔资金，在京城开设柜坊。他以高度信誉吸纳客户，及时兑付资金，受到四方客商乃至众多域外商人信赖。尹希复和王十成见有利可图，也将大笔金钱投入贺四柜坊，贺家柜坊生意愈加红火起来。

贺四知道王士成、尹希复的主子是田令孜，便在逢年过节时托尹、王二人给田令孜送上厚礼，或大笔金银，或珠宝玉器、古董珍玩，博得田令孜欢心。贺四探知田令孜生诞日期，为其大办寿宴，佳肴美酒，山珍海味，歌伎舞女，金石丝竹，无所不备，将田令孜侍奉得心花怒放，飘飘欲仙。

自然，贺四是将田令孜们当作财神供着，当作钟馗敬着，借以打鬼而保佑平安和生意兴隆。贺四对四方客商以诚相待，互惠互利，同舟相济。同行遇到难处，贺四总是慷慨相助，济危解困。故此，贺四在商界有口皆碑，声名远播，八方商客都愿与贺四做生意。这也是贺四财源茂盛、财运亨通的缘由之一。

且说贺四将郭七郎安顿在东市自家开的旅店，又指派一位苍头，细心照料七郎饮食起居。次日，贺四便将一万缗取银钱凭证"便换"交给郭七郎，嘱咐他好生保存。这便换是贺家柜坊的，上面写有郭七郎姓名，在各大商埠随时可兑出现钱。

苍头引着七郎和小童葛二至朱雀门外观望皇城，又到丹凤门外横街瞭望大明宫，马不停蹄带着七郎和葛二浏览西市，逛乐游原，泛舟曲江池，登上慈恩寺塔俯瞰京城。七郎和葛二只见街陌纵横，市井规整，屋宇鳞次栉比，宫殿金碧辉煌，感叹不已，以为长安真乃人间天上。

郭七郎接连游览数日，觉得有些疲累，便说要歇息几日。这日后晌，郭七郎在旅店里闷得慌，便带家童葛二出了店门。他念着朱雀门大街宽敞气派，想到那里再游览一番。

主仆二人出了旅店，跨过南北大街，迎面即是平康里。只见坊门口站着两位妙龄女郎，一个穿红装，一个着青衣，花枝招展，笑容可掬地立在那里，似乎在等什么人。见七郎走过，青衣女郎风摆杨柳般迎上前来，笑吟吟地道："二位郎君，请到奴家书寓吃杯酒吧？"

　　郭七郎还没明白是怎么回事，便被两位女郎挽住胳臂拥进坊门，葛二也稀里糊涂跟了进去。

　　七郎被挽着进了一道侧门，进入庭院，庭中花木葱茏，幽静安谧。进得小楼，迎面是一间布置精巧雅致的厅堂。厅内东首榻上，坐着一位老姬。老姬见有客人来，从榻上下地，迎着客人点头致意。

　　红衣女子向七郎引荐说："这是奴家老姆。"

　　青衣女子咯咯一笑，指着红衣女子说："这是我家小娘子素素。"

　　素素向七郎飘飘一拜，七郎连忙还礼。

　　青衣女子也屈身一拜："奴家侍女双双。"

　　素素和老姬邀七郎饮茶，侍女双双随即将茶具侍弄停当。老姬、七郎和素素坐在榻上，双双斟上茶汤，立时便有一股沁人心脾的茶香飘逸出来。

　　素素双手擎起茶盅献给七郎："请郎君品茗。"

　　七郎接过茶盅，此时才大着胆子望了素素一眼：呀，但见她丹唇微启，皓齿晶莹，明眸生辉，顾盼有情。

　　郭七郎看呆了，茶水溢出烫了手才醒过神来，霎时臊得满脸涨红。素素连忙抽出丝巾为七郎拭去茶水，殷殷问道："烫着郎君了吧？"

　　七郎忙道："不妨事，不妨事！"

　　老姬问起七郎身世，七郎据实一一相告。

　　老姬不禁喜形于色道："老身只有素素一个女子，虽疏于教养，尚不算丑陋，愿与七郎结为秦晋之好，不知七郎意下如何？"

　　七郎喜出望外，能与素素这般美若天仙的绝色女子结连理，那真是前世修来的福分！他眼巴巴望着素素，疑惑地问道："小娘子真愿与我结为百年之好？"

　　素素略显羞涩，柔柔地说道："奴家出身鄙贱，如蒙七郎不弃，甘愿托付终身，与郎君永结同心，白头偕老。只是奴家年久必然色衰，不知七郎彼时会不会嫌弃奴家呢？"

　　郭七郎急急说道："我愿对天盟誓，永生永世，绝不相弃！"

　　老姬笑道："盟誓就不必了，老身看七郎也是一个诚信之人。既如此，择日写定婚约就是。双双，摆酒上来！"

双双一边应着，一边行云流水般往来穿梭，转眼之间，美酒佳肴便摆满了一桌。

七郎看过去，但见珍馐美味，清新素雅，与贺四在大酒楼摆设的宴席相比，别有一番景致。

老妪向七郎贺喜敬酒，七郎自然回敬了老妪。

素素含情脉脉，双手捧起酒杯，齐眉高举，向七郎屈身一礼，柔声说道："请郎君满饮此杯，贱妾终身便托付郎君了。"

七郎慌忙接过酒杯，仰头一饮而尽。

双双和葛二也接连向七郎敬酒，七郎一一饮了，谢过。

众人意兴正浓，忽闻四面八方街鼓雷动，有如千军万马奔腾而来。双双轻声说道："关闭坊门的时刻快要到了。"

老妪正色道："如今七郎已是我家门婿，旅店是住不得了，今晚就在敝舍安顿歇息。葛二郎须得赶回旅店去，明日将行囊搬来，也好一起照应你家七郎。"

葛二早已看出素素是娼女。其时，娶娼妓为妻妾者屡见不鲜，即便是达官贵人，也常常将歌楼酒肆的歌伎舞女收为姬妾。至于富商大贾，娶优伶娼妓为妻妾者，可谓比比皆是。商人和娼妓本就是一个等级，七郎与素素成婚，也算得门当户对，也可说是一段美满姻缘哩。听闻老妪此言，葛二即刻起身告辞，好在东市与平康里仅一路之隔，葛二转身便回到了旅店。

一连数日，郭七郎黏在平康里，没出过素素家门。

倏忽之间，半个月过去，素素知道应该带七郎出去散散心了。

双双陪着七郎和素素逛过东市逛西市，不是入珠宝店，便是进绸缎庄。只要是素素和双双看中的物什，不管是珠宝玉器，还是绫锦绸绢，七郎皆二话不说，照价付钱。

几日之内，素素和双双买来的珠宝珍玩首饰衣料堆积如山，老妪估摸，少说也得花费三十万钱。

素素也曾试探地说："让郎君破费了。"

七郎却毫不在意："些许银钱算甚哩，不足挂齿。小娘子还想买些什物，尽管买去，不须说钱不钱的。"

不仅如此，七郎还让葛二拿出十万钱交给老姬，说是日常饮食费用，请一定笑纳。

老姬一家欢喜不尽，觉着遇上了一位有情有义又有钱的好郎君。

郭七郎与素素如胶似漆，形影不离，或到风景名胜之地游赏，或去歌楼酒肆观舞听曲，饮酒作乐，与乐伎和一帮浮浪子弟厮混。京城纨绔子弟、斗鸡走狗之徒，还有一众市井无赖，如顾七官、李十八、陆五郎等，见七郎为人慷慨，挥金如土，便像绿头苍蝇一般整日围住七郎，宴饮游乐，斗鸡赌博，成了七郎的狐朋狗友。

一年时间倏忽而过，郭七郎终日花天酒地，挥霍无度，银钱用去了三四百万。贺四还给他的本息一千万钱，已经花掉了三四成。其间，贺四也曾几次提醒劝诫七郎，不要坐吃山空，到头来一事无成，可七郎却不以为意。

贺四本想催促七郎尽快返回江陵，却又听到王仙芝草军在荆、襄一带攻城略地的消息。贺四既怕路途不平安，又顾虑七郎如此厮混下去无法开销，不免左右为难起来。

八　直似当时梦中听

　　朝廷接到沂州刺史丁练成的军情急报，说是黄巢贼军四面围攻沂州，城内粮草箭支用尽，州城危在旦夕。接着，山南东道节度使李福和荆南节度使杨知温又飞章急奏，说是王仙芝草军接连攻陷鄂州、安州、隋州，活捉隋州刺史崔休徵，节度使李福之子已经战死，请求朝廷速派大军增援。

　　田令孜虽然独揽朝廷大权，可这用兵打仗之事，他却一窍不通。如今数镇将帅告急求援，奏章纷至沓来，哪一处都是要兵要钱要粮。常言道，"兵马未动，粮草先行"，眼下朝廷一无饷银，二无粮草，不管是禁军还是藩镇牙兵，都阻挡不住草军纵横天下。倘若草军打进关中和京城，朝廷倾覆，田令孜自然没有好果子吃。田令孜明白，当务之急是筹集粮饷。

　　田令孜挖空心思，终于想出一条妙策：卖官鬻爵。本来他早就在收贿卖官，可那是暗中交易。如今朝廷可以平寇名义，冠冕堂皇地卖官了。天下想当官之人不知几多，若朝廷明定官价，以捐助兵饷名义卖官鬻爵，那些富豪巨贾纳钱便可得官，必会趋之若鹜。甚而有些官迷心窍之人，宁肯把妻女卖给娼家，也要弄一顶官帽戴在头上。如此一来，天下财货便会源源不断滚滚而至，不唯朝廷有了兵饷，自己和年轻天子也有了享乐的银子，我中尉阿父的地位便稳如泰山，长久地替李儇掌管这万里江山。

　　妙计已定，田令孜便唆使僖宗诏告天下：凡出家财百万以上助兵饷者，朝廷可赐给"殿中侍御史"或"监察御史"的诰身。

郑畋看了诏书，气得捶胸顿足，提议堂老们联名上书僖宗，请求收回卖官鬻爵诏命，阻止这种有失体统和朝廷颜面的误国之举。

卢携私下已听过田令孜招呼，虽然心中也觉着卖官鬻爵有辱斯文，可这出自田令孜的决断，他只能遵从。再者，朝廷财政匮乏，兵饷没有着落，不采用这般权宜之计，又如何去剿灭草寇？本朝自中宗、肃宗始，再到代宗、德宗、穆宗，纳货封官之事多有所见，今日行之又有何不可？他又何必反对呢？

首相王铎由于主张招安受挫，自觉气短，只能处处顺着卢携。对于卖官鬻爵之事，他装聋作哑，看情势顺水推舟。

郑畋孤掌难鸣，只能徒呼奈何。

太常博士皮日休对朝廷卖官之举嗤之以鼻，觉得在如此龌龊的朝廷中为官，实在徒蒙羞垢，愧对天下士人和黎民百姓，索性上书吏部，请求辞去朝中官职，到州府去做僚佐。

郑畋自然理解皮日休的心情，但他也深知，像皮日休这般才志之士，正是朝中诤臣，国之栋梁。可惜生不逢时，贤路填塞，才导致他报国无门。郑畋决意出面替皮日休说话，向朝廷举荐，超拔日休做一方主官，使之能够施善政于民，为地方官吏树一典范。

郑畋破例亲至吏部，询问州郡主官有无缺额。吏部侍郎说，眼下只有岭南横州刺史出缺。横州地处蛮荒，一般官员不愿到那里任职，故而横州已有时日没有刺史主政了。

郑畋说，我举荐一个德才兼备之人，此人必不会嫌弃横州荒远。吏部侍郎忙问他举荐何人，郑畋以实相告。恰巧，这位侍郎也很赞赏皮日休，说他才具、学识、德操俱佳，若皮日休愿到横州任职，那真是再合适不过。这位侍郎还说，他愿与郑堂老一同举荐皮日休。郑畋大喜，当即与吏部侍郎联名上书，向朝廷举荐皮日休出任横州刺史。

为尽快聚敛钱财，田令孜命尹希复、王士成在巨商大贾中物色买官之人。王士成、尹希复首先便想到贺四，但贺四无意买官。他知道，花费许多银钱买一个闲散官职,不过挂个空名儿,一班科班出身官员根本瞧不起你。其时,纳钱买官者被称为"斜封官",意即不是正道得来的官职。即便用钱买到个御史或员外郎官衔,甚或买到检校侍中的职名,与宰相同阶,却并无任何实际差使,甚而在衙门里连个闲坐之处也没有,故而被时人讽为"三无坐处"。

见贺四不愿买官,尹希复和王士成又提议让郭七郎买官。贺四沉吟许久,想想七郎如此玩耍下去亦非长久之计,是该给他找个门路,让他有个着落,也好慢慢懂些世道,看来七郎并不适于经商,说不定到官场里还能混出些名堂来。

贺四找来郭七郎,向他说起买官之事。七郎闻听花钱便可买官,即刻兴致高涨,追问花多少钱可以买到官职。贺四告诉他,一百万钱可买员外郎,三百万可买到御史,五百万可以买到刺史。七郎心道,做什么鸟御史、员外郎,太没意思,弄个刺史倒是不错,和江陵府尹一样,出入亲兵侍卫成群结队,佐官衙役前呼后拥,还要骑马坐轿,鸣锣开道,黎民百姓跪伏拜迎,好不威风!

七郎一拍胸膛,叫道:"我便买他一个刺史做做!"

贺四有些哭笑不得,告诫说:"刺史虽是实职,可朝廷也很吝啬。你买个刺史,到任一年半载,免了你的官,再卖给他人,又收一大笔银钱。到那时,钱没了,官也丢了,如何是好?"

七郎却不以为意:"这个不妨事。做上一年半载刺史,即便免了官,我也是做过官的人,子孙便是官宦子弟,出身宦门,再也不是鄙贱低下、连平民衣衫都不能穿着的等外之人!"

贺四听了这番话,不禁有些动情。好,就让他买一个刺史做去,也好给咱商贾之家挣个脸面!

不日贺四便请尹希复和王士成到酒楼宴会,让七郎将五百万的便换交给尹、王二人,并另外馈赠二人各五十万钱,请他们一定为七郎谋个实任刺史职位。王士成、尹希复拍胸许诺定将此事办妥,让贺四和七郎尽管放心。

尹希复、王士成二人从五百万中抽出一百万分赃,其余四百万奉交田令孜。三日之后,尹、王二人便将横州刺史的诰身当面交给了郭七郎。

如此一来,郑畋和吏部侍郎举荐皮日休出任横州刺史之事,自然告吹。而郭七郎一步登天成了朝廷命官,且是堂堂四品实任刺史!

尚君长带领楚彦威、蔡温球和几名卫士,充作商客,秘密来到颍州。

次日,吴彦宏等人也悄悄来到颍州,与尚君长会合。几人商定了进京路径和方法。尚君长和楚彦威、蔡温球扮作山林大盗,吴彦宏、鲁平、胡恒和一队士卒充作官兵,以进京献俘之名,用囚车押送尚君长等"巨盗"上了路。

尚君长和吴彦宏等人出颍州西门,行走六七十里路光景,来到一个名为九龙岗的地方。吴彦宏见路旁有一片松树林,长得十分茂密,便和尚君长商议,让众人在此休息一下,吃些干粮,填饱肚子,也好继续赶路。

正说话间,松树林里冲出一彪人马,将尚君长等人团团围住。吴彦宏定睛看去,认得骑在马上的将领正是宋威麾下镇将朱可,不禁甚感诧异。

吴彦宏问朱可意欲何为,朱可哈哈大笑,说是奉招讨使宋威之命,前来捉拿草贼巨魁尚君长。

吴彦宏情知不妙,心知有人走漏了消息,再隐瞒下去已没甚必要,便朗声说道:"本官奉监军使杨复光之命,押送草军首领尚君长等前往京城请罪,并请求朝廷招安。现有监军使公文和奏状在此,请朱将军过目。"

朱可接过公文和奏状,却并不打开,径自撕个粉碎,随手往空中一扬,公文、表状像雪片儿似的随风飘去。

朱可冷冷笑道:"末将不管这个,只要你等随我去见宋大使。"

接着,朱可大喝一声:"统统给我绑了!"

牙兵们不由分说,将吴彦宏等人全都绑了,驱至树林深处。

朱可命牙兵将尚君长、吴彦宏等人一字排开,跪在地上。

吴彦宏见势不妙,厉声喝问:"朱可,你要做甚?"

朱可阴阴笑道:"本将军奉宋大使之命,要将尔等草寇与勾结草贼的内奸统统处死!"

吴彦宏大骂道:"宋威欺瞒朝廷,祸国殃民,不得好死!"

胡恒哭号道:"朱将军不能杀我,我是宋大使的人!掌书记苏立可为我做证!"

朱可喝道:"你号什么号?大使有令,通通处决,一个不留。怎的,你脖子硬是怎么着？那就拿你先试刀！"

朱可一挥手，只见刀光一闪，胡恒脖腔的热血喷射出去几尺远，人头骨碌碌滚到吴彦宏跟前。

朱可又一挥手，刽子手们同时举刀劈下，吴彦宏和鲁平的人头"噗""噗"滚落于地。

紧接着，跟随吴彦宏而来的士卒全被诛杀。

尚君长以为自己进了阴曹地府，睁眼一看，见那些个松树明明依旧挺立，枝叶迎风不停地摆动着。他伸手摸摸头颅，依然在颈子上长着。

却听朱可一声断喝："将尚君长这三个贼魁押送京城，献俘阙下！"

尚君长这才看清楚，楚彦威和蔡温球也仍然活着。

朱可一行人马尚在途中，宋威奏状已先期送达朝廷。宋威在奏状中说，他率领人马在颍州以西进剿草寇，镇将朱可活捉了草贼大将尚君长和楚彦威、蔡温球，臣特命朱可押送三个贼魁献俘阙下，请求朝廷论功行赏，给朱可及有功将士加官晋爵。

杨复光得知宋威的无耻行径，气愤至极，立即上书朝廷，说明王仙芝曾七次书写恳求朝廷招安书状，皆被宋威隐瞒不报；尚君长原本是奉王仙芝之命前往京城负荆请罪，请求朝廷招安，并非被俘。宋威命朱可截杀朝廷命官吴彦宏和鲁平、胡恒等官兵多人，掠走尚君长三人，实属妄杀无辜，欺君罔上，冒功请赏，应严究治罪！

杨复光奏状送达京师，朱可押送尚君长等也来到了长安，朝廷上下乃至整个京城都轰动了。

崇政殿内，郑畋和卢携又一次各持己见。

郑畋主张依照监军使杨复光请求，严究宋威、朱可之罪，即刻罢免宋威招讨使之职。卢携针锋相对，认为杨复光作为招讨副使，与宋威不和，嫉功诬陷大臣，应当予以严惩。郑畋则反驳说，杨复光身为监军使，监督招讨使是其职责所在，上章弹劾宋威无可非议，怎能以此治监军使之罪呢？真是岂有此理！

见郑畋、卢携二人争执不下，王铎只得出来和稀泥，说是二位堂老不要争了，让御史台审问一下尚君长等人，事情不就清楚了嘛！

王铎内心原本倾向郑畋，无他，皆因其胞弟王镣仍被困在王仙芝军中，若草军被招安，其胞弟便可安然无恙。他深知王仙芝一心想着受招安，此事王镣在信中说得很清楚。但眼下他不便明说，只有提出审问尚君长等人，那样，一切便会水落石出，真相大白。

郑畋自然赞同王铎提议，说这样最好，尚君长等三人是当事人，此事一问不就清清楚楚了？

卢携没有理由反对审问尚君长等人，只好默认。

僖宗见堂老们终于达成一致，便对田令孜说道：传谕御史台，提审尚君长、楚彦威、蔡温球三人，看看草贼是否真的愿受招安。

田令孜心中暗暗叫苦：御史台若提审尚君长，断然于宋威不利。但此刻他也拿不出理由搪塞，只得口称"遵谕"。

御史台内设三院，专掌以刑法典章纠劾百官。其一为台院，有侍御史六人；二为殿院，设殿中侍御史九人；三曰察院，有监察御史十五人。

御史中丞遵僖宗圣谕，命侍御史归仁绍主审尚君长一案，另有一名殿中侍御史和一名监察御史为副审。

侍御史归仁绍绰号"铁面御史"，以公正无私、不惧权贵、不徇私情闻名朝野。他深知尚君长一案干系重大，丝毫不敢马虎大意。受命当日，归仁绍就会同殿中侍御史和监察御史两位副审，亲自到牢房仔细察看了尚君长等三人身体状况，并向三人询问核实了姓名、籍贯以及在草军中所任职务等，要他们次日在公堂上如实回答问话。归仁绍还叮嘱牢头，要仔细看护尚君长等人，饮食要清洁足量，不得殴打或虐待。

次日上午，归仁绍和两位副审先提审楚彦威。

楚彦威被带上堂来，不料他呜呜哇哇一句话也说不清楚，归仁绍等人连一个字也没听明白。

归仁绍忙命人找来狱医，诊视结果是楚彦威竟然已经哑了。

归仁绍又匆忙命吏人提来蔡温球，蔡温球同样也成了哑巴！

事发突然，归仁绍手心发凉，头上冒汗，与两位副审急匆匆赶到关押尚君长的牢房。

尚君长以手指口，呜里哇啦一通，就是说不清一句话。归仁绍心下已然明白：这三人同时遭暗算，吃了哑药了。

归仁绍心慌意乱，一时不知如何是好。监察御史说，尚君长虽口不能言，还可命他用笔写下供词嘛！归仁绍豁然省悟，当即命人拿来纸笔，哪承想，尚君长十个手指已全被折断，无法握笔！再察看楚彦威、蔡温球二人，手指竟也全都折断了！

归仁绍气得七窍生烟，跳脚大骂牢头，当即上书朝廷，请求彻查此案。

紫宸殿里，堂老们在僖宗面前又是唇枪舌剑一番争吵，不过此次加入了田令孜。郑畋一番慷慨陈词，力主彻查尚君长三人疑案。不料田令孜冷冷说道："尚君长是草寇巨魁，楚彦威、蔡温球是朝廷叛逆，罪无可赦，斩首示众便是，还查个鸟？"

卢携也鹦鹉学舌般说道："田中尉说得是，杀了就是，还查什么案！"

僖宗早已坐得不耐烦，心中急着去打马球，见阿父中尉发了话，连忙说道："传谕，将草寇尚君长等押赴东市，斩首示众！"

田令孜、卢携连忙应道："臣遵谕！"

王铎也接着应道："臣王铎，谨遵圣谕！"

田令孜赶忙拥着小皇帝，下殿打球去了。

郑畋气急，又无可奈何，遂仰天长叹一声，拂袖而去。

尚君长等人在京城被斩首示众的消息传来，在草军将士中引起极大震动。当众将领得知事情原委后，悲愤莫名。他们一是对朝廷君臣切齿痛恨，二是对王仙芝背着将士们卑躬屈膝请求招安，却遭朝廷如此凌辱和屠杀感到气愤和羞耻。柳彦璋、曹师雄、毕师铎和尚君长胞弟尚让等人，当面斥责王仙芝，王仙芝也觉无地自容，只有一再向众将领打躬作揖道歉。

尚让失去兄长，遭受锥心之痛，只觉天塌了一般。在蒙头大睡三天之后，他不辞而别，带领所部人马离开麻城，北上投奔黄巢去了。

柳彦璋也甚感失望。在蕲州招安时，王仙芝的做派就遭到草军兄弟们不满。柳彦璋曾反复向王仙芝讲明道理：草军可以受朝廷招安，但朝廷须有诚意，公正对待草军将士。若朝廷只是为了剪灭草军，以招安为名，耍弄阴谋诡计暗算草军，那我等只有与朝廷血战到底,拼他个鱼死网破,纵死而无憾!

柳彦璋和王仙芝是村邻,对他再熟悉不过。王仙芝经营盐帮时,长于算计,依靠贿赂手段与官府周旋多年,具有商人的精明和心计。然则,他读书甚少,胸怀不够宽阔,目光也不算远大,缺乏宏图大计。此番王仙芝背着将士,命尚君长千里迢迢前往京城负荆请罪,卑躬屈膝请求朝廷招安,实在是自取其辱,愚蠢至极。此举可谓既失策又失格,完全丢掉了草军尊严和义军统帅的人格,令将士们心寒齿冷,被世人瞧不起,遭朝廷凌辱亦是必然结果。

柳彦璋心情沉重,思虑再三,他只有劝说王仙芝振作精神,带领草军英勇奋战,再打几个胜仗,庶几可使草军将士人心重聚,走出困境。

一连数日,柳彦璋与王仙芝促膝长谈。柳彦璋说,只要你决心打到底,弟兄们仍然会跟着你,拥戴你,血染疆场在所不惜。对于草军日后用兵方略,柳彦璋提出攻取荆南重镇江陵,补充粮饷和人马,以振军心,再图大举。

王仙芝自觉愧对草军将士,愧对尚君长在天之灵。他与尚君长是幼年伙伴,共同经营盐帮多年,又一起举事起义,并肩转战南北,同甘共苦,情同手足,不想却让他落得如此下场,真是百身莫赎、追悔莫及!这杨复光、宋威和朝廷君臣都不是好东西,我王仙芝算是被他们害苦了!打!打下去!只要我王仙芝还有一口气,就要拼到底!

王仙芝听从柳彦璋建议,召集将士,振臂高呼:愿跟随我王仙芝走者,去打下江陵城,为尚君长报仇!

草军将士群情激愤,一片怒吼之声。

次日午时,草军从麻城出动,直扑西南江陵古城。

大雪纷飞,江陵城笼罩在一派迷蒙混沌之中。

正月初一,荆南文武官员顶风冒雪齐集江陵府衙,向节度使杨知温拜贺元日。

午间,杨知温大开宴席,款待文武僚属。衙署客厅容纳不下诸多官员,宴会便在军府大堂举行。

众多官员轮番向杨知温敬酒,杨知温却之不恭,加之心情舒畅,也便开怀畅饮起来,直喝得醉眼蒙眬,飘飘欲仙,如同身处云雾之中。

杨知温也算得半个文人，值此新春佳节高朋满座酒酣耳热之际，不免心血来潮，诗兴大发，摇头晃脑口赞一绝：

　　　瑞雪兆丰年，荆南润万田。

　　　同侪频相贺，老夫笑开颜。

僚属们一片称颂叫好之声。

军府营伎们卖力地演奏散乐，歌舞不绝。

法曲《巫山女》明亮舒畅，如同飞瀑流泉，珠落玉盘。

一队舞女雁阵而出，婉转清丽的歌声好似从天外飞来。

杨知温听得如痴如醉，不时击节赞叹。

一曲终了，僚属们皆沉浸在歌曲声中。

杨知温站起身说道："诸位，新任掌书记罗隐，乃当今闻名天下的大才子，请他即席赋诗助兴，以贺新年，如何？"

众人齐声欢呼叫好。

罗隐前不久从京城辗转来到江陵，干谒节度使杨知温。杨知温知他大名，便留他做军府掌书记。罗隐原本带有宰相郑畋的推荐书信，但并未将书信呈递。并非罗隐故作清高，他只是想，如杨知温有识人眼光，自然会留用他；若他毫无识人之明，便无须留在此地。

杨知温要罗隐即席赋诗庆贺元日佳节，罗隐有些犯难。对于歌功颂德溜须拍马这一官场恶习，罗隐本就深恶痛绝，如今让他无视哀鸿遍野民不聊生的现实去粉饰太平，内心实在不愿为之。

罗隐抱拳施礼，举起酒杯朗声说道："在下余杭罗隐，新来乍到，未曾一一拜访诸位，尚祈见谅。罗某不才，不敢承连帅谬奖，更不敢在诸君面前班门弄斧。在下只能借花献佛，敬酒一杯，向连帅和诸君拜贺新年！"

罗隐说完，将杯中酒一饮而尽，又拱手向众人施礼，坐了下来。

判官高夫赶忙起身说道："在下提议，各位同僚一起向连帅敬酒三杯，共贺新年！"

文武官员纷纷起身，向杨知温敬酒。

杨知温连连拱手施礼。

武官们嗜酒,那边轻歌曼舞,这边觥筹交错。席间,有行骰盘令者,有行抛打令者,各取所好,不一而足。

抛打令,即伴随歌舞,宴席上的游戏者轮番依次抛送彩球,待歌舞戛然而止时,接到彩球之人就要罚酒,或者献歌献舞,娱乐众人。

首轮是副将富吉利中彩,他跳进舞场,与舞女对舞起来。

舞女舞得轻盈妙曼,婀娜多姿。富吉利矮而肥胖,腰壮如牛,舞姿笨拙,令人捧腹。在座文武官员皆忍俊不禁,有仰天大笑者,有俯身而笑者,亦有喷酒吐肴者。还有两个乐伎,早已忘记弹奏乐器,弯下小蛮腰笑岔了气。

正当富吉利等人几近疯狂之时,江陵北门守军一名队正跌跌撞撞跑进大堂,向镇将马方业禀报:王仙芝草军已杀进外城北门,很快要攻打内城!

杨知温闻听此言,吓得六神无主,一句话也说不出。

镇将马方业曾在陇西经过战阵,倒还沉着冷静。他命在座所有武官立即各回防区,登城御敌,又命副将富吉利赶赴东门督战,他自己匆忙赶往内城北门去了。

众多官员和乐伎顿作鸟兽散,原本喧声鼎沸的府衙大堂,瞬时沉寂下来。

王仙芝率领草军从麻城出发,经郢州、复州之间徒涉汉水,只用四天时间,便抵达江陵城北十里的纪山南麓。草军在楚国郢都古城废墟中稍作停留,整理部伍,饱餐一顿,便开始攻打江陵外城北门。外城北门很快被攻破,草军一鼓作气,向内城北门杀来。

杨知温做梦也没想到,草军会在元日狂风暴雪之中从天而降,自五百里之外的麻城突然来攻。他只知道草寇没有渡船,不能轻而易举渡过汉水,却不知,寒冬腊月,汉水很浅,人马徒涉可渡,比乘船反而快捷了许多。

荆南镇将马方业赶到江陵内城北门时,正遇草军猛将"鹞子"毕师铎率部猛攻。马方业登上城头,指挥若定,守卫北门的牙兵们有了主心骨,立马振作起来,把利箭如飞蝗般射下城去,草军士卒一片一片地中箭倒地。

毕师铎见状大怒,催动战马,率领士卒猛攻至城门口。

马方业身先士卒,搬起滚木和礌石,向城下草军砸去。一时间,正在架设云梯攻城的草军士卒血肉横飞，雄狮般吼叫不止的毕师铎也被滚木砸下马来，断了一条腿，两名士卒赶忙架起他退了下去。

毕师铎所部冒着风雪，接连五次攻城，一直战至傍晚，也没能攻进城去。

从东、西两面攻城的草军，占领了外郭城，但直至夜幕降临，皆未能攻进内城。

深夜子时前后，狂风暴雪越来越猛，天寒地冻，滴水成冰。

马方业传令守军将士，担水浇洒城墙外壁。不到半个时辰，城墙外壁上就结了厚厚一层冰。

西北风尖厉地吼叫着，裹着雪花钻进草军将士脖颈间。他们长途奔袭五六百里，本就十分疲劳，再加上风雪肆虐，士卒们身穿单衣，冻饿交加之下，不少人支撑不住倒下了。

王仙芝心中焦急，督催将领们加紧攻城。然而，江陵城墙成了冰壁，连云梯都靠放不稳，再加守军居高临下施放箭支和滚木礌石，草军连攻三四天，结果损兵折将，空劳一场。

草军停止攻城，五六万将士在冰天雪地之中露野宿营。

大雪终于停了下来，太阳露出久违的面孔，荆楚大地白茫茫一片，反射出刺眼的光芒，将士们却觉得更加寒冷。没有粮食，没有棉衣，饥寒交迫，草军陷入困境。

柳彦璋彻夜无眠，沂州溃败时的情景如在眼前。天时地利在官军一方，草军进退两难，如何是好？他辗转苦思，想出一条攻城之计：火攻！他命将士们连夜掠来大量柴草，放在十多辆四轮木架车上，柴草堆积高达一丈有余。

凌晨丑时，柳彦璋率部悄悄来到东城门外。每十名士卒为一伙，由伙长带领，推动一辆柴草车，士卒皆隐身车后，趁着黑夜，悄无声息地向城门靠近。

柳彦璋事先挑选了两名练过轻功的士卒，率先爬至城壕边。壕水结了一层冰，两名士卒从冰面上翻滚过城壕，用利刃割断吊桥绳索，桥板哗啦降落下来，义军士卒推着柴草车疾速从吊桥上越过城壕，逼近城门。

前些日子，草军从未在夜间攻城，故而守城官军夜间守备较为松懈。站哨的两个士卒昏昏欲睡，直到草军接近城门，才发现有黑黢黢的庞然大物游动过来，惊慌呼叫："草寇攻城了！"

　　两名割断吊桥绳索的草军士卒，顺着吊绳攀上城头。接着，一队草军士卒也顺着吊绳攀上城头，冲进城楼厮杀起来。

　　东门守将富吉利被惊醒之后，急忙披挂，登上城楼，一边厮杀，一边命士卒赶快向城下放箭。草军士卒躲在柴草车后，箭支射在柴草上，却伤不到人。

　　说时迟，那时快，草军士卒已将几辆柴草车推至城门口，点起火把，引燃柴草，大火迅猛燃烧起来，城门很快便被烧毁。

　　草军穿过烈火烧毁的城门，从步道攻上城头。守城牙兵抵挡不住，只得狼狈而逃。

　　攻打江陵北门、西门的草军将士，望见东门起火，趁势发起猛攻。牙兵斗志瓦解，纷纷逃命而去，草军蜂拥攻进内城。

　　镇将马方业收拢溃退将士，督率他们固守节度使府衙。

　　节度使府衙也叫衙城，时人称为牙城。牙城乃城中之城，坚固异常，易守难攻。

　　柳彦璋指挥人马攻打牙城，一时难以得手。

　　草军士卒多日不得温饱，饥肠辘辘，看见城内可食之物，往往一哄而上，即刻抢个精光。柳彦璋看在眼里，痛在心上，却不忍前去阻拦。此前已经有不少士卒冻饿而死，就让他们吃一点东西保住性命吧！

　　王仙芝正要率领中军入城，留守纪南故城的都将訾亮命人飞马来报：山南东道节度使李福亲率本镇三千人马，加上驻守襄阳的五百沙陀骑兵，日夜兼程增援江陵，前锋已到纪山南麓，正与訾亮所部展开激战，请大将军速速派兵增援！

　　李福对草军怀有深仇大恨，在草军攻打隋州之时，隋州刺史崔休徵向节度使李福告急，李福命儿子李达率领一千人马前去增援。李达战死隋州，李福痛断肝肠，誓要报仇雪恨，他带领全部人马，追击草军。

　　得知草军奔袭江陵，李福随即追杀过来。马方业派往襄阳求援的骑兵在中途刚好遇上李福，李福迅即率军直扑纪南故城，很快将訾亮、訾信兄弟所部草军击溃。

　　訾亮率领残部向江陵败退，李福尾随紧紧追杀，声言要与江陵守军内外夹击，将草寇灭于江陵城下。

　　王仙芝即命曹师雄率领三千人马前去接应訾亮、訾信兄弟，阻截李福兵马。同时，命柳彦璋加紧攻打牙城。

曹师雄率队北上，遇到了败退下来的訾亮、訾信。訾亮说，不光是李福人马众多，更要命的是那五百沙陀骑兵，个个身手矫健，行动如飞，势不可当。沙陀骑兵居高临下砍杀草军，草军从来没有遇见过这般对手，拼命厮杀也抵挡不住，只得败下阵来。

曹师雄知道訾亮、訾信兄弟历来作战勇猛，并非懦弱怯战之人，遂命士卒列成三层战队，每队之前，由三排弓箭手轮番射杀沙陀骑兵，阻遏其向江陵城逼近。

曹师雄的战阵尚未布列完毕，沙陀骑兵便杀到了。草军弓箭手轮番放箭，岂料沙陀骑兵身着铠甲，很难射杀。好在有些箭支射中沙陀兵坐骑，战马受伤，或倒地，或狂奔乱跑，搅乱了沙陀骑兵战阵，使其攻势减缓下来。

此时，李福率领三千牙兵赶到，向草军猛冲，沙陀骑兵也分作东西两翼包抄过来。曹师雄见势不妙，命将士们相互掩护，逐次向江陵撤退，同时命人快马飞报大将军，准备迎战李福和沙陀骑兵。

王仙芝正在一座酒楼里与柳彦璋商议攻打牙城战法，听了来人禀报，不免吃惊。曹师雄、訾亮、訾信皆神勇无敌的战将，今日为何就抵挡不住区区五百沙陀骑兵呢？

沙陀原是西突厥的一部，他们生下来就在草原大漠上骑马射箭，过的是马上生涯，精于骑射，内地步卒根本不是对手。十年前，沙陀首领朱邪赤心率领三千骑兵参与平定庞勋之乱，立下大功，被懿宗封为大同军节度使，赐国姓李，赐名国昌。

柳彦璋急急说道，庞勋义军就是吃了沙陀骑兵的大亏，被沙陀骑兵追杀而败亡。我等万万不可大意，为避免被城内外官军夹击，草军须尽快撤出江陵，以防沂州悲剧重演。

一句话提醒了王仙芝。沂州之败是王仙芝彻心之痛，那惨景至今历历在目。如今江陵情势与沂州战场何其相似，前车之覆，不可不鉴。于是，王仙芝果断下令：曹师雄率部断后，阻击李福和沙陀兵，其余各部迅速撤出江陵，经复州、郢州之间渡过汉水，向安州方向转兵。

草军已找到江陵府粮仓，却来不及将粮食运走，便一把火将其尽数烧毁。大火延及民房，熊熊燃烧起来。

曹师雄被沙陀骑兵紧追不放，终日连续苦战，由于不熟悉路径，被追至一个大湖岸边，急切里寻不到渡船，湖水甚深，无法涉渡。沙陀骑兵闪电般疾速包抄过来，两军随即厮杀起来。

李福牙兵接着追到，曹部将士陷入重重包围之中。

曹师雄别无选择，只有拼死一战。他命将士们围成一个圆阵，轮番放箭射杀官军。李福牙兵一排排倒下，后面的牙兵只得停下脚步，不敢往前冲了。

沙陀骑兵分作三队，像三把利剑刺向草军圆阵。草军阵地被切割开来，草军士卒被沙陀骑兵像砍瓜切菜一般，顿时死伤一片。

荆南镇将马方业带兵杀来，与李福牙兵杀入草军阵地。草军将士终归寡不敌众，最后只剩下十几个人围在曹师雄身边，似一个圆心，与周围官兵紧张对阵。

沙陀骑兵让牙兵退后，围住草军飞快地打转，时不时挥刀劈死一个。不大工夫，曹师雄身边只剩下三四名士卒了。

曹师雄怒不可遏，大喝一声，挥刀砍向一名沙陀骑兵的马腿，只见那匹战马应声而倒，马上骑兵当即栽倒在地。曹师雄赶上前去，一刀将那骑兵头颅砍了下来。此时，另一名沙陀骑兵赶上，挥刀向曹师雄后背砍去，曹师雄一闪身，却被砍去半条腿。那沙陀骑兵正要举刀再砍，只见曹师雄单腿独立，抡起大刀将其拦腰劈为两段。近处的两名沙陀骑兵见状，同时用长矛刺向曹师雄左胁和后背。曹师雄血流如注，转眼间被扑上来的沙陀兵剁成了肉酱。

当郭七郎带着素素、双双以及几个混混朋友从西京长安回到江陵时，江陵城已成了一片废墟。

郭七郎家几个商铺和偌大宅院，被烧得没有一间完整房子。七郎见状，一头栽倒在废墟上，连哭都哭不出声来了。

素素、双双等人先是目瞪口呆，接着又齐呼乱叫，追问七郎如何是好。还是葛二提醒七郎，赶快寻找老夫人和家人要紧。

郭七郎和葛二到处打探家人下落，好不容易找到一个街坊，说是出城逃难时，见过郭母和女儿流落在城东郊一座破庙里。

七郎和葛二费尽周折找到破庙，果然老夫人正在这里，只是她的眼睛已经哭瞎，连站在她面前的七郎都看不见了。七郎哭喊着叫了几声"娘"，郭母方抱住七郎，放声大哭。七郎捶胸顿足，连连责备自己回来得太晚了！

老夫人告诉七郎，他的弟弟八郎为阻止官兵抢劫商铺，被牙兵们杀害了。她和女儿跑出城来，在破庙里躲避战乱，一队牙兵路过这里，女儿被牙兵奸污后，投水自尽。眼下只有家中女仆何二嫂跟随老夫人，每日里挖些野菜和芦根充饥，方才没有饿死。

郭七郎和众人将破庙拾掇了一下，权且在此安身。

郭家在江陵已是一无所有，好在七郎刺史诰身还在，剩下的银钱将将够前往横州途中盘费。七郎想着，到横州做了刺史，还可重整家业。于是，他让葛二雇了一条船，携带母亲、素素和双双，启程赶往横州赴任。

七郎一行沿长江东下，过洞庭湖，入湘水，经潭州抵达衡州。

郭七郎有刺史诰身，一路上关津驿站皆依规接纳，以礼相待。驿站官吏见七郎乃四品州官，一个个作揖打躬，口称"使君"，显得毕恭毕敬。七郎想起往日经商之时，处处受关卡盘剥，常常遭官吏白眼，与今日之礼遇不啻天壤之别。七郎尚未到任，就已看到做官的种种好处，感受了由下等人变为人上人的优渥和体面，心中不由感叹：怪不得世人都要削尖脑袋争做官，做官好处说不完。自个花费五百万，买下这个刺史官，值，值了！

七郎一路畅通无阻。舟行湘水，眼见得一江碧波荡漾，两岸青山如黛，七郎不觉有些飘飘然。他自幼年时养成一种嗜好，就是乘船时总爱和艄公厮混，常常替艄公把一会儿舵，撑一阵儿船。眼下他几次想一显身手，但都忍住了：如今我乃是堂堂四品州官，贵为刺史，人称使君，岂可再做那些贩夫走卒之辈卑贱之事！

船行至永州境，天色已晚，七郎命艄公停泊，就在船上宿夜。

艄公停船上岸，将缆绳牢牢系在紧靠江边的一棵大柳树上。

郭七郎下得船来，见江北岸有一座山岗，青松翠竹，郁郁葱葱。山腰间绿树掩映处，红墙碧瓦，却是一座寺院。

郭母是一个吃斋念佛之人，见到寺院便要去进香礼佛。七郎和葛二搀着老夫人，双双扶着素素，沿山道来到寺院山门前。七郎举目望去，见门额上有"兜率寺"三个镏金大字。他并不晓得这"兜率"是何含义，心想，进寺就烧香，见庙就磕头呗。

葛二在山门向僧人通报说，现任横州刺史郭使君前来进香。门僧不敢怠慢，急忙禀报方丈。

方丈连忙起身，来到山门迎接客人，又陪侍郭母和素素向殿内佛菩萨敬香膜拜。

老夫人跪在蒲团上，祈求菩萨保佑全家人一路平安，七郎官运亨通，步步高升。老方丈口中念念有词，却是梵语，七郎一个字也没有听懂。

老方丈将七郎一行请进客堂，小沙弥奉上香茶，请客人品茗。七郎向寺院捐了些许功德银子，方丈谢过，恭请七郎在寺院宿夜。七郎谢了方丈，说是不便打扰。

郭七郎忽然想起寺院门额，向老方丈请教"兜率"二字含义。方丈用俗语简释说，"兜率"乃梵文读音，意即知足、喜足、妙足、上足，也就是受乐知足而生欢喜之心。

七郎似乎恍然大悟："是否便是俗语所说'知足常乐'之意？"

老方丈颔首道："善哉，善哉。阿弥陀佛！"

下得山来，天色已晚，七郎一干人在船上安歇下来。

时至深夜，七郎正在梦乡，忽觉船身剧烈颠簸摇晃起来，顿时惊醒。七郎翻身爬起，只听巨雷滚滚，狂风呼啸，如同万马奔腾，战鼓轰鸣。紧接着，电光闪闪划破夜空，倾盆大雨骤然从天而降。

艄公赶忙呼喊众人下船，葛二身手利索，背起老夫人下船，疾速登上江岸。艄公正要扶着素素下船，狂风却将系船的柳树连根拔起，大树倒下恰巧砸在船上，只听"啪啦"一声巨响，船体迸裂，船上之人尽落江中。

七郎在水中连连呼喊素素，却没有一点回音，只听见一阵阵风声、雨声、浪涛声。又一声惊雷在头顶炸响，一道闪电划破夜空。七郎借着电光，看见江面上波涛汹涌，散落的船板随着湍急的江水漂流而去，哪里还有素素和双双的影子，连艄公也不见了。好在七郎有一身好水性，便奋力游过去，抓住倒在江水中的柳树枝干，慢慢爬上岸来。

狂风暴雨之中，郭母、七郎和葛二站在岸边，落汤鸡似的，一个个浑身发抖。船上所有衣物、钱财，连同七郎的刺史诰身，全都随着江水漂走了。

葛二说，须得赶快寻一处地方，让老夫人躲避风雨。可此处前不着村，后不靠店，到哪里避雨存身呢？

七郎说，只有去兜率寺暂避一时了。

葛二和七郎搀扶着老夫人，一步一滑，总算挨到兜率寺山门。七郎和葛二呼叫着拍打寺门，可寺门终究没有开，许是风雨声太大，寺内僧人听不到呼喊声吧。三人无奈，只好在山门下缩成一团，挨到天亮，风雨才渐渐停息下来。

清晨山门一开，七郎便急忙进寺寻找老方丈。方丈认得七郎是昨日来寺院进香随喜的横州刺史郭使君，见三人如此窘迫，急问何故。七郎说明情由，方丈忙命小沙弥将三人引进一处洁净房子，让他们换上僧衣，用了斋饭。

饭后，郭母卧床歇息，七郎、葛二随方丈和他的两名弟子来到江边察看。昨日他们所乘客船，连一块木板也不见了，但见暴雨后的一江洪水，汹涌东去，好似把七郎的心都淘空了。

再看那棵倒下的大柳树，原是伸向江边的根须将土石拱得松动了，加上江水年深日久冲刷，根基已被淘空，遇上狂风暴雨，树冠淋湿，重量骤增，再加上风吹江船，缆绳拉动树干，几股力量合在一起，大树轰然倒掉，也就势所必然了。

郭七郎要沿江寻找素素和双双，方丈劝他先回寺院，向永州刺史写一封文书，请刺史通告各县，由官府派人沿江搜寻，岂不强似你一个人去？七郎想想，觉着方丈说得有理，只好随方丈回了寺院。

七郎给永州刺史写了信函，寺院也向州、县呈递公文，禀报了客船遭强风暴雨失事梗概。

郭母刚在江陵战乱时遭遇家破人亡的惨祸，又经此番惊吓，风吹雨淋，受了风寒，一时全身发热，烧得烫人，病势十分沉重。老方丈懂些医术，开了方子，熬了草药，吃下去却不见好转。又挨过几日，郭母竟撒手归天去了。

七郎肝肠寸断，大哭不止。如今他身无分文，连给母亲买口棺材都办不到了。他在此地举目无亲，真个是叫天天不应，叫地地不灵！

郭七郎无奈，只得前往永州衙署，向刺史求助。

永州刺史看在同为州牧面上，对七郎以礼相接，设宴款待，并慷慨赠了七郎殡葬母亲的银钱。敕使特派一位从事和两名州吏，随同七郎来到兜率寺，助七郎安葬了老夫人。

按照朝廷规制，官员遭父、母亡故，须丁忧三年，称为"守制"，就是要辞官回家守孝。没有皇帝特许，任何人都必须遵循，否则称为"违制"，不但要被罢官，还要被治以不孝之罪，受到世人唾骂。

七郎一则须守制丁忧，二则遗失了诰身，既不能到横州赴任，又无家可归。其母葬在岐山兜率寺近旁，七郎便在墓侧搭了一个草庵，为母亲守孝。

殡葬老夫人之后，永州刺史赠送的银钱已所剩无几，七郎与葛二商议日后生计，二人都没有主意。七郎对葛二说，不能再把你拖累在这荒远之地了，剩下一点银钱，给你做路费，明日就回江陵老家去吧。

眼见七郎已是山穷水尽，葛二想想，也只好如此了。

次日一早，葛二向七郎告别，主仆二人抱头大哭一场，就此分手。

郭七郎在母亲坟前守孝，每日到兜率寺讨一些斋饭糊口。日子久了，僧人们便有些不耐烦，常常施舍给他一点残羹剩饭，还要说些伤人自尊的话语。

七郎不免心中愤然，说：好歹我也是一州刺史，不是平民百姓，更不是乞丐，何况当初还向寺院捐过银子，如今你等怎就这般狗眼看人低呢？

一位肥头大耳的僧人听了这般言语，"呸"地吐了一口唾沫，回敬道：什么狗屁郭刺史，我看你就是一个"郭吃屎"！在这佛门净地口吐狂言，满嘴喷粪，真是不知好歹的东西！你整日价来寺院讨吃要喝，难道洒家还要像供奉西天佛祖那般供着你？

之后，寺僧们索性将七郎拒之门外。

七郎断了寺院这条门路，连斋饭也没得吃了，只好每日里挖些野菜，上山摘些山果，权且填一填肚子。他偶尔向江上打鱼人讨得一条半条鱼来，就算打了牙祭，赛似过大年了。

三年守孝期满，郭七郎赴任横州刺史的期限也早已过了。再则，他没了诰身，还如何去得横州上任？七郎走投无路，想着只有永州刺史晓得自己遭遇，便好歹写了一张名刺，奔往永州衙署，再请刺史相助。

七郎来到州衙门口，对门吏说："在下是横州刺史郭七郎，前来拜会你家使君，烦请通报一声。"

门吏左看右看，怎看他也不像一州之尊，倒像是一个地地道道的叫花子，便不耐烦地挥挥手，轰赶他走开。

郭七郎大叫道："我与你家使君是旧相识，三年前你家使君还宴请过我呢！你拿我名刺去通禀一声，看他识不识得我郭七郎！"

门吏见他说得真切，也就疑疑惑惑地禀报了刺史。刺史倒是记得郭七郎这么个人，可我已经给了你银钱，还帮你殡葬了老母，几年都过去了，还要怎的？刺史不耐烦地说：你就说本官今日公务繁忙，概不会客，赶走得了。

于是，郭七郎被门吏羞辱一番，赶了出来。

七郎心中越想越气，便赌气在州衙门前蹲守，等候刺史出行。三日后，他终于等到刺史骑马出了衙门。

机不可失，时不再来。七郎跨步上前，一把拦住刺史马头，高声大喊："横州刺史郭七郎，拜会永州使君！"

永州刺史又好气，又好笑，冷冷问道："你自称是横州刺史，有何凭据？"

七郎道："原有刺史诰身，只因江船失事，被江水冲没了。此事你原本晓得，今日为何装着糊涂？"

永州刺史说道："既然没有诰身，怎知你是真是假？果若是真，你去做你的横州刺史，在这里搅闹不休做甚？想必是个骗子无赖，快快走开，也好饶你一顿棒打！"

七郎还要上前理论，被几个衙役一通乱棒打得头破血出，立时倒在大街上，动弹不得。

刺史看也不看，顾自骑马而去。

围在州衙前看热闹的一干人众，皆嗤笑七郎鬼迷心窍，居然冒充刺史。几个幸灾乐祸的少年浮浪子弟，指点着七郎拿腔捏调挖苦嗤笑道："我是刺史！""哈哈，郭使君！"

此后,郭七郎流落永州街头,每日里在粥铺蹭些残羹剩饭过活。日子久了,粥铺主人和街坊们也常常嘲讽七郎,假意戏称他"郭使君"。

一日,七郎又来到粥铺,主人好歹给他盛了半碗粥,七郎稀里呼噜便吞了下去。

店主说:"郭使君,你年纪轻轻,这般下去也不是个章程。我想帮你寻个活计,如何?"

七郎问道:"甚活计?"

"这要看你能做甚了。"

七郎想了半天,忽然一拍脑袋,朗声说道:"我会把舵撑船当艄公!"

店主喜道:"好极!咱这永州城紧邻湘水,往来船只甚多,许多船帮正缺把舵艄公呢。我明日便往船帮给你打问去!"

七郎对着店主打躬作揖,千恩万谢,店主笑道:"不用谢,举手之劳嘛!"

店主如此慨然相助,固然出于怜悯之心,而七郎整日价在店里搅扰,店主怕折了生意也是有的。

几日后,店主果然亲自带领七郎去码头拜见帮主。帮主当即让七郎把舵撑了一程船,见七郎果然谙熟艄公活计,便痛快地把他留下来。

郭七郎便在永州做起了艄公,一年四季在湘水上撑船把舵。

夏日里,七郎常常光着脊梁,穿一条短裤,边把舵边吼着湘江号子,日子过得倒也快活。天长日久,七郎不仅和船帮弟兄混得烂熟,且学会了一口地道永州土话。他把舵的技巧越来越熟练,不惟能够准确无误及时避开险滩,行船又快又稳,且能观测天象,预知阴晴风雨,确保客商安全。

不觉间七郎成了永州一带有名的艄公,帮里帮外之人都亲昵地称他"郭使君"。永州官员百姓和江湖客商,皆愿乘坐七郎把舵的船只,只要提起"当艄郭使君",竟是妇孺皆知,人人夸赞,名声越来越大了起来。

九　本大将军将人头奉送与你

　　王仙芝率领草军撤出江陵，山南东道节度使李福和荆南镇将马方业率领两镇牙兵紧紧追赶，尤其是沙陀骑兵，行动如风，给草军极大掣肘。多亏曹师雄殿后拼死力战，才阻滞了李福牙兵和沙陀骑兵追击。草军摆脱官军之后，从复州、郢州之间涉渡汉水，向北退往安州境内。

　　草军将士在冰天雪地之中昼夜行军，疲劳困顿之状可想而知。抵达安州东北马安山后，停下来稍作休整，想方设法补充粮草，让将士们恢复体力。

　　王仙芝与众将商议，下一步向北攻占申州，以补充粮饷和兵员。申州没有重兵防守，草军攻占之后可向蔡州、颍州挺进，周旋于江淮之间。

　　兵贵神速，草军须以迅雷不及掩耳之势攻占申州，以免攻城未克，官军援兵来到，草军反遭官兵内外夹击，不得不突围而去，以至徒劳而无功。王仙芝命全军两万人马日夜兼程，抢占礼山关，包围申州，预备正月九日开始攻城。

　　曾元裕长年坐守黄州，从不主动出兵进击草军，引起邻近方镇将帅不满。朝廷三番五次责备他畏葸不前，懈怠职守，放纵草贼，贻误战机，严厉督催他进剿草寇。曾元裕不得不有所作为，以示自己并非畏敌如虎怯阵怕死之人。

　　曾元裕早已瞅准了草军弱点，那便是一味流动，依靠攻占城池补充粮饷和兵员，实则是一群没有根基的流寇。对付这般流寇，最优战法是张网待兔，以逸待劳。若在黄州至申州之间布置重兵，张网以待，必定能够逮住草寇，而后围而歼之。眼下草军奔袭江陵未果,往返千里,被官军追击,疲于奔命,确是击败他们的极好时机。恰巧此时探马来报,说草寇越过礼山关正向申州进兵,曾元裕以为,围歼草军的时刻终于来到了。

曾元裕派人给颍州刺史张自勉和山南东道节度使李福送去公函,以招讨副使身份要他们进兵申州,共同围剿草寇。他又命一名副将率领人马尾随草军,待草军进攻申州时,从其背后突然发起攻击。曾元裕则亲自带领大队人马,经麻城向北进入大别山,在申州东南青山寨至闵岗一带隐蔽埋伏起来。

王仙芝带领草军于正月八日赶到申州城外,随即将申州三面包围。他特意留出北门,让申州官兵从这里逃走,以便草军尽快占领州城。

正月九日,天色欲明,草军各部同时开始攻城。

攻城刚刚开始,进攻南门的訾亮部背后突然出现一支官军。訾亮看到这支官军旗帜上书"招讨草贼副使曾"字样,方知这是曾元裕人马。訾信带一队人马迎战曾军,訾亮率将士继续攻城,并请求王仙芝派兵增援。

毕师铎挥军攻打西门,不想李福率领三千牙兵和五百沙陀骑兵从背后杀了过来。李福进攻凶猛,沙陀骑兵更是锐不可当,毕师铎只得停止攻城,全力对付李福和沙陀骑兵。

沙陀骑兵如同一阵狂风席卷而来,将毕师铎部士卒冲得七零八落。毕师铎抵挡不住,急忙向王仙芝求援。

颍州刺史张自勉本是京师左威卫上将军,因率领七千忠武军救援宋威有功,被朝廷任命为颍州刺史,带兵围剿草军。张自勉作战勇敢,且熟谙兵法,是一位智勇双全的战将。他接到招讨副使曾元裕要求出兵会战申州的急递公函,立即带兵赶来,向正在攻打东门的柳彦璋部草军发起猛攻。

柳彦璋见张自勉来者不善,且战法老到,知道遇上了劲敌,便暂停攻城,全力应付张自勉。

王仙芝坐镇在柳彦璋背后的中军大营,訾亮、毕师铎接连向他告急求援,正感棘手时,张自勉又率部赶来,向柳彦璋猛攻,王仙芝顿感情势不妙。若城内守军再出城夹攻,那就十分危险了。

柳彦璋见事态严重，当即建议立即撤出各路人马，由他率领所部人马殿后，中军将领柴存护卫大将军急速向东南方撤退，訾亮、毕师铎部随中军之后立即向大别山撤退。

依眼下情势，王仙芝知道也只好如此了。

柴存率领中军，护卫王仙芝向东急行。刚刚走出几里路，一彪官军拦住去路，为首将领是曾元裕麾下副将安喜。

安喜在马上高声叫道："草寇王仙芝，还不下马投降，也好饶你不死。如若不然，朝廷大军即刻便将尔等蟊贼一网打尽，休想走脱一个！"

柴存并不与他啰唆，拍马上前，舞起双铜与安喜杀在一起。

王仙芝不敢恋战，带兵斜刺里向东南冲去。跑了不一会儿，忽听战鼓轰响，两边树林里各自杀出一支人马，将王仙芝及其卫卒围住。

王仙芝挥舞一柄青龙剑，与敌将周旋。然而官兵越来越多，草军转眼间死伤枕藉，情势十分危急。

恰在此时，訾亮、訾信兄弟带兵杀到，官军被冲乱了阵脚。訾亮、訾信护卫着王仙芝向东南方驰去。

柴存带领的中军乃草军精锐，个个身强体健，武艺出众。可由于连续多日行军作战，将士十分疲惫，再加饥寒交迫，体力锐减。柴存奋力拼杀，舞动双铜打杀不少官兵，但草军伤亡也越来越多。

官军副将安喜和两名都将围住柴存缠斗，柴存毫无惧色，沉着应战，且越战越勇。一名敌将挺着长枪向柴存刺来，柴存用铜一挡，把敌将长枪格飞出去，另一支铁铜照准敌将头颅砸下，敌将立时脑浆迸裂，栽下马来。

副将安喜大怒，抢起大刀向柴存猛砍。柴存闪身躲过大刀，用一支铁铜向安喜面门打去。安喜慌忙挥刀架开，柴存乘机向安喜马头猛捅一铜，那马疼得长嘶一声，连连尥蹶跳跃，将安喜掀下马来。柴存赶上前去，一铜打在安喜头上，安喜头颅登时成了一只烂瓢。

正当此际，另一名敌将趁机用长矛刺中了柴存坐骑，战马疼痛难忍，乱蹦乱跳。柴存坐立不稳，乱了战法，被敌将用长矛刺下马来。几个官军士卒刀枪齐下，柴存立时毙命。

中军将士拼死苦战，剩下几十名士卒被围困在垓心，仍然顽强抵抗，奋力厮杀。

柳彦璋敌住张自勉，缠斗许久，以待毕师铎部撤出。可一直不见毕师铎踪影，柳彦璋无奈，只好边打边撤。张自勉率部紧追不放，连连吼叫着要草军投降。

訾亮、訾信护卫着王仙芝狂奔至青山寨外，一支人马拦住去路。王仙芝举目望去，只见敌阵帅旗上书"招讨草贼副使曾"字样，心想，真是冤家路窄，原来曾元裕在这里等着呢。

曾元裕哈哈大笑，高声叫道："王大将军，曾某在此等候多时了。怎的，见了本大使还不下马投降吗？"

王仙芝道："曾将军，本大将军曾几次请求朝廷招安，可如今不会了。朝廷权臣和宋威等辈，寡廉鲜耻，背信弃义，只会残害百姓，祸国殃民。我等是被逼造反，上合天理，下顺民心。不知曾将军有何能耐，张口就要本大将军投降？"

曾元裕喊道："你反叛朝廷，攻城略地，杀戮官吏，抢掠官仓，祸乱国家，罪不可赦，还不赶快下马受死！"

王仙芝笑道："朝廷无道，反之何罪？官吏害民，岂不可杀？祸乱国家者，是田令孜和宋威等辈。本大将军宁可玉碎，绝不瓦全，宁可战死，决不投降！"

曾元裕气得大叫："给我杀、杀、杀！捉住王仙芝，碎尸万段！"

曾元裕的副将胡可拍马舞刀杀将过来，訾亮、訾信慌忙敌住。曾元裕命行军司马何谓、都将葛以陌一起出马迎敌，王仙芝也挥剑上阵厮杀，两军风绞雪般杀作一团。

正在危急关头，柳彦璋带兵赶来，一看阵势，想要来个擒贼先擒王，便飞马直取曾元裕。

行军司马何谓和都将葛以陌见主帅遇险，连忙回马救援曾元裕。訾亮、訾信缠住副将胡可厮杀，王仙芝得以脱身，策马向东南疾驰。

柳彦璋与何谓、葛以陌杀了一阵，无心恋战，瞅个空子，拨马便走。何谓和葛以陌怕主帅有失，也不再追赶柳彦璋。

訾亮、訾信兄弟正与副将胡可打得难解难分，颍州刺史张自勉带兵追杀过来，訾亮兄弟及其部下士卒很快被官军团团包围。

张自勉战法纯熟，武艺高强，一杆银枪上下翻飞，令人防不胜防。訾信刚刚露出一点破绽，便被张自勉一枪刺中大腿，随即栽下马来。张自勉正要挺枪再刺，正与胡可打斗的訾亮反身一刀，将张自勉银枪格开，张自勉被震得两手发麻。訾亮俯身将訾信提上马来，抢起大刀，直取胡可，胡可闪身躲过。訾亮连杀几名官兵，冲出包围，向南逃去。

张自勉和胡可麾兵追击，却渐渐不见了訾亮兄弟身影。

毕师铎在申州西门外被李福和沙陀骑兵围住，浴血奋战，往来冲锋，直杀得天昏地暗，日月无光。到了黄昏时分，毕师铎虽杀死不少牙兵，可自己部下将士也大多死在沙陀骑兵刀下，身边护卫亲兵已所剩无几。

趁着天黑，毕师铎再发神威，一连杀死五六个沙陀骑兵和一名副将，冲破官军围困，率领残部向南面鸡公山一带奔去。

柳彦璋在马畈寨追上王仙芝，终于冲出了曾元裕设置的大包围圈。二人检点人马，身边只剩下七八百人了。

柳彦璋派出几个骑兵小队，向申州方向搜罗溃散草军人马。三日内，陆陆续续收拢来千余士卒，可始终没有毕师铎和訾亮、訾信三人消息。

此地距曾元裕、张自勉追兵不远，不宜久停，王仙芝与柳彦璋商定，沿大别山麓向东南方向进兵。大批官军在山里施展不开，而草军人数不多，分成三个小队，行动快捷，便于隐蔽，待把曾元裕、张自勉和李福三股官军甩脱以后，再作道理。

王仙芝擢拔队正刘汉宏为都将，率领三百人马为先锋，沿大别山北麓向商城以南转兵。这刘汉宏本是兖州衙门小吏，后投降草军，当了队正，管领百十名士卒。刘汉宏打仗勇猛，在江陵与李福作战时，曾一口气杀死十几名官兵；在申州东跟随訾亮阻击曾元裕官军，刘汉宏奋勇杀敌，救护王仙芝有功。

王仙芝自率六百多人为中军，随刘汉宏之后向大山深处转移。柳彦璋率领四百人马殿后，阻击追赶而来的官军。

草军先锋刘汉宏部并未遭遇大批官军阻击，辗转行军三百多里，抵达商城县南部黄柏山中。王仙芝率领中军随后赶到，两支人马驻扎下来，一边收拢溃散将士，一边等候殿后的柳彦璋部到来。

柳彦璋在途中几次阻击曾元裕和张自勉部追兵，半个月内兜了一个圈子，终于摆脱官军追击，来到黄柏山与王仙芝会合。

王仙芝派出精干士卒，装扮成樵夫或采药之人，向西面山中打探和联络毕师铎、訾亮兄弟和溃散将士。许多逃匿山中的草军士卒，逐渐聚集到黄柏山。一队探卒终于在鸡公山东麓找到了毕师铎。前些日子，毕师铎在山中与李福官兵周旋，慢慢地又聚拢起一千多人马。

毕师铎带领人马来到黄柏山，王仙芝和柳彦璋与他紧紧拥抱在一起，三人皆有恍如隔世之感。

十日后，草军在黄柏山会聚起万余人马，只是终究没有訾亮、訾信消息。

黄柏山属偏远荒僻之地，人烟稀少。草军万余人马，粮饷难以筹集，将士们吃饭成了大难题，必须尽快转兵就粮。此时，黄柏山南面有曾元裕官军堵截，西面、北面有李福牙兵和张自勉部追击，草军只能沿大别山麓继续向东南转移。

王仙芝命柳彦璋带领三千人马为先锋，毕师铎率两千人马殿后，逐次向东南移动。

草军沿着崎岖小道行军，越过长岭关、松子关，经草盘地到达小岐岭。稍作停留休整之后，转而南下，经罗山口，到达蕲州东北百里之外山村茅山寨，方驻扎下来。

曾元裕在申州以东大败草军，斩杀三千余众。他与张自勉联名上奏朝廷，谎报战功说杀死草寇万余，阵斩草军大将柴存，訾信、毕师铎受伤，王仙芝和其余草寇逃窜大别山，三支官军正在围剿搜捕之中。王仙芝等草寇余孽已所剩无几，近期便可尽数剿灭。

僖宗李儇和田令孜接报欢喜不尽，在紫宸殿召见宰相大臣，廷议给曾元裕、张自勉等有功将士颁赏，促其尽快捉拿王仙芝，尽灭草寇余部。

郑畋趁机又一次提出罢免宋威，说他身为招讨大使，不仅没有尺寸之功，而且白白耗去朝廷大笔钱粮，使朝廷和众多方镇官军空劳往返，以致将士怨声载道。

王铎说，曾元裕和张自勉申州之战功劳卓著，应加官晋爵，委以剿贼大任。

田令孜觉得宋威太不给他撑脸面，想为他辩解却找不到说辞，便没有作声。卢携一看田令孜都在装聋作哑，便破天荒一言不发。

僖宗剿灭草寇心切，见阿父田中尉没有反驳郑畋和王铎之意，当即冲口而出道：“卿等下去草诏，褒奖曾元裕和张自勉等剿寇大功，罢去宋威招讨使之职，还归青州原任。荆南节度使杨知温御寇无方，贬为郴州司马。敕命曾元裕为招讨草军使，张自勉为招讨副使，杨复光仍充监军使。”

说到赏金，僖宗君臣你看看我，我看看你，都不说话。他们心里明白，朝廷已经拿不出银子奖赏有功将士，只好作罢。

曾元裕和张自勉接到僖宗敕诏，不免弹冠相庆，围剿草军更为卖力。曾元裕侦知王仙芝草军驻扎在蕲州东北茅山寨一带，遂与招讨副使张自勉议定，分两路进击茅山寨。曾元裕率部还军黄州，补充粮饷武器，而后从黄州进兵，经蕲州向茅山寨进攻；张自勉率军从光州出发，经麻城向蕲州以东进兵，夹攻茅山寨。

茅山寨是一个山间偏僻小镇，利于隐蔽休兵，但因其地人口稀少，草军万余兵马，粮草筹集难以应付。草军决计攻占一个县城，筹集粮饷，以解燃眉之急。茅山寨西面的蕲州、黄州，乃是曾元裕老巢，且曾元裕已经率部返回黄州，草军眼下不宜与其交战；北面，张自勉正率军向蕲州开来，显然是要追击和进剿草军；东面是皖山山脉，方圆数百里深山老林，人烟更加稀少，粮饷更难筹措。眼下，只有南面黄梅县城易于攻取，但黄梅南面、西面是长江，东面是大大小小方圆几百里的湖泊，不利于草军周旋，可万余将士吃饭要紧，王仙芝别无选择，只能打下黄梅再说了。

这日傍晚时分，草军将士从茅山寨分头出动，一夜急行军，天亮时分到达黄梅城下，突然开始攻城。

草军没费多少周章，占领了黄梅县城。王仙芝传令将官仓粮食全部运回茅山寨，药铺里的治伤药材全都买下来，为伤兵疗伤。

傍晚时分，草军将士正在紧锣密鼓装运粮食，探马飞奔进城向王仙芝禀报说，曾元裕已率人马进抵黄梅西面的余川和石佛寺，张自勉部官军也已到达黄梅以北三十里五祖镇和大古一带。

柳彦璋提议全军尽快撤出黄梅，向东北部大山深处转移，然后与官军在山中周旋。王仙芝却想坚守黄梅两日，以便将官仓粮食全都运走。两人意见相左，各自坚持，毕师铎便说，他愿率部守城，可保两日内黄梅不失敌手。王仙芝一锤定音，决计坚守。

曾元裕和张自勉两部人马，几乎同时抵达黄梅城下。天色微明时，曾元裕和张自勉指挥人马三面攻城。

一个小小的黄梅县城，没有坚固城池，实在不宜坚守。只消一个时辰，曾元裕一支人马便攻破西门。柳彦璋再次请求王仙芝尽早从东门撤出，向梅术岭、天柱山转移。

王仙芝见势不妙，只得带领中军出东门退走，刘汉宏率部扈从。张自勉率军从北面杀来，刘汉宏拦住张自勉，两军战成一团。

刘汉宏部寡不敌众，士卒渐渐溃散逃走。刘汉宏无奈，只得随着败兵向东北方古山退去。

张自勉率部追上王仙芝中军，王仙芝中军人马渐渐撑持不住，将士们被迫向南溃逃。王仙芝杀死两名敌将和五六个官兵，仍然挡不住众多官军，只得向南撤退。由于地形路径不熟，王仙芝随着溃散士卒退到了下新村。

下新村以东、以南和西南三面临湖，水天茫茫，一望无边。草军将士手忙脚乱，急切之中找不到渡船，待要折返回去，却已经被汹涌而来的曾元裕官军围住。

曾元裕和副将胡可、行军司马何谓截住王仙芝马头，要王仙芝下马投降。王仙芝也不答话，挺着青龙剑向曾元裕刺去。胡可与何谓赶忙接住，与王仙芝厮杀起来。

正当危急之时，柳彦璋追寻王仙芝杀到下新。他见王仙芝被官军围住厮杀，急忙挥舞双剑，冲进包围圈，护卫王仙芝。他连杀十几名官兵，直取曾元裕。曾元裕挺枪来迎，二人各显手段，厮杀起来。

这时张自勉也率部追到下新，随即加入战阵围攻王仙芝。

柳彦璋心中焦急，料想如此纠缠下去不是办法，应当让王仙芝尽快冲出官军包围，转移到山中，隐蔽待机。柳彦璋冲到曾元裕马前，一边厮杀，一边对王仙芝喊道："大将军快走！"

王仙芝卖个破绽，胡可不知是计，抡起大刀径直砍来，王仙芝纵马一闪，接着青龙剑闪电般滑向胡可脖颈，只见胡可悄无声息栽下马来，霎时命归黄泉。

王仙芝趁机杀出重围，策马驰去。

此刻张自勉、曾元裕一心要捉住王仙芝，居然撇下柳彦璋，率兵紧紧追去。

柳彦璋奋力冲出包围，哪里还望得见王仙芝踪影？他只得收拢人马，急急忙忙去追寻王仙芝。

王仙芝不辨路径，策马飞驰，不想来到了一个大湖边。只见烟波浩渺，一望无涯，却看不到一只小船。后面追兵渐近，王仙芝预感最后时刻将临，心境反倒平静下来。

曾元裕、张自勉追到湖边，众多官兵呈半月状围住王仙芝。

曾元裕哈哈大笑道："草贼王仙芝，还不下马受死吗？"

王仙芝仰天长笑，道："人生一世，谁个不死？大丈夫生而纵横天下，死有何憾？本大将军将人头奉送与你，你可去向朝廷请功领赏了！"

王仙芝说罢，翻身下马，将马缰搭在马背上，怕了一下马臀，只见枣红马昂首一声长嘶，向前飞驰。官兵们惊慌失措，不由自主闪开一条路来，枣红马一阵风似的飞奔而去。

曾元裕和官兵们眼睁睁看着枣红马驰去，一时愣在那里。待他们回过头时，王仙芝早已拔出青龙剑，轻轻向脖颈一划，铁塔般魁梧的身躯轰然倒地。

官兵们为了争功，刀枪齐下，立时将王仙芝的身躯剁成了肉块。曾元裕声嘶力竭地阻止，却已经来不及了，只能将被砍得稀烂的王仙芝头颅砍下取走。

柳彦璋侥幸乘渔船逃进大湖中，渐渐收拢起溃散士卒两千多人，又有当地一些渔民投归队伍。柳彦璋率部乘渔船在夜间偷渡长江，突袭江州官军，占领城池，活捉了江州刺史，一时声名鹊起。

接着，柳彦璋在长江边建立水寨，多次挫败官军进攻，先后攻占饶、信、歙、池、洪等州，威震江南。他与黄巢南北呼应，使朝廷顾此失彼，焦头烂额。

黄巢率领义军抵达沂州城下，将城池四面围住，断绝交通，禁止出入，但并未马上攻城。三年前，草军攻打沂州不克，损兵折将元气大伤，教训实在太深了。

黄巢和将领们仔细商议破城之策,想出许多攻城战法。

一是改制大弩机和抛石机。义军原有老式弩机,只能发射弓箭和小石块,且发射距离不过百步。黄巢纠集义军中的木匠、铁匠,试制出一种新型大弩机,可发射十斤重火药箭,射程可达二百多步。他们还试制出一种抛石机,又叫发石机,可将三四十斤重石块抛出二百多步远。

二是打造新式攻城云梯盾牌车。义军对云梯加以改制,上部是折叠式云梯,下部做成盾牌车。车下面安有四个轮子,车身前端装置一块木板,高约九尺,上面钉上牛皮、猪皮或树皮之类坚韧之物,箭支不能穿透,用以保护隐蔽在车后的士卒。这种盾牌车遇到城壕,可作渡船使用,车上备四把木桨,士卒可坐在车内划桨渡过城壕。

黄巢和将领们反复研究了大弩机、抛石机和云梯盾牌车配合使用的攻城方略,一切筹划停当,黄巢方下令四面同时攻城。

义军首先用抛石机向城头发射石块,将守城士卒砸死砸伤。接着,用抛石机向城门城楼发射火药包,大弩机发射火焰箭,城门、城楼顿时燃起熊熊大火。再用大弩机向城上发射箭支,使守城士卒只能躲在女墙下,无法向城下义军射箭。

乘此时机,朱温带领一队士卒,将云梯盾牌车推至西门外城壕中,用木桨划过城壕。按照事前分工,越过城壕的士卒,大部以盾牌车作掩护,继续向城门推进;另一部士卒,将城壕上方的吊桥缆绳砍断,落下桥板,大批义军将士通过吊桥向城门冲锋。城门和城楼已经被大火烧毁,守城士卒或死或伤,义军顺利夺占城门城楼,很快攻进城内。

沂州刺史丁练成和守城将士逃无可逃,只得投降。

黄巢加紧补充粮饷,招收人马,训练新兵。义军很快扩充至两万余人,众将领拥戴黄巢为"冲天太保均平大将军"。

朱温因作战勇敢,带领士卒率先登城,又一次立下战功,被黄巢亲自提名擢升为都将。

接着,黄巢义军选定了下一个进军目标:亳州。

亳州位于中原通往徐泗、淮南的咽喉之地,北距宋州仅百余里。招讨使宋威长期盘踞宋州和亳州。正是由于宋、亳二州牵制八方，位居战略要冲，黄巢义军要想纵横驰骋于黄淮之间，就必须消灭亳州官军，拔除这颗眼中钉、肉中刺。再者，宋威是沂州城下屠杀草军的罪魁祸首，黄巢义军虽攻占了沂州，可宋威这个刽子手却还在亳州逍遥快活。除掉宋威，方能为战死沂州的数万草军报仇，让将士们洗雪心头大恨。

黄巢和将领们计划首先攻占下邳县城，而后从徐州、永城以南进抵亳州东境，相机包围攻占州城。

大军刚刚驻扎在下邳城外，孟楷突然来向黄巢禀报说：徐州牙兵火正秦彦，聚拢百名士卒哗变，杀死下邳县令，占了县城，声言要投靠义军，迎接大将军进城。

秦彦原是徐州牙兵一名火正，管领几十名士卒。他平日里和弟兄们在一起喝酒博彩，遍逛妓馆，相处甚欢。可今年以来，弟兄们几个月没有领到一文饷钱，甚至常常连饭也吃不饱，实在忍耐不住，便聚集一起，秘密商议盗窃节度使府的银子。

秦彦和弟兄们乘夜潜入节度使府，窃出一千多两银子。他和一干弟兄每日里美酒佳肴，大吃大喝，不醉不归，好不痛快。

军府失盗，自是大事，节度使支祥命有司多方探查，定要捉住窃贼，以正军法。有人报告支祥，说秦彦一伙挥金如土举动异常，支祥当即派亲兵去捉拿秦彦等人。

秦彦听到消息，将银子分给几十个弟兄，与前来缉拿的支祥亲兵厮杀起来。秦彦一连杀死五六个亲兵，弟兄们也都杀红了眼，竟将支祥派来的五十多个亲兵全都杀死。

秦彦对弟兄们说，横竖我等犯了死罪，不如索性逃亡江湖，啸聚山林，杀富济贫，每日里大碗喝酒，大块吃肉，有难同当，有福同享，岂不快活？众人皆欢呼叫好，一呼隆跟着秦彦杀出徐州，窜到下邳县以南大湖之中隐藏起来。

前些日子，秦彦听说黄巢义军攻占了沂州，就和弟兄们商议前去投靠。秦彦想着先攻占下邳城，也好送给黄巢一个见面礼。他早已探知，下邳城里只有一百多名守军，而且里面还有自己的朋友可作内应，突袭下邳可说是十拿九稳。

秦彦聚集起一百多个弟兄，打着黄巢义军旗号，虚张声势，鼓角齐鸣，呐喊着攻打下邳县城。城内守军中的内应，依照与秦彦约定，乘机扰乱军心，迷惑官兵，大喊大叫:"黄巢大军攻城啦!弟兄们赶快逃跑吧,跑得慢了就没命啦!"

下邳守城士卒和徐州牙兵一样,同属节度使支祥节制。他们数月不得军饷,吃不饱肚子,早就满腹怨恨,如今见黄巢义军前来攻城,哪个还愿意卖命守城?士卒们发一声喊:"黄巢来了,快跑哇!"一百多人顷刻之间作鸟兽散。

秦彦占了县城,恰好黄巢大军进抵下邳城外,在秦彦导引下,义军不费一刀一枪,浩浩荡荡开进城内。秦彦立了大功,被黄巢擢拔为统领千余人马的都将。

三日之后,黄巢义军抵达亳州城下,将城池四面围住。

宋威经营亳州日久,兵精粮足,对防备义军攻城做了多种防备。

首先是兵力较为充裕。宋威原为招讨草军使,是讨伐义军的总指挥。朝廷派出禁军,又调集了几个方镇兵马,统归宋威节制。为保障汴河漕运畅通,朝廷向位于汴河咽喉重镇宋州派驻重兵,也归宋威统辖。眼下,宋威统率的亳州守军八千多人,加上宋州五千多人马,共达一万四千余众。

其次,亳州粮饷充足。汴河是朝廷经济命脉,江南、淮南乃至荆湖缴纳的赋税,包括粮食、银钱和丝绸、食盐、茶叶等等,大多须经邗沟转入汴河,最终运至洛阳、长安。为尽快剿灭草军,朝廷随时将路经宋州的漕运钱粮拨付给宋威,故而宋州兵马不缺粮饷。

亳州不仅城高池深,而且在城墙下面修筑有绕城一周的转兵地道。这地道传说是曹操所建,用以运兵、藏兵,进退自如,给攻城者以出其不意打击,攻城者却无可奈何。宋威之所以选择屯驻亳州,正是看中了亳州城池易守难攻。

宋威老奸巨猾,不仅经历过战阵,且通韬略,懂兵法。他得知黄巢义军攻打沂州时使用大弩机和抛石机、盾牌车等新兵器,威力甚大,便指挥守军演练利用地道防备草军进攻的战法。

义军向亳州四门同时发起进攻。

在东门战场,孟楷命弩机营向城楼发射箭支,抛射石块。初时,守军士卒有些伤亡,但很快就不见城头有人守卫了。义军向城门城楼发射火焰箭,抛射火药包,城门和城楼很快便燃起熊熊大火。

孟楷亲率盾牌车队越过城壕,向城墙和城门逼近。为防备伤及自己人,抛石机和大弩机全都停止发射。

义军将士隐蔽在盾牌车后，很快到达城墙下面，架上云梯登城。不料，城头上突然出现许多守军，用滚木礌石将登城义军士卒砸得血肉横飞、死伤累累。孟楷又不得不带领将士们慌忙撤退。

孟楷督率所部连续两次攻城，不仅皆无功而返，且伤亡许多士卒。

攻击其他城门的义军和孟楷部一样，连续受挫，毫无进展。

义军攻城受挫，原因是宋威给守军制定了一套对付义军新兵器的战法。当义军发射石块和火焰箭、火药包时，守军将士从城头撤至城墙下的地道，只留哨兵通过瞭望孔观察敌情。待到义军逼近城墙准备登城，大弩机和抛石机停止发射时，守军将士迅速从地道登上城头，用滚木礌石消灭登城义军。

黄巢眼见情势不妙，命各部人马停止攻城。

宋州官军接到宋威手谕，当即由一名副将率领三千人马增援亳州，中途到达王楼村，遭遇在此设伏的张归霸部义军阻击。

张归霸截住宋州官军，拼力厮杀，并派人向黄巢报告军情。黄巢命季达率领一千多人马增援张归霸，要他们坚决阻住宋州援军，绝不能让其兵临亳州城下，对义军形成内外夹攻之势。

在南门扎营的盖洪部义军，背后突然杀来一支人马，原来是朝廷监军使杨复光率领两千人马前来增援亳州。

自宋威背信弃义截杀吴彦宏等人，冒功献俘，将尚君长、楚彦威、蔡温球押送长安斩杀之后，杨复光对宋威痛恨已极。他不愿与宋威同城共事，便带领三千禁军常驻颍州。黄巢义军围攻亳州，杨复光接到探报，本不想出兵救援。他琢磨了四五天，方觉一直按兵不动坐观成败有些不妥，来日不好向朝廷交代。为大局计，杨复光方决定出兵增援亳州。

黄巢接到盖洪急报，与赵璋、尚让、黄邺等人会商对策。

赵璋说，两路官军增援亳州，对义军已成南北夹击、内外夹攻之势，于我十分不利。再则，义军攻城受阻，攻打亳州已无胜算。因此，我军不宜恋战，久困坚城之下乃兵家大忌。

黄邺提出，义军不能与官军拼实力，打得下就打，打不下就走。草军久困沂州城下招致失败的教训，实在是太大了！

黄巢当机立断，发令全军撤出亳州，转向曹州进兵，回老家休整兵马，以利再战。

适逢新春佳节，义军回到了曹州，许多将士回家探望亲人。

除夕之日，黄巢、黄邺、黄揆、黄钦兄弟一道，回到冤句县黄集家中。

黄巢儿子黄立年方八岁，女儿黄菊六岁，在黄巢膝前缠磨撒娇。黄巢抱着小女儿，舍不得放下。还是弟弟黄钦心细，他从曹州买来了咬牙饧，让黄立、黄菊兄妹吃了个够。

曹州民间习俗，大年三十咬牙饧，老年人要吃饧粥。除夕夜，家家户户欢聚一堂，饮屠苏酒、食五辛盘以守岁。

黄巢一家人，几年来未能团圆守岁，如今难得全家欢聚，夫人曹氏张罗了丰盛酒食，由大哥黄存主持，除夕家宴热热闹闹地开席了。

除夕家宴，饮酒时以先幼后长为序，从幼儿开始饮屠苏酒。

屠苏酒是一种配制药酒，传说饮此酒可避瘟疫。黄立、黄菊兴高采烈喝下屠苏酒，却皱着眉头要吐，黄巢和兄弟们都忍不住笑起来。

酒过三巡，全家人共食五辛盘。所谓五辛，即是五种辛味蔬菜：葱、薤、韭、蒜、兴渠。祖辈传说吃了五辛盘可以散发五脏之气，大概类似于今世流行的所谓"排毒"。

黄巢举起酒杯，向黄存敬酒，以表对大哥辛勤操劳家事、教导兄弟后辈的感激和敬意。接着，弟弟们接连向黄存、黄巢敬酒，也向嫂嫂们敬酒，庆贺新年。

第二天是元日，家家户户门卜贴着门神，画的大都是钟馗捉鬼图。

黄巢兄弟循家乡风俗，走出家门，到街坊邻居家拜贺新年。

正月十五上元节，俗称灯节，是民间最喜庆热闹的节日。这日，曹州城里人头攒动，热闹非凡。自从黄巢起事、草军占领曹州以来，州、县官吏逃走了，加之义军几度回师曹州，官吏们不敢回曹州常驻，老百姓的日子便好过不少。父老乡亲争先恐后慰劳义军将士，他们本就是子弟兵嘛！

此刻，曹州衙前广场上，正在表演傩舞。民间艺人装扮成傩翁、傩母和傩鬼，傩翁穿红衣划袴，傩母着青衣划袴。划者，分也；袴者，裤也。划袴即两条腿分开穿着之裤，亦即后人所穿分裆裤。古时人们上穿"衣"，下着"裳"。所谓"裳"，即是裙，不分男女，皆着裙。到了南北朝，大批胡人进入中原，胡人骑马，自然穿分裆裤方便，胡服随之风靡中原。唐代胡风更盛，曾任宰相的大诗人元稹《法曲》诗曰："胡音胡骑与胡妆，五十年来竞纷泊。"中原人士以穿着划袴即分裆裤为时髦，遂相沿成习。

傩鬼脸上涂抹得五颜六色，龇牙咧嘴，张牙舞爪，四肢作张狂古怪之舞蹈，以驱除恶鬼和疾疫邪祟。

一时间，战鼓雷动，号角齐鸣，义军将士列队开进广场。接着，在写有"冲天大将军黄"字样的大纛引导下，黄巢、赵璋、尚让、孟楷、黄邺、黄揆、季达、葛从周、张归霸、霍存、张言、秦彦等义军将领走进广场。父老乡亲群情振奋，一片欢呼。

黄巢向父老乡亲抱拳施礼拜年，对阵亡义军将士亲属致以问候。

接着，赵璋朗声宣布：冲天大将军黄巢，除暴安民，杀富济贫，功高德劭，恩被万民，义军将士和黎民百姓诚心拥戴大将军为黄王！自此以后，我等一心跟着黄王打天下，铲除贪官污吏，均平天下财富，百姓安乐，四海康宁！即日起，建元为王霸元年，这是我们黄王的年号！

义军将士和父老乡亲们高呼："黄王万岁！"

集会结束，开始演出民间乐舞百戏。一位十七八岁小伙子在人群中钻来钻去，对乐舞、百戏都觉得十分新鲜。他头戴一顶胡帽，也就是用羊毛编织的毡帽，身穿褐色袍衫，青色划袴。看上去，小伙子既聪明伶俐，又有着乡野农家子的憨厚和纯朴。

小伙子名林言，是黄巢嫡亲外甥。大年初二，林言随母亲一起去黄集给舅公舅母拜年，见几个舅公皆在义军中做将军，便缠着黄巢、黄邺要加入义军。林言母亲只有这么一个儿子，不愿让他去当兵打仗，黄巢体谅姐姐苦衷，没有答应林言。

林言当然不死心，今日一早便对母亲说，他要去曹州城看百戏观花灯闹元宵。进了曹州城，正逢乐舞、百戏演出，精彩绝妙煞是热闹，林言看得入迷，一时倒忘了寻找舅公黄巢的事儿。

　　林言见广场上喧声鼎沸,人们不停地欢呼叫好,急急忙忙从缝隙中钻进圈内,这才看清是在演参军戏。只见一人扮演参军,一人扮演苍鹘,那参军奸猾乖巧,幽默滑稽;苍鹘老迈呆笨,憨痴愚拙。参军挖空心思千方百计戏弄苍鹘,苍鹘应对拙中寓巧,歪打正着,总是以拙胜巧,弄得参军枉费心机,智尽技穷,窘态百出,逗得观众时而鼓掌叫好,时而捧腹大笑。

　　接下来演出弄假夫人、弄婆罗门和傀儡戏,还有驯兽、踏索、戴杆、丸剑、大力扛鼎等。林言看得眼花缭乱,时而目瞪口呆,时而心惊肉跳,时而欢呼尖叫,大饱眼福,大开眼界。

　　夜幕降临,城内到处张灯结彩,男女老幼成群结队出来观灯。各色花灯琳琅满目,竞放光彩。灯光之下,鼓乐声中,百戏歌舞在街头上演,比白日更显热闹。

　　衙前广场上堆设了一座灯山,各种各样的彩灯,多达数百盏,令人眼花缭乱。灯山顶端那只巨型走马灯,分内外两层,外面一层用透明轻纱缚成,上面画有种种神仙人物,在不停地旋转走动。灯山两侧各有一条七八丈长的灯龙,两条巨龙昂首欲飞,龙睛射出耀眼光芒。

　　夜已经很深了,林言感到肚子有些饿,这才想起还不曾吃午饭。他顾不得这些,心里急着找到舅公黄巢,匆匆往衙门走去。

　　衙门口有两名义军士卒站哨,林言上前询问道:“舅公是不是住在衙门里?”

　　士卒笑道:“谁是你舅公呀?”

　　林言说:“我二郎舅公呀!”

　　士卒笑得更欢了,说道:“还三郎舅公呢!这里二郎多了去了,莫非都是你舅公不成?”

　　林言自己也笑了起来,赶忙说:“黄巢是我二舅公!”

　　士卒疑惑地仔细打量了林言一番,问道:“我如何晓得大将军是不是你舅公?”

　　林言急了,说:“我舅公知道我呀,不信你就去问我舅公呗!”

　　士卒盘问林言:“你姓甚名谁,我如何给你通报?”

　　“我叫林言,我三舅公黄邺、四舅公黄揆、五舅公黄钦都在义军队伍里呢!”

这下守门士卒有些信了，赶忙通报进去。

不多时，黄钦来到衙门口，一见林言，便高声叫道："水娃子！"

林言喜得蹦起来，大喊一声："五舅公！"

黄钦拉起林言的手，林言一蹦三跳跟着黄钦进了衙门。

走在路上，林言急切地跟黄钦说，他一定要跟着舅公从军。黄钦只是笑笑，让他不要着急，先去吃饭填饱肚子，睡一个好觉，明日见了二舅公再说。

次日一早，黄钦就带着林言去见黄巢。林言纠缠不休，吵着闹着要跟舅公走。黄巢打心眼里喜欢林言，只是怕姐姐舍不得，所以一时没有答应。

当日下午，林言母亲骑着一头毛驴来到曹州城。林言昨日没有回家，她放心不下，便进城来寻。

母亲见到林言，要他回家去，林言说甚也不肯。母亲急得掉下眼泪，黄巢在旁好生劝慰，说是林言长大了，就让他出来闯一闯吧！黄邺、黄揆和黄钦兄弟三人，也在一旁帮着劝说姐姐。林言母亲见几个弟弟都在这里，儿子有他们照顾，终于点头答应下来。

林言高兴得一蹦三尺高，欢呼道："我当义军啦！我当义军啦！"

黄巢义军在曹州招收不少新兵，附近州县穷苦青年也纷纷前来报名参军。黄巢将新兵编入队伍，每日加紧训练。义军伤员大都痊愈归队，各部粮草得到补充，将士们又添了新衣，士气异常高涨。

黄巢知道，大军出征的时机到了。

惊蛰时节，黄巢义军三万人马从曹州出发，首先西进，攻克滑州，而后突然掉头南下，奔袭宋州、汴州，切断汴河漕运，使朝廷惊慌失措，疲于应付。接着，义军兵锋西指，连克襄邑、雍丘两座县城。雍丘是个大县，义军在此稍作停留，补充粮草，随即西进尉氏、新郑，又接连攻占阳翟、郏城、襄城，兵锋直指东都洛阳。

朝廷慌忙传诏河南府、汴州宣武军和潞州昭义军，命三镇兵马共同防守东都洛阳，又命左神武大将军刘景仁为东都应援防遏使，统率三镇兵马，并命他在洛阳就地募兵两千。朝廷拿出十五个御史的"空名诰身"，让刘景仁卖官筹集粮饷，以解燃眉之急。与此同时，朝廷命招讨使曾元裕从黄梅率部赶往洛阳，阻击义军；命郑州义成军三千兵马增援虎牢关、轩辕关、伊阙关,增强洛阳周边要隘防卫。

就在此时,黄巢得到消息:王仙芝草军在黄梅被曾元裕、张白勉部包围,处境危急。当即决定:即刻南下,救援王仙芝!

十　关山万里恨难销

为尽快赶到黄梅,黄巢义军沿途不再攻打州县城镇,尽力避免与官军纠缠。然而,当义军到达光州时,探马报来确切消息:王仙芝、柴存等已经阵亡,草军死伤万人以上,其余将士溃散,毕师铎、刘汉宏、訾信、訾亮下落不明。只有柳彦璋率部突围,先后攻占江州、池州等地,眼下正在攻打宣州。

黄巢悲愤难抑,命全军将士暂停前进,焚香祭奠王仙芝和阵亡草军将士。

黄巢决计待义军稍作休整之后,继续南下,渡过长江,与柳彦璋部会合,攻占江南富庶地区,切断朝廷财富和粮饷主要来源。

这一日,一队人马不期而至,却是王仙芝部下大将毕师铎。

申州大战,毕师铎率部从西门撤退,李福和沙陀骑兵在后紧紧追击。几番厮杀之后,毕师铎部下士卒大多战死、溃散,只有几名骑兵紧紧护卫着毕师铎,逃进鸡公山中。

李福和曾元裕在大别山搜索草军将士,毕师铎带着几个弟兄在深山密林之中东躲西藏,每日采摘些野果甚至树叶充饥。

后来,风声不那么紧了,毕师铎和弟兄们到小山村里买来些食物,慢慢打探王仙芝和草军下落。不久得到消息,说是王仙芝在黄梅战死,草军伤亡殆尽,残余部众大都溃散了。

毕师铎在山中收拢草军流散士卒,渐渐聚拢起二百多人。

三日前,听说黄巢义军开至光州,毕师铎和弟兄们立即四出寻找,今日终于和黄巢大军会合,真是苍天有眼啊!从此,毕师铎成为黄巢麾下一名勇将。

休整数日后,黄巢率领义军挥戈南下,经舒州境内抵达长江北岸,在刘家渡驻扎下来,筹备渡江事宜。

刘家渡虽是长江北岸一处较大渡口,也只有七八只小渡船。每只船一次可摆渡十数人,要把三万多大军全部摆渡过江,煞费时日。

黄巢和将领们商议后,命张言带人沿江寻找船只,同时,请来当地造船工匠,遴选义军内会木工的士卒,由黄揆带领,日夜打造渡船。孟楷则率领本部人马,到西面浮山和柳风山一带砍伐树木,运回刘家渡,用以造船。

赵璋向黄巢提议,从义军中抽调水性好者,加紧训练,以便船只造好之后,充当艄公和水手。江南河流湖泊众多,义军应当有自己的船队和水手队,以便运兵运粮。

黄巢也觉此事须立即着手,便与赵璋、尚让议定,命季达担任水手队队长,统管水手训练和日后船队摆渡大军过江事宜。

季达当即上任,黄巢特许他在义军各部选拔艄公和水手。

季达的选拔方法简便易行:自愿报名,然后到长江中比赛游泳,凡能游过二里路以上者,即可以参加水手队;在江水中能驾船者,便选作艄公。

选拔水手好似游泳比赛,在长江刘家渡口举行。报名士卒共有五百多人,每次二十人同时下水。虽然只看游程,不计时间,参赛者还是你追我赶,争先恐后,个个如同蛟龙入海,把个刘家渡江面闹得一片沸腾,直如翻江倒海一般。

林言在家乡曹州长大,自幼爱嬉水,故乳名水娃子。一到夏天,他常常在坑塘里练习狗刨式游泳。年深日久,他能够一口气游上白十丈远,在伙伴们中算是佼佼者哩!

然而,林言这次在长江中参加游泳选拔,由于水深流急,波涛汹涌,他那狗刨式不管用,使出吃奶力气,也只不过游出一里路上下,自然是落选了。

林言心中很不服气:水手队选得二百多人,怎的我就不行呢?他找到季达闹了两回,季达硬是不松口。林言又找舅公黄巢吵闹,纠缠不休。黄巢说,这个我可没话说，季达定的水手选拔规则，经我允准颁作军令，你何时能游过二里路，便可到水手队去。

林言想想也是，要去水手队，我就冠冕堂皇大摇大摆地去。若是靠着舅舅大将军的威名混进去，岂不是让别人耻笑吗？

此后，林言便天天到江边浅水中练习游泳，渐渐有了长进。七八天之后，他真的能够游出二里多路了。

林言并没有马上去找舅公和季达，他想，我要一鸣惊人，游过长江去！要让义军弟兄们看看，我林言也是一条顶天立地的汉子！

他不再满足在江边游，要到江心去练一身好功夫。

这日，上游下了大雨，江水暴涨，林言照常到江中游泳。当他游到江心时，一个浪头打来，林言沉了下去，被卷入漩涡之中。他奋力挣扎，可使出吃奶力气也摆脱不出漩涡。他越来越觉憋闷得难受，刚刚要张口吸气，便连连被灌进江水。一时之间，只觉天旋地转，眼前黑乎乎一片，身子不由自主顺水漂流而去，转眼之间，便无影无踪了。

曾元裕在黄梅追杀王仙芝、剿灭草军主力之后，朝廷以为大功告成，从此天下太平，便改命曾元裕为荆南节度使，填补杨知温被贬为郴州司马后的空缺。

不料黄巢义军攻占阳翟、郏城等县，东都洛阳告急，僖宗急命曾元裕率军北上，驻守洛阳，阻挡黄巢义军。黄巢率部南下，洛阳危机消解，恰巧青州平卢军节度使宋威病死，朝廷便改命曾元裕继任平卢节度使。

为剿灭黄巢和草军余部，朝廷调剑南西川节度使高骈出任荆南节度使，并加封其为检校司徒，晋爵燕国公。

这高骈何许人也，真有能耐剿灭义军吗？

高骈出身禁军世家，系南平郡王高崇文之孙，自幼喜文学，能诗能文，也擅骑射，可谓文武双全。因他曾一箭射落双雕，人送绰号"落雕御史"。

高骈任神策军都虞侯时，率军万人平定党项叛乱，战功卓著，受到懿宗皇帝嘉奖，敕封秦州刺史兼防御使。不久，他接连收复河、渭二州和凤林关，俘敌万人，西北边防得以稳固。

懿宗咸通年间,南诏军攻占交州,进而侵占安南地区。朝廷特命高骈为安南都护,率军收复安南。

南诏本是大唐朝廷扶持的蕃国,其历代国王须经大唐朝廷册封。早在唐朝初年,世居云南洱海周围及哀牢山区的乌蛮、白蛮等六个部落,称为"六诏",处于最南部的蒙舍诏称为"南诏"。南诏在大唐朝廷扶持下统一了六诏,其首领皮逻阁被唐玄宗封为云南王。"安史之乱"后,南诏乘大唐朝廷无力顾及西南边陲之机,向北、向东扩张,攻夺吞并了大片土地。

宣宗末年,安南都护李涿对当地土著部族施行残暴统治,强行以低价收买部民牛马,每头牛只给一斗盐。他又杀死酋长杜存诚,引起公愤,当地部落族人为抗拒李涿,遂勾引南诏侵入安南。

此时恰逢南诏王丰佑去世,其子酋龙继位,唐廷因其名字与玄宗名讳相近,故不予册封。酋龙便自称皇帝,建国号"大礼",继而发兵攻占播州。

大唐朝廷派兵收复播州后,对南诏采用姑息羁縻之策,但并未奏效。南诏向安南进攻,懿宗命湖南观察使蔡袭率领三万兵马前去救援。同时,命蔡京以制置使身份巡视岭南。朝廷采纳蔡京建议,把岭南道一分为二,即岭南东道和岭南西道,并任命蔡京为岭南西道节度使。正当蔡袭与南诏兵马作战时,蔡京因嫉妒蔡袭兵权在握,上书懿宗说南诏兵已经退去,统兵将领为邀功请赏故意夸大敌情,白白浪费朝廷粮饷,请求撤回蔡袭大军。朝廷信以为真,诏命撤回蔡袭三万人马。南诏乘机以五万大军进攻安南,夺占交州州治海门,蔡袭身中十余箭,溺海而死,海门守军余部四百多人全部战死。南诏兵在交州劫杀、掠走人口共达十五万之众,安南全境失陷。

占领安南之后,南诏并不满足,又于咸通五年出兵侵犯左、右江流域,逼近邕州城。岭南西道节度使康承训疏于戒备,仓促出兵,所部八千将士中敌埋伏,随即全军覆没,康承训仅以身免。

留守邕州的唐军中一名小校挺身而出,率领三百壮士,乘夜色出城突袭,纵火烧毁南诏军营,杀死五百多名敌兵。南诏兵顿时炸营,四散逃窜,邕州之围方得以解除。康承训向朝廷报捷,肆意夸大自己战功,群臣也纷纷上表,向懿宗祝贺邕州大捷。康承训加官检校右仆射，其子侄和亲信皆得赏赐，被朝廷擢升官职，而夜袭敌营的小校和五百壮士却无一人得到提升和奖赏。军中上下为此愤愤不平，一时怨声载道，军心散乱。

此时，南诏兵又回头杀来，情势十分危急。岭南东道节度使将邕州之战真相奏明朝廷，康承训也惧怕军队哗变被杀，只得上表请辞。朝廷遂任命秦州经略使高骈为安南都护，兼邕管经略招讨使。

高骈率兵出征，行军五千里，历经种种艰难，战胜疫病瘴毒，终于抵达岭南。高骈率军首先收复邕州、龙州，而后带领先锋人马进抵海门镇。南诏占领交州城之后，海门便成为唐交州临时治所。

高骈抵达海门，准备在主力大军到达后，向交州安南军进攻。宦官监军使李维周嫉妒高骈在军中威望太高，便一再催促高骈率先锋军出战。高骈无奈，只得率领七千将士先行，约定李维周带领大军跟进，以为应援。

高骈率军越海进占安南峰州，正宜乘胜而进，但宦官监军使李维周却不发一兵一卒跟进。高骈乘南诏各部五万之众正在收割庄稼疏于戒备之时，突然发起进攻，大败南诏军，并以其收获的粮食补充军需。

峰州捷报送至海门，监军使李维周隐匿下来，反而向朝廷奏报说，高骈拥兵自重，滞留峰州，拒不出战。懿宗正气恼久不得高骈消息，接到李维周奏状，勃然大怒，随即下诏罢免高骈，令其回朝待罪，命王晏权接任安南都护。

此时高骈正带兵攻打交州，在即将攻克城池之际，突然接到新任安南都护王晏权通牒，方知自己已被朝廷罢职问罪。他只得交出人马，仅带一百卫士回朝待罪。

返回海门途中，高骈坐在船上，望着茫茫大海，不禁感慨万千。眼前波涛汹涌，却难浇胸中块垒；南海浩渺无涯，怎洗不白之冤？高骈站立船头，迎着风浪，挥泪赋诗：

　　　　几经人事变，又见海涛翻。

　　　　陡起如山浪，何曾洗至冤？

此前，高骈曾派一名军使回京，向朝廷禀报战况。军使到长安后，向懿宗奏报说，高骈在安南大破敌兵，斩俘五万余众，即将攻克交州城。懿宗闻言大喜，即刻下诏：高骈加官检校工部尚书，仍任安南都护，全权指挥安南战事。

不久，待罪的高骈接到懿宗诏书，当即再渡南海，返回交州城下。

再说王晏权主掌讨伐军后，不惟不通兵法，且畏惧宦官监军使李维周权势，一味看其眼色行事。李维周为人凶残贪暴，将士不愿听命，故而士气低落，斗志松懈，以致被围困在交州城内的南诏军多半逃逸。

高骈返回交州，再秉帅印，激励全军将士，重新发起猛烈进攻，一举攻克交州城。此战一举斩杀南诏大将段酋迁和安南叛乱酋长朱道古，杀死南诏军三万余众，大获全胜。

南诏侵扰安南的战争持续十年之久，至此方告平息。

朝廷在安南设静海军，任高骈为静海军节度使。高骈率领官兵和百姓修筑安南城，城周三千步，新筑房屋四十余万间。高骈还主持疏浚安南至广州间海上航道，清除礁石。此后，广州至安南海路运输畅通无阻，安南驻军粮饷兵器补给源源不断，南部边陲得以稳固。

南诏侵占安南的图谋没有得逞，便转向西川南部进犯，接连攻克黎州、雅州，如入无人之境，很快进抵成都郊野，将城池四面包围起来。

朝廷急忙颁诏，命高骈改任西川节度使，抵御南诏侵犯。

高骈从安南渡海至海门，辗转回京。朝堂面君受命之后，他又跋涉千里蜀道，赶赴成都。前往西川途中，高骈在安史之乱玄宗逃亡时走过的路上，感慨良多，赋诗遣怀：

> 蜀山苍翠陇云愁，銮驾西巡陷几州。
>
> 唯有萦回深涧水，潺湲不改旧时流。

高骈到成都后，主持修复邛崃关和大渡河沿岸城堡。他率领人马与南诏军多次激战，斩杀数千人，俘获众多南诏将领，将其残余部众驱赶至大渡河以南。

成都府城向来没有修筑城墙城壕，十分不利于防守。高骈动员官军将士和父老百姓，修筑城墙，烧制砖瓦，砌为砖城，雉堞完备，并修建了城门城楼，成都遂变为坚城。高骈倡导农桑，主持农田修整，铲平土丘，便于耕作。百姓种桑植树，养蚕织锦，西川农桑丝织得以繁荣发展。

南诏被高骈战败,元气大伤,一蹶不振,此后再也无力挑起战端。

高骈在西川巩固边防,发展经济,治军严明,功绩卓著。不想朝中却有了流言,说高骈怀有不轨之心,图谋割据西川云云。朝廷为防万一,施行调虎离山之计,以围剿黄巢为名,急命高骈出川,转任江陵府尹、荆南节度使。

林言在长江游泳出事,季达带人马向下游寻找一百多里,未见林言踪影,也没有打听到一点消息。

黄巢心中十分懊丧:姐姐只有这一个儿子,她寡妇熬儿,好不容易把林言养大,如今却让我这个舅公给弄丢了,叫我如何向姐姐交代?黄巢食不甘味,几天之内人瘦了许多。他常常站立江边,望着汹涌东去的江水出神发呆。赵璋等将领见黄巢如此伤心,个个心急火燎,却不知如何是好。

正在义军上下为此焦心之时,林言却从天而降,突然回到了刘家渡义军大营!

黄巢抱起林言,又把他狠狠摔在地上,口中骂道:"你这个浑娃子!我以为再也见不到你了,你没有在长江里喂了鱼鳖呀?"

众将领上前围住林言,纷纷追问:你是如何死里逃生的呢?

在刘家渡下游三十里处,有一个小渡口叫闵家渡。闵家渡艄公闵十八有一只渡船,每日里在渡口摆渡往来客商,以此养家糊口。闵十八掌舵撑船是一把好手,在十里八乡很有名声。当地百姓流传着一句口头语:"要过江,找船家,闵家渡口闵十八。"

闵十八年过四十,膝下只有一女,名唤奴娘,年方十七岁。奴娘五六岁时母亲亡故,闵十八既当爹又当妈,一手把她拉扯大。

闵家渡是个小渡口,过往客人稀少,闵十八爷儿俩单靠摆渡收不了几个小钱,便在空闲时打些鱼虾,将就度日。奴娘出落得清爽漂亮,里外活计都拿得起放得下,不但缝衣做饭是把好手,游水撑船打鱼也样样能干。闵十八顾不得许多,让奴娘在渡船上做了帮手。

这日午后,没有客人乘船,闵十八父女俩便在江中打起鱼来。

忽然间,奴娘看到从上游江面漂下来一个黑色物什,随着波涛翻滚,时沉时浮。那物什渐渐近了,奴娘尖叫一声:"阿爹快看,江中漂过来一个人!"

闵十八仔细瞅去，果然是一个人。他当即对奴娘大叫一声："把好舵，稳住船，我下去救人！"

闵十八"扑通"一声扎进江中，顶着风浪向落水者游去。风急浪高，江水汹涌，闵十八凭着对水情熟悉和超人水性，劈波斩浪，终于接近了落水人。闵十八揪住那人头发，顺水一拉，然后用脚一下一下将落水人推向船边。

闵十八用力将落水者向船上举起，奴娘俯下身用力拽拉那人胳臂，终将落水者救上船来，却是一个年轻小伙子。此刻，小伙子赤身条条，衣衫想必是被江水冲走了。奴娘羞得双手遮住眼睛，闵十八忙将身上半臂短衣脱下，搭在那人身上。

救治溺水者，对闵十八来说已是驾轻就熟。此刻，只见闵十八将那人俯身放在船舷上，用力挤压其腰背，将那人腹中的江水挤压出来。而后，将其平放在船板上，双手一下一下按压那人胸部。慢慢地，那人呼出一口气，又吐出一些江水来，口中不时发出"嗯""哼"的呻吟声。

闵十八将溺水者背回家中，奴娘一日三餐细心侍奉，调息将养两日后，那人身子便大致康复。闵十八父女这才知道，溺水者竟是黄巢义军小将林言。

林言对闵十八父女俩救命之恩自是感激不尽，再加上聪慧俊俏的奴娘每日悉心照料，体贴入微，待他如同亲人，林言心中热烘烘的，有万般美好情愫油然滋生出来。待身子康复，林言便在江边跟随奴娘和闵十八练习游泳技能和撑船把舵技巧。

林言知道舅公定会十分牵挂自己，虽心中不舍，也不敢在闵家渡久留。奴娘心中不愿林言离去，可又不好开口，就缠着阿爹，要他带着自己一同去给义军当艄公。闵十八知道女儿有心事，他自己也喜欢上了林言这个小伙。林言一表人才不说，还诚实厚道，也识文断字。更可喜的是，看上去他与奴娘甚为投缘。闵十八觉着，这两个孩子真是再般配不过。

闵十八在心中琢磨，黄巢和义军将士究竟是杀富济贫的英雄好汉，还是一些杀人放火的强盗？看林言做派，义军应该是好人，耳闻不如眼见，干脆到黄巢军中看个究竟。

于是，闵十八和奴娘父女二人，跟随林言来到刘家渡义军营地。

黄巢兄弟得知闵十八和奴娘是林言救命恩人，自是极其热情地欢迎父女二人。

尤其黄巢听林言说闵十八是远近闻名的艄公，就显得更加恭敬，一再邀请他留下来，向义军水手传授撑船掌舵技巧，并说要付给丰厚酬金。

闵十八和奴娘便留下来，做了义军水手教头。

林言跟着奴娘学游泳，学撑船，学掌舵，不消多日，技艺大进，且二人也已难舍难分了。

黄巢将水手队编为水兵队，季达任都将，林言为副将，闵十八做教头，奴娘做了阿爹的助手。水兵队有将士三百多人，大小五十多只木船，成了义军的水上运输队。

渡江事宜大体筹备就绪，黄巢让闵十八选了一个风平浪静的日子，率领人马渡过长江，向宣州进兵。

柳彦璋率部攻打宣州时，朝廷调集了三路兵马救援宣州。为防被官军夹击，柳彦璋率部匆匆撤围，回师江州。朝廷命左武卫将军刘炳仁任江州刺史，率领大军围攻柳彦璋义军营寨。刘炳仁夜间偷袭得手，柳彦璋战死，所部草军伤亡殆尽，江州被刘炳仁占领。

黄巢义军进至宣州以北，与都将王涓率领的官军遭遇。此时，宣州城内官军尚有八千多人，另两支来援官军也接连抵达宣州城下。义军不宜再与官军纠缠，黄巢遂传令转兵南下。义军连续攻克饶州、吉州、虔州、信州。

朝廷调集数路大军前来围剿，黄巢义军遂转兵东进，以图攻占两浙财赋重地杭州。

杭州是江南繁华都会，也是朝廷经济命脉大运河南端城市。眼看黄巢义军兵锋直指杭州，朝廷慌了手脚，急命高骈改任检校司空、润州刺史、镇海节度使，兼苏常杭润观察处置、江淮盐铁转运、江西招讨等使，驻节润州（今镇江），进剿黄巢义军。

杭州四面临水，南面是钱塘江，西面有偌大西湖，北面、东面则紧邻大运河。黄巢义军虽然兵临杭州城下，但由于缺乏水军和战船，并没有对杭州形成包围。

高骈率部紧急救援杭州。先锋将张麟带领五千人马，从赤岸山、临平山进至杭州城东北，向毕师铎、秦彦所部包抄过来；部将梁绩率领五千兵马到达杭州西北，向孟楷、葛从周部猛攻。杭州守军见两路援军杀到，也出兵反击义军。攻城义军遭受官军内外来击，情势十分不利。且高骈率领大军已进抵湖州，很快便可兵临杭州！

黄巢不得不紧急传令：义军停止攻城，迅疾向临安撤退。

受命攻打东门的毕师铎和秦彦人马，与张麟官军激战正酣，梁缵率兵又杀了过来，城内守军也出城助战，三支官兵协力围攻义军。毕师铎眼见一时无法撤退，却毫不畏惧，愈战愈勇，一把大刀舞得旋风一般。一直杀到日落西山，官军方停止进攻，将这支义军重重围困起来。

次日清晨，张麟、梁缵两部官军饱餐一顿，又向毕师铎和秦彦所部义军杀来。

义军将士激战一日，营地丢失，在官军围困下，夜间坐在地上熬过通宵。将士们滴水粒米未进，已是精疲力竭。

毕师铎大喝一声，拍马迎战张麟。秦彦敌住梁缵，一来一往厮杀起来。

官兵似乎愈来愈多，义军人马却越来越少。

双方战至午时，义军剩下不到二百人了。张麟传令官军休战，待将士们用过午饭之后再行进攻。可怜那些义军将士，不但无饭可食，竟连水也喝不上一口，一个个少气无力地瘫坐在地上。

午后时分，张麟、梁缵忽然骑马来到阵前，毕师铎以为官军又要开战，当即上马迎敌。只听张麟高声喊道："请毕师铎将军答话！"

毕师铎应道："末将便是毕师铎，你有何话说？"

张麟："检校司空、燕国公、镇海节度使高公跟你有话要说！"

只见张麟、梁缵闪至两旁，高骈居中，在马上一拱手，说道："在下高骈，奉诏驻节镇海，率领十万大军前来剿平寇乱。如今官军将尔等百余残兵层层围困，尔等既无饮食，又无逃路，即便本帅不动刀兵，尔等还能支撑几时？高某奉劝毕将军，只有归顺朝廷方是正路。本帅不但可保尔等性命无虞，且可保毕将军高官厚禄，飞黄腾达。请毕将军三思！"

毕师铎尽管勇猛异常，此时也不得不仔细斟酌一番。他向高骈一拱手，说道："请高公稍候！"

毕师铎打马而回，与秦彦商议何去何从。

　　秦彦本是颇有心计之人，虽然他武艺不如毕师铎，却擅长出谋划策拿主意。他出身牙兵，善投机取巧，此刻身处绝境，自然保命要紧。他认定高骈官高权重，投靠他大有好处，便对毕师铎说："如今我等陷入绝境，插翅难飞，这一二百个弟兄难道都白白送死不成？不如先归顺高骈，日后再作计较。"

　　毕师铎本就信服秦彦，平日里对他言听计从，此时听他如此说话，遂点头说道："好，我听你的便是！"

　　毕师铎、秦彦带领残部一百多人马投降，二人摇身一变，成为高骈麾下战将。

　　面对官军的紧紧追击，黄巢决计南下福建，摆脱高骈这支精锐官军。

　　孟楷和黄揆率领人马做前军先锋，黄巢、赵璋、尚让、黄邺、盖洪率主力为中军，葛从周、霍存所部做后卫，季达和林言统领运输队，为大军转运粮草。三军从毕浦出发，翻越昱岭、千里岗山区，连续行军，到达衢州境内。

　　绕过衢州城，黄巢大军在大陈岭一带停驻三日，休整兵马，补充粮草，而后继续南下。

　　进入仙霞岭，道路越来越窄，越过石门后，几乎无路可走了。

　　仙霞岭共有六座山岭，其南、北方又有马头岭、茶岭、大竿岭、小竿岭、梨岭。此地山大谷深，连峰接岫，乃荒僻偏远之地，人烟十分稀少，山林中常有野兽出没。义军进兵极端困难，遇到悬崖绝壁，几乎寸步难行。

　　黄巢命前军开辟山道，中军随后跟进。各部士卒中原来当过石匠木匠者，全都抽出，由黄揆、孟楷指挥，充当开路先锋。

　　将士们日夜凿山开路，遇水架桥。一时间，原本蓊郁静谧的深山密林热闹起来，不时传出叮叮当当的凿石声和推拉巨石的号子声。开路将士的双手磨得鲜血淋漓，但劈山开路一刻不停。

　　深山小路不断向前延伸，原本没有路的地方也便有了路。山道曲曲弯弯，上下盘旋，有时仅有几个石窝窝，只能手脚并用攀爬过去。其中一段路最是艰险，二十里内竟有二十四处曲折盘旋，直如天梯一般。

　　义军终于越过仙霞岭，翻过鱼梁山，进入福建浦城县境。

　　稍作休整后，大军分作两路进兵。一路开往东南方政和县，经宁德南下福州；

一路进入武夷山，经崇安、建瓯、南平，向福州进军。

武夷山绵延一百二十里，有三十六座山峰，山岩皆呈紫绯色，远远望去，美如朝霞。这里山石峭拔，绿水环绕，只是偏远蛮荒，少有人烟，山中几无路径，行军更为艰难。

黄巢义军开辟山路七百里，历时半年，终于进抵福州城下，三面围住福州。

福建观察使韦岫听到黄巢义军兵临城下的消息，如同晴天霹雳。他无论如何想不到，义军如同神兵天降一般，一夜之间突然云集福州。

韦岫从未经过战阵，手下兵少将寡，义军刚开始攻城，守军便纷纷溃逃。韦岫无心守城，夜间化装成百姓模样，弃城而遁。

黄巢义军兵不血刃占领福州，又分路进兵，攻占了福建大部州郡。众多州郡官吏同韦岫一样，义军一到就弃城逃跑。还有许多州县官长和守军，尚未见到义军影子，便闻风而逃了。

义军在福建筹集钱粮，整顿兵马，转眼到了年底。

得知黄巢攻占福建大部，朝廷急命高骈为诸道行营都统，统领三路人马开往福建，务必将义军一举剿灭。

元宵节过后，三路官军进入了福建。

为避免与高骈和多路官军交战，黄巢率领人马南下泉州、漳州，继而进入岭南，自潮州西进，攻占循州，向广州进军。

义军转战三月有余，于五月初抵达广州城外扎营。

将士们跋山涉水，辗转数千里，十分疲惫。而且广州已进入暑季，酷热难当，北方将士不服水土，故而并未立即攻城。

黄巢先使出缓兵之计，给岭南东道节度使李迢写了一封书信，请他上奏朝廷，如若招安义军，敕封黄巢为天平军节度使，义军便可不攻广州城，免致生灵涂炭。

李迢尚未回音，黄巢又与赵璋、黄邺等人商议，觉得广州尽占南海之利，为海上贸易口岸，财货十分丰盈，且远离朝廷，是一个拥兵割据的好地方。索性再给李迢写信，请朝廷敕封黄巢为安南都护、广州节度使。

李迢奏章送抵京师，朝堂之上又是一番争执，僖宗只是敷衍，胡乱赐给黄巢一个率府率之职。这"率府率"乃是禁军侍卫官,掌管皇家仪仗,形同皇帝驾前一名走卒,自然谈不上权位。

受命在政事堂草拟招安敕书的三位宰相,也各自怀着不满。

郑畋心中明了,卢携和田令孜不愿招安黄巢,便故意给他一个低微的闲散官职,以图激怒黄巢,使招安之事告吹,并期待高骈去剿灭黄巢。见卢携和田令孜如此将国事当儿戏,郑畋忍不住指责道:"高骈迁延玩寇,我看他无意剿灭黄巢,你等想靠他扭转乾坤,恐怕事与愿违,后果不堪设想!"

正在执笔书诏的卢携大怒,拂袖而起,不想衣袖沾染了砚台中的墨汁,便气急败坏地抓起砚台摔在地上,与郑畋争吵起来。

次日,朝廷百官中传言,卢携与郑畋在政事堂争吵相骂,以砚相掷,酿成"宰相斗击"事件。

僖宗听说后,十分气恼地说:"大臣相诟,何以表仪四海?"将卢携、郑畋同时罢相,一起贬到东都洛阳闲住。

相位空缺,僖宗颁诏:以翰林学士承旨、户部侍郎豆卢瑑为兵部侍郎,吏部侍郎崔沆迁户部侍郎,二人并擢同平章事,升任宰相。自然,此二人皆出于田令孜举荐。

黄巢接到赐他做率府率的招安敕书,不禁勃然大怒,一把将敕书撕得粉碎,骂道:"李儇小儿无理,竟敢如此蔑视我辈!"

义军诸将皆愤愤不平,群情激愤之下,义军一举攻克广州,活捉岭南节度使李迢。

接着,义军兵分四路,攻占岭南大部州郡。

黄巢已然决定,立足广州,经营岭南。待到兵强马壮、时机成熟后,再出兵北上,逐鹿中原。他向岭南军民发布文告,内称:朝廷腐败,昏庸无道;宦官专制,纪纲败坏;朝臣与宦官勾结徇私,科考纳贿舞弊,摧残人才,阻塞贤路。如此朝廷,民心丧尽,天地难容。义军替天行道,救民于水火,誓将北伐中原,攻克两京,让日月重光,天地维新。

文告还郑重宣布:严禁州县官吏中饱私囊,广置财产;贪赃者,处以灭族之罪。

岭南百姓欢欣鼓舞,自发慰问义军。许多生活无着的饥民,纷纷加入义军队伍。

岭南雨量充沛,河流众多,交通运输多用舟船。黄巢传令组建水军,购买、缴获了二三百只大大小小的舟船,林言做了水军都将,奴娘则任副将,闵十八做水军教头,训练了千余名水手。

奴娘已经历不少战阵,不仅成了一个大姑娘,而且成为义军不可多得的一员女将。林言和奴娘感情愈益敦厚,已是如胶似漆。黄巢本想为二人完婚,皆因林言和奴娘都忙于编练水军,黄巢也忙于筹划大军北进中原,二人婚事便搁置下来。

盛夏时节,岭南炎热难当,再加上蚊虫叮咬,疾病流行,死亡和生病的将士逐渐多了起来。到了九月,义军染病者十居八九,死亡竟达三四成之多。而且,不少将士表现出了返回北方的强烈意愿。

黄巢等人感到情势严重,几番商议之后,决定先加紧治疗将士病疾,整顿兵马,筹集粮草,补充兵器,待一个月之后,全军出动,北进中原,以图大举!

乾符六年十月六日,黄巢率领十万人马沿郁水北上,经桂江转入湘水,进入湖南,再一次与官军展开激战。

十一　长舒罗袖不成舞

　　黄巢人马浩浩荡荡从岭南北上，朝廷惊慌起来。"内四贵"只知弄权受贿，遇到用兵打仗杀伐决断的军国大事，便一个个缄口不语了。卢携和郑畋已被贬官离京，首相王铎再也无法装聋作哑。

　　王铎心想，自己虽名义上位居首相，但有"内四贵"尤其是田令孜在朝中专权跋扈，我不过是一个傀儡而已。为今之计，不如外任军镇节度使，既能保有宰相阶级，又可手握一方军政大权，总比在朝中受田令孜辈窝囊气强。

　　盘算已定，王铎便入宫觐见僖宗，说是自己身受国恩，荣膺相职，应当以死报国，为陛下分忧。如今草寇猖獗，荼毒天下，微臣愿请缨杀敌，亲赴阵前，为国效力，以报陛下知遇之恩。

　　僖宗闻言，大喜过望，当即制命王铎晋位侍中，爵封晋国公，守司徒、同平章事，兼江陵府尹、荆南节度使，充诸道兵马都统，节制天下兵马进剿黄巢贼寇。

　　王铎开始大张旗鼓招募士卒，选调将领，修缮兵甲，筹集粮饷，很是忙活了一阵子。他提名选调名将李晟之孙李系为佐将，充任诸道兵马副都统，命李系率领五万精兵，先行前往湖南潭州，授权其一并指挥潭州当地五万土兵，堵截沿湘水北上的黄巢义军。

　　王铎终于定下了到江陵履职的日期。他舍不得离开那些姬妾，尤其离不开家中蓄养的一干乐伎，便让小妾李氏、罗氏留下来陪伴夫人杜氏，自己则携带两个年轻小妾白氏和胡氏随行。府中众多歌舞乐伎,也争相跟随王铎前往江陵。

从京城长安到江陵,有三条道路可走。第一条,从京城经蓝田至商州,再从商州乘船顺丹水、汉水南下,到鄂州溯长江西上,即可抵达江陵。第二条是陆路,从长安至蓝田,走七百里山道至内乡县,再经邓州至襄州,从襄州经荆门抵江陵。第三条,全程水路,从长安乘船,顺渭水入黄河,转入汴水,经泗州,入淮水,到楚州转入邗沟,从瓜洲渡溯长江西上江陵。

王铎视第一条路径为畏途。从蓝田到商州,要翻山越岭不说,更要命的是从商州至襄州,丹水河道曲折,水面狭窄,急流险滩,礁石密布,行舟触礁船毁人亡之事屡屡发生。再者,丹水只能行小船,王铎一行随从和侍卫将士甚多,所带物品应有尽有,其又高又大的三层楼船无法通行。而第二条路又多山路,王铎和一班随行姬妾,歌伎舞女,如何受得了数千里车马颠簸劳顿。相较之下,王铎当然选择全程走水路,乘坐楼船,优哉游哉即可平安抵达江陵。

且说王铎所乘的三层楼船,高达六丈,宏阔敞亮,富丽堂皇。船内设有政事厅、客厅、餐厅、歌舞厅,还有王铎和众多姬妾卧房、侍从官和卫士住室、舞歌乐伎宿舍,其余仓房、药房、厨房等一应俱全。楼船上另有艄公、水手、号角手、厨师、医者、仆婢等八十余人,加上随从官吏,男女老幼统共三百余众。

王铎的船队中有导航船、前卫船、联络船、随从幕僚船、粮船、医药船、财货船、后卫船等,单是护卫兵船就有二十艘之多。数十艘舟船一字排开,浩浩荡荡迤逦而行,前后相望十里之遥。

这条水路,以黄河三门砥柱一处最为艰险难行。黄河在晋陕峡谷中奔腾南下,至潼关北转向东流,在陕州遭遇三门山。河道中兀然矗立起两座山峰,与两岸山崖构成三道水门,河水汹涌激荡,怒吼着争相夺门而出,轰轰然如同万马奔腾战鼓雷鸣,数里之外即可听到轰响之声。

唐高宗显庆元年,朝廷调拨六千士卒,由将作大匠杨务廉主持,在三门山河道两侧峭壁上开凿栈道,供纤夫挽舟而行。官府在此派驻数百名纤夫。逆水行舟时,纤夫背纤拉船,顺水行舟时则在船后拽拉纤绳,以免船只被河水冲翻。由于河道异常狭窄,水流湍急,冲力巨大,纤夫们与河水拼命角力时,纤绳往往被挣断,时有纤夫坠河身亡。

　　唐玄宗开元年间，朝廷疏浚漕运河道，在黄河沿岸增设河阴仓、伯崖仓，又在三门东西两侧修建集津仓和盐仓，江、淮、汴、河漕运之舟分段转运物资。如此一来，效益倍增。陕郡太守李齐物征用民夫，在河道南岸三门山开凿出一条十八里长陆运通道，船客可下船经此通道绕过三门砥柱，而后再登船前行；江淮漕运货物卸入三门东侧集津仓，经南岸陆运通道转运至三门西侧盐仓，便避开了三门砥柱之险。

　　江淮、运河漕运船队，以十船为一纲，称为纲船。纲船经邗沟、淮水、汴水抵达河口即汴口后，货物卸入河阴仓，换装黄河船，运至洛口仓，再换装洛水船，即可运至东都洛阳。此即所谓"江南之舟不入黄河，黄河之舟不入洛水"。

　　王铎船队到达陕州黄河三门山前，王铎及其眷属、随从在盐仓码头下船，上岸经陆路通道绕行，越过三门，在集津仓码头重新登船，继续顺流东下。不过，王铎乘坐的三层楼船只能滞留在三门西侧盐仓码头。王铎一行到了河口，转入汴河，便又乘上汴水楼船和画舫、彩船，楼船却是愈加高大宏敞，富丽堂皇。

　　驶入汴水之后，水流平缓了许多，行船十分安全。王铎神清气爽，心情豁然开朗，便唤来一众歌舞乐伎，在楼船舞厅中轻歌曼舞，其乐融融。

　　船队沿汴水、淮水、邗沟转入长江，一路之上，楼船载酒，歌舞不休。船队行至每一州县码头，当地官员都要携带官印拜迎于道旁。风景名胜之地，王铎下船游览时，排开全套仪仗，天子所赐双旌双节在前，后面竖起八面大旗，声势赫赫，威风凛凛。侍卫前导开路，金钲鼓角齐鸣，王铎和姬妾乘辂车，幕僚从官骑马，浩浩荡荡，前呼后拥。州县遵制在大街上搭建节楼，张灯结彩，鼓角相迎。郡守县令必摆设盛大接风酒宴，山珍海味，无所不有。待王铎离去时，州县官员还要礼送出境，奉献珍贵礼品和当地特产，多多益善。

　　如此这般，王铎一行周游数千里，所到之处，山摇地动，一呼百应，着实风光无限。

　　船行三月，王铎和随从们终于抵达江陵。

　　黄巢义军北进中原，有两条路可供选择。一是由广州溯溱水北上，然后走玄宗朝修筑的大庾岭新道，入赣江转长江，抵达扬州，即可进兵淮南和中原。然而，如今高骈及其精锐官军盘踞在长江下游,像一只拦路虎蹲在那里。义军不愿与高骈纠缠,便选择第二条路,从广州西上,溯郁水(西江)至梧州,转入桂江,经桂州灵渠入湘江,北上抵江陵,再经襄州、邓州进兵中原。

从广州至江陵辗转三千里,全是水路,林言水军担负起输送将士和粮草的重任。六百多只大小舟船,在江面上一字排开,首尾相距四五十里之遥。而且船队一次只能运送万余将士。每日舟船逆水开行百里之后,士卒下船,舟船返回再接运下一拨将士。船只日夜不停往返,艄公和水手极其辛苦,只能在空船顺水而下时轮番休息一下。林言和奴娘不分昼夜往来穿梭忙碌,眼睛熬得通红,不得片刻空闲,总算将义军六万将士全部运抵桂州。

按照桂江运兵速度,即使中途没有战事,全军抵达江陵至少也要两个月,耗时太久。眼下造船来不及,征用民船呢,桂江上大多是一些打鱼小船,派不上多大用场,如何能让六万将士同时乘船北上?

闵十八想出了妙法:捆扎竹筏。此地毛竹甚多,又很便宜。多购买些毛竹,各部将士动手捆扎大竹筏。每个竹筏可乘坐百人,只要扎成三百只竹筏,加上原有船只,便可满足大军使用,又快又省钱。

人马全部行动起来,不几天工夫,便扎成了三百多只大竹筏。

大军乘坐竹筏和舟船,绵延百里,浩浩荡荡顺流而下,

义军进入湖南,荆楚大地为之震动。饥民、流民纷纷加入队伍,数日之间,义军增添新兵一万多人。

湘水沿岸州县,文武官员被义军浩大声势震慑,许多州县官吏还没看到义军一兵一卒,便已逃得无影无踪。州县守军将士见当官的都跑光了,谁还愿意死守,便也一哄而散。

黄巢义军未动刀兵,先后占领永州、衡州,疾速向湖南首府潭州开进。

湖南观察使李系驻节潭州,麾下有五万将士,加上湖南当地五万土兵,号称十万大军。李系是中唐名将西平王李晟之孙,自诩通晓兵法,能够运筹帷幄之中,决胜千里之外,俨然一派大将风度。

李系原任兖州节度使,王铎慕其盛名,向僖宗指名要他做了诸道兵马副都统兼

湖南观察使。王铎将最精锐的五万精兵交给李系，命他镇守潭州冲要之地，堵截黄巢，阻止义军沿湘水北上，屏藩江汉和中原腹地。

义军占领永州、衡州之后，当地青壮百姓不断地投奔义军，义军兵力急速扩充至十万之众，号称二十万人马，沿湘水大举北上。千余只木船、竹筏在湘水上排成一条长龙，后卫队伍尚未离开衡州，先锋人马已抵潭州城下。

李系被义军排山倒海般的声势吓破了胆，再加上从永州、衡州逃过来的官员和将士夸大其词，喧嚷义军如何兵马众多，甚而哄传义军有三十万人马，吓得李系寝食难安，如坐针毡。

黄巢不待义军人马到齐，便下令攻打潭州城。

尚让督率义军，用大弩机和抛石机向潭州南门和城楼发射箭支、石块，杀伤许多守军。接着，弩机营抛射火焰箭和火药包，城门和城楼很快着火燃烧起来。潭州守军哪里见过这种阵势，当地土军先炸了营，边逃边喊叫："黄巢来啦，黄巢有火箭，厉害得很呀！快跑哇，跑得慢了就没命啦！"

土军人心恐慌溃营四散，禁军将士也纷纷逃命。

义军攻城伊始，李系便惶恐地躲在屋子里不敢出门。南门溃逃回来的将士禀报李系，说义军抛石机和火焰箭如何厉害，李系更加惊慌，唯恐被义军活捉，便在百余名亲兵护卫下，夜半时分潜出城北门，仓皇而逃。

尚让、孟楷、朱温率领所部义军，从南门杀进潭州城。因李系已经逃走，城内各处守军失去指挥，先后放下兵器投降，偶有顽抗者，皆被义军杀死。

黄巢义军攻占潭州，俘获官军和土兵近八万人，此乃义军从广州北上以来第一个大胜仗。自此而后，义军声势更加浩大，天下为之震动。

义军将俘虏编入队伍，加上新兵，人马增至二十万众，沿湘水继续北上，兵锋直指荆湖重镇江陵。

前年，王仙芝在黄梅战败身死，部将刘汉宏和五六名士卒逃进山中隐藏起来。后来，曾元裕和张自勉官军北撤，去堵截黄巢义军，刘汉宏渐渐搜罗起三百多名溃散草军士卒，在大别山里流徙转战。他们不时攻占一两个集镇，补充一些粮饷。遇有州县官军前来围剿，他们往往会损失一些人马，被迫逃往别处。有时筹集不到粮食,弟兄们就得忍饥挨饿。日子久了,士气低落,弟兄们觉得没有奔头,人心日益涣散。

刘汉宏觉得这样下去会散伙,心里很是着急,忽然听到一个消息:当朝首相王铎出任江陵节度使、诸道兵马都统。刘汉宏记得,王铎、王镣兄弟曾力主招安草军,便琢磨着前去归降王铎,或许是一条出路呢。

刘汉宏向弟兄们说出此番主意,大伙虽不甚情愿,却又想不出别的出路,于是也就勉强依从了。

刘汉宏带领弟兄们来到郢州东北大洪山中,扎下营寨,派人前往江陵,向王铎送去请求招安的书信。

王铎见草军有人前来投诚,心中别提多高兴。他想,这必是自己威名所致,不能不说是一个好兆头。王铎亲笔给刘汉宏回信,说竭诚欢迎他归顺朝廷,定会保举他坐上高官之位。

刘汉宏接到王铎回书,当即率领弟兄们奔赴江陵。王铎果然信守诺言,保举刘汉宏做了江陵副将。刘汉宏心满意足,遂尽心竭力为王铎防守江陵。

王铎一到江陵便收降了刘汉宏,好不惬意,整日与僚属宴饮,让乐伎们歌舞不休。如今他远离京城和夫人杜氏,没有了田令孜的颐指气使,听不见妒妇杜氏河东狮吼,便天天与一干花枝招展的歌伎舞女花天酒地,缠绵厮混,在温柔乡里醉生梦死。至于黄巢流寇嘛,固然可恨可怕,可眼下他们远在岭南,即便要北犯,前面有李系十万大军挡着,料也无妨!

这日王铎正如痴如醉观赏新近排演的歌舞,掌书记忽然送来李系急递文书,说是黄巢率领二十万大军从桂州北上,正在向湖南进兵。他大惊之下,再也无心听兰兰唱歌,打起精神来到府衙二堂,署理多日未曾过问的公事。

王铎一边翻看公文,一边唉声叹气。

行军司马胡舒问道:"使相为何闷闷不乐?"

王铎摇摇头说:"李系报说黄巢要北进湖湘,老夫日夜琢磨这等烦恼之事,心神如何能够安定?"

胡舒打趣道:"在下有一个主意,不知相公以为如何?"

王铎:"你有何良策,快说来听听!"

胡舒故作正经道:"不如干脆投降黄巢。"

胡舒说罢,昂头哈哈大笑。

王铎先是怔了一下,跟着也大笑起来。

接到李系在潭州全军覆没的急递文书,王铎方知黄巢三十万大军已北进洞庭湖。他如同五雷轰顶,一下子瘫倒在地。

王铎身为诸道兵马都统,相当于后世的总司令,实则从未经过战阵,既说不上兵法谋略,更缺乏胆略。他心中一边打鼓,一边盘算:当今天下名将李系率有十万大军,尚被黄巢一举击败,眼下江陵城中不足一万人马,岂能阻挡黄巢三十万大军?一旦黄巢兵临江陵,四面围困,自己堂堂一个当朝首相、兵马都统,岂不是只有束手就擒被黄巢活捉的份儿了?果若如此,不惟我一世英名毁于一旦,身家性命亦恐难保,后果实实不堪设想!

王铎越琢磨越觉可怕,不由联想起行军司马胡舒开的玩笑:"不如投降黄巢!"当然,这般叛逆朝廷辱没祖宗之事,非我王铎能为。然则,还有何良方既能逃过眼前劫难,而又不致落下骂名呢?

王铎即刻召来心腹幕僚胡舒,问他可有万全之策。胡舒思索片刻,小眼一眯,笑眯眯地说:"三十六计,走为上。"

王铎疑惑地问:"走?那江陵城呢?丢了江陵如何使得?"

胡舒依然笑眯眯的:"相公以与山南东道节度使刘巨容会商围剿黄巢军事为名,先到襄州去避一避。眼下须先找一个替死鬼守江陵,那么,丢了城池就是他的事了!"

王铎豁然开朗,频频点头。

次日,王铎召来刘汉宏,郑重说道:"近日有消息说,黄巢草寇正北犯岳州。本官要去襄州与刘巨容会商围剿黄巢之事,而后杀回江陵,一举剿灭流寇。刘将军,你武艺超群,久经战阵,老夫命你坚守江陵,确保城池万无一失,也好为朝廷建立不世之功。刘将军,相信你定能不负重托喽。"

刘汉宏一眼便看穿王铎临阵脱逃的诡计,他拍着胸脯放出豪言:"请相公放心,刘某不才,敢保江陵万无一失。黄巢果若来犯江陵,定叫他有来无回,死无葬身之地!"

王铎伸出大拇指道:"好!刘将军果然英雄盖世,堪比当年郭汾阳!"

王铎交付刘汉宏五千人马守城,他自带三千兵马,连同一群姬妾、歌舞乐伎以及心腹幕僚,直奔襄州而去。

王铎刚刚离开江陵,刘汉宏便策动五千将士同时出动,将江陵城内钱粮绸缎金银珠宝等官私财物抢劫一空,而后四处放火,高声大叫:"黄巢来啦!快跑呀!"

百姓不明就里,见守城官军惊慌逃命,便争相逃出城去,躲进山林湖泊之中。

时值严冬,天降大雪,寒气逼人。百姓饥寒交迫,冻死沟渠,僵尸横卧,惨不忍睹。

黄巢大军北进途中,每日都有许多百姓加入义军队伍。到达岳州时,义军已经拥有三十万人马,号称五十万大军,从洞庭湖溯长江西进江陵。

义军未遇任何抵抗,顺利占了江陵。

黄巢巡视江陵街巷,见大火之后,只剩下一片废墟,几乎连一间完好的房子也找不见。

漫天大雪纷纷扬扬下个不停,天寒地冻,滴水成冰。义军将士在岭南本就没有棉衣,皆着单衣单裤,此时一个个被冻得身子发颤,脸色发青。再加上找不到粮食,义军在江陵无法立足,必须尽快转攻他处,以解衣食之困。

黄巢大军北上荆门,准备攻打江汉重镇襄州。

林言和奴娘带领两万多名水军,沿长江东下,再转入汉水北上,与主力大军水陆并进,约定在襄州会师。

黄巢义军北上进军洞庭湖,荆、襄摇动,消息传来,朝廷上下惶恐不已。

田令孜乘机奏明僖宗,罢去王铎诸道兵马都统之职,改任高骈为淮南节度使、诸道兵马都统;超拔襄州行军司马刘巨容为山南东道节度使,督促他全力阻遏黄巢大军继续北进;擢拔淄州刺史曹全晟为江西招讨使,带兵赶赴襄州,与刘巨容合兵一处,共拒黄巢。

刘巨容原为徐州镇将,曾在平定庞勋之乱时屡立战功,先后被擢拔为明州刺史、楚州团练使。此人智勇兼备，通晓兵法，且善养士卒，治军有方，所部上下一心，将士用命。曹全晟亦是武艺高强，长于骑射，且胆大心细，勇敢善战。刘巨容和曹全晟两部官军有五六万人马，再加上朝廷调派的诸道兵马六万多人，还有收拢来的潭州、江陵溃散将士三万余众，此时二人统有十五万大军。

尽管如此，襄州官军与号称五十万大军的黄巢义军相比，兵力依然众寡悬殊。为阻止黄巢北进，刘巨容和曹全晟开始加紧筹划，周密部署。

义军兵不血刃占领荆门之后，继而向襄州进兵。孟楷率领八万人马为先锋，其后是朱温统领的弩机营、云梯营及其万人护卫队。黄巢、尚让率领主力十数万人马跟进，黄揆则统领五万人马殿后。整个义军队伍呈一字长蛇阵，数十万人马前后排开，首尾相距足足有百里之遥。

孟楷率领先锋人马，从荆门北行二十余里，来到一个叫子陵岗的地方，忽有一彪人马拦住去路。为首一员大将，面黑如铁，手持两把铜锤，骑在一匹乌骓马上，煞是威风。

孟楷拍马上前喝道："你是何人，胆敢阻挡爷爷去路？"

"大胆草寇，我是山南东道节度使帐下大将冯行袭，在此等候尔等贼寇多时，还不快快下马受死！"

孟楷闻言大怒，跃马挺枪去战冯行袭。冯某舞动一双铜锤，与孟楷一来一往厮杀起来。

冯行袭与孟楷大战五十回合，显出力不能支模样，打马转身向北逃去。孟楷哪肯放过，拍马挺枪紧紧追赶。义军将士见官军败退，便一哄而上，向前追杀过去。一时跑得慢的官军士卒，被义军杀死五六百人之多。

冯行袭逃出七八里路，反身又与孟楷厮杀起来。

二人大战三十多个回合，冯行袭又败下阵来，向北逃去。义军紧追不放，又杀死官军多人。看上去，冯行袭所部官兵剩下不足千人了。

孟楷追赶十几里，来到一处山坳之中。冯行袭勒马提缰，待孟楷追至面前，哈哈大笑道："孟楷小儿，还能与我再杀五十个回合吗？"

孟楷笑道："姓冯的，不要说五十回合，再战一百回合，爷爷我也要活捉你！"

冯行袭与孟楷又厮杀在一起。

眼见孟楷所部五万将士追到山坳之中,冯行袭命人吹起号角。霎时间,四面山头上同时响起鼓角声。埋伏在四面八方山崖上的官军万箭齐发,山坳中义军士卒纷纷中箭,非死即伤。孟楷见势不妙,命联络官赶回中军向黄巢告急求援。

在雷鸣般的战鼓声中,从四围山上潮水般冲下来无数官兵,将孟楷人马冲得七零八落,而后一团一团围起来,杀猪宰羊般砍杀起来。

义军将士跑了五六十里路,又饥又渴,十分疲劳,而埋伏在此的官军,以逸待劳,占尽天时地利。

官军人马越来越多,义军死伤累累。

刘巨容在此埋伏了十万人马,仅仅用去一个时辰,便斩杀义军四万余人,其余义军将士,被官军铁桶般围住,陷入灭顶之灾。

联络官飞马南返,告知尚让和黄邺:前军中了埋伏,将士伤亡甚重,情势十分危急,请立即派兵增援!

尚让和黄邺即刻率领大队人马向北疾进,以解前军之危。待他们赶到山口,天色已晚,尚让命将士们点亮火把,呐喊着冲进山坳。

刘巨容见义军主力来到,遂传令鸣锣收兵,官军全都退到山崖上去了。

尚让和黄邺十万人马进入山坳,灯笼火把一片通明。

刘巨容在山头上看得分明,传令将士们对准光亮处轮番射箭。

转眼之间,义军死伤一片。尚让大怒,命盖洪、季达、张言各率所部,分别向周围山头进攻。

义军将士踏雪爬山,一步一滑,十分艰难,被山头守军用弓箭和礌石杀死杀伤无数。

义军三番五次突围,伤亡甚重,却未能攻上山头。

尚让和黄邺无奈,只得命将士们在雪地里露天宿营。

然而,山上官军轮番鼓噪呐喊,不停地射箭,义军将士一夜数惊,片刻不得安宁。

义军人马在冰天雪地之中,饥寒交迫,苦不堪言。待到天亮,许多将士身子冻僵,卧在雪地上动弹不得。

山头官军饱餐之后,鼓角齐鸣,千军万马潮水一般,向腹中空空已经冻僵的义军将士杀来。

义军拼死抵抗,从清晨杀到日暮,伤亡两三万人,官军死伤四五千,各自收兵。

官军在山上吃饭休息,不再攻击义军,只是紧紧围困,将山口封锁得密不透风。

义军在风雪之中,一天一夜没有饭吃,将士们只能吞噬积雪充饥,情势万分危急。

朱温受命救援尚让和孟楷两部人马。然而,他挥动人马,踏着冰雪三次猛攻山口,皆因官军居高临下,滚木礌石万箭齐发而伤亡惨重,始终难以越过山口。

眼见硬攻无效,朱温冷静下来另觅良策,突然灵机一动,想出一套妙法来。

朱温命三千将士不停地搬运石块,另一千人马发起进攻,而后佯装败退。官兵下山追杀过来,朱温便发令用抛石机向官军抛射石块,将官兵砸得死伤一片。待官军退向山口,朱温又命士卒用大弩机发射利箭,官军即刻死伤累累。此时,朱温乘机拍马而出,率领部属推着盾牌车,杀开一条血路,冲进山口。

尚让和黄邺、孟楷见朱温援军来到,赶快上马,率领将士们向山口撤退。

刘巨容在山上看得一清二楚,当即命冯行袭率领骑兵杀下山来。朱温迎战冯行袭,且战且退,一直退出山口。尚让、黄邺和孟楷带领五六千人马,随着朱温冲了出来,其余大部人马被官军截断,围困在山坳之中。

冯行袭率骑兵追出山口,朱温反身与冯行袭厮杀,掩护尚让、黄邺、孟楷人马与黄巢中军会合。

朱温与冯行袭厮杀一阵,见官军越来越多,不敢恋战,只得且战且退。义军的大弩机、抛石机和云梯盾牌车,仓促之中只得全都丢弃。

冯行袭率领骑兵穷追猛打,将冲出山口的义军杀得七零八落。义军四散溃逃,将士们两天没有吃东西,在雪地泥泞之中再也跑不动,被官军杀得积尸盈野。

这边厢刘巨容挥动人马,从四面八方向困在山坳中的义军压下来。因为没了主将,失去指挥,义军士卒又多是刚刚入伍的饥民百姓,未经训练,更没有经过战阵,早已丧失了抵抗力,很快便自行溃散。他们在官军包围圈中没头苍蝇般东奔西跑,或被杀或被俘,五六万大军顷刻覆没。

刘巨容和曹全晟率领十五万大军,紧紧追击义军,一直追到距江陵仅有六十里路的四方铺一带,却突然停了下来。

曹全晟问刘巨容:"大帅为何不让再追击黄巢了呢,追到长江边不就把流寇全都剿灭了吗?"

刘巨容长叹一声,道:"朝廷多负人,有急则抚存将士,事宁则弃之,或更得罪。不如留贼,以为富贵之资。"

曹全晟点头道:"大帅所言极是。穷寇勿追,诚为至理名言,在下受教了。"

黄巢败退至江陵,人马折损大半,仅仅剩下七八万将士。

林言得到消息,急忙率领水军回师江陵。

为避开刘巨容大军追击,黄巢匆忙带领全军上了水军舟船,沿长江顺流而下,一直退到江西境内。

曹全晟身为江西招讨使,不得不率军追击黄巢。哪料想,朝廷忽然敕命泰宁军都将段彦谟为江西招讨使,取曹全晟而代之。曹全晟仰天长叹,感慨刘巨容所言不虚。他停止追击,带着几百名亲兵,悻悻北返而去。

王铎弃守江陵,不战而逃,朝廷将其贬为太子宾客,到东都洛阳赋闲去了。卢携被田令孜重新抬举为门下侍郎、同中书门下平章事,再度当上宰相,重回朝堂理政。

卢携成为首相,将王铎、郑畋举荐的节度使全都撤换掉,并请准僖宗,晋封高骈为检校司徒、扬州大都督府长史、淮南节度副大使知节度事,兼诸道兵马都统、盐铁转运使。

高骈再次成为围剿黄巢义军的统帅,从润州移镇扬州,招兵买马,扩军七万人。他又请准朝廷颁诏,征调天下诸道兵马讨贼,一时声威复振。不久,高骈又晋位检校太尉、同平章事,成为"使相",官高爵显,俨然大唐栋梁,卫国干城。

黄巢义军败退江西,进到鄱阳湖东饶州城。饶州刺史和守军闻风逃跑,义军顺利进占饶州,休整兵马,补充粮草,赶制棉衣,渐渐恢复元气。

为筹集粮饷,补充兵员,东山再起,义军须攻占几个州城,打几场胜仗。众将一致请求攻打池州、宣州，获取江南富庶之地。

林言和季达率领水军两万多人马为先锋，沿长江东下。黄巢统率大军从陆路进兵，分两路进攻池州。

义军顺利攻占池州，接着又攻取宣州。又有许多当地百姓和饥民加入义军队伍，短短一个多月时间，义军人马又增至十五六万之众。

淮南节度使、诸道兵马都统高骈，得知黄巢接连攻占池州、宣州，即派大将张璘从扬州渡江南下，进攻黄巢义军。

张璘点名要来义军降将毕师铎和秦彦，命二人充当先锋，率领两万人马进攻宣州，自率三万大军随后跟进。

毕师铎和秦彦熟知义军兵器和惯用战法，为攻克宣州城，二人向张璘提议，加紧造出一批大弩机、抛石机和云梯盾牌车。

毕师铎和秦彦率先锋人马开到宣州城下，在东门外扎营。

义军东门守将正是盖洪。

毕师铎在一队骑兵护卫下，骑着乌骓马，手提大刀，耀武扬威来到城东门外，高声叫道："城上哪位弟兄在，请出来与我毕师铎相见！"

盖洪在城门楼上瞅见"鹞子"毕师铎，哈哈大笑，朗声答道："鹞子，你难道不认得俺盖某了吗？"

毕师铎见是老友盖洪，在马上拱手施礼道："原来是盖兄在此，多日不见，盖兄可好？"

盖洪笑道："你小子做了几日朝廷什么鸟官，倒学得文绉绉的，一股子酸臭气。有什么屁快放，不要在这里丢人现眼。"

毕师铎熟知盖洪脾性，便直截了当说道："盖兄，兄弟我看在老友分儿上，奉劝你早日回头，归顺朝廷，也好混个一官半职。这般长年累月东奔西逃，南北流窜，何时才能过上安稳日子？何时才能有个前程？"

盖洪骂道："好一个不知耻的东西！想当年你小子在草军中也算得一条好汉，想不到如今做了朝廷鹰犬，反来攻打自家弟兄，算个什么玩意儿？"

毕师铎被盖洪骂得满面通红，秦彦早已忍耐不住，命士卒用大弩机放箭。盖洪浑不知官军有了大弩机,被一箭射中胸膛,登时口吐鲜血,昏倒过去。

在官军强攻之下,城门城楼燃起熊熊大火,义军纷纷退逃。

毕师铎拍马舞刀,率领官军杀进城门,秦彦随后率领大队人马杀入城内。

黄巢得报盖洪重伤,东门失守,官军已杀进城来,不禁大吃一惊。此前,义军从未坚守过城池,也没有守城经验。黄巢遂命季达率部阻住毕师铎、秦彦,命葛从周当先锋,从西门撤退。黄巢和赵璋、尚让、黄邺率领中军人马,紧随葛从周之后退往池州。

葛从周率领所部五千兵马出池州西门,行走不足二十里,两旁突然杀出许多官兵,围住义军砍杀起来。

原来是淮南大将张麟率领三万人马埋伏在此,他们将葛从周行军队伍截成数段,分割围歼。葛从周首尾不能相顾,刚刚加入义军的新兵又不经打,很快便溃散垮掉。

得知葛从周被围,黄巢命尚让与黄揆率领两万人马速去救援。

两方一时杀得难解难分,天昏地暗,直到黄巢和赵璋、黄邺率领中军杀到,张麟不得已鸣金收兵。

黄巢率领义军人马刚刚退回池州,还未能喘口气,张麟便率军杀到城下。幸得林言率领水军从池州码头登岸,杀向围城官军,官军腹背受敌,不得不向后退却。

义军乘机撤出池州,在江边码头登上水军舟船,溯江西上而去,从湖口转入鄱阳湖,从鄱阳湖进入信江,接着攻占江畔饶州城。稍作停留,张麟已率人马追击而来。

义军继续溯信江而上,沿途占了几座县城,可其间不断被张麟追击,伤亡逐渐增多。进入信州境内时,义军只剩下六万多人马了。

张麟再次追击而至,数次试图攻城,被义军苦苦打了回来。

在信州城,官军与黄巢义军形成对峙之势。

梅雨季节来临,接连数日阴雨绵绵,潮湿闷热。义军中疫病流行,死亡近半,剩下三万多人马,也大多染病。

张麟营中同样疾疫流行,只是官军有医有药,死亡略少一些。

更紧迫的是，高骈增派的两万人马即将抵达信州。官军在兵力、物力上占据优势，义军处境日益困窘。

为摆脱困境，保存实力，黄巢决意施行诈降之计。

黄巢想到了毕师铎。

黄巢与毕师铎是冤句同乡，二人少年时便是十分要好的朋友。他们在盐帮中互相帮衬，交情深厚。王仙芝首举义旗，毕师铎亲到黄集，联络黄巢共同起义。眼下若黄巢出面，向毕师铎表明归顺朝廷之意，毕师铎十有八九会在张麟和高骈面前说合，请求高骈招安义军。

黄巢亲笔给毕师铎写了一封书信，畅叙二人往日情谊，表明自己和义军兄弟们皆已厌倦四处流窜的日子，决心归顺朝廷，请毕师铎在张麟将军和高使相面前多多斡旋，尽力促成招安之事。

毕师铎深信不疑，当即将书信呈交张麟，请他禀报高使相，尽快招安黄巢。然而，张麟却不置可否，只对毕师铎说，兹事体大，须慎重待之。

毕师铎暗自揣测，张麟许是想收受贿赂，便给黄巢传信，要多多馈赠张麟贵重礼物。

黄巢深知朝廷官场恶习，便给毕师铎送去三百两黄金，请他转赠张麟。

张麟收到黄澄澄的金砖，果然热情起来。他要毕师铎转告黄巢，须向高骈呈递一通正式请求招安的书状，以便高骈呈报朝廷。

黄巢很快写好书状，送给张麟。张麟又亲笔给高骈写了一封书信，信中极言黄巢诚心归顺，务请高公奏请朝廷，尽快招安黄巢。张麟派两名专使，飞马赶赴扬州，将书信连同黄巢书状一并呈交高骈。

看过黄巢书状和张麟书信，高骈暗暗欢喜，如能招安黄巢，不但为朝廷消除了心腹大患，也成就了自己的盖世之功。他用四百里急递向朝廷奏报招安之事，并呈上黄巢书状。

此时，朝廷为剿灭黄巢义军调集的昭义、武宁、义武诸镇五万兵马，已经到达淮南。高骈为贪一己之功，请求朝廷遣回诸道兵马。他在奏章中说："贼不日将平，不烦诸道兵，请悉遣归。"

　　僖宗接到高骈奏书,自然大喜过望,当即颁诏,拟授黄巢节度使之职,同时敕命刚刚抵达淮南的诸道兵马各回本镇。

　　张麟亲到黄巢军营,向黄巢贺喜。黄巢摆设宴席,两军将领在宴会上称兄道弟,把酒言欢,尽醉而归。

　　次日,黄巢向张麟请求:义军将士染上疾疫者甚多,日后就要遣散,要先给他们治好病,否则,恐怕到时难以驯服听命。

　　张麟欣然允诺,派人给义军送来不少草药。

　　半月之后,义军将士身体渐渐康复,队伍恢复了生气。

　　黄巢早已打定主意,先吃掉张麟,而后分兵攻占宣州和江南诸城。

　　六月九日半夜时分,朱温带三百壮士,潜行至张麟军营外。尚让则率领两万人马,悄悄包围官军营地。

　　十名武艺高强的壮士以迅雷不及掩耳之势将官军守门卫士杀死。朱温和三百壮士突进营寨,直扑张麟中军大帐。

　　时值盛夏,酷热难当,张麟等至夜凉才刚刚入睡。朱温和壮士们已来到帐外,两个卫士正在通风处乘凉,还没有明白怎么回事,脑袋便搬了家。

　　张麟听到响动,迷迷糊糊地问道:“哪个在闹腾?”

　　朱温冲进大帐,举起长斧砍下去,张麟“啊”地惨叫一声,头颅骨碌碌滚落于地。

　　朱温命壮士燃起火把,点燃官军营帐。霎时间火光冲天,照亮半个夜空,这是朱温和尚让约定的信号。

　　尚让看到火起,命号手吹响号角,义军人马呐喊着,从四面八方潮水般冲进官军营寨。

　　官军士卒大多连衣服也没来得及穿上,便做了义军俘虏。

　　毕师铎和秦彦听到震天动地的号角声呐喊声,情知不妙,赶忙上马逃走。毕师铎绰号“鹞子”,秦彦绰号“兔子”,顷刻间二人已不见踪影。

　　待天色大亮,义军清点俘虏,共计四万五千有余。另有马匹、粮食、钱币、药材等,连同大弩机、抛石机和云梯盾牌车,全被义军缴获。

　　黄巢兵分三路向江南进军,意图在适当时机,渡过长江,进兵中原。

第一路东路军,由尚让、孟楷、黄揆率领两万人马,进兵浙西浙东;第二路中路军,由黄巢、赵璋、盖洪、朱温率领主力四万人马北上,攻占歙州、宣州,饮马长江;第三路西路军,由黄邺、林言、季达率领两万水军,乘船经信江、鄱阳湖转入长江,而后会合黄巢中军,选择渡口摆渡大军过江。

装备既齐,人马充足,规划已定,义军各路人马便迅疾出击,一路攻城略地,直至占领宣州。随后继续向北,抵达长江南岸。因一时没有找到合适的渡口,义军便沿江东下,进兵当涂,夺取采石渡口,三路大军从采石渡江北上。

不过十日,黄巢义军便全部渡过长江,逼近扬州。

黄巢兵临扬州,高骈下令紧闭城门,不许一兵一卒出战。

朝中文武大臣一片哗然,连尽力推举高骈的宰相卢携都感到纳闷:高骈意欲何为? 当朝名将难道被一群流寇吓破了胆吗?

十二　风吹芳兰折，日没鸟雀喧

早在黄巢大军从采石渡江时，高骈便已得到探报。

毕师铎求战心切，请求带兵前往和州，乘义军半渡截杀之，以免义军渡江后围攻扬州。高骈的谋士吕用之担心，若毕师铎带兵阻击黄巢，建立大功，势必获得高骈乃至朝廷信用，会减弱高骈对自己的依赖和宠信。于是，他极力劝阻高骈道："如今高公勋爵和官位皆已登峰造极，贼寇尚未剿灭，朝中便有人说三道四。若高公一举荡平黄巢，便会功高震主。常言道：'狡兔死，走狗烹；高鸟尽，良弓藏；敌国破，谋臣亡。'到那时，高公不惟得不到任何奖赏，反会招来朝廷更多猜忌，必将祸及自身，悔之晚矣！"

高骈闻言动容，回想起自己镇守安南和西川的两次遭遇，不免心寒齿冷。多年来自己受朝廷猜忌，就像风筝一样，在茫茫碧空之中飘来荡去，没有片刻安定之时，而任意牵引摆布风筝的那根长线，牢牢握在朝廷佞臣手中。

思虑良久，高骈打定了主意：固守城池，保存实力，挟寇自重，割据江淮富庶之地。于是，他严令众将，不得擅自出兵与黄巢交战！

黄巢义军占领六合、天长后，毕师铎又请求出兵："黄巢贼军渡江后，所经之地如入无人之境。如今朝廷指望的就是都统您，若是不在江淮之间将黄巢剿灭，待其渡过淮河，中原势必难保！"

高骈也觉兹事体大，便又去请教吕用之。吕用之说："若黄巢大军渡过淮河，直捣中原，引起两京震恐，朝廷君臣必会百般请求高公出兵剿寇。那时，使相再发兵中原，荡平贼寇，方显高公乃朝廷柱石国家栋梁，须臾不可或缺。朝中大臣便会对高公顶礼膜拜，奉若神明。这便叫作择机而动，待价而沽，就如同博彩一般，适时投机下注，方可一本万利。"

高骈又一次茅塞顿开，对吕用之佩服得五体投地了。

这吕用之乃鄱阳人，父祖辈皆为茶商。他自幼随父经商，往来于广陵、鄱阳之间。十二岁时，其父去世，他便随母投靠了舅父。其舅父是大茶商，家中累资巨万。吕用之在舅舅家长大，丰衣足食，养成游手好闲恶习。舅舅看吕用之不成器，对其严加管教，常常用马鞭子抽他。吕用之心中愤然，决意报复舅舅，找来狐朋狗友张守一、诸葛殷商议，密谋盗取舅舅家藏金条银锭，到九华山拜方士牛弘徽为师，练习方术，而后云游四海，过神仙般快活日子。

三人计议已定，便在夜间下手。半夜时分，三人带上口袋、绳子，来到银库房后，张守一在地面望风接应，吕用之与诸葛殷爬上屋顶，揭开屋瓦，将绳子系在屋椽上。吕用之顺着绳子溜下去，将金条、银锭装进口袋，由诸葛殷用绳子一袋一袋提溜上去，然后从屋檐处吊下，张守一在地面接着。

三人得手之后，每人背着一袋沉甸甸的金银，从下水道钻出院子，直奔九华山而去。

三人在途中分赃，张守一和诸葛殷各分得金条三十根、银子六十三锭；吕用之既是主谋，又有半个主人身份，分得金条一百零二根、银子八十锭。

舅舅见家中密藏金银被盗，而吕用之又突然失踪，便断定是外甥做了家贼。他急忙命人四处寻找，哪里还有踪影？舅舅想着自己苦心经营大半生，好不容易挣下巨额家财，竟一夜之间化为乌有，气得口吐鲜血，一命呜呼。吕用之母亲见儿子做下此等辱没祖宗之事，也无颜面在娘家活下去，遂找来一根麻绳，当夜便悬梁自尽了。

吕用之和张守一、诸葛殷来到九华山，投在方士牛弘徽门下为徒。牛弘徽本看不上他三人轻薄浮浪的做派，怎奈三人苦苦纠缠，并拿出三十锭银子献给牛弘徽，说是倾家荡产千里迢迢来投大师，一心一意要修炼方术。牛弘徽仙风道骨，要说也并非见钱眼开之辈,但他看着三十锭白花花的银子放在面前,一时眼睛有点花,头也有点晕,竟身不由己地收下了这三个徒弟。

于是,诸葛殷、张守一和吕用之跟着牛弘徽修炼起方术来。

何谓方术?在古代中国,方术是一个十分宽泛的领域,它囊括天文学、医学、神仙术、占卜、相术、遁甲、堪舆术等。从轩辕黄帝时代到周、秦、汉、唐,上自天子诸侯,下至平民黔首,修炼方术者代代不绝,乃至蔚然成风。方士主要修炼占卜、相术和堪舆之术,更有方士专事驱邪除魔、捉妖拿怪和炼丹之术,往往博得祈求长生不死的帝王权臣青睐而大行其道。

吕用之三人在牛弘徽处待了些时日,习练些祭神、驱鬼和炼丹术之后,再也不想过那种与世隔绝的苦修日子,便不告而辞下了山。牛弘徽心中清亮,这三个角色本就不是修仙炼丹的坯子,也便由他们去了。他自然没有想到,他的这三个"徒弟"吕用之、诸葛殷和张守一,竟会在唐末名噪一时,以至欧阳修、司马光等也不得不在新、旧《唐书》和《资治通鉴》中为他们涂上浓墨重彩的一笔。

话说吕用之三人下得山来,计议一番,决计分头经营,各占一块地盘兜售方术。张守一北上,诸葛殷去江南施展,吕用之念念不忘扬州富丽繁华,便以扬州为巢穴,在江淮一带大显身手。三人相约,比一比谁手段高明,能率先打出一方天地来。

吕用之来到扬州,以九华山牛弘徽大师高徒相标榜,吹嘘自己十年修炼真功,成为玉皇大帝使者,但凡天上人间之事,无所不晓;占卜、相术、测命、驱邪、镇鬼、堪舆、炼丹、求仙等等,无所不能。

在扬州厮混日久,吕用之结交了不少江湖朋友。他手中有的是金银,与朋友宴饮冶游,总是抢先付钱做东,出手大方阔绰。扬州缙绅士子、吏人衙役、僧道方士、富商大贾、牟卒将校乃至地痞无赖、浮浪子弟,无不争相与吕用之交往。于是,吕用之在扬州名声大振,成为家喻户晓的著名方士,其装神弄鬼的一套把戏也被传得神乎其神。

高骈正是一个笃信方术之人,他朝思暮想入朝为相,成为独揽朝纲的荣贵权臣。只不过,朝中大臣对他褒贬不一,入朝为相似乎总是可望而不可即。高骈心中烦闷,便想找一个高明方士测算一番。恰巧,高骈帐下大将俞公楚是吕用之好友,便在高骈面前替吕用之吹嘘了一番，高骈即命俞公楚将吕用之召来，为其卜测运数。

吕用之早已将高骈作为自己在扬州的最高猎获目标，他随俞公楚来到使府，心中已经做好了盘算，不卑不亢风度超然地来见高骈。

吕用之察看了高骈面相，坐在那里眯着眼睛一言不发。

高骈心急难耐，连连催问几次，吕用之装腔作势，半闭着眼睛，口中徐徐说道："天机不可泄露。"

高骈急忙斥退左右，请"大师"赐教。

吕用之这才不慌不忙地站起身来，向高骈施礼道："磻溪真君拜见玉皇之子高公！"

高骈晕头转向，一时摸不着头脑，再次请大师赐教。吕用之极其神秘地说："高公实乃玉皇大帝第三子，受命下界，当为人君。大唐气数将尽，玉皇特派我磻溪真君下界，辅佐高公成就帝业。"

高骈大吃一惊，随后又一阵狂喜。但他也并不是傻瓜，此等惊天之言，怎可一听即信。他死死盯着吕用之的眼睛，似笑非笑道："大师所说，实乃大逆不道之言，未免过于大胆了。"

吕用之却毫不慌张，微微一笑："磻溪真君岂能欺骗玉皇之子？高公如若不信，可即刻派人到后土庙西北角十步远处，挖地三尺，必有玉皇授给高公的金简，一看便知端底。"

高骈心中一时半信半疑，当即请吕用之带路，亲自带几个亲信兵士前往后土庙看个究竟。吕用之指定一处荒地，说金简便在此处。俞公楚正要指挥士卒开挖，高骈喝住众人，亲自俯身仔细察看。只见此地荒草长得有一尺多高，与附近地面没有两样，没有丝毫挖掘过的痕迹，这才命牙兵动手挖开。

不多时，牙兵果然挖出一块金简，上面铸有七个大字："玉皇授三子高骈"。俞公楚和牙兵一个个惊得目瞪口呆，高骈更是半天说不出话来。

次日，高骈便拜吕用之为军师，位在众将之上。幕府官员和帐下将领，皆须遵从军师号令，有敢违拗者，斩！

吕用之自此一步登天，高骈对他言听计从。吕用之兀自装神弄鬼、呼风唤雨，把富庶繁华的扬州城弄得鸡飞狗跳、乌烟瘴气。

黄巢义军渡江之后，兵锋指向中原和两京。田令孜预感大事不妙，自己的荣华富贵已经岌岌可危，他忧心忡忡，寝食难安，日夜思虑着，为自己谋划一条妥善的后路。

田令孜原姓陈，剑南西川人氏，原籍许州，家有兄弟二人。兄长陈敬瑄是一个无业游民，终日在许州街头游手好闲，无所事事。田令孜发迹之后，便想着给哥哥谋一个正经差事。

找了个机会，田令孜向许州刺史、忠武军节度使崔安潜通融，想让兄长陈敬瑄出任许州兵马使。想不到崔安潜一口回绝，丝毫没有商量余地。田令孜气得想一刀宰了崔安潜。可他忍下了这口气，因他知道崔安潜出身名门，父兄皆曾为将相，其家族在朝中树大根深。更何况，崔安潜统率的忠武军，能征善战，屡建功勋，闻名天下。宰相郑畋对崔安潜十分赞赏，曾几度向僖宗推举他代替宋威做招讨使。一时之间，田令孜对崔安潜还无可奈何。

许州之路不通，田令孜索性将哥哥陈敬瑄安插在神策军中，一年当上中侯，品秩为正七品下；第二年做了将军，从三品官阶；第三年擢升大将军，成为正二品大员、神策军统帅，位在护军中尉之上。

田令孜左右盘算许久，想起安史之乱时玄宗曾经逃至西蜀避难，便暗自下定决心，万一黄巢大军打进京城，他索性挟持僖宗到成都去，在那里维持一个小朝廷，总强过做黄巢阶下囚。

成都属剑南西川，加上剑南东川和山南西道，并称为三川。田令孜知道，一旦朝廷播迁西川，则号称东川的剑南东川和山南西道便是西川门户和屏障。三位一体，方能成为一个封闭王国，从地理上说才便于防卫。田令孜决意把三川节度使尽行调任，换上自己心腹之人。西川节度使之职尤为重要，须让兄长陈敬瑄出任。届时，将成都作为都城，便可大权在握，万事无虞。

说来也巧，现任成都府尹、剑南西川节度使正是田令孜厌恶的崔安潜。一定要让他滚开，由兄长陈敬瑄取而代之！

　　田令孜盘算已定，便在僖宗面前摇唇鼓舌，说是方镇节度使拥兵自重，尾大不掉，长此以往，势必养虎遗患。尤其三川之地，山河险阻，易守难攻，最易弄成独立王国。眼下三川节度使皆不可靠，须换上效忠朝廷之人，方可除去后顾之忧，云云。

　　僖宗对中尉"阿父"田令孜一直言听计从，如今"阿父"殚精竭虑为国分忧，所说皆老成谋国之言，更是笃信不疑，句句照准。

　　田令孜郑重其事，将四位左神策军大将陈敬瑄、杨师立、牛勖、罗元杲荐举给僖宗，要僖宗在四个人中选取三人，分任三川节度使。

　　"四选三，如何选法呢？"僖宗似乎有些为难。

　　田令孜却笑而不语。

　　"有了！"僖宗突然大叫一声。

　　田令孜吓了一跳，忙问："有什么了？"

　　原来，僖宗不愧是自封的"击鞠状元"，此时心有灵犀，居然独出心裁，想出用马球比赛选拔节度使，可谓前无古人，后无来者。

　　这日，天气晴和、阳光灿烂，北苑球场上，将士队列整齐，肃然而立，恭候当朝天子僖宗驾临。

　　天子仪仗和宫廷护卫前呼后拥，进入军营，田令孜陪同李儇骑马来到球场。罗列四围的神策军将士齐刷刷跪拜于地，山呼万岁。

　　通事舍人宣赞：今日击鞠比赛，御驾亲临观战。圣上口谕，球赛赏格，前三名除任方镇节帅，拔得头筹者，敕封剑南西川节度使；拔得次筹者，封为剑南东川节度使；获第三名者，封山南西道节度使。

　　神策军将士闻听此言，一个个惊讶得张大嘴巴，半天合不拢。

　　乐伎们奏起《破阵乐》，在雄壮激越的战鼓声中，马球赛开打。

　　神策军大将陈敬瑄、杨师立、牛勖、罗元杲在球场上策马飞驰，奔腾追逐，挥杖击球，大显身手。拳头大小的红色木球在空中飞来飞去，将士们发出阵阵的呐喊叫好声。

　　却不知，比赛名次早就由田令孜内定过了。

　　参赛的神策军四员大将，早就接到了田令孜中尉密令，一切心照不宣，比赛不过是走走过场，糊弄一下李儇而已。

不言而喻，比赛结果和田令孜指令毫无二致：陈敬暄拔得头筹，荣获冠军，杨师立和牛勖分获亚军、季军。

僖宗李儇金口玉言，当即命知制诰草敕，封陈敬暄为剑南西川节度使，杨师立为剑南东川节度使，牛勖为山南西道节度使。

接下来，田令孜以"剿寇"为名，调崔安潜充任诸道兵马副都统，限期到任；陈敬暄、杨师立和牛勖皆兴高采烈赴任去了。

皮日休多次上书朝廷和吏部，请求离京外任地方官。恰巧罢相后以太子宾客分司东都的郑畋又被朝廷召回，改任吏部尚书。郑畋对皮日休被郭七郎顶缸未能出任横州刺史一事，耿耿于怀，他到任吏部后，便尽力为皮日休斡旋，终于为其谋得一份差事：毗陵副使。

毗陵，即江南常州，乃富庶之地、鱼米之乡。

皮日休打点好行装，到郑畋府告别，又见到了灵珠姑娘。

皮日休知道，罗隐离京南下之后，在几个州郡做过幕僚，长者不到一年，短者只有数月。他漂泊流离如转蓬，久无音信，害得灵珠姑娘愁肠百结，常常以泪洗面。杜荀鹤回到家乡之后，倒是来过书信，谈起过罗隐行踪，只是近年来池州战乱频仍，杜荀鹤也音信杳然了。

皮日休告诉灵珠，他到江南后会多方打听罗隐行止，一旦有了消息，一定来信告知。他也只能如此安慰灵珠姑娘了。

皮日休已计划好，乘江南赴任之机，先告假回家乡襄州竟陵省亲。这日，他给夫人刘氏和一子一女雇了辆牛车，自己骑上一头毛驴，出长安通化门，东行二十里，来到灞河桥头。

灞桥，因临近汉文帝灞陵，故名灞陵桥。此桥原为春秋时秦穆公下令修建，隋文帝开皇三年，又在旧桥之南另建一桥，成为南北二桥。唐代在灞桥设有馆驿，为京城东去的首站。西京官民习在灞桥桥头送别亲友，此桥遂成离别伤怀之地，因此被称为销魂桥。

今日却没有人为皮日休送别。

　　时值暮春季节，灞河岸上杨柳千万条绿色丝绦随风舞动。杨花似雪，在空中飘荡，恰似离情别绪，丝丝缕缕，缠缠绵绵，纷纷乱乱，无边无际。

　　皮日休没有与亲友伤别的离情，却有着对朝廷无道的伤心和报国无门的悲愤。遥想先贤李白，遭高力士谗毁，被玄宗称为"此人固穷相"而礼送出京。李白从灞陵桥东去，游历洛阳和梁宋，后寄居东鲁，辗转飘零，客死当涂。皮日休对李白遭际感同身受，此时触景伤怀，激情奔涌，诗句像流泉飞瀑般倾泻而出：

　　　　吾爱李太白，身是酒星魄。

　　　　口吐天上文，迹作人间客。

　　　　…………

　　忽然传来九岁儿子光业的喊声："阿爹，咱们快上路吧！"

　　皮日休收拢纷繁思绪，跨上驴背，追上牛车，沿着驿道向东缓缓而去。

　　从长安到襄阳，最近的路径是走蓝田关至内乡新开山道。皮日休为到华阴看望聂夷中，便舍近求远，用五天时间，来到华阴县。

　　聂夷中与皮日休骤然相见，喜出望外。他一迭连声吩咐家人杀鸡宰羊，又亲手搬出家乡的杜康酒，款待老朋友。

　　当晚，聂夷中与皮日休坐在炕头竟夜长谈。

　　聂夷中显得苍老憔悴，刚刚四十二三岁的人，已是满头白发，脸上刻下一道道深深的皱纹。

　　皮日休询问长安别后境况，聂夷中连连摇头叹气说，做这种终日敲扑百姓的虎狼官，良心受尽煎熬，人格横遭摧残，真是度日如年。鞭打黎庶，欺压良善，于心何忍？可上司催逼，长官督命，推无可推，逃无可逃，如之奈何？他早就想辞官归乡，躬耕垄亩，只是家中仅有几十亩薄田，实在难以养家糊口，方才耽延至今。

　　两人谈及华阴县庄稼收成和百姓生计，聂夷中叹息说："华阴是关中次畿县，较之战乱频仍的关东和荆湖、江南等地，近年尚算平安。只是，朝廷为剿灭王仙芝、黄巢，一再增派捐税。去年摊派的两税和兵饷，已是乾符元年的三倍，明年的两税已提早收过了。老百姓被敲骨吸髓，家破人亡，多少人逃亡山林，以躲避官府的盘剥和劳役。华阴县原有民户八千，五万多人口，如今剩下不足三万人口了。"

说到伤情处，聂夷中潸然泪下，不由自主吟诵起自己的新诗《伤田家》：

二月卖新丝，五月粜新谷。

医得眼前疮，剜却心头肉。

我愿君王心，化作光明烛。

不照绮罗筵，只照逃亡屋。

皮日休说："坦之兄，你不在朝中，不知朝廷之事。当今圣上终日歌舞宴饮、游戏畋猎、斗鸡走狗打马球。对于乐伎和内侍宦官、内苑小儿，圣人动辄赏赐数十万钱，国库帑藏早已挥霍一空。朝廷君臣谁去想百姓生计，哪管穷人死活？田令孜等辈，只知作威擅权，欲壑难填，公然受贿卖官！天下无道，民不聊生，盗贼蜂起，国运衰败，已是日暮途穷了。"

聂夷中说："袭美兄，你我生不逢时，无力回天，只能今朝有酒今朝醉了！"

皮日休说："太白诗云：抽刀断水水更流，举杯消愁愁更愁！我辈除却借酒浇愁，又能何为？"

皮日休原本嗜酒，自号"醉民""醉士""醉吟先生"，实则不过是借酒浇灌胸中块垒。

今日老友相逢，酒逢知己，自然要一醉方休。二人你一杯，我一杯，喝得昏天黑地，忘乎所以。

二人醉卧两日夜，方才醒来。

皮日休向聂夷中辞行，聂夷中挽留不住，好不容易买来些牛肉，做了若许干粮，又搬出珍藏的几坛杜康老酒，装上牛车，一直将皮日休送至潼关，二人方依依惜别。却不知，此一别便无再见之日，聂夷中不久即辞官回到家乡洛阳，三年后在贫困交加中郁郁而终。

皮日休出了潼关，进入河南府地界，愈来愈觉荒凉破败。放眼望去，只见荒山秃岭，田地荒芜，村庄寂寥，不闻鸡鸣犬吠之声。

一路车行劳顿，皮日休一家到达了东都洛阳。洛阳虽比不上长安繁华，毕竟是大唐两京之一，有宫城、皇城、外郭城，有一百零三坊、二市，还有神都苑和上阳宫。

皮日休进得城来，在清化坊都亭驿将家人安顿下来。他打算在洛阳住上几天，一来歇脚，二要备些食品和路上需用之物。

时令已届清明，正是豪门贵胄富家子弟春游踏青的好时光。日暮时分，王孙公子鲜衣怒马、华车绣幰，在大街通衢往来飞驰，如入无人之境。

皮日休来到皇城端门外，见洛水河道在此处分为三支。在正对端门的三条河道上，筑有三座桥，中间最大的那座名曰天津桥，是洛阳热闹去处。皮日休站在天津桥上，望着从周武王时开始建造的王城、如今的宫城，遥想在此建都的东周、东汉、曹魏、西晋、北魏以至隋、唐等王朝的兴衰更替，再看当今岌岌可危的大唐天下，怎不感慨系之！一时胸中浪涛翻滚，诗思喷涌，《洛中寒食二首》脱口而出：

> 千门万户掩斜晖，绣幰金衔晚未归。
>
> 击鞠王孙如锦地，斗鸡公子似花衣。
>
> 嵩云静对行台起，洛鸟闲穿上苑飞。
>
> 唯有路傍无意者，献书未纳问淮肥。
>
> 远近垂杨映钿车，天津桥影压神霞。
>
> 弄春公子正回首，趁节行人不到家。
>
> 洛水万年云母竹，汉陵千载野棠花。
>
> 欲知豪贵堪愁处，请看邙山晚照斜。

"好诗！好诗！"有人在皮日休背后击掌赞叹。

皮日休回头看去，却是一位四十多岁的秀才，头戴折上巾，身穿蓝袍衫，一派风流儒雅气概。

皮日休向秀才作揖唱喏，道："在下皮日休，不敢承郎君谬奖。请问高姓大名？"

秀才赶忙叉手还礼道："在下韦庄，字端己，杜陵人氏。久闻博士大名，无缘拜识，今日路遇醉吟先生，实乃三生有幸！"

皮日休一喜，朗声道："原来是端己贤弟，鹿门子久闻贤弟诗名。大作《悯耕者》广为流传，'何代何王不战争，尽从离乱见清平。如今暴骨多于土，犹点乡兵作戍兵'。此诗真真令人难忘。"

韦庄忙道："博士见笑了！学生也早已熟知先生的《三羞诗》《哀陇民》《农父谣》和《鹿门隐书》，对先生仰慕之至！"

皮日休连忙摆手道："惭愧，惭愧！如今看来，此皆泛泛之作，与世何补！"

韦庄却说："此地不是说话之处，在下敢请先生到寒舍一叙。"

皮日休愣了一下，韦庄忙道："舍下离此不远，就在皇城东面的履顺坊，与清化坊相邻，博士可在都亭驿歇足？"皮日休点点头。

韦庄高兴地一拍手道："真是有缘千里来相会。在下与先生同居西京多年，居然无缘相识，如今却在东都巧遇，岂非天意？先生万勿推辞，一定屈尊到寒舍一叙，聊表学生景仰之忱。"

皮日休无可推托，便随韦庄前往履顺坊。

说起这韦庄，乃是京兆府万年县杜陵人氏。杜陵韦氏乃名门望族，从周至隋，历代有人在朝中官居高品。唐代，杜陵韦氏更是卿相辈出。韦庄高祖韦见素，是玄宗天宝年间宰相。到韦庄祖、父辈，家道虽已中落，但仍是名门大族。韦庄不仅在西京长安有宅邸，且在华州、虢州、河内和河南府颍阳县置有田产或庄园，在洛阳城内亦有宅邸，郊外有庄田。

虽说韦庄出身名门，可他科场并不顺遂，多次应试皆因"要路无媒"而落第。如今，韦庄已四十挂零，仍是白丁一个。

也许由于屡试不第，韦庄对朝政昏暗和达官显贵尸位素餐颇有微词。黄巢义军在湖南和江陵大败李系和王铎后，韦庄曾赋诗讥刺当今天子昏庸和将帅无能，诗曰：

> 几时闻唱凯旋歌，处处屯兵未倒戈。
>
> 天子只凭红旆壮，将军空恃紫髯多。
>
> 尸填汉水连荆阜，血染湘云接楚波。
>
> 莫问流离南越事，战余空有旧山河。

此次邀得皮日休，韦庄颇为兴奋，二人举杯痛饮，一见如故。

醉眼蒙眬中，韦庄邀皮日休到书房，将诗稿取出，请皮日休指教。

皮日休对韦庄诗词大加赞赏，尤对其词作赞不绝口："端己曲词清新自然，状物达情深切细腻，疏密有致，真挚感人。楚辞汉赋晋文章，新诗和古文之后，曲子词兴起于世。文人雅士、市井细民、乐伎歌女传唱于街巷闾里歌楼酒肆，别开生面，令人耳目一新，前景无可限量。愿君好自为之，为文苑留下锦绣篇章！"

韦庄忙道："先生过奖了。学生心情郁闷之时，填上几阕曲子词，被之管弦，歌舞一番，如同杜康解忧，聊释愁怀而已，岂敢希图传世留名！"

皮日休说："在下对大作绝非面谀之辞，万古江河将会做证，端己词作必将流传千古！"

说着，皮日休情不自禁捧起词稿，吟诵起来：

> 洛阳城里春光好，洛阳才子他乡老。柳暗魏王堤，此时心转迷。

> 桃花春水渌，水上鸳鸯浴。凝恨对斜晖，忆君君不知。

皮日休品味再三，击节赞叹道："好词，好词，真乃绝妙好词！"

韦庄长叹一声道："先生如此谬奖，在下无地自容。曲子词，近乎民谣俚语，难登大雅之堂，不过雕虫小技罢了。能诗岂是经时策，爱酒原非命世才。在下一腔热血，报国无门，也只能唱唱曲子，填几阕小令而已。"

皮日休安慰道："李太白诗云'天生我材必有用'，我看端己绝非蓬蒿之人。一遇时机，即可大展宏图。"

二人长谈竟夜，不觉东方既白。

在韦庄的陪同下，皮日休逛了北市、南市，购得几卷阮籍和嵇康诗文，如获至宝。

不几日，皮日休和家人就要离开洛阳南归竟陵，韦庄为皮日休备好干粮，又特意送上杜康老酒，有整整十坛之多。

韦庄将皮日休送至洛阳城南二十多里的伊阙，二人一同游览过龙门石窟，就此作别。韦庄要将坐骑送给皮日休，皮日休无论如何不肯接受，说是马匹不好喂养，还是骑驴好，韦庄只得作罢。

皮日休与家人从龙门南行，经临汝县到达汝州。此地前不久经历兵燹，城池残破不堪，烧毁的城门楼没有重修，刺目地坍塌在那里。街道两旁，断垣残壁，处处是废墟和瓦砾。城中街市一片萧条，寥寥几个开张的店铺冷冷清清，似乎没有什么生意。

路过郏城、鲁山二县，人烟更加稀少，田野一片荒芜。路上偶遇行人，多是流亡行乞者，一个个面黄肌瘦、形容枯槁。皮日休心情沉重，想要接济饥民又无能为力，只有仰天长叹，心中流泪。

自鲁山到南阳途中，皮日休遇见一个饿得倒在路旁的十二三岁少年，伸出手来向行人求救，似乎连喊叫一声的力气都没有了。皮日休翻身下驴，拿出两个胡饼让他吃下去，又慢慢喂了他一点水。那少年有了些力气，用头往地上磕两下，算是表示对救命恩人的感谢。皮日休问少年父母可在，少年摇摇头；问他家中有无亲人，少年依然摇头；再问他家在何处，要不要把他送回家去，少年又是摇摇头，断断续续说出一句话："村子里……人……都饿死了。"

皮日休心中一紧，眼泪潸然流下。然而，他又能说什么，又能做什么呢？

皮日休用衣袖擦去泪水，骑上毛驴，在荒野上缓缓南行。

古城南阳，皮日休一行人进得城中，想买些食物，然而奔波半日，未能找到吃食，仅有的饭铺里，只有糠菜做成的团子售卖。皮日休走遍南阳街巷坊市，买不到一点粮食，好不容易用三千钱买来一升橡子面，聊在路上充饥。

还未走到襄州，皮日休和家人就每日只能吃一顿橡子面糊糊了。夫人本来正在给十个月的女儿哺乳，但奶水很快就没了。小女儿终日饿得哇哇啼哭，皮日休五内如焚，却毫无办法。三日后，在即将到达襄州时，小女儿竟被活活饿死。

皮日休欲哭无泪，在路边荒岗上草草掩埋了小女儿，站在坟前久久地发呆。

夫人的哭声使他回过神来，皮日休失魂落魄，一步一回头，口中喃喃自语：

　　　一岁犹未满，九泉何太深。

　　　唯余卷蒝草，相对共伤心。

这日黄昏，皮日休和家人终于抵达襄阳。

襄阳是山南东道首府，节度使驻节地，是江汉之间一大都市。然而，此地景象似乎比南阳更惨。去年黄巢义军占领江陵之后，曾进军襄州。官军在襄阳以南与义军大战，义军败走鄂州、江州，没有进入襄阳城。可襄州城乡百姓饱受官府敲诈盘剥，又遭各地奉诏前来剿贼的官军三番五次抢掠，弄得十室九空，即便没有饿毙者，也大多逃亡山林去了。

皮日休早年隐居襄阳东南三十里鹿门山，故而自号鹿门子，对襄州再熟悉不过。如今他走在襄阳大街上，处处触目惊心。街巷空旷寂寥，几乎见不到人影，也不见店铺开张。许多人家门前院中，长着齐腰深的荒草，连汉阳王旧宅也是蓬蒿遍地，成为鸟雀栖身之地。

皮日休在汉阳王府大门外徘徊，遥想当年王府辉煌煊赫气势，再看眼前衰败残破景象，不禁感慨万端。

从襄阳再往南行，全是近年几经战乱之地。皮日休一家人从早至晚赶路，几乎见不到人影，处处荒无人烟，自然也买不到食物。

一家人接连两天没有吃食，饿得少气无力，快要支撑不下去了。皮日休只得到深山里寻找食物。

他沿着山间小道走了很远，来到深山密林之中，忽见一位老妇，像是正在捡拾东西。

皮日休走上前去，向老妇施了一礼，问她在做甚。

老妇先是吃了一惊，抬眼仔细打量皮日休，见他文质彬彬、端方有礼，这才指着装满橡子的竹筐让他看，说是捡拾橡子充饥。

皮日休问老妇家中还有什么人，老妇神情木然地告诉他：儿子被官府抽丁抓走后没有音信，儿媳被官兵掠去，至今尚无下落。乡吏把家中收获的稻谷，一石算作五斗，全都强取夺走，老伴儿在春天里已活活饿死。可怜五岁的小孙孙，吃橡子面拉不下屎，得了"结症"，三天前也死掉了。

老妇说着这些，并不显得悲痛，也没有眼泪。

皮日休知道，老妇的眼泪早已流光了，而他自己，一句话也说不出来。

皮日休木然地跟随老妇来到她家中，但见茅屋坍塌半边，院中荒草萋萋。老妇似乎知道皮日休来意，取出家中仅有的两升橡子面，递给皮日休，却不再说话。

皮日休长揖到地，谢过老妇，取出三千钱交到她手上。老妇推辞不受，说是这钱没甚用处，拿着它也买不到粮食。

皮日休强忍泪水，告别老妇匆匆而去。

数日后，皮日休回到竟陵家中，心情沉痛无法排解，赋得一首五言古诗《橡媪叹》：

秋深橡子熟，散落榛芜冈。

伛偻黄发媪，拾之践晨霜。

移时始盈掬，尽日方满筐。

几曝复几蒸，用作三冬粮。

山前有熟稻，紫穗袭人香。

细获又精舂，粒粒如玉珰。

持之纳于官，私室无仓箱。

如何一石余，只作五斗量。

狡吏不畏刑，贪官不避赃。

农时作私债，农毕归官仓。

自冬及于春，橡实诳饥肠。

吾闻田成子，诈仁犹自王。

吁嗟逢橡媪，不觉泪沾裳。

皮日休的家乡竟陵，地处江汉平原，河湖渠塘密布，气候温暖湿润，本是鱼米之乡，是复州州治所在，近年来曾几度被王仙芝和黄巢义军攻破。义军与官军来往如梭，百姓可遭了大难。尤其是那些方镇牙兵，简直就是强盗土匪，光天化日之下烧杀抢掠奸淫妇女无恶不作。百姓种的稻谷，除去被官府巧取豪夺之外，其余全被牙兵抢走了。

好在竟陵众多湖泊和渠塘里，到处生满了莲藕。百姓没有粮食，就挖莲藕充饥，还可到湖泊中捞鱼捕虾。冬春干旱季节，人们成群结队到大湖中挖莲藕，虽然十分劳累费力，可总能用来填塞肚子。湖边生长有许多苜蓿草，本来用于饲养牛羊，百姓拿来允饥，竟不致饿死。因此，皮日休的乡邻们，除去被官府征兵抓差者外，大多仍在家中，逃亡的人不甚多。

乡邻们告诉皮日休，王仙芝和黄巢义军几次路过这里，倒是没有抢劫杀人。尤其是黄巢的队伍，用钱买老百姓的莲藕和稻草，买渔家的鱼虾，还算公平，比那些强盗似的牙兵好多了。

皮日休不由感慨：官军成了祸害老百姓的强盗，朝廷称为贼寇的乱军倒像仁义之师！

皮日休在家中停留十数日，祭奠了先祖，将家人和家事安顿停当，便乘船沿汉水而下，前往毗陵赴任。

皮日休在鄂州换乘江船，顺流东下，漂泊数日，抵达瓜洲。毗陵副使属于高骈麾下，皮日休须在此转赴扬州，拜见高骈，向其报到。

皮日休下了江船，见有士卒在渡口把守，看上去却不像是官军。询问过往客人，方知是黄巢的水军。皮日休正想亲眼见识一下黄巢义军，便踏上江岸向义军营寨走去。

来到营寨门外一箭之地，皮日休见百姓来来往往，在此摆设地摊售卖鱼、虾和青菜。军营中有人出来买鱼买菜，确是按市价付钱，看来交易还算公平。

皮日休询问几个卖鱼卖菜的百姓，义军平日里有没有强买强卖？一位卖菜老翁说，他每天都要来军营卖新鲜蔬菜，义军都是照价付钱。不然，百姓谁还敢到军营前来卖菜卖鱼？

说话间，有位中年汉子挑着一担鲜鱼来到这里，放下担子，吆喝了一声："卖鱼哟，江中刚打上来的鲜鱼！"

不大工夫，从镇上走来一名壮年军士，走路摇摇晃晃，满身酒气。他见壮年汉子担子里的鱼在水桶中游来游去，条条都在三斤以上，煞是喜人，便顺手捞出两条来。卖鱼人将两条鱼称过，说是六斤半，按六斤算，该付六个铜钱。壮年汉子在自己身上摸索了半天，找出两枚铜钱，递给卖鱼汉子。汉子说，还差四个铜钱呢。

壮年军士拍着自己胸脯说道："我叫林虎……是水军的伙长，大将军林言的叔叔。今日老子到镇上……吃酒，钱都……花光了。先赊欠着，下次一齐……还给你！"

卖鱼汉子说："我家中六十岁老娘有病在床，还有三个孩子等米吃。我冒着风雨在江上打了一天鱼，才捞上来这十几条，指望着卖几个钱为老娘治病，籴几斤米给孩子糊口，你就可怜可怜咱家，再赏给几个钱吧。"

林虎翻遍全身，再也找不出一文钱。他顺手把背后插着的一把大刀抽出来，说道："老子今日实在没钱了，这把大刀抵押给你吧！"

卖鱼汉子自然不愿，两个人争吵撕扯起来。

一名值星巡查队长走来，问明情由，即命林虎将鱼还给卖鱼人，林虎又与队长争吵起来。

巡查队长无奈，只得命身边一名士卒去请水军大将林言来处置。林虎醉醺醺地拍着胸脯说："你请林将军来……老子也不怕，他水娃子能把老子怎样？"

不一时，林言来到军营门外。

林言对林虎拱手说道："请叔叔把鱼还给这位大哥。"

林虎说："我身上钱不够了，把大刀抵押给他，明日再赎回来不行吗？"

林言严肃起来："不可！咱义军有纪律，不准赊欠老百姓财物，你难道不晓得？"

林虎见林言脸色已变，不再多言，乖乖地把鱼还给卖鱼人，提着刀向军营走去。

林言却大喝一声："林虎站住，执法队，把他给我绑了！"

林虎一怔，站住身，问道："水娃子，你想把叔叔我怎么样？"

"不怎样，按照军规，打二十军棍，在营门罚站两个时辰！执法队，还不动手！"林言声音不高，却透出严厉。

两名执法队士卒将林虎按倒在地，当场挥棍便打，边打边报数："一、二、三……"

林虎疼得乱喊乱叫，二十军棍打完，屁股上早已鲜血淋漓，站都站不起来了。

林言这才转向卖鱼人说道："这位大哥，我的部属违反了军规，我向你赔礼了！"说着，向卖鱼人一揖到地。

卖鱼人连忙还礼说："两条鱼本不值几个钱，我不该太较真儿了！"

林言又向围观百姓施礼道："林虎是我林言的族叔，他违反军规，我应担责，由我替他罚站两个时辰。"

巡查队、执法队士卒纷纷请求："林将军不可罚站！"

林言大手一挥，喝道："毋庸多言，拿木墩来！"

义军中违反军规者罚站，有专用木墩。执法队士卒不敢违命，只好把木墩搬来。

林言站在木墩上，低下头，表示认错悔过。

卖鱼人求告林言："林将军，都是我的错，请你不要再罚站了！"

林言搀起卖鱼人，命值星队长将他的鱼全都买下，恭恭敬敬送他离开军营。

皮日休压抑住内心的激动，一直等到林言站完两个时辰，才走上前去，向林言表明自己身份，请求面见义军首领黄巢。

黄巢得报太常博士、毗陵副使皮日休求见，撇下公务，赶忙到大门外迎接。

黄巢向皮日休施礼问候："皮博士旅途劳顿，一路辛苦了！黄巢久闻先生大名，今日得见，实乃三生有幸！"

皮日休还礼道："不敢当，不敢当。在下不过一介书生，不敢当大将军礼敬。"

黄巢哈哈笑道："先生过谦了。正因先生出身寒门，才不像那些达官权贵般视百姓如草芥。先生虽在朝为官，却时时关怀民生疾苦，在诗文中一再痛斥官府欺压盘剥百姓，替穷苦人鸣不平，令人敬佩！"

皮日休道："大将军此言从何说起？"

黄巢微微一笑，道："我曾拜读先生大作《忧赋》《三羞诗》《正乐府》，尤其欣赏《贪官怨》。先生诗中分明是说，朝廷大小官员，或者混沌愚蠢，无知无能；或者毒如蛇蝎，只知伤害和鞭挞百姓。可谓一针见血，入木三分。胸怀天下，忧国忧民，先生当之无愧！"

皮日休无论如何想不到，黄巢竟对自己的诗作如此熟悉，连忙说道："在下道义不足以济时，射策难达于朝堂，只能胡诌几篇歪诗，聊以自慰而已。惭愧，惭愧！"

黄巢摆手正色道："不然！先生绝非无病呻吟发发牢骚而已。常言道：不平则鸣。先生看透了朝廷之腐败，官吏之贪毒，百姓之痛苦，世道之不公，以诗文替天行道，为民请命。此乃大仁大义、功德无量之举！先生在《原谤》中说：'呜呼！尧舜大圣也，民且谤之；后之王天下者，有不为尧舜之行者，则民扼其吭，捽其首，辱而逐之，折而族之，不为甚矣！'先生高论，金声玉振，至理名言。非不世之大圣人，何能有此振聋发聩之作也！"

皮日休诚惶诚恐，连连作揖打躬："在下偶发愤激之辞，大将军过誉了。"

黄巢道："先生不必过谦。在下不揣浅陋，倡义天下，呼唤百姓起来，共扼昏君之吭，共捽权奸之首，就是要将其赶下台，让天下百姓重见天日，安居乐业！黄巢和义军之行，与先生之言可谓不谋而合，殊途而同归。"

皮日休眼泪夺眶而出，他肃然下拜道："黄王替天行道，为民除暴，德配天地，义薄云汉。醉民皮日休，甘愿弃官追随黄王，万死不辞！"

黄巢急忙挽起皮日休，哈哈大笑："你我是英雄所见略同，今日相见恨晚。先生能舍弃官位，投奔义军，替在下谋划大计，诚为我黄某之大幸！请先生不吝赐教，军中一应文案檄告、策略口号，悉请先生费心谋划拟订，以便颁布施行。"

皮日休拱手道："在下必竭尽绵薄，为黄王和义军效力。只要能解除百姓苦难，在下当鞠躬尽瘁，死而后已！"

十三　老子嫖娼从来不花钱

　　扬州城内,军与民都惶惶不安。

　　朝廷已经再三催促高骈出兵剿灭黄巢,高骈听从吕用之之言,只是一味拖延,向朝廷奏报说:黄巢贼寇六十万余众,前锋人马距扬州不过二十里远近,旦夕之间便会攻打扬州。况且,近日臣得了风痹症,重病在身,无法出战,只能坚守城池,确保扬州城池不失。

　　僖宗又接连颁诏,切责高骈遣散诸道兵马,致使贼寇大举渡江进入淮南,并严命他出兵堵截,不得再放纵黄巢渡过淮河,荼毒中原。

　　高骈上表辩称:臣遣散诸道兵马,事前奏报朝廷,得到允准,并非臣专断行事。如今黄巢人马众多,扬州守军寡不敌众,只能尽力保守扬州。为防备黄巢渡过淮河,请朝廷调集诸道兵马,到淮河两岸严加防御,云云。

　　总之,高骈是下定决心,要屯兵扬州,拒不出战。

　　卢携与田令孜见高骈死活不出兵,只得亡羊补牢,匆匆调兵遣将。然而,黄巢义军并未攻打扬州,却向西撤退百里,屯扎在滁州、和州一带。

　　原来,黄巢等人分析军情大势,以为进攻中原和两京时机尚不成熟。首先是义军兵力不足,现有十万人马,半数以上是刚俘虏过来的官军士卒,斗志和战力甚弱;其次,军中老兵大多在信州染上疾疫,尚未完全康复;最后,朝廷在溵水至淮河一线布置重兵,扬州高骈握有数万精锐之师,义军若攻打扬州,须耗费时日,屯兵于坚城之下,淮河一线官军必前来增援,义军便会受到夹击,处于十分危险的境地。此时若义军放弃扬州向中原进兵,则前有官军据淮河要津堵截,后有高骈从扬州出兵追击,义军势必陷入腹背受敌之困境。

黄巢权衡利弊,和将领们反复磋商,最终定下方略:从扬州撤兵,稳住高骈,与其形成不战不和局面。高骈乃义军劲敌,只要高骈不出兵,义军进击中原便有一半胜算。在义军渡江之时和逼近扬州以后,高骈皆未出兵与义军交战,表明高骈并不完全听命于朝廷,看来他是有保存实力割据江淮的打算。义军要乘此时机,筹集粮饷,招兵扩军,待兵力增强粮饷充实之后,留一部人马监视高骈,主力大军直捣中原,如此可稳操胜券。

皮日休用心草就了《告淮南父老书》,以"率土平均大将军黄王巢"名义发布,广为张贴。其内容是:朝廷昏庸无道,奸佞专权,官吏如狼似虎,欺压黎民,盘剥百姓,以致生灵涂炭天怒人怨。率土平均大将军黄巢,替天行道,大兴义兵,杀贪官除豪强,开仓放粮,拯救万民。义军所到之处,贪官污吏如鼠走穴,黎民百姓扬眉吐气;义军将士纪律严明,买卖公平,不入民宅,不欺妇女,不收赋税,不坏田禾;黄王虚怀若谷,礼贤下士,亟望与有识之士携手,共图千秋大业。

义军在滁州、和州、庐州境内,铲除贪官和豪强恶霸,开仓放粮,百姓皆翘首盼望黄巢义军早日到来。义军所到之处,百姓奔走相告,纷纷跟随义军闯进县城州城,分粮分财。凡参加义军者,另发给其亲属三斗粮食。故此,青壮年报名参军者,络绎不绝。一个月之内,义军招收了四五万新兵,兵力已达十五万之众。

徐州武宁军节度使支祥奉朝廷敕诏,派遣副将邵武率领三千牙兵前往溵水驻防,堵截黄巢义军。

邵武带领人马进入许州境,本应直接开赴溵水河岸布防,可徐州牙兵凶悍狡悍,素来烧杀抢掠无所不为。牙兵们吵吵嚷嚷,说是一路行军辛苦,要到许州城里去快活快活,让许州忠武军节度使薛能好生慰劳一番,不然,哪个愿千里迢迢替他卖命守卫溵水?

邵武本是一介武夫,平日里和将士们赌钱吃酒嫖女人,名副其实的贪财好色之徒。他见牙兵们横七竖八躺在地上乱喊乱叫,知道非依从他们不可,何况他自己也想到许州城里享乐一番。于是，邵武用马鞭向西一指，高叫道："弟兄们，开到许州城去，放假三天！"

邵武带领三千牙兵闯进许州城，直奔节度使衙署。到了衙前广场，牙兵们一通喊叫，要薛能赶快拿出好酒好肉慰劳款待。

薛能原任徐州武宁军节度使，早就与武宁军将士相熟。他拱手施礼道："弟兄们远道而来，辛苦了！请诸位弟兄到许州忠武军军营歇息，本镇要用最好的杜康酒招待弟兄们！"

邵武和三千徐州牙兵来到忠武军营地，专等好酒好肉上来。三千人的酒食饭菜，哪能瞬时弄好，何况原先并无预备。忠武军的厨子伙夫大都跟随队伍开到溵水岸边去了，薛能只好让衙内厨子加紧造饭，备酒煮菜。

徐州牙兵等至天亮，一个个饿得饥肠辘辘，好不容易等来衙役送来酒菜。牙兵们发一声喊，围上去一抢而光，却有许多士卒连一口菜汤也没捞上喝。多数牙兵没吃上酒饭，怨气冲天，吵闹不休。

挨至午间，牙兵们再也忍耐不住。有人带头起哄，吼叫着冲出军营，拥到大街上，看见饭馆酒楼便闯进去，争抢酒食，胡吃海喝，形同土匪。后来竟一发不可收拾，牙兵们见甚抢甚。还有士卒见到姑娘和年轻媳妇，肆意强奸轮奸，闹得许州城鸡犬不宁，缙绅之家赶忙携带女眷和细软逃出城去。

许州忠武军将士的众多眷属也随着人流逃出城去，他们来到溵水岸边忠武军营地，向将士们哭诉徐州牙兵的暴行。忠武军将士气得咬牙切齿，纷纷向镇将周岌要求杀回许州城，教训那些狗娘养的徐州兵。周岌与节度使薛能原本有嫌隙，此刻见军心士气可用，便登高一呼，发誓带领将士们杀回许州，杀光那些猪狗不如的徐州牙兵，并追究节度使薛能纵容徐州牙兵为非作歹残害百姓的滔天罪责。士卒们见主将如此慷慨仗义，发一声喊，好似一群猛虎下山，气势汹汹向许州城扑去。

周岌和许州将士奔至许州城内，已是夜半时分，徐州牙兵们已经酣然入睡。周岌和将士们将徐州牙兵围住，一阵猛砍猛杀，不少牙兵在睡梦之中做了刀下之鬼。周岌等人干脆一不做，二不休，将三千徐州牙兵斩杀干净，尸积如山，血流成河。不知是谁在混乱中高喊："弟兄们，到节度使衙门找薛能算账去！"

节度使薛能在睡梦中被唤醒，待他起床穿好衣衫走出屋门，周岌和将士们已经拥了进来。

士卒们一片吼叫责骂之声：

"薛能！你纵容徐州兵奸淫我等眷属，抢了我们的财物，该当何罪？"

"你薛能做过徐州节度使，有意放纵徐州兵进城烧杀抢掠奸淫妇女，是也不是？"

薛能慌不迭向将士们作揖打躬，说是没有想到徐州兵突然进城为非作歹，我薛能实在对不起将士们和许州百姓。但绝非我薛能有意纵容，本帅对徐州兵暴行深恶痛绝。请各位弟兄明察，原谅我这一回，薛某感激不尽，一定厚待弟兄们和眷属。

有几名士卒冲上来，抓住薛能拳打足踢，哭叫怒骂：

"我娘被狗日的徐州兵杀了，都是你薛能王八蛋所害！"

"我家娘子让禽兽不如的徐州兵祸害了，我操你八辈祖宗！"

更多士卒冲上来，将薛能打翻在地。眼看薛能性命难保，周岌觉着打死节度使不好向朝廷交代，便上前大喝一声："住手！"

士卒们吃了一惊，却见周岌跨上台阶，向士卒们喊道："弟兄们，薛能纵容徐州牙兵祸害百姓，确实有罪。可他是朝廷封疆大吏，只有朝廷才能治他的罪。请弟兄们卖我一个面子，让薛能自己向朝廷辞官，到京城请罪去吧！"

周岌跳下台阶，一边走一边向士卒们作揖求告。

士卒们见主将这般央求，只好恨恨地允了。

周岌将薛能扯进衙堂，对他说："连帅赶快离开许州吧，不然，那些亲眷被徐州兵杀害和奸淫的弟兄，非宰了你不可，到那时我可再也救不了你了！"

薛能千恩万谢，匆匆忙忙和家人溜出许州城，往家乡襄阳逃命而去。

薛能一口气逃出许州百余里，心中正自庆幸，却见后面一队骑兵追赶过来，将薛能和家人团团围住。骑兵们并不答话，举刀便砍，眨眼工夫将薛能全家斩尽杀绝。

追杀薛能的许州骑兵，是受周岌之命还是自作主张发泄私愤，只有天晓得了。

薛能被杀，忠武军将士推举周岌主掌许州军政。周岌遂自称"留后"，向朝廷报

称:徐州牙兵哗变,突入许州城内,烧杀抢掠、奸淫妇女,公然围攻军府,杀死节度使
薛能。臣不得已率领忠武军将士返回许州,平定叛乱,安抚百姓。臣受全军将士推
举,权任留后,恳请朝廷尽快敕封军帅,以镇抚地方,云云。

朝廷君臣明白,许州兵变,周岌掌控了军政大权,朝廷无论委派何人去接任节
度使,恐怕都会落得与薛能同样下场。如今黄巢兵锋直指中原,当此危急存亡之
际,也顾不得谁是谁非,只要周岌还服从朝命,便只有顺水推舟,承认周岌主掌许州
军政的既成事实了。

于是,僖宗敕封周岌为许州刺史、忠武军节度使。

获知许州兵变消息,屯兵汝州的汝郑把截使齐克让有些坐立不安。许州忠武
军以强悍闻名,号称天下第一劲旅。汝州距许州不过百多里路,若周岌带领许州乱
军前来掠夺汝州,则他这远道而来的兖州客军根本不是对手。三十六计走为上策,
他可不能像薛能那样等死,先躲得远远的再说。

齐克让当即带领兖州兵离开汝州,退至洛阳东偃师一带屯扎,坐观待变。若黄
巢大军进攻洛阳和函谷关,他便带兵返回兖州;如黄巢大军渡过淮河进攻徐州,他
就带兵退至洛阳以西乃至关中,以避锋芒。

如此一来,防守溵水的徐州牙兵全部被杀了,已经到达溵水河岸驻防的许州兵
又退走了,把守溵水源头、洛阳门户汝州的兖州兵避祸远遁了,朝廷苦心拼凑起来
的溵水防线,自行瓦解了。

九月秋高气爽,田禾收割已毕。黄巢大军休整两月,粮草充足,兵力增加,士气
高涨。再看高骈困守扬州,闭门不出,仍无进攻义军的样子。黄巢诸人认为出兵时
机已臻成熟,于是传令全军北上,渡过淮河,首先消灭驻扎在泗州境内淮河北岸的
曹全晟天平军。

天平军节度使、东面诸道兵马副都统曹全晟,在官军中属能征惯战的将领。他
曾带领区区六千人马,与黄巢大军周旋,打过几次小小的胜仗。朝廷布设的溵水淮
河防线崩溃,唯有曹全晟这支兵马还守卫在淮河两岸,且数次主动出击义军。故
而,黄巢要北渡淮河进兵中原,必须铲除曹全晟这颗钉子。

黄巢大军兵分两路,以尚让、黄邺、葛从周率领三万人马为先锋,从滁州北上,

进兵淮河南岸，黄巢、赵璋、孟楷等人率大军随后跟进；林言、季达和奴娘率两万水军，从长江转入邗沟、淮河，助攻泗州。

曹全晸见黄巢大军出动，声势浩大，人马众多，连忙将驻守淮河南岸的人马撤回北岸，并将渡船尽行烧毁，以防备黄巢大军渡河。哪承想，林言水军源源开来，河面上摆满了战船。曹全晸天平军将士从未见过如此庞大的水军阵势，不由得惊慌起来。

林言命将士们用渡船搭成浮桥，尚让、黄邺、葛从周大队人马如履平地，很快通过浮桥开至淮河北岸。三万义军泰山压顶般向天平军人马包抄过来。

天平军将士吓破了胆，不顾曹全晸声嘶力竭地叫喊，向北溃逃。黄邺、葛从周率领骑兵追击天平军，将曹全晸人马冲得五零七散，很快斩杀大半。剩下的天平军士卒跪地投降，请求饶命。好在黄巢早有军令，官军将士凡投降者，概不得杀戮，大都编入义军队伍。

曹全晸带领百余名亲兵且战且退，身边人马越来越少，最后只剩下十几名亲兵了。黄邺和葛从周追上来，将曹全晸和十几名亲兵围在垓心。

黄邺厉声喝道："曹全晸，快快下马投降，也好免你一死！"

曹全晸哈哈大笑道："吾乃朝廷命官、封疆大吏，岂能向尔等区区草寇投降？快放马过来，你我一刀一枪见个高下，也好叫你看看本帅手段！"

葛从周早已听得不耐烦，抡刀拍马杀将过来。曹全晸舞动双锏，与葛从周杀作一团。二人斗了三十多个回合，尚不分胜负。黄邺策马舞剑，直刺曹全晸后心。曹全晸拨马转身迎战黄邺，葛从周乘机一刀砍中曹全晸后背。曹全晸惨叫一声栽下马来，义军将士蜂拥而上，片刻间便将曹全晸剁成肉酱。

曹全晸六千人马，一千多人战死，零零星星逃走者不过二三百人，其余四千余人被俘。

黄巢义军占领泗州，宿州刺史闻风而逃，义军又不费吹灰之力进占宿州，开始谋划大举进兵洛阳。

黄巢和将领们决计兵分三路，以迅雷不及掩耳之势，扫荡中原官军，而后一举攻破潼关，直捣西京长安。尚让、黄邺和葛从周率领三万人马，向北进兵，攻占徐州、兖州、濮州、曹州等地，挥兵西进滑州、卫州、怀州，而后与黄巢中军会合，进攻洛阳、潼关；林言、季达和奴娘率领两万水军，沿汴河攻占宋州、汴州、郑州，然后进入黄河、洛河，配合中军进取洛阳；黄巢和赵璋、孟楷、黄揆、盖洪、朱温等率领中军十万人马，向西进攻亳州、许州、汝州，直捣东都洛阳。另派李罕之和张归霸三兄弟带领两万人马，向西南进占颍州、申州，掩护三路大军西进，防备扬州、襄州等地官军从侧背袭击义军。

众将谋划的是军事，皮日休考虑的却更多。他提议鼓动百姓，争取民心，严明纪律，瓦解官军。义军所到之处，要广为张贴安民告示，声讨朝廷暴政和贪官污吏罪行，宣扬黄王和义军杀富济贫、除暴安良的主张，让百姓晓得大唐朝廷气数已尽，黄王才是天下万民救星。要向各州郡发布檄文，申明我数十万大军很快会攻占两京，向朝廷问罪。地方官吏和官军将士务须放弃抵抗，向义军投诚者，一概给予优待。如有胆敢抗拒义军者，必严惩不贷。同时，制定军规律令，颁发全军，严禁抢劫百姓财物和奸淫妇女。有违反军规者，严加惩处，直至斩首示众。

黄巢连连称赞道："好！好得很！皮博士所言，事关重大。常言道，得民心者得天下。所有安民告示、檄文和军规律令拟定，统统烦请博士偏劳！"

赵璋笑道："皮博士乃天上文曲星下凡，朝廷许多规章也出自博士之手。区区安民告示和檄文、律令，博士倚马而就，立待可成！"

皮日休连连摆手说："大将军和诸位过奖了。属下不才，必当尽力。醉士只能将告示和军规律令写在纸上，真正拯救百姓、安抚黎民、执行军规、严明军纪，还要靠诸位将领率先垂范，身体力行，方可收事半功倍之效！"

黄巢说："讲得好！义军檄告和军规律令，全体将士要一体遵行。违反军规律令者，无论何人，必受严惩，我黄某人也不例外！"

将领们纷纷起立应道："谨遵大将军将令！"

皮日休撰写的安民告示和檄文，以黄王名义布告四方。他还编写了一首谣辞，让义军将士广为传诵："欲知圣人姓，田八二十一；欲知圣人名，果头三曲律。"

所谓圣人者，是指至高无上当居皇位之人，其时只有皇帝被尊称为圣人；田八二十一，合成一个"黄"字；果头三曲律，暗含一个"巢"字。这首谣辞告诉人们：黄巢是上应天命的圣人,必将当皇帝坐天下。

黄巢三路大军进兵中原,所到之处,广为张贴安民告示,开仓放粮,救济百姓。义军军纪严明,秋毫无犯,故而百姓夹道欢迎。无数青壮年农民踊跃参加义军,黄巢队伍迅速扩大,人马越来越多。各地州郡和县乡官吏,见到黄巢通牒或檄文,或开门迎降,或闻风逃走。官军将士纷纷倒戈,向义军投诚。还有些方镇牙兵,杀掉主官、主将,抢劫州府财物,而后窜入湖泊山林为匪做盗。

尚让、黄邺和葛从周率领三万人马,迅疾攻克徐州、兖州、濮州、曹州,而后转兵西向,攻占滑州、卫州,进军怀州,沿途民众纷纷归附,兵力增至十万之众。

林言、季达和奴娘率领水军,顺利攻克宋州、汴州、郑州。船队进入黄河,到达河阳渡口后驻扎下来,准备接应尚让大军渡河。林言一路上收编投诚官军,招收新兵,所部人马已达八万之众。一千多艘战船和数百艘运兵船,沿黄河一字排开,绵延百余里,浩浩荡荡,气势如虹。

黄巢率领主力大军西进,占领亳州。许州节度使周岌弃城而逃,汝州已无官军驻守,黄巢指挥大军一路进兵,轻取汝州。

由林言水军接应,尚让等人率领右路军从河阳渡过黄河,到达偃师,距东都洛阳仅数十里之遥。

黄巢以汝州为大本营,坐镇指挥大军进攻洛阳。三路义军近四十万人马,号称五十万大军,潮水般开抵洛阳城下。

洛阳最高长官是东都留守刘允章。除留守府外,洛阳还有一套名义上的中央官署,朝廷将贬降官员安置在这些空名官署内,名曰"分司官"。分司官只领薪俸而不任事,纯属坐冷板凳吃闲饭而已。

汝郑把截使齐克让率领的兖州兵从偃师退至洛阳,风闻黄巢五十万大军逼近洛阳,早已向西面陕州逃窜。刘允章这个东都留守,手下没有兵将,如何抵挡黄巢大军?

刘允章一筹莫展,万般无奈,只好去找分司官们商议,诸如兵部侍郎、工部侍郎等等,名头也不小,只是官职后面注明分司东都,与西京六部侍郎便有天壤之别了。此辈大多是得罪了权臣的倒霉蛋子,说不定哪天还会再贬到天涯海角,最终老死边荒。

刘允章找了十几个品秩高的分司官，没有人能够提出一星半点有用的计策。有位与刘允章有姻亲的分司官见刘允章惶急，不忍心地说，想武力抗拒黄巢，阻挡义军入城，无异于痴人说梦。为今之计，只有开门迎接黄巢，或许会有一线生机。即便日后朝廷问责，也有话可说：没兵没将，何以守城？开门迎降，是为保全满城数十万百姓免遭屠戮，只能置个人生死荣辱于不顾了。

刘允章明白，除此以外，再无可行之策。事不宜迟，他马上给黄巢写了书状，派录事参军送达义军大营，说他将于明日携东都文武百官到定鼎门外待罪，恭迎黄大将军驾临，云云。

黄巢早已接到探报，得知洛阳城中已无官军驻防，心知攻打洛阳应该不费多少周章，却没想到东都留守和文武百官会开门迎降。

皮日休提醒黄巢："既然刘允章和东都分司官员要开城迎降，那么义军便不必全都开进城去。洛阳虽号称东都，也不过几十万人口，如何能容得下数十万大军？将士们拥进城去，难免骚扰百姓。有三四万人马进城，维持城内秩序，把守各个城门，防备意外发生即可。"

黄巢沉吟片刻，说："博士言之有理。中军护卫和尚让将军所部两万人马进城，其余各部屯扎郊外好了。"

皮日休又说："入城人马务须军容整齐，严明纪律。进城后，要严守军规，不得擅入商肆和民宅。如此，方可使天下万民知晓义军乃仁义之师、王者之师，大将军是明智之主、爱民之主。"

黄巢点头："博士所言极是。至于刘允章和东都文武官员，只要愿意为我所用，便让他们各守原官旧职好了。先生以为如何？"

皮日休说："如此甚好，利于安定人心。洛阳这班分司官，有职无权，不过是一些闲散人员，让他们照旧吃闲饭便是。"

黄巢笑说："烦请先生撰写一通《告洛阳父老书》，以安抚东都官民，如何？"

唐僖宗广明元年十一月十七日午时，黄巢率领两万多名义军将士，来到洛阳南城定鼎门外。

定鼎门,向北正对着皇城正门端门。"定鼎"二字,代指底定江山之义。刘允章选定此门迎接黄巢,显然有逢迎新主之意,黄巢对此心领神会。

走在最前面的五百名骑兵,皆穿白衣白甲,各执一面白旗,算是仪仗队。

义军旗帜选用白色,本是黄巢指定。白色是奴仆和商贾等贱民衣服颜色,我黄巢就是要带领贱民造反,推翻李氏朝廷!

黄巢身后五百名骑兵,称为中护军,由大将黄钦率领。再后是各部选出的精干步兵,一个个盔甲鲜明,精神抖擞,志气高扬。

黄巢驻马望去,只见刘允章与文武百官跪倒在地,一个个屏气敛声,俯首不敢仰视。

刘允章匍匐膝行至黄巢马前,连叩三个响头,奏道:"罪臣刘允章,携东都文武百官拜迎大将军!"

跪在地上的文武百官同声高奏:"吾等罪臣,拜迎大将军!"

黄巢下得马来,扶起刘允章,抚慰道:"刘公免礼!"

黄巢向百官抱拳施礼道:"诸位请起,黄巢不敢受此大礼!"

刘允章躬身道:"请大将军上马入城。"

黄巢跨上战马,刘允章挽着马缰,引导黄巢和义军进入定鼎门。

洛阳城内大街两侧,有义军将士站哨警戒,乃是林言从水军中挑选的六千将士,昨日晚间就已进入城内了。

黄巢骑马走上天下闻名的洛阳天街。

定鼎门至皇城端门这条南北大街,称为定鼎门街,又名天门街、天津街,俗称天街。天街南北长七里一百三十七步,东西宽一百步,中间御道为皇帝专用。两侧是辅道,辅道外侧有水渠。水渠两侧种植槐树、柳树,此时叶子已经落尽,光秃秃的枝条,在阳光照耀下,泛出一派苍黄之色。

黄巢在中军护卫下,来到洛水天津桥上。

天津桥南北各二百步外,分别建有星津桥和黄道桥,三桥皆正对端门。早年洪水季节,洛河河床常常南北滚动,冲刷河岸和民居。官府在主河道两侧分别开挖了黄道渠和重津渠泄洪,又在两条渠上建桥,与天津桥并列,成为东都洛阳一大景观。

过了天津桥,迎面耸立着一根高大的八棱铜柱,约莫有九丈高,一丈多径长。铜柱基座是一座铁山,铜柱顶端是一个直径三丈的巨大铜盘,名为"腾云承露盘"。黄巢知道,这是女皇武则天征收天下铜五十余万斤、铁三百三十余万斤、铜钱二万七千贯,于证圣元年铸成,武则天亲自为铜柱题名曰"大周万国颂德天枢"。

武则天的大周朝早已烟消云散,而这根硕大铜柱,却依然矗立,大概由于其过于笨重,尚未被李氏皇族子孙们销毁。

刘允章恭请黄巢入住皇宫,黄巢看了看宏阔壮丽的端门,指着皇城西南一处园林说,我和弟兄们就住在那里好了。

黄巢进入上阳宫,草草安顿下来,便连夜召集诸位将领,会商进军陕州、虢州和夺取潼关的各项要务。

经通宵商议,黄巢诸人谋定了以下部署:

在洛阳城内外广为张贴安民告示《告洛阳父老书》,同时开仓救济百姓;派出二十支巡逻队,维持秩序,纠察义军将士,有违反军规扰民者,即刻缉拿惩处。

由黄揆任钱粮使,统一筹集钱粮,分配义军各部,保障大军进兵潼关之需。

义军在洛阳休整七日,重新调配人马,补充粮草,制作干粮,赶制棉衣,做好进兵潼关和西京长安各项准备。

义军分为前军、中军、后军,依序西进,尚让、林言和霍存率领十万人马为先锋,七日后出发;因黄河三门砥柱之险,林言水军船只停驻洛阳,留下少数将士看管,水军大部将士跟随先锋大军进兵潼关;黄巢、赵璋、孟楷、黄邺、朱温等率领主力二十万大军,随尚让先锋军之后跟进;黄揆、盖洪、季达等带领十万人马殿后,并为全军运送粮草。

皮日休每日都要到洛阳大街小巷巡察。一是看义军将士有无违反军规骚扰百姓者;二是看洛阳城内商肆店铺和南北二市货物交易是否正常进行;三是察看民情,居民百姓对义军是否欢迎。这些,皮日休以为皆属要事。

这日,皮日休出了上阳宫,来到皇城南面广场,只见端门和左掖门、右掖门前都有义军禁卫把守,并没有将士或闲杂人等随便出入。

皮日休跨过天津桥,走在天街上,见有义军纠察队不时往来巡逻,行人或匆匆而过,或缓步徐行,并无惊慌恐惧和扰民之事发生。

皮日休来到十字路口,向东拐上一条大街,见有一群人围在街旁在观看什么。皮日休走上前去,方知人们是在观看《告洛阳父老书》。一位年轻士子一边宣读告示,一边还在做些解释。人群中不断有人感慨议论,大多是说黄巢义军规矩严,不扰民,不像那些藩镇牙兵,闯进民宅,乱抢财物,打人骂人,奸污妇女。还有人说,义军买卖公平,进酒楼饭铺吃饭饮酒不赊不欠。

那位年轻士子说,告示上讲,凡饥民百姓都可到含嘉仓领取救济粮,每个人能领三升哩!

几个衣衫褴褛的汉子听了,赶忙说,俺们正没饭吃,赶快去含嘉仓领救济粮要紧!

人群中有不少人急急忙忙领救济粮去了。

皮日休来到南市,此地原是洛阳热闹去处。南市内一百二十行,有三千多间商肆,四百多家店铺,八方客商云集,万般货物在此交易。前不久,皮日休和年轻诗人韦庄还在此地购得阮籍和嵇康诗文书卷呢!眼下由于战乱,诸多方镇兵马路过洛阳,抢劫财物,致使大多商肆店铺关门歇业,客商星散,冷清了许多。然而,义军进城之后,又有不少店铺陆续开张,连珠宝玉器店都开门交易了。

皮日休出了南市西北门,想要去含嘉仓看一看救济粮分发情形,便径往北面洛水中桥方向走去。他行至东城西门,见有几个男女在那里吵吵嚷嚷,似有争执。一个三十多岁的妇人,拉着一个年轻汉子衣衫死死不放,口中高声叫骂:“你这个杀千刀的,一连五天来睡我家姑娘,又是吃,又是喝,又是嫖,你天天说明日带钱来,可至今也没见一个子儿,不是明明白白要赖账?”

年轻汉子急亦白脸地说:“老子嫖娼从来不花钱,你还能把老子怎样?”

老鸨照准汉子面上“呸”地吐了一口痰,痰液顺着汉子黑胖脸庞往下流淌。那汉子恼羞成怒,对老鸨一阵拳打足踢。老鸨被打得翻滚到街心,口中兀自嘶声叫骂:“你个杀千刀的贼坯子,你个天打雷劈的无赖子,早晚不得好死!”

皮日休正想转身走开,忽觉那汉子好生面熟,仔细看去,心中猛然一惊:那不是义军大将朱温吗?皮日休的头“轰”地像炸裂开来,血气上涌,就想冲上去扇朱温两个耳光。他压压火气，走上前去，将老鸨从地上搀起，说道："老板娘消消气，这位兄弟欠你多少银钱，我来替他还账，如何？"

老鸨看看皮日休，倒像是一个文人雅士，便疑疑惑惑地问道："你真愿替他了账吗？他是你什么人？"

皮日休："他是我一个朋友。"

老鸨："看你文质彬彬模样，怎会有这般猪狗不如的朋友？"

朱温挥拳又要打老鸨，被皮日休一把拉住。朱温恨恨地说道："博士不要睬她，惹恼了老子，一把火将她娼楼烧了，看她能把老子的鸟儿咬下来吞吃了？"

皮日休见朱温越发不堪，连忙斥道："住口，还不走开！"

朱温虽然跋扈，心中却也明了这并非光彩之事，便草草向皮日休抱了一下拳，挺着硕大肚皮摇摇晃晃地去了。

老鸨说："那天杀的已接连五日来嫖宿吃花酒，每日欠下两千钱，赊欠了足足一万钱呢。"皮日休身上只有一千五百钱柜坊便换券，交给老鸨，老鸨犹自不依。

皮日休无奈，只得对老鸨说："我原是朝廷太常寺博士，姓皮名日休，明儿个一定给你送钱来。"

老鸨这才笑嘻嘻地说："好说，好说。我阅历的人多了去了，一看便知你是个有官印的。我信得过你，明日你定准儿把余下的八千五百钱送来便是了！"

经过这一番折腾，皮日休再也没有心思去含嘉仓，一路懊恼着回到上阳宫。

斟酌再三，皮日休觉得朱温嫖娼之事还须禀报黄巢。一则皮日休没有那么多银钱偿还老鸨；再则，宿妓嫖娼且不付钱，此风蔓延开去，会使义军纪律败坏道德沦丧。皮日休想让黄巢训斥朱温一番，使其不敢再犯，不惟对朱温有好处，更是严明军纪之举。

没想到，听了朱温嫖娼并赖账打人之事，黄巢却哈哈大笑起来。他告诉皮日休，朱温最大毛病就是好色，喜欢嫖女人。义军攻占广州后，朱温就强奸过岭南节度使李迢的一个小妾。

黄巢对皮日休说，朱温这厮，见了女人便走不动路。可他打仗勇敢，不怕死，多少次冲锋陷阵，斩将杀敌，战功赫赫。他还为义军创制了抛石机和云梯盾牌车，助义军攻克许多州郡大城,少牺牲多少义军将士性命啊!

黄巢最后说:"我来教训朱温这厮,让他收敛一些,不要把义军军规弄乱了。你去找黄揆取十两银子,把朱温欠娟家的账结清。"

皮日休叹了一口气,想想也只好如此,便向黄巢告辞,去找钱粮使黄揆取银子。

十一月二十四日,平唐大将军尚让和林言、霍存率领十万先锋人马,从洛阳出发,向潼关进军。

朝廷接到汝郑把截使齐克让从潼关发来的急报:黄巢率领六十万大军进占洛阳,东都留守刘允章携文武百官开门迎降。臣率领部属退守潼关,在关外扎营抵御黄巢。将士们转战千里,既无粮草又无军饷。此处州县残破不堪,人烟断绝,东西南北百里之内找不到一个州县官员。将士饥寒交迫,思念家乡和亲人,势必有一天会溃散而去。臣恳求朝廷早日输送粮饷,并调派援军,以保潼关不失于贼手。

宰相卢携看了奏报,如同五雷轰顶,竟然中风瘫痪,连话也说不出了,从此无法上朝,躺在家中养病。

僖宗只有把田令孜和宰相豆卢瑑、崔沆召至延英殿,名为商议,实则求助。

僖宗李儇自幼耽于游戏玩乐,何曾料理过这般棘手军国大事,惊慌恐惧得只是哭泣流泪。豆卢瑑本是卢携的应声虫,平日里只会跟在卢携后面点头哈腰,卢携说什么他都附和"是、是、是""好、好、好"。如今黄巢六十万大军铺天盖地而来,他已心慌意乱手足无措,还能有何主意?宰相崔沆与卢携、豆卢瑑一向不和,他说什么都会遭到卢携和豆卢瑑冷嘲热讽,因此在朝堂上常是徐庶进曹营——一言不发。如今,他即便想发话,又能说什么?

见两个宰相都只是流泪,却拿不出一点计策,李儇不禁号啕大哭起来。

此情此景,田令孜觉得他这"阿父"不能再装聋作哑。他清清喉咙,故作镇静地说道:"大家不必忧虑,老奴愿为王前驱,亲任天下兵马都指挥把截使,率左右神策军前去守卫潼关。"

李儇常常和神策军一同打马球,到处游乐,自知神策军平日里从不操练,难以真刀真枪上阵御敌。他擦擦眼泪说道:"神策军将士,多年来只是在京城和宫中摆摆侍卫仪仗,不习征战,恐怕不顶用吧?"

田令孜并不回答，却说："当年安禄山作乱，玄宗皇帝便巡幸西蜀避难。"

崔沆再也忍耐不住，说道："安禄山才五万兵马，岂能与黄巢六十万大军同日而语？眼下当紧的是派兵守卫潼关，中尉却扯起明皇西川播迁故事，是何用意？"

豆卢瑑平日对田令孜飞扬跋扈专擅朝政有所不满，此刻便阴阳怪气地说道："安禄山作乱之时，哥舒翰率领十五万人马尚且守不住潼关，何况如今潼关并无哥舒翰那样的强将。田中尉倒是一心为圣上和大唐江山社稷着想，剑南三川藩帅皆中尉心腹，比当年玄宗幸蜀时筹划得充足多矣！"

豆卢瑑一番话揭了田令孜老底，恨得他牙痒痒，正待发作，却听僖宗说道："请阿父带兵镇守潼关，朕今日便去检阅神策军。"

僖宗这次倒是雷厉风行，当下就要起驾去神策军军营。田令孜忙示意身边一个常侍宦官，快去知会神策军迎驾。

僖宗命田令孜为左右神策军内外八镇及诸道兵马都指挥制置招讨等使，飞龙使杨复恭为副使，张承范为兵马先锋使兼把截潼关制置使，王师会为制置关塞粮料使，赵珂为勾当寨栅使。同时，命左右神策军挑选两千八百名弓弩手，由张承范、王师会和赵珂率领，前往潼关阻遏黄巢大军。

神策军军士大多是长安城内富家子弟，为贪图神策军的地位和待遇，用钱财贿赂田令孜等宦官，方进入这支天子禁军。平日里，这些富二代鲜衣怒马，在京城横冲直撞，飞扬跋扈，哪里想过会上战场，如今朝廷要他们前去和黄巢大军打仗，一个个吓得胆战心惊哭爹叫娘。他们的富豪爹娘如同被挖去了心肝，一万个不愿意宝贝儿子前去送死。

富豪爹娘自然而然地想到自己有的是银子，而穷人的命又值不了几个铜钱，拿出几个铜子去买穷人的命，再用穷人的命换回宝贝儿子的命，这种交易不是很合算吗？于是乎，富豪爹娘买通神策军将领，而后指使奴仆出门去找乞丐、流浪汉或穷人家的孩子，打发他们几个铜钱，将儿子的神策军衣装慷慨地给他们穿上，再把他们送进神策军军营，顶替自己儿子名额，便算是万事大吉。

张承范看着这支叫花子队伍，哭笑不得。他心里清楚，这班叫花子和流浪汉连兵器都没有摸过，何谈上阵打仗？可他又无可奈何，自己总不能只身一人前去守卫潼关,与黄巢大军对阵吧？横竖谁去潼关都是送死,谁让这些穷人孩子、叫花子和流浪汉的命不值钱哩!

十一月二十五日,这支奇特的神策军就要出征了,僖宗李儇登上章信门楼,为张承范、王师会和赵珂三位将军饯行。

不多会儿,楼下神策军队伍乱成了一团。原来,那些被雇来的叫花子和穷人孩子,有些也是有爹娘的。孩子要到战场上替别人去卖命,爹娘自然要来送一送。生离死别,爹娘叫,儿子应,儿子和爹娘抱头痛哭,武器和行装乱七八糟扔在地上,整个儿乱成了一锅粥。

张承范饮过僖宗亲赐的饯行酒,心中五味杂陈,跪在僖宗面前奏道:"如今黄巢拥兵数十万,鼓行西进。齐克让仅以一万饥饿士卒驻扎关外,陛下命臣以两千多人马前往潼关抗拒几十万贼军,且没有粮草和军饷,怎不令人悬心？臣恳请陛下征召诸道兵马,尽快增援潼关。"

僖宗不得不安慰道:"爱卿带领弓弩手先去潼关,援兵很快便会赶到!"

张承范辞别僖宗,带领两千多名叫花子和流浪汉组成的弩机营,出京城通化门向东开拔,走上西京至潼关大道。

五日之后,神策军挨磨到了华州。

华州刺史早已弃城逃跑,不知所终。牙兵和百姓大都逃进华山躲避起来,城中空空荡荡,不见人影。张承范和王师会、赵珂带领士卒在城内外搜索粮食,只见官仓中到处是尘埃和鼠迹。士卒们连土带米收拾起来,好歹做成了些许干粮。

十二月一日,神策军弩机营到达潼关。困守关外的齐克让和兖州兵总算看到了一丝希望。张承范对齐克让安慰一番,并说圣上亲口许诺,援兵和粮饷很快便会到来,咱们要同心协力坚守潼关,以待援军。

齐克让别无选择,口中答应与黄巢拼死一战。

张承范刚刚回到关城,尚让、林言和霍存率领的义军先锋人马已经开来。张承范举目望去,只见义军人马越来越多,山野之间到处都是义军白色旗帜,一眼望不到边际,心中不由一片冰凉。

不出所料,齐克让兖州兵很快溃败逃散,义军打入关内,摆开阵势,猛攻关城。

那些叫花子、流浪汉组成的神策军，哪里见过这种阵仗，一个个魂飞魄散，呼啦啦一哄而散。转眼之间，偌大关城上连士卒也不见了。

张承范仰天长叹，徒唤奈何。他换上士卒装束，混进溃散兵群，向西逃去。

黄巢义军占领潼关，尚让、林言、朱温率领十万人马，追击张承范，兵锋直指西京长安。

十四　大齐皇帝登基

田令孜料知黄巢大军进入长安已成定局,为迟滞义军进兵,为他和僖宗逃往西川赢得时间,他想出一条缓兵之计:让僖宗敕封黄巢。

僖宗随即敕封黄巢为天平节度使,命宦官敕使骑快马沿京城至潼关大道前去向黄巢宣敕。

田令孜知道,必须找一个替死鬼担当罪责,他想到了卢携。一是卢携竭力举荐高骈为进剿黄巢的统帅,而高骈却按兵不动,眼睁睁看着黄巢大军直捣中原,打进潼关。二是卢携几次驳斥郑畋等人招安主张,力主武力剿灭黄巢,终使朝廷一败涂地。尽管卢携本是田令孜应声虫,但此刻也顾不得许多了。

找谁替代卢携呢? 田令孜决定保举翰林学士承旨、尚书左丞王徽和翰林学士、户部侍郎裴澈为相。

次日常朝,常侍宦官宣敕:卢携罢相,降为太子宾客,分司东都。王徽迁户部侍郎,裴澈任工部侍郎,二人并为同平章事。

文武百官刚刚散朝,便有潼关溃兵逃回西京,说是黄巢追兵已到灞上,很快便会打进城来。

田令孜惊慌不已,催促僖宗赶快出城避难,再晚就逃不及了。僖宗茫然无措,只是哭泣流泪。

僖宗要带走他宠爱的十几名妃嫔,还有日常服侍他的百余名宫女,田令孜坚执不允。僖宗苦苦哀求，田令孜才同意带上四名妃嫔和福、穆、泽、寿四王，仅有五六名宫女和十几名宦官随驾。

时间紧迫，来不及调用马匹和车辇，田令孜、僖宗一行出了金光门，沿官道向西奔窜。

一个时辰后，右神策军中尉西门匡范得知僖宗出逃消息，匆忙聚起五百多名军士，出城追赶过去。

田令孜和僖宗一行刚刚走出两三里路，几个妃嫔就走不动了。田令孜只得挑选几个年轻力壮的宦官，背起僖宗和妃嫔逃命。几个宦官虽年轻，可没干过体力活，走几步便累得气喘吁吁汗流浃背，任凭田令孜如何叫骂，坐在地上再也动弹不得。

恰在此时，有一队沙野骑兵巡逻路过，认出僖宗，赶忙下马拜见，询问圣人为何徒步在郊外行走。僖宗说，黄巢贼寇几十万人马就要打进京城了。为首骑兵头目说，黄巢只不过要陛下铲除奸臣，并没有反叛之意。陛下离开京城逃走，丢下秦中父老如何是好？国不可一日无君，恳请陛下还是回宫去吧！

田令孜闻听此言，高声怒骂道："大胆叛贼，竟敢口出狂言，替贼魁黄巢张目！"

正好西门匡范率右神策军卫士赶到，田令孜命他们将巡逻兵团团围住，将其统统砍杀。随后田令孜、西门匡范、僖宗和四个妃嫔骑上巡逻兵的战马，向西狂奔。四位王爷和宦官、宫女、神策军士卒在后面徒步拼命追赶。

驻扎在大明宫两侧的神策军将士，得知僖宗和田令孜出逃，立马乱了营。他们和逃回长安的溃兵一起，拥进皇宫，闯入藏库，争抢金银和财物。城中一班无赖子弟和流民乞丐，算是交了好运，在士卒后面大肆抢掠。偌大京城，闹得沸反盈天，官民人等惊惶不安，许多官员和富豪之家，慌忙携带钱财外逃避难。

广明元年十二月五日午后，义军先锋尚让、林言和朱温等将领，带领义军进入西京长安。

尚让进驻和守卫大明宫；朱温进驻皇城；林言带人马巡查府库和各处街道，维持城内秩序，安定民心。

林言带人日夜四处察看，秩序渐渐安定。京城百姓早先听说草寇杀人放火，传言黄巢杀了人煮人肉吃。如今草寇来到身边,一些胆大好奇之人便在大街上踅踅摸摸,想亲眼看看草寇到底是何等样人。

林言勒住马头,向百姓喊话:“京城父老们,黄王起义兴兵,是为拯救百姓,不像李氏朝廷,横征暴敛,不顾百姓死活!各位父老尽管安居乐业,无须害怕,黄王和义军定会保护尔等!”

朝廷官员大多没有来得及逃走,心中惶惶不定。当他们得知皇帝与田令孜已悄然逃走,连宰相和三省长官都不晓得圣驾去向时,更有一种被遗弃之感。尤其那些遭受排挤和久坐冷板凳的官员,对田令孜等宦官把持朝政专权横行本就心怀不满,如今更加以为,僖宗和田令孜搞得朝廷乌烟瘴气,人心尽失,活该遭此报应。

朝廷官员互相串通,来到左金吾大将军张直方府中,请他拿主意应付局面。

这张直方原是幽州卢龙节度使张仲武之子,不到二十岁便子承父业,继任幽州节度使。他性情豪爽,任侠仗义,喜好游猎,却疏于料理军政。其麾下有一牙将周綝,阴险狡诈,颇富心机。周綝见张直方整日和一帮少年子弟游玩打猎,便在暗地里拉拢将士,伺机发动兵变,图谋将张直方杀掉或者赶走,自己取而代之做节度使。

有人向张直方告密,揭发了周綝的阴谋诡计。张直方知道周綝已经羽翼丰满,自己无力回天,只得假借出城打猎名义,携带全家逃回京城。牙将周綝以将士一致推举为辞,自称留后。张直方丧师失地回到京城,脸面丢尽,朝廷便让他做了一个空有其名的金吾大将军,只是在大朝会之日,带领第十一禁卫军左金吾卫摆一摆仪仗而已。

张直方位高职闲,实则是坐冷板凳,且一坐就是三十年,算是三朝元老。他平日里无所事事,便常和那些同样坐冷板凳的官员一道,宴饮游冶,或架鹰打猎。张直方家资丰厚,是一个豁达慷慨之人,和文武同僚聚宴时,总是抢先掏钱。他不巴结宦官权贵,不轻慢无权无势官员,在同僚中享有慷慨仗义不惧权贵不弃贫贱之交的美名,故而人缘极好,声望颇高。平日里,有官员遇了难处,便都愿向他求助,张直方总是有求必应倾力相帮。

如今黄巢大军入京,僖宗和田令孜出逃,朝廷文武官员群龙无首,前途叵测,一班官员自然便想到了张直方,众人都想听听他有何主意。

张直方是个直肠子，便对同僚们说："田令孜这个阉狗，挟持圣人出逃，把满朝文武丢下，不管我等死活了。如今黄巢人马打进京城，必定会血洗朝廷。我等受了多年窝囊气，难道还要替田令孜辈阉狗挨刀不成？"

众人七嘴八舌，牢骚纷纷。有人说，田令孜和圣上连宰相都扔下，成何体统，简直一点朝廷脸面都不顾了。有人说，田令孜等阉狗奸宦，多年来视我等如草芥，如今将我等弃之如敝屣，真是天理不容！

张直方："为今之计，我等实在无须为田令孜辈殉死。常言道，留得青山在，不怕没柴烧。我等不妨迎接黄巢入城，看看他是何等样人，如何行事，如何对待我等。设若黄巢豁达大度，有帝王气象，愿辅佐者便辅助之，不愿者可回乡为民。若黄巢气量狭小，容不得人，我等便可寻找时机逃匿深山，亡命天涯。诸位以为如何？"

文武官员纷纷点头称善。

次日，张直方来到大明宫拜见尚让，说是他心意已决，要投靠黄王和义军，请求尚让允准他和官员们一道出城拜迎黄王。

尚让十分高兴，满口答应，并说要派兵保护他们。

翌日午时，张直方果然带领七十多名文武官员来到灞上，迎接黄巢入城。

下午申时，黄巢在中军护卫下到达灞上。前面是手执兵器铠甲明亮的骑兵，后面是禁卫步兵，卫士们头上皆扎一条红巾，随风飘荡着个个意气风发，神情振奋。长长的队伍一眼望不到头，辎重车辆络绎不绝，张直方和同僚们都看呆了。

一乘黄金装饰双人小轿停了下来，侍卫掀开轿帘，黄巢躬身下轿。张直方等文武官员赶忙伏地叩头，同声唱喏："我等罪臣，恭迎黄王驾临！"

黄巢向张直方等人拱手施礼道："诸位请起，黄某不敢当此大礼！"

皮日休来到张直方面前，拱手道："张大将军，久违了！"

张直方抬头看去，见是太常寺博士皮日休，不禁惊讶道："原来是皮博士！不知袭美君何时投入黄王麾下？"

皮日休笑道："说来话长，容日后向大将军禀报。"

张直方在前面为黄巢引路，导引义军进入春明门，顺东西大街向西，来到兴庆宫南门通阳门。义军将士引颈望去，富丽堂皇天下闻名的勤政务本楼和花萼相辉楼金碧辉煌、相映生辉,不由发出阵阵赞叹。

张直方引领黄巢和护卫军过了皇城东南角太庙和安上门,来到朱雀门大街。将士们望着东西百步宽、南北十里长的天街,再看气势巍峨的皇城正门朱雀门城楼,一个个张大嘴巴合不拢。

此刻,义军先锋将领朱温等人正立朱雀门外,恭迎黄巢。

朱温导引黄巢和中军护卫人马通过朱雀门,进入皇城。

唐代皇城,东西五里一百一十五步,南北三里一百四十步,有五条南北大街、七条东西大街。其间官署星罗棋布,计有六省、九寺、一台、三监、十四卫。另有东宫官署一府、三寺、三坊、十率府。

僖宗和田令孜逃出京城之后,十四卫和东宫十率府禁卫军大多星散逃逸,皇城之中几乎空无一人。朱温人马驻在十率府,黄巢中军便在十四卫屯扎,以守卫皇宫。

在朱温和张直方陪同下,黄巢登上皇宫南大门承天门城楼。承天门是天子在元日、冬至两大节日陈乐设宴接受文武百官和外国使者朝拜之所,高大雄伟,富丽堂皇,义军将士们少不得又是一番赞叹。

黄巢下了承天门城楼,进入太极门,皇宫正殿太极殿呈现在眼前。太极殿原是大朝会之所,从唐高宗李治龙朔三年起,天子常居大明宫,大朝会遂改在大明宫含元殿举行。睿宗景云元年,宫城改名太极宫,号称"西内"。

太极殿向北,中轴线上有两仪殿、甘露殿、延嘉殿和承香殿,承香殿向北正对玄武门,那便是宫城北门了。

深居宫城之内的上千名宫女,倒是没有逃散。她们在这座冷宫内度日如年,听说黄王驾到,皆争先恐后前来拜迎。

黄巢来至太极殿前,宫女们呼啦啦跪倒一片,口称:"奴婢叩见黄王陛下!"

张直方请黄巢留居宫城,皮日休当即谏阻:"大将军尚未登基称帝,不宜居住大内。待日后斋戒沐浴,祭告天地,行过登基大典之后,再入住大内为宜。"

黄巢点头称善,张直方赶忙赔着笑脸说:"博士所言甚是。田令孜府第在大明宫南面,府中殿庭广大,屋宇众多,请黄王屈居一时,如何?"

皮日休点头认可，黄钦带领五百名中军护卫黄巢前往田府暂住。

众人都没想到田府竟如此奢华。

眼前的田府，楼宇林立，建筑华美，雕梁画栋，金碧辉煌。尤其是大小两个花园，池台亭树，龙舟画船，奇石嘉树，珍禽异兽，无所不有，胜似皇宫内苑。眼下正值严冬季节，园内却绿树葱茏，修竹苍翠。百鸟在林木间婉转鸣叫，清脆悦耳；鱼儿在溪水中往来穿梭，怡然自乐。

皮日休心中骂道：好一个权奸阉竖，真是吸血鬼，大蠹虫！他不由想到宰相郑畋宅邸，与田府相比，真乃天渊之别！

黄巢和赵璋、孟楷、皮日休等人便在田府安顿下来。

午后，黄巢在田府召集义军将领，会商大事。

黄巢开宗明义说道："苍天有眼，黄巢和诸位弟兄几年来南征北战，浴血拼杀，终于打进京城。弟兄们都立了大功，但眼下还不到评功封爵之时。李儇外逃，京城里还有很多李氏皇族子孙；众多朝廷高官，隐藏在城里或京城附近；天下诸多方镇尚未降顺，京城和关中百姓人心尚未归服。还有，四十多万义军将士，军衣匮乏，粮饷尚须筹措，千头万绪，百事待理。各位有何高见，请畅所欲言。"

尚让说："李儇跑了，可跑了和尚跑不了庙。李氏皇族要斩草除根，一个不留，留下一个就是祸害。还有那些朝廷大臣，像宰相卢携、豆卢瑑、崔沆等人，罪大恶极，皆应满门抄斩，也好为战死沙场的弟兄们报仇雪恨！"

一干将领随声附和道："正该如此！皇子皇孙须赶尽杀绝，孩娃不留！"

朱温高叫道："朝廷大臣都该杀掉！杀害尚大哥的卢携等人，全都千刀万剐、碎尸万段！"

赵璋站起身，说道："李氏皇族子孙固然必须除掉，卢携之流权奸大臣也该杀。不过，眼下最要紧的事是改朝换代，尽快操办黄王登基称帝大典！"

一石激起千层浪，诸位将领纷纷叫喊起来：

"大将军登基做了皇帝，天下便是咱弟兄们的了！"

"大哥登上金銮殿做皇帝，弟兄们都弄个大将军、节度使做！"

黄巢见一干将领揎臂捋袖吵吵嚷嚷，便敲了敲桌案，说："弟兄们说得都有道理,但事情有个轻重缓急,总要一件一件地去办。依我看,有这么几宗事体,要定出个章程来,而后分头去办理。首先,布告安民,稳定人心,要让京城官民安定下来,不能人心惶惶,京城居民、商人、京畿种田的庄稼人,要各安其业;其次,分别处置前朝官员,安置好宫女、宦官和禁军将士、吏员衙役等人;再次,在京城内外分别安顿四十万义军人马,筹集粮饷军资;最后,拟备建立新朝,定国号、国都、年号,筹备登基大典,建立新朝各官署,设职除官,诸多事项都要一一办好。"

听了黄巢一番话,将领们不再大喊大叫,偌大客厅顿时沉寂下来。

赵璋清了清嗓子,说道:"黄王所说乃是新朝大事,须分头去办,就请黄王分派好了。"

黄巢朗声说道:"第一,请皮日休博士尽快草拟安抚百姓的告示,在京城内外广为张贴。另外,皮博士还要写出警告天下方镇、州郡主官的檄文,要他们尽快归顺义军和新朝,如有谁人胆敢与义军和新朝作对,则必定派大军平灭之。第二,由尚让、朱温将军率领人马,铲除前朝权奸大臣,对抗拒义军和新朝者,严惩不贷。同时,要没收权奸巨宦家私财产,充作义军和新朝费用。第三,由赵璋和皮日休筹办登基大典,制定新朝国号、年号、职官制度。第四,孟楷和黄邺统筹部署义军各部驻防事宜,黄钦和林言担负皇宫大内和各官署守卫重任。诸位将军如无异议,就分头去办吧!"

赵璋和皮日休留了下来,随黄巢来到小客厅。

三人刚刚坐定,黄巢说道:"义军入城,人心未定。新朝未立,万机待理。二位是义军中少有的干才,怕是要大大辛苦你们了。"

赵璋忙说道:"为大将军登基开创新朝,赵某愿披肝沥胆,竭尽全力。"

皮日休道:"大将军揭竿而起,率领义军将士浴血奋战多年,正为今日。俗语云:创业难,守业更难。自古以来,凡打天下创业之君,大多能够励精图治,可天长日久,后辈便会慢慢懈怠下来。一些身居高位者,也会骄傲自大,贪图享乐而忘乎所以。如此,便会前功尽弃,将千辛万苦创立的事业毁于一旦。如今天下尚未平定,大将军要激励将士,兢兢业业,以竟全功。"

黄巢道:"先生所说,皆金玉良言。望先生今后时时提醒,尽心辅弼。新朝建立之后，赵璋要担宰相之责，皮先生以做首席翰林学士为宜，此所谓内相与外相之要职，二位就勉力而行吧！"

赵璋起身拜谢道："赵璋定当铭记大将军恩德，为大将军赴汤蹈火，在所不辞！"

皮日休也道："能够辅佐大将军为新朝效力，实乃人生之大幸。皮某当竭尽绵薄，死而后已。"

田令孜挟持僖宗到西川避难，因西川过于遥远，蜀道又十分难行，圣驾只能先到兴元（今汉中）暂驻。

从长安到兴元，有三条路径可走。一条是骆谷路，全程六百二十多里，路程最短，但多是高山峻岭，十分难行；另一条是斜谷路，全程九百多里；第三条是驿路，一千二百多里，路程最长，却算是最好走。田令孜急于逃命，便选定走路程最短的骆谷道。

凤翔节度使郑畋听到僖宗要逃往西川的消息，便赶往骆谷谷口驿站迎接圣驾。他打算请僖宗移驾凤翔，在凤翔就近调动禁军及方镇牙兵，与黄巢义军决战，进而收复京城，重整河山。

僖宗来到骆谷谷口，郑畋跪在路边拜迎。僖宗下得马来，扶起郑畋，拉住他的手，眼泪滚滚而下，哽咽着一句话也说不出。

郑畋将僖宗搀扶进驿站，僖宗坐下，饮用了一大碗茶水，这才慢慢地缓过气来。

郑畋一边流泪，一边奏道："圣驾播迁，流落至此，全是臣下的过错。臣请陛下责罚。"

僖宗拭泪道："这不能怪你，不是你的错。"

郑畋乘机进言道："臣斗胆请求陛下驻跸凤翔，诏命天下方镇一同发兵，进围长安，荡平贼寇，重振大唐。"

此刻，僖宗唯恐黄巢派大军追杀过来，心中急着逃命，便推托说："朕不愿离贼寇太近，待到了兴元之后，即可征调天下兵马，进剿贼寇，收复京师。爱卿身负重任，要替朕阻挡黄巢贼军西进，同时安抚西疆诸番。朕命你做京城四面行营都统，节制诸道兵马，早日克复两京，剿灭草寇，为朝廷建立大功！"

郑畋道："臣谨遵圣谕。如今时事艰危，道路阻塞，奏报难通，请陛下准许臣便宜行事。臣必当竭尽愚钝，以死报国。"

僖宗此时显得异常大度，慨然允奏："一应进剿贼寇之事，爱卿可自行决断，不必事事奏报。"

郑畋叩拜谢恩，恭送僖宗一行进入骆谷，挥泪再拜而别。

骆谷山高路险，崎岖不平，荆棘丛生。僖宗一行人马艰难跋涉，行走缓慢。田令孜心中焦急，骑着马跑前跑后，督催众人快走。

几个宫女累得气喘吁吁，行走不动，田令孜上前往她们身上抽了几鞭，喝骂道："快走！再磨磨蹭蹭，便把尔等扔到山沟喂狼！"

寿王李杰刚刚十三岁，累得浑身酸痛，汗流浃背，躺在路边一块大石上歇息。田令孜一见，二话不说，照准李杰抽了一鞭子。李杰惨叫一声，疼痛难忍，从大石上跳起身来，一瘸一拐地往前走去。他在心中暗暗发誓："田令孜这条阉狗，欺我皇室子孙太甚！终有一日，我要将你这条阉狗剥皮抽筋下油锅！"

尚让进入京城后，最想办的事是为兄长尚君长报仇。他第一个要诛杀之人，便是宰相卢携。

这日一早，尚让和朱温带领一千人马，气势汹汹开到靖恭坊，却见府中男女老少个个戴孝，说是相爷三日前病故，昨日已经殡葬。

尚让不禁冷笑道："卢携死了？哪有那么巧？就算是葬了，我也要开棺剖尸，挖出这条老狗的心，看看有多黑！"

尚让随即命朱温统领七百将士死死围住卢携府邸，自带三百将士，在卢府仆人引领下，前往灞陵掘坟。

尚让察看棺中尸体，确是卢携无疑，便恨恨地骂道："你这条丧尽天良的老狗，也有今日！"

他一边骂，一边举起马鞭，向卢携尸体一阵猛抽猛打。转眼之间，卢携衣衫被抽打成碎片，尸身皮开肉绽。

尚让又命士卒将卢携尸体运回城内东市，在尚君长被斩首的狗脊岭，将卢携头颅砍下来，祭奠兄长，而后挂在木杆上示众。

尚让仍不解气，传命将卢携尸体剁成肉酱。士卒们争先恐后，一拥而上，刀枪齐下，顷刻之间，卢携尸体便只剩下一架白骨，七零八碎的尸肉被群狗争抢吃光。尚让又命士卒将卢携骨头剁成碎渣，抛撒到荒山野沟里，这才带领人马回到卢携府第。

尚让命朱温带领将士仔细搜索，把卢携家人连同仆夫侍女全都驱赶到庭院中，卢携府中男女老幼二百多口，在庭院中跪成黑压压一片。朱温大喝一声："杀！"只听一阵"咔嚓"声响，二百多男女顿时做了刀下之鬼。

将士们在卢携府中搜出许多金银财宝，尚让大喜，心想朝廷高官权宦皆家财巨万，必须挨户查抄，绝不可漏掉一人。

尚让和朱温派出数万人马，分别包围十六王宅、东内大明宫、西内太极宫和南内兴庆宫，将李氏皇族不分男女老幼统统杀掉，心中总算出了一口恶气。

接着，尚让、朱温又指挥人马在皇城、宫城和外郭城搜索朝廷高官和金银财宝。一群群将士闯进宫殿、府库、官署、民宅、商肆、邸店、歌楼、饭铺，抢劫金银珠宝，搜罗钱财，奸污妇女，闹得京城之内鸡飞狗跳，人人惊悚不安。

皮日休拟就安民告示，以黄王名义颁发，在京城内外广为张贴。他又写好檄文，颁布天下，督促方镇、州郡文武官员归顺。之后，皮日休夜以继日，与赵璋商讨黄巢登基大典和新朝规制诸般事宜。皮日休在唐廷为官七八年，曾任秘书省著作郎和太常寺博士，对朝廷官制、礼制等，本就再熟悉不过的。

赵璋和皮日休几经商讨，向黄巢提议：新朝拟建国号大齐，建元金统，黄王于十二月十一日在太清宫斋戒沐浴，十二日入主大明宫，十三日在含元殿举行登基大典，正式称帝，拟定帝号为"承天应运启圣睿文宣武皇帝"。

对于新朝职官设置，赵璋和皮日休提议，新朝设太尉、侍中、中书令各一人，宰相（同平章事）二人，尚书省左右仆射各一人。武职设诸卫大将军、四面游奕使等等。唐廷三品以上高官一般不宜留用，眼下新朝尚难以向方镇派遣官员，义军将领一时不及接手州县军政职权，管理地方民政，需留用众多旧朝四品以下官员，干办征收钱粮、维护秩序等等差事。

黄巢以为二人的谋划甚为适宜，至于赐封主要将领官职，尚需斟酌。赵璋说，日期紧迫，登基大典上要宣读册封皇后和任命朝廷大臣的制命和敕诏，须事前准备完毕。后天黄王就要进入太清宫斋戒沐浴,任何人都不得打扰,故而要尽快把新朝选任大臣名册定下来。

黄巢想了想,说道:"也好。我本来打算留任一位前朝宰相,可找不到适宜人选,不知躲到哪里去了。浙东原观察使崔璆,如今正在京城赋闲,可委以宰相之职。"

皮日休颇感意外,崔璆有何功德,居然能够出任新朝宰相呢?

赵璋心中却明白,当年黄巢率领义军进攻杭州,被高骈十万大军战败,秦彦、毕师铎投降,义军陷入困境。黄巢给浙东观察使崔璆写信,请求两军停战,并说愿意接受朝廷招安。崔璆复信对黄巢请求招安之举大加赞赏,并当即奏报朝廷,请求颁诏招安,赐封黄巢为节度使。说起来,崔璆当是不多的与黄巢为善的前朝官员。

只听黄巢说:"崔璆是博陵崔氏望族之后,其父祖辈在朝廷居将相和州郡高官者,有数十人之多。我昨日专程到崔府拜访崔璆,请他出山为新朝效力。若用崔璆为相,对于前朝高官来说,便有了榜样,可使更多人为新朝所用。"

皮日休道:"大将军思虑深远,我等怎能企及? 多积粮,少树敌,安民心,严军纪,新朝国基才能稳固,大齐方可立于不败之地。前朝大臣能为我所用者用之,不愿为我用者弃之。只要不与新朝为敌,不扰乱新朝新政,就不需斩尽杀绝。像掘墓戮尸、抢劫大内、哄抢商肆、奸污妇女这等恶行,有损新朝和义军声誉,如不严令禁止,后果恐不堪设想!"

黄巢说:"皮先生说得好,有些事做得过分了。"

义军在田令孜府内发掘出大量金银珠宝,激起尚让和朱温查抄前朝旧臣府第、搜罗钱财的兴致。二人决计将京城大小官员府邸挖地三尺搜查一遍,以便抄检出更多钱财。

这日,朱温带领人马来到延兴门内升道坊,要查抄前朝宰相、今凤翔陇右节度使郑畋府邸。

朱温闯进郑畋宅邸,各处浏览一遍,不禁大失所望,心中骂道:郑畋这个老匹夫,出身望族,又是堂堂宰相,可府第跟一个县令家宅相似,连中品宦官宅邸都比不上,真他娘的穷措大一个!

朱温监督将士们掘地三尺，却没有找出金银财宝，口中连连骂道："晦气！晦气！"

朱温正感无趣，手下都将胡真向他禀报说："郑畋女儿灵珠，美若天仙，眼下正在闺房里哭泣哩！"

一听说有美女，朱温顿时来了精神，赶忙让胡真带路，来到灵珠闺房。

朱温一见灵珠，不由两眼发直，半天挪不动步子。只见灵珠不施脂粉，淡妆素裹，却仪态万方，气质脱俗，朱温心中感叹，真是一枝出水芙蓉，天降仙姝。

朱温按捺住心痒，说道："灵珠姑娘，打扰了。我是黄王麾下大将朱温，特意前来护卫郑府，庇护姑娘。从今日起，我便住在府上了。你放心，只要有我朱温在，任谁人都不许进入郑府，哪个也不敢动姑娘一根头发丝！"

灵珠一言不发，默默坐在那里，只是流泪不止。

朱温当即命人收拾房子，真个住了下来。

早在五月间，郑畋由吏部尚书改任凤翔节度使，要带眷属一同去凤翔。由于战乱，灵珠许久没有收到罗隐书信，心中万分牵挂。她想，若随父去了凤翔，万一罗隐来到京城，就见不到她，或者罗隐来了书信，她也不能及时看到。于是，不管郑畋如何劝说，灵珠死活都不愿离京。郑畋无奈，只得让灵珠留下。

黄巢义军进入西京，连宰相和大臣们事前都不得消息，来不及逃走，郑府管家和大门不出的灵珠更是无从知晓。尚让和朱温带领人马天天查抄大臣府第，抢劫店铺，奸淫妇女，管家郑二惶急无策，灵珠整日里只能以泪洗面。

眼下，灵珠看出朱温不怀好意，心中惧怕，但又无法摆脱纠缠。她打定主意，在身上暗藏了一把利刃。

皮日休为筹办登基大典和建立新朝诸般事务忙得晕头转向，近日诸事刚刚定出个章程，才猛然想起，须尽快到郑畋府中去看一看。尚让和朱温天天在京城查抄大臣府邸，郑府必在搜查之列。他不知郑府还有什么人，也不知道灵珠现在何处，万一遭遇不测，如何对得起罗隐。

郑府老管家郑二见到皮日休，像是见到救星一般，向他诉说种种苦处。皮日休安慰一番，急急忙忙去看望灵珠姑娘。

皮日休和郑二来到灵珠闺房门口，却见朱温手下都将胡真带着几个士卒守在那里。胡真认得皮日休，不好阻拦，便推说要向朱将军通禀，获准后方可进入闺房。皮日休一把将胡真推开，大步跨进闺房。

此刻朱温正在纠缠灵珠，猛然见到皮日休闯进来，不禁愣了一下，显出些许尴尬，皮笑肉不笑地问道："皮博士，你来此做甚？"

灵珠姑娘一见皮日休，"哇"的一声伏案痛哭起来。

皮日休强压胸中怒火，对朱温说："朱将军，请借一步说话。"

朱温随皮日休来到客厅，以主人身份命卫士给皮日休上茶。

皮日休："朱将军，你已搜查过郑府，怎的住下来不走了？"

朱温笑道："皮博士不是忙着操办登基大典吗，怎的有工夫来过问这等闲事？"

皮日休："朱将军有所不知，这灵珠姑娘是在下好友罗隐未婚妻子，在下受朋友之托，前来照看灵珠姑娘。"

朱温："罗隐是甚鸟人？"

皮日休："罗隐是余杭秀才，文章盖世，天下闻名，莫非朱将军不知？他现正游历江南，有些日子没消息了。"

朱温笑道："如今罗隐连个影子也不见，难道要灵珠姑娘空守闺房？常言道，一家女百家问，本将军正想迎娶灵珠姑娘哩！"

皮日休："灵珠姑娘与罗隐有婚约，在下正是保媒之人。朱将军可另择佳偶，何必要抢夺人妻呢？"

朱温："本将军还就真是看上灵珠姑娘了，非娶她不可！"

皮日休："在下奉劝朱将军，抢夺别人妻女，违反军规，必受责罚！"

朱温："什么狗屁军规？弄一个前朝高官的闺女玩玩，就连黄王也不能把老子怎的！"

皮日休笑着激他："朱温，你小子有种，敢不敢跟我一道去见黄王，让他给评评理？"

朱温："这有何不敢？老子南征北战，好歹也立过几次大功。你一个穷酸措大，投靠黄王才几天，老子还怕了你不成！"

皮日休："那好，咱们立马去见黄王。"

黄巢听罢皮日休诉说，知是朱温老毛病又犯了。对朱温这厮，黄巢是又爱又恨：他冲锋陷阵，勇猛无畏，锐不可当，率领弩机营攻城克险，战功赫赫，是一员难得的勇将。可他每到一地，总要寻花问柳，调戏奸污妇女，屡教不改，本性难移，黄巢拿他也无可奈何。

黄巢板起脸来，说道："朱小三，你小子毛病不改呀！"

朱温委屈地说："大将军，这次我可没有犯军规，我不曾动灵珠姑娘一根手指头。不过，我倒真是看上她了，一心要娶她哩。常言道，男大当婚，女大当嫁。恳求大将军，成全我朱小三一回，咋样？"

黄巢哭笑不得，斥道："灵珠已有婚约在先，还是皮先生保的大媒，你怎能抢夺别人妻子呢？"

朱温："什么狗屁婚约，如今那个穷酸措大罗隐连点儿消息都没有，死活不知，难道让灵珠姑娘为他守一辈子活寡不成？"

皮日休："罗隐与郑阁老约定，今年一定会迎娶灵珠姑娘。"

朱温："什么郑阁老，不过一个前朝狗官罢了。我看上他闺女，那是她的福分！按理说，前朝狗官妻女就应发配为奴，或者卖给妓院做婊子！"

皮日休："黄王，郑阁老向来主张招安义军，与卢携、田令孜百般抗争，因而受到排挤，直至罢相贬职。他为保护尚君长将军，尽心尽力，朝中人所共知。大将军，对郑阁老这般前朝大臣及其家人，应予宽待和保护。"

黄巢点头道："皮先生所言极是。郑畋一直主张招安义军，不同意杀害尚君长。罗隐名满天下，和皮先生一样，对唐廷深怀怨愤，著文鞭挞权贵，指斥朝政，难能可贵。对灵珠要严加保护，任何人不得随意进入郑府。朱小三，你不要再纠缠灵珠了，日后我赐给你一位美貌娇娥为妻，如何？"

朱温心中十分不情愿，可见黄巢一脸威严，只好趁坡下驴，拱手拜谢道："朱小三谢黄王恩典！"

按照皮日休和赵璋制定的日程，黄巢于十二月十一日斋戒沐浴，十二日祭告天地，入住大明宫。

十二月十三日,清晨五更时分,大齐新朝文官武将们来到大明宫南面横街,下马停轿,分别从望仙门和建福门进入大明宫。

在朝堂前聚齐后,文官由皮日休引导,武职由张直方引领,分别经通乾门和观象门,从东西龙尾道登上含元殿前露台,文东武西分班面北肃立。

含元殿殿前广场上,上万名义军将士列队肃立,数百面白色旗帜在寒风中呼啦啦作响。

一名宦官典仪,站在廊下高声赞唱:"天子驾到!"

黄巢中军侍卫临时改作天子仪仗队,卫士们手执兵仗,从西偏门列队走上露台。接着是宦官和宫女队伍,手执大朝仪种种物事,鱼贯而出。

黄巢乘坐玉辇,在宦官和宫女簇拥下驾临露台,就御座。

典仪官高声赞道:"奏乐!"

露台下五百面战鼓轰然作响,如同惊雷滚动,好似万马奔腾。

典仪官朗声宣告:"奉天承运,乾坤底定。新朝建立,国号大齐。建元金统,普天同庆。大齐国承天应运启圣睿文宣武皇帝登基临朝,百官拜贺!"

典仪官接着高声赞礼:"跪,拜!兴,再拜……"

义军将领们哪里见过这般阵势,稀里哗啦跪倒一片,叩头姿势五花八门。多数人叩了九个头,也有人叩七个或八个头。一旁侍奉的宫女忍不住笑起来,常侍宦官狠狠地瞪了她们一眼,宫女们赶紧捂住嘴巴,再不敢笑。

典仪官又赞:"天子升殿!"

黄巢进入含元殿,坐上宝座。

典仪官再赞:"大臣入殿!"

皮日休和张直方引导将军以上高官进入殿内,文东武西分班站立。

赵璋宣读大齐国承天应运启圣睿文宣武皇帝即位诏书。

诏书出自皮日休之手,概曰:唐帝冥顽,阉竖专权。朝政昏暗,黎民涂炭。黄王兴兵,天下响应。铲除暴政,拯救百姓。奉天承运,江山底定。德被四海,乾坤朗明。新朝创立,国号大齐。千秋万代,皇统赓续。云云。

赵璋宣读完毕,典仪官宣赞,众官再次向黄巢行叩拜大礼,山呼万岁,恭贺新朝皇帝即位。

内常侍宦官宣读新皇帝册制诏命：

册命夫人曹氏为皇后。

制命尚让为太尉兼中书令；赵璋为门下省侍中；尚计、赵璋、崔璆、杨希古四人并为同平章事；皮日休为翰林学士；孟楷、盖洪为尚书省左右仆射兼军容使；张直方为检校左仆射。

敕命黄邺、朱温、黄揆、季达、葛从周、霍存、张言等为诸卫大将军、四面游奕使；林言为"功臣军"军使，统领天子禁军。

接着宣读大齐皇帝诏书：故唐四品以下官员仍任原职；三品以上官员一概停任，凡到侍中兼同平章事赵璋府第投递名刺，愿意归顺新朝者，官复原职。

典仪官宣告登基大典"礼成"，文武百官再拜，山呼万岁。

半个月过去了，没有一个前朝高品官员到赵璋府第投递名刺。黄巢心中疑惑：僖宗朝廷大员们都到哪里去了？难道他们都不愿为新朝效力，却甘为李儇殉葬不成？

其实，僖宗朝廷大臣逃出京城者极少。义军打进长安后，当即自杀者只有卢携一人，多数大臣都在彷徨观望。

黄巢义军刚入城时，一面张贴安民告示，一面派出许多巡逻队伍，维护秩序，禁止抢劫。义军将士不入民宅，买卖公平，人心很快安定下来。可是好景不长，尚让和朱温率义军查抄官员府第，挖地三尺勒索搜罗钱财，甚而抢掠商肆、杀人放火、奸淫妇女，官员宅邸被查抄，钱财被搜罗一空，不少官员妻女受到凌辱，有的自尽，有的被杀，百万人口的京师人心惶恐一日数惊。尤其尚让掘墓鞭尸，又将卢携尸体拖至东市，砍下头颅示众多日，再将尸身剁成肉酱，尸骨抛撒山野，弄得前朝官员人人自危，惶惶不可终日，不知哪一天便有灭顶之灾降临。他们对新朝避之唯恐不及，还有谁会去赵璋府投名刺请求新朝封官呢？那岂不是自投罗网吗？

前朝大臣们既逃不出去，又不想坐着等死，便寄望于找到一个保护伞。张直方本来在大小官员中有口皆碑，如今，他以迎接黄巢入城之功，被新君作为开国功臣官封检校左仆射，阶衔相当于宰相，在新朝总算有一些脸面。唐代官制，中央最高权力机关中书省、门下省和尚书省长官分别是中书令、侍中、尚书令，但此三职不常设，中书侍郎、门下侍郎和尚书省左右仆射实为三省长官，故而左右仆射职位甚高，与宰相同列。张直方官职前面加"检校"二字，即"相当于"之谓。凡带"检校"二字，皆是一种虚衔，名誉职务而已。在前朝大臣看来，张直方的"检校"仆射虽是荣誉职务，可也是一种特殊身份和地位。所谓病急乱投医，在面临灭顶之灾的危急情势之下，即便一根稻草也要抓住不放，官员们确是别无选择。

宰相豆卢瑑第一个来张直方大将军府邸，请求张直方予以庇护。张直方大拍胸脯，十分爽快地包揽下来。僖宗另一宰相崔沆接踵而至，张直方同样慷慨容留，毫无难色。

接着，唐廷左仆射、驸马于琮与妻子广德公主，还有右仆射刘邺、太子少师裴谂、御史中丞赵濛、刑部侍郎李溥、京兆尹李汤等，陆续前来投靠张直方。张直方二话不说，一一接纳庇护起来。

如此下去，张直方府中藏匿文武官员竟达数十人之多。

黄巢要唐廷官员向赵璋投递名刺，以表归顺新朝之意，实在是一种既照顾官员面子又简捷便当之方式。只要投递一张名刺，便可以官复原职，何等宽容优厚。然而，前朝官员竟无人响应，黄巢心中不免气恼：莫非这班达官权贵还把我黄巢看作草贼流寇？不行，朕要把他们找来问一问：自古以来，王侯将相宁有种乎？周、秦、汉、唐开国皇帝哪一个不是以下犯上，从乱臣贼子摇身一变成为天下至尊？成者王侯败者寇，如今我黄巢打下江山，创立新朝做了皇帝，而旧朝君臣失却天下，便成了贼寇，本当赶尽杀绝。朕宽恕尔等，抬举尔等，要给尔等官复原职，尔等竟不理不睬，岂不是蔑视新朝，有意与我黄巢作对？

于是，黄巢召来尚让和朱温，要二人把前朝文武大臣全都搜查出来，问问此辈到底是何居心！

尚让和朱温重新搜查大臣府第，拘押其奴仆，严刑追问，将豆卢瑑、崔沆家奴折磨得死去活来，终于拷问出官员下落。

尚让和朱温向大齐皇帝黄巢禀奏：前朝宰相豆卢瑑、崔沆等一干大臣，藏匿在永宁里张直方府中。

黄巢心中十分诧异：张直方是大臣中第一个归顺新朝者，他亲自带领数十名官员出城迎接义军，新朝又敕封他为检校左仆射，位高职显，比其原任金吾大将军之职体面多多，他应当满足了。入城以来，张直方鞍前马后，热诚恭敬，未见他有一丝对义军和新朝不满的言行，却为何要把众多前朝高官藏匿家中呢？

黄巢将张直方召进宫中亲自询问，张直方却一口否认有藏匿豆卢瑑、崔沆等人之事。

张直方回到府中，为防不测，将豆卢瑑、崔沆、于琮等重臣转入十分隐秘的夹墙之中，暗中指派两个贴心侍女为其送水送饭。

朱温派人日夜严密监视张直方府邸，抓到一个外出采买肉蔬的张府仆人，加以严刑拷问。仆人熬刑不过，只得招认张府中藏匿有数十名官员和其眷属。

朱温和尚让即刻发兵，将永宁里张直方府邸围得密不透风。尚让坐镇客厅，朱温亲自带兵扒墙拆屋搜寻。藏匿的众多官员在劫难逃，被驱赶到庭院戴枷押走。

尚让先拿于琮开刀，命侍卫将他捆绑起来，在前朝官员及其眷属面前吊打，而后推上断头台。就在要行刑时，于琮妻子广德公主跑上前来，抓住刽子手的鬼头大刀说：“我是皇室之女，绝无偷生之理，誓随丈夫于仆射一起受死！”

尚让冷笑道：“好，那就成全她，一同斩首！”

侍卫手起刀落，于琮和广德公主头颅落地，颈血喷射而出。

尚让命人将豆卢瑑押上来。

尚让喝问道：“你为何不肯归顺新朝，却藏匿此地，聚起这许多人，莫不是要造反吗？”

豆卢瑑情知难免一死，高声骂道：“尚让，你这个该当千刀万剐诛灭九族的反贼！我乃大唐宰相，理应为国尽忠，为朝廷捐躯，岂能臣服于尔等草寇？呸！”

尚让大怒，喝令侍卫将豆卢瑑剁成肉泥。

回到大明宫，尚让向黄巢奏报：张直方藏匿豆卢瑑和崔沆、于琮等上百人，密谋造反。因于琮、豆卢瑑拒捕，已被处死。请陛下传谕，将张直方和崔沆等逆贼斩首示众，眷属一并处死，斩草除根，以绝后患。

黄巢想不到张直方真的藏匿这么多前朝重臣，显系蓄意谋反，颠覆新朝恢复李唐天下。前些日子之所以没有大臣愿意归顺，看来根源正在于此。

黄巢恨恨地说道："就按太尉意思办吧！"

尚让传出圣上口谕：明日在东市开设刑场，将张直方和崔沆、刘邺等逆贼及其眷属三百余人一并斩首示众！

翰林学士皮日休得知要公开处死崔沆、刘邺等三百多人的消息，大为震惊。他立即面奏黄巢：张直方藏匿前朝官员固然有罪，但未必是要谋反。即便要处死崔沆、刘邺等人，也不必将其亲属子女统统斩首示众。那样会在京城官民之中造成恐慌，更不会有前朝官员归顺了。如此行事，对于收揽人心稳定天下不利，只能逼使那些正在观望的州郡官员拼死与新朝作对。

黄巢冷静下来，觉得皮日休所言有理，便让皮日休赶快到东市刑场传谕刀下留人，让御史台审问张直方和崔沆等人之后，再作区处。

皮日休奉了大齐皇帝口谕，骑上快马，向东市刑场飞驰而去。

十五　给穷酸秀才一点儿颜色看看

皮日休快马加鞭赶到东市刑场，尚让和朱温已将张直方和崔沆、刘邺等数十名官员及其眷属三百余口斩杀殆尽，仅剩下五名幼童尚未砍头。皮日休一边高声大喊"刀下留人"，一边冲破警戒士卒阻拦，跃马闯进刑场。

皮日休向尚让、朱温喊道："大齐皇帝口谕：刀下留人！尚太尉、朱将军停止行刑，圣上命御史台勘问此案，而后再作区处。"

朱温笑嘻嘻地说："皮学士，你来晚了，只剩下这几个孩娃子了。你再晚来片刻，便一个孩娃儿也不留了！"

望着刑场上横七竖八的尸体，还有滚落满地的人头，汩汩淌流的殷红色血水，皮日休头皮发麻，脑子里一片空白。

皮日休呆呆地站在刑场上，不知过了多久，才发觉尚让、朱温和士卒们早已走光，只剩下吓傻了的五个孩子，仍木呆呆地跪在那里。

看着几个面无人色的幼童，皮日休犯了大难：这几个孤儿如何安置？孩子们日后如何活下去？他焦急地思来想去，却想不出一点招数，只好先让孩子们吃一点东西，缓口气再说。

皮日休走过去，将孩子们一个个扶起，说："孩儿们，跟我走。"

五个幼童默默地跟在皮日休身后，走进东市一家炊饼铺子。皮日休给孩子们每人买了两个炊饼，看着他们吃下去，又向店主讨来几碗汤水，孩子们汩汩地喝了。

在孩子们吃炊饼的当儿，皮日休想到了郑府。先把这些孤儿送给管家郑二，让他一边照料孩子生活，一边寻找孩子亲戚，让亲戚把孩子们领走。这会给郑府带来不少麻烦，可除此之外，还能有何良方？

尚让杀掉李唐皇族众多子孙和朝廷大臣，为兄长报了仇，心中又出了一口恶气。如今新朝建立，他官封太尉兼中书令，可谓一人之下万人之上，位极人臣。尚让觉得，尚家终于出人头地，兄长在天之灵可以瞑目了。

这日上午，尚让来到中书省政事堂，无意间看到门上贴着一张麻纸，上面写了些什么，他看不明白，因为他本来就不识几个字。

尚让唤来一名前朝右补阙上前察看，右补阙立时吓得面无血色。原来，麻纸上面是一首七言律诗：

> 自从大驾去奔西，贵落深坑贱出泥。
>
> 邑号尽封元谅母，郡君变作士和妻。
>
> 扶犁黑手翻持笏，食肉朱唇却吃斋。
>
> 唯有一般平不得，南山依旧与天齐。

尚让厉声追问，右补阙"扑通"一声跪倒在地，叩头不止，战战兢兢说道："请相公恕罪，属下方敢言明。"

尚让喝道："你只管说，恕你无罪！"

右补阙结结巴巴说道："这是……是……一首诗。"

尚让："什么诗？"

右补阙："是……一首……反诗。"

尚让："反诗？！给我仔细说来，如何便是反诗？"

右补阙："诗中说，新朝大臣原本不过是一些耕田泥腿子，如今却手持笏板冠冕堂皇登上朝堂，掌管朝政。"

尚让："还说些什么？"

右补阙："说新朝把什么都弄颠倒了，就是不能把南山铲平，南山还是照样耸立在那里，高与天齐。"

尚让气得跳脚大骂道："反了，反了！这是哪个鸟人写的？"

右补阙："卑职……实在……不知情。"

尚让："追查，给我一查到底！找出来这个写诗的王八蛋，老子抽了他的筋，剥了他的皮，千刀万剐！"

尚让命右补阙揭下麻纸，气冲冲向黄巢禀报去了。

黄巢看过此诗，也觉异常气愤。污蔑诽谤新朝之风断不可长，否则，唐廷那些遗老遗少还不得翻了天？

尚让吼叫着，咬牙切齿地说上天入地也要将写诗者挖出。

黄巢点头说，此事就交给你和朱温去办！

尚让和朱温随即在皇宫内外乃至整个京城施行大追查、大搜捕。

尚让和朱温先从三书省留用的前朝官员下手，开始追查反诗。

中书省内设立刑堂，将中书省十几名留用官员连同守门士卒全都关押起来，一一过堂审问。可怜这些官员和士卒，一个个被打得皮开肉绽，可没有一人招认写反诗，也无人招认帮人张贴反诗，甚至连一丝线索也未查出。

尚让和朱温又把门下省和尚书省留用官员关押起来，挨个过堂，严刑逼供，依然没有结果。

尚让心中窝着一股火气，命朱温快想办法，定要追查出写反诗之人及其同谋。

朱温笑嘻嘻地说："办法嘛，自然是有的。前朝这班官员，尤其是那些舞文弄墨的文臣，最是讲斯文爱体面，让他们在大庭广众面前出丑，比杀了他们还难受。此辈最爱说什么士可杀不可辱，老子就是要狠狠地侮辱他们，让他们斯文扫地，丢人现眼，看他招也不招。"

尚让说："你朱小三鬼点子就是多，那就放手去办吧！"

朱温带领五百人马，在皇城含光门外东西横街上搭设了一排木架，足足有一百多步长，而后将关押的官员一个个带到木架前，由朱温亲自审问。问一句，不招供，打一马鞭；问第二句，不招供，剥光衣衫，用绳子捆住脚，头向下吊在木架上；问第三句，不招供，挖去双眼。

如此这般，朱温将中枢三省留用的近百名文臣，挨个赤条条倒挂在木架上，统统挖去了双眼。从早至晚，惨叫声、号哭声不绝于耳。

朱温像是欣赏屠宰店里悬挂的猪肉扇,背着手从东走到西,又从西走到东,不时发出"嘎嘎"的笑声。

尚让看了朱温杰作,不禁仰天大笑,拍着朱温肥大肚皮说:"朱小三,真有你的!你他娘的真是一肚子坏下水!"

数日之内,朱温将留用官员全都折磨而死,也没有破了案子。接着,他又给尚让献上一个更加歹毒的计谋:把京城会写诗填词作文章的文人士子统统抓捕关押,挨个过堂,还能破不了案子?

尚让一听大喜,连声赞道:"好主意! 好主意! 硬是要治一治这帮酸腐秀才,省得他们再来聒噪!"

黄巢做了皇帝,饮食起居处处有宫女和宦官细致入微侍候照料,他起初颇有些不习惯。但没过多少时日,黄巢便适应起来。他只是觉得,宫中礼仪有些烦琐,几次让殿中省和内侍省删繁就简。内侍省省监说,宫中这些规矩,宦官宫女代代相传,积久成习,一时无从改起,怕是要慢慢来。黄巢想想也是,新朝初立,军国大事万机待理,宫中礼仪不是甚紧要事,待日后有了空闲再慢慢理会吧。

平民百姓对皇帝宫中生活有许多揣测,但距实际情形仍相差甚远。侍奉皇帝和妃子之机构庞大,项目繁多,分工细致,实为外人所难以想象。

唐朝廷中央机构为三省、六部、九寺、五监,内廷另设秘书省、殿中省和内侍省,与中书省、门下省和尚书省并称为"六省"。就其职能而言,秘书省管理宫中经籍图书,殿中省管理宫中日常事务,内侍省管理宦官宫女,专事侍奉皇帝和后妃饮食起居。

千百年来,为争夺皇帝宝座,常常杀得尸骨如山血流遍地,皆因皇帝私有天下,享用万物。此乃万恶之源。黄巢既登大宝,身不由己,自然照规矩行事,岂有他哉!

黄巢册封其原配夫人王氏为皇后,小妾马氏为贵妃。黄巢在转战南北时,先后将二十多名相貌俊美的节度使、刺史妻女收作侍妾,登基之后,将这一班侍妾分别封为婕妤或美人、才人,又从僖宗妃嫔和宫女中挑选出四十多人,封为妃、嫔或御女、彩女。

新朝已建立,黄巢的后宫也充实了,便想到为自己的外甥林言操办婚事。

林言时年已经二十三岁,奴娘也二十出头,二人早过了谈婚论嫁的年龄。但林言却说,此时成婚尚有不妥。

黄巢有些不解,忙问:"有何不妥?"

林言:"皇舅率领大军,打进京城,可唐帝却带着四个亲王逃走了,至今没有捉到。天下多数州郡还没有归顺新朝,有些名义上归顺了,也未必是出于诚心。各方镇都拥有兵马,倘若他们联起手来与新朝为敌,天下便会大乱,万不可疏忽大意。请皇舅允准甥儿带领一支人马,前去追击唐帝李儇和田令孜,将其赶尽杀绝,以除后患。"

黄巢见林言有如此见识,心中大喜,说道:"甥儿真是长大了,对天下大势有真知灼见。好,好! 不过,追杀李儇用不到甥儿,新朝有的是勇猛战将,朕很快就会命将出征。李儇和田令孜仅带了五百名神策军,追杀他们易如反掌。甥儿对此事不必过虑,听舅舅的话,完成大婚,就了了我和你母亲一桩心事。"

林言:"婚姻大事,尚未禀告母亲,若就此完婚,岂不是天大不孝?"

黄巢:"甥儿此言差矣! 男大当婚,女大当嫁,自古常理。你和奴娘年纪不小,早该成亲了。眼下你母亲远在千里之外,两地之间军镇林立,战乱不休,不便请你母亲来为你主持婚事。按理说,你父亲下世了,你的婚事舅父我便可做主,娘舅为大嘛! 你母亲知道了,只会高兴,哪里会怪罪于你? 再说,你是奉旨成婚,谁能说甚?"

林言:"既是皇舅这般说,甥儿遵旨就是。甥儿谢过皇舅父!"

黄巢高兴地说道:"这就对了嘛! 让宰相赵璋做媒,明日纳彩,后日纳徵,三日后迎娶。舅父我给你主婚,皮学士典掌婚礼,文武大臣全都前去贺喜。朕要把你的婚礼办得热热闹闹,也好对得起我那苦命的姐姐!"

唐时婚俗礼仪,有"纳彩""问名""纳吉""纳徵""请期""亲迎"六道程序,称为"六礼"。每一程序施行前,都要先占卜日期,只有在吉日方可操办。黄巢命赵璋和皮日休将"六礼"合并,纳采、纳徵之后,为林言选择一个吉日"亲迎"即可,赵璋和皮日休择定的吉日是十二月二十六日。

黄巢义军占领京城后,在禁苑广运潭和运渠缴获了数百只朝廷漕运船,黄巢即命奴娘为漕运军使,率领水手和船工驻扎漕运码头所在地米仓村。赵璋先以大媒身份,来到米仓村闵十八家它,施行"纳彩""纳徵"。闵十八与黄巢是 个心思,自是欢欢喜喜把婚事答应下来。

腊月二十六日傍晚时分,林言骑了一匹枣红马,在仪仗引导下,带领迎亲队伍,吹吹打打,鼓乐齐鸣,前往米仓村迎娶奴娘。

来到米仓村村口,林言翻身下马,早有人接过马缰,将众宾从所骑马匹和花车安置妥帖。

闵十八在宅邸大门外迎接新婿林言,居东面西向林言和来宾拜揖,林言面东答拜。闵十八恭请林言和傧相进入宅门,三揖三让,引导林言进入厅堂。

厅堂中设有一道布障,奴娘此时正坐在障内马鞍之上。

主人面西而立,林言面北站定,举手将携来的一只雁掷进障内。闵家女傧相用红罗裹五色绵将雁嘴缠缚停当,以免雁叫出声来。

之后,林言退出厅堂,和傧相站在庭院中等候新娘出门。

闵十八与女儿告别,告诫女儿:出嫁到了夫家,要孝敬老人,顺从丈夫,不要违抗公婆和丈夫之命。奴娘流着眼泪,一一点头答应。奴娘幼年母亲亡故,父女二人相依为命,须臾不曾分离。如今,奴娘要出门嫁人了,留下父亲孤身一人,衣食冷暖谁人照管? 奴娘热泪双流,悲声大放,女傧相们怎么都劝不住,惹得闵十八也热泪涟涟。

闵家女傧相们从屋中跑出来,追着林言打闹戏谑。其中两名女傧相,竟然一人手持木棒,一人手执马鞭,照着林言身上头上乱挥乱舞。男傧相护着林言,东躲西藏,与女傧相玩着猫捉老鼠一般的游戏。

闵宅大门外,乐队奏起乐曲,一干前来迎娶的宾从齐声呼喊:"新妇子催出来! 新妇子催出来!"

两个女傧相将新郎官林言戏谑折腾够了,终于将身着礼服手执团扇盖着蒙头巾的奴娘从屋中搀扶出来。

林言忙向丈人闵十八拜别,走出大门。

闵十八站在廊下台阶上,看着奴娘在女傧相搀扶下走出门去。

　　女傧相搀扶奴娘上了花车，新郎林言骑着马围绕花车兜转三周，花车启动。

　　仪仗前导，乐曲高奏，迎亲队伍缓缓踏上归程。

　　林言和迎亲队伍进了城，来到丹凤门大街，离来庭坊只有百步之遥时，却见大街正中摆放着一些木杆之类障碍物，周遭聚集起许多男女街坊和孩童。

　　大街上的两支乐队，相互较起劲来，拼命吹打奏乐，几近疯狂。

　　林言和迎亲队伍停了下来。林言知道，这便是婚俗中盛行的"障车"故事了。

　　林言连连向围堵众人拱手行礼，高声说道："林某感谢诸位高邻，谨备薄礼馈赠，敬请各位光临寒舍，畅饮老酒，通宵欢聚，同喜同喜！"

　　执事客早已拿出用红绳编结的铜钱串子，向空中抛撒出去。

　　围观者发一声喊，"哄"地争抢起来。

　　铜钱串子抛撒完毕，众人仍不罢休，齐呼乱叫要新郎官散发糖果。执事客将糖果、糕点和红枣、核桃之类向空中抛撒，雨点般砸在人们头上身上。众人又是一阵哄抢，嬉笑着，打闹着，沸反盈天，喜气洋洋。

　　林言再次拱手行礼，向街坊邻居们表示感谢。执事客乘机搬开挡路的木杆等物，引导林言和迎亲队伍继续前行。

　　迎亲队伍回到林言府邸大门口时，天已经完全黑下来，门外大红灯笼高挂，烛火通明透亮。按照婚俗，无论城镇乡村，不管官宦草民，结婚拜堂的婚礼概在傍晚举行。婚者，昏也，即黄昏之时结合也。

　　花车在大门外停下来，女傧相搀扶新娘子奴娘下了花车，踏上早已铺设好的红毡，慢慢步入大门。门内早有几个男童，将麻豆、米谷撒在地毡上，以使三煞即青羊、乌鸡、青牛之神退避。婚俗，新娘自下了花车起，进入夫家，再到拜席，足不可触地，以免触犯地煞神，使家庭不宁。一般平民之家，没有红毡铺地，大多是用几张草席铺在地上。由于草席有限，便需数人在新娘身前身后跑动着轮番转递席子，将新娘刚刚踩踏走过的席子揭起来，奔跑着拿到新娘前面铺在路上，这样一席接一席反复传递铺设下去，称为"转席"或"传席"。

　　奴娘来到堂前，在女傧相扶持下站定。此时前来贺喜的宾客都站在堂前阶上和庭院中，等待观看新郎新娘拜天地。

早已有人在堂前背靠背摆设好两把椅子，当作马鞍。

新郎林言在傧相引导下，跨上"马鞍"，连饮二杯酒；奴娘家男傧相三次请林言"下鞍"，林言跨下"马鞍"，与新娘并排站立，接着便要拜天地。

婚礼典仪皮日休高声赞礼："新郎新娘就位。"

皮日休再赞："新郎新娘拜天神！"

随着皮日休"跪""拜""兴"的赞礼声，林言和奴娘向天神和地祇行三跪九叩大礼。

接着，皮日休转过身来，面向厅堂高声赞道："恭请大齐皇帝和贵妃娘娘降阶升御座！文武官员接驾！"

大齐皇帝黄巢和贵妃马氏在内侍和宫女扶持下，从厅堂内走出，缓步降阶，来到庭中。

尚让、赵璋率领文武官员和所有宾客呼啦啦跪倒在地，口中呼道："臣等参见陛下、参见贵妃娘娘！吾皇万岁万万岁！娘娘千岁千千岁！"

黄巢微笑说道："诸位爱卿平身！"

早有几个小黄门摆设好御座，黄巢和马贵妃就座。

皮日休再赞："新郎新娘叩拜皇帝陛下和贵妃娘娘！"

林言和奴娘向黄巢和马氏行跪拜礼。

内常侍宣赞："圣上口谕：朕与贵妃携文武百官，同贺林将军花烛之喜！"

黄巢、马氏和新朝一众文武大臣，喜气洋洋前往客厅宴饮。

皮日休请新郎新娘进入厅堂之内，婚礼继续进行。

林言和奴娘在厅堂内行夫妻交拜礼。

接着，新郎新娘进入洞房，行合卺之礼。

执事送进洞房一个大食盘，上面放置着酒菜。酒盛在用一只瓠瓜剖成的两个瓢内，林言和奴娘各执一瓢，相敬而饮，此即所谓共饮"合欢酒"。

接着，新婚夫妻坐床，林言居左，奴娘居右。

执事客开始"撒帐"，将红线编结的铜钱串子和红枣、栗子等等撒在床帐里，边撒边念道："红枣子，甜栗子，阿郎娶个俏娘子，早日生个胖小子……"

老少邻人连同男女傧相争相抢夺铜钱,戏谑打闹,尽情欢乐。

宾客们变着法子逗弄戏耍新郎新娘,嬉笑喧哗之声不绝于耳。

接下去是入洞房最后一项仪程,名为"却扇",或曰"去扇"。

新娘头上始终蒙着盖巾,且手执纨扇,用以遮挡面容。依照婚俗,新郎请新娘去掉纨扇,要先吟诵却扇诗。

皮日休事前教导林言背诵了几首却扇诗,林言先吟出一首:

> 青春今夜正芳新,红叶开时一朵花。

> 分明宝树从人看,何劳玉扇更来遮。

女傧相和闹洞房的人们嚷道:"再来一首!"

林言又朗诵道:

> 千重罗扇不须遮,百美娇多见不奢。

> 侍娘不用相要勒,终归不免属他家。

此诗明显带有戏谑调侃女傧相意味,女傧相们叫嚷起来:"新郎坏!不行,再吟一首!"

林言无奈,又诵出一首却扇诗来:

> 闺里红颜如蕣花,朝来行雨降人家。

> 自有云衣五色映,不须罗扇百重遮。

侍女助奴娘去扇,掀开盖头巾,新郎新娘终于面对面,洞房婚仪宣告完毕。

林言匆匆出了洞房,来到宴会厅,向皇帝、贵妃和前来贺喜的文武百官敬酒。

宾客们一阵欢呼叫唤:"新郎官来了!快快敬酒!"

皮日休引导林言首先向黄巢和马氏敬酒,黄巢连饮三杯喜酒,大手一挥,说道:"今日甥儿林言新婚大喜,我替他的高堂父母敬诸位三大杯!诸位尽管开怀畅饮,一醉方休!"

众人一直喝到酩酊大醉,不知今夕何夕。

次日,林言和奴娘在府中祭拜过祖宗牌位,双双来到大明宫,向黄巢和马氏叩拜。唐代婚俗,新娘嫁入夫家次日,要叩拜高堂父母,称为"拜堂",方算是完成结婚仪式。林言父亲早已过世,母亲又远在千里之外,叩拜舅父舅母算是拜高堂了。林言和奴娘入宫叩拜，又兼有臣子拜谢皇帝皇后主婚之意。

三日后，林言和奴娘到米仓村"回门"，叩拜闵十八，这已是娘家人的庆典了。

转眼间，辛丑年元日到来，大齐皇帝黄巢举行了大朝会，燕集群臣。

新春佳节之际，文武大臣忙着拜客，日夜欢聚宴饮，听曲观舞，其乐无穷。

接着又是元宵节，皇帝后妃、文武百官乃至市井小民，万人空巷观看花灯社火，比元日更加热闹许多。

尚让和朱温整日醉醺醺，应接不暇，一时顾不上搜捕文士，追查"反诗"案停歇了数日。

元宵节一过，尚让和朱温便又指挥人马在京城内大肆搜捕文人士子，凡能诗会文者概不放过。国子学、太学、广文馆、四门馆等学馆是着重搜查之地。每条街道都有一支百人搜捕队，挨家挨户搜查读书人，以至凡识字者都要抓去审问一番。一时间，因过春节稍稍安定下来的人心又变得惶恐不安起来。

长安西市正南第三坊名嘉会坊，坊内东南隅有一处院落，拢共不过三五间房屋，且显得矮小破败。时令虽已过了立春，可依然不见转暖。塞外西北风吹来，屋瓦上的枯草簌簌地不停抖动，院子里两棵老枣树的枝条时时发出"呜呜"鸣声。

此时，屋檐下站着一位四十三四岁的中年人，一副病歪歪模样，头上戴着羊毛编织的毡帽，身穿白色苎布襕袍，脏污不堪。他袖着两手，浓眉紧锁，仰望着灰蒙蒙的天空，轻声咏道：

> 与君同卧疾，独我渐弥留。
>
> 弟妹不知处，兵戈殊未休。
>
> 胸中疑晋竖，耳下斗殷牛。
>
> 纵有秦医在，怀乡亦泪流。

这中年士子便是韦庄。去年，韦庄与皮日休在洛阳分手之后，回到西京嘉会里家宅，以万年县士子身份参加京兆府试，被选为乡贡士。仲冬时节，他又赴礼部进士科省试。正在等待发榜时，黄巢义军突然打进京城。黄巢大军进城后，立即封锁城门，防止官员百姓外逃，出城就不易了。

韦庄父母已经谢世，他的弟弟韦蔼和妹妹韦婉，住在老家城南杜陵。杜陵距长安虽只十五里路，可城门有义军把守，盘查甚严，士庶人家畏惧义军，避之唯恐不及。故此，杜陵与长安虽近在咫尺，却遥若天涯。韦庄在城内牵挂弟弟妹妹，不知他们是否遭遇兵祸，日夜焦虑不安。

黄巢登基之后，城门禁卫渐渐松弛，京郊百姓可进城货卖粮食蔬菜和柴炭之类。

这日，韦庄弟弟韦蔼和妹妹韦婉肩了一担木炭，进得城内，寻到嘉会里。兄妹三人战乱之中得以重聚，恍若隔世，不禁抱头痛哭。

韦庄将弟弟和妹妹拉进屋内，一同围住炭炉攀话。

突然，院外街道上传来奔跑声和呼喊声。接着，韦庄听见有人敲打院门。韦蔼和韦婉吓得连大气都不敢出，韦庄也不知来者是何人，所为何事，但他是兄长，须出面应付一切，尽力庇护弟弟妹妹。

韦庄打开院门，一群义军士卒拥进院子。

一位队长模样的人喝问韦庄："你可是读书人？"

韦庄点点头，说道："算是吧。"

队长："家里还有没有读书人？"

韦庄心中疑惑，问道："军爷找读书人做甚？"

队长："少啰唆，凡读书人都要带走审问，这是尚太尉军令！"

韦庄不禁有些吃惊，连忙高声说道："家中就我一个读书人，弟弟和妹妹都是种田人！"

队长和士卒们闯进屋内，端详韦蔼和韦婉，确是种田人装束，便只顾翻箱倒柜搜寻钱财。最终他们没有捞到分毫金银珠宝，连铜钱也没有几文。队长口中骂了声"穷酸、措大"，命手下将扔得乱七八糟的一大堆诗文书卷册抄走。

队长对韦庄说："你跟咱走一趟！"

韦庄说："在下没犯什么事，为何要带我走？要到何处去？"

队长不耐烦地说："少废话，到了地方你就知道了！"

韦庄无奈，刚刚嘱咐弟弟几句话，就被队长和士卒们押出门去。

韦庄和一些文人士子乃至识字人一起，被士卒押解着，向北穿过几条大街，深夜时分来到禁苑深处,像是一个养马的所在,到处有牲畜屎尿气味。此处已经关押了许多文士和读书识字的各色人等,偌大马棚里黑压压一片,韦庄估摸着怕是有千人以上。

次日,韦庄被勒令书写一张"名状",比"名刺"内容更多一些,除本人姓名、年龄、籍里、职业、身份外,还要写明父祖辈和兄弟辈亲属履历,本人在此前一个月内到过何地,做过何事,等等。

抓进北苑的上千人众,不分昼夜被分别提审"过堂"。多数人受尽严刑拷打,送回监所时皮开肉绽,筋断骨折。不论白日或夜晚,韦庄总是不断听到令人毛骨悚然的惨叫之声。

终于轮到韦庄过堂了。

四名士卒手执兵器,押着韦庄走出院门。韦庄回头看去,大院门楣上方匾额镌刻着"飞龙院"三个粗犷遒劲大字,正是玄宗朝名臣颜真卿手笔。

韦庄第一次领略了禁苑之阔大富丽,放眼望去,到处是树木和花草奇石。高大的杨柳树、银杏树,松柏墨绿,修竹青翠,条条路径都显得深邃悠远。一湾湖水在林木间隙闪出亮光,或巍峨壮丽或精巧别致的楼台亭阁,错落有致地散布在树林和湖渠之间,犹如神话中的天国仙界。

韦庄在心中苦笑了一下,自己对自己说:不承想此时能来到皇家禁苑,哪料到天国仙界变成了人间地狱。

韦庄被带到一座大殿前,举头望去,正面匾额上写有"骥德殿"三字。韦庄心道:这大概便是禁苑中掌管饲养御马的官署了。

进了骥德殿,韦庄见有几个新朝官员模样之人高坐在长案后面。其中一人询问了韦庄姓名籍里之后,又问他是否会作诗,韦庄照实作答。那人追问韦庄是否写过"反诗",韦庄说他不知何为反诗,更何谈写反诗。那人冷笑几声,一拍几案,喝道:"来人!重责二十!"

殿中持杖而立的几位士卒"嗨"一声,上前将韦庄按倒在地,举棍便打。

韦庄起始觉得钻心刺骨般疼痛,后来渐渐有些麻木,倒不觉有多么疼了。

打完棍子,那人又问了一遍,韦庄还是照实回复。那人挥挥手,命人将韦庄拖到一间厢房里，吊在雕梁上，用皮鞭拷打。

厢房里有十几种刑具，同时有五六个人被拷打审问，一个个鲜血淋漓，皮开肉绽，有人已被拷打致死。

韦庄被打得昏死过去，再次醒来，已身处飞龙院一间小屋子里，屋内关押着十八名文士，皆属能诗会文的重犯。

韦庄接连又被提审三次，每次都被打得死去活来，遍体鳞伤，气息奄奄。他料定自己是出不了禁苑，过不了这道鬼门关了。死，已经没什么可怕，只是弟弟妹妹无人照料，也不知他们现在情形如何，有无危险，韦庄实在放心不下，五内如焚。

皮日休听说尚让和朱温搜索全城，抓捕了数千名文士，甚至能识几个大字的人都抓了起来，心中气愤而焦急：如此胡作非为，无异于为丛驱雀、为渊驱鱼，是替新朝树敌，让天下读书人敌视新朝啊！此种恶行若不制止，新朝必会失去天下士人之心，最终失去民心。

作为首席翰林学士，要面见黄巢还算容易。皮日休向黄巢禀报了尚让和朱温大肆搜捕文人之事，说是此举必将产生不良后果，提议立即停止搜捕，释放多数文人。只极少数有重大嫌疑者，可继续关押审问。

黄巢却说，写诗嘲讽辱骂新朝之人实在可恶，竟公然将诗张贴在中书省大门上，真是狂妄至极。此案必破，主犯必须正法，否则新朝便无以立威。死心塌地效忠唐室的文人，杀一些是该当。当然，也不必将所有读书人乃至识字者全都抓起来。

黄巢命皮日休参与审理"反诗"一案，皮日休本想推辞，却又想到，若听任尚让和朱温胡作非为下去，后果不堪设想，只好硬着头皮答应下来。

傍晚时分，皮日休回到通化坊寓所，见门口蹲着一个年轻人，看模样像是田夫。皮日休上前盘问，年轻人反问他是不是皮博士，他要找皮博士。皮日休点点头，请他进了家宅。

年轻人"扑通"一声跪倒在地，连连叩头说："皮博士救命！"

皮日休将年轻人扶起来，让他说清楚有何事情。

年轻人流着眼泪说，他名叫韦蔼，遵照兄长韦庄嘱咐，前来请求皮博士搭救哥哥。

韦蔼向皮日休诉说了韦庄被捕情形。

原来,韦庄被抓走时悄悄嘱咐韦蔼:今后绝不可穿戴文士服饰,不管何人来询问,都不要说自己读过书识得字。若是我三日后仍然没回来,你便去通化坊找皮日休博士,他如今是新朝翰林学士,请他设方转圜搭救。

皮日休心中一凛,告诉韦蔼,他会设法将韦庄保释出来。

皮日休奉大齐皇帝谕旨参与"反诗"案审理,他借机来到禁苑飞龙院,查阅了韦庄案卷,找到关押韦庄的厩房。

韦庄气息奄奄,睁眼看见皮日休站在面前,知是救星到了,愤懑、委屈、激动的泪水夺眶而出。

皮日休看到韦庄等人惨状,顿觉血气上涌,感到气愤而又羞愧:义军乃仁义之师,以救民水火为己任,新朝以铲除暴政为标榜,怎能做出秦始皇焚书坑儒一类丑事恶事来?

皮日休安慰韦庄说,一定想法保他出去,并说,搜捕这么多文士,并非大齐皇帝旨意。

皮日休来到骥德殿,正巧尚让和朱温都在。他与二人见过礼,便提出保释韦庄。

朱温却说,韦庄是韦氏豪族之后,出身权贵高门,他祖上不知多少人受过唐廷恩惠,必是铁心效忠李氏之人。何况韦庄又是诗词高手,嫌疑重大,绝不可轻易放走。

皮日休拿出韦庄书写的自供状,与"反诗"字迹放在一起比对,说道:"二位请看,韦庄字体与反诗笔迹毫无相似之处,我可以具结文书,担保反诗不是韦庄所写。"

尚让知道皮日休所说是实,而且深知皮日休在黄巢跟前有些脸面,不如卖个顺水人情给他。于是,尚让哈哈一笑,道:"既然有皮学士作保,自然是放人喽!"

皮日休向尚让抱拳施礼道:"谢尚公!"

朱温心中愤愤不已,口中嘟嘟囔囔,但碍于尚让情面,算是没有跳脚大骂。皮日休顾不得理会许多,径自前往飞龙院释放韦庄去了。

回到骥德殿,皮日休日夜不休,查阅卷宗,几乎是寝食俱废。最后,皮日休圈定几名笔迹与"反诗"相近者,作为嫌犯继续勘问。他向尚让、朱温提议,其余两千多名人犯应全都释放。

朱温大叫起来:"我等好不容易搜捕到这些嫌犯,你说放就放?依我看,这些狗屁文人没有一个好东西,留着就是后患,干脆统统砍头,免得再弄出什么鸟诗来!"

尚让咬牙切齿说道:"这帮措大不是讥笑我这个中书令不识字吗?我这个不识字的中书令,就是要给这些读书识字的穷酸秀才一点儿颜色看看!我要让他们晓得,大齐国江山是老子一刀一枪杀出来的,不是靠穷措大笔杆子写歪诗写出来的!我倒要看看,到底是他们的笔杆子硬,还是老子的刀把子硬!"

皮日休气急之下,竟然说不出话来。他有一种预感,"反诗"案要惹出大乱子来!

十六　龙尾坡齐军溃退

　　郑畋与监军宦官袁敬柔、掌书记孙储等人谋定了抵御黄巢、阻止义军西进的三策：一是招募兵士，加紧训练，以阻止黄巢军西进追击圣驾；二是以朝廷名义，将关中八镇数万神策军聚拢至凤翔府境内，以便统一调遣，联手与黄巢作战；三是联络邠宁、泾原、鄜坊等方镇节度使一同出兵，组成联军，共同抗击黄巢进攻，待时机成熟再反攻京城长安。

　　郑畋一面加紧部署，一面向驻跸兴元府的僖宗奏报，请求朝廷诏命诸道方镇出兵围攻黄巢贼军，以期早日收复京师。

　　正在此时，大齐国朝廷派遣都将王辉携带黄巢诏书来到凤翔。郑畋声称重病卧床，让监军袁敬柔与掌书记孙储应酬王辉，虚与周旋。

　　袁敬柔率领文武官员列队恭迎王辉，谦卑地解释说郑畋身染重病，命将不保，无法听宣。

　　王辉看袁敬柔态度恭谦，信以为真，向袁敬柔和孙储宣读了大齐皇帝诏书。诏书赦免郑畋、袁敬柔等人之罪，要他们诚心归顺新朝，可留任原职，云云。

　　袁敬柔等人跪拜谢恩，山呼大齐皇帝万岁万万岁！随即大摆宴席，命乐伎演奏燕乐歌舞，热情招待王辉一行。

　　王辉毫不客气，和三百名将士欢宴畅饮，一个个喝得醺醺大醉。

　　夜半之时，郑畋率领千余牙兵，将王辉等三百余人住处团团包围，挥刀一阵砍杀，王辉及大部士卒在梦中做了刀下鬼。

不久，关中八镇神策军五万多将士陆续会集凤翔郑畋麾下。接着，泾原节度使程宗楚派五千名人马来到凤翔，加入联军。朔方前节度使唐弘夫率领两千名亲兵抵达凤翔，投奔郑畋。算上招募的新兵，凤翔联军兵力达七八万之众，一时声威大振。

郑畋命儿子郑凝绩到兴元扈从僖宗，并奏报说，凤翔组成七八万联军，准备与黄巢贼军作战，进围京城长安。僖宗大喜，随即颁布敕诏，加授郑畋为同平章事、京城四面行营都统，程宗楚为副都统，唐弘夫为行军司马，杨复光为行营总监军。僖宗还授权郑畋，将士进剿黄巢有功者，由郑畋代朝廷颁发"墨敕"，直接擢任官职。

大齐皇帝黄巢得报：凤翔节度使郑畋，杀死新朝宣谕使，召集八镇神策军兵马和方镇牙兵，组成七八万联军，准备进攻长安。

黄巢与尚让、赵璋、孟楷、黄邺等人议决，尽快派出大军，消灭凤翔联军，以免已经归顺的方镇反水，与郑畋联手对抗新朝。

太尉兼中书令、平唐大将军尚让当仁不让，要亲自带领大军踏平凤翔，一举剿灭郑畋联军。

黄巢问道："十万人马够不够用？"

尚让不屑地说："五万人马足够，哪里用得着十万人马！"

黄巢："凤翔联军有七八万，太尉只带五万人马，是否太少？"

尚让："常言道，杀鸡焉用牛刀。郑畋数万人马，不过是拼凑起来的乌合之众，打起仗来必定是各自逃命。再说，郑畋翰林学士出身，一个迂腐文人，不要说没有经过战阵，恐怕连兵器也没有摸过，如何带兵打仗？我大军一到，郑畋必束手就擒，其余方镇牙兵定然望风而逃，不战自溃。"

左仆射兼军容使孟楷插言道："尚太尉不可过于轻敌。"

尚让鼻子里"哼"了一声，说道："我尚某愿立下军令状，若是不能一举荡平凤翔联军，甘受责罚！"

孟楷："太尉真是大将风度，在下佩服！佩服！"

尚让命心腹副将王播为先锋，率领一万人马，经咸阳大道直扑凤翔，自己亲率四万大军随后跟进。

王播带领先锋人马出开远门，一路上军乐高奏，沿大道向西开进。

大齐军西行五日，从长安到兴平，再到扶风，没有遇到任何抵抗，连唐军影子也没见着。将士们渐渐懈怠下来，以为唐军慑于大齐军声威，早已吓破了胆，定是闻风逃命去了。

王播率军进入岐山县境内，远远望见前面一座山头，中有孤峰耸立，犹如天柱。峰柱两侧山岭分别向东南和西南延伸，形同凤凰展翅，又像是两条巨龙昂首欲飞。天柱以东，山势由高渐低，犹如龙尾，向阳一面山坡名为龙尾坡，山坡下便是扶风通往岐山的大道。大道南侧百步之遥，是一条河川。这条河宽不过五六丈，但河水深达一丈有余，水流十分湍急。

阳春三月，龙尾坡上山花烂漫，松柏翁郁，青竹滴翠，令人悦目赏心。

营伎乐队走在队伍最前面，上百面战鼓如同雷震，声闻十里。王播本意是吓唬凤翔联军，使其听见震天动地的战鼓轰鸣，吓破胆子，仓皇逃跑，大齐军便可不战而屈人之兵。

时近正午，太阳暖洋洋地照在黄土路上，将士们走得头上冒汗，又累又饿，一个个松松垮垮，想停下来躺在山坡上美美地睡一觉。

队伍经龙尾坡下大道行至天柱峰下，前哨人马望见西侧山坡上插满了五颜六色的旗帜，却不见有兵马。王播上前观望一番，命一名都将带人马向山坡上搜索过去。

都将带领人马爬上山坡，突然山林中鼓角齐鸣，无数支利箭射过来，大齐军士卒呼啦啦倒下一片。剩余大齐军士卒转身向山下逃命，山坡上唐军追杀下来，又有许多大齐军做了刀下之鬼。

逃回的士卒向王播禀报说，山上树林中唐军多得数不清。王播不知山上到底有多少唐军人马，只得待尚让主力大军来到，再作计较。

尚让率领四万大军开到龙尾坡下，听了王播禀报，见天柱峰西侧山坡上插着无数旗帜，而东面龙尾坡上却静悄悄没有一丝动静，便命王播率领九千人马进攻天柱峰西侧山坡，四万主力大军强占天柱峰东侧龙尾坡。

　　为了挽回脸面，王播带领人马奋勇向山坡冲锋。然而，将士们还没有到达半山腰，就遭遇到一阵箭雨袭击，将士们呼呼啦啦倒下一片。

　　多亏王播有所防备，及时躲在一块巨石后面，才没有被箭射中。他督催将士们向山上进攻，一批又一批军士中箭倒下。王播知道，此番是遇到了劲敌。敌军居高临下，大齐军绝不能后退，后退便会导致全军溃败。

　　尚让驱动人马向龙尾坡攀登，将士们爬上半山腰，一个个累得气喘吁吁，汗流浃背。恰在此时，只见天柱峰上有人擎着一面镶黑边的赤色旗帜左右摆动。霎时间，山坡上万箭齐发，大齐军将士来不及躲避，纷纷中箭，非死即伤，惨叫哀号之声震荡山谷。

　　大齐军将士潮水般溃退下来，尚让好不气恼！自从渡江北上进军中原以来，义军何时遭到过这般败绩？尚让不相信凤翔联军这帮刚刚拼凑起来的人马会是大齐雄师对手，更不信郑畋一介文人能够指挥千军万马，与我堂堂新朝太尉、百战百胜的平唐大将军较量！

　　尚让重整人马，再次向龙尾坡进攻。将士们刚刚爬到半山坡，天柱峰上那面大旗再一次左右摆动起来。一阵箭雨射来，大齐军又死伤无数。

　　尚让气急败坏，命第三拨人马接着攻山，不给唐军喘息之机。

　　天柱峰上那面大旗旋转着挥舞起来，东西两面山坡上鼓角齐鸣，杀声震天。唐军居高临下，一面射箭，一面向山下冲过来。

　　尚让率领大齐军走了半天路，又几番爬山冲锋，将士们死伤无数，余者饥渴疲累，士气衰败。唐军以逸待劳，占有天时地利，以泰山压顶般气势铺天盖地压了下来，大齐军如何能够抵挡得住？

　　大齐军将士在山坡上被追杀，伤亡惨重。他们拼命逃回山脚下大道上，不料唐弘夫带领人马杀到，将义军截成数段，层层围住，大砍大杀起来。

　　此时，尚让方知中了郑畋埋伏之计，但为时已晚。大齐军兵败如山倒，将士们纷纷向南逃窜。

　　大齐军逃至河边，唐军紧追而至，大齐军士卒被迫纷纷跳入河中。河水太深，水流甚急，不会游泳者当即被河水卷走，一些水性好的奋力向南岸游去。唐军追杀到河边,用箭对准河水中大齐军将士猛射,转瞬之间,大齐军尸体浮满河面,随着鲜红色的河水翻滚着向东漂流而去。

一些水性好的大齐军士卒侥幸游过河去,可刚刚爬上河岸,便被埋伏在南岸的唐军兜头砍杀,无一走脱。

再说王播闻听背后杀声震天,慌忙回马,却见龙尾坡上唐军潮水般冲下来。王播情知大事不好,赶快率领三百多名士卒撤退。王播催动胯下那匹高头大马,手执长柄大刀,泼风似的上下翻飞,杀开一条血路,终得与尚让会合。

此时尚让身边还有千余名骑兵,这是他的亲兵卫队,个个训练有素,骁勇强悍。王播和百名骑兵断后,尚让在骑兵护卫下,回头向东奋力冲杀。残余大齐军拼死血战,尚让终于杀出重围,催马向长安奔逃。

唐弘夫催动人马紧紧追赶,王播带领百名骑兵挡住厮杀。战至日暮,王播血染战袍,身上七处创伤,只得带领剩下的十几名骑兵,乘夜色逃离战场。

尚让和王播败逃回到咸阳,拢共剩下三百多名骑兵,次日又有一百多名步卒逃回。龙尾坡一战,大齐军被俘虏近万,一万多将士失散,两万余众战死。出征时的五万大军,残留不足五百人马。龙尾坡至扶风大道上,大齐军尸体绵延二十余里。

自此以后,尚让和大齐军将士再也无心西进与凤翔联军开战。

僖宗听到龙尾坡大捷消息,感慨道:"朕往日对郑畋知之不深,哪晓得他竟有这般儒将勇略啊!"

龙尾坡之战,尚让几乎全军覆没,大齐朝廷震动,天下震动。

皮日休即刻想到,尚让定会报复郑畋亲属,朱温也会乘机下手,灵珠要遭难。事不宜迟,必须尽快将灵珠送出京城。

皮日休早已为灵珠申领了通关凭证"过所"。他急急来到郑府,向灵珠说明眼下处境危险,将过所交给管家郑二,要他带灵珠和她的侍女赶快离开京城。

灵珠伤心垂泪道:"茫茫天涯,我能到哪里去呢?"

皮日休说:"由于战乱,罗隐一时没有音信。但你们不妨到余杭郡新城县罗隐老家去,或许会有昭谏消息,说不定昭谏已回家乡去了。"

见灵珠点头同意,皮日休让郑二即刻收拾一辆骡车。他亲自将灵珠三人送出延兴门,并嘱咐他们,出城后不要走大道,可从杜陵走小路进入南山,绕过灞桥和蓝田县城,再经峣关到内乡、襄阳,而后乘船沿汉水、长江到杭州。

看着骡车向南拐上了去杜陵的小道,皮日休才转身回城。

尚让虽侥幸逃回长安,心中却十分懊恼。自己堂堂一个太尉、中书令,赫赫有名的平唐大将军,竟被一个从未经过战阵的柔弱文人打得人仰马翻全军覆没,今后有何脸面立身大齐朝廷,位居百官之首?他越想越气,心中一团怒火熊熊燃烧,如同一头暴怒的雄狮,急于找到一个猎物,猛扑上去,一口将其吞掉!

朱温看透尚让心思,眼珠子转了几转,向尚让献策道:"郑畋是前朝宰相,眼下又晋封关中唐军都统,是你我的死对头。今日,应将郑畋诛灭九族,把他的府第一把火烧光,也好出一口恶气!"

朱温所言正中尚让下怀。报复郑畋,既能泄愤,又能挽回一些面子。于是,尚让当即点上一千兵丁,命朱温带领前去包围郑畋府邸,务将郑府男女老幼统统杀光,把府舍放火烧掉!

朱温却说:"郑畋女儿灵珠不能杀,我要留下做家伎。"

尚让这才明白朱温真正用心,哈哈大笑道:"好,就便宜了你小子!"

尚让与朱温气势汹汹带兵直奔升道坊,将郑畋府邸紧紧围住。

朱温冲进郑府,闯入灵珠闺房。不料,房内一个人影也没有,不要说灵珠,连侍女也不见了。

将士们把郑府搜了个底朝天,只找到一个守门人和两个老年仆妇。朱温一再逼问三人灵珠到哪里去了,可无论如何拷打,三人终究说不出灵珠去向。

朱温气急败坏,亲自挥刀将三人砍杀。他吼叫着,命将士们放火,将郑畋府烧光,一间房子也不能留下。

转眼间,熊熊大火冲天而起,延兴门内百姓,吓得躲在家里,惶恐不已,不知又有什么祸事要临头了!

烧了郑府,尚让还觉得不解气。朱温没将灵珠弄到手,也是心有不甘。二人在飞龙院聚首,密谋如何处置关押的数千文人。朱温说:"这班臭文人,骨子里死忠于唐廷。他们以为只有唐室才是正统,我等不过都是些反贼草寇,因而从内心仇视我等,必会与我等为敌到底。这帮人留下来是祸害,不如全都杀掉,以绝后患。"

尚让连连点头,以为朱温说得有理,对朱温说:"此事就交给你小子去办好了!"

朱温吞吞吐吐地说:"这事儿……恐怕……"

尚让不耐烦地说:"你这个朱小三,有甚可怕的?"

朱温说:"两千多文人全都杀掉,恐怕圣上不会允准。"

尚让说:"那就先斩后奏,万事由我担着。"

朱温笑道:"不如……"

朱温将嘴巴凑近尚让耳根,嘀咕了几句,二人随即仰天大笑起来。

尚让和朱温来到大明宫,向黄巢奏报说,有一百多名关押在飞龙院的文人,与唐廷权贵瓜葛牵连甚多,在审问时,这帮逆贼辱骂大齐皇帝和文武大臣都是"盗贼""草寇",诅咒新朝祸国殃民,必定灭亡。这帮鸟人统该处死,以彰新朝威严,以儆效尤,云云。

黄巢心中明白,文人学士以忠君报国为正统,要想让此辈真心实意归顺新朝也难。于是,他便点头依了尚让、朱温。

这日夜晚,皮日休正在翰林院当值,跟随皮日休办理"反诗"案的一位主事气喘吁吁地跑来,禀报说,尚让命将士们准备了许多干柴和猛火油,要在半夜之时火烧飞龙院,将关押的两千多名文人全都烧死。

皮日休如同五雷轰顶,半晌说不出话来。回过神来后,他带上腰牌,匆匆赶往飞龙院。

皮日休是奉旨办理"反诗"案三位主官之一,飞龙院禁军卫士自然放行。皮日休见军士们已经将柴草堆放在关押文人的厩房四周,正往干柴上浇猛火油,大喝:"尔等要做甚?"

为首一位都将说,他们是奉尚太尉之命行事。

皮日休命他们停下来,待他见过太尉,与太尉商议后再作区处。

正说话间,尚让和朱温来到了飞龙院。皮日休忍着满腔怒火,询问尚让:"请问尚公,尔等意欲何为?"

朱温抢先答道:"奉旨处置罪犯。"

皮日休问："可有圣上诏旨？"

朱温笑道："奉圣上口谕行事，你管得着吗？"

皮日休反问："我等三人一同奉旨办案，我为何不知有圣上口谕？"

朱温唧唧唧唧笑道："好一个皮学士，你以为你是什么东西？大齐天下是老子们打下的，与你有何相干？"

皮日休怒目道："请问，义军打下江山，所为何来？"

朱温道："你连这个都不晓得？老子们打下江山，自然是要坐江山！"

皮日休道："坐江山是要为天下百姓造福，不是为了胡乱杀人！"

朱温咬牙切齿地道："你皮日休是前朝太常博士，骨子里还是李家的忠臣，与大齐新朝压根儿就不是一条心！"

皮日休气急道："朱温，你不要胡说八道，血口喷人！"

朱温冷笑道："哼哼，你说，当初是不是你不让查抄郑府？郑畋女儿灵珠是不是你放跑的？要我说，你便是郑畋安插在新朝的内奸！"

皮日休道："灵珠是我送走的，可她是我朋友的妻子。一个柔弱女子，并没有危害新朝，为何不可以放走？你是不是想霸占人家姑娘，嫌我坏了你的好事，便借机诬陷诽谤？"

朱温道："诬陷诽谤？你难道不是郑畋的密友？你当初投靠义军，是不是郑畋要你当坐探？"

皮日休道："我与郑畋是有交情，郑畋对我有过关照，但那是我投奔义军之前的事。如今我和郑畋各为其主，郑畋是李儇的兵马都统，我是大齐的翰林学士。大齐天子对我有知遇之恩，我愿以死报效新朝。所谓坐探，不过是你朱温恶意诽谤造谣！"

一听说皮日休和郑畋有交情，尚让怒气便不打一处来，当即厉声喝道："姓皮的，你与郑畋有交情，那便是我尚让的对头！"

皮日休忍住心头怒火，劝诫道："尚公，你是新朝太尉、中书令，位居文武百官之首，当为大齐国长治久安着想。请问，这两千多人都是写'反诗'的罪犯吗？都犯了死罪吗？即便是罪人，也应当查明案情，交有司判罪。岂能不问有罪无罪，乘人熟睡时偷偷将他们放火烧死？这是强盗杀人越货的勾当！"

朱温道："太尉,你听听,他在骂我等是强盗、土匪！"

尚让大叫道："皮日休,你不要不识抬举,再敢阻挡本太尉处置罪犯,连你也一并治罪！"

皮日休道："尚公,你这是草菅人命,胡乱杀人！如此肆意妄为,只能使亲者痛、仇者快,败坏圣誉,使大齐新朝失掉民心。在下就是死,也不能眼看着你等胡作非为逆天行事！"

尚让大怒,喝令将士们即刻动手放火。

将士不敢怠慢,开始用火把点燃柴草。

皮日休大步走过去,站在柴草堆前,朗声说道："尔等执意胡为,皮日休情愿一死！"

尚让喝令："烧,给我烧！"

朱温也大叫道："烧死他们！连姓皮的一起烧,一个也不留！"

数百支火把点燃了柴草,猛火油"轰"的一声爆燃起来。

屋内的文人们呼天抢地,有的哭爹叫娘,有的大骂大齐新朝都是些土匪、强盗,该当天诛地灭！还有人指名道姓大骂黄巢、尚让和朱温,说他们必遭天谴,不得好死！

朱温狂笑着,手舞足蹈地喊道："骂吧骂吧,明年今日,你等一起过周年,热闹得很哩！"

皮日休身上衣衫燃烧起来,他忍受着剧痛,面向皇宫高声喊道："圣上,大齐国不能胡乱杀人！得民心者得天下,失民心者……失天下！"

柴草和猛火油燃着了厩房,熊熊大火冲天而起,映红了长安夜空。

厩房中的犯人们发出一声声令人毛骨悚然的惨叫,在场将士们被吓得目瞪口呆。接着,有士卒浑身打战,有人忍不住哭了出来,还有人跑着跳着,哭一声,笑一声,疯疯癫癫地去了。

天亮之后,大火终于熄灭,飞龙院化为灰烬,荡然无存。皮日休和两千多名识字人,全都成了九泉下的冤魂。

事毕，尚让和朱温向黄巢奏报说，在奉旨处决一百多名罪犯时，飞龙院关押的犯人爆狱造反，恶毒咒骂新朝和大齐皇帝，眼看要越狱逃走。臣等不得已，只好便宜行事，将其一并处死。皮日休公然伙同罪犯造反，已自焚而死，云云。

黄巢自然不信皮日休会反叛新朝，对两千多文人爆狱之说也未必全信。然而，尚让和朱温两员大将是新朝举足轻重的大臣，不可过责。皮日休之死虽可惜，却也不便追究。至于那些所谓的文人，留下也没甚用处，处置便处置了吧。

黄巢叮嘱尚让和朱温，此事不宜张扬，知道的人越少越好。

黄巢称帝后，许州忠武军节度使周岌、河中节度留后王重荣和河阳节度使诸葛爽，还有一些州郡刺史，先后派遣使者前往西京长安，上表新朝皇帝表示归顺。黄巢信守诺言，颁诏命他们依旧担任旧职。更多方镇节度使和州郡刺史一直等待观望，要看天下最终归属哪家，而后再表效忠。只有定州义武军节度使王处存，听到西京被黄巢攻占消息，号啕大哭三日，然后出兵勤王救驾，誓言与黄巢决一死战。

当王处存得知僖宗驻跸兴元，便派出两千名骑兵，从小道直奔兴元，去为僖宗护驾。

僖宗逃往西川之后，文武官员奔来成都者越来越多，李唐朝廷慢慢恢复了一些生气。西川号称天府之国，成都是闻名天下的繁华都市，库藏丰富，粮饷充裕，田令孜便在西川招兵买马，大力扩充神策军。僖宗再次颁诏，命天下方镇出兵剿灭黄巢贼寇，收复京师长安。

郑畋指挥凤翔联军在龙尾坡大败尚让大齐军，斩杀数万，一时声威大振。郑畋乘机传檄天下，号召方镇和州郡出动兵马勤王，围攻黄巢，匡扶社稷。第一个响应郑畋而反水者，是驻守蒲州的河中节度留后王重荣。

河中府紧邻关中，且有安邑、解州两大盐池，富有钱粮。大齐国数十万大军，粮饷耗费巨大，单靠京畿数州，无论如何也难以为继。大齐朝廷接连不断派出使者，到蒲州催要钱、粮、盐、布和各样物品。近日，新朝派往蒲州的使者及其随从不绝于途，一时竟达数百人之多。

王重荣越来越难以承受，心中愈来愈不耐烦。

王重荣本是一个机诈多变之人，他见郑畋和唐弘夫、程宗楚指挥凤翔联军大败大齐军后,正在向咸阳和长安逼近,定州义武军节度使王处存也向关中进军,天下形势大变,遂决计反叛大齐,重新归顺唐廷。

在与心腹幕僚掌书记李巨川、胞兄王重盈等密谋后,王重荣派兵将大齐几拨使者及随从数百人尽行诛杀。接着,派出专使奔赴成都,向僖宗上表,信誓旦旦地说,要以死报效朝廷,出兵关中,与黄巢贼寇决一死战,恢复大唐江山。

黄巢得报王重荣反水,杀死大齐使者,异常气愤,旋即命朱温为同州防御使,带领五万兵马进取同州,然后攻占蒲津关,进攻河中府。命黄邺带领驻华州的五万兵马,经潼关攻占风陵渡,与朱温南北夹攻河中,灭掉王重荣。

王重荣得到探报,急忙派掌书记李巨川为使者,前往关中联络郑畋,欲与凤翔联军东西夹攻长安,逼使黄邺、朱温回兵救援京师,以保全河中。

李巨川路过武功县,恰好诸道兵马都监杨复光率领陈、蔡一万多人马在此屯驻。李巨川曾祖李逢吉是宪宗、穆宗朝宰相,李逢吉与杨氏宦官家族过从甚密,交情深厚。有这层渊源,李巨川自然要去拜见一下杨复光。

杨复光何以率领陈、蔡人马来到武功呢? 这还要从去年说起。

去年,黄巢登基称帝之后,许州忠武军节度使周岌随即宣告归顺大齐新朝。

一日周岌邀请监军使杨复光赴宴,杨复光的僚佐担心周岌有所企图,纷纷劝阻,杨复光却慨然赴宴。

酒过三巡,菜过五味,周岌谈及天下大势,杨复光泪下如雨,说道:"大丈夫永远不可忘掉恩义二字。若是不顾恩义,只计个人利害,算甚大丈夫! 大帅你出身一介平民,得蒙天恩,爵封公侯,为何要舍弃朝廷恩义,去向一个贼寇称臣呢?"

周岌也落下眼泪,说道:"在下兵力不足,无法单独抵抗贼军。我表面上归顺黄巢,心里想的却是离开他们。今日请你来,就是商议此事。"

周岌和杨复光把话摊开,一拍即合,两人密谈了许久,最后持酒盟誓:出兵勤王,收复两京,剿灭贼寇,匡扶社稷!

杨复光回到衙署,立刻派养子杨守亮带兵包围传舍,诛杀了大齐新朝使者。

这杨守亮,就是原王仙芝草军大将訾亮。当年申州大战,訾亮、訾信兄弟二人为掩护王仙芝撤退,与张自勉拼死血战。訾信受伤,訾亮抢过訾信,二人逃入大别山中隐藏起来。后王仙芝战死,草军败亡,訾信、訾亮兄弟二人辗转到江西寻找柳彦璋,不想柳彦璋也战死了。恰巧杨复光到江西监军,便收留了訾亮、訾信兄弟,认二人做了养子,为其改名为杨守亮、杨守信。

这边杨复光杀新朝使者,那边周岌则发布文告,传檄州县,号召军民归顺大唐朝廷。

然而,蔡州主将秦宗权却不听号令。

杨复光便从周岌处要了三千兵马,去蔡州向秦宗权问罪。

秦宗权慑于杨复光声威,大开城门迎接杨复光入城。杨复光质问:"你为何不听周岌号令,莫非你真要投靠贼寇,反叛大唐朝廷?"

秦宗权狡辩说,他只是对周岌策动军变诛杀节度使薛能不满。后来周岌又投降黄巢,已是乱臣贼子。像周岌这样朝三暮四、首鼠两端的多变小人,万万不可听信。秦宗权还表白自己忠诚于大唐朝廷,愿意出兵剿灭黄巢。

杨复光便说:"那好,既然你有一片忠心,就请你拨出一万兵马,随我一同前往襄州、邓州剿灭贼寇。我自会奏报朝廷,敕封你为蔡州刺史。"

秦宗权随即拨出一万兵马,由王淑统带,跟随杨复光前往襄州、邓州,围剿张归霸兄弟统带的义军。

黄巢义军进兵中原时,派大将李罕之与张归霸、张归厚、张归弁三兄弟,率两万人马向申州、邓州进兵。谁知李罕之投降了高骈,并受朝廷敕命做了光州刺史。张归霸三兄弟不愿投降高骈,与李罕之分道扬镳,率领本部一万人马进军申州、邓州、南阳,后又攻占襄州。张归霸命二弟张归厚驻守邓州,自己和三弟张归弁镇守襄州。

杨复光指挥许州忠武军兵马,进攻张归厚据守的邓州。许州将领庞从率军攻打北门,蔡州将领王淑率部攻南门,并截断张归厚逃往襄州的退路。

许州忠武军以勇猛强悍闻名天下,庞从带兵猛打猛冲,很快攻占邓州北门,向城内猛打猛追。张归厚抵挡不住,率领义军冲出南门,向襄阳撤退。

蔡州将领王淑胆小怯战,只想保存实力,不愿与义军拼命。他只派了一个百人小队在南门外摇旗呐喊,其实并未真正攻城。张归厚率领义军从南门冲出,百人小队撒腿就跑。王淑率领一万人马在南门外营寨中，眼睁睁看着张归厚向南逃走，只是擂了　通战鼓，让将士们呐喊一阵，敷衍了事。

杨复光占领邓州，在刺史衙门设宴为诸将庆功。他在称赞庞从等人之后，猛地拍案而起，怒斥王淑畏敌如虎，逡巡不前，贻误战机，放跑贼寇，罪不可恕，应正军法，喝令武士将王淑推出衙门处斩。

王淑吓得面无人色，成了一摊软泥，被卫士拖出衙门，在广场上斩首，头颅挂在旗杆上示众三日。蔡州将士胆战心惊，一个个连大气也不敢出。自此以后，蔡州兵诚心畏服杨复光治军严明，收敛骄娇之气，勇猛作战，面目一新。

杨复光将王淑统带的一万多名蔡州兵与许州兵合并，擢拔鹿晏弘、王建、韩建、庞从、晋晖、张造、李师泰等八人为都将，向襄州进兵，士气大振。这支劲旅隶属许州忠武军，以陈州、蔡州将士居多，世人称为陈蔡兵。

陈蔡兵围攻襄州，王建、韩建等八都将个个骁勇善战，加之杨复光指挥有方，襄州城垣很快被攻破。张归霸部义军伤亡惨重，只得沿汉水败退均州。杨复光没有水军和战船，便沿汉水江岸西进，追击张归霸部。

张归霸三兄弟率领残兵败将从均州退至商州，又从商州退到蓝田，到达灞上，与黄巢大军会师。

杨复光一直追到了蓝田关。

得知郑畋在凤翔召集诸道兵马组成联军，杨复光便带着陈蔡兵前往凤翔会合。到了武功县，正与联军先锋唐弘夫相遇，杨复光及其人马便在武功屯扎下来。

僖宗在成都接到奏报，得知杨复光带领一万多忠武军陈蔡兵千里追击草寇，已经兵临京畿，心中大喜，便派专使飞马驰至武功县，敕命杨复光为京城四面监军使，旋即又晋封其为诸道行营都监，这已是监军宦官最高职位，手中握有监督诸镇兵马之重权。

杨复光正要联络方镇兵马围攻长安，李巨川的到来自然使其非常高兴。他以诸道兵马都监身份，满口答应王重荣的请求，并要亲自率领人马，与王重荣一同进攻大齐军。

杨复光告诉李巨川，不必再去凤翔拜会郑畋，即刻返回蒲州，禀告王重荣，尽快出兵关中，进攻黄邺占据的华州。

李巨川便快马加鞭折回蒲州，向王重荣呈上杨复光亲笔信函。杨复光在信中说，他会当面向郑畋提议并奏请圣上，敕封王重荣为京城东面兵马都统，他自己会亲自率领陈蔡兵开赴华州，与王重荣东西夹击黄邺和朱温。

王重荣喜出望外，立即部署人马进击华州，协同杨复光夹攻大齐军。

朱温率领五万兵马顺利攻占了同州。

朱温帐下有两名心腹，一个是朱珍，丰县人氏。丰县与朱温家乡砀山毗邻，二人算是同乡。朱珍勇猛凶悍，武艺高强，冲锋陷阵所向无敌，朱温对其十分赏识，深为倚重。另一个心腹名唤胡真，粗通文墨，颇富心机，乃江陵人氏。当年，黄巢义军沿湘水、长江北上，攻占江陵，胡真顺时应势，投奔义军，归于朱温部下。

进占同州后，胡真将俘获的同州刺史眷属和掠得的七八名年轻美貌女子送给朱温。其时无论官军还是义军，每攻占一地，皆争相掳掠青壮男女。男子用作苦役，女子被强迫为将士缝制衣装，或充作营妓。年轻貌美者，往往被将领霸占为私妓或纳为小妾。

朱温最喜将掠来的年轻女子收作侍妓。眼下，他已经搜罗有十多名女子了。将领们也投其所好，掠到美色女子，总是争相送给朱温，以博其青睐。

朱温逐一审视胡真送来的女子，突然发现其中一位竟是他几年来念念不忘苦苦思恋之人。这女子面如满月，明眉大眼，目光中透出贤淑和良善。她自然而然带有大家闺秀风范，似乎上天赋予她一种高贵典雅之气，任谁人在她面前都会肃然起敬，甘愿听从其召唤和驱使。

朱温想起初次见到她的情形。

那年，朱温随母亲在萧县刘崇家做仆人。九月一日这天，朱温随侍刘崇和夫人李氏，来到砀山县玄帝庙进香祭祖。

宋州人是殷商后裔，每年九月一日，宋州百姓尤其豪富之家，都要来到砀山县城北五十里玄帝庙，祭拜祖先——玄帝契。

《诗经·商颂·玄鸟》云："天命玄鸟，降而生商。"《诗经·商颂》是殷商的后代宋人所作，诗中记述，殷商始祖契，是由其母简狄吞燕（玄鸟）卵而生。因此，契被后人尊称为"玄王""玄帝"。

刘崇和夫人李氏原是砀山县人，每年都要到玄帝庙祭拜祖先。

这日，刘崇和夫人李氏在玄帝庙前下了马车，朱温挑着祭品，随同进了庙门。前来祭拜的人很多，人们排成长队，缓慢地往前挪动着。

刘崇和家人终于挨进供奉玄帝契和成汤、武丁的正殿，朱温摆上祭品，点燃香烛，分别递给主人刘崇和李氏。二人跪拜始祖，口中念念有词，朱温也不理会他们祝告些什么，只是站在一旁看热闹。

刘崇和夫人祭拜礼毕，由仆女搀扶着走出殿门，到庙中游览。朱温正看见一位贵妇和一个十四五岁的姑娘进得殿来，在衙役和仆女扶持下进香祭拜。朱温仔细端详那姑娘，不禁被其美貌惊呆了。朱温本是一个浪荡子，整日东游西逛，无论庙会灯会，他是逢会必到，年轻女子他见得多了，可从未见过如此俊秀、高雅、聪慧而温婉的姑娘。

朱温越看越爱慕，越看越迷恋不舍。贵妇和姑娘祭拜完毕，走出殿门，朱温不由自主跟随于后。陪同贵妇和姑娘的衙役见朱温紧追不舍，心下疑惑，便拦住朱温，喝问他意欲何为。朱温这才如梦初醒，支支吾吾，脑筋转了几转，反问衙役道："请问郎君是哪家官府上差？"

衙役不耐烦地说："宋州张使君府。你有何事？"

朱温随即胡诌道："在下是想打问一下，张使君府中是否缺少仆役，想找个差使，混口饭吃。"

衙役满脸不屑地说："你倒是癞蛤蟆要吃玄鸟肉，尽想好事。走开，不要扫了我家夫人和小姐兴致！"

朱温在心中发誓："今生今世，我一定要娶张刺史女儿为妻！"

从此以后，宋州刺史女儿的音容笑貌就镌刻在朱温心上，令他难以忘却。他朝思暮想，寝食不安，肥肥胖胖的小伙子被相思折磨得瘦了许多。后来，他实在忍受不了相思之苦，便从萧县刘家庄跑到宋州刺史府门前，守候了三日三夜，想等待刺史女儿出门时再见她一面。可左等右盼，望穿双眼，也没有见她出来，只得恋恋不舍一步三回头离开了宋州城。

早年王仙芝、黄巢义军往来于曹州、濮州、宋州之间，宋州大小官员惶恐不安，刺史张蒹也不得不携带家眷四处避难。张蒹一心要离开宋州，千方百计打通朝廷关节，终于如愿以偿，调任同州刺史，举家迁往同州。

可惜世事难料，忽地祸从天降。此次朱温率领大齐军人马攻打同州，张蒹和将士们一同登城守御，竟被大齐军弩机射死。大齐军入城后，张蒹夫人跳井身亡，女儿蕙兰被俘，又因貌美被胡真挑选出来，送到朱温面前。（编者注：张蒹女儿名叫张惠，小说改为张蕙兰。）

蕙兰遭此剧变，五内如焚，肝肠寸断，像木头人似的，呆呆怔怔，任凭驱使，任朱温百般询问，她始终不答一言。

看到蕙兰这般光景，朱温心疼万分。他挑选一处幽静院落，亲自送蕙兰住进去，命自己两个侍妓好生照管蕙兰饮食起居，又请来同州城名医李熙，为蕙兰诊病。

李熙把脉后，说蕙兰是受了惊吓，便开一药方，嘱咐让她按时服药，静养安神，慢慢便会好起来。

朱温每日都要来看望蕙兰，常常一坐就是几个时辰。数日后，蕙兰病情果然见好。再后来，她竟感到饥饿，开始进食，朱温悬在半空的心才放松下来。

恰在此时，黄邺派人前来，约同朱温夹攻河中，说是三日后，黄邺进攻风陵渡，朱温攻打蒲津关。

大齐军从西面、南面进攻河中府，有两处黄河渡口是必经之地。

其一是蒲州蒲津渡。蒲州古城位于黄河东岸，其西门外渡口即蒲津渡，古称蒲坂津，简称蒲津。蒲津是河东通往关中的两大渡口之一，自古以来就是秦晋之间黄河要塞。蒲津渡口西岸建有关城，原名临晋关，汉武帝改名蒲津关，简称蒲关，俗称河关。唐玄宗开元十二年，在此修建一座大型浮桥，用去全国冶铁年产量五分之四，铸成八个铁人和铁牛，分置黄河两岸，以之维系铁索浮梁。单是每个铁牛重量，即高达十二万斤。蒲津桥铺设于滔滔黄河之上，犹如长虹卧波，气势宏大，工艺精湛，令人叹为观止。蒲津桥建成后，天堑变通途，蒲津关遂成为秦晋间黄河第一要隘。

蒲津关地形险要，历来为兵家必争之地。唐玄宗李隆基有诗咏之：

钟鼓严更曙，山河野望通。

鸣銮下蒲坂，飞斾入秦中。

地险关逾壮，天平镇尚雄。

春来津树合，月落戍楼空。

马色分朝景，鸡声逐晓风。

所希常道泰，非复候缧同。

其二是风陵渡。风陵渡南距潼关二十里，北距蒲州八十里，正当黄河自北而南穿越晋陕峡谷，至潼关被秦岭华山拦阻折向东流的大拐弯处，是河中与关中、河南与河中之间的主要渡口，天下闻名。《水经注》云："关之直北，隔河有层阜，巍然独秀，孤峙河阳，世谓之风陵。"风陵者，风后氏女娲之陵墓也，渡口因以得名。黄河北岸风陵之下建有关城，名曰风陵关。

如今，王重荣将兵马部署在蒲津渡与风陵渡之间黄河沿岸，誓以重兵守住风陵关、蒲津关。他命胞兄王重盈带领五千兵马，把守风陵渡和风陵关，并传令将风陵渡南岸船只全部开至黄河北岸。

黄邺率领五万兵马，从华州出发，经华阴县到达潼关。他命先锋将张归霸和张归厚、张归弁三兄弟统带一万人马攻打风陵渡。

张归霸带领人马到达风陵渡黄河南岸渡口，既不见有河中府人马守卫，也找不到一只渡船，急得直跳脚，只能命将士分头到上游和下游寻找渡船，但花去三天工夫，也仅仅找到五六只小船。

这五六只小船，大者可乘坐十几人，小的仅能容纳三五人，集中起来使用，每次运送兵力不过五十人。

五六只小船接近黄河中流，因水深流急，小船又负载过重，划行越来越吃力。继而，小船一个劲儿在河心打转转，硬是前进不得。

恰在此时，从上游顺流冲过来五六只战船，转眼间接近了小船。战船比小船高出四五尺，每只战船上有河中军五六十名士卒。他们半截身子隐藏在船内，人人手持强弓硬弩，居高临下，向小船上的大齐军一阵猛射。大齐军士卒大半中箭落水，带箭的尸体在黄河水中上下翻滚，顺流向东漂去。

　　大齐军队长命水手赶快往南岸划回，但为时已晚。河中军战船分头向小船冲撞过来，当即有三只小船被撞得散裂开来，船上士卒全都掉落黄河波涛之中。没有被战船撞散的两只小船，被战船带起的急浪掀翻，船上士卒一个个落入水中，到东海见龙王去了。

　　在南岸观战的张归霸，眼见渡船和士卒们一去无回，气得须发皆张。他命将士们擂鼓呐喊，用大弩机向河中军战船猛烈射箭，可箭支射出不远，全都落进河水之中。

　　张归霸无奈，只得向黄邺请求调配水军船只前来助战。

　　黄巢义军原有的水军和战船，因三门砥柱阻隔，皆滞留在洛阳。义军占领京城长安时，在广运潭和运渠缴获了一些漕运船只。接到黄邺奏报后，黄巢命将漕船充作战船，经运渠开往潼关。

　　季达率领数百名艄公、水手，驾驶近百艘漕船，载着军粮，到达潼关码头。

　　漕船卸下军粮之后，季达带领船队经渭水入黄河，进抵风陵渡南岸，与张归霸会合。

　　察看过津渡河道的地理形势，季达以为，风陵关在黄河北岸，眼下大齐军没有战船，要想从南岸攻占风陵关，十分不易。不如先偷渡黄河，再攻占风陵关。首先要在风陵渡上下游十里外选定偷渡地点，分别以漕船运载三千兵力，在夜半之时偷渡过黄河，到北岸后从东西两面悄悄接近风陵关。同时，在风陵渡南岸，用四十艘漕船运载四千名将士，于黎明前摆渡至黄河中流，然后擂鼓呐喊，大张旗鼓向北岸进攻，吸引北岸守军，掩护偷渡人马。船上大齐军士卒要隐蔽在船舱内，到达北岸后迅即攻打关城。偷渡至北岸的两支人马，听到大齐军漕船上战鼓擂响后，向关城发起突然攻击。

　　张归霸遂命胞弟张归厚率领三千人马从上游偷渡，张归弁带三千人马从下游偷渡，自己统领人马从风陵渡正面进攻。并且约定，三处人马于后天黎明寅初时分一同猛攻风陵关。

　　夜晚，张归厚带人马从黄河南岸徒步向上游进发。沿河前行十余里路，找到一处水流平缓的河湾，以为适合摆渡，便命一名队长带了几名士卒，在河边等候漕船到来,其余人马准备偷渡。

次日下午漕船到达河湾,天上却渐渐沥沥下起一场春雨来。张归厚心想,雨夜偷渡,正好作掩护,定会出乎守军意料。

夜半子时,张归厚按计划率领人马登船,依次向中流划去。

漕船接近中流,艄公和水手越来越感到吃力。这些艄公和水手,大都是江南人氏,不习黄河水性。时人所谓“江南之舟不入黄河”,缘由即在于此。其中也有一些在长安征用来的艄公和水手,但他们原是在长安至潼关运渠上撑船,从未进入过黄河。运渠水流平缓,与黄河之险不可同日而语。

黄河在晋陕峡谷中穿行,至龙门山遇到阻遏。夏禹治水时,将龙门山劈开一个不足十丈的豁口,称为龙门口。黄河之水奔腾而至,争向龙门口冲去。河水飞流而下,一个急转弯,迎头撞在峭壁上,呼啸着飞溅出一层层雪浪。浪头反扑到对岸巨石上,又一次被激怒,吼叫着冲向空中,而后重重地跌落在河床内巨大礁屿上,疯狂地咆哮狂跳起来,将一道道水柱射向天空,势若万马奔腾,声如惊天轰雷。一阵喧嚣之后,黄河巨浪怒吼着跳出龙门,跌落深谷,直泻而下。这便是龙门三激浪,其景象壮丽,成为黄河千古大观。

龙门口以下,黄河河床突然变得宽阔起来,加上汾河汇流,河面最宽处达数十里,且水流平缓,状如湖泊。然而,流至蒲津,黄河河床变窄,到了风陵渡上下,河水再入峡谷,又变得桀骜不驯起来。

此时黄河上游已经下了两天雨,洛河、汾河、无定河等多条支流雨水汇入黄河,一时流量猛增,水势更加汹涌。再加上风陵渡上下河段特殊地理形势,即便是黄河老艄公,此时也不敢轻易驾船摆渡,更何况那些不习黄河水性的江南水手。

在前面开道的几艘大齐军漕船进入中流,船身不停地打旋,接连被巨浪掀翻,士卒和水手们纷纷掉进激流之中,顷刻间没了踪影。张归厚命其余漕船往回返,但艄公和水手们已驾驭不住,又有几艘船被旋入激流,侧翻倾覆,瞬间被洪流吞没。

张归厚乘坐的漕船费尽周折,终于冲出激流,划回下游南岸,此处距风陵渡已经近在咫尺。

接着又有几只漕船陆续返回,张归厚清点人马,拢共损失一千三百多名将士,只得收兵回到风陵渡南岸大营，向兄长张归霸禀报一切。

张归弁率领三千人马，在风陵渡下游十里处偷渡，也遭到接连倾覆的命运。张归弁乘坐的漕船也被巨浪掀翻，他落水后被水手救出，才捡了一条性命。清点人马，仅有五百多名将士返回南岸。

两处偷渡均告失败，张归霸只得回到潼关，向主将黄邺请求处罚。

黄邺又气又急，突又想起，朱温攻打蒲津关是否顺利，怎的没有一点消息呢？

十七 "甥儿拜见舅公"

朱温安排妥当蕙兰医病服药和生活起居等事项之后,方才率领本部人马经朝邑浩浩荡荡开往蒲津关。

先锋将朱珍带领五千兵马,抵达黄河西岸蒲津关城下,却不见城上有一个人影。朱珍怕关城内有伏兵,先派人前往打探,方知河中军人马已经在三日前撤走。

朱珍与将士们踏上蒲津桥,疑疑惑惑地行至中流,方见蒲津桥中段被撤走十几只浮船,浮桥成了断桥。朱珍只得返回关城。

朱温眼睁睁看着黄河之水奔流而去,却无法渡河,只得派出几支人马沿黄河西岸搜寻船只。王重荣早已将渡口船只劫掠到东岸,几支人马苦苦搜寻数日,仅在偏远河川渡口找到六条小船。

朱温命朱珍率领人马沿黄河西岸巡逻,其余将士用六条小船在支流河川中练习渡河。

这日,巡逻队突然发现王重荣河中军的二十多艘运粮船,正从蒲津渡顺流南下。

这支运粮船队,有数百名将士随船护卫。他们欺负朱温大齐军没有船只,上午在蒲津渡码头装船之后,午后便大摇大摆南下,往风陵关运送军粮。

日暮时分,运粮船队在韩阳南黄河东岸停泊下来,准备宿夜。护卫船队的都将以为,此处黄河水面宽达七八里,大齐军没有船只,无论如何无法在夜间横渡黄河到达东岸。于是,都将在晚餐时佳肴美酒开怀痛饮,酒后醉醺醺地指派了两名岗哨,便倒头呼呼大睡。

夜幕降临后,朱珍命四名水手划出一条小船,试探此处水情。

小船悄悄向黄河中流划去。由于此处河道宽阔,水流平缓多了。船到中流,只是阻力增大,船划得稍慢一些罢了。

小船划过中流,又安全地回到西岸。

待到夜半时分,朱珍亲自率领三十名艄公和八十名精干水手,乘上六条小船,悄悄划向黄河东岸。

六条小船划过中流,慢慢靠近停泊在东岸的河中军船队。几名水手登上河中军漕船,将船头两名酣睡的哨兵勒死。

朱珍率领水手爬上都将乘坐的大船,趁河中军还在梦中,三下五除二把都将和士卒捆绑起来,扔进河水中。

接着,朱珍指挥艄公和水手将二十多艘运粮船划到黄河西岸。这支船队载有五十多万斤粮食,足足可供朱温大军十日口粮。

王重荣得知运粮船被大齐军截走,心中又气又急。他最为担心的是,被截走的这些运粮船,会被朱温用来偷渡黄河。好在此时大齐军进攻风陵渡遭遇惨败,王重荣又调集了六十艘战船,沿河道巡逻,防备朱温人马偷渡黄河。

朱温眼见王重荣战船沿河布防日夜巡逻,一时无法偷渡,便命朱珍在黄河西岸摆开几十艘船只,大张声势练兵,似乎要马上渡河进攻蒲州,自己则悄悄回到了同州城内。

朱温放下一切事务,整日陪伴蕙兰,费尽心机博取她的欢心。

朱温向蕙兰说,当年在砀山县玄帝庙与她初次相遇,心中再难相忘。蕙兰却说,她不记得和朱温见过面。朱温不以为意,自顾自地说,他当年就发誓,今生今世一定要娶蕙兰为妻,否则,誓不为人。

蕙兰面红耳赤,低头不语,内心却在翻滚:这个朱温,说得倒像有几分真情,不像全都是谎言。他仅仅见过自己一面,可谓萍水相逢,却在多年后一眼认出,并且一见如故,百般呵护,其情确乎感人。只是自己一个官宦之女,世代书香之家,岂能嫁给一个草寇头目？更何况，自己父母双双死于大齐军之手，设若委身于这个仇人，如何对得起父母在天之灵？

朱温毫不松懈，一再追问蕙兰意下如何，蕙兰推托道："自古以来，婚姻之事皆由父母之命、媒妁之言，小女子怎好自己做主！"

朱温觉得蕙兰所说不无道理，便急切说道："我自会请媒人前去向你爹娘提亲下聘。只是，不知老人家现在何处？"

蕙兰撒谎道："贼兵……你们进了同州城后，烧杀抢掠，百姓四处躲避。慌乱之中，我与父母失散，至今不知二老在何处，是死是活。"

朱温站起身，拍着胸脯说道："小娘子放心，我定要找到你爹你娘，让你一家团聚！"

随即，朱温命胡真和谢瞳分别带领数名精干吏员，寻找蕙兰父母下落。

功夫不负有心人，胡真和谢瞳四处巡查，终于在城外沟壑中找到了张蕤尸体。不久，又在刺史府花园水井中打捞出蕙兰母亲的尸首。

朱温命人将张蕤夫妻二人尸身仔细修整一番，穿上崭新的老衣，用上等棺木盛殓停当，亲自陪同蕙兰来到灵堂祭奠。

朱温以女婿身份着缌麻孝服，陪着身着粗麻布斩衰孝服的蕙兰在灵堂守灵。他三日三夜不曾合眼，与蕙兰一样粒米不进。

张蕤生前信奉道教，朱温命人设坛，请来百多名道士，为张蕤夫妇做足七日道场。又传令帐下全体将校，依序前来张蕤夫妇灵堂行礼致祭。

接着，朱温请来卜师，择定依山傍水的吉地作为张蕤夫妇墓地。

出殡发丧时，朱温以孝子身份执绋拉灵，为张蕤夫妇送葬。他命人从凶肆雇来丧乐队和仪仗队，百名吹鼓手吹吹打打，哀乐呜咽悲鸣。方相在前驱傩逐鬼，跳跃腾挪，念念有词；歌师随后申喉发声，凄惨哀婉，催人泪下。送葬队伍一边缓缓行进，一边低唱《蒿里》挽歌，歌曰：

> 蒿里谁家地，聚敛魂魄无贤愚。
>
> 鬼伯一何相催促，人命不得少踟蹰。

乐队后面是执灵幡者、执灵旗者、执穗帷者一百二十人，抬举木刻纸糊的屋宇、车马、奴婢者六十人，供奉黄卷、蜡钱、纸疏、挂树、假花、果蔬、粉人、面兽者六十人。还有号丧者六十人，抬灵柩、撒冥钱者，等等等等，难以尽述。

朱温传令麾下队长以上的近千名将领，一同前来为张蕤夫妇送葬。整个送葬队伍迤逦不绝，前后绵延足足三里之遥。

张蕤夫妇葬礼备极哀荣，朱温恪尽孝道，一片赤诚，其周到细致的铺排和无微不至的关怀体贴，令蕙兰不能不为之动容。然而，蕙兰心中始终有一道坎儿无法逾越，朱温是一个反贼，这是她无论如何都难以接受的。

没过多少时日，朱温便让心腹谋士谢瞳做媒人，向蕙兰正式提亲。

蕙兰哀哀下泪道："父母新丧，小女子热孝在身，怎好论及婚嫁之事？"

一句话说得能言善辩巧舌如簧的"智多星"谢瞳无言以对。朱温只好将此事暂且搁置，以待来日。

大齐新朝敕封的河阳节度使诸葛爽，接到郑畋号召天下方镇出兵勤王的檄文，得知尚让大军在龙尾坡惨败，凤翔联军乘胜向京畿进兵，义武节度使王处存全部兵马进军关中，河中留后王重荣已反水宣布效忠唐廷等消息，觉着天下局势大变，不由在心中琢磨，看来大齐新朝江山不一定能坐得稳。

诸葛爽原是大唐代北行营招讨使，归降大齐新朝之后，被黄巢敕封为河阳节度使。那时，他是为形势所迫。如今数路方镇兵马进攻关中，直逼长安，大齐新朝运势确乎不妙。若唐兵收复了西京，重整河山，自己岂不成了叛臣贼子？为了日后能保住镇帅之位，眼下须赶紧向唐廷表示效忠。而且，长安与河阳相距八百里之遥，中间隔着黄河和河中府，有王重荣在前面顶着，黄巢其奈我何？

于是，诸葛爽派专使赶赴成都，向僖宗上表，做出诚惶诚恐模样，哀哀请罪，信誓旦旦表示效忠大唐朝廷。其实他心中明了，李唐朝廷此时非但无法对自己有任何惩处，而且只能多加安抚和褒奖。

果不其然，僖宗颁诏慰勉，并正式晋封他为河阳节度使，命他发兵关中，与郑畋、王重荣等一同收复京畿。

唐宥州刺史拓跋思恭，本是党羌族人，此时响应郑畋召唤，纠集数千党羌族、汉族夏州兵，到达鄜州，与鄜延节度使李孝昌会师。二人盟誓效忠唐室，共同讨贼。

僖宗接到拓跋思恭奏报，超拔他为权知夏绥节度使。

拓跋思恭和李孝昌率领两镇兵马南下关中，以图与郑畋凤翔联军会师，围攻黄巢。

京城四面行营都统、凤翔节度使、同平章事郑畋，与诸道行营都监杨复光商定：由郑畋指挥凤翔联军唐弘夫、程宗楚以及奉天镇使齐克俭诸道兵马，会同拓跋思恭和李孝昌部牙兵，向长安以西周至、兴平、咸阳等地进攻；杨复光率领两万忠武军陈蔡兵，绕过京城长安，按照与王重荣约定，进逼华州，与王重荣、诸葛爽东西夹击黄邺、朱温两部贼军。

不日，杨复光便率领王建、韩建、鹿宴弘等八都将，经咸阳、泾阳、高陵东进，突然陈兵华州城下。

定州义武军节度使王处存，带领本镇两万兵马，千里行军抵达蒲州。

王处存乃京兆万年县人氏，家居胜业里，世代籍隶神策军。其父王宗，官至检校司空、金吾大将军。王宗巧取豪夺，富甲天下，家中童仆达千人之众。黄巢大军攻占京师，王家被查抄一空。王宗虽然早逝，但其家人被杀戮殆尽。王处存闻听噩耗，大哭三日，誓与黄巢不共戴天。

休整三日后，王处存急于进兵潼关，不愿再停留。他与王重荣约定，河中军经蒲津渡出兵河西，攻占同州，剿灭朱温所部；王处存率领义武军从风陵渡渡过黄河，攻占潼关。而后，两支人马会同杨复光的陈蔡兵一道围攻华州，剿灭黄邺所部。

王重荣为王处存兵马补充了粮草，义武军随即南下，一夜之间经风陵渡渡过黄河，突然向军事要塞潼关发起进攻。

此时天色未明，张归霸三兄弟和驻守潼关的六千将士尚在睡梦之中，义武军如神兵天降，突然攻关。

一时之间，大齐军乱了营，争相逃命。张归霸三兄弟往来冲杀，血染战袍，张归弁身负重伤，力不能支。兄弟三人见大势已去，只得突出重围，逃往华州。

王处存挥军追杀，一直追到华州城东十余里柳枝镇，方才停驻下来。

王处存亲自来到华州城西赤水镇陈蔡兵大营，与杨复光商定，由忠武军都将王建率领人马，在赤水北面截断长安至潼关运渠漕运，阻断华州大齐军运粮和运兵水陆通道。由韩建率领五千兵马，主攻华州西门，鹿宴弘统率三千兵马，攻华州南门。王处存义武军主攻华州东门，华州北门留作城内大齐军出逃通道。再命定州义武军大将张公庆带领一万兵马，与杨复光部下都将李师泰五千人马一道，隐蔽在华州北渭河南岸的五里渡，伏击从华州败逃出来的黄邺人马。

长安至潼关的运渠，是黄邺和朱温两部大齐军运送钱粮和调兵通道，驻守华州、潼关、同州等地十万大齐军的粮饷和武器供应，多是靠运渠漕运。季达率领的漕运船队刚刚通过赤水渡口驶往同州，王建的人马便赶到了赤水镇，阻断了大齐军的运渠通道。

这边厢王处存率领着定州牙兵，开始猛攻华州城东莲花寺。在这里驻守的，是张归霸三兄弟及其残部千余将士，还有黄邺调拨给的一千多人马。

王处存满怀家仇国恨，连日挥兵向莲花寺大齐军疯狂进攻。双方杀得天昏地暗，血流成河。最终张归霸兵力不足难以招架，只得乘着夜色撤回华州城内。

王处存占领莲花寺后，兵临华州城下，向东门猛攻。

大齐军东门守将葛从周身经百战，用兵有方。大齐军凭借城壕固守，用弩箭和滚木礌石杀伤唐兵。定州牙兵远道而来，连日战斗，将士疲惫，且缺少攻城器具，攻城一时难以奏效。王处存挥兵连续攻打三日，白白折损了许多人马，却毫无进展。

猛攻华州西门的韩建也是一员猛将。然而西门守将张言是黄巢冤句起兵时的老将，他沉稳老练，亲率士卒，用弩箭和滚木礌石杀得韩建人仰马翻，死伤累累。韩建猛攻数日，也未能得手。

杨复光见众将攻城受阻，遂命各处人马暂停进攻。他亲自来到华州城南视察地形，发觉从南面五龙山和少华山蜿蜒流出两条溪水，经华州城向北注入渭水，华州城内数万军民，靠这两条溪水作日常饮水。

杨复光计上心来，命鹿宴弘率领两千人马另开壕沟，堵塞溪流，逼使两条溪水改道，绕过华州城北流。

正值盛夏酷暑季节，华州城内断了水源，单靠几口水井无法供应数万人马用水。而且，运渠的漕运已被切断，城内储存的军粮越来越少，大齐军将士缺水少食，陷入窘境。

黄邺与张言、葛从周等计议许久，决计突围，退回京城，仅留李祥率三千人马守城，尽力阻遏唐军追击，掩护大军撤退。

夜半时分，葛从周带领先锋人马冲出了华州北门，并未遇到唐军阻拦。五千人马向西北方疾进，以图占领渭水南岸五里渡渡口，摆渡大军过河，退回长安。

半个时辰之后，黄邺率领两万中军人马也从北门出城，向五里渡方向退去。

葛从周带领人马刚刚抵达五里渡，忽听战鼓雷动，四面八方点亮灯笼火把，照耀得天地一片通明。唐军呐喊着潮水般涌上来，为首一员战将，乃是义武军大将张公庆。

葛从周心知中了埋伏，必须拼死血战才能掩护后面黄邺大军撤退，否则，后果不堪设想。葛从周催动战马，挥舞大刀与张公庆厮杀起来。大齐军将士见主将率先冲锋，也怒吼着冲上前去，与定州兵拼死血战。

黄邺与张言、王遇率领中军人马正在急行，忽然听到前面传来战鼓声和厮杀声，料定是葛从周先锋人马遭遇唐军。黄邺当即勒住马头，命张言率领五千人马疾进，从唐军背后杀出，替葛从周解围后，一同向西南赤水镇方向撤退，与中军会合。又命王遇带领三千骑兵奔袭赤水镇，自己则率中军人马跟进。大军要从赤水镇突围，沿潼关至西京大道退走。

话说张公庆和李师泰率领一万五千兵马围攻葛从周五千大齐军，很快便占了上风。转眼之间，葛从周部人马死伤过半，唐军包围越来越紧。正在危急关头，唐军背后突然杀出大队人马，唐军一时乱了阵脚，包围圈被打破。

葛从周和张言里应外合，打乱了唐军，两队不敢恋战，急忙向赤水镇方向追赶黄邺中军。

王遇率领三千骑兵，以迅雷不及掩耳之势冲进赤水镇，砍瓜切菜一般，将睡梦中的王建人马杀戮殆尽。王建智勇兼备，狡悍异常，但他做梦也没有想到，大齐军隔着围城大军，竟神兵天降一般来到赤水镇。他来不及穿戴铠甲，跳上战马便落荒逃走。

黄邺带领中军到达赤水镇不久，张言和葛从周也带领人马前来会合。黄邺检点人马，拢共剩下两万多人，尚且不知李祥所部是何等情形，想必是凶多吉少。黄邺命张言为先锋，向新丰撤退，又命王遇率领两千骑兵返回华州，接应李祥。

李祥被杨复光和王处存数万人马围困在华州城内，因兵力过于悬殊，再加上断水缺粮，城垣被唐军攻破，李祥所部三千将士伤亡过半。李祥身负重伤，力尽被俘。

接应李祥的王遇带兵来到华州城西，随即被唐军包围。王遇率领两千人马左冲右突，死伤殆尽，无力再战，不得已向唐军投降。

至此，京城至潼关的咽喉要地华州，被杨复光和王处存两支唐军占领。

朱温率领所部两万人马来到夏阳，准备渡过黄河，经山间小道进袭河中府城蒲州。

王重荣决计乘朱温远在夏阳之机，恢复蒲津桥，而后突然出兵，袭占同州，截断朱温退路。

同州距夏阳有三日路程，而蒲津渡距同州只有七八十里，朝发可以夕至。王重荣带领三万兵马，从蒲津桥过黄河，经朝邑直抵同州城东南五里洛河北岸，扎下营寨。

洛河发源于盐州王盘山，经吴起、鄜州、坊州至同州，至华阴东北汇入渭水。同州水上交通便利，漕船从京城长安经运渠到潼关，再经渭水溯流而上入洛河，便可直抵同州。

王重荣驻马洛河岸上，见河中由东向西开来数十艘漕船，一眼望不到尽头。王重荣料知这是为朱温运送粮饷的大齐军漕船。于是，他命一队人马跨过上游一座桥梁，而后将桥捣毁，用以阻塞河道，使漕船无法通过。接着，王重荣指挥人马从两岸将漕船包围起来，向漕船上大齐军喊话，要他们投降。

这支船队，正是季达往同州运送粮饷的漕船，一共有四十六艘之多。季达发觉遭遇大队唐军人马，情知不妙。漕船护卫将士虽有千人之众，但前后分散，首尾难以相顾。况且，将士们身在船上，方寸之地难以施展，唐军在岸上，则攻守自如。季达无奈，只得用号角发出将令：全军开始凿船，宁可将漕船沉入河底，也不能资敌。

王重荣见大齐军船队开始凿毁船只，当即传令擂响战鼓，向漕船上大齐军射箭。

情势万分危急，季达再次发令：加紧凿船！

漕船很快被凿穿，陆续沉入河底。水手和将士们弃船泅水，游向河岸。王重荣见状,命将士轮番用弩箭射杀大齐军。须臾之间,无数大齐军尸体漂浮在水面上,顺水东流而去。

少数大齐军冲上河岸,遭到河中军围杀,寡不敌众。季达跳上南岸,摇旗呐喊,聚拢起二百多名将士,以一当十,拼死冲杀。

季达舞起一双铜锏,虎虎生风,左右横扫,一锏一命,碰上者死。

众人终于杀出一条血路,冲出唐军包围,向西南方逃奔而去。

站在洛河北岸的王重荣,眼睁睁看着季达等人冲杀出去,急得跳脚叫骂,一时又不能飞过河去厮杀,只能徒唤奈何。他忍着一口恶气,咬牙发令:四面包围同州,将城内贼军一举全歼,一个也不许走脱!

三万人马将同州城四面包围起来。

在王重荣率领人马从蒲津桥跨过黄河之时,同州守将胡真就得到了探报,随即派人飞马向屯扎夏阳的朱温禀报。

王重荣围攻季达船队,雷鸣般的战鼓声和号角声惊动了同州大齐军。胡真登上城楼瞭望,洛河两岸刀光剑影,杀声震天。他当即派出探马打探,很快便得悉战况。最令他焦虑的是,季达四十多艘漕船已全部沉入河中,眼下城内存粮将尽,屯扎夏阳的数万大军更是急需这批粮食。胡真火急火燎,派人疾驰夏阳禀报朱温:漕船全数沉没,王重荣大军很快便会攻城,请使君尽快回师同州!

胡真鼓励将士们说,只要坚守城池三天,朱大将军定会带领人马杀回来。到那时,咱们五万大军里应外合,定能杀败河中军。

将士们心中笃定,奋力应战。

王重荣三万大军围城,但缺少攻城器具,护城壕难以逾越。王重荣指挥人马连续攻城两日,死伤二千多将士,只得下令暂停进攻。

朱温在夏阳接到胡真急报,感到大事不妙,率大军星夜兼程回师同州。

朱珍带领一万先锋军,于午夜时分到达同州北门外,随即进攻河中军营寨。

河中军将士正在睡梦中,被人喊马嘶之声惊醒,来不及穿戴铠甲,多被突进营寨的大齐军杀死。

胡真得知朱珍杀至城外,便带领三千兵马杀出北门,里应外合夹击河中军。驻扎北门的五千多名河中兵,在半个时辰之内死伤过半,其余两千余众四散逃命。

待朱温率领三万人马到达同州城下,朱珍已攻占了北门外的河中军营寨。

王重荣带领一万兵马前来增援北门,想要夺回营寨,得知朱温大军抵达,只得收兵回营。

朱温大军回师同州,王重荣深感兵力单薄,派专使飞马向杨复光求援。

此时,杨复光与王处存杀败黄邺,刚刚进驻华州城内。

接到王重荣求援信函,杨复光与王处存敲定:由王处存率领义武军进攻零口、新丰,以便会同郑畋凤翔联军早日收复京城长安;杨复光率忠武军陈蔡兵,北上同州增援王重荣,围剿朱温部大齐军。

恰好郑畋传来战报,程宗楚攻占了兴平,郑畋正在指挥唐弘夫所部人马攻打咸阳。若王处存攻占了新丰,即可与唐弘夫、程宗楚三路人马会攻长安。

事不宜迟,王处存挥动人马,向新丰疾进。杨复光则率两万人马抵达同州,与王重荣会合。

杨复光与王重荣议决,由忠武军接替河中军攻打同州南门和西门,河中军主攻东门,并进击在北门外屯扎的朱珍大齐军。

对于忠武军的到来,朱温感到一丝恐惧。陈蔡兵骁勇强悍,能攻善守,天下无敌。况且,唐军已截断了运渠漕运通道,同州城内贮存粮食甚少,即便精打细算,省吃俭用,也只能维持守军五日口粮。不得已之下,朱温先后派出三拨专使,出同州北门,绕道向长安告急,敦请朝廷派兵赶赴同州,以解同州之围,并尽快从陆路运送五十万斤军粮,以解燃眉之急。

接到朱温求援急报,黄巢急命宰相赵璋和左仆射兼军容使孟楷酌商处置。

赵璋和孟楷感到左右为难。朱温五万兵马孤悬同州,情势危急,须尽快接济和救援,但眼下朝中却是无兵可派,无粮可调。

义军入关时号称六十万大军,实则只有四十万人马。经龙尾坡、风陵渡和华州之战,损失十余万将士,仅剩下二十余万人马。眼下,唐军对长安形成四面合围之势,大齐军不得不四面防守,以确保京城不失。盖洪率领六万人马,防守咸阳到鄠县一带,正在与凤翔联军程宗楚、唐弘夫等部激战。黄揆率五万人马驻守京城北面中渭桥一带,抵御夏绥节度使拓跋思恭和鄜延节度使李孝昌两镇兵马进攻。黄邺和葛从周率领华州败退回来的残兵,加上为其补充的三万人马,驻守在东渭桥,准备与气势汹汹而来的王处存义武军接战。尚让率领五万人马,驻守灞上和京城内外,护卫大齐朝廷和京师安全,不能轻易调往他处。再有就是林言率领的三万禁军,担负守卫皇宫内苑重任,更是不容调动,也不在赵璋、孟楷职权管辖范围之内。

为朱温调运五十万斤粮食也无从筹措。一是官仓贮粮很少,京城内外二十多万大军,军粮供应已捉襟见肘,再加上两三万宦官宫女和京朝官吏的禄粮,每日没有五十万斤粮食便过不去。眼下官仓存粮至多可支用一个月,下个月军粮尚没有着落。因为江南和江淮、荆湘以及各地粮赋输送中断,京师军民坐吃山空,粮栈已经无粮可卖。连日来,城内闹起粮荒,市价高涨,斗米千钱,乞食饥民越来越多。早些时,从权贵富豪之家搜罗了一些银钱珠宝,却无处购买粮食。京城三十里之外,多为唐军占领,已非大齐天下,长安几近一座孤城。

孟楷与赵璋议来议去,最后商定,由季达带领三百名骑兵,给朱温送去三千两银子和一千缗钱,让朱温就地购买粮草。

朱温接到季达送来的银钱,气得跳脚大骂:"我五万孤军被围困同州,朝廷一不给粮草,二没有援兵,送来这些银钱有个卵用,难道同州城里能买到粮草不成?"季达向朱温细说了朝廷难处和京师困窘之状,朱温仍怒气难平。他告诉季达,他再坚守同州七日,若是朝廷再不增派援兵送来粮草,那他只好让将士们自选生路了!

送走季达,朱温心中闷闷不乐,身不由己来到蕙兰姑娘寓所。

朱温问候蕙兰饮食起居,蕙兰谢过,说是一切尚好。朱温请蕙兰陪他饮几杯酒,蕙兰说她从不饮酒,但将军可以自饮。

于是,朱温命人送来酒菜,自斟自饮起来。

三斗老酒下肚,朱温醉眼蒙眬,像是对蕙兰诉说,又像是自言自语起来:"朝廷不派援兵,又不送来粮草,这都是孟楷那小子捣的鬼。孟楷压根儿就看不起我朱小三。朱小三怎么啦?老子跟随圣上南征北战,冲锋陷阵,攻城夺地,战功赫赫,哪一点儿比不上他孟楷?凭甚孟楷那小子做了左仆射兼军容使,掌管大齐数十万兵马,我朱小三却只是个小小同州刺史?"

　　朱温又猛灌了几斗酒，胆子愈壮，大骂一番孟楷之后，又哭哭啼啼起来。他忽地跪下，向蕙兰求婚，发誓说今生今世非蕙兰姑娘不娶，还说定要让蕙兰过人上人的日子。

　　蕙兰有些被朱温真情打动，上前扶他站起身。但，她并没有答应婚事，只说是门不当，户不对，不可成婚。

　　朱温急切地说："你爹是刺史，如今我也做了刺史，不正是门当户对吗？"

　　蕙兰却回答说："我们张家书香门第，世代为官，是大唐朝廷忠臣，岂能与逆贼结成亲眷？小女子若是答应嫁给将军，如何对得起先人在天之灵？请将军恕罪，小女子不能做不忠不孝不知廉耻之人。"

　　朱温如同冷水灌顶，立时酒醒大半。他张口结舌，无言以对。他没想到，蕙兰一个失去父母的孤身女子，竟然看不起他这个堂堂州官！呆愣之下，他下意识地捧起一斗老酒，咕咚咕咚灌下肚，用手掌一抹嘴巴，匆匆走了出去。

　　杨复光知道围困同州疲惫大齐军的策略已经奏效，朱温数万人马陷入内无粮草外无救兵的困境之中，最后决战时刻已到。他与王重荣商定，以重兵消灭北门外朱珍一万兵马，切断城内守军出城唯一通道，紧紧围住城池，使城内粮草完全断绝，人心溃乱，而后一举破城。

　　韩建受命率领一万兵马，与王重荣河中军联手，向同州北门外朱珍营寨突然发起猛攻。

　　朱珍所部将士已经忍饥挨饿数日，军心涣散，士无斗志，纷纷四散逃命。唐军人马如同虎狼扑进羊群，猛追猛杀。

　　朱珍率领十几名骑兵，杀开血路，冲到城门外，高声大叫要城上守军快放吊桥，让他们进城。城楼上大齐军见朱珍后面有唐军紧紧追赶，不敢开城门放下吊桥，怕唐军乘机冲进城来。朱珍气得跳脚大骂，吼声如雷。恰巧此时朱温赶到，喝令将士打开城门，放下吊桥。

　　杨复光和王重荣的五万大军将同州城围得密不透风，同州城内饥荒越来越严重。前些日子，大齐军将士为饥饿所迫，已将城内富豪和百姓家粮食和食物抢劫一空。眼下，城内平民将能够吞下肚子的树皮、饲料甚至棉絮都吃光了，无数老人和儿童饿殍，竟已有人开始买卖人肉。

大齐军将士完全断粮，战马几乎杀光，再也没有可食之物了。

朱温如同热锅上的蚂蚁，却又束手无策。他找来谋士谢瞳，急切地问道："如今我等困守孤城，已陷绝境，先生有甚高招吗？"

谢瞳知道，此时已是紧要关头，便向朱温进言说："事情到了这般地步，孙武子三十六计一条也用不上了。当今天下大势，又到大变关口，望将军明察。黄家起于草莽，乘唐廷衰乱，高举义旗，横扫天下，建立新朝。然而，黄巢不是有功德于天下而称王称帝，故四海人心未服，诸道方镇皆已反水，可见唐祚尚未断绝。"

朱温："你就说，我等该如何行事吧！"

谢瞳侃侃而谈："眼下大唐天子在西蜀立朝，诸道方镇兵马渐渐会集关中，围攻长安城。这表明唐室还不到灭亡之时。如今将军在外拼死苦战，困守孤城，却又受制于掌握新朝大权的平庸之辈，前途殊难预料。"

朱温恨恨地说道："我孤军坚守同州二十多日，朝廷握有数十万大军，却不派一兵一卒增援，也没有送来一升粮食，弄得我援尽粮绝，将士活活饿死。朝中那班狗屁高官，赵璋、孟楷这班王八蛋，没有一个好东西，老子受够了他们的窝囊气！"

谢瞳对朱温耳语道："为将军着想，如今只有归顺大唐朝廷，投靠王重荣，方为万全之策。识时务者为俊杰，留得青山在，不怕没柴烧嘛！"

朱温闻言一愣，片刻之后，便连连点头："说得好。只是……如何与王重荣联络呢？"

谢瞳诡秘地笑笑，说道："这个不需将军费心，在下与河中府掌书记李巨川是旧交，我可出城去寻找李巨川，请他引荐，拜会王重荣，商谈归顺事宜。"

朱温眼珠子骨碌碌乱转，心中盘算一阵，说道："那你便赶快以我的名头给王重荣写一封书信，讲明归顺条款。我有五万兵马，和同州城百姓一起投奔王重荣。大唐朝廷须敕封我做大将军、节度使，不然的话，我朱小三便与唐军决一死战，拼他个鱼死网破！"

谢瞳嘻嘻笑道："将军尽管放心，我保你称心如意！"

谢瞳扮作市井细民，刚出城东门，便被河中军捉住，押往中军营寨。

谢瞳大叫道："我谢瞳与河中府掌书记李巨川是旧交，特来拜会老友。"

李巨川听了禀报，亲自将谢瞳迎进帐内。

二人寒暄已毕，谢瞳便直截了当说明了来意，李巨川大喜，连说："好！好！常言道良禽择木而栖，贤臣择主而事。贤兄与朱将军弃暗投明，归顺朝廷，实乃明智之举。朝廷正值用人之际，必会敕封朱将军高官显爵，前程不可限量！"

李巨川一刻也不耽误，即刻向王重荣禀报，并呈上朱温书信。

王重荣也是大喜过望，立时接见谢瞳，备细询问了城内情形。谢瞳一一作答，并请求王重荣，定要奏请朝廷敕封朱温为大将军、封疆大吏。

王重荣拍着胸脯承诺了下来。他让李巨川代笔给朱温写了复函，约定九月二十二日午时，在同州东门外受降。

送走谢瞳，王重荣即刻命李巨川书写请求朝廷招安朱温的奏状，随后派出专使，飞马驰往周至县，将奏状呈给郑畋。

郑畋随即代朝廷以墨敕加封朱温为河中行营招讨副使，同时飞章奏报远在成都的僖宗，请求朝廷敕封朱温为大将军。

朱温召来胡真和朱珍，商议归顺唐廷之事。三人秘议至深夜，最终议决，杀掉大齐监军使严实，而后率全军将士向王重荣投诚。

当夜，朱珍带领五百名士卒，包围监军严实住所，将他和一百多名护兵全部砍杀。

九月二十二日，朱温带领人马出同州东门，等待王重荣到来。

王重荣在千余骑兵护卫下，来到东门外受降。

朱温慌忙前驱几步，跪在王重荣马前，叩拜道："甥儿朱温拜见舅公，问候舅公舅母安康！"

王重荣听得发愣，不由自言自语："甥儿……舅公……"

却听朱温说道："在下老母姓王氏，连帅自然是我舅公了。"

王重荣忍不住哈哈大笑起来。他跳下战马，扶起朱温，拉着他的手抚慰道："贤甥弃暗投明，归顺朝廷，前程无量。使相郑公已代圣上墨敕加封将军为河中行营招讨副使，可喜可贺！"

朱温谦恭施礼道："朱温谢朝廷大恩！谢舅公大恩！甥儿日后全靠舅公提携栽

培了。"

王重荣："好说好说，今后咱们就是一家人，自然要互相提携喽！"

朱温："属下人马全数在此，请舅公处置。"

王重荣回头吩咐掌书记李巨川："即刻将朱将军属下人马接入营寨，多备酒肉，让他们饱餐一顿。"

朱温请王重荣上马，亲手为他牵着马缰，缓步入城，进驻同州衙署。

安顿停当，王重荣便请杨复光来到城内，向他通报招安朱温之事。

杨复光却不相信朱温，说："朱温这小子本是乡间无赖，哪里会真心报效朝廷，不过是看风使舵投机钻营以求自保而已。不如把他杀掉，以除后患。"

王重荣连连摇头说："如今草寇盘踞京师，圣上播迁巴蜀，正值危急存亡之秋，朝廷用人之际，岂可乱杀降者？此时正该重用朱温，给贼军将领做一个榜样，使其群起仿效，土崩瓦解。"

杨复光沉吟片刻，点头道："王公言之有理。只是，朱温那小子贼眉鼠眼，大腹便便，活脱脱安禄山第二，恐怕不是什么好东西，难保其日后不生二心，乱我大唐江山社稷！"

王重荣不以为然道："杨公公过虑了。只要我等对那小子多加提防，料他也翻不起什么大浪。"

朝廷派黄门使者来到同州，宣读僖宗皇帝敕书，除任朱温为左金吾大将军、河中行营招讨副使，并格外降恩，赐名全忠，以表彰其忠心归顺朝廷之举。

王重荣以功晋封检校工部尚书、河中节度使。

三日后，王重荣和朱温率领八万大军南下沙苑，杨复光带领忠武军进驻华州石桥。随后，义武节度使王处存率领本镇人马攻占东渭桥。郑畋指挥凤翔联军、唐弘夫朔方军与程宗楚泾原军攻占咸阳，进逼长安。鄜延节度使李孝昌和夏绥节度使拓跋思恭两镇兵马，进至长安城北。西川李铤军进驻鄠县，邠宁朱玫军进驻兴平。李唐朝廷的数路兵马，截断了长安与四周的交通，断绝了大齐朝廷的钱粮来源和物资输送通道，对京城长安形成合围之势。

黑云压城，山雨欲来。刚刚建立的大齐国，陷入四面楚歌的危机之中。

十八 "乌鸦军厉害，快跑吧！"

在围攻长安的各路唐军中，有三支方镇兵马攻势最为凌厉：一支是唐弘夫率领的朔方军，另一支是程宗楚率领的泾原兵，再就是王处存的义武军。这三支人马，是进攻长安的急先锋，也是距长安最近对大齐威胁最大的唐军。

登上大齐皇帝之位的黄巢，身居皇宫大内，锦衣玉食，日夜有嫔妃佳人陪伴，起居有宦官宫女侍奉，出入则禁卫仪仗扈从，已非昨日冲天大将军，昔日并肩厮杀的兄弟哥们儿，此时已不能随便见到他了。黄巢既是做了皇帝，就得像个皇帝样子，须按宫中规矩行事。这也怪不得黄巢，无论何人做了皇帝，就须有皇帝至高无上的权力和天子威仪，就要凌驾于文武臣子和万民之上，就要过万物皆备于我的皇帝生活。"普天之下，莫非王土；率土之滨，莫非王臣"，皇帝是最自私、最无耻、最残忍之人，帝制是最黑暗、最恶劣、最腐朽的制度。

黄巢原是人中豪杰，带领义军人马南征北战，席卷天下，所向披靡，终于攻占两京，建立新朝，登上皇帝宝座。"冲天香阵透长安，满城尽带黄金甲"，何等的英雄气概！然而，他一旦踏进皇宫，登上皇帝宝座，便被宦官宫女和成群嫔妃包围，锦衣玉食，奢靡享乐，渐渐身不由己，"儿女情长，英雄气短"起来。"忧劳兴国，逸豫亡身"，此之谓也。

而眼下，皇帝的宝座受到了威胁，有了摇摇欲坠的趋势，任是哪位皇帝都不能不紧张，黄巢连日召赵璋、孟楷、林言等大臣，廷议应敌之策。

孟楷直言不讳,奏曰:"眼下我大齐军四面对敌,兵力分散,且粮草极其匮乏,将士忍饥挨饿,士气低落。若久困孤城长安,后果不堪预料。"

林言也道:"京城四周唐军云集,大军粮饷输送通道全被阻断,困守孤城确非长久之计。大齐军应尽快出兵,打开通道,以源源不断获取钱粮,才能保有京城,稳固新朝。"

黄巢沉思良久,点头道:"眼下唐军气势正盛,我大齐军应避其锋芒,退出城去,让唐军占领京城。此正所谓'将欲取之,必先予之'。围城唐军是七八个方镇的牙兵,乌合之众,互不统属,占领京城后必然争相抢夺财物妇女,把京城闹得民怨沸腾。到那时,我大齐军突然回师,杀他个回马枪,定可大败唐军,夺回京城。而后,我军乘势追击,便可解除危局,扭转乾坤。"

赵璋、孟楷等人纷纷赞道:"陛下圣明!"

黄巢又道:"此时,尚让率领五万大军驻守灞上,阻击东面王重荣、杨复光两部唐军与朱温叛军;黄邺率领三万人马,在京城北面抵御拓跋思恭朔方军和李孝昌鄜延军;盖洪带领五万兵马,在城西应付郑畋凤翔联军和西川李铤军。京城内我大齐军可于夜间悄悄撤出,集结于灞上,掌控灞桥和灞水、浐水。待唐军进城后,出其不意,攻其不备,突然从多个城门攻进城内,一举夺回京城。将城内唐军剿灭干净之后,再出城追击城外之敌,夺取关中州郡,保我大齐国基永固。"

遵黄巢口谕,赵璋、孟楷和林言谋定于翌日夜间,由林言率领禁军,护卫大齐皇帝、嫔妃和朝廷大臣悄悄撤出城外。而后,城内大齐军依序撤出,黎明前全部到达灞上尚让大营。约定后日夜半子时,孟楷率两万人马从通化门进攻京城,葛从周统领两万人马攻打春明门,张言带一万人马从延兴门进攻;城南面,张归霸三兄弟率领一万兵马,攻打启夏门,霍存率人马攻打明德门;城西面,黄揆带领两万人马,从开运门攻城,季达率一万人马,攻打金光门;北苑方面,林言带领禁军从光泰门进攻,占领大明宫和太极宫。黄钦带领一万兵马,从饮马门攻入北苑。其余几路大齐军,依旧在京城四周监视唐军,以防不测。

程宗楚率领泾原军两万人马,从开远门冲进长安城,却未遇到丝毫抵抗,甚至没看见大齐军一兵一卒。城内富豪之家和被大齐新朝杀害的官员亲属,见唐军大队人马杀回京城，纷纷跑到大街上，夹道欢迎王师。

牙兵们呐喊着闯进皇宫大内，发疯似的在宫中搜寻金银财宝、绫罗绸缎和各种珍奇之物。牙兵们看到宫中那么多美女，以为定是被黄巢们占有过。既然草寇可以占有她们，我等这班收复京师的功臣自然可以随意享受。于是，牙兵们你争我夺，将宫女们轮奸个遍，把三大内皇宫闹腾得沸反盈天。

紧随程宗楚泾原兵进城的，是唐弘夫统领的一万多朔方军人马。朔方军多胡人，抢掠财物和妇女是其固有习性。朔方军一进城，就挨家挨户地抢劫钱财，奸淫妇女，奸污之后，往肩上一放，扛起来就走。有的用胳臂一夹，就像是夹了一只狗或猫一般，优哉游哉地回到军营，以便日夜玩弄取乐。

朔方军将士听说泾原兵在宫中弄到了许多美貌宫女，早已按捺不住，一窝蜂似的闯进皇宫寻找美女。泾原兵将宫女瓜分完毕，岂容他人染指？于是，两军将士先是争吵不休，继而互相对骂，再接下来便是拳脚相加，大打出手。到最后，双方将士各执兵器，在宫中拼命厮杀起来。顷刻之间，地上躺倒一片。那些受重伤者哭爹叫娘，哀号之声响彻大内。朔方军没有捞到宫女，为了泄愤，便野性大发，在宫中放起火来，将金碧辉煌的皇宫殿宇烧得一片狼藉。

直到程宗楚和唐弘夫赶来，厉声喝止，双方打斗厮杀方才罢手。

程宗楚知道，将宫女瓜分抢走，长期占有，圣驾回京后不好交代。他下令将所有宫女统统交还皇宫，一个也不许带走，违令者斩！

有人不服，问："入城前两位镇帅向将士许诺，打进京城后放假三日，还算不算数？"

程宗楚信誓旦旦地说："怎的不算数？哪个说不算数了？本镇言而有信，军令如山，岂能儿戏？只是尔等不要在宫里闹下去了，到外面去玩一玩嘛，京城大得很哩！"

泾原兵闻听此言纷纷拥到大街上，挨家挨户地抢劫钱财奸淫妇女去了。

黄巢义军进城之初，只是查抄了高官权贵和富豪之家，而泾原兵和朔方军此番进城，却是挖地三尺，竭泽而渔。无论官绅富豪或市井小民，皆在劫难逃。牙兵们不分草堂瓦舍，大小店铺，像篦头一般，你来我往篦了一遍又一遍，可谓鸡犬不留，抢劫一空。年轻姑娘媳妇几乎全被掠走,受尽凌辱。牙兵遇有反抗者,无论官民之家,索性放上一把火,将其房舍店铺烧毁,弄得大街小巷狼烟滚滚,哀号之声不绝于耳。

王处存定州义武军,军纪比朔方军和泾原兵稍好些。入城前,王处存号令三军:不奉军令,不得进入皇宫禁苑和百姓之家;不得擅杀无辜;不得抢劫财物、掳掠奸淫妇女。并且规定,凡义武军将士,皆头裹白色布巾为标识。

义武军人马进城后,没有进入皇宫,而是分头到横街和朱雀门大街巡逻警戒。然而,朔方军和泾原兵在大街小巷肆意抢劫财物奸淫妇女,岂肯听从义武军约束?何况,方镇牙兵在打了胜仗攻城克地之后,抢掠财物奸淫妇女已是惯例,这被他们视为理所应当得到的奖赏!

程宗楚和唐弘夫两军人马抢劫的金银珠宝,掠来的美貌女子,不能不令义武军将士眼馋。于是,他们也开始偷偷摸摸地到居民家中抢劫财物,奸淫妇女。抢劫和奸淫之风像瘟疫一样迅速传播开来,以致整个义武军同样卷入了抢劫财物、掳掠妇女的大潮。王处存想要约束,但为时已晚,只有听之任之,徒唤奈何。

三军将士五六万人马,争相在城内抢劫烧杀奸淫掳掠,哪个还愿傻呆呆地把守城门站岗放哨?王处存三令五申,命一些将士把守城门,不得擅离岗位。这些将士眼见别人在城里快活,心痒难耐,一到天黑,便跑到街巷之中,闯进店铺或百姓家里,或抢夺财物,或凌辱妇女,城门口连一个站岗放哨的也难得见到了。

四月八日,半夜子时三刻,大齐军人马同时从四面城门杀进长安城内。

没有遇到把守城门的唐军,孟楷心中感到诧异:是不是走漏了风声,中了唐军埋伏?他传令将士们在大街小巷严密搜索,抓到了许多在百姓家中抢劫奸淫的唐军。孟楷亲自审问俘虏,这才弄清楚,唐军官兵丝毫没有防备大齐军杀回马枪。

大齐军各路人马按照划定区域,逐街逐巷剿杀唐兵。短短一个时辰工夫,大齐军便将城内唐兵斩杀大半。

待到天亮,城内唐军被杀十之八九。住在皇宫大内的程宗楚和唐弘夫,被林言所部将士剁成了肉泥。

王处存得到大齐军攻入城内的消息,不禁心胆俱裂。定州牙兵早已乱了营,无法聚拢起来，王处存只得赶忙出城逃命。他火烧火燎地带着一百多亲兵，像被猎人追赶的兔子一般，从延平门逃出城去，绕过北苑，逃回东渭桥军营，算是保住了一条性命。

各路大齐军将士打扫战场，先后将五万余唐军尸体运出城外，填埋沟壑。唐军抢掠的妇女，听凭她们各自回家。唐军抢劫的粮食、钱财全被大齐军缴获。

黄巢排开仪仗，带领人马浩浩荡荡返回京城，仍旧住进大明宫。

郑畋在兴平得到程宗楚、唐弘夫和王处存三镇人马惨败、五万大军覆没的消息，气得捶胸顿足号啕大哭。他知道，这一仗唐军元气大伤，其余几路方镇兵马，谁也不敢再贸然进攻京城。如此一来，收复长安迎驾回銮就变得渺渺无期。更令郑畋切齿痛恨者，是三镇牙兵连流贼草寇都不如，竟然在京城和皇宫里面抢劫烧杀，奸淫妇女，真是罪恶滔天！

郑畋痛心疾首，像遭了雷击一般，几次口吐鲜血，晕倒在地。

牙兵将郑畋送回凤翔，在家中将息多日，仍然难以署理军政事务。

此前，凤翔行军司马李昌言奉郑畋之命，带领五万人马屯驻兴平。其时天下大乱，沧海横流，手中握有兵权的牙将，个个欲篡权夺位，登上节度使宝座，做土皇帝称霸一方。李昌言本就是一个雄心勃勃的武夫，如今他见唐军三路兵马惨败，联军崩溃，郑畋焦头烂额卧床不起，再加上粮草供应无着，将士们颇有怨言，便以为遇上了篡权夺位的天赐良机。于是，李昌言故意激怒将士，说是郑畋在凤翔既不送来粮食，又不支军饷，兄弟们就坐等饿死吧。

凤翔兵饥饿难忍，个个心怀怨气。李昌言一番话，惹得军营中流言四起，群情汹汹。李昌言乘机鼓动哗变，率军杀回凤翔，将城池团团包围起来。

郑畋得知行军司马李昌言策动兵变围攻凤翔，又气又急。城内守军甚少，无法抵御李昌言五万叛兵，城破之后，不知又会有多少百姓遭殃，家破人亡。郑畋无奈，只得将凤翔军政大权交给李昌言，以避免杀戮。

郑畋当即离开凤翔，前往成都请罪去了。

李昌言诡计得逞，遂自称节度留后，掌控了凤翔军政大权。

远在西川的僖宗朝廷，对凤翔兵变鞭长莫及，无可奈何，只得顺水推舟，晋封李昌言为凤翔节度使。不久,李昌言病死,其胞弟李昌符自称留后,僖宗依样画葫芦,又敕封李昌符为凤翔节度使。

话说僖宗李儇随田令孜逃至成都后,住进节度使府,作为行宫。僖宗加封田令孜为行在都指挥处置使,擢升陈敬暄兼同平章事,位列宰相。如此一来,朝廷和成都军政大权全握在田令孜、陈敬暄兄弟二人手中。僖宗整日和田令孜等宦官一起玩乐,所有军政概由田令孜、陈敬暄兄弟二人包揽,宰相大臣皆无从过问。

西川乃富庶之地,号称天府之国。有唐一代,益州繁华名闻天下,钱粮锦缎等财物充裕。僖宗整日游乐,或蹴鞠打球,或博彩耍猴,或斗鸡赌鹅,或观舞听歌,其乐融融。

僖宗离京出逃时,朝中大臣无人随驾,却不忘把一个耍猴的内苑小儿带在身边。在漫长而寂寞的逃难路上,僖宗时常命弄猴人耍猴取乐,开颜一笑,愁怀顿释。因之,僖宗对这只猴子宠爱有加,此猴遂被称为"猢狲供奉"。到了成都,僖宗感念弄猴人旅途功劳,便封这个弄猴的内苑小儿为四品官,并赐给绯衣、银鱼袋,品阶相当于州郡刺史。

布衣名士罗隐闻听耍猴人博得僖宗一笑便官居四品,遂感慨赋诗曰:

> 十二三年就试期,五湖烟月奈相违。
>
> 何如买取胡孙弄,一笑君王便著绯。

田令孜驭君有术,更加严密地将僖宗与宰相大臣隔离开来,以防年轻皇帝亲理朝政。

同时,兵部侍郎萧遘也被拜相。

田令孜却不把萧遘放在眼里,受冷遇和轻慢的萧遘对田令孜心怀不满,敬而远之。

田令孜对随他前来西川的神策军和禁军将士赏赐优厚,而对原西川蜀军将士却异常刻薄,平日粗衣劣食,且从不给任何赏赐,蜀军将士怨气日增。

一日,田令孜设宴款待各部将领。宴会结束时,田令孜将饮酒用的金杯赏赐给将领们,以树个人恩威。将领们纷纷叩头致谢,只有西川黄头军军使郭琪不愿接受赏赐,站起身说道:"朝廷给将领的薪俸和粮料,用来维持家人生计绰绰有余。国恩深厚，难以回报，我等怎敢贪图更多赏赐？只是，西川将士和京师禁军粮料拨发差别过大，西蜀将士怨恨失望，属下唯恐生变。恳请田中尉减少对将领的赏赐，增加蜀军粮料供给，使西蜀将士跟禁军待遇同等，弟兄们会感激不尽！"

听了郭琪一番话，田令孜觉得是在挑战自己的权威，心中恨恨不已，冷下脸来轻蔑地问道："你有过什么功劳？"

郭琪回答："我常年驻守边疆，曾与党项人作战十七次，跟契丹大战十余阵，伤疤满身！在征讨吐谷浑时，肋骨受伤，肠子流出，用线缝合后，重新出战！"

田令孜尴尬地笑了笑，不再多言，换一种酒杯，亲自斟了酒，赐予郭琪。

郭琪知道酒杯中有毒，但迫不得已，一口气把酒喝了下去。

郭琪回到家中，在酒毒刚刚发作之际，杀掉一个婢女，饮其血解毒。郭琪吐出几升墨汁一样的血水，才保住性命。

忍无可忍的郭琪带领黄头军作乱，焚烧房屋，抢掠街市，成都百姓纷纷出城避难。田令孜和陈敬瑄裹挟着僖宗，跑到东城城门楼上躲避乱军。田令孜下令紧闭楼门，连宰相王铎、萧遘都不得进入。

陈敬瑄命都押牙安金山带领牙兵，围攻郭琪黄头军。

夜晚，郭琪率部突围而出，投奔淮南高骈去了。

在成都的唐廷官员，对田令孜专权横行欺压群臣心中不满，但皆敢怒而不敢言，只有一个耿直不阿的左拾遗孟昭图，直言上书僖宗说：太平时日，君臣还应当同心，国家多难之秋，内官外官尤应成为一体。去年圣上西巡，不告南司，遂使宰相、仆射以及朝廷文武官员，多被贼寇杀害，只有北司宦官得以保全。如今来到成都的朝臣，皆是冒着生命危险，在崎岖道路上跋涉千里前来扈驾，圣上对他们应当休戚与共，与宦官平等相待。前几天黄头军作乱时，陛下独与田令孜、陈敬瑄和一些宦官登楼避难，却紧闭楼门，一直不许宰相和大臣入内。第二天，仍然不见宰相，也不与大臣议事。臣备位谏官，至今不知道圣上是否安康，何况其他臣僚呢！倘若群臣不关心君上，罪固当诛；若是陛下不体恤群臣，则君臣大义何在！夫天下者，高祖太宗之天下，非北司宦官之天下；天子者，四海九州之天子，非北司宦官之天子。宫中宦官未必尽可信赖，朝廷百官未必全是无用之辈。难道天子与宰相竟然毫无干系，朝臣与陛下形同路人?果若如此,恐怕收复两京恢复社稷会遥遥无期,而尸位素餐者,却得以欢乐偷安。臣身受国恩,职责所在,只要对国家有益,便须知无不言。过往之事不可挽回,而将来之事,仍可补救。

孟昭图奏疏自然落到了田令孜手中,田令孜把它藏起来,不让李儇得知。不几日,田令孜以僖宗名义颁布敕诏:孟昭图贬为嘉州司户,即日赴任,不得在成都淹留。

孟昭图打点行装,雇了一头毛驴,带着一名仆人,赶往嘉州贬所。

主仆二人行至眉山县东北,一条江水拦住去路。此处有一个渡口,名曰“蟆颐津”。

孟昭图主仆正在渡口寻找船家,忽从背后扑上来两个猛汉,不由分说,用绳子狠勒二人脖颈,二人很快气绝身亡。

猛汉将二人尸体扔进江中,扬长而去。

孟昭图蟆颐津被害消息传到成都,朝中文武官员无不气塞胆寒,一个个噤若寒蝉,再也没有人敢站出来说话。田令孜愈益骄横霸道,只手遮天,不可一世。

后来,宰相裴澈赋有《吊孟昭图》一诗:

一章何罪死何名,投水惟君与屈平。

从此蜀江烟月夜,杜鹃应作两般声。

当年,王铎在江陵临阵脱逃,被贬为太子宾客,到洛阳赋闲,坐了一阵子冷板凳。黄巢兵临洛阳,王铎不愿随刘允章出城拜迎黄巢,便趁乱潜出城去,跋涉千里来到成都,觐见僖宗以示忠诚,被封为司徒、门下侍郎同平章事,又恢复了相位。虽恢复了相位,但王铎心里明白,自己这个宰相在田令孜眼里狗屁不如。若是不小心说错一句话,或田令孜以为他说错了话,扫了田令孜的兴,则孟昭图便是前车之覆,大祸便会从天而降。与其这般如履薄冰如临深渊在别人刀口下熬日子,还不如到沙场上去领兵打仗。战场上虽然艰难危险,但战死沙场,尚可落得个为国尽忠的美名,若是被田令孜辈谋害诬陷而死,还要被加上一身的罪名,那就真成了冤死鬼,不但辱没祖宗,还要祸及子孙。

事有巧合。李昌言策动兵变,窃取了凤翔军政大权,礼送郑畋出境。郑畋带病奔至兴元后，连连上表僖宗，说自己身体多病，请求辞去官职，且自请处分。僖宗颁诏，罢去郑畋原任各职，以太子少傅身份分司东都，特恩准其在兴元就医。

郑畋罢职，关中唐军便没了统帅。方镇牙兵麇集关中，但互不统属，群龙无首，这仗就没法打下去。

王铎看准时机，在僖宗面前痛哭流涕，一再请求亲自带兵出征，到关中剿灭黄巢贼军，收复京师，迎接圣驾还都。李儇已二十一岁，尽管他耽于玩乐，军国大事听凭"阿父"田令孜摆布，但他还想保住江山，盼着早日剿灭黄巢贼寇，回到西京长安照旧做太平天子。李儇觉得，王铎以首相身份出征，指挥诸道兵马围攻黄巢，虽未必马到成功，但至少聊胜于无。

僖宗随即允准王铎所请，敕命他为检校司徒、中书令兼义成军节度使、诸道行营都都统。都统之前又加一个"都"字，意即"统率所有都统的都统"。与此同时，颁诏罢去迟迟不出兵的高骈诸道兵马都统之职。

王铎又向僖宗请准，以崔安潜为诸道行营副都统，作为副手。而后，王铎带领西川、东川及山南西道三万兵马，翻山越岭，向关中进发。

王铎离朝，另一宰相萧遘年轻资浅，不足以主事。僖宗想起黄巢攻占西京后，自己仓皇出逃，天下板荡，众多大臣出城迎降黄巢。还有许多方镇将帅，或者投贼，或者拥兵观望，只有郑畋以一介文臣登高一呼，倡义天下方镇出兵勤王。他聚集诸道兵马，将黄巢数十万人马围困于京畿方寸之地，指挥联军克复长安，可惜功败垂成。但无论如何，郑畋都算得上是大唐朝廷功臣，且可说是不世之功！

于是，僖宗将郑畋召至成都，晋封他为司空兼门下侍郎、同平章事，不仅恢复了相位，且命他主持朝政。

高骈被罢免都统之职，接着又被罢去江淮盐铁转运使，心中更加愤愤不平。他自感被朝廷抛弃，徒生兔死狗烹之慨，遂赋诗一首曰《闻河中王铎加都统》。他在诗中自比周灵王太子晋，辅佐天子功勋卓著，却因忠言极谏而遭贬斥，后学道修炼，终成神仙：

炼汞烧铅四十年，至今犹在药炉前。

不知子晋缘何事，只学吹箫便得仙。

赋诗并不能一解胸中怨愤,高骈还要帐下从事顾云起草奏章,直斥僖宗朝廷。

顾云字垂象,池州人士,懿宗朝进士及第,与同乡才子杜荀鹤为文友。他文笔犀利,诗赋俱佳,在高骈幕僚中堪称佼佼者,甚得高骈青睐。顾云施展才华,三次捉刀代笔,为高骈三次书写奏章与朝廷理论。

僖宗看了高骈奏疏,气不打一处来,即命郑畋草诏,逐一批驳高骈谬论,命其自察自省。

高骈愈发恼火,索性亲自书写表章,言辞不逊,语多讥讽。

在奏章中,高骈将黄巢长驱直入长安的责任推卸给僖宗朝廷和其他藩镇。接下来,高骈严词痛责僖宗仓皇西逃,不顾官民死活,以致宗庙毁弃,生灵涂炭,却至今仍执迷不悟,昏昧不明。

高骈又威胁说,朝中将帅没有一个是他的对手,"悉可坐擒"。王铎不过是"败军之将",崔安潜则"到处贪残",且二人皆是书生,不足以任事,朝廷兵权应当交还给我高某人。

最后,高骈气急败坏,近于破口大骂,不仅骂尽朝廷百官,还索性将僖宗比为秦二世一样的亡国之君。

僖宗气得七窍生烟,实在忍无可忍,即命郑畋再行草诏,痛斥高骈。

僖宗虽然批驳痛责高骈,但鉴于他仍坐拥强镇,手握重兵,而大敌当前,自己尚在避难之所,故不愿与高骈撕破脸面,最后还在诏书中对高骈好言劝诫,要他"贵存始终之恩,勿贮猜嫌之虑"。

高骈却毫不领情,自认为与朝廷已恩断义绝。他停止向朝廷进贡,不再输纳赋税钱粮,一心扩充地盘,吞并异己,以图独霸江淮,进占江南,成为称雄一方的土皇帝。

为打破唐军对京城的围困,黄巢命左仆射兼军容使孟楷率领五万大军,出东渭桥,追击王处存义武军残部,进而击破李孝昌鄜延军和拓跋思恭的夏绥军。

王处存义武军溃不成军,毫无抵抗之力,将士争相逃命。孟楷带领先锋骑兵追击五十余里,杀得义武军积尸盈野。王处存身边仅剩下一百多人马,逃往王重荣大营去了。

孟楷挥军北上，迅即包围了驻扎富平的鄜延军和夏绥军。

鄜延军和夏绥军胡人居多，擅长奔袭剽掠，惯于抢掠财物和妇女。连年来关中一带战乱频仍，百姓流离，转死沟壑，土地荒芜，蒿莱遍野，再加上天气干旱，庄稼几乎没有收成。鄜延兵和夏绥兵既抢不到粮食和牛羊猪鸡，连肚子也填不饱，因而士气低落，军纪涣散，将士们谁也不愿忍饥挨饿困守富平小城。

孟楷很快攻进城内，逐街逐巷追杀鄜延兵和夏绥兵。胡兵大多有战马，不约而同会聚到北城，冲出城门，向北往老巢狂奔。李孝昌和拓跋思恭被溃乱士卒裹挟着，逃命而去。

富平小城残破不堪，几乎成了一座空城，不仅难以找到粮食，就连老百姓也难见着。孟楷无奈，只得带领人马退回长安。

王铎率领西川、东川和山南西道三万兵马，前往富平救援鄜延、夏绥两军。待王铎到达富平，鄜延军和夏绥军已逃走，孟楷大齐军已退回长安，王铎三万兵马便在富平驻扎下来。

孟楷率人马先后击溃三支唐军，但并未改变京城被四面围困之势。唐军接连吃了败仗，一时也无力攻城。大齐军与唐军人马在京畿对峙，陷入僵局。

眼下，大齐军和唐军共同遭遇一个巨大灾难：饥馑。

平常年份，唐廷漕运至长安的赋米为一千六百万斛，一斛十斗，计一亿六千万斗。太平光景粮价低贱，斗米十三钱上下。懿宗朝以来，战乱不断，灾荒连年，加之宫廷挥霍无度，百姓流离失所，田园荒芜，粮食歉收，粮价越来越高。黄巢大军进入长安之前，斗米市价已高达千钱。朝廷府库空虚，连出征的神策军都无粮食可供。

黄巢占领西京，建立大齐朝廷，可实际管辖的地方除京师之外，最多时不过同州、华州几个州县。诸道方镇兵马进入关中，朱温叛投唐军，杨复光和王重荣的兵马攻占华州，大齐朝廷政令仅可施行于京城和近郊。藩镇赋税没有一钱一粮输入京师，大齐军三十多万将士，加上文武官员和数万宦官宫女，京城数十万百姓，每日耗粮需百万斤以上，岂不坐吃山空？于是，京城粮价一日一涨，甚至一日三涨。斗米由千钱涨至两千、三千，再涨至五千、一万。一个月前，斗米市价涨至三万，三万钱才能买一斗米。后来更是有价无市，纵有多少银钱，也买不到粮食。

大齐军粮秣难以为继,士卒口粮从每日二斤减为一斤,再减为半斤,终于完全断粮。骑兵战马瘦得皮包骨头,奄奄待毙,只好陆续杀掉让将士们充饥。

长安城内外,无论贫富人家,皆被各路官兵像篦头一样篦过来梳过去,早已是十室九空。百姓大多逃入深山野谷,挖野菜,吃树叶,苟延残喘。逃不出京城的老幼百姓,能填进肚子的东西都吃光了,绝望之中,只得易子而食。先是活人把死人吃下去,后来便把尚未咽气之人也杀吃了。有人乘机做起人肉生意,以至于买卖活死人竟成了公开交易。

云集关中的方镇兵马,粮饷供应同样捉襟见肘。僖宗朝廷远在西川,即便有粮食,以蜀道之艰险,路途之遥远,搬运谈何容易。更何况田令孜、陈敬瑄等辈,哪里管数千里外方镇牙兵死活。多数方镇兵马缺粮缺饷,全靠到处抢劫掳掠。眼下已经抢无可抢,掠无可掠,许多方镇牙兵为饥饿所迫,也开始吃人肉。他们先是吃死人,死人吃光了,便捉来老百姓杀了吃。村子里百姓吃光了,便去深山老林寻找避难的百姓,捉到者便杀掉,分尸而食,甚而连骨头也磨碎了吞下去。

唐军一些将领,见大齐军士卒饥饿难忍,到处买人肉吃,便命部下四出搜寻捉人。捉到人后,除了本军食用外,其余人口卖给大齐军,以肥瘦论价,一个人竟可卖得数十万钱。于是,这班唐军将领竟又发了一笔横财。

关中一带人口锐减,村落皆成废墟,八百里秦川几无人烟。

河中节度使王重荣,带领三万兵马驻扎零口一带,与杨复光率领的忠武军大营相距十里之遥。河中兵马虽有粮草接济,却难以单独进攻数十万大齐军。王重荣忧心忡忡,寝食难安,觉得如此旷日持久僵持下去,将士以人为食,难免溃乱。一旦局面不可收拾,大唐朝廷便真的完了,自己也将死无葬身之地。

王重荣遂带上一队卫兵来到杨复光大营,询问杨复光有何主意。

杨复光说:"眼下局势,确是进退两难。江淮、江南赋税被高骈截留,两川虽有钱粮,却被田令孜把持着,怎会给方镇兵马输送呢?想都不要想!我带兵监军多年,从来没有遇到今日这般困境。数十万大军断粮,全靠捉拿百姓杀人充饥,牙兵们不暴乱才是怪事!"

王重荣说:"倘若我等不战而退,则辜负国家;如进兵讨贼,则将士无食,危机重重,如何是好?"

　　杨复光思来想去,突然醒悟,说道:"代州李克用,慷慨仗义,性情豪爽。他手下沙陀兵天下闻名,锐不可当。先父与李克用之父曾一起共事,交谊深厚。李克用素怀报国之志,若是以朝廷名义召李克用出兵勤王,他定会报效朝廷。只要李克用出兵关中,扫灭黄巢收复长安就容易多了!"

　　王重荣闻听此言,兴奋地说:"王相公派人给我送来书信,要把都都统署衙迁往我河中府,我已派人马前往迎接。圣上授权王相公节制天下兵马,我等可恳请王公以朝廷名义颁诏李克用,命他出兵勤王不就是了吗?"

　　杨复光十分高兴地说:"好,快迎接王相公!"

　　王铎带领三万大军在富平屯扎数日,将士们便纷纷叫苦起来。他们跋山涉水,在千里蜀道受尽艰辛,又翻越秦岭来到富平,已是人困马乏,饥肠辘辘。没承想富平粮草皆无,将士们天天忍饥挨饿,如何忍受? 王铎知道,京城和关中已无钱粮可供大军,思来想去,只有临近的河中府比较富足。河中有解州两大盐池,盐税收入数额巨大,多年来钱粮较为充裕。于是,他致信王重荣,说是要将都都统署衙移至河中府。王铎以中书令兼诸道行营都都统代行天子威权,节制指挥方镇兵马,王重荣怎好拒绝? 于是一口答应,并派兵前往迎接。

　　王铎一行人马抵达零口,王重荣隆重接迎,殷勤款待。

　　酒宴过后,杨复光和王重荣将眼前关中局势一一摆明,并痛陈利害,说是若不借重李克用沙陀兵前来关中平寇,饥馑愈益严重,势必爆发军变,后果不堪设想。王铎深知方镇牙兵德行,也晓得沙陀兵勇猛。他更想早日剪灭黄巢,平定关中,建立不世之功以稳固相位。三人一拍即合,王铎当即以朝廷名义颁诏李克用,命他带领沙陀兵马疾赴关中勤王,扫灭黄巢贼寇。

　　沙陀,原是西突厥一部。公元六世纪中叶,突厥兴起于金山即今阿尔泰山一带,建立汗国。金山以西称西突厥,金山以东则为东突厥。

　　起初,西突厥只有六七千户,三四万人口。

　　贞观四年,唐太宗平定东突厥;显庆二年,高宗又灭掉西突厥,设沙陀州都督府统御其民。

　　玄宗天宝年间,安史之乱爆发。沙陀兵奉诏平乱有功,其首领骨咄支被肃宗加封为特进、骁卫上将军。骨咄支死后,其子朱邪尽忠继嗣,被唐廷封为金吾卫大将军、酒泉县公。德宗贞元六年,吐蕃攻陷北庭都护府,沙陀遂被吐蕃吞并。后来,沙陀族不堪吐蕃压迫,朱邪尽忠与儿子朱邪执宜带领族人东归大唐,投归灵州守将范希朝。唐宪宗元和四年,范希朝转任河东节度使,沙陀举族随范希朝迁往河东,被安置在定襄川一带。范希朝精心挑选沙陀一千二百铁骑,号称"沙陀军"。沙陀军勇猛善战,几度随范希朝平定叛乱,朱邪执宜总是充当先锋,冲锋陷阵,所向披靡,屡立战功,被擢拔为蔚州刺史、检校刑部尚书、金吾卫将军。

　　沙陀族迅速繁衍壮大,居住于蒙古南部的六胡州九姓胡人也逐渐融入沙陀族,其中主要有安、何、史、康、米、石等姓部族。懿宗咸通年间,朱邪执宜之子朱邪赤心,奉诏率三千沙陀兵镇压庞勋起义,立下大功,被懿宗赐国姓李,赐名国昌,纳入皇族郑王房籍,并晋封为检校工部尚书、左金吾卫上将军、单于大都护、振武军节度使。

　　李克用是李国昌即朱邪赤心第三子。

　　沙陀族住地代北,是一个多民族混居区,其他民族还有突厥、吐谷浑、鞑靼、回纥、契丹、党项等。这些游牧民族,常年在马背上生活,善于骑射,性格刚强,骁勇善战。李克用自幼具有英勇尚武气概,十三岁时与鞑靼人比武,弯弓发矢,一箭双雕,赢得沙陀人和鞑靼人一片喝彩。他一目微眇,人称"独眼龙",十五岁跟随父亲与庞勋作战,"摧锋陷阵,出诸将之右,军中目为飞虎子"。

　　李克用年少气盛,雄心勃勃,在僖宗乾符元年杀掉云中防御使段文楚,上表朝廷请求自任云中防御使。朝廷对此种犯上作乱行为无法容忍,便命河东、幽州、昭义诸镇兵马组成联军,由吐谷浑首领赫连铎率领,讨伐李国昌、李克用父子。赫连铎乘李国昌父子出兵进攻党项之机,攻陷振武军节度使治所单于都护府即今和林格尔,沙陀族人成了吐谷浑的俘虏。李国昌、李克用父子一时无措,只得和大将康君立一道,率领残部北逃鞑靼,暂且栖身。

　　王铎专使深入草原沙漠,终于在鞑靼找到李克用。李克用接到诏书,大喜过望。朝廷在诏书中不仅赦免了李克用之罪,还授予他雁门节度使、京城东北面行营都统之职，命他出兵勤王，剪灭黄巢，为国立功。

李克用欣然领命，率领一万七千沙陀骑兵，加上其他部族兵马，共达四万余众，南下关中勤王。

李克用统领人马路经河中府，王铎盛情款待，设宴接风洗尘，并为其补充粮草兵器。李克用率军跨过黄河蒲津桥，南下抵达渭水之滨的沙苑，与王重荣、杨复光两军会师。

太尉尚让和左仆射孟楷向黄巢提议退出西京，到山东就食，以免被唐军久困孤城，坐以待毙。黄巢权衡利弊，知道大齐和数十万大军到了生死存亡关头，便做出决断：朝廷百官和大齐军人马撤离关中，东出潼关，重占洛阳，以洛阳为京都，与唐廷成东西对峙之局。而后筹集粮饷，伺机西进，再占关中和西京长安。

大齐军分四批撤退：黄邺、黄揆和盖洪率领五万大齐军为先锋，攻占华州、潼关，打开东进洛阳通道；尚让、赵璋、葛从周率领十五万大军，随黄邺之后东进，占领零口至华州通道；先锋军攻占华州、潼关之后，林言和黄钦率领五万禁军，护卫黄巢和嫔妃以及朝廷官员撤出长安；霍存、季达带领五万大齐军殿后。

黄邺、黄揆和盖洪带领先锋军经新丰攻占零口。卷土重来的李孝昌鄜延军和拓跋思恭夏绥军，在渭水北岸观望，不敢与大齐军交战，眼睁睁看着黄邺率领大齐军浩浩荡荡向东开进。

三日后，黄邺五万大军包围华州，准备攻城。

此时，驻守华州的唐军头领是降将王遇。王遇原是黄邺部属，在华州投降唐军后，被杨复光任为华阴县镇守使，近日又被王铎擢任华州刺史，统领三千人马。王遇十分清楚大齐军擅长攻坚克城，自己三千人马根本守不住华州。于是，他在半夜时分打开城东门，带着几十名骑兵逃之夭夭。

华州不战自破，黄邺和盖洪带人马进驻城内，黄揆率两万大齐军驻扎华州城西南李户村，以成掎角之势。

杨复光得知大齐军占了华州，尚让率领大军从灞上东进，当即与王重荣、李克用会商，谋划应对之策。

杨复光道："眼下黄巢命黄邺、尚让等人率领二十万人马东进，必是要舍弃长安,经潼关到中原就粮。我等务必堵住黄巢东出潼关的通道,与诸镇兵马围而歼之。若计黄巢贼军逃出潼关,必会遗祸无穷。"

王重荣在心中盘算:杨复光作为监军使,所言固然有理,可我河中府只有区区三四万人马,绝不能与黄巢大军拼死决战。若把老本拼光,我便什么都不是了。

还是独眼龙李克用来得痛快,他根本没有把黄巢农民军看在眼里,大手一挥,不屑一顾地说:"黄巢贼军号称三十万,却不过是些庄稼汉和盐贩子,哪里会打什么鸟仗!只要我一声令下,沙陀铁骑杀将过去,便如同秋风扫落叶一般,让贼军屁滚尿流,乖乖投降!"

王重荣奉承道:"沙陀铁骑,天下无敌。区区草寇,不在话下!"

杨复光:"沙陀骑兵固然了得,可困兽犹斗,不可轻敌。以我之见,可命陈蔡兵在华州以东以南围城,严防黄邺草寇东进;河中人马围攻华州北城;李都统带领沙陀铁骑,一举吃掉华州西南李户村黄揆贼军。待灭了黄揆,攻占华州之后,各路人马回过头围攻尚让草寇。"

王重荣听了,正中下怀,连忙说道:"杨大使所言甚是,依此排兵布阵好了。"

李克用正想显一显沙陀兵威风,便连连说道:"好,好!明日我定将黄揆贼军杀个片甲不留!"

杨复光、王重荣和李克用带领人马从沙苑南下,渡过渭河,将华州城池和李户村黄揆大齐军包围起来。

天明时分,李克用和沙陀兵饱餐之后,擂动牛皮战鼓,吹响牛角号,人人上马提刀,呐喊着向李户村黄揆军营杀来。

黄揆听到远处传来闷雷般轰鸣声,知道必是有大批骑兵杀来。他急忙和大将张言登上瞭望楼,举目远眺,只见东北方黑压压一片乌云似的,有无数骑兵在奔腾咆哮。黄揆暗自吃惊,不知何方兵马如此勇猛凌厉,气势如虹。

黄揆急忙传令全军,列成阵势,迎击敌军骑兵。每名盾牌手掩护一名弓弩手,首先射杀敌兵战马。大齐军两千骑兵,分头从两侧包抄过去,拦腰截击敌军骑兵。

东北方向敌军骑兵越来越近,黄揆看得分明,这些骑兵黑衣黑甲,活脱脱一群乌鸦。他们手里高举着弯弯的胡刀,口中不停地"噘——噘"叫唤,猛然惊问:"难道是沙陀骑兵？"

说时迟，那时快，沙陀骑兵转眼间冲到了大齐军阵前。

大齐军弓弩手正要放箭，可还没有拉开弓，沙陀骑兵的利箭已经雨点般射来，许多大齐军士卒中箭倒地。接着，沙陀骑兵像一阵疾风吹来，手举刀落，大齐军人头纷纷落地。

黄揆在瞭望楼上挥动旗帜，命大齐军骑兵包抄沙陀兵。

大齐军的骑兵与沙陀铁骑一交手，立马见出高下。沙陀兵在马上腾挪跳跃，灵活自如，像表演马术杂技一般。大齐军将士惊得目瞪口呆，稀里糊涂脑袋搬了家。

沙陀骑兵马术刀法精妙，且士气高昂，迅猛异常。大齐军士卒多少天没有吃过一顿饱饭，一个个少气无力，哪里是沙陀铁骑对手。片刻工夫，沙陀骑兵把大齐军冲得七零八落，乱成一团。大齐军将士从来没有遇到过这般神勇的骑兵，都被沙陀铁骑的气势和高超武艺所震慑，连连惊叫呼喊："乌鸦军厉害，快跑吧！"

黄揆和张言制止不住溃乱将士，知道大势已去，赶忙下了瞭望楼，带领亲卫骑兵且战且退，一直退到华州南门外。

当李克用沙陀骑兵在李户村厮杀之时，杨复光和王重荣的围城兵马一齐擂鼓呐喊，从四面八方开始攻城。黄邺和盖洪带领守城将士，又是射箭，又是投放滚木礌石，打退了唐军多次进攻。

黄邺见黄揆和张言带领残兵逃回，命将士赶快打开城门，放黄揆人马进城。沙陀骑兵追到城下，黄邺急命拉起吊桥，关闭城门。李克用勒住马头，在城壕外叫骂一阵，收兵在城外扎营。

王重荣、杨复光和李克用三路大军，将华州城池紧紧围困起来。

李户村黄揆军溃败，零零星星有一千多人逃过沙陀兵追杀。他们因围城唐军阻隔，无法进入华州城内，只得反身奔向长安。这些溃兵逃至良田陂，正碰上尚让率领大军到来。

尚让得知李克用沙陀骑兵已抵达华州参战，其势锐不可当，当即传令大军在良田陂扎营，待商议出应敌之策再行动。

杨复光、王重荣和李克用三支大军围攻华州，猛攻三日，未能得手。华州城池虽小,可城高池深,单是那护城河,宽达八丈,水深丈余,便是一道难以逾越的障碍。李克用沙陀铁骑再勇猛,可都是些旱鸭子,遇水却是没辙。王重荣虽有战船,可开不到城壕里,派不上用场。李克用眼看着大齐军居高临下,用弩箭把攻城将士射死在护城河中,气得哇哇直叫,一只眼睛瞪得像铜铃。

杨复光邀李克用来到王重荣大营,商议破城之策。

杨复光说:"黄邺在华州城内有三万守军,且有射程远、威力大的大弩机,再加上城高池深,恐怕一时难以攻破。一旦尚让十五万大军到达华州城下,贼军里应外合,则我军危矣。故此,我等不可守株待兔,坐等尚让大军到来。"

李克用道:"请杨大使和王镇帅围困华州,我带沙陀兵奔袭良田陂,灭了尚让狗贼。"

杨复光斟酌道:"尚让有十五万大军,李都统区区四万人马,众寡过于悬殊。不如我带忠武军与李都统一同西进,迎战尚让。再调朱温三万人马来华州,与王镇帅一道围困黄邺,如何?"

王重荣连连表示赞同。

李克用道:"兵不在多在于精。尚让贼寇,乌合之众,断粮多日,将士已经饿扁,待我沙陀铁骑冲入敌阵,如虎狼扑入羊群,尚让十五万人马顷刻瓦解,岂不痛快?"

王重荣伸出大拇指,连连夸赞道:"李都统少年英雄,气吞万里,所向无敌,令人钦佩!"

杨复光道:"李都统勇气可嘉,然而万万不可轻敌。泾原和朔方两军攻进长安,只因将士麻痹,几至全军覆没,程宗楚和唐弘夫战死,殊堪痛惜。前车之覆,不可不鉴。"

次日,李克用率沙陀铁骑西进,迅即抵达良田陂之东,就地安营扎寨。杨复光统领忠武军人马于傍晚到达,扎营一毕,便邀李克用一道乘夜色观察敌营。

杨复光与李克用回到军营大帐,议定明日五更造饭,卯时三刻发兵攻打大齐军营寨。李克用率两万铁骑,直冲尚让大营;沙陀军左都押牙康君立率一万骑兵,从右侧包抄大齐军;杨复光自率忠武军一万人马,从左侧攻打敌营。

葛从周见沙陀兵和忠武军安下营寨,便向尚让、赵璋建言道:"沙陀铁骑勇不可当,我军很难与其争锋。要设法杀一杀沙陀骑兵锐气,使其不能横冲直撞。"

赵璋虽是文臣,可他跟随黄巢大军转战多年,又读过《孙子兵法》一类兵书,颇知战法,便提议说:"我军可用以柔克刚之计,在营门以内连夜挖掘几道深沟陷阱,再布下绊马索,叫沙陀兵有来无回。"

葛从周提出,尚让率领人马在营寨内埋伏,多用弓箭射杀敌军。他和赵璋各率两万将士,从左右两翼包抄沙陀兵。

于是,命大齐军将士连夜开挖壕沟陷阱,又布下几道绊马索。诸事准备停当,专等沙陀骑兵来攻。

次日天色微明,沙陀兵和忠武军吃饱喝足,同时出动。

李克用挥动两万铁骑,一片乌云般向大齐军营寨压来。

沙陀骑兵冲进大齐军营门,未遇抵抗,便直捣中营。突然,前锋骑兵接二连三连人带马跌进陷阱,如同下饺子一般栽进壕沟和陷阱内。隐蔽在营中的尚让看得分明,心中好不得意。哪承想,沙陀骑兵竟然一个接一个跃马冲出陷阱。原来,大齐军士卒饥肠辘辘,少气无力,挖的壕沟陷阱浅了一些。再者,沙陀骑兵训练有素,马匹精良,能够从一丈深沟中跃出,大齐军挖掘的陷阱不过七八尺深浅,如何阻挡得住沙陀铁骑?

尚让正自诧异,见前面几个沙陀骑兵被绊马索绊倒,连人带马摔倒在地。尚让刚刚松了一口气,又见沙陀骑兵扯出钩镰枪,将绊马索一一割断,后续大队骑兵便毫无阻挡地蜂拥而来。

尚让急命将士放箭,冲在前面的数十名沙陀兵中箭栽下马来。然而,后面的沙陀兵用强弓硬弩射来一阵箭雨,使大齐军弓弩手来不及射出第二波箭,便纷纷中箭倒下。转瞬之间,沙陀铁骑以迅雷不及掩耳之势冲到大齐军跟前,挥动弯弯的胡刀,居高临下像砍瓜切菜一般,将大齐军杀得人头滚滚落地。

大齐军哪里见过这等神勇铁骑,一个个顾自拼命逃窜。可怜他们瘦骨嶙峋的两条腿,如何跑得过四条腿的沙陀骏马?沙陀骑兵横冲直撞,像老鹰撵兔子一般,往来追杀大齐军士卒。

尚让眼见抵挡不住,只得跨上战马,在几十名骑兵护卫下夺路而逃。其余大齐军将士早已溃了营,只恨自己两条腿跑得慢。

李克用指挥沙陀铁骑,向西　路追杀过去。

葛从周率领大齐军右路人马,正要包抄沙陀兵,不料杨复光忠武军骑兵在鹿宴弘、韩建、王建等带领下,擂鼓呐喊冲杀过来。忠武军以勇猛善战闻名天下,鹿宴弘、韩建、王建等八都将凶悍异常。况且,忠武军粮草充足,兵强马壮,杨复光又治军有方,士气高涨。反观大齐军,战马多被杀吃,只有都将以上将领保有坐骑,士卒们面黄肌瘦,连路都跑不动,如何抵挡得住如狼似虎的忠武军骑兵?

两军一交手,忠武军骑兵便将大齐军杀得血肉横飞,不多时便乱了阵脚。鹿宴弘、韩建、王建等八都将带领骑兵来往冲杀,大齐军将士纷纷溃退逃跑。葛从周此时方才明白,如今大齐军将士根本无力与忠武军交战,只得传令疾速撤退。

韩建等率领忠武军骑兵紧紧追杀,一口气追出二十余里,方才收兵回营。

康君立带领一万沙陀骑兵,与赵璋大齐军相遇。

赵璋带领将士们与沙陀骑兵拼命厮杀。然而,不大工夫,无数大齐军便被沙陀骑兵斩于马下。

赵璋坐骑突然力竭,栽倒在地。康君立大喝一声:"捉活的!"

几名沙陀兵跳下马来,将赵璋生生活捉过去。

尚让随着残兵败将一路逃至零口,葛从周和二三百残兵也败退至此。左路大齐军逃回来的士卒向尚让禀报说,赵璋被沙陀骑兵活捉去了,眼下生死不明。

从良田陂陆陆续续逃回的大齐军将士有四万多人,加上原驻零口的大齐军人马,拢共还有七万余将士。尚让命各部连夜开挖两丈深的壕沟,防备沙陀骑兵来袭。

次日辰时,李克用、康君立率领沙陀兵分左右两路包抄过来,直冲大齐军后路。如此一来,恰巧绕过了大齐军开挖的深沟。

昨日刚刚领教过沙陀铁骑厉害的大齐军将士,尚且惊魂未定,一见黑压压的"鸦儿军"杀来,便慌不择路,像没头苍蝇似的蜂拥而逃,尚让无论如何阻止不住,反被裹挟着退出营寨。

沙陀骑兵追上来,恰似狼入羊群,将大齐军杀得七零八落,大道上堆满了尸体。

沙陀兵一直追杀到新丰，天色已晚，方才住兵。

尚让随着残兵败将一直逃至灞上，回到老营，心中懊丧，难以言表。十五万大军敌不过几万沙陀兵，竟然一触即溃。更让他无法向黄巢交代的是，大齐国宰相赵璋被沙陀骑兵活捉，真是奇耻大辱！

良田陂和零口大败消息报至宫中，黄巢又气又急，当即召来孟楷和林言商议大计。

孟楷直言不讳地说："我大齐军将士饥饿疲困，已经无力再战。长安没有粮草，不能再守，应当尽快退出西京，出兵关东。"

黄巢："这个朕已经明了，爱卿要替朕谋划好退出关中的途径和用兵方略。"

孟楷："李克用沙陀兵和杨复光的忠武军，必乘良田陂和零口战胜之机，进逼灞水和东渭桥，以图攻占长安。我军须死守东渭桥和灞桥三日至五日，掩护圣驾和禁军人马从蓝田关进入商洛，而后兵出内乡，经略中原。"

林言道："左仆射所言甚是。眼下，急需派一名将领，带人马去夺占蓝田关，接应圣驾和后续人马。另外，须有大将把守东渭桥，尽快拆毁桥梁，使唐军不能渡过渭河。还要增强灞桥防守兵力，确保挡住李克用沙陀骑兵。"

孟楷："眼下只有命张归霸三兄弟守东渭桥，臣带领一支人马前往蓝田关，扫清道路，接应圣驾和大军进入商洛山中。"

林言："臣请求带一万禁军前往灞上，协同尚太尉，堵截李克用和杨复光人马。"

黄巢点点头说："如此甚好，左仆射就代朕传谕吧！"

次日，孟楷带领三万人马，连夜抄小道奔赴蓝田关。所幸一路上没有遇到唐军，顺利到达关下。乘天色未明，孟楷指挥将士突袭关城，将一千名守关唐军斩杀大半，余者向东溃逃而去。

张归霸三兄弟带兵将东渭桥拆毁，用大弩机和抛石机严密封锁渭河河岸。

同时，林言带领一万禁军，来到灞上尚让军营。

李克用和杨复光统领沙陀兵和忠武军，进抵灞水东岸。因灞桥被拆毁，对岸有大齐军把守，又无船只，一时无法渡河，只得在河东安营扎寨。

林言瞭望过灞水东岸唐军营寨，向尚让进言道："李克用和杨复光必然要强渡灞水,我军可在灞水西岸搭建几座塔楼,一则可以察看对岸敌情,二则可居高临下,用弩机射杀强渡的唐军。"

尚让以为此计可行,便命将士们连夜砍伐灞水岸边杨柳,搭起八座三丈高的塔楼,分派将士,日夜轮番在塔楼上驻守,瞭望敌情。塔楼上存放许多箭支,以备射杀唐军。

杨复光望见灞水对岸大齐军在一夜之间竖起八座塔楼,心中暗暗叫苦。大齐军哨兵站在塔楼上,可把东岸唐军一举一动看得清清楚楚,偷渡灞水已无可能,只能拼死强渡了。

杨复光和李克用商议之后,命将士们砍伐树木,做成木筏,以备夜间运兵强渡灞水。

此时已是四月末,夜半时分没有月亮,李克用指挥人马偷渡灞水。杨复光在东岸指挥弓弩手掩护偷渡,若偷渡不成,便改为强渡。

唐军士兵把木筏推进河水中,开始偷渡。西岸塔楼上大齐军哨兵看得清楚,"咚、咚"地擂响战鼓,西岸大齐军用大弩机射出弩箭,飞蝗一般射向木筏上的唐军。唐军躲无可躲,藏无可藏,纷纷中箭落水,掉进滚滚流淌的河水之中。

杨复光急命弓弩手放箭,可唐军的旧式弩机射程短,向对岸射出的箭支,压根儿射不到大齐军,大都坠入河水中央。

接着,大齐军用大弩机射出火焰箭,唐军木筏先后着火,将士衣装燃着,火烧火燎,疼痛难忍,只得"扑通""扑通"跳进河水中灭火。许多不善游泳者,灌饱一肚子河水之后,尸体漂浮在水面上,顺流而下。即便会游泳的士卒,也多被大齐军弩箭射杀。

李克用气得跳脚。大齐军士卒在塔楼上哈哈大笑,高声喊道:"独眼龙,有本事过河来呀,好叫你洗一个痛快的凉水澡!"

李克用还要派兵强渡,被杨复光阻止了。

两军隔着灞水对峙起来。

十九　十二官街烟烘烔,百万人家无一户

林言乘杨复光忠武军和李克用沙陀兵在灞水与大齐军对峙之机,带领禁军人马,乘夜色护卫着黄巢及妃嫔退出长安。

接着,季达、霍存连夜带兵撤出长安,张归霸三兄弟率领守卫东渭桥的人马也随之退走。最后,尚让率部于夜半之时悄然向南退兵,跟随林言禁军人马之后,经蓝田关进入商洛山区。

天亮时分,杨复光发现灞水对岸塔楼上已无哨兵,再仔细察看大齐军大营,竟见不到一个人影,失声叫道:"贼军夜间偷偷跑了!"

李克用当即命康君立和薛铁山率领一万人马为前锋,乘木筏渡过灞水,经通化门进入西京城。紧接着,李克用亲率沙陀大军从光泰门入城,屯驻禁苑和皇宫大内。

沙陀兵烧杀抢掠成习,如今奉旨讨贼,击退黄巢,收复京师,自认功高无比,老子天下第一。于是,沙陀兵疯狂抢掠起来。凡是大齐军没有带走的东西,都成了沙陀兵的猎物。皇宫之内的金银物件,乃至衣物被褥帏帐,一股脑儿被沙陀兵抢去。最后,沙陀兵在大明宫燃起大火,接连数日火光冲天,富丽堂皇的宫殿群被烧成一片废墟。

将"三大内"皇宫抢光烧光之后,沙陀兵又窜进京城大街小巷,掠夺财物,抢劫妇女,到处放火取乐。无论商号店铺还是歌楼酒肆、王公府邸,皆付之一炬。

夏绥军、鄜延军、泾原军以及朔方军、凤翔军等方镇牙兵，听说黄巢大军退走，便争先恐后冲进城内，同沙陀兵一样，到处抢劫财物、奸淫妇女。他们见沙陀兵焚烧房屋取乐，也依样画葫芦，做起放火游戏。无分官署民宅，抢劫一空之后，再放上一把火，对着大火唱歌跳舞，如同游牧民族的篝火晚会一般，狂欢通宵。

长安城和城内百姓，陷入灭顶之灾。皇宫、官署、民宅、商肆，"十二官街烟烘烔"，被焚烧殆尽。自此以后，千年帝都一蹶不振，"长安王气黯然收"，再也不宜作为京都，走上了漫长的衰落之路。

诗人韦庄因"反诗案"陷入牢笼，被皮日休搭救出来后，又亲身经历了方镇牙兵和沙陀兵焚掠长安的灾难，九死一生逃出西京，来到洛阳。他亲眼目睹了唐军的种种暴行，满怀悲愤写下一首叙事长诗《秦妇吟》。此诗真实地记叙了帝王将相豪门权贵仓皇出逃和被屠戮殆尽的惨象，揭露唐军比黄巢军更野蛮地大肆烧杀抢掠的真情实况，触犯了朝廷忌讳。故此，韦庄诗集《浣花集》和《全唐诗》皆未收录此诗，竟致使其失传千年之久。清朝末年，外国人在敦煌千佛洞疯狂盗取文物时，发现了此诗手抄残本，将其盗运国外。直到公元1924年，国学大师王国维依据法国巴黎图书馆收藏的唐代张龟写本、英国伦敦博物馆收藏的五代后梁安友盛写本，加以校对订正，才恢复了《秦妇吟》一诗全貌，这一千古不朽的长篇史诗，方得以重现于国人面前。

由于唐军各路人马竞相在京城烧杀抢掠，没有哪个愿到深山幽谷去追击黄巢，大齐军得以安然越过蓝田关，在商洛山整顿兵马。困守华州的黄邺、盖洪，得到黄巢率领大齐军退经蓝田进入商洛的消息，在夜间突围而出，直奔蓝田追赶黄巢去了。

远在西川的田令孜，接到良田陂和零口大捷的奏报，以为唐军收复京城为期不远，便以僖宗名义颁诏，罢去王铎诸道行营都都统之职，改任其为检校司徒、义成军节度使，命其即刻赴任滑州。田令孜不愿让"南衙"百官之首王铎获取收复京城的大功，如让"北司"宦官杨复光指挥兵马攻占长安，收复关中，自己这个"北司"最高首脑便有了匡复社稷之功，于是擢升杨复光为天下兵马都监，成为总监军。

收复长安的捷报送达成都，田令孜率领群臣入朝向僖宗拜贺。他唆使心腹宦官和朝臣，奏陈田令孜匡扶社稷的功绩，僖宗当即加封田令孜为神策十军兼十二卫观军容使。而后，晋封收复京城功臣李克用为检校司空、同平章事、河东节度使；天下兵马都监杨复光为弘农郡公、开府仪同三司、同华制置使，赐号"资忠辉武匡国平难功臣"；王重荣为检校太尉、同中书门下平章事、琅邪郡王；朱全忠（朱温）为汴州刺史、宣武军节度使。其余出兵勤王的方镇节度使及主要将领七十多人，一一加官晋爵。

黄巢大齐军屯扎商州山中，检点各部人马，尚有十二万三千余众。

商州上洛郡，有民户八千，人口五万。此地虽是穷乡僻壤，人烟稀少，然而较此时的关中州县，景况要好些。这里山高林密，野兽出没，虽然同是灾荒之年，百姓总还可以进山打猎捕鱼，采集野果。漫山遍野的野菜、树叶，皆能充饥。百姓在山中开垦零星荒地，种植粮食蔬菜，尚可糊口度日。

大齐军将士在深山幽谷中采集山果野菜，总算能够填饱肚子，体力和士气慢慢得以恢复。

黄巢和尚让、孟楷、黄邺、林言等连日商讨军情，谋划方略。大齐军刚刚经历饥馑和败衄，需要休养生息，眼下不宜攻打商州城，以免引来唐军围追堵截。

大齐军多是曹州、濮州人，将士们南北征战多年，思乡心切，纷纷请求打回老家去。黄巢也觉得回到家乡曹、濮一带，可扩充人马，东山再起。于是，黄巢带领人马，绕开商州城，向邓州南阳郡内乡县开进。黄巢的打算是，大齐军经内乡东下，攻占蔡州、陈州，再经汴州回到曹州、濮州。

大齐军在内乡县休整十日，补充粮草，购买马匹，修缮甲兵。

接着，孟楷、季达带领一万人马作先锋，黄巢率大队人马随后跟进，奔袭东方三百里处蔡州城。

孟楷率领先锋军抵达蔡州城下，黄巢大军接踵而至，将蔡州城四面包围。

蔡州刺史秦宗权，刚刚被朝廷晋封为检校司空、奉国军节度使。他召来部将胞弟秦宗言、秦宗衡和族弟秦诰、秦贤等人，商议应敌之策。

秦宗权说："黄巢十万大军围城，咱只有一万多人马，兵力悬殊，须小心应付，不可贸然出战。"

秦宗言不以为然,慨然说道:"黄巢新败,士气低落,千里奔逃,粮饷不济,已成疲惫之师。我等应趁其立足未稳,打他个措手不及。小弟我愿带二千兵马,杀出北门,生擒贼军大将孟楷,给黄巢一个下马威。"

秦宗衡、秦诰、秦贤纷纷赞成,说是我陈蔡兵骁勇善战,天下无敌,岂能惧怕黄巢贼寇?

秦宗权早有割据一方称霸中原之志,遂命秦宗言带兵出城,试探一下大齐军战力究竟如何。

秦宗言大开城门,放下吊桥,率领三千蔡州兵呐喊着冲向孟楷军营。秦宗权命秦贤带领一千兵马随后接应,以防万一。

秦宗权登上北门城楼观战。

孟楷和张言带领大齐军摆开阵势,迎战秦宗言。

秦宗言手提一柄长戟,出阵叫骂挑战:"草寇小儿,哪个敢与我战上三百回合?"

大齐军阵中,一员大将背插双锏,催马来到阵前,向秦宗言拱手道:"在下季达,敢问将军大名?"

秦宗言不屑道:"奉国军都将秦宗言。"说罢,舞动长戟便向季达杀来。

季达不慌不忙,抽出双锏,轻轻一格,将秦宗言长戟拨在一旁。

秦宗言不由大怒,用长戟连连刺向季达。季达只是轻轻地左挡右遮,护住身体,并不还击。秦宗言以为季达胆怯,迅猛进击,长戟雨点般刺向季达前胸肚腹。季达用双锏交叉向上一挡,震得秦宗言双臂发麻,手中长戟早已飞向空中。秦宗言正不知所措,却见季达用单锏接住落下的长戟,让长戟绕着锏旋转几圈,轻轻一送,长戟不偏不倚,落在秦宗言胸前。

秦宗言接过长戟,霎时羞得满面通红。

季达笑道:"在下冒犯将军了。请转告秦使君,我大齐军愿与秦使君讲和。将军请回吧!"

此刻,秦宗言已知不是季达对手,既然对方给足了面子,只好趁坡下驴,打马回城而去。

秦宗权听了秦宗言禀报,与几个弟兄商议和战之策。

秦宗衡愤愤说道："黄巢想让我等臣服于他，不费刀兵占我蔡州，兄弟们便须听他摆布，却什么好处也得不到。不中！兄弟们打下江山是咱秦家的，凭什么要听别人使唤，替他人卖命？"

秦贤连连点头说，我们弟兄抱成团，有粮有兵，就可打遍天下，岂能在别人手下忍气吞声混日子？

秦宗权原本就不是甘居人下之人，此刻连连说道："好，兄弟们志气可嘉。咱们死守蔡州，关闭城门，拒不出战，黄巢纵有十万大军，其奈我何？不消十天半月，黄巢粮草匮乏，必然退兵。"

于是，秦宗权分派秦宗言、秦诰、秦宗衡、秦贤四位兄弟，分别把守四门，固守城池。

黄巢见秦宗权不肯归顺，传令各部四面攻城，三日内必克蔡州。

孟楷、季达指挥人马，摆开抛石机和大弩机，开始攻城。

大齐军大弩机发射火焰箭和火药包，蔡州四座城门和城楼先后燃起熊熊大火，蔡州兵被射杀烧死甚多，城墙上一片惨叫之声。

接着，多路大齐军将士推着云梯盾牌车，越过城壕，抵近城墙，争先奋勇爬城。

蔡州兵从来没见过这般器械和战法，一个个吓破了胆，纷纷后退。

秦宗权率领三百亲兵登上城头，用滚木阻挡大齐军登城。双方激战至午后，蔡州兵伤亡大半，仅仅剩下三千兵马，已是筋疲力尽，无力再战。

秦宗权明白，若是再打下去，蔡州城必破，自己只能做黄巢的刀下鬼。他思来想去，觉得只剩下投诚一条路。

于是，秦宗权登上城头，向大齐军喊话："在下蔡州刺史、奉国军节度使秦宗权，请大齐国季达将军答话。"

季达单人独骑，来到护城河外，向城头拱手道："在下季达，敢问秦使君有何指教？"

秦宗权道："在下请将军禀报大齐皇帝，秦某愿意归顺，甘效犬马之劳。"

季达道："请使君稍候，末将即刻禀报圣主。"

招降唐军将领和方镇大员，是黄巢既定方略。如今义军新败之后，不战而屈人之兵方为上上之策。故而,黄巢在围困蔡州之前便告诫众将,要逼迫秦宗权和蔡州兵投诚。眼下秦宗权请求归顺,黄巢自是满心欢喜,当即命季达入城与秦宗权会商。

次日,秦宗权大开蔡州南门,亲自率领秦宗言等兄弟四人,迎接黄巢入城。

黄巢对秦宗权慰勉有加,并与他商定,蔡州兵随大齐军一道进兵陈州,共同经略中原打天下。

次日,黄巢命孟楷、季达为先锋,带领一万人马,向陈州南八十里项城县进军。

陈州刺史赵犨,世居陈州州城宛丘,父祖三代皆为忠武军牙将。赵犨自幼喜读书击剑,善骑马挽弓,曾多次随父征战,屡立战功,晋升为忠武军都将。黄巢攻占西京长安之后,陈州人心惶惶,乱民迭起,原任刺史弃城逃走,陈州父老便推举赵犨主政陈州。朝廷正用人之际,随即敕封赵犨为陈州刺史。

为保护家族和陈州城不受义军袭扰,赵犨擢用家族子弟为将,先后招收两万青壮编练成军。他加紧操练队伍,严明军纪,剿灭当地多股匪盗,使陈州兵成为一支劲旅。

赵犨胞弟赵昶、儿子赵珝,皆在军中为将,为赵犨左膀右臂。

赵犨洞晓天下大势,深知陈州地处中原要冲,便告诫将领们说:"黄巢若没有在长安被剿灭,必出关向东进兵,陈州正当中州要道,我等须做好与黄巢贼军打仗准备。"

得到黄巢经蓝田向内乡进兵的消息,赵犨挑选出能言善辩的将士,分头到陈州周遭六十里范围内,说服百姓坚壁清野。凡有存粮的富户,人口和粮食统统搬入陈州城内,以免被黄巢贼军掠获。

赵犨在陈州城内囤积了大批粮食、柴草和食盐,他还募集工匠,打造各种兵器。同时,在城头堆集滚木,以防黄巢大军攻城。

赵犨之子赵珝,在兵器库中发现几台巨型弩机,因机牙损坏,已不能使用。赵珝和工匠们反复琢磨试制机牙,终于修复弩机,用它试射弩箭,射程竟达五百步之遥,可说是威力无比。

接着,赵犨将陈州城内百姓编成保甲,男丁自备长矛、大刀等兵器,以备必要时登城守卫。

陈州距项城不足百里，还在孟楷、季达进兵蔡州时，赵犨即命赵昶带领三千兵马开赴项城，协助县令守城，与陈州形成椅角之势。赵昶遵照赵犨嘱咐，在项城做充足准备，专候黄巢大齐军到来。

这日，孟楷和季达率军抵达项城南五里处，因天色已晚，便传令安营扎寨，准备于次日五更造饭，辰时攻打项城。

赵昶派人驰报陈州，与赵犨约定共同出兵，点火为号，夜袭孟楷军营，给黄巢贼军一个当头棒喝，挫其锐气。

孟楷军帐设在城南五里，因连续行军，他自觉疲惫，便早早睡去。孟楷以为，唐军在县城很少驻兵，通常只有一二百人马。所以，孟楷根本没把小小的项城县放在眼里。

夜幕降临，赵犨亲自带领一万人马，悄悄向项城开进。行至中途，赵昶派人前来迎接，向赵犨禀报了孟楷扎营情形。赵犨随即命将士们直扑城南孟楷军营。他命人传令赵昶，城内人马集中南门之内，在城楼上望见孟楷军营起火时，随即打开城门，出动人马夹攻孟楷营寨。

赵犨率领人马抵达项城南，兵分三路，左右两路包抄，偷袭孟楷军营，另一路潜伏孟楷军营南面，捕捉漏网脱逃敌兵。

乘着夜色掩护，赵犨带领陈州兵摸到孟楷军营外，突然擂鼓三声，无数火把一起点亮，纷纷抛向大齐军营帐，齐营立时燃起大火。陈州兵呐喊着冲进孟楷大营，见人便杀，见营帐就放火。许多大齐军士卒还在睡梦中，便稀里糊涂做了刀下鬼。有大齐军将士被呐喊声惊醒，但来不及拿起兵器即被陈州兵砍杀。还有一些睡觉特别香甜的大齐军士卒，被大火烧疼了，才迷迷糊糊睁开眼睛，见情势不妙，翻身爬起来，冲出火海逃命，却迎头遇上陈州兵，一刀一个，转瞬间尸横遍野。

孟楷在睡梦中被战鼓声惊醒，一骨碌翻身跃起，拿起双铜冲出大帐，跨上战马往营寨南面冲去。他的十几名骑兵卫士，身手矫健，行动敏捷，先后骑上马追随而来。

季达冲出营帐，没有来得及上马，便被陈州兵用弩箭射死。

孟楷和卫兵冲出营寨,陈州兵在后面紧紧追赶,不断地放箭,卫兵接连中箭落马。孟楷快马加鞭向前飞驰,黑暗之中战马猛然被绊倒,孟楷从马背上飞出去一丈多远,重重地摔在地上。孟楷还没来得及站起身,几个陈州兵已死死地将他按住,用绳索捆绑起来。几个卫兵的战马同样被绊马索绊倒,全都被陈州兵活捉了去。

项城县城内的陈州兵,在赵昶带领下杀出城外,从北面杀进孟楷军营。大齐军将士像无头苍蝇一样仓皇逃命。赵昶、赵犨挥兵围追堵截,大齐军多半被杀,余者跪地投降,侥幸逃脱回蔡州大营者,不过二三百人。

项城一战,陈州兵伤亡不过二三十人。而孟楷统领的先锋军几乎全军覆没,兵器、马匹、攻城器具和粮草,也全被陈州兵缴获。更重要的是,孟楷被生擒,大将季达阵亡。孟楷是大齐朝廷左仆射兼军容使,是大齐兵马总司令官,此番大齐军损失,不可谓不巨大。

赵犨和赵昶带领人马和项城百姓,全都撤往陈州城内。

赵犨传令,将孟楷及其几名卫兵绑赴刑场斩首,而后将人头悬挂陈州南门外,示众三日,以激励军民同仇敌忾守卫州城,与黄巢血战到底。

黄巢先后得到季达阵亡、孟楷被杀、先锋人马覆没的奏报,如同五雷轰顶,半晌说不出话来。孟楷是冤句起兵的元勋大将,跟随他南征北战,忠心耿耿,战功卓著。他不仅武艺高强,且通晓兵法,富有韬略,在义军中威望素著,是黄巢最为倚重的兵马统帅。孟楷被杀,黄巢如同被斩断了一条臂膀,感到刻骨铭心之痛。尤其是赵犨将孟楷人头悬挂城门示众,这是对黄巢和大齐军莫大羞辱,是可忍,孰不可忍!

次日,黄巢传令全军将士戴孝集会,隆重祭奠孟楷和季达。黄巢指天发誓,定要踏平陈州城,将赵犨剥皮抽筋,为孟楷和季达报仇雪恨,一洗国耻。

大齐军以右仆射盖洪和秦宗权为左右先锋,黄巢亲率大军跟进,从蔡州北上,急行军三日,进抵陈州城下。

先锋军在城西安营下寨。盖洪向陈州城望去,展现在他眼前的竟是白茫茫一片湖泊!湖对岸,虽可望见城门城墙,可少说也有四五百步之遥。

盖洪心中不免懊恼,觉着先锋军营寨扎错了地方。他急忙带领诸将骑马前往城南一带巡察,看看在哪里安营扎寨便于攻城。

然而，盖洪和将领们来到南门外，看到的仍是一片湖水。他接着察看东门，依然是湖水绕城，中间只有一条丈余宽的土路通向远处城门。

盖洪急切地问秦宗权："陈州怎会有这么大一个绕城湖泊？城北面有没有水？"

秦宗权说："陈州地势低洼，绕城一周全是湖水，陈州百姓叫它城湖。湖水最宽处有三四里，最窄处也有四百多步。"

盖洪心中连连叫苦，便和秦宗权等人又绕至北门，从北门回到西门外营寨，果然是湖水绕城一周，没一处可直接攻城。

待黄巢率领大军来到陈州城南门外，盖洪便向黄巢禀报了陈州绕城湖泊地形，黄巢也不免十分惊讶。然而，黄巢没有丝毫犹豫，果断传令：四面包围陈州，无论如何也要拿下城池，生擒赵犨，扒了他的皮，头颅悬挂城门，示众十日！

早饭后，黄巢携诸将来到城西，登上一处土丘，观看盖洪率军攻城。

盖洪传令将大弩机和抛石机放置在城湖岸边，寅时三刻擂鼓三通，开始向城门城楼发射火焰箭。

孰料大弩机射出的火焰箭，全都落在湖水之中。

唐代弓箭，一般可以射出百步之遥。大齐军的大弩机，射程可达二百多步。然而，陈州城湖最窄处也在四百步开外，大齐军大弩机自然力不能及。

盖洪只得命将士们推出云梯盾牌车，沿着湖中狭窄的土路，向城门进攻。

云梯盾牌车是大齐军攻城利器，它用牛皮裹在木板车外面，士卒推车前进时隐蔽在车内车后，敌军弩箭射不到。待云梯盾牌车推至城墙下面，士卒打开折叠在车上的云梯，即可爬梯登城。

大齐军将士推着云梯盾牌车，进入通向城门的土路，离城门越来越近。陈州兵不知是何怪物，赵玶就命士卒用刚刚修好的巨型弩机发射弩箭。这大弩机果然厉害，弩箭竟然连连射中四百步之外的云梯盾牌车。尽管弩箭伤害不到车中的大齐军士卒，黄巢和将士们还是大吃一惊：陈州如何有这等兵器，竟能将弩箭射出四百步开外？

云梯盾牌车渐渐接近城门，黄巢、盖洪和将士们脸上露出了笑容。然而，推动云梯盾牌车的士卒们望见，城门外的吊桥被高高吊起，盾牌车无法通过。

大齐军士卒将云梯盾牌车推到吊桥两侧湖水中,漂浮在水面上。盾牌车内的士卒划动木桨,缓缓向城门靠近。

站在城楼上的赵珝见状,命士卒用巨型弩机发射火焰箭,火焰箭射中云梯盾牌车,牛皮和木板燃烧起来。车内大齐军士卒不得已纷纷跳入水中,往回游去。

城头上的陈州兵,向在湖中泅水逃生的大齐军接连发射弩箭,很快将其全都射死。

黄巢看着漂浮在湖面上的云梯盾牌车残骸和大齐军尸体,恨得咬牙切齿。盖洪气得跳脚大骂:"赵犨小儿,待爷爷杀进城去,将你碎尸万段!"

盖洪和将士们正在叫骂,城楼上突然射出弩箭,几乎射中在湖岸边观战的大齐军士卒。黄巢、盖洪和将士们不得不急忙退下。

秦宗权劝黄巢回营,从长计议。黄巢想想,觉得是要另想办法攻城。看来,这赵犨还真是个人物,陈州城还真是一块不好啃的骨头!

中军大帐中,黄巢与诸将商议攻城方略。

盖洪说:"陈州环城大湖世所罕见,我军没有战船,甚而连一只渡船也没有,将士们如何越过宽阔水面?必须设法找到一些渡船,才能攻城。"

尚让道:"可惜咱们的水军战船在攻占洛阳后就丢弃了,水军也解散了。秦使君,蔡州有没有渡船可用呢?"

秦宗权答道:"蔡州汝河渡口是有几艘渡船,也能够找到一些小渔船。只是大军用来攻城,恐怕派不上多大用场。"

黄巢问林言:"你可有什么法子?"

林言道:"以我之见,可先在附近颖河、沙河寻找一些渡船。同时派出人马,在周围村庄购买树木,做成木筏,用以攻城。"

黄巢道:"若要同时运送一万将士攻城,须造多少木筏?"

林言道:"一只木筏可乘坐三四十人,一万人马须用三百只木筏。"

盖洪急吼吼地说:"那就赶快砍伐树木,制作木筏攻城。"

黄巢当即发令:秦宗权带领蔡州人马寻找渡船;葛从周、张归霸三兄弟分别带领一千人马,到附近乡村砍伐树木;全军做过木工的士卒集中起来,由林言岳丈闵十八带领，日夜打造木筏；原林言水军中的水手集中起来，再抽调一些水性好的将士，重新编成水军，由林言和奴娘带领，加紧进行训练，准备用木筏和渡船摆渡大军过湖攻城。

众将一一领命而去。

葛从周和张归霸三兄弟各自带领人马，兵分四路，到附近田野村庄砍伐树木。林言、闵十八率领水手们做成木筏，训练撑船、撑筏。奴娘因怀有三个月身孕，没有参与训练水手。

唐军收复了西京和关中州县，但由于长安城被焚毁，宫室几成废墟，僖宗尚不能还都。田令孜为扩充家族势力，长久垄断朝政，奏请僖宗允准，加封自己哥哥陈敬暄兼中书令，晋爵颍川郡王。宰相郑畋对陈敬暄飞扬跋扈欺压朝官多有指责，田令孜心中十分不悦，便唆使凤翔节度使李昌言上书僖宗："凤翔将士对郑畋异常忌恨，圣上銮驾回京时，切不可让郑畋扈从圣驾路过凤翔。"

田令孜在僖宗面前屡屡诋毁郑畋，郑畋无法燮理朝政，便一再上表僖宗，请求辞去相位。僖宗完全被田令孜、陈敬暄兄弟二人所左右，只能对其言听计从，便将郑畋罢相，赐给一个太子太保虚衔，命他到彭州养老去了。

不久，左骁卫上将军、天下兵马都监、开府仪同三司、弘农郡公杨复光在河中府病故。

田令孜又少了一个对手，心中不由窃喜。他平日畏忌杨复光，如今杨复光已死，他便立即撺掇僖宗，罢去杨复光兄长杨复恭枢密使之职，赐他一个闲差——"飞龙使"，到马厩去掌管御马。杨复恭哭笑不得，自然不甘做"弼马温"，心中愤愤不已，索性称病，回到蓝田庄园，名曰休养身心，实则韬光养晦，以便待机东山再起。

黄巢带领十万大齐军出伏牛山，中原震动。唐廷擢拔朱全忠为汴州宣武军节度使、东北面都招讨使，催他尽快到汴州赴任，带兵围堵黄巢人马。朝廷又命徐州感化军节度使时溥兼东面兵马都统，出兵陈州围攻黄巢。

大齐军经过七八天筹备，打造出三百多只大小木筏，艄公水手经过训练，各种准备大体就绪。黄巢和将领们议定，次日开始攻城。

盖洪指挥将士将打造好的木筏运至城西湖岸，准备放置湖水之中。突然，城头上射过来一阵箭雨,顷刻间射伤射死十几个士卒。盖洪无奈,只得命将士们后撤百步之外,以免被城头大弩机射杀。

盖洪向黄巢禀报说,陈州城头有射程可达五百步的大弩机,将士们难以靠近。看来,为减少伤亡,必须开挖堑壕,方可运兵至湖岸。黄巢点头说,此地土壤疏松,挖堑壕不难,赶快指挥将士开挖,堑壕挖得越多越好。

大齐军将士夜以继日轮班开挖堑壕,用了三日三夜,开挖绕城横向堑壕五道,纵向堑壕百余道,堑壕与城湖通水,大齐军将木筏放进堑壕,即可运兵遣将,直达湖岸。

为减少将士横渡湖水时的伤亡,盖洪和林言商定,乘夜偷袭州城西门。

七月六日夜半时分,大齐军将士从堑壕中将木筏牵拉到岸边湖水中,水手们悄悄地向陈州城划去。与此同时,将士们推着云梯盾牌车,顺着通向城门的土路前进。三百只木筏上乘坐九千多名将士,其中一些木筏上安装了大弩机,预备在接近城墙城门时使用。

待城头上的陈州兵望见湖面上出现黑压压的木筏时,盖洪、林言已经指挥大齐军到达城湖中央。

听到城头守军的惊呼呐喊声,在西门城楼内值宿的赵玥立刻起身,来到城头女墙边察看情形。

赵玥命将士们点亮灯笼火把,用巨型弩机向木筏和云梯盾牌车发射弩箭和火焰箭。木筏上许多大齐军士卒中箭,或死或伤,还有木筏被火焰箭引燃起火。

大齐军弩机手向城楼、城门发射火焰箭、火药包。

城头守军有人中箭,城楼和城门开始起火。然而,陈州兵早有防备,在城楼和城墙上安置了许多大水缸,将士们很快把火浇灭了。

在陈州兵忙于救火的当儿,大齐军已有木筏和云梯盾牌车靠上湖岸。将士们把云梯竖起来,搭靠在城墙上,开始登城。木筏上的大弩机,继续向城楼城门发射火焰箭和火药包。

赵玥将守城将士分为大小两部,小部救火灭火,大部在城头放箭、推放滚木。同时,巨型弩机继续向湖水中的大齐军木筏发射火焰箭。

大齐军士卒攀爬云梯登城，不断有人被滚木砸死砸伤。云梯下面，大齐军尸体堆积得越来越多，有的脑袋开了花，有的被砸得血肉模糊。那些被砸断了胳臂或腿骨尚未断气者，不断发出凄厉的惨叫声。

此时，盖洪亲自率领一队士卒登岸，大齐军士气顿时又高涨起来，纷纷冲向云梯，前仆后继向城头攀登。

赵玥和士卒们一起抬起滚木，向正在云梯上攀爬的大齐军砸下去。

盖洪身后的弓弩手一齐放箭，射中赵玥左臂。赵玥不顾疼痛，命守城士卒快快向大齐军放箭。

盖洪前胸中了一箭，仆倒在地上。林言冲上前来，抱住盖洪，拖回木筏上面。

攻城大齐军尸积如山，伤兵无数，哭叫声不绝于耳。大齐军的云梯，大多被滚木砸坏，已经无法使用。

林言只得鸣锣收兵，残余大齐军把伤兵抬上木筏，陆续向城湖西岸撤退。

赵玥传令打开城门，带领陈州兵追杀出来。黄揆率领一支人马沿土路杀出，截住赵玥厮杀，林言等大齐军将士方得以逃回大营。

林言清点人马，攻城士卒生还两千一百多人，其中伤兵八百有余，共有六千多名将士战死。

次日，盖洪因流血过多，不治身亡。

黄巢痛心疾首，指天发誓说：不打下陈州活剥赵犨，绝不收兵！

然而，大齐军的木筏、云梯盾牌车和大弩机等攻城器具损失多半，须重新打造补充，攻城之事便再次延宕下来。

陈州刺史赵犨召集胞弟赵昶和儿子赵玥等将领，会商军情。

赵犨说："虽说我等打了胜仗，但黄巢尚有八九万之众，是陈州兵四五倍之多。陈州只有两万人马，守城尚可，要想反攻，消灭黄巢大军，兵力明显不足。我等须激励将士和城内百姓，同心死守城池，做好迎击贼军连续攻城的准备。同时须派人向许州、汴州和徐州求援，请诸镇出兵解陈州之围。若有周围几个方镇兵马前来救援，便可里应外合，灭掉黄巢贼寇。"

赵昶接着说道："眼下方镇帅臣多不顾大局，只想保存实力，甚或乘机吞并他人地盘,而不肯互施援手。汴州、徐州愿不愿出兵,尚难预料。"

赵犨微微笑道:"我料定汴州、徐州会出兵来援。一则,黄巢十万大军进兵中原,围攻陈州,朝廷必会加紧催促临近方镇出兵,围攻贼寇,以尽快铲除心腹大患。再则,黄巢若攻占陈州,紧接着就会进攻许州、汴州。方镇节帅谁也不愿黄巢进入自己地盘,因此一定会出兵围堵黄巢。"

赵昶点头道:"大哥言之有理。"

赵翊插言道:"黄巢贼军开挖五道堑壕,封锁陈州出入通道,我等派出的使者,如何冲出贼军围困呢?"

赵犨道:"我等可采用以攻为守之策,派小队人马出城,突然袭击贼营,使者即可乘机混出去。"

二十　从"春磨寨"走向狼虎谷

唐朝廷晋封朱全忠（朱温）为汴州刺史、宣武军节度使，朱全忠命谋士谢瞳奉表赴成都谢恩，以示效忠。僖宗览表大喜，恩赐谢瞳为朝散大夫、太子率更令、陵州刺史。谢瞳密谋策划，怂恿朱温叛齐降唐，终于捞得高官厚禄，欢天喜地到陵州赴任去了。

朱全忠持旌节，排仪仗，率领三万人马浩浩荡荡开赴汴州，心中不免沾沾自喜。他从一个乡村流浪汉，爬上朝廷封疆大吏高位，成为一方诸侯，真是一步登天。如今他不仅能号令三军，在部属和百姓面前颐指气使，也在夫人张蕙兰那里挣得了脸面。

住进节度使府，朱全忠召来旧有官吏，询问汴州诸般情形。

这一番询问，不由使朱全忠喜悦心情凉去一半。他亲自察看了府库粮仓，更好似一盆冷水浇头，即刻犯了大难。

汴州是中原重镇，一马平川，沃野千里，又有汴河漕运之利，故而多年来朝廷在此驻有重兵。汴州刺史、宣武军节度使之职，为朝廷和官员们素来看重。朱全忠原以为，汴州必是兵强马壮钱粮富足，哪承想，如今汴州灾荒连年，田野荒芜，百姓大多逃亡，连明年、后年的赋税都已征过耗光。宣武军五千牙兵，粮饷无着，全靠四处抢掠过日子，因此军纪败坏，哗变不断，成为一群乌合之众，被百姓视为土匪贼寇。

朱全忠心中连连叫苦，恨不得到大街上去骂娘。

夫人张蕙兰见朱全忠闷闷不乐,温声细语询问缘故。朱温素知夫人识见过人,便将眼下汴州一应繁难之事以实相告。

蕙兰微微一笑,莺声燕语般说道:"连年天灾,战祸不断,府库空虚,百姓流离,自非一日可致富足太平。夫君要有耐心,有志者事竟成。眼下最要紧者,是做好两件事。"

朱全忠瞪大眼睛,急急追问道:"哪两件事?"

蕙兰道:"安抚军民,招徕才俊。"

朱温道:"眼下一无钱,二无粮,你叫我如何安抚军民?"

蕙兰道:"夫君是一镇主帅,上马管军,下马理民。州衙军府文武差事,应授予能安民、会理财和能治军、会打仗之人。用人得当,人心顺遂,则乱军可治,流民可安。"

朱全忠道:"我有三万大军,将领上百个,还要招徕甚才俊?"

蕙兰又笑了笑,说道:"谢瞳去陵州赴任,夫君幕府中连一个掌檄奏的书记官都没有,如何号令三军安抚百姓?夫君要在天下纷争之际成就功业,身边须有张良、萧何一流高士襄助,要有韩信那样的良将统兵打仗,攻城克地。"

朱全忠听了,如同醍醐灌顶,心中豁然开朗,他连连向蕙兰打躬作揖道:"多谢娘子!多谢夫人!"

次日,朱全忠上表朝廷,请求对跟随他征战多年的胡真、朱珍、庞师古、邓委筠等人加官晋爵,委以重任。

朱温帐下第一大将朱珍,徐州丰县人,少年时即与朱温为友。二人一同投奔黄巢义军之后,攻城陷阵,战功卓著。如今朱温做了节度使,便以朱珍为副手,出任宣武军节度副使兼招讨副使。

胡真,江陵人士,善骑射,原为江陵县吏。黄巢大军攻占江陵时,胡真投靠义军,成为朱温部属。他随朱温征战多年,辅佐甚力,被晋封为检校刑部尚书。

另一大将庞师古,曹州人,与朱温、朱珍同为少年伙伴,跟随朱温南北转战,战功赫赫,被超拔为骑军主将。

还有一个张存敬,谯郡人氏,早年加入黄巢义军,归于朱温部下。张存敬勇冠三军,擒将杀敌,屡立战功,被超拔为骑军都将。

为笼络原宣武军将士,青年将领刘悍、寇彦卿分别被朱全忠选拔为典客、通赞官。

朱全忠命朱珍、庞师古分别编练步军、骑军,并制定军纪,禁止牙兵在汴州城内抢劫,祸害百姓。

接着,朱全忠命文武官员举荐人才,凡荐人有功者,给予奖赏。

朱全忠又听从夫人蕙兰建言,张榜安民,号召流民回乡种田,承诺减免赋税;鼓励才俊之士毛遂自荐,报效朝廷。

汴州观察支使王发,同州人氏,向朱全忠举荐同乡文士敬翔,说他学富五车,文笔犀利,满腹韬略,远见卓识。此人怀才不遇,流落汴州,愿投身幕府,为连帅效力。朱全忠闻言大喜,命王发速速请来敬翔相会。

敬翔,字子振,唐中宗朝平阳王敬晖后人,祖、父辈皆居刺史之位。前些年,敬翔赴长安应试不第,又遭遇黄巢大军占领京城,遂逃出潼关,流落汴州,投靠同乡人王发,苟且度日。

敬翔随同王发来到汴州刺史衙署,拜见朱全忠。他心中揣摸,朱全忠出身贫寒,不知书,不拘礼,自然不喜咬文嚼字寻章摘句的酸腐之士。于是,敬翔在朱全忠面前举手投足显得落落大方,丝毫没有文人迂腐之气。他与朱全忠会晤,言语浅近,交谈甚欢,一见如故。

接下来,敬翔透彻分解天下大势,对汴州军事民政建言献策,与夫人蕙兰所言不谋而合,只是更加简捷明了,概括为八字真言:整军,扩兵,安民,兴农。

最后,敬翔说道:"在下一介文士,并没有运筹帷幄之中,决胜千里之外的本事,不过坐井观天,一孔之见。只要连帅有兵马,有钱粮,得人心,则万事可图。"

二人越谈越投机,朱全忠兴奋异常,大有相见恨晚之感。他当即邀请敬翔加入汴州幕府,参赞军事民政,主掌案牍奏檄。眼下可暂任馆驿巡官,待日后建有功劳,再行超拔。

此后,敬翔以馆驿巡官名义,在朱全忠身边捉刀代笔,参赞谋划,终成谋主。

忽一日,门吏向朱全忠禀报说,金吾将军、台州刺史李振求见。

朱全忠连连说："请、请，请李使君客厅叙话。"

台州刺史李振，字兴绪，乃潞州节度使李抱真曾孙，祖、父皆曾任刺史。李振原为金吾卫将军，去年改任台州刺史。因刘汉宏等人在浙东作乱，战事连年，李振无法赴任，只好折返京城。他此时路过汴州，便来拜访朱温。

李振私自弃官，已是戴罪之身，可谓穷途末路。他拜见朱全忠，自有谋求一官半职之意。朱全忠殷勤招待，毫无轻视睥睨之态。

李振放松下来，侃侃而谈，纵论天下大势，向朱全忠建言招兵买马，扩充势力，争霸中原，自然正中朱全忠下怀，热情挽留李振做幕宾。

自此，李振成为朱全忠心腹谋士。

由于朱全忠召集流亡，鼓励农桑，抗旱救灾，待到秋收时节，汴州乡民居然收获了不少粮食和瓜果、蔬菜，多数人家能够糊口，生计有了着落。

朝廷一再催促朱全忠和徐州刺史、感化军节度使时溥，许州刺史、忠武军节度使周岌，令三镇出兵剿灭黄巢。

到了秋后，正是用兵时节，朱全忠不便再推托，便约定周岌、时溥，于十一月二日同时出兵。

朱全忠统领宣武军两万人马，经雍丘向太康县进兵；时溥率感化军八千牙兵，经亳州向陈州东境进军；周岌带领忠武军五千将士，经临颍向西华县进兵。汴州、徐州、许州三镇人马，分别从北、东、西三面进逼陈州。

黄巢与赵犫在陈州僵持日久，大齐军士气愈益低落，已成骑虎难下之势。

时令进入冬季，天气越来越冷，数万大齐军将士还穿着夏季的破烂单衣，窘迫之状日显。

黄巢与将领们正急于筹备棉衣，忽然传来汴州、许州和徐州二路唐军进逼陈州消息。

林言建议道："陈州四面环湖，水面宽阔，易守难攻。城内粮草充足，至今没有饥荒景象。更加可虑的是城中百姓奋勇守城，拼死抵抗。我大军围攻陈州三月有余，伤亡近两万人，师老兵疲，已是强弩之末。更何况严冬将临，将士身穿单衣，饥寒交迫，恐难持久。如今唐军三路人马进逼陈州，图谋与城内兵马夹击我军。天时于我不利，地形于我不利，人心士气于我不利，我军不宜再久困坚城之下，可转兵淮泗，以免被唐军内外夹击，腹背受敌。"

黄邺极表赞同，提议从陈州撤围，转兵寿州、泗州。

尚让却摇头说："不可，万万不可放弃陈州。赵犨小儿，杀我左右仆射，悬挂人头城门示众，真是欺人太甚！我军围攻陈州百日，若不战而退，我大齐军颜面何在？如何向将士交代？如何对得起孟楷和盖洪两位老兄弟在天之灵？"

黄巢也摇头："朕曾对天发誓，不打下陈州，绝不收兵。我偏就不信，八万大军拿不下一个小小陈州城！"

林言不死心，继续劝谏道："陛下，徐州、汴州和许州三路唐军已在途中，三日后即可进入陈州境内，那时我军腹背受敌，将处于十分不利境地。"

黄巢一挥手，决然道："兵来将挡，水来土掩，仗我们打得多了，三路唐军没什么可怕。朕命尚太尉率领三万大军，向北面太康、雍丘进兵，截击叛贼朱温人马；黄邺带领一万兵马，进驻西平，阻挡许州忠武军；黄揆统带一万人马，向东迎击徐州感化军。其余三万多人马，由林言统领，继续围攻陈州！"

众将一一领命而去。尚让和葛从周、张归霸三兄弟，率领三万人马向北开进，抵达陈州北八十里太康县城。尚让命葛从周带领五千兵马，继续北进六十里，屯驻瓦岗寨，阻截朱全忠宣武军南下太康。

与此同时，黄邺带领一万兵马，进驻陈州西八十里西华县城。黄揆统带一万将士，抵达陈州以东七十余里吴台镇，扎营安寨，准备迎击徐州感化军。

汴州刺史、宣武军节度使朱全忠，率领三万人马进抵雍丘县城。次日，朱全忠命朱珍为先锋，带领一万兵马，向雍丘南五十五里瓦岗寨进军。

瓦岗寨是一个大集镇，四周筑有两丈高、三丈宽的土寨墙，寨墙外挖有一丈多深的壕沟。葛从周带领人马进驻瓦岗寨，凭借墙壕阻击宣武军。

朱珍大摇大摆向南进兵，却不曾放出探马，先头队伍接近瓦岗寨时，大齐军一阵箭雨射来，百余人马死伤倒地。朱珍不由大怒，当即挥兵将瓦岗寨包围起来。

朱全忠、朱珍在黄巢军中征战多年，义军攻城利器大弩机、抛石机和云梯盾牌车，二人使用起来得心应手。

朱珍发令攻寨,大齐军高居寨墙之上,用弩箭杀死杀伤无数宣武军。

朱珍暴跳如雷,正要下令再攻,却被刚刚赶来的朱全忠喝住。

朱全忠见瓦岗寨内民居多是草屋,便命弩机营发射火焰箭和火药包,寨内草屋接连被点燃着火,接着寨门也燃烧起来。寨中许多百姓和士卒被烧死烧伤,其余人等纷纷出寨逃命。大齐军一时乱了营,和百姓混在一起四散逃命。

朱珍挥军截杀,无数大齐军死在宣武军刀下。

葛从周无奈,只得和一些溃兵逃出瓦岗寨南门,向太康县城狂奔而去。

朱珍带领先锋人马一路追击,直追到太康县城北面三十里王集村,才停下来安营下寨。

驻守太康县城的尚让,见朱珍人困马乏,立足未稳,当夜便带领全军出动,围住朱珍营寨。大齐军用火焰箭燃着宣武军营帐,呐喊着直冲进来。朱珍抵挡不住,带领骑兵匆忙逃出营寨。

尚让、张归霸三兄弟挥军掩杀,一路追击三十里,方才住兵。

朱珍逃至雍丘县傅家集,收拾残兵败卒,仅仅剩下不足两千人马。

此后,朱全忠的宣武军和尚让率领的大齐军人马,在太康县以北王集、瓦岗寨一带对峙,时战时停,互有胜负。

许州节度使周岌率领五千忠武军人马,到达西华县城以西土桥一带,与黄邺部大齐军打了两场小仗。周岌因兵力不足,无力攻打西华县城,便停驻下来,不再向东进兵。

徐州镇帅时溥统带八千感化军,行军三百余里,经亳州抵达鹿邑县城,在吴台镇西浍河东安营扎寨,与大齐军隔浍河相峙。

进入腊月,西北风呼呼地刮了两日,天空浓云密布,纷纷扬扬飘起雪花来。

到了夜间,尖厉的西北风裹着雪花,钻进大齐军简陋的帐篷里,冻得身穿单衣又无棉被的将士们瑟瑟发抖。

黄揆巡视了几个营帐,心中益发沉重。他顶着风雪,来到浍河岸边。雪粒纷纷砸在他的脸上,钻进衣领里。他见哨兵们抱着膀子,在雪地上不停地跑动,以防冻僵。

黄揆命卫士给哨兵送来自己的棉被，让他们披在身上。

西北风渐渐停息了，可雪却越下越大。鹅毛似的雪片，密密麻麻遮蔽了天空，笼罩了原野。天地之间莽莽苍苍，成了一片混沌世界。

黄揆见大雪一时停不下，将士们又缺衣少食，眼下防冻取暖是最要紧之事，情急之下，便派一名都将，带领五百人马到附近田野去砍伐树木，运回军营作烧柴。

大雪下了三日三夜方才停息，地上积雪有两尺厚，没过人的膝盖。人在雪地上行走，极为艰难。此地百姓有一句谚语："下雪不冷化雪冷。"大雪过后，太阳出来，积雪表层融化，气温急剧下降，夜间便会结冰。早晨，屋檐上的冰挂有一两尺长。这时候，才真正是冰天雪地。

地上积雪刚刚融化一半，又一场大雪铺天盖地而来。这场雪整整下了五天四夜，平地积雪三尺，人马无法通行。

在西淝河隔岸对峙的两军将士，砍光了方圆二十里以内的树木用以取暖，才没有被全部冻死。

吴台镇、太康、西华乃至陈州城的战事，皆因连绵大雪停了下来。大齐军和唐军数十万将士，在冰天雪地之中度过了中和四年春节。

春天终于来临。然而，一场更大的灾难降临在两军将士和百姓们头上，比恶魔更可怕的饥馑在中原大地蔓延开来。

去年遭遇干旱，陈州、蔡州、许州、亳州等州郡粮食歉收，百姓口粮极少。冬天大雪封门，饥民冻饿而死者不计其数。开春之后，多数乡民已经断粮，很快又把树皮草根吃光，饿死的人越来越多。

黄巢大齐军和许州、汴州、徐州三镇牙兵，在千里冰封的冬天把储备的粮食吃光了，将士们只能到附近村庄抢掠粮食。方圆百里之内的村子，被唐军和大齐军抢掠一空，老百姓死的死，逃的逃，再也没有什么东西可抢掠了。

在陈州一带对峙的唐军和大齐军，越来越多的士卒被饿死。

时溥的徐州兵远离本镇，军粮断绝几日之后，牙兵们窜进村子里搜罗死尸，或蒸或煮，填充肚子。死尸不够吃，牙兵们便捉来老百姓，杀掉充饥。许州兵和汴州兵群起仿效，每日里出动人马，不是与大齐军交战，而是到村子里搜捕百姓，抓来杀了,分尸而食。

大齐军处于被唐军围困之中,能够找到的食物更少。将士们无奈,只得步唐军后尘,以死人肉充饥。

徐州兵动手早,抓来的百姓较多,一时吃不完,又不能养着,活活饿死会瘦掉许多,不合算。于是,牙兵们便把活生生的百姓统统杀掉,用盐腌制成盐尸,存为军粮不易腐烂。有的牙兵把百姓杀掉后,将尸体剁碎,用盐腌起来,称为"盐醢",供日后食用。

徐州感化军一些生财有道的将领,将捉来的百姓高价卖给大齐军,赚到不少银钱,便索性做起贩卖活人或死尸的生意来。大齐军极缺食物,将士饥饿难忍,只得高价从唐军手中买来人口或盐尸,用以果腹。

如此一来,唐军和大齐军都设立了专门宰杀活人、加工人肉的处所,叫作"春磨寨"。春者,即将人肉和骨头放在石臼里捣碎;磨者,是将尸体用石磨碾碎,用来熬汤或者腌制成"盐醢"供食用。

唐军和大齐军不战不和,靠捕食百姓充饥,依然饿死近半。陈州、蔡州、许州、汝州、亳州乃至唐州、邓州等十几个州郡的老百姓,或者被捕杀,或者远窜他乡。中原大地十室九空,人烟断绝,"千里无鸡鸣",其惨烈之状,难以尽述。

围攻陈州的黄巢大齐军早已丧失了攻城之力,只能围而不攻。倒是城内的陈州兵马,不断出城袭击,给大齐军造成不少伤亡,闹得大齐军日夜不安,人心惶惶。

大齐军俘虏了几个陈州伤兵,严加审问,方知陈州城内虽也缺乏粮食和食物,但赵犨严命按照定量供应军粮,故而至今并未断炊。初时每名士卒日供一斤粮食,后来减为十二两。开春之后,又减为每日半斤。陈州兵虽说吃不饱,但较之于大齐军和忠武军、徐州兵以死尸为食,简直成了天堂一般。城内百姓晓得,若是大齐军攻破城池,定会玉石俱焚,所以男女老幼齐心协力坚守城池。还有一些人家,茅屋被守军拆掉当柴烧,也毫无怨言。

黄巢大齐军,此时处境与当年王仙芝草军在冰天雪地之中久困沂州城下,何其相似乃尔!

林言得知陈州城内情形,深觉围攻陈州不仅无益,而且必定得不偿失。他思虑再三，再次向黄巢进言："陈州易守难攻，城内有粮有兵，军民齐心协力坚守城池。我军将士冻死饿死过半，士气低落，已无法作战。如此久困坚城之下，实乃兵家大忌，陛下万万不可忘记草军久围沂州招致溃败的教训。"

黄巢一声断喝打断林言，满腔激愤说道："小小陈州一座孤城，赵犨一个无名鼠辈，竟然折杀朕两员统军大将。不荡平陈州，活剥赵犨，难解我心头之恨，也对不起孟楷、盖洪在天之灵！"

林言还要再劝，黄巢哪里听，挥手喝道："出去！谁再说撤兵马，就给我滚开！"

奴娘因为怀有身孕，即将产子，不宜再随军打仗。林言奏请黄巢恩准，让奴娘和闵十八回老家闵家渡去坐月子。父女二人从项城登船，顺颍水到达寿州，距闵家渡已经不远。五日后，奴娘和父亲闵十八便回到了家乡。

两个月之后，奴娘生下一子，取名林志。此子长大成人后，做出一番惊天动地事业，以至名标青史，这自然是后话了。

时令进入四月，离麦收越来越近，可陈州一带土地无人耕种，自然也无麦可收。

大齐军无处筹粮，方圆数百里死人活人都吃光了。林言知道活下来的四万多将士不能坐等饿死，便向黄巢提议，除围困陈州的两万兵马外，尚让、秦宗权等部人马可分别向汴州、许州进军，一是为打破唐军围困，再则是将士们可到别处就粮。

黄巢觉林言此次的提议甚为有理，便传令尚让率部向尉氏县进兵，威逼汴州，迫使朱温退兵；秦宗权进攻许州，以打破唐军围困，进而威逼汝州、洛阳。

秦宗权率领人马，一路进兵顺利，在许州城东五里安营扎寨，准备择日攻城。

驻守太康县的尚让部大齐军，一冬一春冻饿而死者近半，剩下一万余将士，个个病饿交加，少气无力。一听说要攻打尉氏县和汴州城，将士们感到有了奔头，顿时振作起来，行军速度加快了许多。

驻扎王集的朱珍万万没想到，饥饿待毙的大齐军会突然发动进攻。朱珍原有一万人马，眼下只剩下五六千人，而且个个病弱不堪，已经没有力气打仗。将士们见大齐军来攻，争先恐后出营逃命。朱珍知道无法约束，只得随着将士们逃命，奔跑一天一夜，逃至陈留县城，方才停下来。

尚让率领人马抵达尉氏境内，安营下寨，准备攻打县城。

朱全忠得知大齐军兵临尉氏，急得抓耳挠腮。他眼下人马拢共不足两万，守卫汴州兵力不到一万，驻守尉氏的庞师古部只有三千兵马，定然难以阻挡尚让大军。若尉氏被大齐军攻占，不足百里之遥的汴州城便岌岌可危了。

敬翔向朱全忠进言道："眼下黄巢是破釜沉舟，要和我们拼个鱼死网破。连帅区区一万多兵马，难以阻挡数万大齐军。而许州忠武军和徐州感化军，也都是饥饿疲惫之师，自顾不暇，无法指望他们救援汴州。为今之计，一则要出动人马增援尉氏，以期在尉氏与尚让军对峙，使其不能进攻汴州。再则，须尽快向别个方镇求援。纵观当今天下，藩镇众多，但镇帅多拥兵自重，乐于助人者寥寥。况且，多数方镇也无力出兵与黄巢贼军抗衡。只有河东藩帅李克用，不仅兵强马壮，握有天下第一劲旅沙陀铁骑，而且为人豪爽仗义，最能扶危济困，慷慨纾难。只要李克用沙陀骑兵来援，黄巢几万饥疲人马，便可一举荡平。"

朱全忠心中一喜，忙请敬翔替他修书一封，派专使飞奔太原，向李克用求援。

接到朱全忠请援书信，李克用决计出兵。他命堂弟、检校刑部尚书、左营军使李克修镇守太原，检校工部尚书、先锋左军使康君立辅助李克修留守，自己则亲率检校工部尚书、河东右都押牙、先锋右军使薛铁山，以及副将史敬思、司马李承嗣、帐内亲卫将史俨，统带五万沙陀骑兵，前往救援陈州、汴州。

沙陀铁骑分别从风陵渡和陕津渡过黄河，经洛阳直奔汝州。沙陀骑兵疾驰如风，日行数百里，很快抵达许州城下。

秦宗权得报李克用亲率五万沙陀铁骑驰抵许州，便连夜拔营，带领人马退回蔡州境内。

李克用随即向西华县进兵。

大齐军大将黄邺率领一万兵马驻守西华，饿病而死者已经过半，此时仅剩下四千六百将士，且多是饿得浑身浮肿，少气无力，连兵器都拿不动，如何能够抵挡如狼似虎的沙陀铁骑？

黄邺心中明白没有退路，他身后数十里就是兄长黄巢的行宫大营，自己只能带领病饿交加的将士与沙陀兵拼死一战，阻滞其东进，能挡一天是一天。

李克用率领五万铁骑，将西华县城三面包围。先锋右军使薛铁山主攻西门，副将史敬思攻北门，司马李承嗣攻南门。留下东门不围不攻，则是有意让黄邺大齐军出城逃遁。只要大齐军一出城，沙陀铁骑便有了用武之地，轻而易举将其包抄聚歼。

黄邺命将士们拉起吊桥，关闭城门，不得将令不许出战。

薛铁山挥动铁骑连日攻打西门，可大齐军把吊桥高高拽起，护城壕宽达八丈，水深一丈有余，沙陀兵没有船只，一时无法攻城。

薛铁山气得在吊桥外跳脚大骂大齐军是"缩头乌龟""怕死鬼""娘子军"，他用狼牙棒挑着一条妇人衣裙，说是送给黄邺的礼物，要黄邺穿上它出来跪地投降。然而，无论薛铁山和沙陀兵如何叫骂，大齐军就是不出城，不应战。薛铁山只得在西门外扎下营盘，天天到城下骂阵。

李克用见薛铁山攻城受挫，骑马来到西门外察看。李克用右眼大而圆，左眼小而瞎，人称"独眼龙"。他用一只眼睛看来望去，只见城壕上方桥板高高吊起，牵拉着桥板的绳子拴在一根木杆上，绳子在西南风吹动下不停地左右摇荡。忽然间他灵机一动：这一根绳子，牵动一座城池。只要把这条绳子弄断，便可破城而入。

他取出自己的特制弓箭，拉圆千斤铁弓，用右眼瞄准吊桥绳子，"嗖"地射出一支铁箭。只见吊桥绳子摆动了一下，吊桥似乎也微微有些抖动。李克用又取出一支铁箭，"嗖"的一声射出。忽然间，吊桥桥板"啪"的一声降落下来，吊绳已然断开，木杆上残留的半截绳头在空中荡来荡去。

沙陀兵先是惊呆了，继而爆发出一片欢呼声。

薛铁山大叫一声："小子们，冲进城去！"说罢跃马提棒，率先冲过吊桥。

沙陀兵"嗷嗷"叫着，像一阵狂风冲过吊桥，来到城门跟前。

城头上的大齐军将士还没有弄明白怎么回事，沙陀兵已经撞开了城门，一窝蜂似的拥进城内。

黄邺得知沙陀兵攻入城内，慌忙带领千名亲兵迎战。尽管这些亲兵都是挑选出来武艺高强的精兵强将，却仍然不是沙陀铁骑对手。亲军将士拼命厮杀，保护黄邺且战且退，不断有人在沙陀兵刀下丧命。待到黄邺退出西华县城东门，身边只剩下十几名亲卫骑兵了。

薛铁山、史敬思带领沙陀骑兵紧紧追杀,黄邺顾不得许多,拍马向东奔窜,仓皇逃命。

眼看着薛铁山就要追上黄邺,忽然间狂风大作,天昏地暗。紧接着,空中电闪雷鸣,倾盆大雨从天而降。

薛铁山和沙陀兵什么也看不见了,战马纷纷摔倒,一时人喊马嘶,纷乱一团。薛铁山无奈,只得收兵退回西华县城。

在滂沱大雨中,黄邺逃到黄巢在陈州城外的行宫,禀报李克用五万铁骑攻占西华县城情形,极言沙陀兵凶悍无比,委实难以抵挡。大齐军兵强马壮之时,尚不是沙陀铁骑对手,何况眼下的饥饿疲弱之师,根本无力与沙陀兵交战。

黄巢心中清楚,沙陀兵的到来,已使大齐军处于泰山压顶般的危境。

林言再次向黄巢进谏,提议尽快撤围陈州,向东面颖州、泗州转兵,以摆脱沙陀铁骑和唐军夹击。

黄巢别无良策,只得传令撤围陈州,转向汴州进兵,而后回到曹州、濮州,休整兵马,再作计较。

大雨日夜连绵下个不停,地上积水越来越深,大齐军营寨帐篷全被大水冲走,将士们站在齐腰深的水流中,一个个浑身透湿,像是一群落汤鸡。

黄巢毅然下令:全军冒雨开拔,经尉氏向汴州进兵。

黄巢到达尉氏县城,命尚让带领一万人马,冒雨进攻屯扎在朱仙镇的宣武军大营。

夜黑如墨,大雨倾盆。尚让带领人马,蹚着没过膝盖的积水,悄悄包围了尉氏北四十里处朱珍营寨。

朱珍和他的一万名忠武军将士,想不到大齐军会冒雨偷袭,故而连营门口的哨兵都钻进营帐内避雨去了。尚让大齐军分作四路,摸进忠武军营寨。忠武军将士都在帐篷里呼呼大睡,大齐军将士排头砍去,无数宣武军稀里糊涂见了阎王。

朱珍在睡梦中听到惊叫声,翻身爬起,来不及穿戴盔甲,跳上战马就向外冲,五六名亲兵拼死护着他杀出营寨,向汴州一路狂奔而逃。

尚让带领人马一直追杀到汴州城南郊繁台,方才收兵扎营。

繁台原名吹台，乃汴州第一名胜，春秋时宋平公修建，本是达官贵人宴饮之地。大音乐家、盲人琴师师况，曾在此吹弹《阳春白雪》，人们遂称此台为"吹台"。汉文帝封次子刘武为梁孝王，都大梁。梁孝王在此建造规模宏大、富丽堂皇的梁园，将吹台囊括其中，并加以增高扩建，使其高达三丈三尺三。其后，繁姓族人在此居住，遂又称为繁台。繁台与长安灵台、潜江章华台、苏州姑苏台齐名，加之与绵延数十里的名苑梁园融为一体，在汉唐时代即成为游览胜地。汉代司马相如、枚乘等人，皆曾在此流连忘返，吟诗作赋。

李白、杜甫、高适曾同游梁园，登古吹台，诗酒相会。他们酒逢知己，诗兴大发，留下传世名篇，成为千古佳话。

由于国运式微，汴州已经丧失了战国时代作为魏国都城的繁华，梁园也没有了梁孝王时代的富丽堂皇。巍峨宫殿变成了田野，满眼荆榛，残垣废墟，荒草萋萋，狐兔出没，一派肃杀景象。

李白、杜甫、高适漫游梁园之后，安史之乱爆发，汴州和中原大地遭遇空前浩劫。

懿宗朝庞勋之乱，再加上十年来王仙芝、黄巢起义，战乱不断，中原涂炭，致使梁园更加破败不堪。

梁园虽已面目全非，但此处地面宽广，园内尚存些许旧房破屋。尚让的一万将士驻扎梁园，操练兵马，倒是绰有余地。

尚让兵临汴州城下，朱全忠惶惶不可终日，连连派出专使前往西华，请李克用继续出击。

李克用慷慨应许，率领五万沙陀骑兵驰向尉氏，前往救援汴州。

黄邺深知李克用沙陀兵的厉害，向哥哥黄巢进言说，西华距尉氏不过一百多里路程，沙陀骑兵一日内即可进抵尉氏城下。尉氏不可久留，须尽快转移，以摆脱李克用的沙陀兵。

林言也说，眼下形势，我军已无力攻打汴州，应尽快经中牟北上，渡过汴水，经封丘向冤句撤退。

黄巢本想攻打汴州，此时也觉兵力不足，战机已失，摆脱沙陀兵追击已成当务之急。于是命林言带领五千人马为先锋,中军紧跟着向中牟进发,尽快渡过汴水。同时派飞骑通知驻扎繁台的尚让,紧急率部到中牟会合。

李克用抵达尉氏,得知黄巢全军已退向中牟,便一面命薛铁山和史敬思率两万铁骑迅速追击,一面派出专使,约定朱温、时溥,三路人马向中牟进兵,将黄巢贼军围而歼之。

林言带领先锋人马直扑中牟县城北面的汴水渡口王满渡。他在王满渡搜集了二十多只大小船只,一次可运兵四百余人。他先命葛从周带先锋人马渡过汴水,接着又连续摆渡过去四千将士。

待黄巢、黄邺带领中军人马来到王满渡,林言当即安排船只,请黄巢登船,摆渡至汴水北岸。接着,林言指挥中军人马顺序摆渡,一日一夜之间,近万人马渡过汴水。

薛铁山带领沙陀铁骑,很快驰至中牟县城。黄邺命都将李用、杨景带领三千人马阻击沙陀兵,掩护中军渡河。

中牟县城与汴水之间,一马平川,无险可守。李用、杨景带领三千兵马,凭借一条七八尺宽的沟渠阻击沙陀兵。

须臾之间,薛铁山和史敬思的铁骑已经来到跟前。沙陀战马训练有素,几尺宽的沟渠根本算不得什么。只见沙陀铁骑"嗖、嗖"地连人带马跃过沟渠,简直就像是飞过去一般。

李用、杨景被沙陀兵围得水泄不通,插翅难逃,只得下马投降。

就在沙陀兵与李用、杨景厮杀之时,尚让带领人马抵达王满渡,林言随即安排尚让部将士渡河。因为要赶到先锋军去为全军开路,林言亦随尚让部先锋人马渡过汴水。

林言刚刚登上汴水北岸,薛铁山和史敬思的沙陀铁骑就追到了王满渡南岸渡口,向等待船只的大齐军发起冲锋。

尚让所部正在等待渡河,故而并未布阵。沙陀铁骑瞬间把大齐军冲得七零八落,溃不成军。尚让匆匆上马与沙陀兵厮杀。

恰在此时,李克用主力大军杀到,迅即将尚让人马层层包围起来。尚让情知不妙，只得带领亲卫骑兵向东面拼命冲杀，以图脱围而出。

尚让等人正在奔逃，忽有一支人马拦住去路。尚让望去，只见一面黑色大纛上书白色大字："徐州刺史感化军节度使时"，尚让知道，这是时溥带领徐州感化军杀到了。

尚让手足无措，迅即被徐州兵里三层外三层围住。

时溥骑在马上，哈哈大笑道："尚让，还不下马投降吗？"

尚让情知大势已去，只有投降才能求得一条生路。他翻身下马，来到时溥面前，跪倒在地，匍匐叩拜道："罪民尚让，愿意归顺朝廷，为连帅效犬马之劳，还望大帅收纳！"

时溥道："只要你诚心归顺朝廷，本镇可保你一条性命。你若能助我擒住黄巢，即可将功折罪。"

尚让再叩首道："谢大帅！罪民愿将功折罪，为朝廷效力！"

黄巢中军人马抵达汴水北岸，立足未稳，朱珍带领宣武军一万先锋人马已经杀到。黄巢急命葛从周和张归霸三兄弟率一万兵马抵挡朱珍，同时命林言带领五千兵马为先锋，杀开血路，向封丘撤退。

葛从周和张归霸三兄弟带领人马，与朱珍激战，战鼓声、呐喊声惊天动地，两军人马杂沓混合，绞成一团。

正当激战之时，朱全忠率领一万忠武军杀到。双方兵力众寡悬殊，大齐军渐渐不支，败下阵来，向北退逃。朱全忠、朱珍挥军掩杀，直逼黄巢中军。黄邺见情势危急，忙率中军人马迎敌，抵住朱全忠厮杀起来。

李克用将汴水南岸大齐军赶尽杀绝，缴获大齐军船只，迅速将人马摆渡过汴水。

薛铁山带领五千先锋铁骑，从背后攻击葛从周和黄邺大齐军。李克用带领沙陀兵马，直冲黄巢中军。

大齐军被杀得尸横遍野。黄揆、张言率领剩下的五千名禁军将士，护着黄巢且战且退，策马向封丘奔逃。

朱全忠、朱珍和薛铁山将葛从周和张归霸三兄弟带领的残兵败将围在垓心，轮番厮杀。葛从周部下将士大多战死。

朱全忠拍马上前,朗声叫道:"葛将军,你我是多年兄弟,我向来敬重你是一员猛将。如今黄巢败亡已定,我劝你归顺朝廷,保你富贵荣华,咋样?"

听得朱全忠招降,张归霸心知再打下去必是全军覆没,朱全忠毕竟是老相识,往日总算有些交情,不如投靠他,给弟兄们寻一条活路吧!

张归霸三兄弟与葛从周滚鞍下马,向朱全忠投降。

朱全忠哈哈大笑,令庞师古带领主力大军回防汴州,命葛从周和张归霸随他追杀黄巢。

黄巢带领残余七八千人马,向封丘败逃。然而,沙陀铁骑如同疾风闪电一般,很快就追了上来。

黄巢命霍存阻击沙陀骑兵。霍存挥动三千兵马,反身与薛铁山沙陀铁骑拼死一战。大齐军步兵哪里是沙陀铁骑对手,很快被斩杀殆尽。

霍存单人独骑,手持长枪拼命厮杀,终被薛铁山的狼牙棒砸开了脑袋。

黄巢和护卫骑兵一路狂奔,终于逃到冤句,回到黄集家中。

不及喘息,黄巢便急命兄弟们收拾家当,准备全家男女老幼一起出逃。

黄家人尚未收拾停当,沙陀兵已经追杀过来。黄巢命大将王播带领两千人马,在黄集村西阻挡沙陀兵,自己和兄弟们带领家人向东往兖州境内逃去。

不过半个时辰,王播身边便只剩下五六名骑兵,余皆战死。王播被沙陀兵将围了无数层,插翅难逃。

王播毫无惧色,骑在马上哈哈大笑道:"听说独眼龙是一条汉子,敢来与爷爷我斗上一百个回合吗?"

薛铁山大吼一声,说道:"草寇小儿,无名之辈,岂用我家大帅动手。如你能吃我三棒,便算得英雄好汉,我便放你走!"

王播冷笑道:"莫说三棒,就是三十棒,爷爷我也不在乎!"

薛铁山怒喝道:"好一个不知死活的东西,看棒!"

薛铁山举起狼牙棒,照准王播天灵盖砸去。王播用大刀轻轻一格,薛铁山的狼牙棒"当"的一声弹了回去。薛铁山怒从心头起,恶向胆边生,把一条狼牙棒舞得虎虎生风。王播不慌不忙，用大刀左遮右挡，四两拨千斤，任凭薛铁山使尽蛮力，就是奈何不得他。

沙陀兵看着薛铁山和王播斗法，眼见寒光闪闪，耳听叮当声响，转眼间二人杀了八十余合，仍是不分输赢。

薛铁山收回狼牙棒，说道："你这厮武艺高强，算得一条好汉，快快报上名来，俺也好放你一条生路。"

王播笑道："你这胡儿，为何不报上名来？"

薛铁山道："俺，大号薛志勤，小字铁山，河东节度使李司空帐下右都押牙、先锋军使。请问好汉大名？"

王播道："爷爷我姓王名播，大齐皇帝御前将军。"

薛铁山道："俺看你是一条好汉，不如投归我家大帅如何？"

王播冷笑道："你的好意我领了。人各为其主，王某不是贪生怕死之辈，咱二人还是分个高下的好。"

在一旁观战的史敬思早已按捺不住，拍马上前，说道："俺史敬思愿意奉陪！看刀！"

史敬思说着，一把大刀照准王播砍了下来。

王播将史敬思大刀轻轻拨开，与他一来一往厮杀起来。

二人杀了一百多个回合，足足有一个时辰，仍然不分胜负。

此时，李克用率领大军赶到。

李克用的侍卫亲将史俨，乃是史敬思侄儿。他见叔叔与大齐军一员将领杀得难解难分，便前来助史敬思一臂之力。

史俨二十五六岁年纪，手中一对流星铜锤，重达一百二十斤，舞动起来如同一阵狂风吹过，呼呼有声。他惯用一只锤打人前胸，另一只锤飞向后背，令人防不胜防。

王播力战史敬思、史俨叔侄二人，既要防着史敬思的大刀，又要对付史俨两只流星铜锤。三人在马上像陀螺一般转着圈子厮杀，激战四十回合，不分胜败。

史俨年轻气盛，急于在李克用面前显示本领。于是，他使出绝招，一只铜锤飞向王播面门,另一只锤砸向王播胯下马腿。

王播拨开当面的飞锤,坐骑却被史俨流星锤击中左腿,"扑通"一声倒在地上。王播从马背上飞出去两丈多远,重重摔在地上。史俨赶上前去,抢起流星锤砸中王播后背。王播"噗"的一声,一口鲜血喷薄而出,立时毙命。

黄集村内百姓已经出逃一空,史敬思命将士们放火将黄家和村内房屋烧光。

李克用本想继续追杀黄巢,可大军粮草耗尽,只得与随后赶来的朱全忠商议退兵。

朱全忠拍着胸脯说:"李司空仗义救援汴州,转战千里,杀贼无数,大败黄巢,真是功比天高,恩比海深。请司空回马汴州,我朱某要好生款待恩公,并奉送大军粮草,以尽地主之谊。"

李克用以为汴州距此地最近,沙陀兵马能到汴州就粮再好不过,遂带领沙陀人马,跟随朱全忠宣武军之后,退向汴州。

黄巢带领家人和千余残兵败将,匆匆逃出黄集,马不停蹄奔向兖州境内。他原本打算占领兖州,整顿人马,补充粮草,以待东山再起。哪承想,中途遇上一彪人马挡住去路,为首两员大将,一个是徐州感化军先锋将李师悦,另一个竟是原大齐太尉、中书令、宰相尚让。

黄巢无力应战,只得掉转马头向东北方向逃去。

李师悦和尚让率领一万人马,紧紧追来。黄巢带着老幼家眷行军,自然缓慢。尚让熟知大齐军战法,便向李师悦献计派骑兵截杀黄巢,前堵后追,四面包抄,黄巢定然插翅难逃。

果然,黄巢人马被前后夹击,死伤过半,余者逃散。最后,黄巢带领全家老幼进入泰山狼虎谷,身边只剩下林言统带的百余名侍卫亲兵了。

二十一　此时除掉"独眼龙"，乃天赐良机

黄巢在狼虎谷隐藏数日，粮食吃光，马匹被杀掉充饥。附近没有村庄，周围全是李师悦、尚让带领前来围剿的兵马，黄巢纵然带有不少金银，却无法买到吃食。

断粮三日之后，侍卫亲兵也几乎逃光了。

李师悦、尚让带领人马将黄巢紧紧围困在狼虎谷，这条山沟并无一户人家，只要徐州兵冲进沟内，黄巢就只能束手就擒。

黄巢知道，最后的时刻到了。

黄巢将全家人召集在一起，说道："我黄巢兴天下义兵，本想为国除奸，拯救百姓。十年来，我率领大军纵横天下，气吞万里。打下两京之后，建立大齐，也算成就了一番事业。今日身陷绝境，黄家人不能做俘虏，受羞辱，被天下人耻笑。黄家男女老少，皆须自裁。甥儿林言不是黄家人，你可将我等首级献给唐廷，或可保全性命，为我大齐留下一条根脉。"

林言跪倒在黄巢面前，哭道："舅父，孩儿情愿与舅父同死，绝不卖主求荣，苟且偷生！"

黄巢摆摆手，不让林言再说下去，而后拔出宝剑，逼令兄弟们自刎。长兄黄存和六个弟弟先后自刎而死。

接着，大齐国皇后曹氏挥剑自刎，慷慨赴死。马氏等妃嫔吓得战战兢兢，不知如何是好。黄巢性起，挥剑将马氏等一一砍杀。

面对不知所措的儿子黄立和小女儿黄菊,黄巢心如刀绞,热泪滚滚而下。他咬咬牙,闭着眼睛,挥剑将黄立和黄菊刺死。

黄巢在后宫收纳的唐帝嫔妃和宫女,除退逃途中失散者外,尚有三十多人。黄巢以为,她们本不是黄家人,便挥了挥手,让那些女子自便。众妇人闻言,随即一哄而散,各自逃命去了。

黄巢将所有金银交给林言,嘱咐他向唐廷投诚。

最后,黄巢站在一块巨石之上,挥剑自刎身亡。

林言看着黄巢等人尸体,欲哭无泪。他找来一把战刀,开始在地上挖坑,要将黄巢等人掩埋起来。

此刻,李师悦、尚让带领人马,冲进狼虎谷,抓获了数十个四散逃命的妃嫔和宫女。

尚让见林言正在那里用刀刨地挖坑,上前问道:"林将军,你这是做甚哩?"

林言仅凭声音便知说话人是尚让,头也不回地说:"安葬大齐国皇帝陛下。"

尚让看到黄巢及其家人尸体,冷笑道:"黄巢是篡国大盗,反贼魁首,定要传首阙下,悬首示众,安葬就不必了吧?"

林言道:"舅父是篡国大盗,反贼魁首,那你又是何等样人?"

尚让顿时语塞,答不上话来。

林言斥道:"你,尚让,曾是义军首领,平唐大将军。你官居大齐国太尉、中书令,位极人臣,却临阵投敌,卖主求荣,有何面目苟活于世?有何颜面和我说话?"

尚让满面通红,默默退了下去。

李师悦喝道:"林言!你这个贼坯,死到临头,还敢口出狂言吗?"

林言道:"我生为大齐人,死是大齐鬼!背主投敌、卖主求荣、认贼作父之事,只有那些少廉寡耻之徒才做得出!"

李师悦大怒,吼叫道:"给我拿下!"

林言道:"且慢,不须尔等动手!"

林言理了一下衣冠,挺身直立,用刀往颈间一划,鲜血汩汩奔涌而出,身子站在那里,许久才慢慢倒下。

徐州兵一哄而上，争抢着将黄巢等人头颅割下来，以邀功请赏。

节度使时溥上表朝廷，奏称自己亲自统带徐州兵马，已在泰山狼虎谷剿灭黄巢及其眷属余党，斩草除根。他派出专使和五百人马，解送黄巢头颅及一干姬妾赶往成都，向僖宗朝廷献俘请功。

僖宗先后接到朱全忠、时溥奏书，得知黄巢及其贼众被剿灭，一时喜极而泣。田令孜率领宦官和六军十二卫将领，向僖宗道贺。宰相萧遘等大臣弹冠相庆，纷纷上表，请求僖宗早日回京，以安定天下民心。

不久，黄巢及其兄弟首级与数十名妃嫔解至成都，僖宗口谕，将黄巢等人头颅悬挂城门，示众十日。

僖宗在田令孜陪同下，登上成都南门城楼，召见文武百官及城中父老，庆贺剿灭黄巢。

田令孜和文武官员向僖宗跪拜如仪，山呼万岁。

臣子们同声相贺：大唐江山永固，赓续千秋万代！

黄巢的姬妾们被押至城楼下面，跪成一片。僖宗仔细看去，见那班妇女虽形容憔悴，满面灰尘，却一个个容貌姣好，身姿绰约，显系大家闺秀、滋养优渥之人。

僖宗开口问道："尔等皆勋贵人家之女，世受国恩，为何要委身于贼寇呢？"

黄巢的一名姬妾冷笑一声，朗朗答道："贼寇凶狂，国家以百万之师尚且不能弹压，以致皇家宗庙失守，天子避难巴蜀。今日陛下以不能拒贼之罪责问我等柔弱女子，却又该以何言辞责备那些丢弃京城、丧师辱国的文武大臣呢？"

僖宗一时语塞，田令孜和文武百官面面相觑。

僖宗挥挥手，命将一干女子斩首示众。

朱全忠将沙陀兵马安置在汴州城外封禅寺，盛情邀请李克用住进上源驿宾舍。朱全忠说，他要好好慰劳李克用和他的幕僚将领，以谢大恩。

回到军府，朱全忠命从事李振筹办盛大宴会，款待李克用及其麾下将领。

李振笑眯眯地对朱全忠说："日后与公争霸中原者，非李克用莫属。今日乘宴会之时除掉'独眼龙'，乃天赐良机！"

朱全忠惊问："李郎何出此言？"

李振："方今天下镇帅之中，多鼠目寸光之辈，成不了什么大气候。只有河东李克用，心雄万夫，气吞万里，拥兵五六万之众。沙陀军兵精将勇，铁骑天下无敌。再者，河东独具山河之险，进可攻，退可守，是以高祖、太宗据之而得天下。此时公若不乘机剪除'独眼龙'，是谓天予不取，日后必遭其祸，悔之晚矣！"

朱全忠在心中琢磨，这"独眼龙"实在了得！他的数万沙陀铁骑，横扫千军，所向披靡，诚为天下第一劲旅，扫平关中，收复两京，将黄巢数十万大军杀得东奔西窜，终至覆灭。如今，李克用成了天下第一功臣，坐拥雄兵，又据山河之险，着实令人畏惧。老子要称霸天下，这"独眼龙"便是最大一个拦路虎、绊脚石！李振说得对，此时不除掉"独眼龙"，更待何时？只要灭了李克用，哪个还是我朱某对手！量小非君子，无毒不丈夫，先杀掉"独眼龙"再说！

朱全忠与李振密议一番，召来心腹牙将杨彦洪，拨给他一千精兵，命他于半夜子时围住上源驿，将李克用及其随从斩尽杀绝。

傍晚，李克用命李存孝留守封禅寺，自己与监军使陈景思前往上源驿，先锋将薛铁山、史敬思带三百亲兵扈从。

朱全忠已然准备停当，在上源驿大开宴席。

祝酒时，他对李克用好一番恭维奉承，称颂李克用是拯救大唐社稷第一功臣，是救苦救难天下第一大英雄。他感激涕零地说，李克用不只是我朱某的恩公，也是汴州军民和天下万民百姓的恩人。他还信誓旦旦，要奏请朝廷在汴州为李克用建造生祠，让汴州官民永世尊奉祭祀恩公，子子孙孙铭记李克用的功德。

朱全忠说着说着，不禁热泪横流，在场人等无不为之动容。

接着，朱全忠首先用大碗向李克用和陈景思敬酒。

李克用是豪爽之人，沙陀人和其他游牧民族一样，憨厚耿直，豪气干云，酒量特大，最喜豪饮。李克用像喝凉水一般，将朱全忠礼敬的三大碗酒灌进肚里。

汴州将领朱珍、庞师古、敬翔、李振、胡真、王重师、氏叔琮、朱友恭、邓委筠等，轮番向李克用、陈景思和薛铁山、史敬思敬酒，个个热情似火，令人无法推拒。

朱全忠又召来降将葛从周、张归霸三兄弟和李谠、黄文靖等人向李克用敬酒。

李克用来者不拒，连干十几碗老酒，脸不变色心不跳。

朱全忠三击掌,召营伎们前来歌舞侑酒。

营伎奏起《柘枝》舞曲,一队舞伎身着戎装,雁阵而出,左干右戚,踏步舞蹈。

只听男歌伎唱道:

　　　　羽檄起曹濮,烽火入咸阳。

　　　　征师屯宣武,分兵救太康。

　　　　严秋筋竿劲,寇阵精且强。

　　　　天子召铁师,使者遥相望。

　　　　雁行缘石径,鱼贯度飞梁。

　　　　箫鼓催春花,旌甲被秋霜。

　　　　疾风冲塞起,沙砾自飘扬。

　　　　马毛缩如猬,角弓不可张。

　　　　时危见臣节,世乱识忠良。

　　　　投躯报明主,巨功卫国邦。

此乃谋士敬翔特意改写鲍照诗《代出自蓟北门行》以奉承李克用。

朱全忠激情勃发,亲自操柏板击节,指挥乐伎演奏大曲《柘枝》,一位男歌伎唱起李白诗《发白马》:

　　　　将军发白马,旌节渡黄河。

　　　　箫鼓聒川岳,沧溟涌洪波。

　　　　武安有振瓦,易水无寒歌。

　　　　铁骑若雪山,饮流涸滹沱。

　　　　…………

接下来,乐伎们奏起《达摩支曲》,只见李振跳进舞场,边舞边唱起来:

　　　　天地相震荡,回薄不知穷。

　　　　人物禀常格,有始必有终。

　　　　年时俯仰过,功名宜速崇。

　　　　壮士怀愤激,安能守虚冲。

　　　　乘我大宛马,抚我繁弱弓。

长剑横九野,高冠拂玄穹。

慷慨成素霓,啸咤起清风。

震响骇八荒,奋威曜四戎。

濯鳞沧海畔,驰骋大漠中。

独步圣明世,四海称英雄。

朱全忠带头叫好,将士们纷纷高声喝彩。

李克用已有了七分醉意,也连连叫起好来。他此刻被朱全忠捧得晕晕乎乎,头脑膨胀,再加上沙陀人异常豪爽的秉性,趁着酒醉便自傲自大起来。他仰头哈哈大笑,醉醺醺地指着朱全忠鼻子说:"朱小三,你他娘的白白养了几万兵马,简直是一群草鸡,连黄巢的残兵败将都对付不了。不是我沙陀铁骑来得快,恐怕汴州城早就被尚让攻下,你那夫人张氏也只好陪黄巢睡觉了! 哈哈哈哈!"

一句话惹得朱全忠心头火起,但他脸上却笑成了一朵花:"仆射说笑了! 喝酒,喝酒!"

李克用与朱全忠端起酒碗相碰,各自一饮而尽。

朱全忠命人抬出一箱金锭,说:"今日难得李司空高兴,不如我俩玩一玩博彩,司空饮一杯酒,我便奉送一枚金锭,如何?"

李克用醉眼蒙眬,大叫道:"好,你朱小三果然是个痛快人!"

李克用连干三大碗,朱全忠立马把三个金锭丢在李克用脚下。

李克用已经是九分醉了。

此刻,朱全忠又命舞伎跳起《浑脱舞》。

浑脱舞又称为泼寒胡舞,此舞来自西域,那里正是沙陀故乡。

乐伎奏起《苏幕遮》舞曲,只见两队舞伎分别从两厢出场,一队携红旗,一队携绿旗。舞伎们戴着面具,赤身裸体,踏着鼓点,一边跳跃,一边互相泼水戏谑,煞是热闹。

李克用精神大振,口中连声叫好。朱全忠乘机劝酒,李克用鲸吞海饮,须臾间又干掉几大坛老酒。

舞伎邀李克用入舞,李克用乘着酒性跳进舞伎队中,与一班舞伎对舞起来。

汴州将领纷纷缠着李克用的扈从将领豪饮起来。

舞曲终了,为首舞伎向李克用敬酒。李克用又是一番痛饮,终于烂醉如泥瘫倒在地。

李克用被亲兵抬进馆驿楼上客房,呼呼大睡起来。

沙陀将领多已醉倒,被汴州兵架进客舍,一个个酣然入梦。

朱全忠离开上源驿,回到军府专候消息。

午夜时分,牙将杨彦洪带领精兵锐士,将上源驿周遭街巷用兵车连接起来,作为栅栏,以阻挡沙陀兵脱逃。

接着,杨彦洪带领人马将上源驿紧密包围起来。

凌晨丑时,杨彦洪和将士们悄悄进入上源驿。

李克用扈从卫士正在酣睡,被汴州兵一刀一个,杀了个痛快。河东监军使陈景思,在睡梦中舒舒服服地被砍下脑袋。

几个吃酒少些的沙陀兵被惊醒,大喊大叫着往外逃跑。哪料想,汴州兵里三层外三层,将驿馆围得水泄不通,逃出客房的沙陀兵,被截杀净尽。

李克用的贴身侍卫郭景铢酒吃得最少,被呐喊声惊醒后,急忙吹灭蜡烛,把李克用从睡榻上拽起,附在他耳朵边喊叫。李克用沉醉不省,任凭郭景铢如何呼唤,就是醒不转。郭景铢无奈,顺手撕下帷幕,包裹住李克用,将其塞进床榻下面隐匿起来。

汴州兵冲上馆驿二楼,逼近李克用寝房,吼叫着开始砸门。

情势危急万分,郭景铢急中生智,用冷水浇在李克用头上脸上,将他激醒,警告说:“汴帅要谋害司空!”

李克用张开一只大眼,跃起身来,取出弓箭,将冲至房门口的汴州兵连连射杀。

杨彦洪见难以靠近李克用,命士卒燃起火来。

火势越来越大,李克用寝房门窗皆被引燃,火舌呼呼地蹿进房内。

恰在此时,天空中一声炸雷爆响,紧接着大雨倾盆而下,转眼间把大火浇灭,连一个火星也不剩了。

杨彦洪暗暗叫苦,只得亲率一队士卒攻打驿楼。

此时，沙陀将领史俨、薛铁山和史敬思先后手持兵器杀了过来。

薛铁山冲上驿楼，找到李克用，大呼："朱全忠这个小人忘恩负义，要谋害司空。咱们有三百壮士，足以保护司空！"

薛铁山抄起铁弓，矢无虚发，连连射死几名汴州兵。他乘机架起李克用，催促他赶快下楼："事情危急，若是到了天亮，咱们一个也走不脱，赶快冲出去！"

薛铁山和史俨二人号称杀人魔王。薛铁山手中一根狼牙棒，碰上人人死，碰上鬼鬼亡。史俨一对流星锤，人称"没良心锤"，无人可挡。薛铁山和史俨在前拼命冲杀，将汴州兵杀得血肉横飞，鬼哭狼嚎。后面的汴州兵见势不妙，纷纷后退。史敬思护着李克用，踩着烧得半焦的楼梯板，冲下驿楼。

杨彦洪声嘶力竭吼喝着，阻止士卒逃跑，不想被史俨流星锤撞上，"砰"的一声打得脑浆四溅，即刻殒命。

史俨、薛铁山、史敬思护卫着李克用，逃出上源驿，窜至通衢要冲汴州桥。

扼守汴州桥的宣武军迅即围了上来，薛铁山挥动狼牙棒，冲上前去厮杀。只见那条狼牙棒，打得汴州兵头颅开瓢筋断骨折，活着的纷纷后退。薛铁山、史俨杀开一条血路，与李克用冒着大雨冲向南城门。史敬思带领几个卫士断后，与紧紧追来的汴州兵绞在一起厮杀。

朱全忠得报李克用杀出了上源驿，急命牙将王重师带领一千名精兵前去追杀。

王重师是颍州郡长社县人，原为许州都将。他智勇双全，武艺绝伦，左手持剑，右手提槊，长短搭配，冠绝当时。

王重师赶到汴州桥，见将士们蜂拥围攻史敬思，却奈何不得他半分。好一个史敬思，舞动一把泼风大刀，眨眼间斩杀了十几名汴州兵，地上躺满了尸体。

王重师喝开汴州兵，拍马上前要取史敬思性命。史敬思徒步应战，二人一刀一槊厮杀起来。

王重师骑在马上，居高临下，占尽风头。然而，史敬思越战越勇，二人势均力敌，战过数十个回合，仍不分高下。王重师卖个破绽，史敬思抡刀砍来，王重师急转马头，左手出剑，疾速向史敬思刺去，正中后心。史敬思大叫一声，还手一刀，将王重师手中长槊格飞两丈多远。

史敬思用大刀拄地，慢慢地倒了下去。

汴州兵一哄而上，争抢着去割史敬思的头颅。

王重师大喝一声："走开！史将军乃真英雄、大丈夫，尔等不得无礼！"

王重师下得马来，向史敬思躬身施礼，而后命士卒抬走史敬思尸体。

李克用和薛铁山、史俨等窜至南门西侧，从磴道登上城头，杀死几个守城士卒，缒城而出。

王重师带领人马追至尉氏门，哪里还有李克用的影子！

李克用回到封禅寺沙陀军营，与夫人刘氏相见，不禁抱头痛哭。

李克用指天发誓，要立即带兵攻打汴州城，杀掉朱全忠这个忘恩负义恩将仇报的小人，以解心头之恨！

夫人刘氏是一个贤德明理之人，她劝告李克用说："郎君身为检校司空、大镇节帅，一则为国家讨伐贼寇，二则为救数镇急难，千里驱驰，卓著勋劳。虽遭汴帅谋害，但是非自有朝廷评判。你若擅自挥兵攻打汴州城，反而输了理，别人在朝廷和天下人面前便有了说辞。依妾身之见，郎君可上奏朝廷，陈诉冤情，请求圣上降诏，而后奉旨发兵讨伐朱全忠，方为名正言顺。"

李克用平日里对夫人言听计从，如今听了她一席话，甚觉有理。他随即带领五万人马，悻悻往河东退去。同时，他一面修书怒斥朱全忠，一面上表僖宗，尽述朱全忠无端谋害的恶行，强烈要求朝廷允准他出兵讨伐朱全忠。

僖宗接到李克用奏表，不禁左右为难。李克用奉旨出兵讨贼，不远千里，解了汴州、许州之危，且一举战败黄巢，除了朝廷大患。论军功，李克用实在是匡扶社稷第一功臣！朱全忠这个贼坏，过河拆桥，恩将仇报，公然谋害自己恩人，还杀了朝廷监军使陈景思，真是一个忘恩负义之徒！按律，朝廷当明令讨伐朱全忠，李克用要发兵报仇，尽在情理之中。然而，眼下黄巢刚被剿灭，其余党秦宗权却又在中原闹腾起来。若是李克用沙陀兵和朱全忠再打起来，势必搅得天下更加混乱。再者，朱全忠固然可气可恨，可他毕竟出兵剿灭了黄巢，多少有些功劳，眼下还要靠他去剪灭秦宗权，也不宜得罪。

僖宗思来想去，觉得只有对李克用和朱全忠多加劝解，尽量平息纷争，方对朝廷最为有利。

于是,僖宗派杨复恭到太原宣谕劳军,对李克用大加褒扬,晋封其为守太傅、同平章事、陇西郡王。僖宗在诏书中劝慰李克用说,"吾深知卿冤,方事之殷,姑存大体",云云。

与此同时,本应讨伐问罪的朱全忠,也被朝廷加官晋爵封为郡侯,只是较李克用晋爵郡王低了一等而已。

李克用心中愤愤不平,前后八次上书僖宗,请求率领本部兵马讨伐朱全忠。李克用说:"全忠妒功嫉能,阴狡祸贼,异日必为国患。惟乞下诏削其官爵,臣自帅本道兵讨之,不用度支粮饷。"

僖宗只得一再敷衍,好言相劝,多方抚慰李克用。

得不到朝廷的支持,再加上夫人刘氏的极力劝说,李克用将满腔怨恨暂且隐忍下来。

为扩充实力,田令孜在西川募得五万四千名士卒,编为五十四都,纳入神策军,由自己统领。

田令孜又耍弄手腕,派遣间人到兴元,以金钱官位作诱饵,策动杨复光部下原忠武军八都将中的王建、韩建、张造、晋晖、李师泰脱离鹿宴弘,奔来成都,投靠田令孜。

田令孜随即认王建、韩建等五人为义子,皆升任诸卫将军,并赐予巨万资产。田令孜又命王建等五都兵马充作禁军,号称"随驾五都"。

中和五年(公元885年)正月,田令孜命"随驾五都"护卫僖宗,离开成都,踏上返回京城的漫漫长途。

经两个月奔波,僖宗君臣翻山越岭,又一次饱尝蜀道艰险,于三月二十二日回到了阔别四年之久的故都长安。

然而,此长安已非彼长安。

僖宗登上皇城正门朱雀门,放眼望去,满目凄凉。昔日车水马龙的天街上,荆棘丛生,蒿莱遍地,居然看到狐狸、野兔出没。大街两侧鳞次栉比的楼房豪宅,如今已成断壁残垣,形同废墟。正如有位文士在诗中所云:

　　千门万户鞠蒿藜，断烬遗垣一望迷。

　　惆怅建章鸳瓦尽，夜来空见玉绳低。

　　还都后，僖宗改元光启，意即光大先业，重启太平。

　　然而，僖宗朝廷面对的却是方镇割据、天下纷争、贡赋断绝、国库一空的窘境。朝廷政令所及之地，仅仅剩下河西、山南、剑南、岭南四道。真正能够输纳朝廷赋税者，只有京畿、同华、凤翔数州。朝廷文武百官、皇室贵胄、宫女宦官、神策军五十四都等，耗费巨大，粮饷愈来愈难以为继。南衙百官薪俸银子可以拖欠，神策军数万人马粮饷，却是万万少不得。一旦神策军作乱，就连田令孜也无法收拾。

　　田令孜挖空心思筹措钱粮，却四处碰壁，弄得焦头烂额。他自然而然想到了河中府两大盐池，那可是取之不尽用之不竭的万有宝库！

　　唐代赋税收入，盐利居半，宫中服饰车马等用度，六军十二卫军饷，乃至文武百官俸禄，"皆仰给焉"。天下盐税，常年在六百万缗上下，而河中府解县、安邑两盐池，年利即达一百五十余万缗，占两成半。故而，朝廷对河中盐池管理最为严格。

　　河中盐池被王重荣霸占后，每年仅向朝廷输纳三千车食盐，其余盐利全被王重荣独吞。田令孜决计收回两池盐利，以解朝廷财政之困，遂以僖宗名义颁诏，将河中府盐池收归朝廷直管专营，田令孜亲自兼任两池榷盐使。

　　王重荣自然抗命不遵，三番五次上表，陈说理由，恳请朝廷收回成命。

　　田令孜见王重荣公然抗拒朝命，便想出一条调虎离山之计。他以僖宗名义颁诏，命王重荣改任兖州刺史、泰宁军节度使，泰宁军原节度使齐克让改任义武军节度使，义武军原节度使王处存改任河中节度使，又命李克用带兵护送王处存赴任河中。田令孜以为如此便可釜底抽薪，王重荣再也无法把持盐利不放手了。

　　田令孜之所以选择王处存与齐克让充当排挤王重荣的人选，确是经过深思熟虑。齐克让是个庸才，是镇帅当中唯一一个俯首帖耳听命于朝廷的人。王处存出身神策军，忠于朝廷，黄巢占领京城后，他痛哭流涕，第一个出兵勤王，为收复长安匡扶唐室立下大功。这二人必会听从朝命，挤走王重荣。尤其是，李克用与王处存是姻亲，前不久，王处存为侄子娶了李克用女儿为妻。有手握强兵的李克用带兵护送，王重荣不敢反抗，王处存便可顺利接任河中。

然而，田令孜的如意算盘又一次落空。

田令孜"节度使大轮换"的计策，关键人物是王处存，而王处存此时却不愿改任河中。一则他刚为保卫自己领地与成德节度使王镕和卢龙节度使李可举打了一仗，如他离任定州，易州、定州就会被卢龙和成德两镇瓜分，他无论如何不愿将经过血战保住的领地拱手送给仇敌。再者，王处存与王重荣有着深厚的交情，他打心底就不想为他人充当打手，与王重荣翻脸成仇。

当年，王处存为报家仇出兵关中围攻黄巢，借道河中府，受到王重荣的盛情款待，为其人马补充粮草，慷慨相助。在进攻黄巢大齐军时，王处存与王重荣联手作战，互相支援。尤其是王处存在长安被黄巢军打败，几乎全军覆没，王重荣又施以援手，让他带领残兵败将回到河中府休养整军，王处存才得以回到定州，恢复元气。

王处存的姻亲李克用同样不愿参与排挤王重荣。当年，李克用父子云州兵败，困居漠北，寄人篱下。王重荣与杨复光一力向朝廷保奏，举荐李克用率兵勤王。李克用带兵路经河中时，得王重荣多方相助，供给粮草，提供渡船。李克用又与王重荣在关中携手，共同围剿黄巢大军，得以建立奇功，被朝廷敕封节度使，拥有了河东之地，成为雄藩大帅。说起来，李克用同王重荣的交谊亦是颇为深厚。

接到诏命，李克用马上写信劝告王处存，不可听信田令孜鬼话，不要理睬这个欺君误国的阉狗！

于是，王处存上表朝廷，敷衍僖宗和田令孜说，卢龙、成德兵刚刚退走，臣不敢轻易离境。王重荣无罪，并且刚刚为国家立下大功，不应随意调任，以致动摇方镇帅臣之心。

田令孜岂肯轻易罢休，以朝廷名义多次催促王处存赴任。王处存无奈，只得奉朝命前往河中。

河中节度使王重荣以为自己有驱逐黄巢收复京城的大功，却遭到田令孜排挤，心中异常气愤。他连番上表，论列田令孜离间君臣、祸乱朝纲、贻害天下十大罪状。接着，他秣马厉兵，决心与田令孜对抗到底。河中将士愤愤不平，谁也不愿意离开家人故地，纷纷责骂田令孜不是东西。

话说王处存到达晋州，晋州刺史关闭城门，拒不接纳，也不准王处存过境。王处存也趁机顺水推舟，就坡下驴，顾自打道回府了。

田令孜诡计落空，颜面扫地，不禁恼羞成怒，便准备动武。他拉拢邠宁节度使朱玫和凤翔节度使李昌符，作为进攻河中讨伐王重荣的急先锋。

朱玫、李昌符以为田令孜大权在握，与他内外勾结便会青云直上，封王拜相，故而一呼便应。

田令孜先召朱玫、李昌符入朝觐见天子，向僖宗一再陈说夺回河中盐池的好处，并向僖宗保证，凤翔、邠宁兵马愿为王前驱，充当先锋讨伐王重荣。

僖宗一贯昏庸，此刻却似乎特别清醒。他不理睬朱玫、李昌符，转而对田令孜说，宁可解散禁军以减少粮饷开销，也不要与河中王重荣动武。

田令孜早已不把僖宗放在眼里，他冠冕堂皇地说："王重荣不遵圣命，目无朝廷，若不加以讨伐，何以警示天下？何以保存朝廷颜面？诸道方镇节帅若起而仿效，岂不要天下大乱？一个小小的河中府，只要凤翔、邠宁兵和神策军一起出动，定可一举荡平。"

僖宗这次像是长了胆量，连连质问田令孜："尔等口口声声说出兵必胜，不但可收回盐池，还能挣回朝廷脸面。可若真要开战，尔等究竟有几分胜算？王重荣久经战阵，曾与黄巢贼寇连番血战，大败贼军，收复京师，为朝廷立下大功。如今，河中府兵强马壮，若王重荣再与李克用联手，尔等岂是对手？战端一开，后果不堪设想。朕，不想再到成都去了！"

僖宗一席话，说得田令孜、李昌符、朱玫三人哑口无言。

田令孜拂袖而去，心想，这个儿皇帝似乎翅膀硬起来了！走着瞧，你是"阿父"我从小带大，莫非儿大不由爷不成？！

于是，田令孜一不做，二不休，干脆矫诏——假传圣旨，命朱玫、李昌符各出动三万兵马，与驻夏州、灵州、延州、鄜州等部神策军联兵，九万大军进驻沙苑，准备攻打河中。

王重荣得报，一面派人马进军同州，准备迎击朱玫、李昌符联军，一面向李克用紧急求援。

此时李克用正在招兵买马，筹集粮草，准备讨伐朱全忠，以雪上源驿之恨，便回复王重荣说："等我先灭掉朱全忠，再回过头来对付朱玫、李昌符等鼠辈，不过如秋风扫落叶罢了。"

王重荣心急如焚，立即复函李克用说：等你灭掉朱全忠从关东回来，我已经是人家的阶下囚了。朝廷之中，田令孜等辈急于斥逐收复两京有功之臣而庇护朱全忠，朱全忠才敢于倒行逆施，肆意妄为。田令孜勾结朱全忠、朱玫、李昌符等，把持朝政，实为天下大患，郡王你还是早提一旅之师，先清除君侧奸臣，再对付朱全忠就容易多了。

李克用听了进去，他知道朱全忠与朱玫、李昌符暗中早有勾结，且他对田令孜操控朝政一再包庇朱全忠早已心怀怨恨，便决计先出兵援助河中王重荣，打败田令孜，之后再收拾朱全忠。

为师出有名，李克用上书僖宗说："朱玫、李昌符与朱全忠相为表里，欲共灭臣，臣不得不自救。已集蕃、汉兵五万，决于来年渡过黄河，先斩杀朱玫、李昌符，然后荡平朱全忠。"

僖宗看过李克用奏书，十分惊慌。田令孜深知李克用沙陀兵厉害，于是接二连三派出专使，飞马快车前往太原，百般劝阻李克用出兵。

然而，李克用心意已决，随即兵发河中。

王重荣得知李克用出兵相助，精神大振，便取以攻为守之策，出兵进攻同州，迎击朱玫、李昌符联军。

王重荣兄弟三人，长兄王重简，次兄王重盈。王重简之子名珂，王重盈长子名珙、次子名瑶。除记室李巨川外，王重荣便是依靠兄弟子侄割据河中。这次出兵同州，王重荣让长兄王重简留守河中府，命侄儿王珂和王珙各领一万人马为左右先锋，自己和次兄王重盈率领三万河中军跟进。

河中人马到达同州，将城池包围起来。

同州刺史郭璋率一万兵马守城，他本应关闭城门，坚守待援，然郭璋乃一介武夫，不懂得兵法，逞血气之勇，竟带领三千人马出东门迎战王珂。

王珂将郭璋及其三千兵马重重包围，逐次厮杀。不久，王珙也率领一万人马包抄过来。王珂和王珙前堵后截，杀得郭璋兵马血流遍地，郭璋就此葬送了性命。

王重荣占了同州城,命王珂、王珙率领先锋人马南下沙苑,进击李昌符、朱玫联军。王重荣返回蒲津关,迎接李克用沙陀兵渡河。

李克用率领五万沙陀兵抵达蒲州,留守河中府的王重简为沙陀兵补足粮草。随即,李克用带兵经蒲津西进,会师王重荣。

朱玫、李昌符率领九万大军屯驻沙苑。

沙苑,地处洛河与渭河之间,东西长八十里,南北宽三十里。沙苑又名沙海、沙泽,其中沙丘如海,起伏连绵,多草多树,宜于畜牧。

李克用率领大军向沙苑进击,王重荣与李克用并马而行,二人议定,到达沙苑后联名表奏朝廷,请求诛杀祸国奸佞田令孜,讨伐朱玫、李昌符。

李克用带领沙陀兵进抵沙苑,在王珂、王珙河中军营寨以北三里处扎营,与朱玫、李昌符联军相距五里,东西对峙。

僖宗接到李克用和王重荣请求诛杀田令孜、讨伐朱玫和李昌符的联名奏书,心急如焚,却无计可施。他既无力辖制田令孜和李昌符、朱玫,又难以驾驭李克用和王重荣。最终只得下诏,对李克用和王重荣百般抚慰,劝其顾全大局,与李昌符、朱玫和解。

对于僖宗诏旨,李克用和王重荣不屑理睬,决计开战,一举荡平朱玫、李昌符,而后再向田令孜问罪。

联军主帅朱玫是一个机智奸诈之人,兼有摧锋陷阵之勇。他曾带领邠宁兵围攻长安黄巢大齐军,血战开远门,被大齐军大将季达刺穿咽喉,身负重伤而侥幸不死。伤愈后,他因功被超拔为邠宁节度使,率领泾、原、岐、陇八万兵马屯扎兴平,继而进驻中渭桥,加官西北面都统,为收复长安立有大功。黄巢败亡,朝廷晋封朱玫同平章事,爵封吴兴侯。僖宗还都后,朱玫以为田令孜大权在握,靠上这棵大树,便可攀龙附凤,掌控朝政。再者,奉诏讨逆,天经地义,他冠冕堂皇地讨伐王重荣,便可像讨伐黄巢一样再立大功,攫取更大权力和更高职位,成为天下霸主。故而,朱玫甘为鹰犬,充当田令孜打手。

朱玫和李昌符两镇兵马,加上田令孜调派的神策军,在兵力上较王重荣、李克用八万联军稍稍占优。然而,朱玫心中明了,邠宁、泾原兵不是沙陀兵对手,更不用说中看不中用的神策军了。他与李昌符商议后,决计坚守不出,拖延时日,疲惫河中军和沙陀兵,待其师老兵疲,松懈下来,再夜袭其营寨。

李克用命薛铁山、李承嗣连日到邠宁兵营寨前叫骂,朱玫、李昌符装聋作哑,紧闭营门不出。王重荣看破朱玫诡计,与李克用议定,将计就计,明日夜袭敌营,一举击败朱玫、李昌符联军。

次日,李克用照常让薛铁山、李承嗣等将领到朱玫营寨前骂阵,骂累了便坐在地上休息。再骂,再休息。喝水、吃干粮,接着再骂。如此这般整整折腾了一天,日暮时分才带领将士们骂骂咧咧盔歪甲斜地返回营寨。

夜半时分,沙陀铁骑和王重荣一万骑兵同时出动,以迅雷不及掩耳之势,突然杀进邠宁、凤翔联军营寨。营寨外面挖有壕沟,布设有鹿寨,但对沙陀兵来说形同虚设,铁骑如履平地般一跃而过。

朱玫见薛铁山等人整整叫骂了一天,最后无精打采地回营去了,自以为得计,哪料想沙陀兵会夜袭营寨。他在睡梦中被沙陀兵吼叫声和喊杀声惊醒,急急忙忙跨上战马,连铠甲都来不及穿戴,仓皇出营向西奔逃而去。

薛铁山、李承嗣和王珂、王珙率领人马,在敌营中大砍大杀,邠宁兵、凤翔兵非死即降,逃出营寨者不足三成。

朱玫在十几名亲兵护卫下,一口气狂奔二百里,天亮后逃至富平,方敢下马歇息。

亲兵们在富平城中抢来一些饭食,朱玫胡乱吃了,便又上马,逃回邠州去了。

李昌符险些被薛铁山活捉,乘夜色逃出营寨,辗转回到凤翔。三万凤翔兵被杀大半,其余溃散,只有五六千士卒陆续逃回凤翔。

王重荣和李克用率领人马进逼长安,声言入京"清君侧",诛杀权奸田令孜。

田令孜惊慌不已。他只得故伎重演,于十二月二十五日夜挟持僖宗出宫,从开远门逃出长安,打算经凤翔逃往西川成都。

僖宗皇帝又一次走上逃亡之路。

沙陀兵和河中将士进入长安,在城内大肆劫掠。正在修复的宫室、府邸、店铺和民居被烧毁,尚未恢复元气的西京城,又一次蒙受劫难。

僖宗已二十四岁，对田令孜专权跋扈越来越气愤，常常暗自流泪。此次被挟持到凤翔，心中更是十分气恼。田令孜朝纲独断，目无君上，悍然调兵遣将，开启战端。如今弄得损兵折将，仓皇出逃，京城沦陷，社稷倾覆，真是祸国殃民！

僖宗觉得，要想平息王重荣和李克用的怨愤，使自己能够回到京城，再掌大统，就必须抛弃田令孜。

然而，如今田令孜羽翼丰满，尾大不掉，一时奈何不得。可惜智勇兼备、忠于朝廷的杨复光已病逝于河中，若有他在，除掉田令孜当非难事。

僖宗思来想去，终于想出一个制衡田令孜之策：重新起用杨复恭做枢密使，主管军机，参与朝廷大政，使田令孜不能为所欲为。

于是，僖宗颁诏，敕封杨复恭为枢密使。

王重荣和李克用派专使到凤翔，向僖宗呈递奏章说：臣等出兵抵御李昌符和朱玫，情非得已，绝非有意反叛朝廷。田令孜欺君罔上，祸乱朝纲，荼毒天下，罪该万死。请陛下赐死田令孜，圣驾即可回京，则臣等愿以戴罪之身，带兵各回本镇，听候朝廷处分。

田令孜恨得咬牙切齿，铁了心不让僖宗还京。经过与心腹将领密谋策划，田令孜决意挟持僖宗逃往兴元，再入西川，以免李克用和王重荣追到凤翔，自身不保。

然而，僖宗打定主意，就是不肯起驾，说什么也不肯去兴元。

田令孜索性一不做二不休，与其义子王建、晋晖等人密谋，挟持僖宗经宝鸡逃往兴元。

光启二年（886年）正月初八夜，北风怒号，大雪纷飞。田令孜带领王建等"随驾五都将"，突然闯入僖宗行宫寝殿。僖宗正睡得迷迷糊糊，被王建等人七手八脚从被窝里拉出来。他们威吓说："李克用和王重荣兵马追杀过来了！"然后胡乱给僖宗穿上袍服，架出寝殿，扶上一匹马，冒着风雪向西南六十多里的宝鸡奔去。

随行扈从僖宗的人马，只有田令孜指派的几个宦官和王建、晋晖率领的五百名神策军将士。宰相萧遘、裴澈和文武朝官无一人得知消息，自然无法随驾出行。

由于田令孜封锁消息，连在行宫值宿的翰林学士承旨杜让能也不知情。杜让能一觉醒来，不见了僖宗，料定是被田令孜挟持经宝鸡逃往兴元去了。

杜让能急急忙忙出了凤翔府城,徒步往宝鸡追赶僖宗。他冒着风雪严寒,跑得满头大汗,上气不接下气。正当他筋疲力尽之时,忽然发现路旁有一匹被人丢弃的马,杜让能如获至宝,赶忙走上前去察看,却见那匹马无鞍无缰。杜让能急中生智,解下腰带套住马颈,跨上马一路飞奔向南追去。

次日,太子少保孔纬得知僖宗逃往宝鸡,便与一班文武大臣前往随驾。朝官们在路途上被凤翔兵劫掠,钱物食品被抢夺一空,连袍服鞋帽都被剥掉掠走。主掌皇室祭祀的大臣宗正,将李氏皇族列祖列宗的神主牌位全都丢弃荒野。在冰天雪地之中,朝官们身着单薄小衣,冻得瑟瑟发抖,形同乞丐,狼狈不堪。

屋漏偏遭连夜雨,船破又遇打头风。呼啸的北风裹着雪花,搅得天地一片混沌。朝官们口中无食,身上衣单,想起一再被弃之如敝屣的遭遇,再也不愿往前走。众人商议之后,决计一同返回凤翔。

朝官们转身折返,孔纬劝阻不住,只得孤身一人顶风冒雪赶往宝鸡。

此番僖宗君臣再次离京出逃,韦庄有《闻再幸梁洋》诗记之:

才喜中原息战鼙,又闻天子幸巴西。

延烧魏阙非关燕,大狩陈仓不为鸡。

兴庆玉龙寒自跃,昭陵石马夜空嘶。

遥思万里行宫梦,太白山前月欲低。

田令孜裹挟僖宗来到宝鸡,逼迫李儇继续赶往兴元。李儇对田令孜欺君闹剧气恼已极,不禁破口大骂,死活不愿上路。

孔纬、杜让能两位大臣来到宝鸡,僖宗觉得有了依靠。为不再被田令孜挟持玩弄,李儇当即加封孔纬为御史大夫,要他火速返回凤翔,召集一众朝官前来宝鸡扈驾,人多势众好与田令孜抗衡。

御史台乃朝廷最高监察机关,专掌纠察弹劾文武百官,权势煊赫。御史台长官御史大夫,秩正三品,位高权重,可直通天子。安史之乱后,御史大夫一职不轻易授人,常以御史中丞代行其职权。僖宗实封孔纬为御史大夫,即是让他以朝廷威权召集文武百官前来扈驾,有敢违命者,孔纬即可弹劾罢官,查拿问罪。

孔纬急速返回凤翔,以钦差大臣、御史大夫身份向朝官们宣旨,命他们即刻前往宝鸡随驾。

然而，孔纬万万没有想到，宰相萧遘称病拒不与他见面，朝官们则借口仓皇逃出京城，无袍无笏，无法面圣。

宰相裴澈同样称病避而不见，文武官员竟无一人奉诏，孔纬气得面庞紫涨，青筋暴突，却又无可奈何。

其实，萧遘、裴澈和文武官员痛恨的是田令孜独霸朝纲，欺君罔上，蔑视百官。田令孜一再挟持僖宗出逃，将天子玩弄于股掌之上，视文武大臣如草芥，弃之若敝屣。故而，朝官们达成共识，他们不愿再当玩偶和摆设，宁可被罢官，也不愿去宝鸡再受田令孜的窝囊气。

宰相萧遘是南朝梁武帝萧衍后人，可谓出身名门。萧家在本朝出过好几位宰相：玄宗朝宰相萧嵩，德宗朝宰相萧复，懿宗朝宰相萧寘，皆萧遘先人。萧遘本人不仅相貌出众，且志操不群，常以名相李德裕自诩。往日，朝堂之上文武百官皆看田令孜脸色行事，唯有萧遘我行我素，照章办事，不向田令孜低眉弯腰。

萧遘痛恨田令孜专权误国，两次劫持僖宗出奔亡命，弄得天下震荡，社稷倾覆，怨声载道。他决意把僖宗从田令孜手中夺回来，剪除祸国殃民的一班宦官。于是，他暗中联络凤翔节度使李昌符，又派密使前往邠州，以手书召节度使朱玫带兵前来凤翔，图谋让两镇联兵护驾，用武力夺回僖宗，还都长安。

朱玫和李昌符皆见风使舵之辈，眼见得田令孜挟持天子仓皇出逃，惹得文武百官人人忌恨，成为众矢之的，后悔当初错投了主子。况且，二人又惧怕李克用、王重荣找上门来算账复仇，便摇身一变，打出清君侧、护圣驾、杀田贼的旗号，出兵宝鸡，意图夺回天子，护驾还京。

二十二 世衰总为主昏多

孔纬乃曲阜孔大圣人后裔,父祖辈皆在朝中为官。在随僖宗逃难西蜀时,被擢拔为刑部尚书、判户部事,掌管钱粮财赋。因钱粮调度无方,降为太子少保闲职。孔纬谨遵礼教,固守纲常,恪守忠君之道,却无治国之才。

此次宰相和文武百官无意奉诏,孔纬只好召来御史台的御史们,命一干部属前往宝鸡随驾。

孔纬对御史们说:"我等做臣子的,身受国恩,居监察权要之职。如今天子蒙难播迁,累诏朝臣随驾,竟无人遵从,乃是做臣子的不忠!布衣之交有了急难还要相助相帮,何况君亲乎!"

孔纬说着,不禁声泪俱下,号啕大哭。

御史们虽然动容,却不动心,一个个低头不语,无一人表示愿前往宝鸡随驾。孔纬气得七窍生烟,愤然起身,拂袖而去。

孔纬决意只身一人也要回到宝鸡,但他一义不名,没有路费,只好觍颜找到李昌符,说是圣驾在宝鸡日子窘迫,须向凤翔府借一些钱粮,请大帅慷慨贡献些个。

李昌符命人取来百两银子,笑眯眯地说:"圣上有难,做臣子的理当奉献。只不过,在下请求亚相回到宝鸡之后,劝圣上回驾凤翔,在下可保圣驾平安无事。若圣驾受阉寺胁迫,播迁兴元,或者再逃往西川,则社稷倾覆,宗庙毁弃,国家必亡。在下与邠宁朱大帅忠心护国,绝不会坐视阉竖田令孜辈为害朝廷。"

"亚相"是御史大夫别称,意即副宰相。

孔纬心中吃了一惊,问道:"大帅意欲何为?"

李昌符仍然微笑着说:"惩治阉党,为国除奸,乃是臣子本分;清除君侧,勤王救驾,在下义不容辞。"

孔纬暗道:这李昌符看起来憨直,实则心怀叵测!

此番凤翔之行,孔纬虽未召回一个朝廷官员,却察觉朱玫、李昌符心怀异图,遂向僖宗奏报说,朱玫、李昌符图谋带兵进攻宝鸡,劫持圣上。陛下应尽快离开此地,前往兴元避难。

僖宗闻听此言,面如土色,泪水长流,半天说不出一句话。

数日后,李昌符、朱玫果然率领兵马向宝鸡杀来。二人发布檄告称:勤王护驾,诛杀阉党奸佞田令孜,迎接天子回銮还都!

田令孜心急如焚,软硬兼施,挟持僖宗匆忙奔向兴元。

宝鸡百姓得知李昌符、朱玫大兵压境消息,顿时全城大乱,纷纷携家带口向南逃难。宝鸡至兴元山道狭窄,难民百姓拥挤不堪,栈道之上,官民人马填塞,更加难以通行。

李昌符、朱玫带兵追杀过来,禁军大将杨晟率领人马断后,与追兵展开激战。

僖宗听到身后传来激越的战鼓声和呐喊厮杀声,远远望去,只见两军将士互相拼杀,诸般兵器在寒阳照耀下,闪射出一片耀眼光芒。

探马向田令孜禀报:朱玫派出一支人马,抄小道到前面去焚烧栈道!

田令孜不敢怠慢,急忙命义子王建、晋晖为清道斩砍使,带领五百名精兵,手持长剑大刀开路,遇有妨碍通行者,格杀勿论。

王建、晋晖砍杀了无数百姓,终于护卫僖宗踏上栈道。

王建身上背着天子传国玉玺,手里牵着僖宗坐骑,不停地安慰勉励僖宗,总算是越过了一段快要被烧毁的栈道。

僖宗一行来到大散关下石鼻驿,天早已黑下来,僖宗再也走不动了,便执意要在石鼻驿宿夜。

田令孜说,无论如何不能在此停留,后面朱玫、李昌符的追兵马上杀过来,过了大散关才能歇脚,那样会安全些。大散关易守难攻,多派些人马命杨晟死守,追兵一时攻不上来。

僖宗无奈,只得勉强起身,继续赶路。

过了大散关,已是夜半时分,僖宗实在走不动了,田令孜只得命将士和宫女、宦官们在山道上露天宿营。

在一块避风的岩石后面,僖宗头枕王建大腿,呼呼睡去。

忽然间,僖宗被一阵呐喊声惊醒,原来是朱玫在攻打大散关!

田令孜命一行人马即刻起身开拔,赶快离开此地。

僖宗两腿疼得走不了路,王建只得背起僖宗,在山道上蹒跚而行。

朱玫、李昌符带领人马进占石鼻驿,僖宗刚刚离开一个时辰,而一些走不动的宫女和皇室老幼,还停留在驿站内歇息。朱玫命将这班男女看管起来,一一甄别其身份。又命帐下大将王行瑜带领人马,火速向大散关进兵。

大散关坐落在宝鸡南大散岭上,地势险要,难攻易守,可谓“一夫当关,万夫莫开”,历来为兵家必争之地。大将杨晟带领神策军在此防御追兵,田令孜命他死守关城,不得后退一步。

王行瑜带兵向关门冲锋,天黑路陡,仰攻险关谈何容易。王行瑜三次挥兵夺关无果,只得下令退兵石鼻驿,待天亮后再行攻关。

朱玫追兵被阻于大散关下,僖宗和田令孜继续南逃,奔往兴元。

僖宗连日奔波,每天胡乱吃些食物,夜里头枕王建大腿入眠。由此,他对王建心存感激,解下身上御袍赐给王建,流着眼泪说:“请爱卿珍惜此袍,它上面有朕的眼泪。爱卿勿忘时艰,要精忠报国。”

王建连忙伏地叩拜,泪流满面,对天盟誓:誓死护卫圣驾,愿肝脑涂地,万死不辞!

驻节兴元的山南西道节度使石君涉,对田令孜心怀不满,愿与朱玫、李昌符联手,阻止田令孜挟持僖宗逃往兴元。石君涉派出人马,将僖宗前往兴元路上的驿站和栈道统统烧毁,使其无法通行。

田令孜无奈,只得另择小道赶往兴元。

僖宗一行在蜿蜒陡峭的山间小道上攀爬，其艰难之状难以尽述。僖宗袍衫、鞋子都磨破了，浑身酸痛，实在爬不上悬崖陡壁，王建只好背着他爬行。

王行瑜被杨晟阻挡在大散关前，一时难以攻下，便派出几支小队人马，沿着猎人走的羊肠小道，绕过大散关，去阻截僖宗。田令孜不得不天天派兵阻击王行瑜的小股人马，每日里战战兢兢地逃命，一日三惊，犹如惊弓之鸟。

石君涉要派兵阻击田令孜和僖宗，不许他们进入兴元，监军使严遵美坚决不同意。严遵美为人谨慎，平日里与将士们相处融洽，威望较高，石君涉对他也敬畏三分，派兵挡驾之事只得作罢。

得知僖宗一行即将抵达兴元，石君涉只得带着几个心腹将领出逃，投奔朱玫去了。

严遵美迎接僖宗和田令孜一行进入兴元府，安顿下来不几日，孔纬辗转赶到。僖宗君臣在兴元停驻下来，暂且有了安身之所。

由于相位空缺，僖宗晋封孔纬为中书侍郎、同平章事、集贤殿大学士，杜让能为兵部侍郎、同平章事，二人并为宰相。接着，又擢升严遵美为内枢密使，卢渥为户部尚书、节制山南西道。

朱玫没有攻下大散关，却在石鼻驿俘获了年轻的嗣襄王李煴。

李煴是肃宗玄孙，襄王李僙曾孙。他因腿脚有疾，行动不便，被朱玫俘获。

朱玫头脑灵光，觉得李煴奇货可居，便将他带回凤翔，好生养护起来。

由于山高路险，大散关难以攻克，朱玫、李昌符无法进取兴元，与流亡天子及田令孜就此形成对峙之局。

朱玫、李昌符和王重荣再次上书僖宗，要求诛杀田令孜，以安抚文武朝臣和方镇节帅。宰相萧遘率领留驻凤翔的朝廷百官，亦上书僖宗，说田令孜"专国煽祸，交乱群帅"，请诛田令孜以谢天下。

僖宗亡命兴元，护卫禁军全在田令孜掌握之中，日常在李儇身边侍奉的宦官宫女，也都是田令孜安插之人。尽管僖宗对田令孜极其不满，但他一时也奈何不得田令孜，只能迁就敷衍，照旧称呼田令孜为"阿父"，只是偶尔尝试着施展一下天子威权。

如此一来，僖宗皇帝在兴元，文武朝臣在凤翔，京师既无天子，又无大臣，唐朝廷呈现出一种离奇尴尬的局面。

朱玫终于按捺不住，他要仿效前朝故事，另立新君，自己便可成为拥立新主的权贵，执掌朝纲，号令天下。

于是，朱玫百般游说留驻凤翔的文武百官，鼓吹另立新君。朝官们痛恨僖宗放任田令孜专权，以致朝纲紊乱，天下震荡，天子播迁，国将不国。多数官员以为，另立新君不失为扭转乾坤的一条捷径，便依从了朱玫的主张。

这日，朱玫前来拜见宰相萧遘，二人见礼之后，朱玫侃侃而谈："黄巢之乱，圣人在外流亡六年之久。方镇将士拼死厮杀，肝脑涂地，饿死战死者凡百千万，才收复了一座京城。天子车驾还都，却把功劳归于宦官，大封阉寺，委田令孜以大权，致其肆无忌惮，排挤功臣，扰乱方镇，祸国殃民。朱玫不才，前时奉相公号令迎驾还京，却不蒙圣上信察，倒像是在下以武力胁迫君主。如今田令孜挟持君上，苟安兴元，弃臣民如敝屣，国家倾危。李氏皇室子孙尚多，相公何不仿效伊尹、霍光，重立明君以安社稷呢？"

萧遘早已风闻朱玫游说百官谋立新君，心中大不以为然。他觉得僖宗只是被田令孜蒙蔽，只须除掉阉党，即可拨乱反正。轻易废立国君，动摇国本，必造成更大混乱。尤其是眼前这个朱玫，野心勃勃，不自量力而首谋废立，定然另有所图。萧遘心中后悔当初不该让朱玫迎驾回京，如今也只能婉言相劝，让朱玫打消另立新君的念头。

萧遘遂说："圣上登基十多年来，并无大过，只因田令孜专权，假托诏旨，惑乱天下，致使圣驾一再播迁，寰宇震荡。圣上每念及此，总是泪流不止。此番离京，圣上本不情愿，皆因田令孜陈兵御前，劫持圣驾，圣上实在是身不由己。罪在田令孜，此乃人所共知。足下若要尽忠朝廷，即应带兵返回本镇，而后上表朝廷，请圣驾回銮。扶立新君这等大事，连伊尹、霍光都不得不慎重行事，何况萧某无才无识，岂敢轻言废立！"

朱玫未达目的，心有不甘，便退一步说要拥立李煴为权监军国事，请萧遘依例书写册文。

萧遘深知，朱玫是个杀人不眨眼的魔王，自己若公然阻止他拥立李煴，可能会招来杀身之祸。此正所谓秀才遇见兵，有理说不清。萧遘只得退避缄口，避祸自保，便冷笑道："萧某年老，文思衰落，运笔迟钝，足下可另请高明。"

朱玫找兵部侍郎郑昌图起草了册文，与李昌符召集文武百官，要他们在册书上签名联署，拥戴李煴监国，并威胁众人说，有持异议者，斩！

文武百官被迫署名，敦请嗣襄王李煴权监军国事。

翌日，朱玫、李昌符带领文武百官对天盟誓，效忠李煴。

宰相萧遘既不愿在册书上签名，也不参加拥立仪式。

三日后，朱玫率领文武百官，扈从李煴从凤翔回到西京长安。

刚回到长安，朱玫便让李煴颁诏，晋封自己为侍中、同平章事、左右神策十军使，兼任诸道盐铁转运使，独掌军政财赋大权。同时，擢任郑昌图为宰相，罢去萧遘相职，给他一个太子太保名号，命其回家赋闲。

接着，朱玫以李煴名义颁诏，给诸道藩镇帅臣加官晋爵，以收买人心。

方镇将帅大多已对僖宗失望，纷纷表示效忠李煴。

淮南节度使高骈对僖宗朝廷深恶痛绝，近年来江淮贡赋没有一钱一米上输朝廷。此次高骈索性上表李煴，劝他登基称帝。李煴接表大喜，颁诏晋封高骈为中书令、诸道兵马都统、江淮盐铁转运使。高骈谋士吕用之，也被李煴敕封遥领岭南节度使。

高骈接到李煴敕诏，心中大喜，很快便向李煴输送贡赋，钱粮源源不断运往长安。

朱玫、李昌符拥立李煴的消息传到兴元，僖宗君臣呆若木鸡。田令孜心中明了，朝廷百官和藩镇将帅视其若仇雠，他已经成为众矢之的，前程殊难逆料。他冥思苦想，终于想出一个金蝉脱壳之计：向僖宗荐举杨复恭代替自己做左神策军中尉、观军容使，他自己则去西川做监军使。

田令孜的如意算盘是：朱玫等藩镇帅臣和朝廷百官拥立李煴，已经回到西京长安。王行瑜若率五万大军进兵兴元，僖宗只能逃亡到西川成都去。眼下他辞去神策军要职，去做西川监军，便能减轻藩镇帅臣和朝官对他的仇视，且僖宗日后去西川避难，最终还会落入他的掌握之中，他照样可以挟天子以令诸侯。

于是，田令孜面奏僖宗，请求辞去神策军之职，到剑南西川去监军。僖宗心中窃喜，假意挽留一番之后，顺水推舟答应了田令孜请求，并擢任杨复恭为左神策军中尉、六军十二卫观军容使，统领禁军。

田令孜深知，僖宗对自己厌倦已极，而一旦失去朝廷大权，杨复恭必会将自己置于死地。他急于离开，便数次请求僖宗恩准他去西川成都赴任，但都被杨复恭阻止。还好眼下杨复恭急于对付朱玫拥立的小朝廷，还不愿在兴元自相残杀妨碍大局，所以没有对他下手。

老奸巨猾的田令孜知道再不走，恐怕日后就再也走不脱了，便假意在僖宗面前不提赴任西川之事，只是哭哭啼啼地诉说他多年来辛辛苦苦侍奉圣驾，如今年老多病，只是想到成都去寻医觅药治病，以苟延残喘度过晚年。僖宗忆起自幼受到田令孜的百般呵护，念及"阿父"种种好处，动了恻隐之心，便点头允准了。

田令孜如逢大赦，当即悄悄启程，快马加鞭逃往成都。待杨复恭得到消息，田令孜已经走远，追之不及了。

杨复恭憎恨王建、韩建等人忘恩负义卖主求荣，随即将王建等"随驾五都将"撵出禁军。王建改任利州刺史，晋晖任集州刺史，张造任万州刺史，李师泰任忠州刺史，韩建则做了华州刺史。利、集、万、忠四州皆是偏远荒僻小州，华州已经残破不堪，且在王重荣管控之下，韩建无法赴任，不过一个虚名而已。

拥立李煴之后，朱玫大权独揽，不可一世。凤翔节度使李昌符同样出兵迎驾，首倡拥立李煴，却没有捞到什么好处，心中自是愤愤不平。于是，李昌符暗中上书僖宗表示效忠，并说李煴篡位称帝是大逆不道，神人共愤，必遭天谴。僖宗当即下诏，加封李昌符为检校司徒。

此时，诸道贡赋大多输往长安而不是兴元，一则是方镇节帅厌恶田令孜和僖宗朝廷，转而拥立李煴；再则，即便有方镇愿效忠僖宗，可兴元有秦岭巴山阻隔，路途艰险遥远，运输极为困难，也便作罢。

僖宗朝廷困居闭塞的群山之中，无钱无粮，官员和将士连饭都吃不饱，一旦军变可如何是好？僖宗坐困兴元，终日愁眉不展，常常以泪洗面。

新任宰相杜让能思虑再三，向僖宗献策说："这场祸端，皆由田令孜与王重荣构衅所致。如今田令孜被贬，杨复恭取代田令孜做了左神策军中尉、观军容使，而王重荣与杨复恭弟杨复光交情深厚，陛下若派出重臣去河中，宣示诏书，再带上杨复恭亲笔书信，对王重荣多加慰勉，晓以君臣大义，或者能使王重荣回心转意，迎驾回銮。如此，大唐社稷便可转危为安。"

僖宗连连点头称善，当即命杜让能草诏，又让杨复恭给王重荣写了书信，派右谏议大夫刘崇望至河中宣诏。

此时王重荣见朱玫越闹越不像话，竟然私自弄起废立国君、挟天子以令诸侯的把戏来，狼子野心昭然若揭，已感到不能再与朱玫合作下去，以免落下千载骂名。恰巧敕使刘崇望来到河中宣诏，对王重荣多方慰勉，且面交了杨复恭亲笔书信，王重荣正好就坡下驴，命掌书记李巨川书写奏章，恳切表示效忠僖宗朝廷，请求朝廷允他出兵讨伐朱玫，扫平叛乱，迎接僖宗圣驾回京。

为表忠心，王重荣还向僖宗献绢十万匹，以解燃眉之急。

刘崇望带着王重荣奏书和十万匹绢回到兴元，僖宗喜不自胜。宰相杜让能和朝臣们弹冠相庆，纷纷向僖宗表示庆贺。

朱玫派遣使者前往太原，向李克用宣谕李煴诏书：圣上在前往兴元途中，因六军叛乱，仓皇之中已经晏驾。本王受藩镇和朝臣拥戴，今已受册，权监军国事。云云。

使者向李克用呈上朱玫亲笔书信，信中邀李克用拥戴李煴，共同辅佐新主。

李克用见朱玫公然玩弄"挟天子以令诸侯"的把戏，用李煴来压自己就范，不禁勃然大怒：你朱玫一个小小邠州刺史，治下人口不过十万，居然擅立新君，对我强镇雄藩发号施令，真是岂有此理！

心腹谋士盖寓乘机向李克用进言："圣上銮舆播迁，天下人归罪于主公当初放纵了朱玫。若司空不讨伐叛逆，废黜李煴，便无以洗刷清白。"

李克用当即焚烧李煴诏书，囚禁使者，向诸道方镇发出檄文：朱玫胆敢欺骗天下方镇，公然妄称天子晏驾，擅自拥立新君，犯下谋逆大罪，人人得而诛之。河东已发蕃、汉兵三万进讨凶逆，特移文贵道，同起义兵，共扶社稷。

同时,李克用表奏僖宗:"臣正发兵渡河,铲除逆党,迎驾还京。请陛下颁诏,令诸道助臣一臂之力。"

僖宗欢喜不禁,拿出李克用表章让群臣传阅。一干文武官员人心大振,禁军士气也顿时高涨起来。

杨复恭荐举杨复光义子杨守亮为金商节度使、京畿制置使,率领两万神策军出兵金州,与李克用、王重荣一道围攻京师长安。同时,杨复恭还以朝廷名义发布檄告:有能斩获朱玫首级者,即授予邠宁节度使之职。

王行瑜率领大军终于攻下大散关,紧接着占领凤州,又攻占兴州。兴州距兴元只有二百里路程,僖宗君臣闻讯,急忙商议应对之策。

杜让能、杨复恭派出神策军指挥使李铤和李茂贞,带兵屯驻大唐峰,阻挡王行瑜来攻,且与败退文州的杨晟成掎角之势,以拱卫兴元。

李茂贞本姓宋,名文通,深州博野人。他原为博野军一名队长,随军卫戍京师。黄巢占领长安后,博野军归郑畋统辖,宋文通参与龙尾坡之战,立有战功,擢任神策军指挥使。他随从僖宗来兴元,因扈驾得力,僖宗赐其国姓李,更名茂贞。

王行瑜带兵进攻大唐峰,李铤和李茂贞率神策军以逸待劳,凭借有利地形,居高临下,挫败了邠宁兵。

王行瑜几次进攻受挫,人马折损过半,再加上邠宁兵在高山深谷之中苦战数月,师老兵疲,且由于秦岭蜀道运输粮草艰难,邠宁将士忍饥挨饿多日,早已怨气冲天,毫无斗志,逃跑溃散者越来越多。

李铤见邠宁兵已成强弩之末,便带兵攻打山下王行瑜军营。邠宁兵一触即溃,一路败逃到凤州。

王行瑜担心受朱玫惩罚,思虑再三,对心腹将领们说:"如今我等损兵折将,若这样败回,必是死罪。我等不如秘密回军,杀掉朱玫,占据京师,而后迎接圣驾还都。如此既可免祸,又可获取匡扶社稷大功。我若得授邠宁节钺,必与兄弟们共享富贵。"

王行瑜部属将领皆争名逐利的赳赳武夫,早已不愿在深山野岭浴血鏖战。他们以为,王行瑜若做了节度使,一人得道,鸡犬升天,兄弟们将高官厚禄,荣华富贵。

于是，将士们摩拳擦掌，吵吵嚷嚷，要立马杀奔京城，除掉朱玫。

当日夜间，王行瑜悄悄带兵撤出凤州，从山间小道进袭长安。

此时，朱玫正忙于带领文武百官上表劝进。十月一日，李煴正式称帝，改元建贞，遥尊僖宗为太上元皇圣帝。

王行瑜悄然回到长安，迅即将兵马布置就绪，而后来到朱玫宰相府邸。

朱玫一见王行瑜，惊讶地厉声斥责道："你不得军令擅自回京，莫非打算谋反吗？"

王行瑜扬眉一笑，朗声说道："我不打算谋反，只是要诛杀逆贼朱玫！"

说话间，王行瑜手起刀落，将朱玫首级"唰"地砍落于地，骨碌碌滚出去老远。邠宁兵破门而入，逢人便杀，须臾之间便将朱玫党羽数百人赶尽杀绝。接着，邠宁兵冲进皇宫，闯入大街小巷，烧杀抢掠。

京城一时大乱。李煴新朝宰相裴澈、郑昌图带领二百多名官员，拥着李煴仓皇逃出京城，奔往河中府，意欲投靠王重荣，却不知王重荣已向僖宗上表效忠。

王重荣假意出城迎驾，待李煴和百官进入府衙，当即挥兵将新朝君臣严密包围。

王珙抓住李煴，一刀砍掉首级。新朝官员大都被杀，裴澈、郑昌图囚禁狱中。

王重荣命人将李煴首级用木匣盛起，派专使送往兴元，向僖宗邀功请赏。

僖宗晋封王行瑜为邠宁节度使，李茂贞为武定节度使，杨守亮为山南西道节度使，杨守信为金商节度使。杨守亮兄弟二人皆升任藩镇节帅，这自然是杨复恭的刻意安排。

在李唐朝廷内讧之时，秦宗权乘机坐大，竟成中原一霸。

当年，李克用率五万沙陀铁骑驰援陈州，黄巢不得不撤兵北上。李克用、朱全忠、时溥在王满渡大败黄巢，又追击至冤句、兖州乃至泰山，却无人顾及秦宗权。秦宗权乘机回兵蔡州，攻取附近州县，招兵买马，训练队伍，人马越来越多，竟达十五万之众。

秦宗权派兵四出，攻城略地，争霸中原。其部将陈彦进攻江淮，秦贤进军江南，秦诰攻占唐州、邓州、襄州，孙儒进占东都洛阳、孟州、陕州、虢州，张晊占领汝州、郑州，又命卢瑭进攻汴州、宋州。

秦宗权兵马纵横驰骋于江淮河汉，北至卫、滑，西到潼关，东达青州、齐州，南逾江淮，所向披靡，无人可撄其锋。

宣武军节度使朱全忠固守汴州城，与秦宗权周旋，疲于应付，仅能自保而已。

光启元年（885年）三月，秦宗权在蔡州称帝，建国号新蔡。

接着，秦宗权出动大军，围攻汴州，要除掉老冤家朱全忠这颗眼中钉、肉中刺。

秦宗权大将张晊率领三万人马，屯驻汴州城北边孝村；大将秦贤率三万兵马，驻扎汴州西郊板桥；卢瑭等将领分别带兵在东郊、南郊扎营。秦宗权十万人马，在汴州四郊扎下三十六座营寨，绵延二十余里。

朱全忠此时不过四五万人马，四面防守州城，兵力弱小。他忧心忡忡，苦无良谋，便召来敬翔、李振两位谋士商议应敌之策。

敬翔献计说："以汴州现有兵力，只能固守城池，坚不出战。同时，可派出能员大将，到青州、淄州招兵买马。近年青州、淄州境内平安，人口繁盛，且青、淄兵骁勇善战，以一当十。再者，可向郓州天平军节度使朱瑄、兖州泰宁军节度使朱瑾兄弟二人求援，请他们带兵前来汴州解围。朱瑄、朱瑾与主公同宗，素以兄弟相称，必会拔刀相助。"

朱全忠当即派心腹大将、诸军都指挥使朱珍带一千精兵，冲出城去，以淄州刺史名义前往青州、淄州募集兵马。同时，派出专使，带着朱全忠书信，前往郓州、兖州，向朱瑄、朱瑾求援。

郓州节度使朱瑄，宋州下邑县人氏，早年与其父朱庆贩盐为生。朱庆被县吏捕获处死，朱瑄逃至郓州，投军当了一名小校。后来，他以战功升任郓州都将。光启初年，魏博军攻打郓州，天平军节度留后阵亡，朱瑄带兵坚守城池，击退魏博军，遂自称留后，僖宗朝廷遂敕封朱瑄为天平军节度使，后又加官至检校太尉、同平章事。

朱瑄堂弟朱瑾，仪表堂堂，武艺高强。他在朱瑄麾下任郓州都将，被兖州节度使齐克让看中，便将女儿许配他为妻。

朱瑾却另有图谋。

迎亲之日，朱瑾盛装打扮，豪车怒马，仪仗鲜明，却在婚车中暗藏兵器，车夫和仪仗全是朱瑾部下将士装扮。

朱瑾一行迎亲人马，傍晚时分进得齐克让府中，突然从婚车中拽出兵器，将齐克让劫持，囚禁起来。

朱瑾随即自封兖州节度留后，执掌了军政大权。朝廷不问是非，旋即敕封朱瑾为兖州刺史、泰宁军节度使。

朱珍带领一千人马，东进至淄州乾封镇。

五千淄州兵在白草口扎营设阵，阻挡朱珍东进。

朱珍出其不意，命葛从周夜袭白草口淄州兵营寨，将其一举击溃，俘获淄州守将和两千士卒、战马五百多匹。

朱珍将俘虏的淄州兵编入部伍，训练数日之后，挥军进击青州。

青州节度使命镇将王绩、杨昭范和葛麻里分别带领六千人马，在金岭扎下三个大营，阻击朱珍。

朱珍距金岭十里下寨，而后自扮樵夫，前去察看青州兵营寨和金岭地形。

王绩大营设在通往青州的大路边，杨昭范和葛麻里大营，分别扎在王绩大营南、北两面山坡上，与王绩大营均相距二里之遥。

次日午夜时分，葛从周和黄文靖奉朱珍之命，各自带领二百士卒，扮作青州兵，悄悄摸至杨昭范和葛麻里营寨外，突然点亮火把，虚张声势，高声呐喊，同时向营寨发射火药箭，造成猛攻营寨模样。

杨昭范和葛麻里营寨同时着火燃烧起来。

杨昭范和葛麻里一面带兵出寨抵御，一面派人向王绩求援。杨昭范分明看到汴州兵装扮成青州兵，穿戴着青州兵盔甲，向王绩求援便报说敌军假扮青州兵。

王绩见杨昭范和葛麻里两处营寨起火，杀声震天，知是朱珍带兵攻打营寨。王绩将三个营寨列成掎角之势，本就为了相互支援，阻遏朱珍兵马沿大道进攻青州。此刻，王绩带领人马出营，人人手持火把，前去支援杨昭范，另派一名都将带人马增援葛麻里。

杨昭范带兵冲出营寨，向汴州兵杀来。葛从周传令迅速灭掉火把，在夜暗之中溜进山沟，转眼间不见了踪影。

说话间,杨昭范与王绩前锋人马相遇,暗夜中一时难以辨清,两支青州兵便立时展开混战,自相残杀起来。

在王绩和杨昭范相互杀得难解难分之时,埋伏在王绩营寨近旁的朱珍兵马,突然间擂响战鼓,杀进王绩大营。营寨中留守的青州兵为数不多,一时不知有多少敌兵杀来,被汴州兵呐喊声吓破了胆,登时溃散,弃寨逃命。

朱珍命士卒焚烧王绩营寨,熊熊大火冲天而起,照耀得满天通红。青州兵三座营寨,被烧得一干二净。

王绩和杨昭范发觉上当,为时已晚。青州兵眼看着营寨被烧毁,又见汴州兵怒吼着冲杀过来,便争相往博昌溃逃。

朱珍传令将士减少杀戮,青州兵凡投诚者,一概优待。

接着,朱珍挥兵追击,一路上俘获四五千青州兵和五六百匹战马,杨昭范亦被生擒。

王绩在山坡上仓皇逃命,马失前蹄,坠落山沟身亡。

葛麻里和残余青州兵刚刚逃进博昌城,尚未来得及喘一口气,朱珍率领人马已经杀进城中。

青州兵已成惊弓之鸟,各自争相逃命。葛麻里斩杀了几个士卒,依然约束不住,反被溃兵们裹挟着向东门退逃。

博昌小城,城门本就狭窄,上万青州兵拥挤不堪,人马互相踩踏,将士哭爹叫娘,乱成一团。

朱珍和将士们向青州兵喊话:投降者一概不杀。

青州兵成群结队缴械投降,加上途中被俘者,共达一万三千余众,一千多匹战马被汴州兵缴获。

葛麻里带领三百多名青州兵逃出博昌城,朱珍传令不必追击,随即整理队伍,疾速回师汴州。

只用了五六天时间,朱珍便抵达汴州东北四十五里陈桥驿。

朱珍派人潜入汴州城内,向朱全忠禀报一切。朱全忠大喜,对庞师古、氏叔琮等将领说:"朱珍招来一万多兵马,汴州城可保不失了!眼下蔡州兵正养精蓄锐,等待时机来攻州城。秦宗权只知我军兵少，以为我畏惧他，只能坚守不敢出战。我要出其不意，夜袭蔡州兵营寨，必定大获全胜。"

朱全忠排兵布阵，与朱珍配合，同蔡州兵一番夜战。

蔡州兵最终溃败，折损万余。秦宗权闻报大怒，随即亲自带领三万人马开到汴州，要与朱全忠决一死战。

郓州节度使朱瑄和兖州节度使朱瑾接到朱全忠求援信，约定同时出兵救援汴州。

朱瑄、朱瑾各自带领三万人马抵达汴州左近，陈兵汴水北岸。

滑州义成军节度使也派出一万兵马，前来援助朱全忠。

三路援兵到达，汴州兵士气大振。

朱全忠出得城来，与朱瑄、朱瑾会商破敌之策。三人议定：朱全忠率领宣武军三万人马，会同朱瑄三万兵马围攻秦宗权和张晊大营；朱瑾率三万兖州兵，与朱珍一万三千人马夹攻秦贤营寨；滑州义成军一万人马，扼守汴水和汴州至中牟大道，截断秦宗权退路。

天色微明，朱全忠率军从酸枣门出城，直扑秦宗权大营。

朱全忠故伎重演，命弩机营发射火焰箭，抛石机抛射火药包。霎时间，蔡州兵营寨火光冲天，烟尘四起。

蔡州兵惊慌失措，乱成一团。

秦宗权、张晊亲自压阵，迎战汴州兵。

蔡州兵有的原属许州忠武军，有的是黄巢旧部，个个顽强善战。朱全忠麾下收降许多黄巢义军将士，人人勇悍。葛从周、氏叔琮、邓委筠、张归霸三兄弟以及黄文靖、李谠等，乃黄巢义军将领，皆身经百战，骁勇非常。

两强相遇，直杀得天昏地暗，尸横遍野，尚未分出胜负。

恰在此时，朱瑄挥动郓州天平军三万人马，从蔡州兵背后杀来。蔡州兵腹背受敌，应付不及，一时阵脚大乱。庞师古、氏叔琮、邓委筠和张归霸三兄弟，带领汴州兵如狼似虎般扑过来，杀得蔡州兵血流成河尸积如山，活着的纷纷溃逃。

秦宗权见朱全忠援兵众多，形势不妙，只得带领残兵败将突出重围，向郑州退逃。

秦贤也顶不住朱瑾和朱珍两路人马猛冲猛打,弃寨逃走。

葛从周攻破卢瑭营寨,挥兵追杀。卢瑭抵挡不住,仓皇逃跑,连人带马掉落汴水中溺亡。

朱全忠、朱瑄、朱瑾挥动三路大军,穷追猛打。

蔡州兵正气喘吁吁向郑州奔逃,不料半路上又杀出滑州义成军人马,截住蔡州兵一阵猛杀,秦宗权又折损了许多人马。

张晊带领人马拼死苦战,总算护卫着秦宗权逃回了郑州。

汴州一战,朱全忠大获全胜,斩杀蔡州兵三万余众,缴获战马、粮草、兵器、甲帐无数。

秦宗权不得不从郑州、洛阳撤兵,退回老巢蔡州。

朱全忠乘机占领郑州、洛阳、孟州、陕州、怀州、汝州、许州等地,成为中原枭雄,势力迅猛膨胀起来。

经杨复恭和诸道藩镇节帅及文武百官一再上表恳请,僖宗终于颁诏,削夺田令孜官爵,发配端州为民。接着,僖宗又颁诏,萧遘赐死,李煴晋封的宰相裴澈、郑昌图解往凤翔斩首示众。

刑部将受李煴敕封的官员统统定为死罪。

幸而新任宰相杜让能挺身而出,在僖宗面前为拥立李煴的文武百官辩解,多数官员才得幸免一死。

杨复恭率领神策军,护卫僖宗从兴元启程回京,于光启三年三月十八日到达凤翔。

凤翔节度使李昌符原是朱玫同党,他担心僖宗回京后追究自己的罪责,挖空心思要把僖宗滞留在凤翔,以便挟持天子,掌控朝廷大权。

李昌符迎接僖宗住进节度使府,说是京城长安宫室多被烧毁,需要派人修复,待修葺完工后方可护送圣驾还都。僖宗也觉李昌符言之有理,便与宰相、内臣商议一番,在凤翔住下来。

六月六日,杨复恭养子、神策军天威都都头杨守立,在凤翔大街闲逛,正巧碰上李昌符路过,两人互不让道,争执起来。

杨守立以为他是天子亲卫将领,又是权倾朝野的神策军中尉杨复恭养子,压根儿没把李昌符放在眼里。李昌符觉得自己是皇帝驻跸所在方镇的节帅,强龙不压地头蛇,就连当今天子李儇也得处处仰仗于我,你一个神策军都头,遇到老子自须避让。

两个赳赳武夫话不投机,双方将士便动手打了起来。

李昌符的随从侍卫人少,杨守立人马众多,转眼之间把李昌符的随从打得落花流水,狼狈逃窜,杨守立这才扬扬自得地打马而去。

李昌符越想越气,索性一不做,二不休,次日一早便带领凤翔兵围攻僖宗行宫,扬言要捉拿杨守立,将其碎尸万段。

神策军严密守卫行宫,李昌符不能得手,便下令焚烧行宫。杨守立带领神策军冲出来,与凤翔兵在大街上展开血战。

凤翔兵攻打焚烧皇帝行宫,本就有些胆怯,危害天子罪名太大,因而畏畏缩缩,谁也不愿上前拼死冲杀,很快便被杨守立率领的神策军杀得七零八落,四散而逃。

李昌符败下阵来,只得带领人马逃出凤翔,向西奔逃,窜至凤翔西一百五十里陇州城,留驻下来。

僖宗命随驾侍卫的武定军节度使李茂贞任陇州招讨使,带兵围攻盘踞陇州的李昌符。

李茂贞大兵压境,将小小陇州城池层层包围起来。

陇州刺史薛知筹忧心忡忡,他知道一旦李茂贞攻破陇州,自己便成了李昌符的殉葬品,将招来灭门之祸。因此,他决计除掉李昌符,向朝廷献功,以求自保。

深夜时分,薛知筹与州将带兵围住李昌符宅邸,将李昌符及其家人斩尽杀绝。天亮之后,薛知筹打开城门,迎接李茂贞入城。

李茂贞没动一刀一枪收复陇州,平定了李昌符之乱,被僖宗敕封为凤翔节度使。

次年二月,僖宗染病,君臣诸人匆忙启程回京。经过七八天奔波,僖宗终于再次回到故都长安。

僖宗颁诏改元文德,大赦天下。然而,由于路途颠簸,僖宗病势愈益沉重,渐呈弥留之态。

天下大势又将大变。僖宗一直没有指定皇位继承人,一旦撒手归天,皇位争夺势必会在朝廷百官与宦官集团之间引起一场拼斗,苟延残喘的李唐朝廷,时时有覆亡之虞。再加上,诸道藩镇之间你争我夺,相互吞并,这大唐天下可谓纷纷攘攘,恰似乱麻一团。人们眼睁睁看到唐昭宗日暮途穷倾社稷,却没有料到朱全忠四面用兵建后梁。